【劉再復文集】④〔文學理論部〕

文學主體論

劉再復 著

題贈知己摯友再復兄

古今中外，洞察人文。
睿智明澈，神思飛揚。

——高行健，著名作家，諾貝爾文學獎獲得者。

煌煌大著，燦若星辰。
光耀海南，特此祝賀。

——李澤厚，著名哲學家、思想家。

一枝巨筆，兩度人生。
三十大卷，四海長存。

——劉劍梅，劉再復長女，香港科技大學人文學部教授。

出版説明

劉再復

香港天地圖書有限公司即將出版我的文集，二零二二年出齊三十卷，這是何等見識、何等作為、何等氣魄呵！天地出「文集」，此乃是香港文化史上的盛舉，當然也是我個人的幸事、大事，我為此感到衷心的喜悦。

我要特別感謝天地圖書有限公司。「天地」對我一貫友善，我對天地圖書也一貫信賴，我曾為天地圖書的傳統題詞：「天地遼闊，所向單純，向真，向善，向美。圖書紛繁，索求簡明，求質，求精，求好。」天地圖書的前董事長陳松齡先生和執行董事劉文良先生都是我的好友。和我情同手足的文良好兄弟雖然英年早逝，但他的夫人林青茹女士承繼先生遺願，繼續大力支持我的事業。此文集啟動之初，她就聲明：由她主持的印刷廠將全力支持文集的出版。三四十年來，「天地」歷經多次風雲變幻，對我始終不離不棄，不僅出版我的《漂流手記》十卷和《潔白的燈芯草》、《尋找的悲歌》等，還印發了《放逐諸神》和八版的《告別革命》，影響深遠。現在又着手出版我的文集，實在是情深意篤。此次文集的策劃和啟動乃是北京三聯前總編李昕（現為商務顧問）和天地圖書的董事長曾協泰二兄，他們怎麼動起出版文集的念頭我不知道，但我知道他們都是性情中人，都是出版界老將，眼光如炬，深知文集的價值。協泰兄和李昕兄商定之後，請我到天地圖書和他們聚會，決定了此事。讓我特別高興的是協泰兄拍板之後，天地圖書的全部脊樑人物，全都支持此事。天地圖書總經理陳儉雯小姐（陳松齡的女兒）直接代表天地掌管此事，編輯主任陳幹持小姐擔任責任編輯。其他參與「文集」編製工作的「天地」同仁經驗豐富，有責任感且好學深思，具體負責收集書籍、資料和編輯、打字、印刷、出版等事宜，讓我特別放心。天地圖書全部精英投入此事，保證了「文集」成功問世，在此我要鄭重地對他們說一聲謝謝。

閱讀天地圖書初編的文集三十卷的目錄之後，我的摯友、榮獲諾貝爾文學獎的著名作家高行健特寫了「題贈知己摯友再復兄：古今中外，洞察人文。睿智明澈，神思飛揚。」十六字評價，一言九鼎，讓我高興得好久。爾後，著名哲學家李澤厚先生又致賀，他在「微信」上寫道：「煌煌大著，燦若星辰。光耀海南，特此祝賀。」我的長女劉劍梅（香港科技大學人文學部教授）也發來賀詞：「一枝巨筆，兩度人生。三十大卷，四海長存。」我則想到四五十年來，數十卷書籍，至今之所以不會過時，多年不衰，值得天地圖書出版，乃是因為三十卷文集都是純粹的學術探索與文學創作，而非政治與時務。政治以權力角逐和利益平衡為基本性質，即使民主政治也改變不了政治的這一基本性質。我的所有著述，所有作品都不涉足政治，也不涉足時務，所以站得住腳，贏得相對的長久性。

我個人雖然在三十年前選擇了漂流之路，但我一再說，我不是反抗性的政治流亡，而是自然性的美學流亡。所謂美學流亡，就是贏得時間，創造美的價值。今天我對自己感到滿意的就是這一選擇沒有錯。追求真理，追求價值理性，追求真善美，乃是我永遠的嚮往。我對此無愧無悔。我的文集分兩大部份，一部份是學術著述，一部份是散文創作。無論是人文學術還是文學創作，我都追求同一個目標，持守價值中立，崇尚中道智慧，既不媚左，也不媚右；既不媚上，也不媚下；既不媚俗，也不媚雅；既不媚東，也不媚西；既不媚古，也不媚今。所謂中道，其實是正道，是直道，是大道。

最後，我還想說明三點：一是本「文集」，原稱為「劉再復全集」，後來覺得此名不符合實際，因為收錄的文章不全。尤其是非專著類的文章與訪談錄。出國之前，特別是上世紀七十年代末與八十年代初的文字，因為查閱困難，幾乎沒有收錄集子之中。所以還是稱為「文集」較好，可留有餘地。待日後有條件時再作「全集」。二是因為「文集」篇幅浩瀚，所以成立了一個編委會，我們不請學術權威加入，只重實際貢獻。這編委會包括李昕、林崗、潘耀明、陳松齡、曾協泰、陳儉雯、梅子、陳幹持、林青茹、林榮城、劉賢賢、孫立川、李以建、葉鴻基、劉劍梅、劉蓮。「文集」啟動前後，編委們從各自的角度對「文集」提出許多很好的意見，所有的意見都非常珍貴。謝謝編委們！第三，本集子所有的封面書名，全由屠新時先生一人書寫完成。屠先生是《美中郵報》總編。他是很有才華的追求美感的書法家。他的作品曾獲國內書法比賽中的金獎。

「文集」出版之際，僅此說明。

於美國科羅拉多州波德
二零一九年十二月三日

目錄

李澤厚美學概論

附錄

文學主體性

論文學主體性

我在《文學研究應以人為思維中心》一文，提出這樣的主張：我們可以構築一個以人為思維中心的文學理論與文學史研究系統，也就是說，我們的文學研究應當把人作為主人翁來思考，或者說，把人的主體性作為中心來思考。在本文中，我將就文學中的主體性問題，綱要性地闡發我的論點和觀念。

一

主體是在實踐中建立起來的概念。人既是主體，又是客體，人作為存在是客體，而人在實踐中、在行動時則是主體。人具有二重屬性：一是受動性，一是能動性。人作為一種客觀存在，表現出受動性，即受制於一定的自然關係和社會關係。人作為行動着的人，實踐着的人，則表現出能動性，即按照自己的意志、能力、創造性在行動，支配着外部世界。我們強調主體性，就是強調人的能動性，強調人的意志、能力、創造性，強調人的力量，強調主體結構在歷史運動中的地位和價值。文學中的主體原則，就是要求在文學活動中不能僅僅把人（包括作家、描寫對象和讀者）看做客體，而更要尊重人的主體價值，發揮人的主體力量，在文學活動的各個環節中，恢復人的主體地位以人為中心、為目的。具體說來就是：作家的創作應當充份地發揮自己的主體力量，實現主體價值，而不是從某種外加的概念出發，這就是創造主體的概念內涵；文學作品要以人為中心，賦予人物以主體形象，而不是把人當成玩物與偶像，這是對象主體的概念內涵；文學創作要尊重讀者的審美個性和創造性，把人（讀者）還原為充份的人，而不是簡單地把人降低為消極受訓的被動物，這是接受主體的概念內涵。

人的主體性包括兩個方面：首先人是實踐主體，其次人又是精神主體。所謂實踐主體，指的是人在實踐過程中，與實踐對象建立主客體的關係，人作為主體而存在，是按照自己的方式去行動的，這時人是實踐的主體；所謂精神主體，指的是人在認識過程中與認識對象建立主客體關係，人作為主體而存在，是按照自己的方式去思考，去認識的，這時人是精神主體。總之，人在實踐和認識中，在行動和思考過程中，都處於主體的地位，表現出主體的力量和價值。

文藝創作強調主體性，包括兩個基本內涵：一是文藝創作要把人放到歷史運動中的實踐主體的地位上，即把實踐的人看作歷史運動的軸心，看作歷史的主人，而不是把人看作物，看作政治或經濟機器中的齒輪和螺絲釘，也不是把人看作階級鏈條中的任人揉捏的一環。也就是說，要把人看作目的，而不是手段。或者說我們要把人看作目的王國的成員，而不是看作工具王國的成員。二是文藝創作要高度重視人的精神的主體性，這就是要重視人在歷史運動中的能動性、自主性和創造性。人的精神世界是聯繫人與物質世界的內在鏈條。人的大腦作為一種物質存在當然也是自然界的一部份，但它又是從大自然母體中分化和生長出來的精神世界的花朵。它的功能，作為一種精神能力，始終是作為主體而存在的。只有充份調動它的主體性，人才能成為實踐的主體，當人的精神能力被限制，即它的精神主體性喪失了，那麼人也就喪失了在實踐中的主體性，這時，人就變成任人操縱的機器，任人擺佈的木偶。可見，重視人的精神主體性是極其重要的。當前，我們在文藝創作中尤其應該強調人的精神主體性。

人的精神世界作為主體，是一個獨立的，無比豐富的神秘世界，它是另一個自然，另一個宇宙。我們可稱之為內自然，內宇宙，或者稱為第二自然，第二宇宙。因此，可以說，歷史就是這兩個宇宙互相結合、互相作用、互相補充的交叉運動過程。精神主體的內宇宙運動，與外宇宙一樣，也有自己的導向，自己的形式，自己的矢量（不僅是標量），自己的歷史。歷史的描述如果只記得外宇宙的運動，而忘記內宇宙的運動，這種描繪將是片面的。這種片面性也曾在文學理論中有所反映。

俄國傑出的思想家赫爾岑讚揚過莎士比亞天才地描繪了人的內宇宙。他說：「莎士比亞是兩個世界的人。他結束了藝術的浪漫主義時代，開闢了新時代，天才地揭示了人的主觀因素的全部深度、全部豐富內容、全部熱情及其無窮性；大膽地探索生活直至它最隱秘的禁區，並揭露業已發現的東西，這已經不是浪漫主義；而是超越了浪漫主義。……對莎士比亞來說，人的內心世界就是宇宙，他用天才而有力的畫筆描繪出了這個宇宙。」[1] 萊辛在批評哥特式的悲喜劇時則這樣說：「說哥特式的悲喜劇忠實地摹仿自然，這話也對也不對；它只忠實地摹仿了自然的一半，另一半則完全被忽視了；它只摹仿現象中的自然，絲毫沒有注意體現在我們情感和心靈力量中的自然。」[2] 赫爾岑讚揚的是莎士比亞注意到內宇宙的特點，而萊辛批評的正是文學喪失了內宇宙的弱點。他們兩人都把自然分為現象自然和心靈自然，都把宇宙分為外宇宙和內宇宙。忘記內自然（內宇宙）的歷史，就是忘記精神主體的歷史。而精神主體的進化和不斷昇華，正是人類不斷進步的標誌。內宇宙的產生和人的主體意識的產生是物質世界劃時代的

1 《莎士比亞評論彙編》，下冊，第四六零頁，中國社會科學出版。
2 《漢堡劇評》，第七十篇。

進步。在這之前，世界只是現象自然界，而在具有思維能力的人以至人的主體意識形成之後：宇宙便在自己的軀體內產生另一個宇宙。具有主體意識的內宇宙和被人所認識的實踐着的外宇宙構成合力，推動着歷史的前進。恩格斯曾說，歷史是無數個力的平行四邊形的合力推動向前的。限於以往的科學水平，人們往往把它理解為外宇宙的合力。而隨着人類的實踐能力和認識能力的深化，則能意識到現在必須在這個外在的平行四邊形（客體）之上疊加一個內宇宙（主體）的平行四邊形。只有認識到內宇宙的平行四邊形的力量，才能更全面地描述人類的歷史運動和推動人類歷史前進的動因。這樣，人就要重新找到自己的位置，發現自己的力量，改變自身作為外宇宙的消極工具的歷史地位，重新肯定自己在歷史上的真正的價值。文學藝術要真實地表現歷史的面貌，把握歷史運動的軌跡，也必須真實地揭示這兩個宇宙的辯證運動，必須表現人的精神主體的無比豐富性和偉大的力量，揭示它的星空般的無比奇妙的內在奧秘。

聰慧的作家意識到文學的命運與人的命運是息息相關的，因此，便有「文學是人學」的不朽命題產生。這個命題的重要性和正確性幾乎是不待論證的。「文學是人學」這一命題的深刻性在於，它在文學的領域中恢復了人作為實踐主體的地位。由於感悟到這個命題的內在意義，作家把人作為歷史活動的中心，天才地再現了人類在歷史舞台上的各種行為，獲得了很大的成功。我們在文學中給人以主體性的地位，首先是肯定這種人的實踐主體的地位。但是，隨着歷史的推移和文學的不斷前進，隨着人自身不斷地豐富和人對自身認識的不斷深化，從事文學活動的人們又意識到僅僅表現人的行為是不夠的，還必須尋找人的更加深邃的東西。因此，人們開始對「文學是人學」這一命題展開反思，逐步地發現這個命題的不足，並在下列三個層次上深化了「文學是人學」的內容：

（一）「文學是人學」命題在文學的領域中恢復了人作為實踐主體的地位，它的積極意義被後來的文學界普遍承認，包括被我國「文化大革命」前流行的各種文學理論文章所承認。不幸的是，它也被一些鼓吹塑造「高大完美」英雄人物的「根本任務」論者所借用。但是，有一點很奇怪，就是他們所塑造的英雄，卻沒有人的血肉，沒有人的靈魂，因此，人們再也不相信他們所說的「人」學了。問題在於，他們都沒有肯定人作為精神主體的地位，不承認人在作為實踐主體的同時，也作為精神主體而存在，取消人與世界聯繫的內在鏈條。這樣，所謂「人」學，往往就成了一個喪失了內宇宙運動的「人」學，成了一個沒有人的靈魂，即沒有人的主體的豐富性和精神主體價值的「人」學。這種閹割了人的靈魂的「人」學，只能把活生生的人弄成一個抽象的空殼。因此，「文學是人學」的含義必定要向內宇宙延伸，不僅一般地承認文學是人學，而且要承認文學是人的靈魂學，人的性格學，人的精神主體學。勃蘭兑斯說過一段很深刻的話：「文學史，就其最深刻的意義來說，是一種心理學，研究人的靈魂，是靈魂的歷史。」[1] 勃蘭兑斯這種思想的深刻性就在於，他不僅把文學一般地視為「人」學，而且承認文學是人的精神主體運動的歷史。我對性格二重組合的探討，正是企圖通過典型性格運動的內在機制的揭示，來恢復人作為精神主體的地位。

（二）在文學領域中確立人作為精神主體的地位之後，還應當進一步深化，這就是應當注意精神主體的雙重結構，即精神主體的表層結構與精神主體的深層結構。精神主體的表層結構，是被理念支配的意識層次的內容，而深層結構則是積澱在人的精神主體內部的潛意識，而介乎於兩者之間的則是經常處於

1 《十九世紀文學主流》，第一分冊引言，人民文學出版社。

浮沉狀態的情感。文學最根本的原動力，就是情感。二十世紀西方文學理論最傑出的貢獻，就在於他們發現這種動力，最充份地肯定精神主體中的情感價值，從而揭示了文學藝術最根本的特性。因此，「文學是人學」命題的深化，就不僅要承認文學是精神主體學，而且要承認文學是深層的精神主體學，是具有人性深度和豐富情感的精神主體學。

（三）「文學是人學」命題的深化，不僅要尊重某一種精神主體，而且要充份尊重和肯定不同類型的精神主體。這些不同類型的精神主體在現實生活中表現為差異無窮的個性。應當承認，每一種個性都是一個豐富的世界，它的深層都積澱着人類文明的因子，都具有群體精神的投影。只有充份尊重和肯定每一種個性，才能充份理解和認識人類自身，也才能更深刻地認識個體的精神價值和個性的豐富內涵。因此，文學不僅是某種個體的精神主體學，而且是以不同個性為基礎的人類精神主體學。正是這樣，文學無法擺脱最普遍的人道精神。

忽視人的實踐主體的地位和精神主體的價值，正是歷史唯心主義和舊唯物主義的基本特徵。它們不是信奉神本主義就是推崇物本主義。它們或是漠視人在歷史運動中的軸心地位，把歷史看作是上帝創造的，是少數英雄人物推動的，而人民群眾則是任人驅使和宰割的群氓；或是漠視人的價值，把人視為英雄的鋪墊或陪襯，視為手段，視為政治與經濟機器上的螺絲釘。總之，人在實踐中的主體性被一筆勾銷了。但是歷史唯心主義和舊唯物主義的更深刻的內在特徵，則是忽視人的精神主體的價值。貫穿整個封建社會的愚民政策和奴化政策，正是為了消滅人的精神主體性，使人成為無知無欲的工具。「存天理，滅人欲」，典型地表現出它的本質。「人欲」就是人的慾望、情感、意志、創造力，總之，就是人的精神力量，就是人的精神主體性，在封建統治階級看來，它們都屬於應被剿滅的對象。人的精神主體的價值，在封建統治者看來是危險的，因此，他們不能容忍作家、藝術家表現人的精神世界的豐富性，表現人的精神力量，而只允許把人作為某種天理的符號，即使寫到人的精神活動，也只允許描寫這些精神活動如何最後被克服，回歸到某種政治或道德的理念上來。總之，人的精神的主體性也被一筆勾銷了。

現在，人類正在深化對自然的認識，而要深化對自然的認識，必須同時深化對人自身的認識。因此，人類認識能力的重心，正逐漸轉移到對人的內宇宙的認識，研究人的主體性已成為歷史性的文化要求，不管是自然科學還是社會科學，它們的求知慾和創造慾都正在投向人自身。自然科學的人化傾向，心理學的人本主義傾向，哲學中對人的命運的思考，歷史研究中關於人的主體價值問題的反思，都表現出這種歷史性的文化走向。產生這種人文趨向，主要有兩個歷史原因：（1）從人的認識過程來說，人類在自己的幼年時代，在自然面前自由度比較小，因此不得不把主要的力量用於對付自然，以擺脫自然的奴役。在這種情況下，人無暇認識自身的自然。隨着人類的巨大進步，特別是現代文明的飛速發展，人的自由度的急劇提高，人類認識運動的重心開始逐漸轉移到認識人自身，人類的主體意識得到強化。（2）從社會發展的過程本身來説，人正以驚人的速度從簡單性的、重複性的勞動中解放出來，而追求創造性的勞動。任何創造性的勞動都是擺脱工具性而強化主體性的勞動。現在，人類正在一天天從直接生產過程中超越出來，勞動與審美逐漸趨於統一，人性在不斷豐富、完善和發展。人的主體形象，已愈來愈明顯。整個人類的自主意識從來沒有這樣鮮明。人類在要求實現社會現代化的同時，也要求實現自身的現代化，要求主體力量在更大程度上獲得實現。

總之，社會歷史的運動是從人類誕生的那一天開始的，經歷了「人的否定」這一曲折的痛苦的歷程，最後又回到人自身，理想社會實現時，人不僅是調節外部自然的強大力量，而且是調節自身內部自然的強大力量，只有在那時，人的價值才充份獲得實現，人類的「正史時代」才開始。因此，人的主體性的豐富和發展乃是歷史發展的標誌。文學作為「人」學，它的發展水平是與人對自身認識的發展水平同步的。今天，當歷史為人的主體價值的實現提供了更廣闊的空間時，文學的主體意識無疑會隨之得到強化，因此，文學就不能不更加表現出它的人類心靈歷史的特性。正因為這樣，我們在文學理論中提出主體性的命題，決不是主觀隨意的，而是歷史的要求，是人類走到燦爛的今天，對整體文化中的文學部份必定要提出的要求。

二

文學主體包括三個最重要的構成部份，即：（1）作為創造主體的作家；（2）作為文學對象主體的人物形象；（3）作為接受主體的讀者和批評家。我國文學在相當長的一個時期，普遍地發生主體性失落的現象，為此，我們需要探討一下文學主體性的回歸、肯定和實現的途徑。

探討文學主體性的實現，首先應當探討對象主體性的實現。文學對象包括自然、歷史、社會，但根本的是人。只有人，才是文學的根本對象。對象的主體性，就是文學對象結構中人的主體地位和人的主體形象。

馬克思曾說：「人是一個特殊的個體，並且正是他的特殊性使他成為一個個體，成為一個現實的、單個的社會存在物。同樣地他也是總體，觀念的總體，被思考和被感知的社會主體的自為存在，正如他在現實中既作為社會存在的直觀和現實享受而存在，又作為人的生命表現的總體而存在一樣。」[1] 又說：「有意識的生命活動把人同動物的生命活動直接區別開來。正是由於這一點，人才是類存在物。或者說，正因為人是類存在物，他才是有意識的存在物，也就是說，他自己的生活對他是對象。僅僅由於這一點，他的活動才是自由的活動。」[2] 作為文學的對象的人，相對於作家來說，它是被描繪的客體，但是相對於它的生活環境（社會）來說，它又是主體——它是有意識的存在物，他的環境和他的生活是被他所感知的對象。這樣，作為文學對象的人就具有這樣的雙重性：對於作家來說，是被感知的客體存在物，對於環境來說，它又是能夠感知環境的主體存在物。作家給筆下的人物以主體的地位，賦予人物以主體的形象，歸結為一句通俗的話，就是把人當成人——把筆下的人物當成獨立的個性，當作具有自主意識的自身價值的活生生的人，即按照自己的靈魂和邏輯行動着、實踐着的人，而不是任人擺佈的玩物與偶像。不管是所謂「正面人物」還是「反面人物」，都承認他們是作為實踐主體和精神主體而存在的，即以人為本。

文學對象主體的失落現象大體上表現在三個方面：

（一）用「環境決定論」取消人物性格自身的歷史

環境與人的關係，實際上並不是一種單向的因果關係，而是對立統一的辯證運動。人的性格、人的情感一方面是環境的產物，但是另一方面不是簡單地被環境這種單一的原因所決定的。從主體的角度

1 馬克思：《一八四四年經濟學——哲學手稿》，見《馬克思恩格斯全集》，第四十二卷，第一二三頁。

2 同上，第九六頁。

來考慮問題，也可以說，時代是人創造的，環境是依靠人調節的。人對環境具有巨大的制約和支配的力量。以往我們對於人的本質，更多地看到它被客觀世界本身的規律所制約、所決定的一面，當然，否認這種制約性是錯誤的，但是，我們往往忽視人的本質的巨大創造性，也就是說，人的本質在很大的程度上是「自主」的，不是「他主」的。環境既作用於我，我也作用於環境，客觀世界既影響我，我也影響客觀世界。因此，人的性格也是人的自我創造過程，每個人都有性格自身的歷史。魯迅先生曾說，「人能組織，能反抗，能為奴，也能為主。」人可以自我完成，自我塑造，自我實現。人的主體性，就是在客觀世界所提供的條件下（包括順境和逆境）最大程度地發揮自身的調節能力和創造能力。人對環境的巨大超越力量，往往表現為主體的懷疑意識、自主意識、創造意識，也表現為不受環境所束縛的想像力、宇宙感、歷史感，當然也表現為行動上的改造環境的意志力量和變革精神。但是在這方面，我國當代的文學觀念曾機械地強調客體對主體的決定作用，以至用「環境決定論」來解釋典型環境中的典型性格。因此，作家筆下的人物大多缺乏自身性格的歷史，除了那些被神化了的支配一切的英雄，都是一些被某種外在力量所支配的命定的可憐蟲。

（二）用抽象的階級性代替人物活生生的個性

人處於社會中，即是個體存在物，又是群體存在物、類存在物。問題是，人與動物最主要的區別，還不在於人的群體性，動物也有群體組織。但是，動物對群體組織沒有調節的能力，它至多能調節數量關係，不可能調節質量關係。因此，人與動物最根本的區別是在於人能自由創造，自由選擇，自由調節，在於人的創造能力。創造性思維，就是人的「靈」性。具有創造性的思維能力，才是人區別於動物的最根本特點。當然，人總是存在於某種群體之中的，而且總是要帶上某種群體的屬性，至少是要被打下某種群體觀念的烙印。例如民族、階級、黨派觀念的烙印。但是，我們過去卻過份強調這種烙印，以至把個體的主體價值淹沒了。最明顯的表現，是用階級性來淹沒人的主體性，把人視為階級的一個符號，把人規定為階級機器上的螺絲釘，要求人完全適應階級鬥爭，服從階級鬥爭，一切個性消融於階級觀念之中。這樣，在作家的筆下，人就完全失去主動性，失去人所以成為人的價值。我國封建社會要求人「非禮勿視，非禮勿聽，非禮勿言，非禮勿動」，就是把「禮」當成一種不可變易的規範，一切以「禮」為轉移，一切以「禮」為依歸，「禮」成了一條公律，人的一切思想和行為被全部納入「禮」的固定模式中，因此，人的個性也被消滅了。在我國古代的道德家眼中，人是「禮」的附屬物，而在當代的某些文學評論家眼中，人則是階級機器的附屬物。我們就這樣不知不覺地製造出一種新的絕對觀念，即人的一切行為和心理都是階級鬥爭所派生的，一個人說甚麼，做甚麼，早已被規定好了。於是，文學就不再是人學，而蛻變為階級符號學。文學研究也跟這種社會思潮相適應，用階級和階級鬥爭的眼光來觀察一切，分析一切，當然也用階級和階級鬥爭的眼光來觀察和分析文學現象，因此，極其複雜豐富的中外古典文學和西方現代文學現象，統統被稱為封、資、修文學。而在一些較為嚴肅的文學理論教科書中，也以階級為中心來思考，以階級鬥爭為基本審視點。這樣，就把典型解釋為共性——階級性的形象註解，個性只是若干共性——階級性觀念的具體形態。

(三) 用膚淺的外在衝突掩蓋人物深邃的靈魂搏鬥

人的外部行為，外部活動，即人表面的、他人可感知的生活，是人的精神世界的外化。作家當然應當表現人的外部行為，這些外部行為，集合為社會事件，構成作品的情節，於是，作品展示出戰爭、革命、政治運動、改革運動等情節。但真正優秀的文學作品應該通過這種外部事件去表現人，而不是通過人去表現外部事件。即不是通過人去表現戰爭，表現改革，而是通過戰爭，通過改革等外部行為去表現人，表現人的命運和人的情感。而我們過去有不少作品恰恰是通過人去表現社會事件，因此，在解決各種問題的場面中，我們看到人在忙碌，在搏鬥，卻看不到人的命運和人的極其豐富的內心世界，此時人的精神主體性已被淹沒於外部現象之中。

造成文學對象主體性失落的原因，從根本上說，就在於作家忽視了他的地位與價值，而以物本主義或神本主義的眼光來對待自己的人物。以物為本的作家，把人降低為物，降低為工具，降低為自己手中的任意擺佈的玩偶。他們不了解，人是一種自由自覺的實體，是一種最富有能動性的自我調節系統。人完全能夠主動地、能動地改變和創造環境，使環境適應人自身的生存和發展的需要，而不是消極、被動地接受環境的影響，變成必然性的奴隸，因果鏈條上的一環。人從最初感受世界開始，其感覺不僅依賴刺激物的性質，也依賴感覺的結構和機能的性質，依賴感受體的內部狀態。以反映活動而論，反映不僅僅是外部能量和信息傳遞至意識的簡單的機械過程。實踐更是如此，人是實踐的主體，人能主宰和控制自己的實踐活動。但是，物本主義的眼光看不到人的這種本質，因此，他們只能把人視為工具，只知人的服從性，不知人的自我選擇性。

這種物本主義眼光歸根到底是不承認「人是目的」這種根本觀念。物有物的價格，人有人的人格，人不能因對誰有用而獲取價值。人作為自然存在，並不比動物優越，也並不比動物有更高的價值可言，但人作為本體的存在，作為實踐主體和精神主體，是超越一切物的價格的。因此，不應當把人的存在視為工具，好像它與內在目的無關。這就是說，作家在表現人的時候，要把人當成人，把人視為超越工具王國的實踐主體，而不是把它當成自然存在，當成牲畜、草芥、工具。總之，人應當是目的性因素，而不是工具性因素。在表現所謂英雄人物時，英雄人物儘管有許多英雄行為，但是，如果我毫無內在情懷，只知道服從命令，那麼，他也只是執行命令的工具，這樣，他仍然只是工具王國的成員，而不是目的王國的成員。即使是「反面人物」，他也不應當是草芥、牲畜、糞土，作家不應當僅僅把他們視為執行某種意志的工具，不應當在藝術上人為地把他們作為只能消極地陪襯英雄人物的工具。產生在我國文化大革命中的所謂「三陪襯」觀念，就是把「反面人物」全部作為牲畜王國的一部份，除盡他們身上一切人的本體的存在根據和內在目的。這樣做的結果，便是他們的主體性全面喪失，使我們看不到任何人的豐富性和複雜性，甚至看不到人的基本特性。這樣的藝術形象，就必定是毫無人的血肉和心靈的玩偶。恢復文學對象主體性的地位，包括恢復所謂英雄人物和反面人物的主體性地位。

真正以人為本的作家，他們一定會正確地擺正創造主體與對象主體的關係，會在創作過程中，賦予描寫對象以主體的地位，即賦予他們以獨立活動的內在自由的權利。這就是作家在特定時刻要服從人（對象），而不是人服從作家，是作家要為人服務，而不是人為作家服務。作家要允許筆下的人物超越自己的意圖，允許他們突破自己一切先驗的安排，只有當筆下的人物有充份的獨立活動權利，非常自由地按自己行動邏輯展開自己的行動時，這種人物才是活生生的。作家處於最好的創作心態時，往往由常態進入變態，進入虛幻系統，真誠地相信自己所創造的一切。此時，作家的真我，進入一種神秘的體驗，「情不自禁」地跟着自己筆下的人物走，無意識地服從自己的人物，接受筆下的人物應有的命運，也是作家本沒有意料到的命運。王蒙曾說，他筆下的人物出現的情況，不僅出乎讀者的意料之外，也往往出乎自己的意料之外。安娜．卡列尼娜的臥軌自殺，達吉亞娜的出嫁，阿Q的被槍斃，就是作家尊重筆下人物，服從筆下人物靈魂自主性的結果。如果作家把自己放在上帝的地位上，只知道擺佈筆下人物的命運，不能給予筆下人物以主體的地位，那麼，他們在創作中勢必只想到所謂「精心設計」，甚至精心設計到每一個細節。筆下人物的一言一行、一舉一動，都在先驗的設計之中。一切都在作家的意料之中，一切都是先驗構想的形象註釋，這實際上並不是作家用整個心靈去「創造」，而是按照某種觀念去刻意「製造」，這樣的作家頂多是一個具有某種技巧的藝術匠人，而不是富有靈性的作家。他們的創作勢必不能得其道，得其神，得其靈性，勢必缺乏創造性。

作家對描寫對象的尊重，就是賦予對象以人的靈魂，即賦予人物以精神主體性，允許人物具有不以作家意志為轉移的精神機制，允許他們按照自己靈魂的啟示獨立活動，按照自己的性格邏輯和情感邏輯發展。作家處於最佳心理狀態時，也是自己的人物充滿着主體意識，充滿着生命活力的時候，此時，作家不是受自己的意志所支配，而是受到充份調動起來的主體潛在力量的支配，並沿着潛意識的導向前行，在可感知的範圍內，造成了「意外」的效果，即愈有才能的作家，愈能賦予人物以主體能力，他筆下的人物的自主性就愈強，而作家在自己的筆下人物面前，就愈顯得無能為力。這樣，就發生作家創造的人物把作家引向自身的意志之外的一種有趣的現象。這種有趣現象使很多文學理論家、批評家感到困惑，筆者也曾久久地陷入困惑與迷惘之中。而現在，筆者終於了解：這種狀況，正是作家在創作中的自由狀態。這種令人困惑的現象，正是一種二律背反，我們可以把它推演成如下的公式：

作家愈有才能　作家（對於人物）愈是無能為力
作家愈是聾腳　作家（對人物）愈是具有控制力
作品愈是成功　作家愈是受役於自己的人物
作品愈是失敗　作家愈能擺佈自己的人物

關於這種二律背反的現象，法國著名作家，諾貝爾文學獎金獲得者弗朗索瓦．莫里亞克，曾經講得十分精彩。他說：「我們筆下的人物的生命力愈強，那麼他們就愈不順從我們。」[1] 莫里亞克認為，認識這個反律對於創作是極為重要的，這是作家塑造成功的人物形象應當注意的，他說：「……我們筆下的人物並不服從我們。他們當中甚至會有不同意我們，拒絕支持我們的意見的頭號頑固派。我知道，我的有些人物就是完全反對我的思想狂熱的反教權派，他們的言論甚至使我羞慚。」[2] 莫里亞克認為，這種背反現象正是作家成功的標誌。相反的現象倒是作家失敗的表現，他說：「反之，如果某個主人公成了我們的傳聲筒，則這是一個相當糟糕的標誌。如若他順從地做了我們期待他做的一切，這多半是證明他喪失了自己的生命，這不過是受我們支配的一個沒有靈魂的軀殼而已。」[3] 莫里亞克不愧是一個傑出的作家，他從自己的創作實踐中，了解這種背反性的痛苦規律。但他的成功，恰恰是因為

1 《法國作家論文學》，第一九三頁，三聯書店出版。
2 同上，第一九二頁。
3 同上。

他堅定地尊重這種規律，無保留地賦予筆下人物以生命的力量，甚至是與自己對抗的力量，心甘情願讓筆下的人物粉碎自己早已設計好的種種美妙的構思，於是，他在創作中簡直是在與他筆下的充滿活力的人物搏鬥，但他卻從這種搏鬥中感到創造的愉快。他承認，他「在與這些主人公的鬥爭中感到極大的愉快。」[1] 他所以愉快，就是他發現自己的人物已有自己的生命，甚至能保護自己的生命，頑強地進行自衛。

有的同志對我在《文匯報》所提出的主體性觀念，提出質疑，認為我只注意到作家的主動性，沒有看到作家的被動性。這種批評實際上是把主動與被動割裂開，事實上，創造主體與對象主體雙方都既是主動的又是被動的，整個創作過程就是雙方主體能力主動與被動的辯證運動過程。這就是：

作家在創作中愈是處於主動狀態　　作家在自己的人物面前愈是處於被動狀態

創造主體性愈正常地發揮　　創造主體愈是被對象主體所佔有

上述作家與筆下人物的二律背反現象，黑格爾早已為我們提供了一種哲學依據，他說：「主要的還是要注意到，把因果關係應用到自然有機生命和精神生活的關係上是不允許的。在這裏，被稱為原因的東西當然顯得自身具有不同於結果的內容，不過，之所以如此，卻是因為那個作用於有生命的東西是由有生命的東西獨立地決定，改變和轉化的，因為有生命的東西不讓原因達到其結果，有生命

1《法國作家論文學》，第一九三頁，三聯書店出版。

的東西把作為原因的原因揚棄了。」[1]黑格爾這段話給我的啟發是，在自然有機生命和精神生活中，線性因果關係的邏輯結構是不能適應的，同樣，作家和他們筆下的人物的關係，也不是線性因果決定關係。

有些朋友提出作家應當干預人的靈魂，這種觀念的提出，本是針對干預政治而發的，即認為與其主張文學干預政治還不如主張文學干預靈魂。這本是指創造主體對接受主體的干預，但是，另有一些作家卻把接受主體（讀者）換上對象主體（人物），以說明作家可以干預筆下人物的靈魂。這種觀念，我認為有一半是可以接受的，這就是人物一旦走到自己的人生十字路口，發生雙向可能性的時候（任何一向都不違反人物性格的發展邏輯）作家是可以幫助人物打開自己的心靈，作一種不違背個性的選擇的。這種選擇也可以說是一種干預，而作家在這種選擇中恰恰可以表現出自己的眼光和水平，即必須選擇出一種可以使人物表現得更豐富、更深邃、更精彩的道路，也是更艱苦的道路——更需要作家下苦功的道路。偉大的作家總是選擇最難走的路。這種選擇，實際上是人物走到一個江津路口，一個關鍵之地，此時，要求作家給予一個指令，一個使人物展示靈魂的全部豐富性的指令。這種干預，大體上像電子計算機的操作員給電子計算機一種指令，計算機得到這種指令後，便把信息貯存於自己的機體中，然後進行獨立的運轉和活動，最後把結果告訴操作員。作家的干預也僅僅在於給予人物一個靈魂的指令，而這之後，作家就像操作員一樣，不再起干預作用了，他一旦把信息輸入到人物的身上，人物就像電子計算機一樣，獨立地運轉活動起來，不受作家（操作員）所擺佈。那種認為作家的世界觀可以決定一切的觀點，

1 黑格爾：《邏輯學》，下卷，第二二零頁。

就是作家可以任意干預筆下人物的靈魂和行動的觀點，就是不尊重筆下人物、剝奪筆下人物的主體性的觀點。但是，以上所説的二律背反現象，將使世界觀決定論感到困惑。

以物為本，會使對象的主體性喪失，以神為本，同樣也會使對象的主體性喪失。物本主義筆下的人物，只知服從，不知價值選擇；神本主義筆下的人物，只知立法（只知發號施令），沒有情懷。兩者都不可能使自己成為自己的主人，兩者都沒有自我調節系統，都沒有一個自我完成的過程。神本主義眼光下的英雄，就是神的代表，並沒有內心世界，沒有內心矛盾。他們認為英雄必定是盡善盡美的，沒有任何人的弱點和局限，如果認為英雄性格是善惡並舉，那就是對英雄的污辱。中世紀的大神學家奧古斯丁在他的《懺悔錄》中早作了這樣的規定，因此，他決不能容忍那種認為人是二重組合的説法，他對主説：「我的天主，假如你不在我身上，我便不存在，絕對不存在。而且一切來自你，一切通過你，一切在於你之中。」[1]在徹底的神本主義眼光下，人自身是毫無價值的，人只是神的奴隸和工具，此時人的目的性更是喪失殆盡，由於神本主義對「人是目的」加以徹底否定，因此，它規定人只能有一個與神絕對相通的靈魂，不能有自己的靈魂，不能有「善惡並舉」的人的靈魂的複雜性，所以奧古斯丁詛咒説：「我的天主，有人以意志的兩面性為藉口，主張我們有兩個靈魂，一善一惡，同時並存。讓這些人和一切信口雌黃、妖言惑眾的人，一起在你面前毀滅。」[2]文化大革命中那種以塑造高大完美的英雄為根本任務的觀念，與奧古斯丁這種觀念多麼吻合，任何非高大非完美的觀點，都被視為妖言惑眾，這樣就從根本上淘汰了真實的人，我提出的人物性格二重組合原理，正是一個與神本主義相對抗的主體性原理。

1 《懺悔錄》，第四頁，商務印書館，一九八二年版。

2 同上，第一五三頁。

三

作家的主體性，包括作家的實踐主體性與精神主體性。實踐主體性是指作家在創作實踐過程中（包括為創作作準備的感受生活的實踐）的實踐能力，主要是作家的表現手段和創作技巧；而精神主體性，則是指作家內在精神世界的能動性，也就是作家實踐主體獲得實現的內在機制，如作家創作的動機，作家在創作過程中的情感活動等等。我們所探討的創造主體性，主要是作家的精神主體性，即作家內在精神主體的運動規律。

一個作家，意識到自身的精神主體性是極為重要的。意識到精神主體性，就是意識到自己身上的內宇宙所具有的巨大能動性，意識到這個內宇宙是一個具有無限創造能力的自我調節系統，它的主體力量可以發揮到非常輝煌的程度，可以實現到非常輝煌的程度，而這，正是人的偉大之處。過去，我們常說，人的特點在於人能製造工具，但這只是人的實踐主體能力的表現，它證明人的手可以延長。而一個作家，如果能充份地意識到自己的精神主體的全部靈性，則能自覺地構築內心雄偉的調節工程，最大程度地調動和發展自己的創造才能，到達前人尚未到達的彼岸。因此，作家的主體意識，對於作家是極為重要的。

為了找到作家精神主體性的關節點，我們有必要探討一下作家主體的心理結構。美國人本主義心理學創始人馬斯洛，把人的需求分五個基本層次，即生存需求層次，安全需求層次，歸屬需求層次，尊重需求層次，自我實現需求層次。這是人的心理結構中的五個層次，事實上，正是人的五種精神境界。

如果我們借用馬斯洛的這個圖式，那麼，我們也可以把作家的精神主體分為五個不同層次。作家的創作如果僅僅是為了滿足生存需要，為了維持自己的衣食住行的需要而寫作，也就是龔自珍所說的「著書都為稻粱謀」（當然，龔自珍的創作並非為了生存需要，這只是他的無可奈何的感嘆），這個時候，作家被現實生活中最繁瑣的利益所束縛，缺乏必要的從事創造的外在自由條件，這就不可能進入深邃的精神生活。這時，作家的主體意識處於沉睡狀態，作家的主體能力處於被動狀態。第二層次的安全需求，歸根結底也是生存的需要。為了自身的安全而創作，就是為自己在社會上找到一個安穩的位置而創作，把作品作為自己的護身符和社會通行證。在我國封建社會中，有些詩詞只是為了向皇帝表示忠誠，獻媚於權勢者，並沒有真情實感。魯迅說：「《頌》詩早已拍馬，《春秋》早已隱瞞。」（參見《偽自由書．文學上的折扣》）魯迅所批評的這一部份專供點綴太平的頌詩，就是一些安全需求不得不作的詩。我國「文化大革命」中，也出現很多頌詩，大多數並沒有真情實感，只是為了表忠心，說到底，也是一種安全需求。在文化氣氛不太正常的情況下，作家不得不屈服於心靈之外的壓力而違心地寫作，也是為了安全需要。此時，作家的主體意識處於被壓抑狀態，作家往往會感到一種深刻的苦悶，這種苦悶，就是因為作家的主體能量無法釋放出來。為安全需求而寫作的作家，一般地說，都不得不降低自身的人格，因此，在他們的作品中看不到作家的熱血與眼淚，也就談不上作家自身的主體性。為歸屬需求而寫作，具體地說，就是為自己所隸屬的階級、派別、團體而創作，這種作品具有明顯的群體性和遵從性。遵命文學，就是歸屬需求所產生的文學。在這一層次中，有兩種不同的情況，一種是自覺的、出於內心的歸屬動機，自願服從自己所歸屬的群體利益，這個時候，作家的群體性與個性可以融合為一，寫出成功的作品，例如《鋼鐵是怎樣煉成的》，就是黨性（高度自覺的群體性）與個性的融合。這種融合，既是作家積極性歸屬需求的實現，而且也是作家的自我實現，此時，作家的主體性就明顯地表示於自己的作品之中。但是，如果作家的創作，只是出於被動的消極的歸屬需求，並且是服從狹隘的功利主義原則，那麼作家的主體性就會失落。我國新文學也有過這種教訓。在某個時期，強調文學的階級性是必要的，但後來走向極端。在理論上，把共性解釋為階級性，把個性解釋為共性的具體形態，解釋為階級性的形象演繹。這樣，作家的個性就被消融於階級性之中。魯迅先生在主張「遵命文學」的時候，特別作了聲明，說我遵奉的是先驅者的命令，而不是金錢和指揮刀的命令。也就是說，他的遵奉是自覺自願的遵奉，是與自己的內在要求一致的遵奉。這正是積極性的歸屬需求。正因為這樣，他在創作中燃燒着自己靈魂的火焰。魯迅還聲明，「偏不遵命，偏不磕頭是有的」對於另一種違背社會進步利益的命令，他是不遵奉的。在這種遵命與不遵命的矛盾統一中，魯迅的創造主體性始終得到充份的發揮。尊重需求，對於作家來說，就是作家通過自己的創作去贏得社會的尊重，在社會中找到自我的位置。在這個層次上，作家為了珍惜自己的聲譽，往往更加認真地創作。這種需求比生存需求、安全需求、消極性歸屬需求有可能在更大程度上充份地發揮自己的主體力量。這時，作家意識到自己是作家，應當有作家的尊嚴感和榮譽感。尊重需求，這是每一個有成就的作家起碼的主體意識。這種主體意識在創作中可能產生兩種效果，一種是積極性效果，即珍惜自己的聲譽而更嚴肅地勞動，不斷地追求新的境界；另一種則是消極性效果，這就是把聲譽變成沉重的精神負擔，變成內心自由的心理障礙。人有兩種最常見的不自由，一是逆境所造成的不自由，一是順境中的聲譽所造成的不自由。後一種不自由包括很多方面，例如過高地估計自己而處於盲目狀態；為護衛既得的名聲而處於保守狀態；為排斥他人而處於狹隘狀態，此外，還可能顛倒內在價值與外在價值的關係而處於卑微狀態。作家主體力量的發揮必須克服榮譽追求所造成的消極性後果。總之，作家的創作如果僅僅為了贏得社會的尊重，還不是作家主體性的真正實現，作家如果把尊重需求作為創作的主要動機，他就會被名聲所束縛，此時，作家仍然處於一種功利境界，心靈仍然不可能獲得最大的自由。所以魯迅曾聲明，說他決不會因為自己有名而謹慎些，就是因為他意識到名聲的干擾下主體性有退化的危險。

作家主體性的最高層次，則是作家的自我實現。所謂自我實現，就是作家精神世界的充份展示。自我實現包括兩個不同的層次，一是淺層自我實現，這是精神主體表層結構的外化，主要是作家認識能力的實現，即作家把自己對生活的認識表達出來。作家的認識內容都是作家充份意識到的，表現出來的東西都是經過理性處理的。深層自我實現，則是作家精神主體深層結構的外化。這種實現的特點，是作家全心靈的實現，全人格的實現，也是作家的意志、能力、創造性的全面實現。

但是，作家的內宇宙，不是一個封閉的世界，作家的自我實現，也不是這個封閉世界中獲得的個人的小自由，自身人性的一點小解放。如果把自我實現視為表現個人的小悲歡，那就太不幸了。作家主體性的真正實現，是打開內宇宙的大門，用內宇宙去感應外宇宙的脈搏，使內宇宙與外宇宙相通，並且具有外宇宙的巨大投影，負載外宇宙的壯麗圖景，因此，作家主體力量的實現，必須使自己的全部心靈、全部人格與時代、社會相通，必須「推己及人」，把自己的精神世界中一切最美好的東西推向社會，推向整個人類。作家的自我實現歸根到底是愛的推移，這種愛推到愈深廣的領域，作家自我實現的程度就愈高。愛所能到達的領域是無限的，因此，自我實現的程度也是無限的。朱熹說：「仁通上下，一事之仁，也是仁；仁及一家也是仁；仁及一國也是仁；仁及天下也是仁。」他又作比喻說：「仁者如水。有一杯水，有一溪水，有一江水，聖人便是大海水。」（參見《朱子語類》）這是自我與萬物渾然一體之境。此境界是無限的，由此境界所產生之需求，所應盡之責任也是無限的。只有愛他人，對他人充滿着同情心，才是最高的自尊感，也才能獲得最高的自我價值感。因此，只有在愛他人時，自身最有價值的東西——自己的良知才能獲得實現。一個對他人的痛苦不懂得同情的人，一個對人民不懂得愛的作家，首先是他自己背叛了自己的良知，這個時候，他首先是不忠實於自己的心靈，他的自我也無法實現。因此，作家的自我實現，應當在任何時候都不背叛自己的良知，任何時候都保持自己對人民的愛，任何時候對人民、對藝術保持無限的忠誠。

從以上五個精神層次的分析，我們可以了解，作家主體性的真正實現，就是作家的自我實現。而自我實現的過程就是作家對低境界的超越過程。超越的結果，導致作家的內在自由。因此，作家的主體意識，首先是作家的超越意識所造成的內在自由意識。

上面所說的作家創作心理，按生存需求、安全需求、消極性歸屬需求、尊重需求和自我實現需求的順序由低到高不斷昇華，這是從心理結構的角度來說的。而心理過程則是通過具體的創作實踐反映出來的。優秀的作家都能自覺或不自覺地完成上述心理昇華過程，因此，他們的創作實踐一般都表現出三種特徵，即超常性、超前性和超我性。

所謂超常性，就是超越世俗的觀念、生活的常規、傳統的習慣性偏見的束縛。一個有作為的作家，他決不會陷入中庸主義。相反，他必定有一般人所沒有的超常的智慧力量和人格力量，必定有強烈的超常的審美意識，必定不甘心重複前人已有的構思，不願意落入前人的窠臼和重複前人習慣使用的思維方式甚至語言方式，而追求着「人人意中所有，人人筆下所無」的東西，在沒有路的地方硬走出一條路。由於歷史上的種種原因，我國知識分子形成了一種普遍性的心理，即通過自省而進行殘酷的自我抑制，無情地窒息精神上的自由意識和創新意識，這種自我抑制造成了自我實現的最大心理障礙。流行於我國的「中庸」哲學，也使一些作家受到影響，缺少突破意識。因為任何突破都是反中庸的，反常規的。被中庸哲學所主宰的作家，總是處於自我滿足的盲目狀態，任何平庸的表現和無所作為的表現，都可以找到精神的逃路，一切創造的閃光都會被自我所撲滅。解放後，我國由於突出政治的影響，一切社會系統，包括經濟、文化、文學藝術等子系統，都被納入政治的總系統中，這樣，就要求文學過多地承擔非文學的政治任務，並把為政治服務作為文學的總綱。這樣，作家的某些美學追求就不得不消融於政治觀念之中。而作家的改造也與此相適應，即不是改造那些與社會前進不相符的品性，而是把創作個性作為一種原罪性質的「惡」加以撲滅。這樣，作家就把獨創性改造為適應性，把適應性看成是作家的最高道德，而且，這種適應性觀念又不是宏觀性質的，即不是與歷史前進的要求一致的適應性，而是與某一歷史時期的某一具體觀念相一致的適應性。這樣，作家就不得不隨着不同的政治氣候而改變自己的顏色，不得不進行艱苦的自我克服，懷疑自身一切新發現的衝動，撲滅一切創造性的萌芽。總之，是自身不可思議地進行痛苦的努力，以撲滅自身的主體力量。

超越意識的第二個內容是超前性，即具有巨大的歷史透視力和預見性，能超越世俗世界的時空界限。羅曼．羅蘭曾說：「像歌德、雨果、莎士比亞、但丁、埃斯庫羅斯這些偉大的作家的創作中，總是有兩股激流，一股與他們當時的時代運動相匯合，另一股則蘊藏得深得多，超越了那個時代的願望和需要。直到現在，它還滋養着新的時代。它給詩人們和他們的人民帶來了永久的光榮。」[1] 這就是說，作

1《法國作家論文學》，第三三二頁，三聯書店出版。

家在掌握藝術與現實的關係時，既要尊重現實，又要超越現實，具有站在歷史制高點的氣魄。不管在何種社會生活環境中，他們都能採取一種積極的態度，對歷史發展充滿着預見性。他們尊重現實，但又不受現實的束縛，他們能充份地發現那些與現實不一致的、但預示着將來的理想因素和各種美的萌芽。許多政治家、經濟學家認為不可能的東西，在作家的筆下，都會成為可能的東西。魯迅先生說，作家有一種特有的敏感，例如聽口令「舉……槍」，政治家要等到「槍」字令下的時候才舉起，而作家聽到「舉」字就舉起來了。（參見《集外集·文學與政治的歧途》）作家的主體意識應當有這種超越意識，即走在時代前列的意識，充當時代文化先驅者的意識，應當把自己的作品作為照亮人們前進的燈火。如果作家只會迎合俯就，當落後群眾的尾巴，毫無超前意識，就失去作家的主體力量。但這不是要求作家成為單純的時代精神的號角，而是要作家以獨特的慧眼，去發現、感受時代生活中那些其他階層的人們尚未發現和感受到的東西。這種東西，可能是時代的強音，也可能是時代變革的潛流，可能是時代的歡樂，也可能是時代的苦悶，時代的憂傷。

這種超前意識，表現在作家對生活的態度上，便不是消極的反映，而是積極的感應。文學藝術應當反映社會生活現實，這是毫無疑問的，但這不是直觀的、機械的反映，而應當是充份能動的反映。這種充份能動的反映，稱作主體感應更為準確。反映是有限的，感應是無限的。感應可以超越一切時空界限，有主體感應才有作家的理想，才有作家的預見，古今中外的東西才可能被作家主體所同化，所變形，這才是真正的美的再生產，再創造。謝林曾說：「一切有機過程的本質都在於它不是絕對的活動，而是以感受性為中介的活動，因為有機過程的持續存在不是靜止的存在，而是不斷再生產的過程，……因此，這樣的有機過程只能在外部力量的不斷影響下持續地存在，有機體的本質就在於決定活動的感受性和感受性所決定的活動，而這兩者必定會被統攝在應激性這個綜合概念中。」[1] 這就是說，一個作家僅僅意識到自己必須反映現實，像一面鏡子似地反映現實還是不夠的，還應當以自己的精神主體為中介去感受現實，參與現實中各種人的情感經歷，與筆下的人物共悲歡，共愛憎，共懺悔，去對客體進行審美的再創造。

超越性的第三個內容是超我性。自我實現不是一切歸於自我。自我實現的需求與尊重需求不同。自我實現是為了實現自己的理想力量、智慧力量、道德力量和意志力量。為了實現自己這些主體力量，作家不承認外界的偶像，包括不承認自我的偶像，與此相應，作家不屈服於心靈之外的任何誘惑，包括不屈服於一己利益的誘惑。自我尊重的需求是作家在社會中有意識地回歸自我，而自我實現的需求則不僅回歸自我，而且把我的感情推向社會，推向人類，在愛他人、愛人類中來實現個體的主體價值，此時，作家既有自我，又超越自我，而重心在於對他人的愛。作家的超越是無限的，主體性很強的作家總是把愛不斷地朝着更深廣的境界推移，而且最後總是達到一種高度的超我境界，這就是「無我」境界。達到這種境界的作家，就是他們身上已具備一種熱愛人類的至情至性，他們的愛完全是超功利的，完全是自然而然的，他們在熱烈地愛着，同情着，但自己已毫無感覺。作家最高的自尊感，最高程度的自我實現，就應達到這種忘我狀態。這個時候，作家完全打破主體客體的界限，他我兩忘，人我合一，自己完全進入一種超世俗的神秘的境界之中。在感情中獲得一種奇妙的體驗，這就是所謂情感的高峰體驗。作家的「情不自禁」，就是進入這種體驗。在這種體驗中，作家往往可以領悟到很多東西，可以獲得宇宙

1《謝林全集》，第三卷，第二二二—二二三頁，商務印書館出版。

感、哲學感，作家如果能獲得這種體驗，就會擺脱平庸，成為充滿創造活力的大作家。那怕短時間獲得這種體驗，也會使作家得益匪淺。作家的藝術創造，一般都要經過發現自我到忘記自我的過程，因此，從心理角度來看，作家的創造過程，可以說是一個自我——超我——無我的過程。

作家從內外各種束縛、各種限制中超越出來，其結果就獲得一種內心的大自由，這就是魯迅所說的，有一種天馬行空的大精神，此時，作家的主體力量獲得充份的解放，這就形成了文學創造最好的內心環境。因此，只有超越，才能自由。這種自由是作家精神主體性的深刻內涵。

作家的自我實現，既然必須通過自己的作品去感動人類這一途徑，那麼，作家就不能不負起社會的責任和歷史的使命。因此作家主體性的實現，除了自由意識之外，又必須有高度的使命意識。這種使命意識，一種是狹義的，即作家的作品必須對維持人類正常生活的道德規範和其他生活規範負責。另一種，則是廣義的使命感，這就是指作家的心靈必須與歷史時代的脈搏相通，必須承擔人世間的一切苦惱，承擔歷史留下的各種精神重擔，因此，使命意識必然表現為深廣的憂患意識，即先天下之憂而憂。作家的愛是無邊的，他們的憂天憫人的情懷也是無邊的。

憂患意識，不是個人的「患得患失」式的狹隘意識，不是自我哀憐的戚戚之心，而是與人世間的苦惱相通的博愛之心，是以人民之憂為憂的人道精神。魯迅在《詩歌之敵》中批評一些學者不能理解詩人的一種最重要的特質，他說：「他們精細地研鑽着一點有限的視野，便決不能和博大的詩人的感得全人間世，而同時又領會天國之極樂和地獄之大苦惱的精神相通。」（參見《集外集拾遺．詩歌之敵》）在另一篇文章中又說：「我時時說些自己的事情，怎樣地在『碰壁』，怎樣地在做蝸牛，好像全世界的苦惱，萃於一身，在替大眾受罪似的：也正是中產的知識階級分子的壞脾氣。」（參見《二心集．序》）

魯迅這兩段話，充份地表現出魯迅是一個偉大的人道主義者，而且他道破了創造主體必須具備的最重要的精神，這就是作家詩人有一種超越封閉性自我的大愛，他的心靈必須與人民的心靈相通，他必須承擔人間的一切大苦惱，承擔人類的一切罪惡——「替大眾受罪」的歷史責任；由於作家詩人時時背負着這種情感的重擔和精神的重擔，因此他們總是像蝸牛似地帶着沉重的負擔前行，並因此而常常牢騷太盛。這是詩人作家的痛苦處，也是詩人作家的幸福處和偉大處。我在一篇短文中曾說，我們是唯物論者，並不相信有甚麼「上帝」，但是，如果「上帝」是指一種情感上的嚮往的話，那麼，每一個有作為的詩人和作家，都應該有自己追求的「上帝」，這個「上帝」，就是愛，就是與全人間的悲歡苦樂相通的大愛。這種愛是超我的，超血緣的，超宗族的，超國界的。具有博大之愛的詩人作家，決不會只愛自己，他們必定要超越自己，推己及人，把愛推向人民，推向祖國，推向整個人間。他們能更深地理解人，並且相信，只要是人，他們的人性深處就必定潛藏着人類文明的因子，他們的靈魂就可以昇華，就可以拯救，就可以再造和重建。

正是這種廣義的使命意識即憂患意識，成為古今中外優秀作家最核心的主體意識。人類歷史上一些深刻的、偉大的作家，都具有深沉的憂患意識，從司馬遷、屈原到曹雪芹，從荷馬到托爾斯泰，哪一個大作家不是充滿這種憂患意識呢？杜甫的《茅屋為秋風所破歌》、《兵車行》，柳宗元的《捕蛇者說》，所以千古不朽，就在於他們表現出偉大深邃的憂患意識，放射出人道主義的不朽光輝。這些優秀作家有一個共同的特點，就是對人間的痛苦有一種特別的敏感，他們好像天生有一種特殊的神經，能夠敏銳地感受天下細微的憂思，就像母親天生地能夠感受兒子心中的一切很小的哀傷，任何人世間的痛苦，那怕幾乎是微不足道的痛苦，都會使他們不安，悲嘆，甚至哭泣，他們往往比身受痛苦的人還要痛苦。而這正是作家最深邃的靈性，與世界之心、人類之心相通的靈性。劉鶚在《〈老殘遊記〉自序》中極端地說，一切優秀的文學作品，都是在哭泣，都浸透着作家的眼淚。眼淚，正是人的靈魂的一部份。他說：「靈性生感情，感情生哭泣。」「離騷為屈大夫之哭泣；莊子為蒙叟之哭泣；史記為太史公之哭泣；草堂詩集為杜工部之哭泣；李後主以詞哭；八大山人以畫哭；王實甫寄哭泣於西廂；曹雪芹寄哭泣於紅樓夢。」因此，他得出一個結論：「哭泣者，靈性之現象也，有一分靈性即有一分哭泣，而際遇之順逆不與焉。」[1] 錢鍾書先生在《談藝錄》中提出「寫憂而造藝」的命題，其深刻性就在於，作家只有寫憂，只有深邃的憂患意識，才能把自己獨特的、深層的靈性表現出來，也才能使這種靈性與人間的心靈相通，從而擔負起推動歷史前行的責任。

這種憂患意識之所以是一種歷史使命感，就在於具有這種意識的作家，不是盲目地對待世界和現實生活的進程。憂患意識來自赤子之心，來自對真善美的追求，來自對美好理想的憧憬。由於他們有更美好的參照物，因此，他們能清醒地看到現實的不足和缺陷，清醒地看到歷史的局限性。即使在現實生活進程令人滿意的時候，他也一方面正直地禮讚這種進程，另一方面居安思危，看到社會進步中所隱藏的危險，因此，這種作家總是充滿着變革現實的激情，總是充滿着補天的慾望，時時提醒人們注意療治社會和避免災難。他們的心弦與祖國、人民以及整個人類的命運息息相通，無時無刻不關心着人民的命運。作家的精神主體性發揮到最高度的時候，在心靈上簡直把自己代替了上帝。黑格爾說：「苦惱意識是痛苦，這痛苦可以用一句殘酷的話來表達，即上帝已經死了。」[2] 這就是說，作家不再幻想甚麼彼岸

1 《中國近代文論選》（上），第二一四頁。
2 《精神現象學》，第二三二頁，商務印書館出版。

世界，不再相信有甚麼神仙上帝可以補救人間的缺陷。補救人間缺陷的歷史責任是每一個人都應當擔負的，尤其是作為人類靈魂工程師的作家更應當負責。作家必須轉向自身，求諸於自己，自己規定自己，自己實現自己，用自己的作品去關心人民的疾苦，去提高人民的精神境界，去塑造美好的靈魂，還應當鼓勵人民從世俗世界的邪惡中超越出來，去創造美好的未來。

有的朋友會駁難說，難道寫歡樂就沒有歷史使命感嗎？寫歡樂一般只能反映作家的表層情緒，傑出的喜劇家決不是為笑而笑的作家，在他們的笑聲背後也一定有某種深沉的東西，他們的笑也一定連着笑聲之外的某種眼淚。果戈理、契訶夫、魯迅的小說都是「含淚的笑」。可以說，沒有眼淚，就沒有文學。至少可以說，沒有眼淚，就沒有深邃的文學。悲劇文學是這樣，喜劇文學也是這樣。有的朋友還會駁難說，難道寫歌頌性的作品就沒有歷史使命感？不，我們應當歌頌一切光明的、進步的事業，歌頌光明的、偉大的時代，但是，這種歌頌達到深刻性也只有兩種途徑，一是被歌頌的對象之所以值得歌頌，一定是它某種程度上改變了人們苦難的命運，療治了人們心靈中的某種傷痕，解除了人世間某種物質上與精神上的囚牢。總之，它已在克服人間憂患中立下歷史功勳，只有這種歌頌才是深刻的歌頌，才賦予歌頌性作品以深邃的靈魂。另外，深刻的歌頌性作品還要提醒被歌頌對象的某些局限，關心偉大對象的命運，在歌頌中放入深邃的情感，只有這樣，才不會使歌頌性的作品變成一種淺薄的田園牧歌式的作品。

我們要求作家應當具有歷史使命感和社會責任感，這不是對作家的苛求，因為履行歷史使命自身就是作家自我實現的一種方式。但是，作家履行歷史使命和社會責任的時候，不是僅僅出於一種「理應如此」的需要，而是出於內心的需要，即「非如此不可」，領悟到這種外在的完成正是內在自我完成的途徑，正是對自我本質的真正肯定。這樣，歷史使命就化作自己的熱血，自己的眼淚，一切履行歷史責任的語言，都不是違心之論。這種狀況，已達到「無意識」的狀態，那麼當他們去盡社會義務的時候，就達到完全自然的、也是完全真誠的狀態。我相信，只有在這個時候，作家的創造主體性才得到充份的實現。

四

在藝術勞動中，藝術接受者的主體性，曾經被我們流行的理論所忽視，而如果不探討藝術接受者的主體性，所謂文學的主體性將是不完全的。

對接受主體的忽視，主要表現在兩個方面，首先是把藝術接受者看成是被動的反映者，似乎接受者只是一面鏡子，對藝術作品的內容只能進行「攝像式」的接受，因此，人們往往要求優秀的藝術作品應當產生立竿見影的良好效果，而社會生活中出現的不良傾向，也往往直接歸咎於文藝作品的錯誤描寫，認為生活中的某些壞人壞事乃是作品消極內容投射的結果。總之，忽視藝術的接受者同時也是創造者，忽視藝術傳播的中介環節——接受者的創造批判的作用，從而取消藝術接受者的主體地位，這直接導致人們考察藝術社會作用時採用線性因果關係的邏輯方式，導致簡單化傾向。其次是把藝術接受過程看成消極的受教過程，似乎接受者都是一些無知無識的群氓，像一團泥巴一樣接受藝術聖手的揉捏。他們把藝術的功能僅僅理解為思想概念的灌輸，看不到藝術的更深刻的意義——促使人性完善和發展的調節作用。總之，忽視藝術接受過程的自我實現機制，從而抑制了藝術接受過程的主體能力。這直接導致人們認識藝術社會作用的表面化和片面化傾向。過去某些鑒賞理論正是在上述兩個方向上表現出自己的缺陷，即一是過份地強調藝術鑒賞的認識論性質，二是過份強調藝術鑒賞的思想灌輸功能，從而導致接受主體性的削弱或失落。

今天，有必要在鑒賞理論中強調人的主體地位和主體能力的重要性，也就是說，我們的接受理論必須研究人的主體性的實現。這種實現包括兩個方面：一是如何使接受過程成為自我實現的過程；二是如何使接受者成為審美創造者。我們關於接受主體的考察，就是企圖從理論上闡明人在藝術審美活動中實現其主體性的機制，即自我實現機制和創造機制，以糾正過去鑒賞理論忽視人的主體性的傾向。

關於接受主體性的基本內涵，概括地說，就是指人在接受過程中發揮審美創造的能動性，在審美靜觀中實現人的自由自覺的本質，使不自由的、不全面的、不自覺的人復歸為自由的、全面的、自覺的人，整個藝術接受過程，正是人性復歸的過程——把人應有的東西歸還給人的過程。也就是把人應有的尊嚴、價值和使命歸還給人自身的過程。我們可以把藝術審美的這種效應，歸結為人的本質的還原效應，也可稱為藝術接受主體的還原原理。

在現實生活中，人由於受制於各種自然力量和社會力量的束縛，因此，往往自我得不到實現，自己不能佔有自己的本質，自身變成非自身。蘇軾在《臨江仙》（「夜飲東坡醒復醉」）中發出「長恨此身非我有」的感嘆，正是他意識到自身變成非自身的悲哀。這之前，莊周在《莊子．知北遊》中也曾有過這種自身失落的意識：「舜問乎丞曰：道可得而有乎？曰：汝身非汝有也，汝何得有夫道？舜曰：吾身非吾有也，孰有之哉？曰：是天地之委形也。」莊子在這裏感嘆的是，人往往被外物所役，因此，身不由己，不能自主。這種情況便在人的主體性部份喪失或完全喪失。莊子、蘇軾在詩文中作自身失落的感嘆，正是對自身還原的呼喚。然而，在現實生活中，人往往對自身的失落並不自知——自己意識不到主體性的喪失。而藝術在此時表現出自己的還原功能。人一旦進入了審美情境，就會使自己的尚處於沉睡中的主體意識甦醒，從而恢復這種意識，自己重新佔有自己的自由自覺本質。以阿Q為例，在現實生活中，阿Q式的人們是沒有人的地位和自由的，當人們要阿Q承認他是「蟲豸」（非人）的時候，他連忙承認「我是蟲豸」，此時他沒有人的主體意識。當然他也知道自己並非蟲豸（不是動物），而是人，但這僅是微弱的主體意識。此時他就不是完整的人，而是被扭曲的人。從總體上說，阿Q是幾乎沒有主體意識的，他至死也沒有感到自己悲慘的命運，沒有意識到自身的尊嚴和價值的喪失。而魯迅所以要把阿Q這種現實個性典型化，寫出一個活生生的阿Q形象，讓人們看到阿Q的不正常，恰恰是要使阿Q式的同胞們恢復主體意識，把主體意識還給讀者，使讀者排除阿Q式的麻木，意識到自身的主體價值。此時，讀者會獲得一種最寶貴的東西，這就是人應有的尊嚴、價值和使命。

人類社會，今天仍然處於「史前」時代，這種社會總是有缺陷的。處於這種社會總體狀態中的人，還不能充份地全面地佔有自己的自由本質，作為客體的世界，還不是真正的人的對象，它對於人還只具有有限的價值和意義，它還不能把人應有的東西歸還給人。而在藝術活動中，由於審美活動和審美關係的全面性和自由性，主體和客體不再處於片面的對立之中，客體成為真正的人的對象，並使人的全面發展的本質力量對象化。這就是說，人在欣賞藝術時，已從現實世界的各種束縛中超越出來，並以全面、完整的人的資格重新審視現實。在現實世界中，人處於世俗的紛擾之中，不能用全面發展的人的眼光看待現實，因此，也沒有完整意義的人的感受。而在藝術活動中，人自身復歸為全面的完整的人，便用充份發展的完整的人的眼光來看世界，因此，人能夠重新發現自我，重新發現世界，在這一特定的時刻，自我和世界對他都會變成嶄新的、陌生的天地。此時，人享受了應當過的生活，獲得人應當有的一切。

於是，人的心境獲得一種自由，一種解放，一種平衡。人類的神經經受幾千年的種種磨難而仍然不會斷裂，就因為不斷地獲得這種滋補，這種平衡，在這點上，藝術是有巨大的歷史功績的。這種復歸並不奇怪，在現實生活中，人總是希望自己能征服自然、征服世界，但是，絕對地征服自然、征服世界又是不可能的。這就是說，人作為純客體的對立物，它具有主宰世界的意識，它的主宰能力也在不斷地擴廣，但是，它卻永遠不可能主宰世界的一切。這種局限，正是人的特點，正是人區別於神的所在。也就是說，人總要受到社會和自然的限制，總是要感受到受限制的痛苦，因此，人總是要想辦法來調節自己的認識和感情，超越這種限制。於是，他們就把審美活動作為一種超越手段，並通過它實現在現實世界不可能實現的一切。蔡元培先生在說明他提倡美育的美學根據時就一再說明審美活動的超越性特點，他自己也承認，他「最注意於美的超越性與普遍性」[1] 所謂超越，就是對「生死利害」這種現實意識的超越，是對現實中各種限制人的自由本質的束縛的超越。把藝術的發生看成是單因的，看成僅僅是「遊戲」的，這是不夠全面的。但遊戲所以能說明一部份藝術發生的原因，就因為「遊戲說」道破了審美活動的超越性本質。席勒說：「只有美才使全世界人都快樂，在美的魔力之下，每個人都忘了他的局限。」[2] 這種見解無疑是有道理的。在審美世界中，人甚至把自己假設為能夠征服一切、主宰一切的上帝，以徹底地超越自己的有限性，肯定自身的無限可為性，這個時候，人的主體就變得更加豐富有力，對客體的改造就顯得更加積極。此時正如馬克思所說的：「人以一種全面的方式，也就是說，作為一個完整的人，佔有自己全面的本質。人同世界的任何一種人的關係——視覺、聽覺、嗅覺、味覺、觸覺、思維、直覺、

1 《自寫年譜》手稿，轉引自高平叔《蔡元培年譜》，第二五頁。

2 席勒：《審美教育書簡》，見《西方美學家論美和美感》，第一八零頁。

感覺、願望、活動、愛——總之，他的個體的一切器官，正像在形式上直接是社會的器官的那些器官一樣，通過自己的對象性關係，即通過自己同對象的關係而佔有對象。」[1]。

這裏應當指出，在藝術中，人對自身本質的佔有，最根本是人對自己的自由情感的佔有。人的還原，歸根結底，是人的情感的還原，是人的本應有的高貴情感在人身上的凱旋，是人重新獲得人的自由情感的快樂。文學藝術與自然科學及社會科學的各學科相比，它的優勢就在於它能更充份地佔有人的情感本質，在情感領域上獲得自我實現。沒有比文學藝術更尊重人的情感的東西。因此，在藝術活動中，人的還原，實際上是感情的神聖地位得到確認，是感情的存在得到充份尊重，是人自覺到情感的合理性，人間情誼的合理性。宗教與藝術的區別，正是在對待情感的問題發生分歧。藝術是最尊重人的全面感情的（包括自然慾望、情緒、社會性情感），藝術以解放人的情感為自己的使命，教人從情感上認識人的偉大性，教人從情感上佔有自身的全面本質，而宗教則以自己的整個體系來限制人的全面情感，特別是人的自然情慾（包括愛情），認為它是非法的，惡的，因此，應當實行苦行主義與禁慾主義，愈能夠禁慾，愈能夠壓抑自然情慾，就愈能得到上帝的喜歡。宗教也講愛，可惜它的愛只表現在社會性情感的有限部份，如憐憫和同情弱者等，而不承認人的情感的全面神聖地位，不能把愛貫徹到對人的情感的各個層次。這就是神道主義與人道主義的不同之處。因此，徹底的人道主義，就只有在文學藝術中才能實現。

從總體上說，接受主體性的實現，是使人獲得自我實現，使人的非自身復歸為自身，把人應有的全

1《一八四四年經濟學——哲學手稿》，見《馬克思恩格斯全集》，第四十二卷，第一二三——一二四頁。

面情感歸還給人佔有。如果再具體化一些，這一總體內涵又可包括三個基本的方面：

（一）把不自由的人還原為自由的人

人在異化勞動中，自身也被異化，從而充滿着人生的痛苦，此時，它可能成為機器的附屬物或者某種外在目的的工具，而在藝術世界中他們能夠暫時獲得解脫，可以給人以安慰。但是它與宗教有很大的差別。宗教對人的安慰一般不帶此岸性。它通過彼岸世界的虛幻性目標來規範此岸世界的現實性行為，因此，它只給人許諾一個未知的天堂，一個虛設的極樂的彼岸。而在此岸，宗教則要求人們忍受現實的折磨和痛苦，並要人們通過對情感的自我抑制來適應這種痛苦，因此，宗教總是引導人們安貧樂道，逆來順受，不斷地懺悔，不斷地撲滅做人的一切合理的要求，這樣，宗教就不可能給人以應有的自由情感，不可能實現現世的人的還原而只能實現「來世」的人的還原，但這就等於虛無。與宗教相比，藝術則明顯地帶有此岸性。如果說，宗教在彼岸把人應有的東西歸還給人，那麼，藝術則是在此岸把人應有的東西歸還給人。藝術所以在此岸，是因為藝術為人開闢的自由的土地，是存在於現實世界中（儘管是帶暫時性的土地），它使人在有缺陷的現實世界中無法獲得的東西可以在這塊土地上獲得——即可獲得一種暫時的心靈解放的體驗即自由的體驗。這種體驗，就是情感的復歸。即使作品寫的是現實的痛苦，甚至是比現實還要集中、還要強烈的痛苦，但從心理學的角度上，讀者觀眾也會因此而獲得一種情感的宣洩，一種鬱結於心頭的情感能量的發散。藝術接受者的痛苦感和沉重感，並不是消極物，相反，它能積極地轉化為人的自主意識，強化人的主體力量。藝術常給藝術接受者兩種心理機制，一種是補償機制，一種是激發機制。所謂補償，是指藝術所展示的比之客觀生活更完美，這給藝術接受者一種情感的補償，使他們在有缺陷的世界中找到一種理想之光，在黑暗王國中找到一線光明。而激發機制則是指藝術作品所展示的是畸形的、醜惡的世界，它給藝術接受者以異常沉重的審美感覺，這種痛苦感覺凝聚成一種情感核，它的「裂變」和「爆炸」，便激發藝術接受者的反省能力和改造環境及改造自身的能力，使其主體力量充份發揮出來。因此，痛苦感也是一種人性復歸的強大心理動力。

（二）把不全面的人還原為全面的人

人處於現實社會中，儘管已取得人的地位，但是由於社會的分工，人被迫從事單調的、重複性的勞動，因此，人的發展往往是片面的，不充份的，不完整的。李澤厚同志曾經說明兩種人性的片面性，他說，一種是把人性等同於動物性，這種片面性將導致縱慾主義，這是對人性的感性異化。另一種片面性則是把人性看成是一種自覺的道德要求或規範，那就是把人性等同於神性，把人性看成了神的、宗教的，完全排除了人的感性的動物性，把人性等同於社會性。這是把人性變成一種外在的強加於人的東西，這就導致禁慾主義。這是對人性的理性異化。李澤厚同志所講的這兩種情況，都使人成為片面的人，不完整的人，文學藝術當然不應當助長這兩種片面性，而應當克服這兩種片面性，使人變成全面的人。

（三）把不自覺的人變為自覺的人

藝術欣賞的過程，實際上又是一個自我發現的過程。讀者和觀眾在藝術形象中找到自己，並與之發生心理對位效應。此時，藝術接受者可能發現自己的潛在力量。經過這種發現，就會自覺地調動這些力量。除了潛力的發現之外，也可能發現自身未曾發現的不足，從而自覺地進行補充。這樣，人就離動物性愈來愈遠，愈來愈具有理性和自覺性。但是，自我發現最重要的是發現人自身有一個無比豐富的世界，這就是人的情感世界。這個世界深邃，壯闊，有着無窮的奇觀，除了文學藝術，人沒有其他辦法發現和認識自身這個氣象萬千的情感世界，這個燦爛而神秘的內宇宙。人變成自覺的人，這是一個無限的動態過程，是一個不斷地自我發現、自我昇華的過程。自覺性的水平是千差萬別的，人對無限深廣的情感世界的發現程度也是千差萬別的，但愈是認識得深，就愈自覺。

以上我們所闡述的是接受主體的自我實現機制。但接受主體性的實現還有賴於接受主體的另一種機制——創造機制，即欣賞者的完善的審美心理結構，以發揮審美再創造的能動性。馬克思曾說：「憂心忡忡的窮人甚至對最美麗的景色都沒有甚麼感覺；販賣礦物的商人只看到礦物的商業價值，而看不到礦物的美和特性；他沒有礦物學的感覺。因此，一方面為了使人的感覺成為人的，另一方面為了創造同人的本質和自然界的本質的全部豐富性相適應的人的感覺，無論從理論方面還是從實踐方面來說，人的本質的對象化都是必要的。」[1] 馬克思這段人們所熟知的話告訴我們一個非常重要的真理，就是人在藝術活動中不一定都能還原為全面的豐富的人，這裏需要一個條件，這就是主體條件。這種主體條件，就是藝術欣賞者必須具有審美能動能力和審美創造能力，即必須具有「音樂的耳朵」、「審美的眼睛」等人的審美感覺系統；也就是審美心理結構。按照馬克思的見解，這種心理結構，帶有與人的本質相適應的極大的豐富性。我們的鑒賞理論不應當忽視了這種主體條件，不應當忽視藝術接受者在審美過程中的創造機制，不應當忽視人的審美心理結構的培養和建設。

1《一八四四年經濟學——哲學手稿》，見《馬克思恩格斯全集》，第四十二卷，第一二六頁。

審美心理結構，不是消極的受動物，不是機械性、工具性的接受器，而是充滿着人的能動性和人的創造性的靈魂工程。它不僅是外部的音樂的耳朵，外部的觀照萬物的眼睛，而且是審美的內聽覺、審美的內視覺，是審美的內在自由感受機體和自由想像機體。貝多芬耳朵聾了之後，能繼續創造出最偉大的樂曲，就是依靠他的審美內聽覺。世界上所以能出現荷馬、彌爾頓這種偉大的盲詩人，並不奇怪。藝術欣賞者如果具有這種內感覺能力，就有強大的審美心理結構，他們一旦進入情感領域，就進入最自由的境地，並能充份地發揮自己的想像力，讓情感上天入地的自由馳騁。人的情感不需要有充份的理性根據，它不受形式邏輯上的充足理由律的限制，只要有健全的審美心理結構，就能充份地佔有自己的本質，把自己變成更充份發展的人。具有強大的審美心理結構，不僅能佔有情感的自由性，而且能佔有藝術的假定性，即能通過幻想、幻覺、通感、怪誕、誇張、神話、傳說等假定性手段來實現超現實意識的可能性，從而創造出一個具有審美特性的新現實。假定性使人不受客體的限制，它能使自身的有限價值在特定的時間中化為無限的價值，從而在最大的程度上佔有自己的本質。

我國在一個相當長的時期內，藝術接受者的審美主體性所以失落，這是因為主體本身的審美心理結構受到嚴重的破壞，變得畸形化、簡單化和粗糙化。就像謝惠敏式的人物，她本能地對某些帶有性愛內容的小説感到恐懼，以至認為《牛虻》是「黃色小説」。在中央電視台轉播《安娜·卡列尼娜》時，有些觀眾感到困惑，感到不可思議，也是謝惠敏式的畸形的、殘缺的文化心理結構所造成的心理障礙。這種畸形的、殘缺的審美心理結構，從根本上扭曲了文學的接受主體性，使藝術接受者喪失主體審美能力，以至本能地拒絕人性中許多優秀的東西，拒絕接受人類一切優秀文化遺產，本能地把一切人道主義的東西視為「封資修」。這樣，這些藝術接受者就固守了自己的片面性，悲劇性地成為極不完整的人。

如果我們充份地注意接受主體性，並把注意力集中在藝術接受者身上構築一個現代化的、健康的、強大的審美心理結構，我們就將找到社會主義精神文明建設的關鍵點。精神文明，有開放性與封閉性之分，有建設性與防範性之分，有深層性與淺層性之分。深層性的精神文明的建設，就是要建設這種現代的、健康的、強大的內在動力系統，這就是深層的文化心理結構。一個人，具備了這種文明的內在審美機制，自然就會有吸收人類文化中一切優秀的遺產的要求，在真善美與假惡醜面前，就會有正確的價值選擇，也自然就會有美好的品格，美好的行為，美好的語言。也就是說，語言美、行為美這些要求，不僅是一個外在的規範，而且成為一種內心的精神需求。一切美的、崇高的行為，就不是強制性的，而是自覺性的。也就是說，外在的表面的美的行為，就不再是靠社會的抑制機制來完成，而是靠人自身內部的激發機制來完成。所謂主體性，就是人對世界的理解和把握，而這種理解和把握，就是通過審美心理結構去理解和把握的。因此，人的主體性的實現程度，是與人的文化心理結構的完善及豐富程度成正比的。沒有這種現代的、健康的、強大的文化心理結構，就沒有人的一切美好的情感，接受主體性就會喪失，荷馬、但丁這些藝術巔峰在他們面前就會視而不見，莎士比亞、巴爾扎克、托爾斯泰這些文學的燦爛之星在他們面前就會暗淡無光，貝多芬、莫扎特這些藝術聖人，就會被他們打入地獄，充滿偉大人道主義精神的魯迅就會被歪曲成「極左派」，充滿着社會責任感、為追求真理而生活的科學家就會被視為「反動權威」而被打入「牛棚」，一切創造性的見解就會被視為「數典忘祖」的異端邪說，一切人類的優秀文學藝術遺產都會被視為「封資修」的東西而送入他們自己設置的荒唐的政治裁判所，一切低級下流的文化糟粕就會被視為珍寶。這樣，就會斯文掃地，導致精神文明的崩潰。到了共產主義社會，就是勞動審美化的社會，那時的人，作為全面的、充份的人，他們就是具有完善化的審美心理結構的人。也就是用完善的審美心理結構去把握世界的人。美學是未來的倫理學。這個命題的意義，就在於未來的更高級的人類社會，必定是靠非強制性的手段去掌握人的，而這種自覺的手段，就是審美的手段，就是人自身的完善的審美心理結構。因此，具有完善的審美心理結構，既是人的創造機制，也是人的自我實現的機制，也就是接受主體性獲得實現的根本所在。

五

藝術接受者的高級部份是文學批評家。文學的批評家與一般讀者具有相同的一面，它首先是藝術的鑒賞者，第一步必須踏入鑒賞的王國。批評家沒有權利疏遠作品而作主觀隨意性的架空批評。批評家有義務比一般讀者更忠實於藝術，更無私地、更嚴肅、更客觀地對待自己的批評對象。一個優秀的文學批評家，他任何時候都應保持對文學藝術的忠誠。文學批評是文學理論與文學創作兩者之間的中介，這一地位，決定了文學批評家一方面應具有文學理論家的科學抽象能力，另一方面必須有作家藝術家的藝術感受能力。因此，文學批評家的審美心理結構至少必須是兩維的，這就是理性文化心理結構與感性文化心理結構的結合。

由於批評家首先是作為藝術鑒賞者的資格與藝術發生聯繫的，因此，批評家與讀者一樣，它在欣賞作品的時候，就已擺脱人的不自由不全面的存在形式，而在更高的水平上重新創造了自己真實的存在，也就是説，它已經在文學欣賞中超越了現實意識的限制，恢復了人的主體地位，佔有了人的自由本質。批評家與一般讀者所完成的這種超越，如果我們把它界定為第一級超越的話，那麼，批評家主體性的實現，還必須完成另外兩級超越，這就是對作家意識範圍的超越和對自身的主體結構和固有意識的超越。

對作家意識範圍的超越，是批評家的第二級超越。沒有這一級超越，批評家的審美理想不可能獲得實現。這種超越首先必須對作家及其作品充份地理解，並在此基礎上，又以自己獨特的審美觀念（其最高層次的是審美理想）來解釋作品，在解釋中放入自身審美理想的投影，使作品獲得昇華，使作家在創作過程中湧現出來的一些非自覺的東西變成自覺的東西，即原來作家未意識到或未充份意識到的東西上升為自覺的充份意識到的東西，這個時候，批評家就從「入乎其內」到「出乎其外」，成為藝術的審美再創造者。他在這種創造中把藝術經驗提升到抽象層次和提煉為某種理論形式，並被作家所吸收，但這不是作家創作的出發點，而是給予作家一種潛在啟迪，並變成為積澱於作家心理世界中的個性化的因子，這種因子就在他們日後創作中起潛在的作用；

第二級超越的實現，首先要批評家應當充份理解作家。所謂理解作家，就是批評家對文學創作特殊規律的把握和對文學作品所創造的每一個特殊的藝術王國的把握，從而佔有作家精彩的個性和美的本質。批評家只有在文學創作的特殊王國中獲得了這種自由，它才能踏入作家的心靈深處。批評家與作家的分離現象往往是由於批評家捉摸不到作家胸中的境界（當然也有作家無法理解批評家的某種更先進的審美觀念，本文暫不論述這方面的問題），由於不能理解作家，批評家經常受到作家的攻擊。這種現象似乎是國際性的。例如，美國小說家約翰·斯坦貝克談到當代的美國評論時說：「恕我用詞粗鄙，我認為當代的評論是一片臭氣熏天的水坑。如果這樣來看當代評論的話，我並不反對它的存在，不過應該讓大家都知道，評論不過是人們在心情惡劣時玩的一種遊戲。」這種分離現象，盧那察爾斯基用一個非常生動的比喻來說明，他說：「梅特林克有篇好童話，談到一條蜈蚣。你們知道，蜈蚣是相當複雜的生物，有四十條腿，但是它雖然複雜，還是能夠很好地行使它的生活機能，有這麼一次，一隻不懷好意的癩蛤蟆問它：『可不可以向你提個問題？』——『好吧。』——『當你往前伸出你的第一條腿子的時候，你還有哪幾條腿子同時往前伸出？當你彎下第十四和第十九條腿子的時候，你那第二十七條腿子的腳掌在做甚麼？』蜈蚣專心思索這些問題，再也不會走路了。不要把創作過程弄得乾巴巴的。你想根據社會主義的良心，用藝術手法記下某個過程，您想描寫鬥爭中的醜惡的或美妙的一幕，——如果您不知道怎樣『用辯證唯物主義』來幹這個，難道您就得放棄這項任務嗎？」[1] 盧那察爾斯基這個例子告訴我們，批評家即使具有幫助作家的良好願望，但教條式的批評，也會使作家手足無措，造成作家巨大的痛苦和混亂狀態，連正常的寫作都無法進行。盧那察爾斯基指出的現象，在我國解放後的批評界也是普遍的現象，這種現象的長期存在，也形成作家對文學批評的厭棄心理。因此，為了克服批評家與作家的分離現象，使批評家的主體性得以實現，有必要重新提出「理解作家」的問題。批評，就其前提意義上說，就是理解，就是理解作家，理解作品。這種理解，最重要的是充份尊重作家勞動的特殊性和創作的特殊規律。這些特殊性和特殊規律尤其值得注意的有下列三個方面：

（一）作家的特殊心態和特殊的思維方式

作家的心態和批評家的心態不相同，批評家偏於理性，偏於邏輯，而作家則偏於情感，偏於非邏輯。作家的心態，如果我們不得不用一句話來概括，大體上可以稱為非準則的心態。這就是在進入創作

---

1 《盧那察爾斯基論文學》，第六六五—六六六頁，人民文學出版社。

的高潮時，任憑自己的思潮洶湧，跟着自己筆下的人物走，如癡如醉，簡直無法說明自己是怎樣一種心境。甚至自己已經寫出作品，還說不清自己是怎樣一種思維過程。這就是所謂靈感的衝擊。在古希臘時代，柏拉圖把靈感視為一種迷狂狀態，靈感等於神賜的迷狂；在十八世紀，靈感等同於天才，康德正是這樣看待靈感的；而到了二十世紀，西方不少的美學家則把靈感等同於一種無意識的直覺。這種無意識的直覺，在創作中確實起了重大作用。在世界文藝學史上，有兩種傾向表現得異常清楚，一種是否定靈感，極端地強調藝術準則的唯名論；一種是極端地強調靈感的純粹直覺論。韋勒克在《文學理論》中認為兩者應當中和起來，他說：「我們不能同意兩種極端的觀點：不能同意認為文學時代是一個實體，它的本質得靠直覺去把握的那種形而上的觀點，也不能同意認為文學時代只是一個為描述任何一段時間過程而使用的語言符號的那種極端唯名論觀點。極端的唯名論假說，時代的概念是把一個任意的附加物加在了一堆材料上，而這材料實際上只是一個連續的無一定方向的流而已」[1] 我國批評界幾十年來強調的是極端唯名論，即從某種概念、精神、準則出發去剪貼材料，然後人為地拼湊成各種乏味的精神產品，而忽視了靈感思維在文學創作中的特殊作用。有些同志把「直覺」、頓悟、靈感思維籠統地說成低級的原始思維，恐怕是不妥當的。羅素曾指出靈感能夠導致重大的科學發現，並認為它也是一種高級思維形式。他說：「這種神秘的情感如果擺脱各種沒有根據的信念，並且不至於強烈到使人完全放棄日常生活事務的程度，那就可以產生某種非常有價值的東西……胸襟之開闊、態度之沉着、思想之深刻，都可起源於這種感情。」[2] 如果說，靈感思維可以導致科學的發現，那麼，我們完全可以說，靈感思維將在藝

1 韋勒克、沃倫：《文學理論》，第三零二頁，三聯出版。

2 羅素：《宗教與科學》，第九八—九九頁，商務印書館，一九八零年版。

術發現中起着更加巨大的作用。

（二）理解作家的情感特點

這是第一個特點的具體化。作家的創作活動是一種複雜的情感活動，批評家如果不能充份尊重他們的情感方式，也會發生分離現象。作家的情感表現出很多特點，例如真誠，偏激，不穩定性，不確定性，隨機性等等，但從最一般的特點來說，作家的情感與批評家的情感相比，就有冷熱之殊。作家的情感是熱烈的，而批評家總是比較冷靜。任何一個偉大的而不是平庸的作家，他們的感情決不是中庸性質的。車爾尼雪夫斯基說果戈理是「一個不知道有中庸的天才的狂熱家；不是沉沉酣睡，就是生命沸騰，不是沉醉於生命的歡樂感，就是去受苦受難，如果二者都沒有，就會感到沉重的苦悶。」[1] 就以托爾斯泰和魯迅來說，兩個偉大的作家內心都充滿着人類之愛，但是，一個宣佈他要愛一切人，包括愛敵人，也就是寬恕一切，包括寬恕敵人，這是托爾斯泰；而另一個則是另一極端，他宣佈，我決不寬恕，至死也不寬恕，我要無情地報復敵人，這是魯迅。這兩種情感都非常偏激，但是，無法否認，這兩位作家都充滿着愛，都是偉大的人道主義者。我覺得作家偏激的愛，有三種最基本的形態。第一種就是魯迅式的愛。這種愛的特點是愛與恨的互相融合，並強烈地表現為恨。但是，他的恨沒有離開愛的母體，他的恨是愛的支脈，是愛所派生的，而唯其如此，他的憎惡，他的報復才是美的。他的報復主義其實正是他的人道主義的一種變形。第二種形態是冰心式的慈母之愛（這種愛的形態包括男女之間真摯的愛情），這

1 《論文學的戰鬥傳統》（譯文集），第一四八頁，上海新文藝出版社，一九五三年版。

種愛是完全超功利的、純然的愛，甚至是為愛而愛，可以說是不符合充足理由律的愛，說不清為甚麼愛的愛。第三種形態，則是「聖母式」的愛。這種愛者，把自己置於超人間的地位，具有一種「上帝基督」的精神，愛一切人，寬恕一切人，包括寬恕罪犯。他們悲天憫人，與一切痛苦的心靈相通，不僅承擔全世界的苦惱，甚至承擔着全人間的罪惡。他們把罪犯放到自己的筆下來拷問，不僅要拷問出他們的罪惡，而且要拷問出罪惡掩蓋下的潔白。

（三） 理解作家的獨特的生活方式、取材方式和表現方式

莫泊桑說：「所有的作家，雨果和左拉一樣，都曾堅持要求寫作的絕對的權利、不可爭辯的權利，也就是說根據自己的藝術見解來想像、觀察。才能是來自獨創性。獨創性是思維、觀察、理解和判斷的一種獨特的方式。……」又說：「完全不同的流派必然要運用絕對相反的寫作方法，這是很明顯的事。」[1] 有些作家是屬於「跑馬」式的作家，他們必須經常到社會的各個角落以及到大自然的名山大川中去「跑」，去觀察，去獲得創作靈感和素材；有的作家則是「深挖」式的作家，他們不喜歡到處旅行，也不喜歡隨意移動自己的生活基地，他們習慣於在某種範圍內生活，充份地熟悉某一範圍內的各種社會世相和社會心態。寫過《岸》與《熱的雪》等優秀作品的蘇聯作家邦達列夫這樣說：「文學創作是一件極其獨特的工作。列夫．托爾斯泰沒有專門出訪過，但是他有天才的精神閱歷，度過了頗為複雜的一生。伊萬．蒲寧走遍了半個世界，但是，他創作的傑出作品並不是旅行記，而是有關他在異國所苦戀的

1 《文藝理論譯叢》第三輯，人民文學出版社，一九五八年版。

俄羅斯，是他感覺得到的、念念不忘的、十分熟悉的俄羅斯。……我不明白，甚麼叫做為了創作而有意識地到處去收集素材。生機盎然的生活怎麼能任人挑選，而不還其本來面目呢？我擔心，這樣做會出現一種危險，就像把豐富多彩、廣闊無垠的生活畫面硬塞進一個簡單的、例證式的鐵畫框中去一樣。外出採訪不可能產生出長篇小說。」[1] 像托爾斯泰這種通過「天才的精神閱歷」而獲得創作成功的作家，其實是不少的。事實上，每一個作家都有自己生活的「敏感圈」，作家在自己的「敏感圈」中，有自己獨特的素材積累，情感積累，有自己的心靈體味過的許多動人的東西。作家在這個敏感圈中，完全處於自由狀態，他能聽懂這個敏感圈中獨特的語言，能感知這個圈內各種情感的微妙差別和變異。這樣，在無形中，作家便取得最基本的獲得成功的外部自由的條件。如果強迫作家轉移自己的敏感圈，作家身上全部精神機制就會處於無能為力的狀態。

我們強調批評家在上述三個方面對作家的理解，歸根結底，是要求批評家正確理解藝術活動中情與理的關係，充份尊重文學的情感性特點，充份尊重情感本身的特殊規律，承認情感的獨立價值和地位，而不應當先入為主，用既定的觀念和機械性的尺度來評價作品，硬把作品納入自己先驗的某種觀念之中，人為地用外在的「理」去扭曲作家創作過程中的情感方式和作品中的情感特點，把違背作家情感方式和文學情感特點的「理」看成至高無上的東西。批評家只有當自己的「理」成為合情的「理」的時候，他才算通人情，通文學，才和創作不再分離，它的批評才是合規律性的，也才合批評家自身的主體性。

我們分析了文學活動中的一些分離現象以及批評家在克服這種分離中的作用，這樣，實際上就說

1 《蘇聯當代作家談創作》，第二二一頁。

明了批評家的使命應當是一方面理解作家，使自己的心靈與作家同步，並同作家一樣，有一個豐富的世界。批評家的自我實現，首先正是在克服這種分離中完成的。但批評家對作家的充份理解只是批評家主體性實現的基礎，它並不是實現的全部。批評家主體性的實現，還應當超越作家的意識範圍，即超越作家意識範圍的局限，發現作家未能意識到的東西，從「理解」進入「發現」。托爾斯泰曾說：「真正評論的任務是發現並指出作品中的一線光明，沒有它作品就一文不值。」郭沫若也這樣界定批評的本質意義，他說：「文藝是發明的事業。批評是發見的事業。文藝是在無之中創出有，批評是在砂中尋出金。」托爾斯泰、郭沫若都證實批評的「發現」本質。這種發現就是在理解作家發明（創造）的基礎上，「發現」作家自我意識沒有達到的兩個領域：一是作家對於自己的作品未必能意識到的價值水平（優劣得失）。「文章千古事，得失寸心知」，只是在一定的範圍內才是真理，這就是作家在某種情況下比批評家更清醒地了解自己，傅雷在他的家書中說：「所謂『文章千古事，得失寸心知』，往往認為自己的缺陷，批評家並不能指出，他們指出的倒是反映批評家本人的理解不夠或者純屬個人的好惡，或者是時下的風氣和流俗的趣味。」[1] 作家比批評家更「知」自己的作品的情況是存在的，但是，傅雷所說的這種被時下的風氣和流俗的趣味所束縛的批評家，恰恰是喪失了主體性的批評家，而有審美主體性的批評家不僅不被時下的風氣和流俗的趣味所左右，並且一定與作家胸中的境界相通，甚至可能比作家更了解作家。這是不奇怪的，因為批評家如果站在更高的文化層次上，掌握更宏偉的文化參照系統，而且這些參照系統的深廣度大大超過作家自己掌握的參照系統，批評家就完全能夠發現作家自己未能意識到的得失優劣，

1 《傅雷家書》第一五五頁，三聯書店，一九八一年版。

但這需要批評家確實站得高。因此，郭沫若在談論文學批評時特別指出，「批評家應該站得很高。」[1]茅盾也說：「批評家應當比作家具備更多方面的社會知識，更有系統的對社會生活的了解，更深刻的對社會現象的判別能力，然後才能給予作家以更有效的幫助。」[2]

批評家發現作家未意識到的部份除了作品的價值水平（優劣得失）之外，還有一個非常重要的發現內容，這就是要發現作家自身沒有意識到或未充份意識到的但反映在作品之中的潛意識層次的內容。這種潛意識內容，在作家處於最好的創作狀態時，被充份調動出來，並在作家不自覺的時候進入了作品，滲透在作品的各種元素之中以至整體結構之中，當作家停止高峰體驗而形成作品時，作家並沒有充份地意識到自己作品的全部意義。此時，批評家就可能超越了作家的意識範圍，進入作家的潛意識世界，把作品的潛在意義充份地發掘出來，發現出來。杜勃羅留波夫曾說：「有時候，藝術家可能根本沒有想到，他自己在描寫甚麼；但是批評家之所以存在，就是為了說明隱藏在藝術家創作內部的意義，……」[3]對作品的潛在意義，發現得愈深廣愈好，如果能發現到作家自身感到「驚奇」的程度，就是最好的批評。上述杜勃羅留波夫的見解，岡察洛夫非常贊成。岡察洛夫承認批評家可以發現作家無法發現的東西，他說：「藝術家自己常常要借助細緻的評論家，例如別林斯基和杜勃羅留波夫，才看出其意義來」，他還承認，作家本身很難兼有完全自覺感知自己的能力，他說：「在作者本人身上結合着強有力的客觀的藝術家和十分自覺的批評家，這是頗為罕見的。」[4]批評家的可為性正是在這點上建立起來的，即他可

1《話劇要增加些浪漫主義》，見《郭沫若文論選》，第八六頁。
2《新的現實和新的任務》，見《茅盾文藝評論集》（上），第一一零頁。
3《黑暗的王國》，見《杜勃羅留波夫選集》，第一卷，第二四八—二四九頁，新文藝出版社。
4《外國理論家作家論形象思維》，第一零七頁。

以發現作家自身未能自覺到的潛在意義。任何作家都不可能意識到自己全部潛在的力量和它外化於作品中的多種意義和它的豐富的內容。作家創造一個形象，這個形象的信息總是大於作家意識到的範圍。已經被作家説盡的形象未必是成功的形象，倒是可供不斷補充、不斷審美再創造的形象才是成功的形象。總之，批評家在作品中獲得了藝術發現，並向作家説明和灌輸這種發現，以至推動作家前進並在實際上創造着作家。這就使批評家贏得了主體價值。批評家的這種昇華，從主體需求的角度來説，就是批評家不再是藝術符號的消極解釋者，把批評等同於註釋（註釋需求）；也不是從一個理論前提出發去闡發某些文學現象的意義，把批評當成演繹（演繹需求）；也不僅是從某些具體的文學現象概括出某些理論觀念，把批評視為歸納（歸納需求）；儘管這些都是批評的一部份。批評家還要求在批評實踐中自我實現，這就是審美理想的實現。這種實現，是批評家在堅實的科學批評基礎上，在上述多種需求的基礎上進行審美再創造，在批評中表現出自己的獨特的審美理想，審美觀念，使自己的評論，也成為一種凝聚着審美個性的「創作」，就像別林斯基對果戈理的批評一樣，一方面表現出對果戈理最深刻的理解，另一方面又創立了別林斯基自身特有的審美理想和文學觀念。別林斯基的文章成為一種獨特的文體，這就是他的批評「創作」。有了這種創造意識，批評家就不僅是作家的知音，而且是與作家並列於文藝王國中的另一種意義的作家。他的作品就不僅是「我注六經」（註釋、分析作品），而且是「六經注我」，批評中有自己的學説。這個時候，批評家的主體性發生了一種大的變化，從一重性變成雙重性，一方面具有高級接受主體性，另一方面又兼有創造主體性。有了這種主體性的批評家就會有科學的良知和藝術的良知，在任何時候，都會對文學藝術和自己的人格負責，他決不人云亦云，成為其他批評家的號筒；也決不迎合俯就，成為讀者的工具；也決不無原則地吹捧，成為作家的喇叭；也決不成為某種標語口號的鼓動者，左顧右盼，隨風轉向。他有思想，能夠篩去一切空話，謊話，套話，而實實在在地講他真切感受到的東西。這種批評文章既通文學，又通人情，讀了這種文章，總是容易使正直的讀者共鳴，使讀者獲得一種信任感。這種批評家必然表現出對作家的真摯的愛，他不是審判官，而是作家最真摯的朋友。他不是準備與作家分享各種桂冠的光榮，而是隨時準備與作家一起承擔各種痛苦、寂寞和憂傷，甚至承擔各種挫折與罪惡，他不僅能與成功的作家的心靈相通，也能與失敗作家的心靈相通。他們在批評作家的錯誤時也會想到自己的責任，想到自己有義務幫助作家完成從失敗向成功的轉化。

批評家除了實現上述兩級超越之外，還必須實現第二級超越，這就是對自身的超越，即自身的再創造。所謂對自身的超越，就是批評家對自己的業已形成的審美心理結構以及固有的審美意識在某種程度上的超越。這個過程就是批評主體在批評實踐中獲得了改造，實現了自身部份的重新構建或質的飛躍，這個過程大體上是批評家先進入他所探尋的藝術世界，然後對這個世界進行反思，這種反思最初是他們用固有的審美理想作為參照系統進行反思，但在反思中，它發現了自身的不足，於是又對這種反思進行反思，即對反思的參照物——審美理想進行反思，從而獲得新的文化基因，並把這種基因積澱到自身的心理結構之外，使自我的文化心理結構發生了變化。

這個過程，如果借用皮亞傑的認識發生論來說明，就顯得更為明晰。按照皮亞傑的理論，人的認識是在主體與環境互相作用的過程中實現自組織的動態系統的，那麼，文學作品在批評家頭腦中的反映決不是一種機械的、被動的反映，而是經歷了批評家的心理組織過程，然後對作品的刺激做出相應的美感效應。這種心理組織效應包括對刺激的「同化」和「順應」兩種機制。這兩種機制的作用，便引起批評家內部的審美意識圖式的變化。皮亞傑說：從生物學的觀點來看，同化就是把外界元素整合於一個機體的正在形成中或已完全形成的結構內。在一般含義中，食物的同化藉化學的轉化來完成，使得食物變成有機體的物質組成。同化作用保證了內部圖式結構的連續性和新的元素整合入結構之中，但是，在人的認識發展過程中，單有同化的作用，認識結構還不能發生根本性的變異，因此，如果同化沒有它的對立面——順應，它就不會自身單獨地存在。在一定條件下，內部圖式會發生變異，以適應現象，這就是順應。皮亞傑說：「在行為的領域內，我們把同化性的格式或結構受到它所同化的元素的影響而發生改變稱之為順化（即順應）。」[1] 我們借鑒皮亞傑的這些理論來觀照批評家的心理組織過程，即可了解，批評家的主體能力在批評實踐中充份發揮的時候，也充份地發揮他對客體的同化順應能力。即：一方面批評家主體同化了客體（作品），作品被自己的審美眼光所穿透，即被自己的審美理想所溶解。此時，是批評家以自己固有的審美意識圖式去同化作品，以適應作品傳達的信息。如果新信息的刺激不足以打破原來的審美意識圖式，就不會產生裂變，原來的圖式就不會被根本改造，只發生量變。但是，如果作品的刺激異常強大，以至強大到必須漲破原來的審美意識圖式才能適應作品的客觀現象，批評家內心的圖式就不得不改變。這實際上是主體在與對象的接觸中，又被對象所影響，所感動，此時，主體的部份本質就被客體所佔有，所改造，在無意中（批評家自身不一定發現，未意識到）主體結構發生了順應的變化——主體結構的原質中產生了異質，變成了新質，這樣客體又創造了新的主體結構（發生了質變，或部份質變）。經過這樣一個重組過程，新的主體就超越了舊的主體，新的審美意識就超越了舊的審美意識，即完成了批評家的自身再創造，而這種完成，使批評家的審美意識圖式提升到更高的審美層次，進

1《西方心理學家文選》，第四三一頁，人民出版社。

入批評的更高境界。

批評家高度地自我實現，批評一方面表現為科學，一方面又表現為藝術，而且是從科學走上藝術——把批評看作是一種藝術，一種美。這種變化的關鍵點是批評家注入自己的情感，在作品中獲得一種類似作家的心靈體驗，批評家進入這種體驗時，批評就不再是批評家的工具（物）——外在的世俗的器械，而是批評家內心的熱烈需求（人）。這個時候，批評家把作品中展示的藝術世界化為自己的心理世界，自我與藝術世界融合為一，主客體的界限頓然消失，於是批評家超越了自我而達到忘我境界，此時，批評就從技術轉化為以情感性為主的藝術，就如庖丁解牛，從必然境界走入自由境界，走向悟道的特殊體驗境界，這個時候，批評家便顯示出自己的全個性，形成自己的獨特的批評風格，實現了自身的主體性。在這一點上，大批評家的思維境界與大科學家相似。像哥白尼、愛因斯坦這樣的科學家，可以說，都從科學境界進入藝術境界。但他們不是把科學和藝術放在同一境界，而是把藝術放在更高境界。他們由於對科學的高度熟悉、高度熱愛，並通過自己壯麗的想像力和奇妙的假説，使自己超越了一般感覺，甚至超越了一般科學家的客觀感覺，從而進入一種神秘的心靈體驗，把人的主體性投射到客觀對象之中，在對象世界中左右逢源，遊刃有餘，從而獲得一種對自由本質的佔有，一種神秘的捕獲到美的喜悦，此時，科學就變成了美。批評家主體性的充份實現，也與此類似。他們能以作品為媒介，通過自由聯想和自由想像，使自己超越了作家的眼界和感覺，超越了作家的意識範圍和作品提供的現實限度，也超越了自身的種種一般感覺而達到對美的衝動性的神秘的體驗，以至發現作家未發現的東西，感悟到宇宙人生的潛在真理。此時，批評就不再僅僅是科學，而且變成一種藝術，批評家再也不是批評「匠」，而是真正的悟道的批評「家」，從而在更高的水平上實現了自身的主體性。

六

我們在本文中初步討論了人在文學作品中的對象主體地位，又進一步探討了人在整個文學活動裏的主體地位（創造主體性和接受主體性）。後兩種主體性質，不具有那種對象主體在文學中的被反映性，它是人在全部文學實踐中（包括創作、閱讀、批評等等）的主動性，或者叫做人理解和把握現實，超越現實和昇華文學作品的能動地位和力量。強調人的創造主體和接受主體地位，同恢復人的對象主體地位相比較，從理論層次上說，更內在、更豐富，也更艱巨。我們全面地探討主體性的目的，就是要使我們的文學觀念擺脱機械反映論的束縛，踏上更廣闊，更自由的健康發展的道路。

以「再現」或「反映」的觀點來解釋文學現象的本質，可以追溯到相當早，譬如古希臘的赫拉克利特和亞里士多德等人的「摹仿説」之類。但文學反映客觀世界的理論真正確立並左右文學思潮，還是十八世紀歐洲自然科學發達、唯物主義思想在哲學裏爭得主導性地位之後的事。所謂十八世紀的唯物主義，就是借鑒當時的自然科學成果，開始把「上帝」或「造物主」之類的先驗觀念從人的頭腦中剔除出去，承認「我們自己所屬的、物質的、可以感知的世界，是唯一現實的，而我們的意識和思維，不論它看起來是多麼超越感覺的，總是物質的，肉體的器官即人腦的產物。物質不是精神的產物，而精神卻只是物質的最高產物。這自然是純粹的唯物主義。」[1] 文學上最初的「現實主義」概念，是同這種「唯物

1 《馬克思恩格斯選集》，第四卷，第二二三頁。

主義」哲學觀的性質一致的。與唯物主義哲學觀奠定了近現代從自然科學到社會科學的整個人類文化的觀念的基礎一樣，現實主義也繼歷史上的古典主義和浪漫主義之後，成為一百多年文壇上空前強大、影響最廣泛的文學觀念。可以說，整個世界的近代文學的發展，無論從橫向的體裁分類成就看，還是順歷史演變的縱向軌跡考察，都印有現實主義文學觀的痕跡。而且，即使從今天的眼光評價，這一文學觀念的理論內核仍然有相當的合理性，以反映論作為哲學基礎的文學理論體系將繼續煥發出生命的活力。

問題是，我們不能因為反映論哲學觀的歷史合理性和理論合理性，便把建立其上的現實主義文學理論凝固化和片面化。它應該隨着人類文化觀念的不斷演進而逐步更新，注意現時代文學內外日新月異的種種變化，糾正自身歷史上的偏頗和不足。從根本上說，這正如恩格斯所指出的，「真理是包含在認識過程本身中，包含在科學的長期的歷史發展中，而科學從認識的較低階段上升到較高階段，愈升愈高，但是永遠不能通過所謂絕對真理的發現而達到這樣一點，在這一點上它再也不能前進一步，除了袖手一旁驚愕地望着這個已經獲得的絕對真理出神，就再也無事可做了。這不僅在哲學認識的領域中是如此，就是在任何其他的認識領域中以及在實踐行動的領域中也是如此。」[1] 作為文學反映論，自然不可以例外。

所謂反對把文學反映論凝固化，是要說明，以反映論為基礎的現實主義文學觀，本身就不是抽象的，而是一個歷史的發展過程，現實主義文學觀在不同的時代各有其特點。早期的文學反映論，是和唯物主義的幼稚形態即機械唯物主義的水平相適應的。正如在笛卡爾看來「動物是機器一樣，在十八世紀

1 《馬克思恩格斯選集》，第四卷，第二一二頁。

的唯物主義者看來，人是機器」[1]這一時期的作家，以法國的巴爾扎克、福樓拜和左拉為代表，其文學反映論受實證論，應用科學以及實驗和解剖醫學的影響較深。他們強調作家真實、精細地觀察和摹寫事物，大都停留在描寫感覺經驗和忠實於細節，其主要傾向是一種「純客觀」的主張。例如左拉把「如實」再現自然看成是文學的生命，說：「真實感就是如實地感受自然，如實地表現自然。」因此，他認為「觀察的才能要比創造的才能更為少見」，因此也就「更難得、更可貴」[2]。當時的作家一般都相信個人觀察力的可靠性，如福樓拜曾說：「一個真正的藝術家不能是壞人，他首先是一個觀察者，而觀察者的第一特質，就是有一雙好的眼睛。」[3]由於對人的感覺器官的依賴，早期的現實主義作家開始把文學的透鏡轉向社會現實。他們比古典主義，浪漫主義作家更重視作品內容的真實可靠性，這種文學對社會的燭照，反過來也就強化了作家心靈的對象化效應。但是，具有很高的智慧的作家如巴爾扎克，已經在初期的現實主義裏開始不滿於把作家看作是一面平庸摹寫現實的鏡子。他朦朧地覺察出，作家這面「鏡子」有一般「平面鏡」所無法具備的特殊能動性，即「他心中應有一面難以明言的把事物集中的鏡子，變幻無常的宇宙就在這面鏡子上面反映出來；否則，一個詩人，甚至一個觀察者，都是不能存在的；因為他不僅需要看見眼前的事物，還要想起過去的事物，用經過選擇的語言表達自己的印象，用詩的形象的全部魅力美化它們，或者將最初的感覺的生動性賦予它們。」[4]恩格斯很讚賞巴爾扎克當時這種直覺的卻無法說清的個人能動力量。恩格斯當時把現實主義的內涵，規定為除了細節的真實之外，還要真實地再

1《馬克思恩格斯選集》，第四卷，第二二四頁。
2 左拉：《論小說》，見《古典文藝理論譯叢》，一九六四年，第八輯。
3《包法利夫人》，李健吾譯本，第三八八頁。
4 巴爾扎克，《〈驢皮記〉初版序言》，見《歐美古典作家論現實主義和浪漫主義》（2），第一零六頁。

現典型環境中的典型性格，其中無疑融入了巴爾扎克的強調文學超越平庸摹寫現實、重視作家主體作用的文學觀念。恩格斯的見解，比早期現實主義，尤其是比左拉等人的自然主義文學理論更生動活潑，也更重視能動性。

如果暫且把早期現實主義和短暫的自然主義時期除外，文學反映至今大體經歷了以下幾個發展階段：

一是**批判現實主義**。這主要以十九世紀後半葉到二十世紀初的英國、俄國小說為代表。較早的批判現實主義作家如狄更斯，雖然也與早期現實主義一樣追求「無情的真實」，但已發現作家反映現實的能力有高低之分，不再簡單地相信自己的眼睛。他曾說：「一件事，據一種觀點看起來是誇張，換一種觀點，就成了顯明的真理。同一個景象，一般所謂遠視眼可以從中看出無數的特點和意義，而近視眼卻看不見。」[1] 而俄國作家們更把人的主體作用看作是真實反映現實過程中的不可缺少的「催化劑」。也就是說，如果作家的主體意識沒有相當的發展水平，那所謂「反映真實」是不可能的。車爾尼雪夫斯基後來在論證文學「忠實地再現生活」的職責時，也提到過作家自我磨礪觀察力是不可缺少的前提工作。他認為托爾斯泰取得偉大成功，原因之一是由於托爾斯泰畢生致力於「自我深省和不倦地觀察自己的努力。只要我們注意地觀察旁人，就可以研究人的活動規律、激情的變化，事件的聯繫、種種環境與關係的影響。但是如果我們不去研究只有在我們自身的意識中才能觀察到的內心生活活動最隱秘的規律，僅僅通過上述途徑獲得的全部知識是既不深刻，也不準確的。誰不以自身為對象來研究人，誰就永遠不會獲得

1 狄更斯：《〈馬丁・恰則爾威特〉序言》，見《歐美古典作家論現實主義和浪漫主義》（1），第三零七頁。

關於人的深邃的知識。」[1]在這一時期，人們已覺察出作家的主體水平高低、感觸精粗、思索深淺等等是決定作品反映現實的真實程度的不可忽視的槓桿，但是，限於當時科學發展水平，暫時還不能準確地説清所謂「作家主體」的豐富內涵。

第二個階段是所謂的「超現實主義」。這是在第一次世界大戰後歐洲興起的文藝思潮，是對「批判現實主義」的超越。文學反映論受當時哲學界非理性主義潮流的推動，把再現的對象由社會現實逐漸轉向人的深層意識活動。當時法國人勃勒東在一九二四年發表《超現實主義宣言》時，申明其宗旨是要把人的意識從形式邏輯和社會理性的桎梏中解放出來，要「旋轉下降」進入探索自我中的秘密和隱蔽的領域。他們想探求文藝的源泉和人生的真正源泉，也就是如何最真實地反映人的自身和現實本身的問題。法國詩人阿波里奈則反對作品對現實的機械摹仿，更注意二者的不同點。他在劇本《蒂雷齊亞的乳房》的序言裏寫道：「藝術不要照相式的摹仿。當人要摹仿行走的時候，他創造了輪子，輪子和腿並不相像。這樣他就不知不覺地按照超現實主義行事了。」[2]到二十年代中期，超現實主義作家開始在政治上傾向革命。問題在於，超現實主義僅僅靠作家揭示人的深層心理來改造社會，畢竟也是軟弱和狹隘的。後來這一文學流派逐漸絕對化地脱離了文學反映論的合理基礎，縱容作家信筆塗抹和隨心所欲，這就不再是激發作家的主體能動性，而從崇尚直覺主義走向了非科學的神秘主義的死胡同。神秘主義地把人的精神看作不可解釋和理喻的彼岸，不利於啟發主體力量，而是模糊和混沌了精神世界的內在機制。

第三個階段是社會主義現實主義和革命現實主義。這一思潮是三十年代興起來的。蘇聯十月社

1 車爾尼雪夫斯基：《列·尼·托爾斯察伯爵的〈童年〉，〈少年〉和戰爭小説》，見《西方文論選》（下），第四二七頁。

2 《西方現代派文學研究參考資料》，第三九頁，黑龍江文學研究所編。

會主義革命之後，文學面臨着新的現實和對象，除了舊社會遺留下來的腐敗現象，還有大量的新生活展現在作家眼前。出於推動社會改造和革命的考慮，蘇聯文學界在三十年代舉行的全蘇第一次作家代表大會上肯定了如下新的文學觀念，即社會主義現實主義要求作家從現實的革命發展中真實地，歷史具體地去描寫現實，同時藝術描寫的真實性和歷史具體性必須與用社會主義精神從思想上改造和教育勞動人民的任務結合起來。後來在我國逐漸流行起來的「革命現實主義」，是社會主義現實主義的變相提法，這是因為我國的新民主主義革命有着與社會主義革命不同的特點而從社會主義現實主義引申出來的文學觀念。兩者並無根本區別。這兩種文學反映論強調無產階級世界觀對文學真實性的指導，實質也是突出作家主體能動性在文學反映現實過程中的制約作用。問題是，它僅僅把作家主體能動性局限在政治思想的層次上，而在審美層次上則又常常無能為力。其實，作為一種觀念形態，文學反映現實的深淺與正誤，決不僅僅受政治觀點一種主體因素的左右。所謂人的主體力量，應該是具有相當豐富內涵的範疇。

第四個階段，把社會主義現實主義判定為真實地描寫生活的歷史地開放的體系。這是蘇聯文學界經過對社會主義現實主義概念的幾次檢討和反省，為了彌補社會主義現實主義文學觀念的偏頗而在七十年代提出的新解釋。這種新觀念的要點是：「對社會主義現實主義藝術家來說，對不斷發展的現實生活的客觀認識是無止境的，在題材的選擇以及採用足以表達生活真實的表現手法方面也是沒有限制的。在所有這些方面，社會主義現實主義都是歷史地開放的。」[1] 這種新解釋不再把作家的主觀作用局限在政治一個方面，「而是作為客觀和主觀協調一致的體系因而也是作為既在客觀的藝術認識的可能性的意義上，

1 《蘇聯現實主義問題論集》，第四三六、四三七頁，外國文學出版社，一九八一年版。

也在它的表現形式的多樣性的意義上講的開放性體系的一種革新」[1]。其實，在目前文壇上，取「開放」姿態的並非僅社會主義現實主義一家，而是整個文學反映論的普遍發展趨勢，人們的文學觀念離開「如實摹寫自然」的機械反映論已經相當遠了。五十年代以來在拉丁美洲文學興起的魔幻現實主義取得的世界性聲譽，證明了「開放」姿態是煥發現實主義文學觀的生命力的明智選擇。魔幻現實主義把現實主義傳統與現代派文學的主體精神結合在一起，用奇特、怪誕、虛幻的形式表現重大社會主題取得的成功，說明了與現實相比，作家主體能動性的發揮可以賦予文學反映論以豐富多變的色彩。

不過，站在藝術哲學和美學的高度看，「開放」的社會主義現實主義新體系主張「客觀和主觀協調一致」，並不完全準確。它認識到機械反映論的消極和呆板，承認作家主體是創作過程不可忽視的因素，這無疑是正確的，但現代思維科學新成果告訴我們，在人類實踐過程中，主體不是與客體「合二而一」或平分秋色的一部份合成物，而是人認識和反映客觀對象的「中介」，就是說，人是通過主體思維來認識客體的。主體思維水平的高低直接確定了人們反映客體的程度，或者反過來說，外界客體對認識的決定作用是通過主體的內部機制和條件（譬如思維結構）來實現的。這是現代思維理論的關鍵。從認識發生學的角度說，人總是借助於歷史上形成的認識成果（即認知結構）來把握客體的。客體可能只有一個，但不同的認識主體卻總要按其實際具備的認知模式接收不同的信息，形成不同的認識。這些現代科學的新成果，迫使人們不能不把認識論研究的重點從知識的客觀性問題轉移到主體的能動性問題，從機械的如實摹寫的反映論轉換成人的主體論。這一轉變使當前的科學體系帶有過去所不曾有過的主體特徵，所

1 《蘇聯現實主義問題論集》，第四三六、四三七頁，外國文學出版社，一九八一年版。

有尊重科學的人不能不承認這一大趨勢。如果說，過去的反映概念側重於說明認識與客體的相符性，同一性，那麼新的思維科學則更突出地揭示了人們能動地認識現實的機制，側重闡明人的認識的選擇性和創造性。這種從反映論向主體論的轉移，不是要根本拋棄反映論的原則，而是對它的超越和補充。

長期以來，機械反映論在文學藝術理論中根深蒂固，遠沒有像自然科學那樣重視主體能動性的意義。而某些不滿足於機械反映論的藝術家們卻已經從直感上覺察出主體能動性對文學反映論的重要性，不自覺地進行多種風格的創作嘗試。文學內部和文學外部的新變化逼使文學理論對長期佔統治地位的機械反映論進行自我反思。通過反思，我們就會發現機械反映論有下列不足：

（一）沒有解決實現能動反映的內在機制。機械反映論在論述文學反映客觀世界的時候，往往只強調反映，而忽視了反映的各種不同的方式以及實現反映的創造機制，也就是說，把反映論片面化，只注意了客觀的實在體而忽視了對客觀實在體進行能動反映的感受體。這個感受體就是人的主體審美心理結構。感受體，是千差萬別的，它充滿着差異，充滿着變化，充滿着奇觀。每一種感受體都是一個具有自主能力和創造能力的特殊世界。文學的豐富性，不僅導源於實在體的豐富性，也導源於感受體的無限豐富性，忽視了後者，忽視了文學的創造機制，就會使文學削弱其光彩。

（二）沒有解決實現能動反映的多向可能性。機械反映論只認識到反映的正確與錯誤之分——正確的反映就能推動客觀事物的前進，錯誤的反映就會影響對客觀世界的認識而阻礙客觀事物的前進。但是，僅僅認識到這點還是不夠的。還應當看到，任何反映，包括正確的反映，都是相對的。它往往只能反映事物的某一側面，不可能把握事物的全體。而被認為是誤差的反映（如錯覺、誇張、怪誕、變形、變態等），也可能反映事物的部份本質，甚至往往會更深刻地反映事物的本質。文學藝術正因為有這種誤差，才形成千姿萬態的動人的美世界。人的想像力也正是在創造這種藝術世界中顯示出自身的無限壯麗。

（三）機械反映論只注意了自然賦予客體的固有屬性，而往往忽視了人賦予客體的價值屬性。這種機械反映論往往割裂了主體對客體的認識、反映和評價，從而忽視了客體與人的聯繫，即忽視了客體於人有用的程度——與人的需求相適應的程度，即客體的價值程度和價值屬性。價值觀念是在主客體的聯繫中建立起來的。反映論只解決了人的認識，不能解決人的價值選擇和情感意志的動向。機械反映論從客體上強調了事物的固有屬性，忽視了價值屬性，從主體上則強調了人的認識方面，忽視了人的情感意志方面。這種忽視是偏頗的。人既是實踐主體，又是精神主體。人的主體性是歷史實踐範圍內的主體性。人的物質實踐是歷史實踐的外形式，人的精神實踐是歷史實踐的內形式，人的歷史實踐是兩者的統一，藝術實踐活動也是兩者的統一。因此，文學藝術不僅是對客體（現實世界）的再現、摹仿和反映，也是主體精神的外射，不僅是一種認識活動，也是一種需要和評價活動。

（四）機械反映論在強調客體的客觀性時，忽視了客體的主觀性，而在說明人的時候，又只注意了主體的主觀性，忽視了主體的客觀性。機械反映論常常忘記了人既是主體，又是客體，特別是人的精神世界（即人的心靈自然，人的內宇宙），也是一種客觀存在。人的情感意志系統既帶有主觀性，也帶有客觀性。因此，文學藝術對客觀世界的反映，應當包括兩個方面，一方面是對純客觀世界的反映，一方面是對人的主體世界的反映。主體論在把握世界過程中更注意人的精神世界的自主性，能動性、創造性，而不是把再現現實生活變成「攝像式」的再現，避免機械決定論。

以上是我對文學主體性的基本內涵和實現主體性的基本途徑的理論描述。這種描述仍然是初步的。文學的主體性問題，是文學理論建設上的一個大有可為的課題，它可以展示得極其豐富，這種展示可能會使我國的現代文學理論結構發生較大的變動，因此，這項工作不是一個人可以完成的。我一方面將繼續探求，另一方面則先拋出這些初步的思考，以求得文學理論界的批評和指教，共同把我國文學理論系統推向前進。

選自《文學的反思》

再論文學主體性

《文學評論》雜誌在一九八五年第六期和一九八六年第一期連載我的《論文學的主體性》之後，我國文學理論界就文學主體性問題展開了一場論爭。在這場論爭中，由於《紅旗》雜誌發表了陳涌的《文藝學方法論問題》，對我的觀點展開帶有政治性的批判（認為我的觀點「關係到社會主義在中國的命運也關係到馬克思主義在中國的命運」），因此，論爭難以保持在學術的範圍內。為了避免政治糾纏，我沒有正面地與論敵展開辯論，也沒有把我關於文學主體性的思索繼續發表。現在，文學主體性問題已成了大陸學界的一個重要學案，而我又贏得一種較為自由平和的人文環境，於是便再次直面這個學術問題。

一、主體性命題的文化背景：對心物二元對立世界圖式的懷疑

應當承認，我最初思索主體性問題是有歷史的具體性的。檢查提出這一課題的學術動機，大約有四個方面：一是對「人＝人」（人等於人）公式的重新證明；二是對傳統文化體系中消極部份的揚棄；三是對大陸流行的哲學所描述的心物二元對立的世界圖式的懷疑；四是對當代流行於我國的文學理論框架的挑戰。

（一）「人＝人」公式的重新證明

大陸文化大革命之後，嚴酷的現實使許多知識分子痛感到：人不能成其為人。人不屬於自己，而屬於他人（特別是屬於領袖），屬於組織，屬於外在的政治運動。社會主義以消滅剝削消滅階級為理想，它的原初意義自然是為了人的解放，但是，我國的社會主義闡述者們卻把社會主義國有化的特點強調到極端，而且把這一特點擴展到所有領域，即不僅要求經濟的絕對國有化，而且要求精神文化的絕對國有化，包括個體心靈的絕對國有化。「全面專政」的口號，被說成是對馬克思列寧主義的發展，而所以是發展，就是把無產階級專政從政治領域、經濟領域推向社會精神文化和個體心靈的領域，把人的自由意志也列入國家機器控制和專政的對象，從而使自由意志歸於消亡，而使人的本質只剩下革命機器中的一個螺絲釘，這樣，人便蛻化為物，蛻化為機器和工具，失去人的主體屬性。

在精神文化與個體心靈國有化並成為專政對象之後，人的功能就只剩下「服從」，而失去主體「選擇」的權利和功能。可以說，喪失主體選擇能力，是二十世紀中國的一種巨大的精神現象。在現實生活中，男人們在自我嘲諷，說自己處在一個陰盛陽衰的時代，普遍犯有精神的陽痿病，其實就是指喪失自由意志的選擇能力和這種能力的人格形式。在五十年代，陳寅恪先生曾作了一首題為《男旦》的詩，嘲諷中國當代男人變成了「男旦」，即變成無能的政治戲子，失去獨立精神和獨立人格的力量，也就是失去人的主體性。

以往大陸無數文章和講話，都在證明人變成革命螺絲釘是合理的。學習雷鋒等榜樣也歸結為應當學習其充當螺絲釘的精神。這些文章在證明一個公式，即人等於物（等於螺絲釘）。針對這一公式，我重新證明另一個公式，這就是「人＝人」的公式。這一公式，是「五四」運動時期的文化先行者竭力加以證明的。他們認為，在中國，人並不等於人，只等於奴隸或奴隸也不如的牛馬，所以他們譴責非人的社會和非人的文化。但在半個世紀之後，「人＝人」的公式並沒有確認，倒是「人≠人」（人不等於人）的公式以另一種形態出現。這就不能不逼使一些知識分子重新對一個簡單公式作重新闡釋，而且要冒着風險來闡釋這個最基本的公式。

（二）對傳統文化體系中畸形群體性的揚棄

「五四」運動前後，當時的新文化先行者就發現世界文化系統中東西方不同的兩極，並樸素地把握這兩極的基本差異，即從古希臘發端的西方文化，是張揚個性的文化，而中國文化則是張揚群體性的文化。這種精神遺傳的兩面性，反映人類的兩面性。人類總是處於個體與群體之間互相衝突的生存困境，西方文化強調個體的自由之後，發生的問題是個體自由的過份膨脹，並造成個體承擔過重的壓力和個體的變形和異化，因此產生了「逃避自由」的另一種思考。而中國文化則因為強調群體的互相依存的一面而取消了個性。在這種文化基礎上，本世紀的下半葉，大陸又把群體性中的階級性和組織性強調到極端，以為個性只能腐蝕高度集中的政權而沒有看到個性在保持社會活力中的意義。因此，八十年代的中國知識分子從多種學科的角度為人的個性辯護，給個性重新尋找哲學的理由，在這個時候，主體性哲學便重新被注目。可以說，主體性命題的提出，是文化反思的結果。

（三）對心物二元對立的世界圖式的懷疑

四十年來在大陸佔支配地位的哲學，提供了一種世界圖式，這就是心物二元對立的哲學圖式。這種圖式認定哲學的基本問題只有一個，這就是物與心的關係，存在與意識的關係，物質與精神的關係，而物（存在、物質）是第一性的，而心（意識、精神）是第二性的。第一性決定第二性。凡是按照這一圖式去理解和描述世界的，就是唯物主義，相反，則是唯心主義。大陸的大學生進入哲學課堂，首先接受的就是被艾思奇所歸納的這一套哲學圖式。艾思奇講的是辯證唯物論和歷史唯物論。辯證唯物論比起機械唯物論，確有進步，因為它聲明心物二元對立的哲學圖式，並不意味着意識是對存在的機械複寫，意識可以對世界（存在、物質）發生積極的反作用，這就是人的能動作用，也就是人的主觀能動性。但是，辯證唯物論歸根到底還是自然本體論，即還是以自然——客觀的物質世界為中心，而不是以人（個體人的存在）、人類（整體人的存在）為本體。它始終無法真正認識人在世界上的位置。那麼，人處於世界圖式的何種位置上呢？這個問題便成了在一個既定的哲學模式中長期呼吸的中國知識分子必須考慮的。

為了解答這個問題，在文化大革命的後期，我國當代哲學家李澤厚通過重新闡釋康德而對上述規定的世界圖式提出挑戰。他在一九七八年出版了《批判哲學的批判》一書和在一九八四年發表的《康德主體性哲學論綱》，重新提出主體性哲學問題。他的論文和書籍的核心思想，就是以人類本體論代替自然本體論，恢復主體性在整個世界圖式中的中心位置。康德是馬克思主義哲學在中國取得統治地位之前在中國影響最大的哲學家。本世紀初從康有為、嚴復和梁啟超評介開始，康德一直深刻地影響着我國的學術界。但是，辯證唯物論取得統治地位之後，他的主體哲學被劃為唯心論，相應地，他的主體性觀念也未被中國哲學界所了解和接受。李澤厚並不反對馬克思主義哲學，相反，他力圖把主體性觀念和馬克思主義實踐哲學協調起來。實際上，康德的主體性觀念確實開闢了哲學的一個新世界，在這方面，黑格爾的絕對理性精神倒是倒退，而馬克思早期對人的實踐的強調，實際上又是對康德主體性哲學的回歸。主體性本來就是實踐的範疇，人只有在實踐中，才可能充份顯示主體性。

我的主體性觀念，首先超越流行的傳統哲學框架，超越認識論的範圍，把主體性概念與主觀能動性概念加以區別，把主體視為人的本體存在。這種區別有四個方面：

（1）主觀能動性是人對世界的認識和反作用，這是指人的意識對存在反映過程中的能動性，這種能動性是意識的功能，它屬於意識的範疇。

而主體則不僅僅是意識。主體性也不僅是意識的功能。主體是存在的範疇，它不僅是意識對存在的積極關係，而且是存在本身，即人的本體存在。這就是說，主體性問題首先是本體論的問題，然後才是認識論的問題。只有當人作為存在面對世界時，它才表現出主體性。這就是說，主觀能動性只是一種功能——意識的一種功能，人腦的一種功能。而主體則不僅是一種功能，而且是一種結構，是人的整個存在結構。在人的主體結構中，有意識的部份，也有潛意識的部份，還有非意識的生理部份。與此相應，主體性不僅是意識的功能，而且是指人作為存在的結構特徵、全面功能和本質力量的對象化。

（2）從本體論把握主體，確認主體是人的本體存在之後，主體性哲學又從價值論把握主體。價值論是基於主體需求而對客觀世界的評價系統。以往流行於中國大陸的哲學理論和文學理論，也有價值論因素（如立場、世界觀），但這是社會功利價值論，而不是情感本體意義上的價值論。這些流行之價值論，忘記在各種價值背後，是人的本體價值，這是一切價值中最高的也是最後的價值。同時，他們還忘記存在的意義就在於存在本身，存在就是為了存在。人的活動目的在於人，人是人的最高目的。人的存在無論是寓於「現在」的時間形式中還是寓於「未來」的時間形式中，他的最高價值尺度始終寓於現存在的意義，即對現存在的生存和發展有意義。從這一概念出發，主體本身就是價值的資源，就是基本的價值尺度。

這一觀念放在文學範圍內，便確認從事文學創造和文學接受的主體本身就是一種價值存在和價值之源，文學的本質就是實現主體需求、解放主體性的一種價值形態，而不是反映的產物，即不是意識對世界的能動反映的產物。這樣，就不是把文學活動僅僅放在認識論的範圍內，而且還放在價值論的範圍內。

（3）打破對主體的考察的認識論局限，並不排除哲學認識論。我們只是反對把認識論理解為消極的反映論：消極反映論把意識理解為對某種實體的反映而沒有把意識活動視為一種創意活動和創價活動。其實，意識本身也是生命本體的一部份，意識活動具有本體論的意義，人的意識不但反映客觀世界，而且創造客觀世界。（傳統哲學未擺脱「白板説」，而現代心理學則證明：人的認識是人的預心理結構與對象同化、調節的產物）。

（4）既然主體是一種存在的範疇，不是自然的附屬物，也不僅是意識的載體，那麼，人與世界的整個關係也就不是思維與存在的關係，不是決定和被決定的關係，自然也不是反映和被反映的關係。總之，不是被區分為第一性和第二性這種不平等的關係，而是平等的存在對存在的關係，即確認人是作為一個存在整體和世界平等地進行信息和能量交換的系統。基於這種哲學觀點，人的創造活動，包括文學藝術的創造活動，就不再被認為是確定第一性、第二性的不平等前提下的意識能動作用，而是作為整體存在的全身心活動。這個過程，是主體對象化的過程，是人的整體生命在客觀世界中找到某種對應物，並在對應物中找到某種同構關係和獲得表現的過程。這樣，對文學藝術的活動本質的認識就有了根本的變化：

即不是把文學藝術活動視為一種思維活動（意識功能），包括不是形象思維活動，而是人的全身心活動，是人的整個生命存在系統（包括意識系統，潛意識系統，生理感覺系統）的綜合性活動。這就是說，文學藝術的結果，不僅僅是思維的結果，而且是人的全身心的結果，包括心理參與、生理參與（嗅覺、聽覺、味覺等）的結果，包括意識層次和無意識層次參與的結果。總之，是人的整體存在創造的結果。正是這樣，文學藝術活動乃是人的最全面的活動。和文學活動相比，人類的其他活動顯得較為片面，例如物質生產活動，它主要是生理器官的活動；而科學技術活動，主要則是人腦進行思維的活動。與這種片面的活動相比，文學藝術活動則是人的各種功能的整體活動。即全身心、全人格、全物質、全精神的全面活動。

儘管馬克思的早期著作注意到主體性問題，注意到人的勞動實踐活動，但是由於他所處的時代，心理學還沒有充份發展，弗洛伊德的學說尚未出現，因此，他還無法吸收心理學的思維成果，這種時代環境的限制使馬克思沒有進入對主體結構的研究，特別是未能進入主體深層結構的研究。這是令人遺憾的。實際上，每一個人都是一個獨特的存在，人與人的差別，首先是人的主體結構的差別，尤其是人的主體深層結構的差別。人類的無限豐富性，就因為每個個體的結構所展示出來的無限差異性，只有把人作為一種存在系統（而不是僅僅把人視為意識的載體），研究它的主體結構，才能深化對人的認識。

主體性哲學對心物二元對立的哲學模式的衝擊，便造成當代哲學的基本命題的轉換。傳統的經典哲學（主要是指辯證唯物論）和被艾思奇通俗化和教案化的哲學基本問題是心物二元對立和何者為第一性的問題，而主體性哲學則把人的存在意義及人的命運作為哲學的基本問題。

（四）文學主體性論題對中國流行的文學理論框架的挑戰

當代中國流行的文學理論框架，即作為數十年一貫制的文學理論教材，是從蘇聯搬入的。這套描述文學與生活、文學與政治、世界觀與創作方法、內容和形式關係的理論系統，其哲學基點，就是心物二元對立的世界圖式。建立在這一哲學基點上的文學理論，把文學的本質視為對客體（社會生活）的反映；把作家藝術家視為從事這種反映並通過這種反映對社會產生反作用的工具；又把反映的過程，視為僅僅是意識的功能過程。這套理論框架，完全排除文學活動的自由本質和超越性特點，排除作家的主體性和讀者主體性，只重認知，不重情感意志和語言形式，從而造成普遍的文學創作的公式化和概念化的嚴重弊病。

主體性哲學引入文學理論之後，便對這一理論框架形成顛覆性的變革。

筆者在《八十年代文學批評的文體革命》中曾指出：「原來的文學批評和文學理論所立足的傳統哲學，以物質本體論和反映論為基本構架，從而忽視了存在的主體性。在這個哲學系統中，人被排除於世界之外，並以認識論（反映論）代替價值論，於是主體成為認識自然和社會必然法則的工具，它不能參與對世界的創造，在這個哲學基礎上形成的文學理論也必然是非主體性的，它把文學簡單地歸結為對現實的反映。這樣，文學理論就不能不籠罩着許多庸俗社會學的投影，它離開了對豐富的主體精神世界的探索。而主體性哲學肯定存在本體是人類的物質與精神的實踐活動，人類世界是主體創造和解釋的意義對象。主體性文學理論認為文學不是現實的複製，也不僅是反映，而是一種自由的存在方式。文學以自己獨特的方式解釋世界，它揭示人類世界的審美意義。」[1] 這樣，主體性哲學和主體性文藝學就開始打破原來的文學理論系統。

以主體性哲學為新文學理論框架的哲學基點，並不排除認識論。但反對僅僅歸結於認識論。主體性哲學是本體論、認識論和價值論的統一。本體論研究存在的意義（存在是解釋性的創造世界的活動，而不是所謂「純粹的客體」），從本體論出發，就把文學活動視為自由精神的一種存在方式。這種存在方式不僅是作家的「文體」，而且是創造主體、接受主體和「本文」三者之間的互動過程。本體論還確認文學展示的是一個特殊的意義世界，這個世界不是現實的存在，而是超越的存在，是通過特殊的語言系統對存在的意義的審美領悟。從認識論的角度看文學，則確認文學活動包含着作者、讀者的認知活動，但是，主體性認識論認為，認識不是對客觀實體的再現，而是一種精神實踐，一種創造活動，因而，它也帶有主體性。這就是說，對象世界不是自發地、直觀地呈現，而是被主體發現、把握和解釋的意義世界，即人化的意義世界，它體現着主體性力量。關於這點，現代語言學、符號學的研究成果表明，對世界的解釋總是要依據一定的語言和符號系統，並受到它的制約，而語言符號系統又是在人的歷史實踐中約定俗成的，世界的意義乃是經由語言、符號系統這一中介呈現出來，因此，其所呈現的世界不可能是純粹客觀的，它總是打上話語主體的烙印，也就是主體性的烙印。儘管文學活動也是一種認識活動，儘管文學作品的內容包括認識的內容，但是，在具體的文學作品中，認識的內容僅僅是本文的表層結構，而文學作品的深層結構則是它的超意識形態的符號系統。文學審美活動，雖然也是認識活動，但它的更

1 《文學評論》，一九八九年第一期。

加本質的意義，則是一種對象性的創造價值活動；文學的世界固然包含着作家對客觀世界的認識，但它的更本質的意義，則是人的自由精神的一種象徵，是基於人的主體需要的價值形態。在文學創造過程中，人的主體價值尺度高於科學尺度，人的生命活動目的性原則高於合乎「客觀規律」的科學性原則。在這個特殊的精神領域（文學審美活動作為價值關係的領域），認識和反映僅僅是實現生命活動目的的手段，這又是從價值論對文學意義的把握。

由此，我們可以看到，在主體性哲學的範圍內，本體論、認識論和價值論是統一的。認識論和價值論都是本體論的展開，它們從客觀和主觀方面把握存在的意義。可見，把主體性簡單地歸結為主觀能動性和主觀戰鬥精神是不夠的。主體性概念內涵比主觀性（也比主觀能動性）概念豐富得多。

二、主體性的若干範疇和文學的超越性特徵

主體和主體性是不同的概念。主體就是指人，人類。通常包括個體主體（個人），群體主體（民族、國家、階級、政黨、團體），人類主體。從社會學角度說，主體性的基本形態是個體主體性、群體主體性、人類主體性。文學主體性強調的是個體主體性。

主體性是指主體之中那些真正屬於人本身並體現於對象世界的本質力量。主體性不僅是主體意識的某種功能，而且是主體存在的全部本質。因此，也可以說，主體性就是指主體存在所擁有的、並且體現於對象世界中的人的全部本質力量。儘管每一個談論主體的學者都可以給主體性的定義重新界定，但是，它總是離不開這個基本意思，否則，談論主體和主體性就沒有意義。

主體性一詞，在英語中是與 Objectivity 相對應的 Subjectivity。但是中國學者編輯的字典，通常把 Subjectivity 翻譯成主觀性和主觀能動性，無法把主體性與主觀能動性的概念分開。因此主體性概念一旦廣泛使用之後，就很容易被庸俗化，被混同於主觀性、主觀能動性、主觀戰鬥精神等概念，其實，兩者是很不相同的。我的論敵，總是在這些基本概念上混淆不清。

主體性包括外延方面和內涵方面。內涵方面是指主體的內部規定性，它是指人之所以成為人的主體存在的結構特徵；外延方面，則是指在主客體關係上體現出來的主體性，即對象性，它是指主體存在的功能。在現實世界中，主體性和對象性是分離的，但是，人類可以通過主體性的發揮，使主體與客體同一，使主體性與對象性同一。文學主體性課題之一，就是研究主體性和對象性同一的課題。

現代哲學與古典哲學不同，它不再把世界看作實體（自然本體論者就是這樣看），它摒棄實體的概念，把世界看作意義對象。馬克思認為世界是「人化自然」的產物，是人的對象，也是把世界視為人的本質力量的對象化，視為意義世界，不了解對象性也就不了解主體性。

所謂對象性，就是主體創造自己的對象世界的要求和能力。這種要求和能力，是指人作為對象性生物，他們要在對象世界的創造中實現自己，把外在世界變成主體力量的確證。也就是說，主體的物質需求和創造能力，都必須通過特定的對象才能得到實現，哪怕是幻想，也要憑藉對象的虛構才有可能。離開對象的創造，主體性就無以確立，無法實現。主題性通過對象性來溝通世界，確立和實現自身，所以人在本質上是實踐的生物。客觀世界被主體化，成為人的本質力量的對象化，從而喪失「自在之物」的性質，因而世界是作為主體的對象而存在的。對象性必然趨向於把對象當作自身，消除對象意識和自我意識的對立，只有這種消除，才是對象性的終極指向和最充份的實現。文學藝術就是接近這種極境的一種自由存在形式。

就外延的意義上說，主體性溝通主體與客體，使人類與世界成為一體；就內涵的意義上說，主體性則是人類區別於世界，首先是區別於動物的本質特徵。主體性實現得愈充份，離動物界就愈遠。人的本質是多層次的，人的主體性也是多層次的。人類只有當他走出動物界的那一條界線之後，才具有主體性。或者說，主體性的產生，是人類告別動物界的真正標誌。

主體性層次可以無限地區分，但是，也可以以意識和語言文化符號為坐標系，區別為最基本的三大層次。

低級層次是未被意識、符號、文化塑造的主體性層次。

中級層次是已被意識、符號、文化塑造的主體性層次。

高級層次是反抗意識、符號、文化而重塑自身的主體性層次。

低級層次是人在未掌握語言符號和文化意義系統之前，此時的人類，也具有不同於動物的生理特點和製造簡單工具的實踐能力。沒有掌握一定的語言符號和文化意義系統的原始人類，也有主體性，因為他們的生理——心理結構已區別於動物。原始人類的食慾與性慾已經是初步人化的食慾和性慾，這也可以說是初級文化化了的食慾與性慾。人的無意識層次，也屬主體性的低級層次，但是心理分析學家的研究成果表明，人的無意識心理不同於動物的本能，它可以昇華為顯意識，而動物則不能。人所以能夠被教育、被塑造，能夠接受語言符號和其他文化符號，就是因為每一個人的潛意識層次都有一個與動物不同的自然基礎。

人在未掌握語言符號和其他文化符號之前，就像亞當和夏娃未偷食智慧禁果之前，雖然尚未掌握區分善惡的文化知識體系，但是，她們已具有區別於動物——蛇的生理結構和心理結構，已有動物所沒有的特殊的生長節奏、生命需求和開放性、未確定性等生理特點，這些特點區別於動物的本能，是主體性的表現，然而，這是比較低級的表現。

人在未被語言符號和其他文化符號等精神手段所塑造之前，也具有創造工具從事簡單物質生產的實踐能力。以往的歷史學家常常以製造工具作為區別人與動物的最後界線。這不是完全沒有道理的，因為工具的製造，確實是人類主體性對象化的重要表現，是主體性的一種確證。但是，製造工具的實踐能力並不是人類所特有的，高等猿類也能製造簡單的工具。而且，人製造一些諸如石刀、棍棒等工具，也是直接受人類的較為低級的物質生存需求所驅使，沒有超出動物適應環境的生存需求的範圍。而基本物質生存需求的實踐操作乃是意識支配下的動作思維，它屬於心理結構中的較低層次，不帶有人的高級精神性。

人的精神層次總是與人的意識、語言符號、文化意義系統相聯繫。人只有在掌握這一切之後，才可能具有確認自身的精神形式。但是，人掌握語言和其他文化符號系統，一面是通過這種系統使自身適應環境，把符號系統和文化模式作為立身於世界的生存發展機制；另一方面則又陷入他者（Other）所製造的符號系統和文化模式的網絡之中並被它所控制、所掌握和所塑造。此時，人與動物的區別，只表現出適應環境的方式的特殊性，沒有表現出反抗、改造和重塑環境及重塑自身的特殊性。現代動物心理學的研究成果表明，某些高等猿類也具有微弱的自我意識，也能在鏡子中認出自己，也能學會使用手勢語言和集體的規範行為等。拉康在描述人的主體性時，充份地看到人的無能為力，看到人總是被已經形成的語言符號系統所控制、所束縛，不是「我説語言」，而是「語言説我」。我一説話，我就進入異化的語言魔圈，就被語言所駕馭，於是我就不存在。所以笛卡爾的「我思故我在」的公式，到了拉康那裏變成「我思，故我不在」的悲觀主義的公式。拉康充份地看到語言系統的主動力量和充份地看到人被語言所束縛和所掌握的巨大困境，看到主體性支解於自身創造的語言牢房中，這是富有啟發性的。但是，他沒有充份地看到人對語言系統的反抗以及超越力量。而人的主體性則主要就表現在這種反抗、超越和重塑之中。

應當承認，人確實常常處於被自己創造的文化符號系統的束縛之中，這正如亞當和夏娃吃了禁果之後，被上帝罰為不斷地承受生育的痛苦和勞動的痛苦之中，也處於善惡的衝突與折磨之中，這就是所謂「智慧的痛苦」，任何智慧的痛苦都包含着語言暴力的束縛和擺脱這種束縛的衝突。在痛苦中人的存在是作為外部世界的對立物的存在，是受到外在力量（生存環境和各種文化符號系統）限制的存在，是被智慧之果的苦汁所泡浸的存在，總之，是不自由的存在。在這個時候，人在無意識之中，又產生了一種反抗現有存在和超越現有存在各種關係的要求和能力，這種要求和能力是擺脱現實關係向自由精神境界飛升的要求和能力，是把作為現實存在的自身轉變提升為自由存在的要求和能力，人就在這種超越之中反抗已有的語言符號系統和其他文化系統，重新塑造自身並領悟存在的意義。只有在這個時候，人的主體性才進入最高的層次，得到充份的實現。也是在這個時候，人類才在最充份的意義上區別於動物。

因此，人的主體性最高層次乃是人對現實存在的反抗性和超越性，乃是在反抗和超越中把現實存在變成自由存在的重塑性。主體的重塑，也就是主體性的實現。這是對現實諸關係的超越，是對主體存在意義的重新領悟，包括對人生終極意義的領悟——對另一種偉大的先驗存在的領悟。這一境界，正如《新約》的故事：耶穌的降生和作為人之子而走上十字架，他替人類承擔罪責，從此之後，人類不必再以殺死自己的兒子作為祭品，以證明自身的忠誠（本質），即不必通過現實形式以確證自身獲得自由，而是通過對上帝的領悟而免於現實的懲罰——超越現實的痛苦，找到自由精神的出路和存在形式。亞當與夏娃的後裔們找到許多形式，使主體從不自由的現實存在變成自由的精神存在，而文學正是實現自由的一種精神方式。文學藝術的主體性，就是指文學藝術應當進入這種超越現實存在的最高的精神層次——實現自由精神的無限可能性的層次。

人對現實文化的反抗和超越乃是主體性的最高表現，是人區別於動物的最根本的特徵，這一點，是必須特別強調的。人與動物分離之後走過的道路，是一個創造文化——承擔文化——反抗與超越文化的道路。人因為創造文化而成為人。人區別於動物，首先是因為人是文化的存在。它不僅創造了一個外在世界（外在的語言符號系統和它們所表達的意義系統），而且創造了一個內在世界（即自身的文化化了的生理——心理結構），所以說人是文化化了的動物。但是，人的悲劇是它在創造文化之後，又必須承擔文化所帶來的巨大負載。它必須作為文化的承擔者，承受既定的各種文化規範，在他者已經創造出來的各種概念和範疇體系中呼吸，在熟悉及陌生的語言符號系統中痛苦地掙扎，在這個時候，人感到自身的困境和無能為力，感到自己不是在駕馭語言而是被語言所駕馭。這種困境的發現應當說是一種重要的發現。沒有這種發現，人就只能充當盲目的文化承擔者和各種語言暴力的奴隸，而不可能作為自由的存在，這樣，確實會陷入一個語言的異化世界之中，造成主體性的死亡。充份發現這種困境和危險的現代語言學者和心理學者如拉康等，在完成這種發現之後，把他們的發現推向極端，確定主體已毫無希望地沉淪於自身創造的異化性的話語世界中，人已無法創造新的文化，只能在已有的異化性的話語網結中就位，達到主體悲觀主義的結論。這種結論在描述作為文化承擔者、被文化所塑造這一層次時是合理的，但是，他沒有充份注意到人在接受、承擔文化之後可能表現出自身的本質力量，即對文化的反抗和超越力量。其實，人自身發展的過程，不僅是一個承受文化的過程，同時也是一個反抗和超越文化的過程，而超越的過程又是一個創造超越形式的過程，這些超越形式包括文學、藝術、哲學、宗教，也包括科學技術等等。從這個意義上説，人的存在（最能體現人的屬性的存在），是一種超越性存在，是永遠不滿現實關係的存在，是一種對現實文化與現實關係的不斷超越、並在超越中重塑自我、實現自我的存在。也正因為人是超越性存在，因此，人總是開放的，不確定的，總是在對自身進行再生產，總是在變化着和豐富着自身的物質存在形式和精神存在形式，也總在展示自身發展的無限可能性。質言之，人總是在推動着主體性的實現發展，主體性的實現發展又強化了超越性的內在要求；超越性的內在要求又繼續推動着主體去創造滿足自由本質的超越形式，而文學藝術就是作為人的超越形式——自由存在形式獲得發展的。人類正是在這種循環中離動物界愈來愈遠。文學藝術確實是痛苦壓抑的產物，不管是性壓抑還是良知壓抑。所謂壓抑，就是在現實關係中和各種已有的語言、文化系統中對於不自由的一種感覺，這種不自由的感受就迫使人類去尋找擺脱的自由存在形式，也就是超越形式。因此，可以説，超越的需求正是文學的內在動力。在文學動力學的範圍內，對動力源可作各種解釋，但從哲學的意義上説，就是人的超越需求，即超越已有的現實關係和文化關係的需求。

文學藝術作為人類早已創造出來的超越形式，它的主體性，最重要的就是它的充份超越性，而不是它的現實性，更不是它的政治黨派性和政治意識形態性。這種充份的超越性表現在文學藝術活動中的作家、讀者、審美意識、語言運作等許多方面，而在對文學藝術本質的把握上，文學主體性則認為：文學的本質，不是現實的反映，而是感悟現實之後又超越現實的自由存在形式和個性發展的全面形式。與這種把握相關，主體性文學觀又認為：創作文學作品的作家詩人（創造主體），它不是現實人格（不是現實關係的總和，不是現實人格和黨派人格的總和）而是具備超越能力的自由人格和理想人格；而接受文學的讀者（接受主體）也就不是消極的被訓誡物，而是參與「文本」的審美再創造的另一創造主體。而文學「文本」中的人物形象，不再是被作家的意念任意擺佈的玩偶，它在被充份地人化之後獲得獨立生命，從而失去外在性而成為藝術主體（我在《論文學的主體性》一文中稱之為對象主體）自身，也具有充份的主體性。而文學語言，其主體性則要求藝術描寫必須超越現實語言，使現實語言充份能指化（形式化），從而消除現實（確指）意義而產生審美意義（泛指意義），讓人感到無窮的言外之意。相應地，文學也克服現實層次中內容與形式的分離，而在超越性的審美層次中達到內容（意義）的充份形式化（能指化）和文學形式的充份意象化。

主體性文學觀關於文學本質的把握，與流行於中國大陸的文學理論框架產生尖銳的衝突是很自然的。以往中國的文學理論教科書，將文學的本質規定為現實生活的反映，把文學視為現實生活的反映物和等價物，強調文學與現實的一致和平行，並把一致和平行作為評價文學藝術的準尺。這種看法把文學活動視為現實活動的一種，沒有把文學活動視為擺脫現實不自由的超越性活動。事實上，文學藝術對於人類所以是必要的，恰恰是因為在現實世界中沒有自由，人類必須尋找一種實現自由的存在方式才開始發生的。如果文學藝術僅僅是一種現實存在，或者說，文學藝術僅僅是一種現實生活的平行展示，那麼，我們根本就無法解釋從荷馬史詩到但丁的《神曲》以至到《浮士德》這種巨著所虛構的超越性故事。即使是托爾斯泰等作家的寫實性的現實主義作品，也不是現實的等價物，它仍然是作家超越現實關係之後對現實的重新審視，這種審視又是帶有理想性的。成功的現實主義文學，實際上一定是批判性的現實主義文學。因為作家總是站在超越現實的高度上來看現實，總是用更加自由的和更加理想的眼光來看現實，因此，他們總是不滿現實關係中的很多東西，包括在現實中是革命的、被認為是先進的事物。例如描寫現實生活中的革命和改革的作家，當他們作為現實主體的時候，他們可能是支持革命和支持改革的人，但是，當他們作為作家（藝術創造主體）描寫革命生活和改革生活的時候，他們必定要超越革命生活和改革生活的現實關係，而用更加自由、理想的眼光來審視這種生活，他們必定不是用現實的、充份功利化的眼光（如革命利益的眼光）去作是非判斷，而是用充份人性的眼光審視這種生活，此時，他們必定會發現他們作為現實主體所擁護的革命運動和改革運動生活中充滿着反人性的血污和骯髒的東西，而且將會發現人類在革命與改革中暴露出來的各種生存困境和心靈困境。因此，他們即使同情革命與改革，也必定會對革命與改革採取一種批判的態度。文學與政治所以總是發生衝突，原因就在於此。政治完全是一種現實存在，它必須用現實功利的眼光審視一切並做出符合政治利益的決策，而且往往不顧這種決策可能產生的人性代價。而作家則注定對人的命運充滿同情和關懷，他們對任何人間的殺戮或死亡都會產生一種巨大的悲憫，他們不可能與政治家站在同一精神境界上去對待現實中發生的一切。偉大作家對待敵人、對待戰爭、對待戰犯、對待革命，其心情都比政治家更加複雜，原因也在這裏。所以，要求文學為政治服務，充當政治的附庸，對於真正的作家來說，一定是致命的痛苦，他們必然會以整個心靈加以拒絕。

三、創造主體性：藝術主體對現實主體的反抗和超越

《論文學的主體性》一文，分別論述了文學活動過程的三種主體，即創造主體（作家藝術家）；對象主體（文學作品中的人物形象）和接受主體（讀者和批評家）。其中關於「對象主體」的概念爭論較大，

我們把它留在下一節闡述。

上一節已經説明，文學藝術乃是一種超越性的自由存在方式。在對這一總體本質把握之後，還需要相應地説明，作為文學藝術活動的第一主體——作家藝術家，他們的主體性（創造主體性）乃是超越其現實人格的理想人格——體現自由本質的全面發展的個性——的實現。

文學藝術作為一種活動過程（不僅是本文），作為一種自由的存在方式，它不但創造着作品的文本，即自由精神對象化的產物，而且創造着帶理想性的全面發展的主體，也就是藝術個性。這種創造過程，就是作家藝術家通過創作展示理想人格（現實存在）的過程。在這個過程中，作家藝術家的主體發生分離，這就是現實主體和藝術主體（超越主體）的分離。作家從現實之我（非自由存在）中逐步超越出來，進入文學藝術之我（自由存在）的角色，作家藝術家的痛苦就是他們總是處於現實主體和藝術主體的分離與衝突之中。他們一方面受到現實主體的牽制，一方面又要超越這種牽制去實現人格的解放，這種衝突就是作家藝術家的掙扎。創造主體性也正是在這個時候獲得確證和表現。在這種掙扎中，主體的智慧力量，道德力量，意志力量和審美能力都經受着考驗。

在文學藝術創作中，作為藝術主體的作家與作為現實主體的作家自然有聯繫，但非同一。作家在未進入創作狀態時，他是現實的人（也可以説是世俗的人），不管他有多少聰明才智，他還是一種現實個性，而只有當他進入創作之後，他才從現實的人變成審美的人，他的現實個性才轉變為藝術個性。作家藝術家處於世俗（現實）王國又處於審美王國，而只有當他從世俗（現實）王國中超越出來而進入審美王國時，他才開始表現出自己的創造主體性。

説作家藝術家作為藝術主體與其現實主體有其聯繫的一面，是指作家處於現實王國之中時與普通人一樣，也是一種現實個性，也被現實關係所肢解、所決定，但是，他們又不是一般的現實個性，他們所以會成為作家，是因為他們的現實個性中潛藏着可以提升為藝術個性的生理、心理基礎和文化基礎，包括某些天賦條件，例如生來就具備比較敏捷的內感覺器官，從而形成更加敏感、更加細緻的對於生活和藝術的感受能力和觀察能力，更豐富的人間感情，更博大的同情心和由此而派生出來的對於人間苦痛和不平的特殊的反應要求。因此現實主體確實是藝術主體的基礎，作家的氣質、性格、人生態度和世界觀確實在某種程度上影響藝術主體的形成和制約着文學的審美風格。在這個意義上說「文如其人」或「風格即是人」也沒有錯。但是，如果把人與文視為同一，把風格與人視為同一，把現實主體與藝術主體視為同一，則會陷入巨大的謬誤。這是因為：

儘管作家藝術家都有常人所沒有的天性和潛能力，但是，當他作為現實主體時，這些內在天性和潛能力都受到環境的制約，不可能獲得充份的發展和實現。作為現實主體，確實是社會關係的總和，確實必須負載社會關係的全部重擔。任何一個現實的人，他都生活在世俗社會關係的複雜網絡之中，都必定要被社會關係所規定，包括內在天賦和創造能力也總是被社會關係所壓迫，幾乎沒有人可以擺脱這種命運，其差別只是程度不同而已。因此，帶有內在天賦和創造能力的現實主體還是一種片面的非自由的存在，在階級社會中，他還是一種異化的存在。他們的內在天賦和創造能力，包括與常人不同的氣質，更加敏感、細緻的內感覺系統，都還只是一種潛在的可能性，這種可能性要轉化為作品，即轉化為自由的存在方式，不可能是直接的，它必須以審美理想為中介，也就是以作家的自我實現的要求為中介。作家現實主體中的世界觀、氣質、性格、天賦、能力都必須通過中介的過濾和轉化，才能揚棄其片面性（如階級局限性，世界觀局限性，種族偏見等等），轉變為藝術個性。藝術個性以超越形式，解除了現實環境和現實需求的限制，也解除了現實主體自身的片面性，而使主體的內在需求和能力獲得充份的發展，表現出創造主體性。此時，獲得自我實現的藝術個性已不同於現實個性，於是，藝術主體的創造物——作品所顯示出來的思想感情就表現出與現實主體的思想情感很不相同，甚至是巨大的差異，也就在此時，我們就會看到一種與「文如其人」相反的現象，即「文不如其人」，「文反其人」的現象。

對於這種文與人的分離，「文反其人」的現象，已有不少學者道破過。錢鍾書先生在《談藝錄》中說：「以文觀人，自古所難。」[1]，又說：「人之言行不符，未必即為『心聲失真』」。「常有言出於至誠，而行牽於流俗。蓬隨風轉，沙與泥黑；執筆尚有夜氣，臨事遂失初心。」又說：「見於文者，往往為與我周旋之我；見於行事者，往往為隨眾俯仰之我。皆真我也。身心言動，可為平行各面，如明珠舍利，隨轉異色，無所謂此真彼偽。」錢鍾書先生把作家的現實主體和藝術主體加以分開：一個是處於世俗世界中的「隨眾俯仰之我」；一個是脫俗的「與我周旋之我」。二者都是真實的，一個是在現實關係層面上隨波逐流的人，一個是能夠脫俗、並能領悟自我存在意義的人。兩者都可以在同一個作家身上得到表現，一個在現實世界中隨人俯仰的作家，完全可以在文章中表現出高潔的情懷，所以錢先生認為「巨奸為憂國語，熱中人作冰雪文」的現象是正常的文學現象，這種「熱中人作冰雪文」的現象，就是文學藝術的超越現象。錢鍾書先生還列舉了中國文學史上許多例證，例如，隋煬帝是一代昏君，但是做起文章來則下筆「文辭奧博」，大有堯舜之風。而唐太宗為一代雄主，「然所為文章，纖靡浮麗」，不像是曾在沙場上久經戰亂的開國帝王。李商隱在世俗生活中非常嚴謹，「實不接於風流」，但他的詩詞則涉及

1 《談藝錄》第四十八節。

「南國妖姬，叢台名妓」，寫出情愛的千古絕唱：與之相反則是潘岳，他在世俗的世界中是一個「諂事賈謐」，傾向勢利的小人，但他所作的《閒居賦》，則是情純意摯的「冰雪之文」，所以錢先生認為，不應當把「作者營生處世之為人」與「作者修詞成章之為人」混為一說，而應當把文與人分開。他說：

> 立意行文與立身行世，通而不同，向背倚伏，乍即乍離，作者人人殊；一人所作，復隨時地而殊；一時一地之篇章，復因體制而殊；一體之制復以稱題之務而殊。若夫齊萬殊為一切，就文章而武斷，概以自出心裁為自陳身世，傳奇、權實不分，睹紙上談兵，空中現閣，亦如癡人聞夢，死句參禪。故學士所樂道優為，然而慎思明辨者勿敢附和也。[1]

總之，錢鍾書先生認為「若人之在文中，不必肖其處世上，居眾中也」。[2] 像潘岳這種在世俗生活中被名繮利索所束縛的人，他的現實主體是不自由的，片面的，而他在《閒居賦》所表現出來的情感主體，則是藝術主體。這種現實主體和藝術主體、現實個性和藝術個性的分裂是完全正常的。如果不承認藝術個性與現實個性的區別，就不可能尊重藝術個性。一個偉大的作家，其所以偉大，不在於他在現實世界中所扮演的角色，不在於他作為現實主體時的種種情境，而在於他是否具有雄大的藝術氣魄超越現實主體的角色，創造出他人不可替代和不可重複的獨特的藝術個性。如果作家詩人在世俗世界中是一個傑出的角色，但在創作時仍被現實社會環境所制約，仍是社會關係所支解的片面的存在，並且只能用

1 《管錐篇》，第一三八九頁。
2 《談藝錄》第四八節。

世俗的語言反映和表明這種存在，那麼，這種作家詩人決不可能產生偉大的藝術個性。以我國的詩人屈原而言，他的詩所以感人，並不是他的現實人格，而是他在自己的詩篇中所表現出來的九死不悔的追求精神、高潔情懷和凝聚這種精神的獨特的詩歌語言。如果我們作一假設，讓屈原復活過來，那麼，他的現實人格，他的對於君主的無限忠誠和奴隸主的貴族意識，一定會破壞我們對他的詩歌的欣賞心理。魯迅先生對屈原的批評，最重要的就是把屈原的現實人格和屈原詩歌中的理想人格，即藝術個性，加以區分。因此，他一方面非常嚴厲地批評屈原的現實人格，認為他實在是屬於「幫閒文人」，他的痛苦多半是不得幫忙的痛苦。魯迅甚至說，在世俗的層次上，即作為現實主體的屈原，其實只是賈府裏的「焦大」。但是，對於屈原的作品，魯迅則給予很高的評價，他把《離騷》與《史記》並列，並稱《史記》乃是「無韻之離騷」。把作家放在不同的層次上加以分析，把藝術個性與現實個性分開，就是承認文學藝術的超越品格。作家作為現實主體，總是受到他所處的具體的文化環境和流行於這些環境中的現實意識的限制，因此，總是有人格上的局限。即使在舊時代中，像屈原這種屬於較高水平的現實人格，經過時間的變動，也不可能再感人，而藝術個性則通過作品中的永恆性情感和永恆性的美感魅力，超越時空的局限和作家現實人格的局限，而長久地存在下去，並被不同時代的讀者不斷地進行審美再創造。而這，正是文學藝術可以引為驕傲之處。

作家藝術家不管是反映現實還是表現自我，都有一個超越的問題。在上一節中，我們已經談過現實主義作家實際上也是超越現實的（所以現實主義都帶批判性），而這裏，則要指出，「表現自我」的文學觀念也是有危險的。當作家詩人接受這一口號的時候，如果他們忘記把現實中的自我和藝術中的自我分開，如果只強調現實主體和藝術主體的聯繫而忽略現實主體和藝術主體的區別，就會把文學作品變成

「現實自我」的等價物，平庸的傳記性作品正是這樣產生的。因為，無論如何，現實中的自我不可能超越現實允許的發展水平，不可能完全擺脱社會關係的分割，因此，他是不自由的現實存在。而進入創作時，則必須超越這種不自由的現實存在，展開對自由精神和自由人格的追求。「表現自我」的自白文學，只有充份注意到這點，然後以超越的自我來反觀、領悟現實自我，才不會把文學藝術變成世界觀的自白和庸俗的「隱私文學」。有很多隱私文學使人讀了如同喝了一口髒水，就因為它不了解文學的超越。不錯，文學藝術確實具有宣洩功能，表現自我的作品也可以宣洩自我的情緒，但是，如果作家的情趣僅止於此，忽略宣洩中的超越，那麼，這種自我仍然不是真正的藝術個性。可見，他人固然是自我的地獄，而自我也可能是自我的地獄，構成這一地獄的自我，就是現實的喪失超越能力的自我。

在現實的層次上，作家在很大的程度上確實由外在環境所決定，而文學藝術所以成為文學藝術，所以成為人類超越有限環境的自由存在形式，卻因為它是反抗這種決定論的。文學藝術的可貴品格是它的非決定性品格而不是它的被決定性品格。文學主體性的意義包含着不受外部現實世界所決定的意義。因此，主體性用另一種語言加以表述，也可以説就是人的自由意志在反抗「環境決定」中的實現。主體具有自由意志，具有實踐能力，這種自由意志和實踐能力派生出它對環境的基本態度和行為模式不是對環境的消極「適應」和「反映」，而是對環境的「超越」和再生產，即不是人被環境所「決定」，而是人的「自由選擇」。事實上，人只有當他憑着自由意志行使他的選擇權利時，他才在最高的層次上與動物相區別。人在低級的發展水平上，也如同動物一樣，在較大程度上受環境所決定，因此，人的行為也在較大的程度上可以作因果關係的解釋。基於這一點，行為科學才有理由存在。歷史唯物主義也是基於這一點（它把生產力的發展解釋為社會發展的基本動因），才有理由存在。但是，這種決定論是有限的。因為，作為整體的人類固然要順從現實可能性才能生存下去（在這個意義上，人是被決定的）但作為個體的人，他可以按照自由意志，反抗現實的有限可能性，做出各種各樣的自由選擇和自由想像。歷史上的英雄豪傑的超凡行為，就是突破現實可能性的模式，把常人以為不可能的事情變成可能。即使是整個人類，也仍是要不斷地突破現實的可能性。當他們解決了物質生存的問題之後，總是要展開精神追求，向更自由的王國前行，如果在生產力高度發展以後，人反而成為生產力決定的奴隸，人就會失去存在的意義。因此，人總是要突破他自造的環境，而不甘心於在外部環境中被異化。（歷史唯物主義儘管強調生產力是社會發展的基本動因，但也不是簡單的經濟決定論）。

文學主體性強調藝術個性對現實個性的超越，強調文學中的自我對現實生活中的自我的超越，就體現了主體性的超因果關係的非決定性的品格。文學的主體性原則，反對一切關於文學藝術的機械的、因果的解釋，認為現實環境固然會影響藝術個性，但這種影響不是直接的。現實環境只能先影響現實個性，然後才能間接地影響藝術個性，也就是說，現實環境只能影響由現實個性到藝術個性的各種超越的形式，而不能改變文學藝術的超越性品格。文學藝術發展史上所發生的古典主義、浪漫主義、現實主義和現代主義的各種思潮流派，只是現實影響下超越方式的不同顯示，但這只是超越方式的區別，而不是對超越方式的否定。現實環境不可能改變文學藝術的自由本質，現實主義流派也不可能否定文學藝術的超越品格。

不是把主體的自由視為第一性，而是把社會環境視為第一性的決定論，對二十世紀的中國文學理論產生了很大的影響。二十世紀的中國文壇，對文學本質的理解，其統治性的意見就是文學藝術的被決定（即被現實所決定）品格。形成這種觀念有許多原因，從接受外國文學理論這一角度來說主要來自三個方面的影響：一是丹納的藝術哲學；二是車爾尼雪夫斯基的文藝社會學；三是被毛澤東化了的馬克思主義文學反映論。丹納以種族、時代、環境這三個因素解釋文學藝術的本質，認為文學藝術被這三大因素所決定；車爾尼雪夫斯基則提出「美即生活」的命題，把社會生活視為文學藝術的決定因素；而被毛澤東化（主要是《在延安文藝座談會上的講話》）的馬克思主義文學理論，則把社會生活視為文學藝術的唯一源泉，把政治功利視為文學藝術的第一標準，確定文學藝術乃是從屬於政治並被政治所決定的觀念形態。在《紅旗》雜誌上對我展開批判的陳涌，他所捍衛的也是這種極端庸俗的政治經濟決定論，他說，政治經濟對文藝的決定作用，「正好是文學藝術的最根本最深刻的內部規律」，而且「文藝、文藝的歷史、文藝的審美特點，歸根到底，只能從一定的社會經濟關係中求得解釋。」這種簡單化到極點的獨斷論，只有某種「捍衛」意義，而沒有任何美學意義。李澤厚曾勸作家千萬不要讀「文學理論」，指的大約就是這種與文學風馬牛不相及的政治說教。作家藝術家作為創造主體而不是現實主體的時候，才可能從現實個性提升為藝術個性。因此，作家藝術家總是把主體自由視為第一性，而不把現實環境、現實關係和個人的現實地位視為第一性。作家藝術家在現實關係中，自然有自己的政治態度、政治見解甚至已經加入某種政治黨派和政治團體，但是，這一切均是他作為現實存在的表現。一旦他進入創作，他就不應該仍然是現實存在。因此，在文學活動中，作家藝術家不應當以現實主體的資格，即黨派的成員資格參加，而應當以獨立的人格和理想人格即藝術主體的資格參加。這是作家創造主體性得以實現的最基本的前提。列寧的文學的黨性原則恰恰否定這一前提，而嚴格地要求作家藝術家以黨派成員的身份參加藝術活動，這就等於要求作家藝術家嚴格地維持現實主體的地位，仍然使自己成為片面的、不自由的存在，也就是要求作家把藝術主體與現實主體混為一體，把藝術主體規定為現實主體的等價物，這樣，就以黨派性代替藝術個性，抹掉任何超越的可能性。這對於真正的作家藝術家是不可思議的。從本世紀三十年代的左翼作家到本世紀的下半葉的許多革命作家幼稚地以政治熱情代替藝術方式，以世界觀代替創作方法，以黨的決定代替自己的選擇，結果產生了大量的概念化、公式化的作品，這正是以黨性代替創造主體性的失誤。

強調文學的黨性原則時，人們也同時強調文學的階級性，只是把黨性作為階級性的最高表現而已。其實，階級性與黨性都是現實性，作家具備黨性階級性時，只具備現實主體性，文學作品具備黨性階級性時，也只具備文學的現實品格。在這個時候，無論是作家還是文學作品，並沒有真正地走入審美王國。文學的黨性與階級性強調到極端時，就剝奪作家和文學活動超越的權利，這等於喪失文學最基本的品格。其實，即使是一個黨員作家，作為黨員，他在現實層次上應當有自己的黨性立場和階級立場，但是，作為作家，他又必須以超越的態度來觀照自己的現實立場和現實環境，否則，他的作品就必然是現實黨與階級意識形態的形象説教，就一定會把文學變成非文學。中國現代革命文學的重大教訓，正是革命作家沒有分清現實主體與藝術主體的區別，喪失文學創作主體性，把文學變成黨性原則和階級性原則的表達形式。

創造主體性的實現，除了對自身現實主體的超越之外，還必須完成另一大領域的超越，這就是對前人已經創造出來的文學藝術模式和藝術傳統的超越。

前人創造出來的文學藝術傳統和並未構成傳統的文學藝術作品，一旦產生並訴諸社會，它就成為獨立的東西，成為一種文化現實。作家藝術家生活在兩個世界，一個是與常人一樣的世俗現實世界，一個是其他作家創造出來的文學藝術世界。後一個世界，包含着其他作家藝術家的藝術個性，但是，這種藝術個性作為一種已經誕生的藝術存在，它的藝術個性只屬於原作者，即屬於「他者」而不屬於正在進行創造的作家藝術家。相反，作家藝術家必須在了解這一藝術存在之後又超越這一存在，才真正進入創造。因此，作家的創造主體性一方面要克服世俗現實存在對它的規定，另一方面又要克服已經形成的文學藝術存在對它的規定。任何重複都意味着失敗。作家藝術家對前代作家和同代作家的學習和借鑒，實際上是對「他者」的領悟，而不是對「他者」的重複。文學藝術創造一次性的特點就表現在這裏。已經形成的藝術存在，是「他者」提供給世界的語言藝術系統。每一個作家都必須面對無數的「他者」。他者可能成為自己創作的牢房，也可能激發自己的靈感。作家形成不可重複和不可替代的藝術個性，其困難不僅在於他必須超越社會現實個性，而且必須超越已有的文學藝術個性。哈羅德·布魯斯的《影響的焦慮》，就是研究詩歌第二度超越的具體機制。他認為當代的詩人就像一個具有俄底浦斯情結的兒子，他面對已經產生的詩歌傳統和討論傳統，就像面對自己的父親。正如俄底浦斯王誤殺父親一樣，當代詩人們總是以有意識或無意識的「誤讀」方式否定傳統和超越傳統，他把「誤讀方式」稱為「修正比」，並規納為六種：（1）「克里納門」（Clinamen）即真正的誤讀和有意的誤解，指詩人「偏移」他的前驅。（2）苔瑟拉（Tessera），即「續定和對偶」，這是一種以對偶的方式對前驅的續定，詩人以這種方式閱讀前驅的詩從而保留原詩的詩詞，但使它們別具他義，彷彿前驅走得不夠遠。（3）「克諾西斯」（Kenosis）是一種粉碎它物的工具，類似於我們的心智用以抵制重複強制的自衛機制，也是一種旨在打碎與前驅的連續運動。（4）「魔鬼化」（Demonization）即朝個人化了的「逆崇高」的運動，是對前驅的「崇高」的反動。（5）阿斯克西斯（Askesis）即一種旨在達到孤獨狀態的自我淨化運動，這是對「前驅」縮削性的修正。（6）阿·波弗里達斯（A. Pohrades）或「死者的回歸」。通過這一方式產生一種效果，即新詩的成就使前驅詩在我們眼中，彷彿不是前驅在寫，倒是遲來的詩人自己寫出了前驅詩人那頗具特色的作品。

這六種「修正比」都是超越「前驅」的具體機制，也是創造主體性實現的機制。例如魔鬼化運動。布魯斯作這樣的解釋：一個既非神亦非人的中間存在附到詩人身上以幫助他。遲來的詩人伸開雙臂接受這種他認為蘊含在前驅的詩中但並不屬於前驅本人而屬於稍稍超越前驅的某一存在領域的力量。詩人在他的詩作裏將這種力量和前驅者原詩之關係固定化，從而以歸於一般的方法抹煞前驅詩作中的獨特性，這樣便完成了魔鬼化的運動。他所指的魔鬼，其實也就是一種強大的精神，一種「遠遠超越了人類現世之軟弱」的精神，也就是超越前驅的軟弱之精神，那怕前驅是「崇高」的，他也要通過打碎這種崇高而創造。他說，費西諾（Ficino）的魔鬼的存在，是為了把行星上的聲音取下來賦予他們寵愛的人。它們從撒旦那裏出發，然後找到下界的天才人物，賦予他們最豐富的悲哀之情。但是，天才的詩人並不因此就被魔鬼所「擁有」，而是他們本身就是魔鬼，於是，他們的創造過程變成一個魔鬼化過程，一個「逆崇高」的過程，其功能就是暗示「前驅的相對虛弱」，因此，「當詩人被魔鬼化後，其前驅則必然被凡人化了。一個新的大西洋便從新詩人轉變了的存在中湧溢出來」。[1]

布魯斯面對文學藝術愈來愈豐富的積累，思考了對傳統的超越問題。不管人們對這種具體的超越機制存在着怎樣歧異的意見。但是，文學作為一種超越方式，卻必須考慮如何超越前人所締造的龐大的語言藝術大海。沒有這種超越，就沒有創造。文學藝術創造主體性的實現，愈來愈艱難，就是他們面臨着

1　《影響的焦慮》，第一零六頁。

的創造起點愈來愈高。如果作家藝術家找不到超越前人的機制，他就會陷入深深的焦慮之中。

一個作家，沒有接受前人的創作經驗，沒有接受前人創造的藝術成果，僅靠天才和靈感是不可能的。但是，一旦充份地接受之後，就很容易過於自重，感到下筆的困難。「讀書破萬卷」和「下筆如有神」，並不是直接的因果關係。如果這「書」是指前人的文學創作傳統的話，那麼，這「書」也只是作家創作之果的源泉之一。「書」要化為當代作家自身的東西，還要經過作家的內心體驗和再創造。如果把「破」字，理解為超越，那麼，讀了萬卷書，又超越萬卷書，確實會給作家帶來自由。因此，「破」，應當是對前人的藝術規範的超越，使其不再成為創作自由的障礙而成為創作自由的語言基礎。這個時候，作家不是被前人的藝術規範和語言世界所控制，而是自由地駕馭前人的藝術規範和語言世界而進行新的創造。這樣，「書」就不是作家異化的陷阱，而是超越的階梯。

四、莊周蝴蝶的互夢：主體的充份對象化和主客對立的消解

主體性的外延方面是指在主客體關係中體現出來的主體性，即對象性。

所謂對象性，就是主體創造自己的對象世界的要求和能力。這又可從兩個方面把握其意義，從主體方面着眼，對象性意義指的是：人是對象性生物，人要在對象世界的創造中實現自己，把外在世界變成主體力量的確證。也就是說，主體的各種需求和創造能力，都必須通過特定的對象才能實現，哪怕是幻想，也要憑藉對象的虛構才能進行。離開對象創造，主體性就無以確立。主體通過對象性溝通世界，確立自身，所以人在本質上是實踐的生物。從客體方面着眼，對象性意義則是指：客體被人化被主體化，

成為人的本質力量的對象，從而喪失了「自在之物」的性質。因而，世界是作為主體的對象而存在的。對象性必然趨向於把對象當作自身，清除對象意識與自我意識的對立（認識論），這是對象性的終極指向和最充份實現。

科學的對象性理論是馬克思的發現。馬克思批判了古代哲學關於客體、主體的「物自體」的觀點，揚棄了黑格爾、費爾巴哈關於世界是人的對象的思想，在實踐論的基礎上建立主體性哲學的對象性理論。馬克思認為世界是「人化自然」的產物，是屬於人的對象，處處打上了主體性印記，成為人的本質力量的對象化。對象哲學實際上參與開創現代哲學的起點——意義論。古代哲學是本體論哲學，包括柏拉圖、亞里斯多德、奧古斯丁等，它探討的是作為實體的存在是甚麼。世界本體是理念？還是物質？還是神？這是煎熬古代哲人的問題。近代哲學則是認識論哲學，它探討如何認識存在和能否認識存在。現代認識論從笛卡爾、洛克、休謨、康德、黑格爾、費爾巴哈，無不是探討這個問題：世界是可知的嗎？倘若可知，又如何去認知？這是煎熬他們的問題。現代哲學則拋棄了關於客體、本體的獨斷和如何、能否認識存在的考察，而探討存在的意義是甚麼。人從哪裏來到哪裏去，人為甚麼活着，生和死的意義何在？這是現代哲人心靈的煎熬。從海德格爾、薩特到福柯都是屬於此系列。現代哲學兩大支脈，一是從洛克這一條線發展下來的科學主義；二是從弗洛伊德發展下來的現代人文主義。他們都揭示的一個最重要的哲學觀念：沒有純粹的客體，客體是主體的對象，是人的對象，是人化的自然，是人化的歷史，任何對象都打下主體的烙印。也就是說：（1）存在不是作為實體，而是作為意義世界呈現出來，它帶有主體性：離開主體心理結構、語言符號和文化模式來談論絕對客體是沒有意義的。因此，把握對象世界，並不是對世界本來面目的直接的、絕對的反映，而是主體性的解釋，全部闡釋學都建立在這一點上。正是從這個角度，現代哲學認定人是世界的原因，歷史是被人所闡釋的歷史。（2）一切主體的感覺，一切主體對世界、對歷史的感知和闡釋，又被主體結構中先驗的心理結構、語言符號和文化模式所影響，或者說被先驗的認知系統、情感意志系統和語言操作系統所影響和控制，而這種先驗的心理結構、語言知識、符號系統又是歷史積澱的結果。從這個意義上說，主體又是歷史的對象，歷史的結果。也就是說，主體性既闡釋歷史又受到歷史的創造物（特別是語言符號）所抑制。把抑制的一面強調、誇大到極端，就認為主體性已經死亡——死在自己創造的話語系統中。但是，這種極端時髦的語言決定論者不了解人的主體性也恰恰在這裏表現出來，即主體可以反抗歷史的結果，超越歷史的結果，從先驗的、現實存在的各種異化的語言網絡中和知識網絡中超越出來，避免被歷史的創造物所埋葬進而提供新的創造物。

人類在同一瞬間，既是歷史的原因又是歷史的結果，既處於歷史的結果點上又處於歷史的孕育點上和生長點上。就像人們在設計一輛新型轎車的時候，在同一瞬間，他們處於設計（創造）的起點上，同時又處於轎車創造史的結果點上。人類主體性的實現，始終處於過程之中，就是這個道理。包括本書所說的超越，也是一種過程。在同一瞬間，人是現實存在的結果點，又是理想世界的起點。主體性的對象性理論，使客體和主體達到同一，使歷史的原因和歷史的結果同一，消解機械的因果決定論，消除因果的對立，消除對象意識和主體意識的對立。在文學藝術中，建立超越視角，擺脫世俗視角，就是要消解這種種對立。

文學藝術具有兩重性。它既是對象，又是主體意識。作為精神產品和消費品，它是對象，但作為對世界的解釋活動，它又是意識本身。文藝兩重性的分裂被主體性克服而達到如下的同一：

（1）文學藝術作品只有在主體參與下（世界被主體所解釋）才經由符號（語言）而獲得意義，才成為對象。

（2）主體意識只有經過符號化、對象化才能進行，才能獲得對世界意義的領悟。

前者說明，世界上不存在着非主體性的實體，現實世界（包括歷史）均被主體所解釋，世界和歷史被主體化。歷史作為本文，它需經主體的解釋才有意義，而這種解釋又納入主體的歷史性之中，它必然以某種「偏見」為前提。既然如此，文藝就不可能是作為實體的某種再現物，它也是被主體所解釋的存在。不同的是，文藝是在更高的水平上對象化了，也是在更高的水平上——審美水平上被主體所解釋了。因此文藝是對世界的審美的解釋，是主體的充份對象化。

後者則說明，主體意識只有經過符號化和對象化才能獲得對世界的領悟。這裏，主體意識先是作為歷史的結果，它對世界的解釋和領悟是被先驗的心理結構、語言符號系統和文化模式所影響，在這個時候，作家藝術家的主體性才面臨着真正的考驗。作家藝術家，在這個時候，它作為歷史的結果，形成了自身的現實存在，即形成了掌握了一定語言符號和文化模式的存在，但是，在同一瞬間，他進入創作過程，他又必須對自身進行再生產，再創造，把主體意識充份符號化和對象化，它必須消解現實符號，把現實符號轉化為審美符號，（克服現實符號的抽象性，使其充份意象化；同時消解符號的現實意義，把它上升為審美意義），在這個符號化、對象化過程中，主體擺脫「片面的存在」，擺脫歷史造成的各種片面的結果（片面的規定），把自己轉變成自由的存在和全面的存在。人類通過歷史實踐，創造着對象世界，也創造着主體自身，就是這個意思。在文學藝術活動中，作家藝術家就在創造對象（文學）——符號化和對象化過程，創造了自身的藝術個性，獲得對於世界意義的新的獨特領悟。

總之，前者的主體是作為賦予對象以主體色彩的主體性存在，後者的主體是作為在對象化過程中確認自身和創造自身的對象性存在。而兩者是同一的。

作家藝術家的主體力量只能經過文學藝術活動過程才可能獲得實現。換句話説，它必須經過一個把自身語言符號化、對象化的過程才能實現自己。如果把文學藝術比作蝴蝶，那麼，莊周（作家）必須經過一個蝴蝶化的過程才能確證自身，確證自己的創造力量——才能展示自己的夢。莊周在現實中不是自由的，因此他要做夢。夢是對現實的超越。夢是自由的象徵。但做夢只是一種願望，只有當莊周腦子裏的蝴蝶翩翩起舞的時候，他才獲得暫時的自由，他才作為自由的存在方式而確證自身。而在做夢的過程中，也發生了「蝴蝶夢莊周」的現象，蝴蝶本不會做夢，此時也在夢見人了，這就是蝴蝶的人化，自然的人化，客體的主體化。在莊周夢蝴蝶時，莊周是作為主體，他通過蝴蝶之夢而實現自身的主體力量；在蝴蝶夢莊周時，莊周是作為客體，是作為對象性存在。蝴蝶（本文——藝術對象——夢的對象）充份人化之後，她便獲得與人一樣的獨立的生命，她可以夢莊周，也可以夢莊周之外的一切。她與莊周（創造主體）是平等的，而且融合為一。這一瞬間，主體與客體融合為一，莊周和蝴蝶的對立消解。莊周把對象當作自身，消解了對象意識和自我意識的對立。在這個時候，在夢中，莊周（主體）像體驗自我一樣地體驗對象（蝴蝶），可以與蝴蝶一樣超越現實關係的全部齷齪翩翩起飛（想像）實現自己的自由本質。莊周與蝴蝶的命運相通，像對待自己一樣地對待蝴蝶，確認蝴蝶夢莊周的合理性（內在地要求對象人化），確認蝴蝶的獨立性和自由本質。即確認蝴蝶可以不受人（指主體意識）的支配而自由活動，蝴蝶可以夢莊周，可以夢孔孟，可以夢高山大海，可以夢萬物萬有，她獲得一種主體性，成為一個獨立的存在，可以按自己的情感邏輯和心理邏輯夢它的所夢。這種主體性，就是「對象主體性」。只有在這個時候，主體的對象才發揮到極致。

文學藝術的主體性此時作為充份對象性而表現出來，這種對象性表現為一種「二律背反」：一方面，藝術形象是主體的創造，是主體力量實現的確證，它是主體自由想像力支配的對象，被充份主體化，似乎沒有獨立性和自由本質，（蝴蝶是莊周想像的產物和對象，它被莊周所支配，似乎失去獨立性和自由本質）。另一方面，藝術形象又獲得了獨立性，不受主體自覺意識的支配，按照自身的邏輯活動，並往往表現為對作家預先的創作構想的違抗和創作過程中的非自覺性。（這就是在莊周（作家主體）做蝴蝶夢時，蝴蝶按照自身的邏輯自由活動，打破了莊周頭腦中原先關於蝴蝶的印象和蝴蝶夢的構想。

上述這種「二律背反」現象，正是藝術充份對象性的體現。從心理學上講，審美意識是理性非自覺意識。而非自覺意識是直覺想像和情感體驗活動，它是主客體的直接溝通，是意義的完整呈現，而其理性形式則充份地發展了這一特點，達到主客同一，物我兩忘的境界。

關於莊周與蝴蝶互夢，蝴蝶（對象）獲得主體性的意思，我在：《論文學的主體性》一文中，概括為「對象主體性」。關於這一概念，爭論和批評的意見也比較多。我把複雜的藝術充份對象性的問題，用一個概念和創造主體性、接受主體性並列而談，不一定能與我想表達的內涵完全相符。對這一概念展開批評，是不奇怪的。然而，在對這一概念進行批評的同時，卻不能不正視文學藝術創作中這種二律背反現象。我在《論文學的主體性》中，對於這種現象（對象主體性現象）作了這樣的描述：在創作過程中，賦予描寫對象以主體的地位，即賦予他們以獨立活動的內在自由的權利。這就是作家在特定的時刻要服從人物（對象），而不是人物（對象）服從作家，是作家要為人物（對象）服務，而不是人物（對象）為作家服務。作家要允許筆下的人物超越自己的意圖，允許他們突破自己一切先驗的安排，只有當筆下人物有充份的獨立活動的權利，非常自由地按照自己行動邏輯展開自己的行動時，這種人物才是活生生的。作家處於最好的創作心態時，往往由常態進入變態，進入虛幻系統，真誠地相信自己所創造的一切。此時，作家的真我，進入一種神秘的體驗，「情不自禁」地跟着自己筆下的人物走，無意識地服從自己的人物，接受筆下人物應有的命運，也是作家本沒有意識到的命運。……王蒙曾說，他筆下的人物出現的情況，不僅出乎讀者的意料之外，也往往出乎自己的意料之外。安娜·卡列尼娜的臥軌自殺，達吉亞娜的出嫁，阿Q的被槍斃，就是作家尊重筆下人物，服從筆下人物靈魂自主性的結果。我在指出這種現象之後，又指出一種非常有趣的現象：作家對描寫對象的尊重，就是賦予對象以人的靈魂，即賦予人物以精神主體性，允許人物具有不以作家意志為轉移的精神機制，允許他們按自己的靈魂的啟示獨立活動，按照自己的性格邏輯和情感邏輯發展。作家處於最佳心理狀態時，也是自己的人物充滿主體意識、充滿生命活力的時候，此時，作家不是受自己的意志所支配，而是沿着潛意識的導向前行，在可感知的範圍內，造成「意外」的效果，即愈有才能的作家，愈能賦予人物以主體能力，他筆下的人物自主性就愈強，而作家在自己筆下人物面前，就愈顯得無能為力。這樣，就發生作家創造的人物把作家引向自身意志之外的一種有趣現象，即作家愈有才能，作家（對於人物）愈是無能為力；作家愈是蹩腳，作家（對於人物）愈是具有控制力；作品愈是成功，作家愈是受役於自己的人物；愈是失敗，愈是能擺佈自己的人物。

總之，我所講的對象主體性，是指文學形象（主要是人物形象）的主體性，也就是審美意象的對象化的主體性。這種主體性表現在文學形象的充份人化，並在人化過程中失去外在性，成為藝術主體自身：它滲透着人性態度（藝術同情），強迫藝術主體（作家）以人性的態度來接受它。文學形象充份對象化，獨立自主地按照美的規律塑造自己，不受主體意識層面的擺佈，這是創造主體性和對象主體性的融合，是文學主體性的一種極致。

五、技巧的追求：詩與小說文本中顯主體和隱主體的反差與變幻

在上一節中，我們注意到文學創作中的主體性的基本方面：藝術的充份對象性和這種充份對象性所形成的創造主體與「對象主體」的互動關係和對象主體的獨立性。

現在我們進一步考察文學形象的構成和這種構成與創造主體的關係。

文學形象可分解成文學形象要素和組織結構。文學形象的要素是由現實體驗中提煉的元素，作家運用自己的藝術經驗把它組織構成文學形象。敘事文學形象要素一般有人物、環境、情節、語言，以人物形象（性格）為中心，但也有一批作家已突破這個中心，改革敘述模式。抒情文學形象的要素一般有：

語言、直接情感、心理活動，行為描寫和環境描寫等，以情感心理活動為中心。敘事文學形象的組織結構是敘述描寫方式。它包括敘述者（隱敘述者與顯敘述者），敘述的時空結構，以及語言傳達。

把敘述者分為隱敘述者與顯敘述者是極為重要的。所謂敘述者就是文本主體。文本主體無論隱顯，均屬藝術主體，均與現實主體相對應。但顯主體往往距現實近一些，而隱主體距離遠一些。

隱敘述者是真正的藝術主體（藝術個性），它支配藝術經驗，但不直接進入文學形象。隱敘述者決定敘事文學本質上是第三人稱的敘述方式，抒情文學是第一人稱的敘述方式。

顯敘述者是文學作品中直接發話者，它是「偽敘述者」，受隱敘述者的支配，只是一種工具。

隱敘述者，可以稱為隱文本主體：顯敘述者，可以稱為顯文本主體。兩者可以在人稱、態度上不同。顯文本主體可採用不同人稱，也可以各種角色（正反等）出現。但是，在這一對關係中，文學的主體性表現在隱主體方面，只有隱主體才真正支配文學形象的傾向，它總是以充份的人性態度（藝術同情）、充份的自由本質來對待顯文本主體的敘述，而不受其左右。非但如此，它還對顯主體進行反思，審視（審美反觀），與顯主體進行對話。只有顯敘述主體的文學作品，是獨白式的文學（最多是心理獨白）。而形成隱文本主體的文學，才可能形成對話文學，即形成如蘇聯文學理論家巴赫金所說的複調文學與多聲部文學。

顯文本主體與隱文本主體的反差和對話，可以造成特殊的藝術效果。例如，在抒情文學中，就可以形成王國維所說的那種「有我之境」和「無我之境」。所謂「無我之境」，並不是真的沒有我，沒有文本主體，而是這一主體隱藏着，即主體以隱主體的方式蘊含於其中。王國維在《人間詞話》中說：

> 有有我之境，有無我之境。「淚眼問花花不語，亂紅飛過鞦韆去」，「可堪孤館閉春寒，杜鵑聲裏斜陽暮」，有我之境也。「採菊東籬下，悠然見南山」，「寒波澹澹起，白鳥悠悠下」，無我之境也。有我之境，以我觀物，故物皆着我之色彩。無我之境，以物觀物，故不知何者為我，何者為物。古人為詞，寫有我之境者為多，然未始不能寫無我之境，此在豪傑之士能自樹立耳。
>
> 無我之境，人惟於靜中得之；有我之境，於由動之靜時得之。故一優美，一宏壯也。

王國維認為，藝術應當講究境界。實際上，藝術的差別，最重要的是境界的差別。他認為，在抒情文學（主要是指詩詞）中，有兩種很不同的境界，一種是優美，一種是宏壯。（也就是我們後來常說的優美壯美）。而這兩種不同的美學境界，關鍵就在於抒情主體處於不同的位置，一為顯主體，即所謂「有我」；一是隱主體，即所謂「無我」。王國維更欣賞「無我」之境，也就是主體不直接暴露的境界。他認為處於這種境界，詩詞主體與對象沒有直接的利害關係，因此直觀時處於寧靜的狀態，也就是說，在更高的水平上超越現實的利害關係，進入更自由的審美境界。

在現代中國詩歌發展史上，郭沫若的詩，其代表作大多屬於有我之境，是赤裸裸的自我表現，也就是顯抒情主體的直接表露。他的《女神》屬於壯美。而徐志摩，他開闢的另一新詩的境界，則是淡化顯主體，而回歸隱抒情主體。在他的詩中，看不到詩人與「生活之欲」的利害關係，其詩境寧靜得多。我國下半世紀前三十年的現代新詩，在美學上的誤區是只知有顯抒情主體，不知有隱抒情主體。而且把顯我均變成階級的大我，而沒有詩人的個體的自我。一部份粗暴、淺浮的詩論者一味鼓動文學是政治立場與世界觀的表白，拚命推崇那種與政治利害關係特別緊密的詩作，形成新詩藝術境界的不斷降低。直到「今天派」詩中才開始復活無我之境，而某些有我之境的詩，其顯主體也不是露骨的充滿「生活之欲」的主體，而是與「生活之欲」保持着距離，仍帶有超越性質的藝術主體。說「今天派」詩歌標誌着新美學原則的崛起，是對的，但不能籠統地說這種原則是表現自我的原則，而是說，它標誌着個人化的有我之境與無我之境的復歸，而且無論是有我之境或無我之境，無論是顯抒情主體還是隱抒情主體，均已擺脫現實的階級之「我」的束縛，回復到超越性的藝術主體的境界之中。

在敘述文學中，顯敘述主體和隱敘述主體的反差和對話，也會形成很特殊的藝術風格，例如「黑色幽默」、「意識流」小說、藝術反諷小說等文體的形成，都與此有關。《二十二條軍規》所形成的黑色幽默，就是顯主體的充份喜劇性和隱主體的充份悲劇性的反差，是顯主體的充份荒謬和隱主體的對荒謬的批判和嘲諷。貝克特的《等待戈多》，作為顯敘述者，戈多這個形象是一個人類無望的期待，而作為隱敘述者則是對這種期待的反省和尋找出路的渴望。又如《蠅王》，顯敘述者是對人性惡的無情的展示，而隱敘述者則是對人性的呼喚和對人類惡性鬥爭的反省、批判和懺悔，是向世界發出的「救救孩子」的呼喚。

從近代世界文學的總體走向來說，十九世紀的批判現實主義，小說文本中顯敘述者（即顯主體）佔着重要的地位，隱敘述者幾乎和顯敘述者是同一的，因此，作品表現為較直接的對物質貧困和社會不公平的控訴，對被壓迫階級的同情。而從卡夫卡開始的現代主義文學，則通過精神空虛、苦悶、變態、變形、荒誕的描寫來批判現實，而這種文學，隱敘述主體的地位得到強化，顯敘述主體幾乎消失。卡夫卡的小說對現實世界的控訴，已不是直接性的控訴，而是通過隱敘述主體的藝術同情，因此，它的潛文本的內容更加豐富複雜，而它的外觀則非常冷靜。從十九世紀到二十世紀，世界文學寶庫中產生的巨著，諸如《卡拉瑪佐夫兄弟》、《白鯨記》、《喧嘯與騷動》、《百年孤獨》等，都是像謎一樣豐富的作品，其特點都是隱敘述主體起了愈來愈重要的作用，而且形成隱主體和顯主體的特殊距離和心靈對話。

隱敘述主體地位的強化，給文學活動帶來兩個很重要的結果，一是結束顯主體的全知全能時代，開始顯主體與隱主體對話的時代，使文學在顯主體與隱主體的互動過程（對話過程）中展示出很多新的藝術可能性：二是可以給文學接受者留下很多闡釋的空間，給它們留下更多的補充和審美再創造的空隙和可能性。

當作家藝術家的現實主體上升為顯敍述主體時，如果理解為這種顯敍述主體是全知全能的敍述者，而且是現實主體直接的顯示者，即要求顯敍述主體直接表白作者的立場和世界觀，而完全取消隱主體這一中介，作品都容易淺露。更加危險的是，當顯敍述主體被強調到極致（現實主體和顯敍述主體直接同一）時，就會出現一種虛偽的現實主體的直接曝光。這不是現實主體的真誠表現，而是賦予顯主體很多虛假的獨白。

我們現代文學和當代文學半個多世紀以來，藝術上的嚴重教訓，就是在「社會主義現實主義」的總口號下，混淆政治意識形態原則和美學原則的根本區別，把現實主義的美學原則加以社會主義意識形態化，要求文學藝術顯敍述者直接成為政治原則的服務員和宣傳者，或社會主義意識形態的全知全能的顯示者和表白者，淘汰掉隱敍述主體的全部機制，抹煞顯敍述主體的超越性質，結果造成嚴重的浮淺病和政治顯露病。而一些較冷靜的作家，雖然沒有完全把自己的文學作品當成時代的精神號筒，但是，在運作方式上，仍然沒有新的變化，基本上還停留在顯敍述主體左右一切的創作層次。在他們的作品中，小量的心理描寫，也只是顯主體的心理獨白，而不是顯敍述主體和隱敍述主體的對話。他們對於造成顯主體和隱主體兩者藝術反差的嘗試，幾乎已經終止。對世界文壇上在這方面提供的許多文學技巧已無敏感和興趣，這實在是一種很不幸的現象。正因為上述的美學上的重大失誤，因此，數十年來我國當代文學確實發生嚴重的概念化和一律化的現象。

八十年代新時期詩歌小說的文體革命，從敍述方式意義上說，就是在敍述中回歸隱敍述主體，把自己深藏於隱主體中，拉開隱敍述主體和顯敍述主體的距離。這樣，就形成心理和情感上的反差。如王蒙的作品，就有作為顯敍述者的充份喜劇性和作為隱敍述者深刻的悲劇性兩者的反差效果。而近年來的實驗小說，則是作家作為顯敍述主體的時候極端冷漠，面對殘忍的殺戮，也表現出一種讀者難以接受的平靜，而作為隱敍述者卻絕不是冷的，而是熱烈地呼喚結束這種冷酷和荒誕。

由於顯敍述主體比較接近現實主體的層次，因此，儘管它也反觀批判現實，但總是受到時空限制比較多，現實主義作品的真實性原則，就是要求顯敍述主體的創造不能完全突破現實的時空結構。如果作家藝術家回歸到隱敍述主體之中，敍述的時空結構就會受到隱敍述主體的重新安排和支配，就可以在更大的程度上打破自然時空和社會現實時空的程序，而進入審美的自由時空。這樣，就可以打破日常經驗，重新安排情節順序和時空排列，改變習慣性的敍述模式，造成特殊的藝術效果。小說中的意識流，變形，時空倒錯；詩歌中的通感、變形、佯謬等，都是隱主體在起作用。以通感為例，把月亮說成香的，對於顯抒情主體的感受來說是不合理的，但是，從隱抒情主體來說，這個隱主體具有各種可以互通的內感覺系統，香便是隱主體的特殊感覺。意識流小說打破時空結構，不是按照現實的時空順序安排故事，而是不斷的跳躍。可以按照隱主體的需要隨時拉長時間，膨脹時間，這就改變了平鋪直敍的敍事模式。文學作品所以會形成交響樂般的奏鳴曲，形成多聲部的複雜交錯，就是文本主體不僅是一個被時空結構所限制的顯主體在起作用，而且有一個乃至無數個天馬行空的隱主體在起作用。這樣，作品中表現出來的交響樂效果，從顯敍述者來看是不合邏輯的，但是，從隱敍述者看來，則完全符合邏輯。

如果作家藝術家意識到自己在創造過程中，不應當僅以顯敍述主體出現，而應當以更為要緊的、更能表現藝術個性的隱敍述主體起作用，他就會更充份地發揮其創作主體性，就會在能指的創造上更充份地發揮其才能，（隱敍述主體只能在能指的世界中才能達到隱的特點），拉康等人的理論，實際上是一切回歸於能指的理論。我國新時期的一批實驗小說家，也是着意回歸能指的作家。他們把顯敍述主體淡化到幾乎看不見，於是，讀者很難找到文本的所指。這樣，就迫使批評家去發現在能指世界背後的潛文本，即那個敘述主體着意造成的具有無限闡釋可能性的世界。

後現代主義批評家，如拉康，羅蘭·巴爾特，德里達，他們認為任何文本，一旦發表之後，就脱離作者的掌握和控制，成為一種偶然的語言存在。他們賦予這種思想一種意象，便是作者和文本的關係已擺脱父子關係，而隨着這種關係的終結，作者的文章所有權、闡釋權等一系列權限均已死亡。德里達曾用「作品是孤兒」的意象來表達這一思想，而羅蘭·巴爾特則以他的著名的「作者已死」的命題作了同一思想的表述。

「作者已死」命題是解構主義批評家的基本命題之一。這一命題剝奪作者的絕對權力，無限地擴大文本的權力，根據這一命題，作者的全部人格、個性均變得毫無意義，他不過是讓語言穿插往來、任意分割的出入通道。羅蘭·巴爾特在《從作者到文本》中，乾脆説，作者並不是編織文本的主體，他倒是在文本的自行編織活動中作為一個「客人」被編織進來。如果作者是小説家，那麼他就會成為人物之一，成為編織物上的又一個形象。當作者以這種方式重新回到「他的」文本中時，他的名字已不再具有父權和所有權，不再是真正的真理之所在，相反，倒成了遊戲之所。他變成一個「紙上作者」，一個紙上的生命。這時，作者和作品的關係「在紙上」發生了一個逆轉：與其説作者的生活影響引發他的作品，不如説是作品影響和引發作者的生活。

解構主義批評家確實完成了一場文學批評觀念的革命。傳統的文學批評，總是把「尋找作者原意」——把揭示作品內在深藏的奧秘作為批評的目標。這就把文學批評變成對作者意圖的猜想。這樣，文學批評家和讀者在事實上是首先把作品的闡釋權交給作者，而自認附屬的地位，造成接受主體性的喪失。這種喪失使文學批評僅僅着眼於作者在不同場合的表白上和作品表層的文本上，而忽略了作品內部的潛文本，忽略了批評仍是一種文學的再生產和再創造——批評是作品的某種伸延，它可以變成文本的構成之一。而只有把文學批評視為文學的再生產和再創造，才能使文學批評獲得獨立自主的地位，批評主體性才能真正確立。但是，為了強化接受主體性而宣佈創造主體的死亡是否妥當呢？應當肯定，即使對於創造主體性來說，這個命題的某些內涵也是正確的，例如羅蘭·巴爾特所說的，當作者變成「紙上生命」時，與其說作者的生活影響引發他的作品，不如說是作品影響引發作者的生活這一現象確實是存在的。這正如我們在上一節（對象性）所說的，確實存在着作品中的活動主體按照自身的邏輯發展而突破了作者原來的意圖和設計，改變了作者自身，在這一瞬間，作者似乎已經死亡。解構主義批評家們能注意到這種主動現象，應當說是深刻的。

但是，絕對化地剝奪作者的權力，絕對化地宣佈作者的整體死亡，似乎接受者的任何闡釋都與作者無關，卻是值得商榷的。

解構主義批評家們有一個誤解，是把作者化為隱主體時，誤認為作者已經死亡。傳統文學批評的局限在於固執地尋找作家作為顯敍述主體時的意圖，而忘記作家作為隱敍述主體所展示的一切是有限的，而作者作為隱主體所展示的一切則是無限的。這正如如來佛的手掌，孫悟空見到的只是顯現於表層的有限的手掌，而未能見到隱藏的可以無限伸延的手掌。所以，他儘管有七十二招變化，能翻十萬八千里，也翻不過如來的手掌。解構主義者的誤解在於，他們以為如來佛已經死亡，事實上，他並沒有死亡，只是他的本領溶化到無限的隱主體（大手掌）之中，如來佛消失（死亡）的只是原先那隻顯現於表面的小手（顯主體）而不是無限伸延的大手（隱主體），所以，無論讀者和批評家使出各種招數進行闡述，仍然與作者作為隱主體所設下的縫隙、空白、謎底有關。就像對阿Q的任何闡釋，都無法把他說成白鯨和熊。他們總是翻不出《阿Q正傳》的基本框架，這就是創造主體還在遙遠的深處起作用，在一個似乎已經死亡實際上並沒有死亡的地方起作用。這就是隱創造主體的作用，就是真正藝術個性不朽的原因。一個渺小的作家和他的一篇很拙劣的小說，儘管也可以作奇離的闡釋，也有闡釋的許多可能性，但是，它絕對無法與對莎士比亞和福克納的闡釋的無限可能性和無限豐富性相比，這是因為莎士比亞和福克納畢竟是渺小作家無法比擬的偉大的存在，他們和他們創造的存在還在起作用——他們並沒有死亡。

寫到這裏，我的論述尚未完成。關於接受主體性，關於審美意識對現實意識的超越，關於藝術語言對現實語言的超越，關於主體間性等問題，我正在進一步思考與寫作。

一九九零年春於芝加哥大學校園

選自《放逐諸神》

關於文學主體間性的對話

楊春時：（以下簡稱楊）在二十世紀八十年代中期，你曾經發動了關於文學主體性的論爭，我也參與了這場論爭。這場論爭結束了從蘇聯傳入的反映論文學理論的統治，建立了主體性文學理論。這是中國文學理論發展的一個里程碑。但是，我記得你出國以後，曾經向我建議，我們共同進行新的研究，即吸收西方的主體間性理論，改造和發展文學主體性理論。只是後來我們都忙於其他問題的研究，一直沒有着手進行。直到最近，我才集中精力，對主體性理論進行了反思，並考慮了文學主體間性問題。今天，我們可以就這個問題進行初步的探討和交流，以便為今後更深入研究做準備。

劉再復：（以下簡稱劉）上世紀八十年代我們提出文學主體性問題，是針對反映論的文學理論。反映論是蘇聯文學理論的哲學基點，它的弱點是文學的主體性的闕如。主體性是西方古典哲學的概念，現在當然應當加以改造。但我更重視文學理論所處的語境，就是一個基本概念被提出來的場合，它的意義和價值取決於這個場合、語境。文學主體性理論是在蘇聯的反映論文學理論長期統治的歷史場合下提出的，這個語境不同於西方當代文學理論的語境。在當時，文學主體性理論的提出有很強的歷史針對性和歷史合理性。人文批評總是具有雙重品格：一是純客觀性，即面對具有真理性的問題提出見解；二是在某種歷史情境下與現實作主觀性的對話。主體性理論是與當時的整個歷史情境相一致的。二十世紀八十年代是高揚主體性的啟蒙時期，是呼喚「人——個體」重新站立起來的時期。文學創作正在經歷着以個體經驗語言取代集體經驗語言的時期。傳統文學理論一方面強調文學是對現實的反映，同時又強調文學的黨性和意識形態性，這樣就抹殺了文學的深廣的人性內容和個性特徵，也就是主體性。作家不能只是複製現實，而應當以主體的眼光來看待現實。作家不能以一個黨派成員的身份進行文學創作，而是以一個文學家的身份進行文學創作。與此相關，作家也不應當用文學來演繹意識形態，而應充份表達個體的生命體驗。文學事實上可定義為自由情感的存在形式。所以，必須把自由還給文學，使主體性獲得充份的解放。在各種禁忌束縛文學的歷史條件下，我們張揚文學的主體性正是幫助作者獲得內在自由，這是非常必要的，也是非常有意義的。中國當代文學的發展已經證明了這一點。

楊：文學主體性提出的正當性在於中國新時期啟蒙的歷史情境，這與歐洲主體性提出的歷史情境有某種相似性。以康德、黑格爾和席勒為代表的歐洲近代美學高揚主體性，把審美和藝術活動歸結為人的自由創造，從而摒棄了中世紀神學美學和古代的客體性美學。在八十年代的中國，統治文壇的是從蘇聯傳入的文學理論，它是一個二元論的體系，即一方面講反映論，認為文學是現實的形象反映；另一方面又講意識形態論，認為文學是社會意識形態，具有階級性和黨性。應當說反映論強調了文學的客觀性，而意識形態論強調了文學的主觀性，二者是有矛盾的，不能並存的。毛澤東就不講反映論而只講意識形態論，只講文學從屬於政治。但蘇聯的文學理論利用語言和邏輯的含混，掩蓋了這種矛盾。而且，反映論與意識形態論有一個共同點，就是抹煞文學的個體主體性。反映論排除了主體，人成為反映現實的工具；意識形態論排除了個體主體，因為意識形態是集體的價值規範，個體要受到它的支配，所以蘇聯文學理論是非主體性的。當時對反映論的批判也是連帶着意識形態論的。正是出於批判反映論和意識形態論的需要，才提出了文學主體性理論。主體性文學理論的建立，推翻了反映論和意識形態論，這個歷史功績是不能抹煞的。

劉：上個世紀三十年代，文化界進行了一場關於中國社會性質的大論戰。當時有三派：新生活派，馬克思主義派，托派，結果馬克思主義派佔了上風。之後，左翼作家開始用馬克思主義來解釋中國社會。茅盾的《子夜》開始了這個傳統，即把文學當成政治意識形態的形象轉達。我認為從根本上說文學是生命現象，不是意識形態現象。文學形態的精彩全在於它的生命形態。歌德說理論是灰色的，惟有生命之樹長青，這是真理。文學要有永久的魅力，就得挺進到生命的深處，讓生命與生命相接，也讓生命與大自然、大宇宙相接，中間不要隔着一個「意識形態」。生命語境大於歷史意識，更大於國家語境和意識形態語境。許多學人、詩人倒過來了，以為國家語境、意識形態語境大於生命語境。我們講文學的主體性就是強調文學是生命現象，強調作家的個體生命活力、個體靈魂的活力。美國作家愛默生說過一句很絕對的話：世界是微不足道的，人才是根本。他又說：世界上唯一有價值的東西乃是有活力的靈魂。使文學回歸人本身，解除意識形態對文學的束縛，也就是解除意識形態對人的束縛。

楊：現在回想起來，在你寫作《論文學的主體性》之前，學術界就已經對反映論和意識形態論進行了批判，但是還沒有找到一個堅實的理論體系，包括一個核心的概念和哲學的基點，因此不能有效地批判反映論和意識形態論。這恐怕也是許多啟蒙學者的共同困惑。所以當時李澤厚先生的《主體性實踐哲學》一提出來，就引起廣泛的重視。李先生的功績就在於提出了一個理論系統，給思想啟蒙提供了一個理論根據。記得一九八五年我們曾經談起李先生剛發表的那篇《康德哲學與主體性論綱》，感到很受啟發，並考慮用主體性來建構新的文學理論。而不久你就發表了《論文學的主體性》，並引起了轟動和全國範圍的大討論。但是我也注意到，你對主體性理論的發揮，有自己的創造。你講的文學主體性與李澤厚先生的實踐主體性有所區別，並不是簡單的移用。李澤厚接受康德和馬克思的《手稿》影響比較多，他從歷史唯物主義的社會實踐和人類心理結構的角度來界定主體性，認為主體性是人類歷史實踐的在主體心理上的積澱，因此這個主體性偏重於社會集體，偏重於理性。你主要是從個體自由的角度來界定主體性，因此偏重於自我，偏重於感性，認為主體性本質上不是物質實踐活動，而是精神上的自由。這種區別在當時可能沒有被注意到，但卻是很重要的。

劉：李澤厚講的主體性對我很有啟發，他是中國主體性實踐哲學的始作俑者，我使用了這個概念，並用以説明文學的本質。當時我們講主體就是講人啊，而人是世界的根本、文學的根本。但李澤厚強調的是人類的主體性，人類實踐的主體性，我強調的是個體主體性，個體精神的自由性。我認為，主體性有三個層面，一個是人類的主體性，另一個是民族的主體性，還有個體主體性。我當時沒有講民族主體性，只講人類主體性和個體主體性，因為人類主體性與個體主體性是有關聯的。但我強調了個體主體性，認定個體性而不是群體性是文學主體性的本質。個體性是一種生命主權，靈魂主權，是人的不可剝奪的基本特性。在當時的歷史語境下，強調這一點很重要。許多作家在看世界的時候，不是用個體的眼睛，而是用群體的眼睛；他們的語言不是個體經驗語言，而是群體經驗語言；他們的思想不是自己的思想，而是群體的思想，這種文學是沒有生命的。所以我對當時的一些作品如賀敬之的詩歌進行批評，而對朦朧詩給以肯定。朦朧詩的一個重要特點是恢復了個體經驗語言，有了個體獨特的經驗和思想，也就是有了個體主體性。我們必須用個體的眼睛來看世界，用個體的聲音、個體的語言來描述世界，表達自己的生命感受。面對這種情況，在理論上必須有一個昇華和概括，這就是文學的主體性。必須對文學重新定義，它不是意識形態的形象轉達，而是自由情感的存在形式，是主體性的實現。

楊：對文學而言，強調個體性和精神性更重要，更符合文學創造的實際。我在接受主體性理論的同時，也保留了自己的思想，就是強調文學的超越性，認為文學的主體性不同於實踐的主體性，就在於文學具有充份的主體性，從而具有了超越性。超越性在更高的層次上揭示了文學的本質。正是這種文學超越性思想的發展，才導致九十年代我與實踐美學分道揚鑣，走向後實踐美學。

劉：你強調文學的超越性，確實是獨特的見解，對我很有啟發。文學就是一種超越現實的純粹自由的情感形式，我們必須借用哲學語言把這種認識確定下來，因此才有文學主體性理論。我覺得五四新文學運動就缺少這種理論的概括。「五四」當然是肯定主體性的，它講人的文學，講個性解放，但當時迫於形勢，忙於救亡和啟蒙，沒有充份的時間進行理論建設。一代思潮，一代嶄新的寫作方式（如以白話代替文言）的實驗，卻沒有在哲學上、美學上做出理論上的概括，也缺少一個核心的概念。所以，在八十年代我們抓住主體性這個概念是非常重要的，它把哪個時代新的文學方式和新的文學立場用哲學語言表達出來、確定下來，從而與反映論相對立，這就很有意義。

楊：找到主體性概念確實非常重要。因為確立一個概念就等於確立了一個思想。沒有這個概念，思想就是散亂的，就不能與反映論分庭抗禮。所以文學主體性概念一出來，反映論就土崩瓦解，而且是對八十年代文學思想的變革作了總結，奠定了一個新的文學理論體系。在這場論爭之後，除了極其守舊的人，幾乎所有的人都不同程度上接受了文學主體性理論。同時，反映論的文學理論也沒有市場了，比如蔡儀的文學理論教材就沒有市場了，最後就停止再版了。現在的文學理論著作在不同程度上借鑒或發揮了文學主體性理論。可以說，八十年代的文學主體性討論結出了豐碩的歷史成果，推進了中國文學理論的發展。

劉：正像胡適所言，「五四」提倡有餘而理論建設不足。八十年代的文學主體性論爭不僅是主義的論爭，而且是理論的建設，留下了學術的成果，這是值得欣慰的。可惜時間太匆促，我們的理論還來不及進一步完善。要是現在讓我再寫一篇《論文學的主體性》，基本論點不會變，但可能會精緻一些。

楊：但是，還應當看到，八十年代的文學理論建設沒有完成，被人為地打斷了。這留下了一些有待完成的課題，比如文學的主體間性問題就沒有來得及考慮。從西方文學理論的歷史來看，在啟蒙時期是張揚主體性，產生了康德和黑格爾的美學。在進入現代社會以後，面對主體性片面發展的實踐和主體性理論的弊端，哲學和美學就轉向強調主體間性，產生了海德格爾、伽達默爾、巴赫金等人的理論。但是，主體間性不是對主體性的簡單否定，而是對它的修正和補充、發展。因此，有人把主體間性翻譯為交互主體性，這可能更準確地說明它與主體性的關係。

劉：是的，我們的研究被打斷了。本來，主體性應該包括主體間性，這才是比較完整的理論。我們講主體性是肯定個體，張揚個性，但個體不是原子式的孤立個體，而是在人際關係中存在的個體。所謂主體間性就是主體的關係特性。因此也可譯為主體際性或互主體性。叔本華説：人最大的悲劇是，你誕生了。人一誕生，就被拋入一種關係中，就被關係所限定。這就規定了人的主體性是有限的主體性，而不是無限的主體性；也規定了人的自由是有限的自由，而不是無限自由。但人總是要爭取最大程度的自由。人生活在關係之中，自我與他者打交道，就發生一個爭取自身的自由又不能破壞他者自由的問題，因此主體性就衍化為交互主體性，而不是孤立主體性。這才有社會，才有社會存在。如果把他者考慮進去，才是完整的主體性。

楊：其實當時我們已經不自覺地涉及到了主體間性問題。比如你在《論文學的主體性》中論述了「對象主體」概念，當時很多人都不理解，認為對象是客體，怎麼能稱作主體呢？而實際上，從主體間性角度看，文學形象不是客體，而是另一個主體，作家或讀者不是與客體打交道，而是與主體打交道。這是一個非常深刻的思想。可惜，這個思想沒有提升到主體間性理論上來，在主體性框架內反倒顯得有矛盾。如果有充裕的時間，進行充份的思考，很可能有所突破，跨越主體性階段，上升到主體間性階段。

劉：當時處於論戰的情勢下，許多思想都沒有來得及深化，除了對象主體以外，你強調文學的主體性在於超越性，我覺得你比我講得充份。由於眾所周知的原因，我們的思考被打斷了。出國以後，更多地接觸了主體間性理論，特別是哈貝瑪斯的理解，他的主體間性理論表述得相當充份。這些年我對主體性理論進行了反思，覺得有對文學主體性理論進行補充的必要。你最近寫了有關文章，把這種思考理論化了，這是很好的開端。這個工作要繼續進行下去。八十年代中期，我們講主體性，主要是論證主體在人類歷史上的地位、功能，是在主客體對立範疇中去定義主體性和探索如何實現主體性。強調個體、偶然、感性，批評歷史必然這種本質論。這種表述對那種把文學的本質界定為認識論（反映論）的思路，無疑是一種衝擊。此次定義的邏輯結果是支持作家（人）超越現實的不自由進入更高的自由境界。但是，我們知道，僅僅從主客體對立範疇去探討「何為主體」，會產生一種局限，或者說，會給人產生一種誤解，以為宇宙間和人間真有一種完整的、統一的、具有純粹本質的主體。而事實上，處於人類社會中的主體都是不完整的，常常是分裂和破碎的。這是因為，人都生活在各種關係中。主體被這些關係所割切、所異化。這種非完整的主體之間形成一種關係特性，即主體之間互相限制、互相作用、互相作用的特性，我們就給它命名為「主體間性」。所以我說主體間性可以定義為主體存在的關係特性，也就是主體與「他者」（others）的關係特性。「他者」包含着限定主體的關係特性。

楊：當時的歷史條件下也很難顧及到主體間性，因為當時面對的是反主體性理論，必須張揚主體性，張揚個性。但是，主體性畢竟是啟蒙時期的思想，是現代性的體現，像康德、黑格爾以及青年馬克思都主張主體性。到了現代社會，現代性、主體性確立了，但其片面性、弊病也突出地顯現出來，因此現代哲學和美學就轉而反思、甚至批判現代性和主體性，並強調主體間性。胡塞爾本來講先驗自我，後來發現難以擺脱自我論，不能解決共同認識何以可能的問題，於是又講主體間性，但他在主體性框架內沒有解決這個問題。以後，海德格爾才在本體論的角度上建立了主體間性理論，即認為此在是共在，是共同的此在，主體必須與其他主體打交道。伽達默爾以主體間性理論建立哲學解釋學，他把文本不是看作客體，而是看作歷史的主體，對文本的理解也就成為現實主體與歷史主體間的對話而達到的一種「視域融合」。巴赫金也認為文學作品不是客體，而是主體，它作為文學形象有自己的獨立性，因此文學作品可以是多聲部的；文學活動是作者或讀者與文學作品中的人物之間的對話。總之，主體性理論把存在看作主體與客體間的關係，強調主體把握客體或主體征服客體。而主體間性理論則把存在看作主體與主體間的關係，世界不是客體而是主體，是自我主體與之對話並達到理解的另一個主體。文學也同樣是自我主體與他我主體間的對話、理解，而不是主體對客體的認識和征服。中國現在已經開始了現代化的進程，因此在肯定主體性建構的歷史成果的同時，也應當超越古典的主體性理論，建設現代的主體間性理論。

劉：我認為，主體間性可分作外在主體間性和內在主體間性，也就是外部的主體間性和內部的主體間性。一般來說，外部的主體間性比較容易看得到，比如你剛才說的胡塞爾、海德格爾、伽達默爾等都講的是外在的主體間性，西方學者着眼於主體之間的溝通，產生了哈貝瑪斯的交往理論等。因為每一個人都是權利主體。由於主體對主體的限定，主體性往往是不充份的，所以在現實關係中人都是不自由的，自由只是理想的存在。甚至夢想也受到種種關係的規定，夢可以作，而理想卻在遙遙的彼岸。存在之我受到他者的限制，造成自我的破碎、扭曲，所以完整的自我也只是主體理想性的創造。自我並不是那麼完整的，我們處在一個異化的世界，被多種關係所異化，被商品市場所異化，被話語異化，被權力機制所異化，等等。他者實際上是一個很大的系統，不是某一個人，而是整個社會關係。主體間性探討的首先是一個外在的關係，但是我特別要強調的是內在的主體間性。也希望你特別注意這個問題。如果這個問題探討得深入了，就會創造出真正屬於我們中國的文學主體間性理論。內在主體間性，是自我內部多重主體的關係。我曾經稱自我是一個內宇宙，是與外宇宙同樣廣闊無邊的世界。在自我世界中有無數的自我，他們也形成關係，這也是一種主體間性。莊子感慨人生最大的悲劇是心為形役，這裏至少分出了一個形主體的我和心主體的我。形之我，其實就是外部的社會性主體、社會關係總和的自我，這一主體憑着名號、職稱、身份、社會地位等作為自身的標誌。這種具有社會標誌性（即「形我」）中的自我與希望擺脫這種關係的「心我」就形成一種矛盾、一種關係。這不是主客體間的關係，而是主體間的關係。禪宗講打破「我執」，並不是否認主體性，而是要打破這個限定真我（自性真性的我）的假我。禪宗最強調的是人的「自性」，天堂、地獄均在自己心中，自由也在自己心中。真我常常被假我包圍、堵塞、扭曲；「心我」常常被「形我」所限制、奴役、扼殺，所謂「打破我執」，就是要打破假我對真我的扭曲和限制，打的是假我，不是真我。那麼，這真我與假我的關係特性就是內在主體間性。巴赫金所說的狂歡節、多聲部，還是外部主體間性，只有說到靈魂的對話、靈魂的雙音才是內在的主體間性。陀思妥也夫斯基的偉大，在於他能把靈魂的論辯展示出來。自我內部靈魂與靈魂的關係、靈魂走向的衝突與對話，都屬於主體間性的課題。中國文學在這方面很弱，最近我和林崗合著的《罪與文學》就講這個問題，批評中國文學往往只有人生感嘆，缺少靈魂呼號。但中國的禪宗很了不起，它把注意力放到自我內部。高行健把禪宗引入戲劇創作，開闢了戲劇的第五種主題關係——自我與自我的關係。（美國的戲劇大師奧尼爾創造了人與上帝、人與自然、人與社會、人與他人等四種主題關係）並創造了「自我乃是自我的地獄」，這是與薩特不同的命題（薩特是「他人是自我的地獄」）。薩特注意的是外部主體間性，高行健注意的是內部主體間性。探討內部主體間性有利於把真我解放出來，有利於着眼「自救」，靠自己的力量得大自由、得大自在。不是仰仗上帝的肩膀，也不是仰仗他人的肩膀，而是仰仗自己的肩膀，敢於自己負責，不靠上帝，不靠別人。其實，弗洛伊德也探討了內在主體間性，他講本我、自我與超我的關係，也很有意思。

楊：你講的內在的主體間性是一個創造，尤其對文學來說更重要，應當深入研究。另一方面，主體性與主體間性不是一個對立的問題，不是簡單地肯定一個、否定一個的問題。主體間性或互主體性或交互主體性，實際上是在承認主體性的前提下進一步探究主體間的關係問題。主體性與主體間性是在不同的角度上看世界，主體性是在主客關係的基礎上規定存在，主體間性是在主體與主體的關係基礎上規定存在。西方的認識論哲學，偏重主體與客體的關係，而近代哲學把這種關係看作主體對世界的構造。主體性實際上是一種理性精神，它與啟蒙思潮是一致的。啟蒙思潮高揚主體性，講人是天地之精華、萬物之靈長，對人和理性絕對信任。片面強調主體性，把世界當成被構造、被征服的客體，導致自我中心論和人類中心論。如果把他人當作客體，就會導致薩特所說的他人便是地獄。如果把自然當成客體，就會無止境地破壞自然，毀滅生存的家園。總之，片面的主體性不會獲得自由。而且，片面的主體性理論也是無法解決認識世界如何可能的問題，因為一個異己的、外在的客體是無法認識的，它始終像康德說的是不可認識的「自在之物」或胡塞爾說的不可理解的「超越之物」。因此，對主體和理性的絕對信任在現代哲學中消失了，人們開始反思主體性，用主體間性來重新規定主體性，導致主體性哲學向主體間性哲學轉化。主體間性是從另一個角度，即不是從主客關係而是從主體與主體的關係來規定存在。主體間性體現了這樣一種思想，即只有把世界（他人和自然）不是看作死寂的客體，而是看作與自我一樣的主體，才是本真的存在，才能最終把握世界和達到自由。主體間性不僅僅是一個認識論概念，而且是一個本體論的概念，它不但解決了認識何以可能的問題，也解決了自由何以可能的問題。這就是說，在主客對立關係中，世界是不可認識的，主體也不能獲得自由；只有把世界當成主體，才可以在與世界的交往、對話中，克服了自我與他者的對立，建立和諧的關係，達到互相理解和自由。這是一種本真的、理想的人與世界的關係。

劉：你講得非常好。不能把大自然和世界看作是征服的對象，可以任意駕馭它、擺佈它。我曾講到一個概念，現在可以提升到學術層面上來，就是權利主體。不僅人是權利主體，大自然也是權利主體，大自然的一草一木、一鳥一獸都有生存的權利，都是權利主體，它們與我們共同存在於這個世界，我們就要尊重它。佛教有一個很好的觀念，就是確認一切生命都應當尊重，慈悲精神涵蓋一切生命，沒有人界與自然界之隔。這實際上是確認一切生命包括自然界的生命都是權利主體。如果確認了這一點，那麼人與自然的關係，就是一種主體間性。傑克·倫敦的《野性的呼喚》，海明威的《老人與海》，福克納的《熊》都是描寫人與自然關係的傑作。像梅爾維爾的《白鯨記》，白鯨也是一個權利主體，要征服它就會發生悲劇。這部小說的主角鐵漢子船長阿哈巴和白鯨摩比·狄克都是最堅強的，阿哈巴要尋找世界上最強大的對手，別的鯨魚他不感興趣，他一定要找到白鯨，征服它，最後結果是同歸於盡。

楊：我認為應該區分開社會學意義上的主體間性和哲學（包括美學）意義上的主體間性。社會學意義上的主體間性是指現實的社會關係，它是對主體的限制，實際上仍然沒有擺脫主客對立關係，因為在現實中，他人仍然是我利用和認知的對象，是客體。這是不充份的主體間性，或者說是片面的主體性的表現形式。哈貝瑪斯講的交往理性主要是在社會學意義上的主體間性，而海德格爾講的共在則是哲學意義上的主體間性。哲學意義上的主體間性是本體論上的規定，它克服了主客對立關係，它對存在的規定是主體間的交往，而不是主體對客體的認識或征服。因此，哲學意義上的主體間性是充份的主體間性，它超越了片面的主體性。充份的主體間性不是對主體的限制，而是主體自由的條件。只有把人與世界的關係變成主體與主體的關係，變成交往和對話關係，主體才是自由的。同樣，只有把世界當作主體去交往、對話，才能體驗和理解世界，對世界的認識才是可能的。在現實生活中，不可能真正實現主體間性，世界仍然作為客體與我們對立。我們必須征服自然，才能生存、發展；人與人的關係也不能擺脫主客對立關係，我們往往從功利的角度對待別人，從認知的角度看待別人。只有在審美世界中，在文學活動中人與世界才能消除對立、達到和諧，才能超越現實關係，真正實現主體間性。因此，從主體間性的角度研究文學，比從單純主體性角度要更符合文學的本質，它揭示了文學區別於其他現實活動的特性。實踐美學就是從主體性角度研究審美，而後實踐美學則從主體間性角度研究審美，這是一個根本的區別。

劉：在八十年代文學主體性論戰中，你非常清楚地論述了文學的超越性，我那時候還沒有講得那麼清楚。文學一定要有超越的視角，不要落入世俗的視角。如果落入世俗的視角，就會產生一個問題，就是局限於法律責任問題，追問誰是兇手。這樣，一旦找到兇手，分清責任，就大功告成，別無所求了。這種文學的意義是非常淺薄的。我和林崗研究懺悔意識，就是從主體論發展出來的。實際上責任問題是一個主體間性結構，比如《紅樓夢》裏的林黛玉的悲劇，是誰造成的？王國維就非常了不起，他認為不是一個或幾個「蛇蠍之人」即幾個壞蛋直接造成的，實際上是多重主體互動的結果，這是非常深刻的。這就超越了世俗的視角，不是賈政或賈母害死了林黛玉，而是主體間關係的結果，社會共同關係的結果，哪怕是最愛林黛玉的賈寶玉也有一份責任。這是共犯結構的效應，共同犯罪的結果，是一種主體間性的悲劇。順便說一下文學之外的悲劇：一個錯誤的時代，往往是大家共同創造的，可是自己並不知道，但不能因此迴避自己的責任。這種研究的視角比歸結為善或惡的結果要深刻得多，眼界也寬闊得多。

楊：主體間性理論的確立，也形成了不同於傳統認識論的人文科學方法論。傳統認識論是按照自然科學方法論建立起來的，也就是邏輯推理和經驗歸納的方法。自然科學是人對物質世界的認識，這種認識屬於知識學，囿於現象領域，不是對世界的本質的把握。狄爾泰創立了精神科學方法論，他認為精神現象不能用自然科學的認識方法，而應用體驗、理解的精神科學方法。傳統文學理論建立在認識論基礎上，文學成為對現實的感性認識或形象認識，文學理論成為知識學，這顯然不符合文學的實際。文學屬於人文科學，人文科學不是對客體的認識，而是對精神現象的理解，精神現象是主體性的，不是客體，因此文學具有主體間性。人文科學注重體驗、理解，因為人與人之間、主體與主體之間可以通過交往、對話達到理解，而人與物、主體與客體是不能交往、對話和理解的，物或客體只是知識學的對象。要了解一個人，必須把他當作與自己同樣的主體，與之交談，設身處地，將心比心，互相理解。哪怕是一個壞人，像麥克白斯，也要給以同情，深入其內心世界，把他當成自我來理解。如果像科學研究那樣，把人當作客體，當作認知對象，儘管可以掌握他的行為表現，但不可能了解他的內心世界，因為你與他沒有交往，也就沒有同情和理解。解釋學區別於傳統認識論就在於它建立在主體間性的基礎上，克服了主客對立的認識論模式，把對話和理解作為意義發生的根本途徑。文學活動不是主體對客體的認識，不能用邏輯推理或經驗歸納的方法完成，它是自我主體對文本（世界或作品）的理解，是用全部生命來體驗世界。文學的審美直覺、想像和情感體驗都是對精神現象的理解的形式。當我們不是把世界當作異己的客體去認知，而是當作交往的主體去理解的時候，我們就獲致了生存的意義。文學對世界的理解可以獲致生存的意義。敍事文學通過對人的命運的描寫，使我們理解了主人公，也理解了自己，並進而理解了全人類。抒情文學通過對自我情感的抒發，使讀者理解了抒情主人公的追求，也理解了自己和全人類的追求。文學真正體現了人與人、人與世界的和諧、自由的關係。

劉：對，如果把世界當作異己的客體去認知，就會把以情感為根本的文學變成一種認識，一種價值判斷，一種政治裁決和一種道德裁決，就會在文本中設置政治法庭與道德法庭。只有把世界當作交流的主體去理解的時候，才不會居高臨下，才能以審美代替裁決，以感悟代替推理，以對話代替訓誡，使文學真正成其為文學。文學是情感的交換，作家必須用心靈擁抱世界，用生命體驗世界。我一直講最好的作家不是用頭腦寫作，比用頭腦寫作更好的是用心靈寫作，還有最好的是用全生命寫作，他把觀察的各種對象都看作生命看作交往主體。作家對世界的閱讀，不是用頭腦閱讀，不是用知識閱讀而是用心靈和生命閱讀是生命對生命，主體對主體，舍斯托夫説陀思妥也夫斯基不是像一般人那樣用第一視力看世界，而是用第二視力、第三視力看世界。第一視力就是你剛才説的認知的角度，看牢房就是牢房，但陀思妥也夫斯基從牢房出來，卻感到牢房之外的世界是更可怕的更大的牢房，這是用第二隻眼睛、內視角看世界。作家必須要有這種理解性想像性的第二視力。他與世界的主體間性是用生命建立起來的信息交換系統。

楊：所以在八十年代你一直強調，作家必須有博愛的情懷，用博愛去對待世界人生。這種博愛也可以看作對世界的主體間性立場。如果僅僅反映現實，是用不着博愛心的，用不着這種人性的體驗。作家與科學家不同就在於他有這種情懷。

劉：研究主體間性的一個大題目就是研究主體間性的立場。有宗教性原則，有社會性原則，有理性原則，有心靈原則。博愛、慈悲原則僅僅是我的一種選擇。以外部主體間性來說，既然承認他者也是權利主體，那就應當尊重。自我要求自由，但也要尊重他者的自由，這就是責任。責任不是先驗規定的，而是主體際性規定的。尊重他者，不是容易的事，記得朱熹說過：學會設身處地為別人着想，是一輩子的大學問。寬容是一種文明的關係原則；求全責備，則未必是。這就需要探討。十五年前，我就思考精神界的生態平衡，發了兩篇文章，實際上就在探討主體間性。一元社會把主體間性簡單化了，多元社會則是尊重各方主體權利的主體間性社會，但主體間性如何健康，如何合情合理合人性則要研究。哈貝瑪斯的交往原則研究的正是多元社會中的共獲自由問題。用哲學語言來說，我們過去的哲學是鬥爭哲學，一個吃掉一個，這裏沒有主體間性。我這十幾年寫的東西，告別革命，主張的是「我活你也活」，確立他者的主體權利，這便是主體間性。「九·一一恐怖事件」中，出現了第三種哲學，這不是「你死我活」，也不是「我活你活」，而是「你死我死」，與汝偕亡，同歸於盡。這種死亡哲學的主體間性何在，值得我們探索，也是你今後的課題。你的思辨能力很強，等着讀你的新書。

內在主體間性也有間性原則與間性立場。阿Q式的間性立場，是一個自我對另一個自我的撲滅，是假我對真我的撲滅，是自食。那個有一點人味的阿Q一抬頭，另一個奴才的阿Q就會消滅他。內在主體間性要求自尊，但最好是自醒，對自我的存在有一個清醒的意識。自省不是自虐，不是自負。自我踐踏與自我膨脹都是缺少健康的內在主體間性。十九世紀的尼采和他筆下的「超人」，只有絕對的自我，結果導致瘋狂。人的自救或個人拯救，就是調節內在的主體間性。

楊：對世界的理解需要主體間性立場，對自我的理解也需要主體間性立場。自古以來人類一直在追問兩個問題，一個是世界是甚麼？一個是自我是甚麼？理解自我並不能靠面壁反思，而必須以世界、他者作為參照。只有在理解世界、他者的基礎上才能理解自我。這是一種悖論，也是一種解釋學的循環。要打破這種悖論，就必須打破自我與世界的對立，也就是實現主體間性。因為自我作為主體不是孤立的，而是與其他主體共在的。文學作為主體間性的實現，打破了自我與他者的界限，我們對文學形象的理解不是外在的認知，而是自我理解。因此，在藝術同情中，我們既理解了世界，也理解了自我。賈寶玉和林黛玉的悲劇，使我們理解了社會人生，同時我們也就是賈寶玉和林黛玉，我們也理解了自我，明白了自己的命運，也知道了自己應當追求甚麼。在過去的文學理論中，客觀派講文學反映現實，主觀派講表現自我，都有片面性。他們沒有超越主客對立，因此不能解決問題。實際上文學既是對世界的理解，也是對自我的理解，二者是一致的。

劉：在主客體對立範疇的語境下談主體間性，往往會有陷阱。說打破自我與世界的對立是對的，問題是我們往往把世界當成自我的對立項，而不是認為世界也在自我之中。因此，當這個自我與社會現實拉開某種距離而面壁思索的時候，就會誤認為他處於與社會隔絕的封閉狀態，這就有問題。但是，現在許多中國作家太浮躁，沒有面壁十年潛心創作的功夫，即使有這種想法，也會面臨着輿論的壓力。其實，文學創作是充份個人化行為，是個體生命的自由表達。說到底，文學雖不是「反社會」的，但卻是「非社會」的。文學不擔負社會設計，也不擔負靈魂設計，既不是社會工程師，也不是靈魂工程師。一個深刻的作家，他在面壁時，其實不是與社會隔絕，不是孤絕狀態，而是生命的雲遊狀態。寫作中的自我上天入地，撫四海於一瞬，挫萬物於筆端，整個世界都在他的筆下。此種文學狀態下，作家的個體生命作為主體，恰恰與大自然的生命主體直接相連，也與世界的「人」主體的生命相融相契。作家愈是走向內心深處，就愈深刻地了解世界的真諦，也愈是與宇宙的境界相通。可以說，愈生命，愈宇宙；愈宇宙，愈生命。但是，在現實世界，自我與大自然、大宇宙之間，自我與世界之間，有時會發生「隔」的問題。對於文學來說，這種「隔」是生命（作家的生命、主體）與另一個生命（被描述是生命，也是主體）之間的隔，一隔就不能以生命感悟生命。「隔」有多種形式，但最重要的「隔」是概念之隔、理念之隔。王國維講的「隔」，首先也是指這一層「隔」，所以他反對用典太多。我們以往幾代人全在概念的包圍中迷失，生命被概念所遮蔽。文學活動把所有的外在的「隔」都打破了，人生實際上是不斷打破「隔」的過程。佛教就是最後打破了一個「隔」，就是人與我，人與物的「隔」，不僅對每個人有慈悲心，而且對一切生物都懷有慈悲心。

楊：語言是工具性的東西，具有抽象性、外在性，命名就是把世界客體化，從而剝奪了世界作為權利主體的身份。由於必須使用語言，人與人、人與世界的溝通就會發生障礙，就會產生「隔」，因為它把主體與主體間的關係變成主客關係，使人對世界不可能產生主體間的交流，而變成冷冰冰的認知或操作。所以福柯講話語霸權，海德格爾講語言的牢房。濫用了概念，主體性就變質，甚至喪失了，人與世界的主體間性也變成了主客關係，人與人之間發生了異化，人就失去了自由。

劉：禪宗就發現了這個問題，對語言充份警惕。禪宗發現語言是個終極地獄，這是個偉大的發現，它的「不立文字」，是此一發現的徹底性表述。禪比二十世紀的西方語言哲學家要先進一千多年。生命的活力被概念、教條窒息了，人們在概念中爭吵，卻遺忘了生活本身。我們這一代人曾經在概念的包圍中迷失掉了，陷入這個地獄。所以高行健要遠離主義、逃離主義，因為主義是概念嘛。我們要從概念中逃亡出來。

楊：文學就面臨着這個問題，怎樣打破日常語言的牢房，打破語言的隔，怎樣真正實現人與世界之間的不隔。在中國現實中主要是教條化的意識形態語言，這是最可怕的。

劉：放逐僵化的概念，回到日常生活本身，這是胡塞爾的思想。回到日常生活本身才是主體性的解放。福柯的重要貢獻是發現語言是一種權力，發現話語背後的權力操作。語言很容易變成話語霸權。思想統治實際上是語言統治。語言不僅可以控制人的思想，還可以控制人的身體。福柯的《性史》講的就是語言控制人的身體，控制人的性行為。

楊：人與世界的隔，是日常語言造成的。但文學語言可以打破這種隔，也就是打破主客對立，實現主體間性。文學使用日常語言，但經過特殊的組織，克服其凝固性、抽象性，使之轉化為文學語言，也就是海德格爾說的詩性的語言，而詩性語言就不再是工具性的，也不再作為話語權力控制着人，即不再是存在的牢房，而是存在的家園。文學語言是超越性的語言，它充份地溝通了人與人、人與世界，從而使人進入自由境界。

劉：海德格爾為甚麼崇拜老子，老子一直不願意著書立說，他是楚國的圖書管理員，《道德經》是被迫寫下來的。

楊：老子對語言的局限性是有所警惕的，他說：「道可道，非常道。名可名，非常名。」除非「強為之名」，否則道是不可言說的。

劉：不得已才使用語言。禪宗把對語言的警惕發揮到極致，它發現語言背後的非語言的形態更重要。存在本身比語言更美。

楊：體驗勝過語言。對存在的體驗和理解比語言的中介所傳達的信息更真實。

劉：大宇宙本身是最美的，甚麼崇高、壯美都在裏面，它是無言的，無法言說的。它是非語言形態的本真本然的存在，卻是最偉大的存在。禪宗主張述而不作，要去看、去感悟、去體驗高遠的審美境界。最高的境界在審美狀態中，不是在敍述中。當然我們不是絕對地放棄表述，而應該盡可能地把我們的體驗精彩地表述出來，只是要警惕語言的變質與阻礙。

楊：你已經接觸到中國美學的主體間性問題了。近代以來，西方近代的文學理論是主體性的，它認為文學是對世界的感性認識，而認識是主體對現實的構造；浪漫主義又認為文學是自我表現；馬克思又講實踐基礎上的人的本質力量的對象化。這種主體性的路子，到二十世紀才又轉向主體間性。我想中國傳統的哲學和美學從來不是片面的主體性的路子，而是主體間性的路子。它是關注人的，但不是主體與客體二元對立，不是主體征服客體。中國文化講天人合一，人與自然沒有分化，自然不是死的客體，而是有生命的主體；社會與個體也沒有分化，古典時代個人與社會是融合在一起的。西方近代以來那種人與自然的對立、人與人的對立在中國還沒有發生。這種生存狀況決定了中國哲學和美學的主體間性，它強調人與自然、人與人不是對立的關係，而是和諧共存、體驗交流的關係，這是古典的主體間性。西方現代的主體間性是在主體獨立、主體性充份發展的基礎上的主體間性。中國主體間性的古典性在於，主體沒有獲得充份獨立，主體性沒有獲得充份發展，因此它不是獨立的主體與世界的關係，而是未獨立的主體與世界的關係。這種主體間性打上了古典的烙印，是前主體性或不充份的主體性基礎上的主體間性。

劉：最近幾年，我講課時多次講慧能的「不二法門」，《紅樓夢》的不二法門，就是講物我不二，天人不二，講情感的宇宙化，也就是主體與客體對立的消解，人與自然分化的消解，全是着眼於物我的整體相，天人的整體相，把自然把宇宙萬物視為與人交往的主體。在講解過程中，更覺得東西方的主體間性有很大的差別。西方的主體間性有一個大前提，就是人生活在此岸世界，神生活在彼岸世界。人與神都是主體，但神主體比人主體高並絕對主宰人主體。人與神的關係是最根本的關係，很多關係都是從這裏派生出來的。在西方的意義體系中，兩個世界很分明，人與神，此岸與彼岸，分得很清楚。而中國則只有此岸世界，人的世界。人的地位極高，天人可以合一，人可以成為天的代表，人的主體性可以強化到代替神的權威。聖人是半人半神。禪宗更是不承認外在的偶像與權威，認定神本體在人本體之中，佛性就在人性中，一切內化為內心的東西。高行健受禪宗的啟發，把主體間性內在化，把主體變成我、你和他三者對話關係，確立主體三坐標，從而創造了以人稱代替人物的新小說文體。內在的主體間性是我和我進行對話，那個你就是我，然後又產生另外一個主體——他，他其實也是我，是我所派生，又對我進行冷觀與審視。他是「我」的評論者又是「我」的對話者，這樣就形成了一種複雜的內在主體間性，也是內心的豐富性，作家要挖掘內心的豐富性，就得把這種內在的關係充份展示出來。

楊：內在的主體間性概念是很有創造性的，這個觀點別人還沒有提出來。西方哲學講主體間性還是外在的主體間性。文學中有一個特殊的現象，就是主體已經不是一個完整的實體了，他分裂了成為不同的自我。作家要通過幾個不同的自我之間的對話、審視、反思來探究自我、把握自我，揭示自我的深層結構。我覺得你這個內在主體間性思想與你的《性格組合論》中的思想一脈相承。

劉：確實如此。但西方也並不是沒有內在主體多重性的思想，只是沒有把主體互動充份表述出來，如弗洛伊德講的本我、自我、超我，也是三重主體。但主體之間的關係是靜態關係，沒有生動的「間性」。而高行健則不同，他把人生放入三重主體的交往對話之中，這就形成精彩的主體互動關係。高行健的《靈山》提供了內部主體間性研究最生動的材料。我相信，從《靈山》出發，中國可以創造出具有原創性的主體理論。去年獲得諾貝爾文學獎的英國作家奈波兒說：我在寫作的時候，是要把劣根性的自我揚棄掉，把最好的自我表現出來。我是誰？我是我的作品的總和。我在我的作品中是很漂亮的，是理想的自我；在現實中的自我是很惡劣的，是劣根性的自我。可見，他也是把自我視為複雜的體系，而且在不同的時候不同的場合會表現出不同的主體性。我說向內心挺進，走到深處時，才能與歷史上的偉大靈魂相逢。此時，外部的主體間性轉化為內部的主體間性，與柏拉圖、亞里士多德的靈魂關係原是外部的主體間性，現在可以變成內部的主體間性。理解他們的思想，跟他們對話，靈魂才相逢。所以內部主體間性更重要，更關鍵。

楊：過去講中西文論的異同，都是講西方是認識論，中國是表情論。表面上看很有道理，實際上不確切。中國文論講詩緣情，是要表達感情，但它與西方浪漫主義的表情論根本不同，中國是主體間性的美學思想，西方是主體性的美學思想：它不是自我擴張，不是情感向外界投射，不是主體征服客體，而是「感興」，是世界對主體的刺激和主體對世界的感應，然後產生特殊的意境，發生一種情思，再用文字表達出來就是文學。中國寫景抒情的詩歌特別多，景致之中有情感，就在於主體間性的自然觀，自然不是死寂的客體，而是有生命的主體，作家是在與另一個自我打交道，進行情感交流。中國詩歌也突出了人倫主題，寫思鄉、懷友、離別等，這也是主體間性的體現。

劉：西方浪漫主義強調自我，而缺少一個制約自我的自我，缺少一個對話的主體，這就缺少內主體的相互調節。沒有調節，就會太熱太膨脹。中國的傷痕文學也只有一個宣洩的主體，缺少一個冷靜觀察的主體。如果作家意識到主體間性，就會冷靜下來，進行深層的思考，就會擺脱過去的文學的模式。俄羅斯文學非常了不起，就是它的主體間性往往表現為靈魂的論辯。魯迅先生為甚麼對陀思妥也夫斯基評價非常高，認為他是偉大的天才，就是因為他對靈魂開掘得很深。他有靈魂的論辯，內在的兩個自我不斷進行論辯。複調小說就是從這來的。（**楊：**巴赫金的對話理論也是主體間性的具體化。）中國文學有一個根本性的弱點，就是缺少靈魂的論辯和對話。

楊：所以中國文學是古典的主體間性，自我還是理性的自我，單一的自我，沒有分化。

劉：中國文學更多的不是靈魂的論辯而是人生的感慨。你看中國的詩歌，都是人生的感慨，親情、友情、戀情離散、退隱啊，沒有靈魂的論辯。這是外主體間性，不是內部主體間性。這種不同，與整個文化背景有關係，中國文化沒有西方那種宗教背景，沒有人與神、此岸與彼岸的衝突。俄國的思想家舍斯托夫曾經寫過《在約伯的天平上》、《雅典和耶路撒冷》，還寫過《曠野的呼號》，他認為《曠野的呼號》就是靈魂的論辯。陀思妥也夫斯基的很多作品都寫靈魂的論辯，像《卡拉馬佐夫兄弟》中的伊凡，一會兒讚美上帝，讚美得非常有道理；一會兒又批判上帝，上帝這麼美好，怎麼給我們一個這麼痛苦的世界？也很有道理。思索中有靈魂的張力。我國文學就缺少這個深度，只有一種鄉村情懷。鄉村情懷與曠野呼號相對比，鄉村情懷只是人生的感慨，不是靈魂的論辯。禪宗也沒有靈魂的論辯，而是直指靈魂，直指心性。《紅樓夢》是唯一的特例。林黛玉和薛寶釵代表兩種不同的價值觀，她們就是曹雪芹靈魂的悖論。薛寶釵強調世俗生活的合理性，是道德秩序的貫徹者。林黛玉強調人的自然生命，個體生命優先，而自然生命與道德秩序是永恆的悖論。《紅樓夢》中這種靈魂的論辯是通過中國特殊的方式表述的，非常精彩。

楊：所以魯迅說《紅樓夢》出來把一切舊的寫法都打破了。

劉：是這樣。中國文學的缺陷，就是缺少內在的主體間性，缺少靈魂的雙音或多音。

楊：這就是中國文學的古典主體間性的弱點，它主體沒有獨立，自我沒有分化。如果說八十年代的主體性論爭深刻地改變了中國文學理論的面貌，那麼現在我們引入主體間性理論，深化主體性理論，對現代中國文學理論的建設是非常有意義的，是非常必要的，可以說是中國文學理論發展的一個重要階段。

劉：是這樣。講主體性，張揚自我，容易產生熱文學。講主體間性，則會注意到冷文學。冷文學不是冰冷的，不是冷漠，它仍然具有對人間的永恆關懷，只是在表述的時候，它有一種冷靜的態度，對自我存在也有一個冷靜的認知。過去的小說往往只具有小說觀念，給我幾個人物，一個情節，然後按照這個觀念，下筆萬言，一揮而就，小說寫得太容易了。梁啟超的功勞是重新界定小說觀念，極大地提高了小說在中國的地位。但他沒有小說藝術意識，只有小說社會功能意識。小說藝術意識就是把小說當作藝術。像高行健的《靈山》，非常有藝術，用人稱代替人物，用心理節奏代替情節，他對主體間性有一種直感，而且化作前人沒有的藝術建構，使人看到一幅又一幅非常真實非常豐富的內心圖景。

楊：主體間性可以成為中國現代文學理論建設的基點。過去我們找到了主體性作為文學理論建設的基點，實際上是走了第一步，不是反映論，不是客體性，而是主體性。第二步就是找到主體間性理論，把主體性充實，成為交互主體性。過去我們確立了主體性文學理論，認為文學是主體對客體的創造和征服，是自我的實現。現在我們確立了主體間性，認為文學是自我主體與世界主體之間的交往、對話，來達到對生存意義的體驗、理解。這種文學理論顯然比主體性文學理論推進了一步，具有更多的合理性。

劉：哲學、社會學領域裏談論主體間性比較多，但文學理論領域裏談論主體間性還比較少。文學的主體間性與社會學的主體間性如哈貝瑪斯的交往理論不完全一樣，因為文學更注重內在的東西、情感性的東西，更注重情感細節、精神細節。新聞記者、哲學家也可能發現精神細節，但他們的精神細節、情感細節是與概念聯繫在一起的，文學家的精神細節、情感細節是與生命聯繫在一起的，何其芳的詩說要「以心發現心」，是生命的交流和交換。所以文學的主體間性是生命層面的主體間性，是情感層面的主體間性。

楊：八十年代確立主體性以後，九十年代沒有來得及建構主體間性理論，這有一個很特殊的歷史條件。因為在建構主體性的同時，西方已經進入解構主義階段，中國的主體性剛剛確立，還沒有來得及形成完整的理論體系就被解構了，而主體間性也受到衝擊，沒有進入文學理論界的視野。從中國的實際出發，不是建設解構主義，而是要建構主體間性理論。解構主義可以借鑒，但不能全盤接受，不能成為主流。

劉：解構主義是對西方兩百年來形而上體系的懷疑與反省。在西方工具理性、啟蒙理性發展得過度綿密的歷史語境下，反省是有意義的。但不要把解構主義變成跨時空的普遍意識形態和普遍方式。我們對只有解構、沒有建構、只有破壞沒有建設的思維方式要保持警惕，不要跟着跑。尼采宣佈上帝死了，但上帝並沒有死。解構主義講主體死了，語言是本體，語言是最後的家園、最後的實在。這不對，主體仍然存在，只不過它以交互主體的身份存在；最後的實在一定是人，是人的主體；終極的家園、終極的「靈山」就在我們的內心深處。

楊：福柯把權力淩駕於主體之上，用權力消解主體性，恐怕也站不住腳。權力確實制約着人類，但人畢竟可以選擇、可以超越。如果按照他的理論，人就沒有自由，文學也沒有存在的必要。權力支配人，反過來人也支配權力。權力不過是人的慾望、意志的力量。

劉：解構主義把一切解構掉之後就等於零，甚麼也沒剩下。二十世紀不斷顛覆、不斷革命、不斷解構，走火入魔了，這是時代的普遍病症。我們要針對時代的病症，把思想的重心放在建構上，包括主體間性的理論建構。火柴一點亮，黑暗自然就消失，這比解構有意義。

楊：現在國內的文學理論正處於轉型期，前主體性的（反映論的）、主體性的（實踐論的）和解構主義的，還有新提出來的主體間性的都有，很混雜，沒有形成比較完整的體系。現在我們應該以主體間性為基礎，建構一個新的理論框架。我們應當借鑒現代西方的主體間性理論，如解釋學。伽達默爾在主體間性基礎上建立了哲學解釋學，但他也有一個問題，就是把文學的解釋與一般文本的解釋不加區分，僅僅把文學當作一般文本的典範，而忽略了文學的特殊性，尤其是文學作為充份的主體間性的超越意義。

劉：我現在很反對兩樣東西，一個是語狂，一個是語障。語狂就是語言暴力，動不動就批判人家，這種人沒有自我反省能力；他與別人不是對話的關係，而是獨白，是話語霸權，最後就瘋掉，所以我說現在有很多小尼采。另一個是語障，是語言的遮蔽，被概念所遮蔽，知識分子被知識所遮蔽。知識就是力量，此話不假，但中國還有一句老話，叫「人生識字糊塗始」，這也是真理。思想被語言所障，生命被概念所隔，在學術上就不能進入真問題，在創作上也沒有真性情，這不就糊塗了嗎？

楊：因為我們使用的語言都是認知性的、工具性的，有局限。你一用語言就把世界和他人當成客體了，比如我說劉再復，你就成了一個概念，一個抽象的東西，一個認知對象、一個客體，活生生的人在我眼裏被異化了。只有我與你做朋友，在一起交往、談心，形成一種主體間性狀態，才能打破語言的障蔽，真正理解你，你在我面前才恢復了一個完整的主體。主體間性是真正人性的關係，比如說愛情，如果從主客關係的角度，用主體性來解釋，就會變成對異性的佔有，你只能滿足我的慾望、我的感情，而不管你的感受。只有從主體間性的角度看待愛情，把對方看作另一個主體，才會考慮對方的感受，為對方奉獻，達到互相滿足。

劉：本雅明講語言有三種，一種是物的語言，一種是人的語言，還有是神的語言。人的語言是命名的語言，命名時如果不尊重對方，就會變成一種壓迫，帶有語言暴力，太極端、太本質化，比如我說你是四類分子，你就被本質否定了，永世不得翻身。這樣人的語言就轉化為物的語言，獸的語言，語言交往是主體間性的一大課題，以後有機會我們再作一次專題對話。

楊：語言有兩重性，一是主體間性的所在，成為溝通人與世界的紐帶，沒有語言就無法溝通人與世界；二是隔離了人與世界的關係，使人與世界的關係變成了主體與客體的對立關係，從而使主體間性受限。西方有一種語言崇拜，認為語言就是本體，語言決定一切。文學之所以是自由的活動，就是能把人從語言的暴力、語言的牢房中解脫出來。比如你在「文革」中讀《紅樓夢》，當時社會上的語言暴力就是貼上階級性的標籤，賈寶玉、林黛玉就是地主階級的狗崽子。但只要你讀進去，就會同情他們的遭遇，理解他們的情感，語言的暴力就被消解了。

劉：福柯有一點可取之處，他說，對我來說，不是認識我是誰，而是拒絕人家說我是誰。別人說我是誰，是對我的命名，他成為主體，我成為客體。我的主體性應表現為拒絕強加給我的命名，拒絕成為被他人規定的客體。世界上各種文明的關係，也是主體間性的關係，不要助長文明的衝突，而要促進不同文明互相交流，和諧共存。我們應當主張「文明共生」，這應當成為文明間性的原則。

楊：今天談得很深入，很受啟發。希望以後就這個主題繼續交流，深入研究。

選自《思想者十八題》

＊楊春時，現任廈門大學教授，中華美學學會副會長，著有《系統美學》、《藝術符號與解釋》、《文學概論》等多種學術論著。

文學研究應以人為思維中心

一

現在，我國的文藝科學正在出現新的轉機。文學研究各個學科都在尋找創新之路。從事文學研究的朋友們正在通過各種形式交流思維成果，學習的緊迫感從來沒有這樣濃。

有些同志甚至產生一種危機感，這種感覺的產生是完全積極的。它正是科學前進的心理預兆。美國的科學哲學家庫恩在《科學革命的結構》中認為，科學發展史一般表現為這樣一個演變過程；首先是科學家們按照已知的統一的科學範式從事研究，即按常態科學的範式進行科學活動，接下去就會出現反常現象，即發現有些現象是常態科學的範式所無法容納的。而反常現象增多到一定程度，便使科學家們產生危機感。這種危機感的產生就迫使科學家變革原來的科學思維範式。這樣，科學就出現一個新的層次的常規科學。因此，產生危機感，並非消極現象，倒是科學發展的一種內在心理機制。

現在文藝科學的變革有兩個基本的內容，一是以社會主義人道主義的觀念代替「以階級鬥爭為綱」的觀念，給人以主體性的地位；一是以科學的方法論代替獨斷論和機械決定論。最近一個時期，後一方面的變革已形成一種生氣勃勃的局面。文學方法論問題，正在引起文學研究界普遍的關注。沉悶的空氣正在被打破。時代的思想活水正以很大的氣勢注入文學研究領域，一代文學研究工作者，尤其是中青年學者的心理狀態和思維方式正在急劇地變化，他們已經意識到自己的使命。文學研究這種新的轉機，顯然是一種歷史進步。

形成文學研究新的轉機，有很廣闊的文化背景。或者說，有很深刻的外部和內部的原因。這些原因有下列幾點：

第一，我國正在發生偉大的歷史性變革，這種變革的時代精神一定要影響文學研究領域。一般地說，世界上的變革都包括三個層次，第一個層次是生產工具和生活器具（包括軍事工具）的變革；第二個層次是體制的變革；第三個層次是價值觀念和思維方式的變革。三個層次的變革內容是互相關聯的，但也有獨立的意義。第一、二個層次的變革是艱辛的，第三個層次的變革更為艱辛，建設社會主義精神文明比建設社會主義物質文明還要艱巨。從中國近代歷史上看，鴉片戰爭之後，以李鴻章、張之洞為代表的洋務派，認識到不接受西方先進技術是不行的，因此，他們也主張學習西方的「船堅炮利」，這就是說，在第一個層次上他們是贊成變革的。但第二個層次和第三個層次的變革他們則不允許。張之洞提出「中學為體，西學為用」，其中心思想就是可以在第一個層次上接受西方的科學技術，為我所用，但是體制、觀念，思維方式則不可變化。魯迅先生在《科學史教篇》中批評洋務派說，你們抓變革沒有抓到根柢，只是抓了花葉。「舉國惟枝葉之求，而無一二士尋其本」，在魯迅看來，觀念、精神的變化才是「本」。魯迅這種以精神為本的思想是否正確，還有待討論，但他注意到變革不僅僅是「船堅炮利」，還應當注意到精神、觀念的變革，是有遠見的，在魯迅先生這篇文章發表十年後，我國發生了偉大的「五四」新文化運動，當時的新文化先驅者們，都是價值觀念和思維方式的勇敢革新者。例如魯迅，他甚至創立了全新的價值觀念體系，以對抗封建的價值觀念體系，他對許多價值觀念都作了重大的變革，例如，封建社會中以長者為本位，而他則主張以幼者為本位；在封建價值觀念體系中被放在最高價值層次的東西，例如仁義道德、節烈等，都被魯迅指為最無價值的東西。郭沫若所作的《匪徒頌》，熱情地謳歌革命家和改革家，而這些被他視為偉大的人物，過去則被視為「匪徒」。這些文化巨人表現出偉大的變革氣魄。現在我們的國家也在進行變革，不僅第一個層次發生很大的變革，而且第二、第三層次也發生了重大的變革。例如鄧小平同志提出的「一國兩制」的構想，就不僅有重大的政治意義，而且具有重大的方法論上的意義。它告訴我們在解決複雜的矛盾時，並非一定要採取一方吃掉一方的方法，而可以採取一方與一方共存的辦法，互補的辦法，這種構想是很卓越的，它使馬克思主義獲得了新的生命力。

第二，我國民族生活重心轉移之後，各個精神生產部門都要求按照自己的規律前進，都轉向自身的建設。靠空話過日子的時代已經過去。文藝科學當然也要求按照自身的規律來求得發展和壯大，用一句話來說，就是要求文藝科學「回復到自身」。黑格爾在《哲學史講演錄》的《開講辭》中就說，哲學要向前發展，首先應當回復到自身。他說：「時代的艱苦使人對日常生活中平凡的瑣屑興趣予以太大的重視，現實上很高的利益和為了這些利益而作的鬥爭，曾經大大地佔據了精神上一切的能力和力量以及外在的手段，因而使得人們沒有自由的心情去理會那較高的內心生活和較純潔的精神活動，以致許多較優秀的人才都為這種艱苦環境所束縛，並且部份地被犧牲在裏面。因為世界精神太忙碌於現實，所以它不能轉向內心，回復到自身。」也就是說，哲學只有從政治附庸和宗教婢女的地位中以及現實的各種束縛中超越出來，從而獲得充份的自由，進入深邃的精神生活，才可能發展。我們的文藝科學家們已經獲得類似黑格爾這樣的感受，因此，正在努力地佔有自身的本質。

第三，現在出現了本世紀以來第二次從自然科學奔向社會科學的偉大歷史潮流。十九世紀末到二十世紀初，曾出現第一次被列寧稱為「從自然科學奔向社會科學的強大潮流」[1]。這種世界性潮流的出現是因為當時自然科學取得了很多劃時代的成就。電磁理論、電子理論和相對論的建立，原子結構複雜性和質量可變性的發現等等，突破了傳統物理學的範圍，開創了人類從認識宏觀世界進入認識微觀世界的新時代。自然科學的成就帶給社會科學之巨大的影響，迫使社會科學不得不接受自然科學的思維成果。而近一、二十年來自然科學又出現新的突飛猛進，電子計算機，激光、遺傳工程、信息革命、征服宇宙技術的劃時代進步等等，使得整個世界為之激動不已。這股潮流，特別是一系列橫斷科學、邊緣科學的出現，對社會科學的各個領域都形成很大的衝擊，並迅速地滲入社會科學。自然科學與社會科學的互互滲透有兩種形式：一種是直接的概念移用；一種是間接的潛在啟迪。對於社會科學來說，移用自然科學的某些概念來描述自己的研究對象，可以給人以生動，形象、直觀的印象。而在自然科學研究思維成果的啟迪下，社會科學則更注意用新的審視角度，新的思維範式來觀察自己的研究對象，這也常常會使人有新的發現和突破。因此，我們完全有理由相信這次新的世界性潮流，必將給我們的文化研究帶來積極的影響。

第四，由於我國實行開放政策，我國的知識分子，包括文學研究工作者的封閉的視野打開了，於是國外文學研究中新的思維模式，例如，接受美學、文藝符號學，文藝心理學、結構主義美學、現象學、原型批評等等，突然一個個出現在我們面前，這樣的信息爆炸，使我們感受到一種新文學觀念的強刺激。這刺激，使人興奮，也使人困惑，催人思考。面對這種現實，我們可以認同，也可以反對，但卻不

1 《列寧全集》，第二十卷，第一八九頁。

能視而不見、默不作聲。正是這樣的挑戰，打破了文學研究的平衡狀態，使之開始進入非平衡的「漲落」階段。它必將把文學研究導向更富有生命力的狀態。

第五，我們文學研究對象的當代部份，包括當代中國文學與世界的當代文學，有了很大的發展，出現了大量的新的文學現象，這些現象使原來的思維模式已無法容納。原有的思維方式和認識工具已發現了自己的局限，發現許多為世界所公認的美的文學現象無法被我們的理論範式所解釋，研究對象向研究者提出了挑戰，我們無法迴避。因此，打破原有的思維模式就成為必然的事情了。

二

我們的文學研究正在出現的轉機，其內容就是觀念上與方法上的根本變革，這種變革將使我們的文學研究從教條主義體系下解放出來，恢復馬克思主義體系中人的主體性觀念。文學觀念的變革比研究方法的變革更為迫切，因為一些過時的文學觀念不但不能指導文學創作和文學研究，而且已經成為「左」的思想的理論依據。

我在《文學研究思維空間的拓展》一文中，指出了我國文學界近年來的研究趨向有四種表現，即研究重心從研究文學的外部規律轉到內部規律，從單向思維方法轉到多向思維方法，從微觀研究轉到宏觀研究，從封閉式研究轉到開放式研究。這都是很重要的變化，在這些變化的基礎上，我覺得應當進一步開拓研究的思維空間，這種開拓，在今天，應當構築一個以人為思維中心的文學理論與文學史的研究系統，也就是說，我們的文學研究應當把人作為文學的主人翁來思考，或者說，把主體作為中心來思考。

馬克思曾經批評舊唯物主義和唯心主義兩種偏向，他指出：「以前的一切唯物主義——包括費爾巴哈的唯物主義——的主要缺點是：對事物、現實、感性，只是從客體或直觀的形式去理解，而不是把它們當作人的感性活動，當作實踐去理解，不是從主觀方面去理解。所以，結果竟是這樣，和唯物主義相反，唯心主義卻發展了能動的方面，但只是抽象地發展了，因為唯心主義當然是不知道真正現實的、感情的活動本身的。」[1] 我們的文學研究堅持了唯物主義，但是卻奇怪地帶上許多舊唯物主義的主要缺點，這就是往往只是從客體或直觀形式去理解文學，這樣，就排斥從主觀方面去理解文學的活動，在這種偏向下，文學過程中的人，變得十分被動、消極，完全被客體所支配，我們提出給人以主體性的地位，就是要在文學領域中把人從被動存在物的地位轉變到主動存在物的地位，克服只從客體和直觀的形式去理解現實和理解文學的機械決定論。這樣提出問題不是否認過去我們文學理論和文學史研究的積極成果，也不是否認從客體出發的必要性，只是說，在過去我們的文藝科學中，發生了客體絕對化的傾斜，而為了保持科學研究場上必要的張力，我們必須在一定的時間範圍內糾正這種傾斜，加強主體的研究，使研究重心從外向內移動，從客體向主體移動，這種移動的向心方向，正好與當前西方某些文藝社會學派所致力的離心方向相反。他們為了克服主體絕對化傾斜而作的努力，同樣是有科學意義的，他們大約也在尋找一種科學場上的「必要的張力」。我們的文藝科學發展到一定的時候，也可能會再次強調從客體出發，但也一定是在更高的層次上作這種強調。

所謂主體，對於整個文學過程來說，包括三種意義，一是作為創造主體的作家；二是作為對象主體

1 《馬克思恩格斯選集》，第一卷，第一六頁，人民出版社，一九七二年版。

的人物；三是作為接受主體的讀者。文學研究以人為思維中心，應當包括這三個方面：

（一）給人以創造主體性的地位

文學作為一種精神現象，是所有社會現象中最活潑的現象，它帶有極大的主體能動性。它是作家藝術家的一種精神實踐活動，充滿着創造性的感情活動，因此，它又是作家藝術家精神和人格的表現，所有成功的文學作品，都滲透着作家主體的生命、熱血與眼淚。我們過去一再說明的一點是：所有呈現在文學作品中的形象和情感，都是作家（主體）對現實（客體）的反映（當然也說明，這種反映是能動的，是經過作家頭腦加工的），但是，另外一點卻完全迴避了，這就是文學作品作為作家（主體）與現實生活（客體）的中介，它一方面確實是客體（現實生活）的反映，但另一方面又是主體（作家的思想情感）的反映，它反映着作家的本質力量，反映着主體能動的表現力、創造力、道德力、意志力、審美力，特別是作家主體的人道力量。這樣，文學作品就帶上雙重性質，一方面是客體的反映物，另一方面又是主體的反映物。整個文學過程，創造主體——作家，是完全主動的。但是，以往流行的文學觀念，在很大程度上則發生了創造主體性的喪失，這種喪失就是作家被看成是執行某種階級鬥爭任務的工具或是直觀地反映現實的工具。作家當然應擔負起歷史使命和社會職責，但是以往流行的文學觀念把這種使命和職責理解得過於狹隘，以至把作家變成完成某種政治任務的「物」，並把作家對主體的反映視為邪道。這樣，作家就喪失了選擇、追求和創造的自由，即喪失了自身。給人以主體性地位，首先必須給作家以充份的內在自由。近年來，我們放棄了「文藝為政治服務」這種基本口號，並提出創作自由和評論自由的觀念，這就是給作家以主體性的地位。

（二）給人以對象主體性的地位

我國文學在接受歷史唯物主義世界觀的指導之後，我們的作家更深刻地了解社會歷史，了解人與動物的區別，了解人不是自然的人，而是社會的人，而社會是階級的社會，因此，社會人的本質乃是階級本質，這種觀念影響到文學，我們的作家就有了「社會人」的觀念，但是，在這種觀念建立之後，我們卻往往忘記了社會是「人的社會」，即社會是以人為主體，以人為中心的社會。這樣，「社會」就成了中心，而人只是被「社會」結構（主要又是階級結構）所支配的沒有力量的消極被動的附屬品。這就發生了本末倒置，即見物不見人——人服役於物，而不是物服役於人，人自身沒有足夠的價值。解放後一個時期，竟把社會現實人為地規定為階級和階級鬥爭的現實，這樣，社會現實在很大程度上就變成是虛構的至少是一個被縮小的片面的現實，以階級和階級鬥爭為中心來思考文學現象，就要求文學反映這個階級矛盾和階級鬥爭的現實，認為文學的全部價值就在於反映和認識這個現實，在這種觀念中文學就失去了獨立價值，人也失去了獨立的價值。認識論上這種錯誤必然導致本體論的錯誤，從而使人的價值沉沒，按照這種理論，所有對象主體（人），都被規定為階級的人，規定為階級機器上的螺絲釘，要求人完全適應階級鬥爭，服從階級鬥爭，一切個性消融於階級和階級鬥爭之中，這樣，就發生一種奇特的現象：人完全失去主動性和個性，失去人所以成為人的東西。階級論在某種程度上是一種劃地為牢的辦法，把人都納入各種固定模式，人與人的關係是階級關係，甚麼藤結甚麼瓜，甚麼階級說甚麼話，人只能依照這樣一個公式或公律去感覺、感受、思考、生活，人的言行舉止、視聽言動都以這個公式或公律為依歸，這個公式或公律是至上的「絕對精神」。而人不過是為了證明這個公式或公律才獲得存在意義的，我們就這樣不知不覺地創造出一種新的絕對觀念，即人的一切行為和心理都是階級鬥爭所派生的，一個人說甚麼，做甚麼，早已被規定好了。於是，文學就不再是人學，而是階級學，文學研究也跟這種社會思潮相適應，人在對象中喪失了自身，喪失了主體性地位。

從科學的認識論這個角度來規定文學的本質，把文學藝術視為現實生活的反映，這是正確的。但是，這個社會現實是以人為主體的，離開了人，離開了對人的心理世界的展示，不可能把現實反映得很深刻，也不可能反映得很完整，茨威格曾說：「傑出人物的歷史是一部複雜的心理結構史……說到底，如果不對福舍梯也爾這樣的人物作一番剖析，那麼法國十九世紀就是不完整的。」這就是說，要反映一個時代的社會現實，也應當剖析那個時代的人物，注意那個時代的實踐主體，深入到他們的複雜的心理結構中，否則講反映社會生活、反映歷史也是不完整的，不深刻的。勃蘭兑斯在他的《十九世紀的文學主流》中認為：「文學史，就其最深刻的意義來說，是一種心理學，研究人的靈魂，是靈魂的歷史。」這就是說，就最深刻的意義上說，文學是人的形象心理學。文學，最深刻意義在於表現人的心理，人的情感，人的靈魂。因此，文學史固然也是人的社會風俗史，人的時代風貌史，但就其最深刻的意義上說，它是人的心理發展史，人的靈魂發展史。勃蘭兑斯的這部著作，其特色就在於他不是把現實客體作為思維中心，而是把人作為思維中心，因此，他不是把文學現象看作社會經濟政治的派生現象，不是對文學進程作反映式的直觀描述，而是對文學現象進行理性重新組合，把握住文學的對象主體，進行審美再創造式的解釋。這樣，整個文學史，就帶有更大的深邃性和啟迪性。但我們的文學史，還很少有超越敍述性的方法，還沒有嘗試以人的心理、靈魂為思維中心這個角度來構築文學史。這樣，我們在文學史上就很難看到作家在改變時代風貌中的偉大能動作用，也很難看到人在精神蛻變時期的心理變遷，當然也看不到文學藝術在社會發展過程中具有哪些獨特的優勢（例如它的心靈陶冶優勢）。總之，文學中對象主體性的喪失，就使人變為社會觀念的符號，階級觀念的符號。

（三）給人以接受主體性的地位

近年來引入的接受美學的觀念，實際上就是要求在文學接受過程中給人以主體性的地位。以往的文學觀念，往往把讀者接受文學的過程看成是一個消極的、被動的過程，而接受美學則把接受過程看成是一個積極的、主動的、再創造的過程，這樣，讀者就參與了創造，就包含了本身的價值，而不是被動的文本的接受者。以往我們的流行的文學觀念，過份地強調文學作品的宣傳作用、教育作用、製造輿論的作用，因此，讀者便以被教育者和被訓誡者的資格去接受文學作品，這樣，一方面文學作品就不尊重藝術接受主體多方面的審美要求，另一方面接受主體也未能意識到自身對文學作品進行補充和審美再創造的使命，從而造成接受過程主體性的喪失。因此，給人以主體性地位，包括給讀者以主體性地位。

總之，給人以主體性的地位，就是使人在整個文學過程中擺脫工具的地位，現實符號的地位，被訓誡者的地位，而恢復主人翁的地位，使文學真正成為人學，使文學研究形成一個以人為思維中心的研究系統。

三

給人以主體性地位這一根本的變遷，要求文學研究的各個領域改變自己的某些固定化的思維模式，開拓新的思維空間，移動某種審視角度，即要求文學研究應當有新的思維方式（這也正是一年多來文學領域中形成方法論熱潮的原因）。為了構築以人為中心的文學研究系統，我覺得必須在下列幾個方面有所前進：

（一）開拓新的研究參照系統

我們解放後已經形成的文學研究成果，特別是文學史和文學概論的著作，已經形成兩個參照系統：一是政治鬥爭編年史參照系統，二是作家政治履歷參照系統。在這兩個參照系統的制約下，我們才進入作品的評價。這樣，對作品的評價和作家在整個文學史的地位在很大程度上就被這兩個參照系統所決定。評價作品時，應當參照政治鬥爭的背景，應當參照作家的政治經歷，這作為一種參照因素是可以的。但是，我們過去的文學研究，特別是現代和當代的文學史研究，參照系統已發生絕對化傾向，宏觀參照系統只承認階級鬥爭，政治鬥爭的重大事件，這樣，就把文學視為政治鬥爭的派生物，把文學史變成政治鬥爭史的文學版，文學變成政治母系統中的一個子系統，政治與文學的關係變成一種線性因果關係。於是，文學就在很大的程度上喪失了自身，而微觀參照系統則把作家的政治履歷絕對化，把這種履歷作為判斷作家是否可列入文學史對象的標準。這樣，就以對作家的政治鑒定和政治價值判斷代替對作家的文學評價，如果一個作家在政治上曾一度失誤，那麼，他就會被勾掉在整個文學發展過程中的地位。這樣，文學史的主體就將喪失一大部份。文學史就可能變成片面的文學史。而文學理論對文學現象的抽象概括中也會發生同樣的片面性。這樣，就要求文學研究開闢新的參照系統，不論在宏觀上還是在微觀上都可以有新的開拓，而且參照系統也可以具有多元的性質，例如在宏觀上可以有中西文化交匯的參照系統，可以有我們民族文化心理結構的演進參照系統，可以有我國漢民族文化與少數民族文化交匯的參照系統，也可以有我國南北文化交流的參照系統，在微觀上可以有作家倫理觀，美學觀參照系統，可以有作家心理歷程的參照系統，可以有作家文化烙印的參照系統，通過參照系統的新開拓，我們將編寫出新的外國與中國的古代、現代、當代文學史，改變那種把文學現象作為經濟政治發展的附生物的研究方法，而把文學當作人類歷史發展的自我肯定手段，當作審美理想的創造，進行系統的、科學的考察。我相信，一定會出現勇於開拓新型參照系統而把文學研究推向前進的文學科學家。

(二) 開拓人的內在深層世界

在文學研究中，給人以主體性地位，協調着對人的研究的深化。這樣，研究的重心就不能不發生移動。近年來文學研究的重心從文學的外部規律轉移到文學的內部規律就是明顯的表現，而研究文學的規律，最重要的是研究人的感情活動、心理活動，主體的審美方式、表現方式等等，也就是要特別注意文藝心理學、文藝價值學、主體情感論等學科的研究。這就意味着文學將更注意文學本身的特殊點，因此，文學研究就不僅要研究人身上合邏輯的地方，而且要研究不合邏輯的地方，不僅要研究合理性的現象，而且要研究不合理性的現象；不僅要研究必然的東西，而且要研究偶然的東西；不僅要研究常態的心理，而且要研究變態的心理；不僅要研究確定的因素，而且要研究不確定的因素：不僅要研究共性，而且要研究個性。而且，我們今後在一定的時間範圍內，將要特別注意後一方面。因為過去我們的研究片面地強調人的共性，必然性，合邏輯性一面，而忽視另一面的研究。其實，人的情感總是充滿着偶然性，它是最不確定、最不穩定的東西，因此，它常常不合邏輯。以前我們往往把偶然看成是必然的具體表現，把個性看成共性的具體形態，事實上，必然性倒恰恰是偶然性、個性的幾率表現。而人的情感在最深摯的時候，往往要進入變態領域，不合常規文藝科學中所說的「理性」。而甚麼是理性標準，沒有情是否有理又值得討論。總之，文學研究如果在這些方面加強，將會進一步掌握文學創作的內部規律而與優秀的作家的心靈相通。

（三）開拓新的審視點

應當從更多的審視角度來觀察文學。以往我們的研究，更多地從哲學的認識論或政治的階級論角度來觀察文學現象。而現在我們將開闢更多的審視點，以從文化學、美學、心理學、倫理學、歷史學、人類學、精神現象學、解釋學、思維學、文體學、符號學等多種角度來觀察文學，以便把文學作品看成是複雜人生的整體展示。這樣，就用有機整體觀念代替機械整體觀念，用多向的、多維聯繫的思維代替單向的、線性因果聯繫的思維。與此相應的，我們應當填補一些學科上的空白，努力開拓文學研究新領域。一些新學科有待於創立，如文藝心理學、文藝價值學、文藝批評學、文藝社會學、文藝闡釋學、比較文學概論、比較詩學、當代國外文學批評史等，此外還應有文藝潛科學的探討，例如文學的靈感思維，可能發展成文藝學的新學科。我認為還應當加強對現代主義文學的研究，並從比較角度（如與西方古典主義作比較）及與當代文學思潮的關係等角度加強中國古典文學傳統的研究。為了開拓新的審視點，還應當繼續引入國外特別是西方的文論。我們的神經已不那麼脆弱。在實行「拿來主義」時，我們在實際上也包含着「懷疑主義」。我們將通過拿來、懷疑、選擇、借鑒、創新這樣的一個過程，開闢更多的審視點，開拓文學研究的思維空間，使文藝科學變得更有生氣，更有活力。

原載一九八五年七月八日《文匯報》

多元社會中的「群」、「己」權利界限

一

韓國即將召開「多元社會中的自我與他者」討論會，邀請我參加。我只能按東道主的要求「命題作文」。這個題目很大，許多現代性話語都可以納入其中進行思辨，但我此次不想多作邏輯思辨，而想多作些實踐性論證，因為中國一百年來尤其是近六十年在這一題目下的經驗極其豐富，恐怕世上少有其他國家可以相比。

關於自我與他者的關係哲學，一直是西方哲學的主題之一。而在一百年前的上一世紀之初，中國著名的啟蒙思想家嚴復就翻譯了約翰．斯圖亞特．穆勒的《論自由》。嚴復把穆勒這一著作譯為《群己權界論》，用白話文表述，便是「群體（他者）與個體（自我）的權利界限」。可以說，譯得好極了。他把《論自由》這部書的基本思想在書名上突顯出來，抓住了現代社會（多元社會）的自由問題關鍵是一個「群」和「己」的關係問題，也就是我們今天要討論的「他者」與「自我」的關係問題。嚴復的《〈群己權界論〉譯凡例》寫於一九零三年，距現在是一百零八年。沒想到，一百零八年前中國思想家關注的焦點在一百年後的韓國思想界再次成為關注的焦點。這也說明，此次大會所討論的問題是真問題，是思想者面對現代社會無法迴避的學術要點。

魯迅先生稱嚴復的翻譯為「譯作」。也就是說，翻譯中有絕對忠實於原文本的直譯，也有融入自己的見解的、與原文本的原意有些差別的「創譯」。美國已故著名漢學家、哈佛大學教授本傑明．史華茲先生在其《尋求富強：嚴復與西方》的論著中，就發現這種區別，他指正：

> 嚴復的《群己權界論》，為我們提供了一些最明顯的通過翻譯闡明他自己觀點的例子。儘管原文的大多數論證並未受損，但許多表達被篡改了，嚴復的《譯凡例》足以證明他使穆勒的觀點屈從於自己的目的。中國讀者可能從《群己權界論》中不能得出關於穆勒、斯賓塞和斯密在自由問題上的區別的清楚印象。假如說穆勒常以個人自由作為目的本身，那麼，嚴復則把個人自由變成一個促進「民智民德」以及達到國家目的的手段。[1]

史華茲指出，穆勒在群己關係中，強調的是「己」，也就是自我的個人自由，把個人自由視為目的本身，而嚴復則強調，「己」之優秀，是為了服務於「群」即社會與國家這一更高的目的。嚴復這種把自我（小我）視為他者（大我——國家）的工具，這種理念是晚清和民國初的思想主流。直到五四運動才打破這一思想潮流。五四新文化運動的主要特徵是突出個人，張揚個性。這一運動打破「國家偶像」，把個人自由視為目的本身，回到穆勒《論自由》的原始思想上。五四運動高舉易卜生、尼采的旗幟，張揚的是「己」，是自我。而不是「群」，不是國家。但是，當時中國仍處於極端貧困、衰弱和帝國主義

1 本傑明．史華茲：《尋求富強：嚴復與西方》中譯本，第一三三頁，葉風美譯，江蘇人民出版社，一九八九年版。

的威脅之中，因此，「五四」文化運動的主將們（如魯迅、胡適）也常在「群」與「己」之間搖擺徬徨。魯迅說他常在「個人主義」和「人道主義」這兩種思潮中起伏，胡適也做了一些「小我」與「大我」關係的文章。

五四運動之後的數十年裏，中國因為生存問題和社會制度合理性問題壓倒一切，「五四」所提倡的「自我獨立」和「個性自由」很快就偃旗息鼓，個體意識完全被另一個大群體意識——階級意識所替代。一九四九之後，階級意識形態和政權結盟，全社會強大的經濟國有化運動之後又進行相應的個人心靈的國有化運動，結果是消滅了個性，消滅了自我。到了文化大革命中，中國樹立了一個名為「雷鋒」的標準化形象，這個形象的象徵意蘊便是絕對揚棄自我，惟有他者。而他者是國家機器和領袖。此時，自我被形象地規定為國家機器中的一顆螺絲釘。正是面對這一真實的大歷史語境，中國八十年代才出現一場新的類似「五四」的思想解放運動，再次呼喚「自我」，再次爭取個人在群體的獨立位置。我個人在八十年代發表的《論文學主體性》的論文，引發了一場全國性的論爭。這篇論文正是在強調個人在社會精神活動中的獨立地位和個人自由在精神價值創造（尤其是文學藝術創造）中的基本權利。

二

但是，我的工作沒有完成。在「喪失自我」的一元專制社會條件下，伸張一下自我「主體性」是必要的。但是中國在八十年代已打開國門，正在進入多元社會，在此歷史場合中，每個站立起來的「自我」都各自擁有主體性，這就發生一個主體與主體之間的關係問題，也就是自我與他者的關係問題。這也正是我在提出「主體性」命題之後必須進一步回答的「主體間性」（或稱為主體際性）的問題。但是，一九八九年我因為一場政治風波而漂流海外，沒有機會對「主體間性」問題進行闡述，今天，借助韓國為我提供的學術平台，我想把自己的主要理念作一說明，而這樣說明又正好是東道主需要的答卷。

我的「主體間性」課題即如何對待自我與他者的課題首先針對已經引入中國學界的兩個錯誤的法國哲學命題。一個是眾所周知的薩特的「他者乃自我的地獄」的命題；一個是列維納斯（E. Le'vinas）的「自我為他者犧牲即人道主義」的命題。我把他簡化為「他者乃自我的上帝」的命題。我認為，兩者都是錯誤的，兩者都不能引導我們去處理好多元社會中自我與他者的關係。

關於自我與他者的關係哲學一直是法國當代哲學的主題。法國哲學家的思索通過他們的著作相對廣泛地影響了中國的學界與社會。這一影響從上一世紀下半葉開始，已有三波。第一波是薩特的存在主義，其中「存在先於本質」和「他人是自我的地獄」這兩個命題影響最大。第二波比第一波稍晚一些。第一波發生於八十年代前期，第二波則是八十年代後期。第二波的代表人物是福柯、拉康、德里達等。這一波的語言本體論及其對西方形而上體系的解構給我這一代的中國學人產生了很大震撼。第三波則是利奧塔和列維納斯（E. Le'vinas），也包括德斬茲和杜夫海納等。這一波影響更多是發生在九十年代之後，直至今天，還有影響。

八十年代中國思想解放、張揚主體性時，很容易接受薩特的「他人乃自我地獄」的命題，尤其是對「自由」缺乏深刻理解的年青一代。膚淺的自由主義者往往把自由理解為自我的我行我素和自我的為所欲為，也就是把自由理解為沒有限制的自我擴張與自我發展，從而把一切他者（包括個體他者、群體他者與國家他者）都視為對自由的障礙與限制。在哲學上未能把握自由與限定這對基本矛盾。事實上，有限定才有自由。關於這一點，德國大哲學家黑格爾早已講得很清楚。他一再說明的是，自由不是為所欲為，有限制才有自由。政治的重要使命就在於劃清和制定各種自由權限，並把這些權限落實到法律上和倫理原則上以保證每個個體的自由，即所有個體都有享受主體自由的自由。如果不限制個人亂闖紅燈，哪有每個人安全行車的自由？如果不限制恐怖分子攜帶武器，哪有每個人坐飛機的自由。黑格爾之前的德國另一大哲學家康德探討自由的可能早與探討道德的可能連在一起。在他的哲學體系中，自由不能任憑本能去為所欲為，而恰恰是能控制本能而去實現自由意志。康德還特別指出，在最自由的社會裏（即多元社會），社會成員之間肯定會發生對抗與衝突，因此，就必須對自由的界限作最精確的規定和保證，從而讓自我的自由與他者的自由共存共處於社會中。他說：

> 惟有在社會裏，並且惟有在一個具有最高度的自由，因之它的成員之間也就具有徹底的對抗性，但同時這種自由的界限卻又具有最精確的規定和保證，從而這一自由便可以和別人的自由共存共處的社會裏；——惟有在這樣的一個社會裏，大自然的最高目標，亦即她那全部秉賦的發展，才能在人類的身上得以實現。大自然還要求人類自己本身就可以做到這一點，正如大自然所規定的一切目的那樣；因而大自然給予人類的最高任務就必須是外界法律之下的自由與不可抗拒的權力這兩者能以最大可能的限度相結合在一起的一個社會，那也就是一個完全正義的公民憲法。[1]

1 康德：《歷史理性批判文集》中譯本，第九頁，何兆武譯，商務出版社，二零零五年版。

無論是康德還是黑格爾都承認對個體自由進行限定的合理性。這些限定從根本上說，就是在確認自我的主體性時，也確認和尊重他者的主體性，在伸張個人自由權利的時候，也確認和尊重他者的自由權利。薩特的「他者乃自我的地獄」，其錯誤除了不尊重他者即不尊重社會秩序之外，還在於它將導致自我的整個迷失，使自我成為自我本能的奴隸。人的本能蘊含着無限的惡的可能性，為了滿足本能人性慾望的需要，勢必做出各種反社會的行為。人在把他者視為自我地獄的同時實際也把自我變成自我本能的奴隸即陷入自我地獄之中。一切反倫理反道德邊界反社會基本規範（法律）的罪犯從某種意義上說，都是「他人乃自我地獄」的信奉者與實踐者。從八十年代末到現在二十多年中，在中國盛行的痞子哲學，他們所崇奉的便是「他人乃自我地獄」的哲學。他們著名口號是「我是流氓我怕誰」。這一口號把自我膨脹為一切。一切之外，他們均無所敬畏、無所尊重、無所限制。隨之而來的便是衝破一切道德底線，只管自己得利，不管他人死活，甚至可以為了「自我實現」而不顧一切廉恥地撒謊、偷竊、貪污，把一切胡作非為皆視為天經地義。

我在批判薩特的命題時，也批判了尼采的哲學。自我確立不等於自我膨脹，尼采超人哲學的巨大危害性就在於引導自立者走向膨脹的超人的自我。我特別認同我的朋友高行健二十年來在他的《沒有主義》、《另一種美學》中不間斷地對尼采展開批判。如果說，列維納斯製造的是他者上帝的話，那麼，在他之前六十年的尼采，製造的則是自我的上帝。兩者相通的都是浪漫氣概和充當「救世主」的情結。背後都是「我」的膨脹，一個是「他我」的膨脹，一個是「自我」的膨脹。高行健頌揚慧能，高度評價禪宗，就在於禪宗思想與尼采完全相反，它主張人的覺悟恰恰必須打破「我執」，特別是打破「妄我」即膨脹之我的執迷。一個帶有佛性的自我，在「得道」即擁抱「真如」（終極真相）之後，可貴的不是充當淩駕於他人之上的「超人」，而是依然做平常人，守持平常心。惟有如此，才有慈悲的可能即正確地對待他人他者的可能。所以高行健主張在自我確立之後，還要返回真實的人、脆弱的人，主張要打破「自我的地獄」，並且認為最難打破的是自我的地獄。他的哲學戲劇《逃亡》，表現的正是這一主題，這是與薩特「他人乃是自我的地獄」相對立的另一哲學命題。《逃亡》寫於二十年前，這二十年中國的歷史實踐證明，「自我」一旦盲目膨脹，其結果是不負責任、不講規則的流氓、痞子大量產生以及老子天下第一的小尼采大量產生。這種小尼采除了流氓氣之外，還往往把自己膨脹為創世紀的第一先鋒，甚至是社會正義的化身和救世主。

三

與「他者乃是自我的地獄」命題相對應的命題是E. Le'vinas的「為他者的人道主義」命題。如上述所說，這一命題其實質是「他者乃自我的上帝」。有意思的是，這一命題在八十年代的中國無人理睬，而在九十年代和新世紀的頭十年，他又在中國時髦起來。這一命題，對於我這一代人和前後的兩代人來說，很容易理解。因為，它與我們這兩三代人的社會實踐完全相通。換句話說，我們曾經奉為人間準則的「社會主義人道主義」正是「為他者的人道主義」，只是中國學者一直未能像列維納斯表述得那樣哲學化和精緻化。

列維納斯在上世紀二十年代末期到德國弗萊堡大學師從胡塞爾與海德格爾，並在一九三零年出版了《胡塞爾現象學中的直觀論》一書，還得到薩特的共鳴。列維納斯從批評胡塞爾未能看到思想的對象（他者）高於和重於思想本身這一基點出發而構築自己的理論系統，最後抵達這樣的邏輯結論，即「他者」便是無限和徹底的外在性，思想與存在注定只能指向比自身更高大的這一無限，從而完成一種不求回報的為他人的絕對責任。這種既不同於理性也不同於存在的無限他者，是超越（超越於思想與存在）的，又是絕對的（與自我不對稱，絕對高於自我）。因此，自我對他者的絕對服從，便成了列維納斯思想體系的哲學基點。

經歷過二十世紀下半葉的政治生活。尤其是經歷過文化大革命的中國學人，特別容易理解列維納斯的理論。這一理論的核心便是個人為他者而存在，自我為他人而犧牲，中國從五四運動以來，早已討論過「小我」與「大我」的關係，小我乃是個體自我，大我則是群體他者，包括民族、國家、黨派等。由於二十世紀上半葉，中國一直處於階級矛盾和民族矛盾極其尖銳的戰爭時代（這種時代也可以稱作英雄時代），在此歷史場合中，中國需要敢於為階級解放與民族解放而犧牲的英雄，也就是敢於把「他者」視為絕對精神的載體又願意把小我獻身於此的英雄。因此，自我融入無限他者的事業之中，便被視為天經地義。中國現代文學中創造社諸作家尤其是郭沫若，在五四後宣佈放棄為自我而藝術的口號而整體地納入階級解放的事業之中，便是典型例子。一九四九年英雄時代結束了，可是中國照樣沿用英雄時代即戰爭年代的基本理念，仍然強調自我必須絕對為他者而存在而犧牲。這個時期的他者不是「民族」，而是政黨與群眾。此時，自我與他者的關係問題已不是理論問題，而是大規模的政治實踐問題。個體自我必須無條件地順從外在他者（黨與群眾），沒有討論餘地，這種政治實踐完全符合列維納斯的理論指向，即所謂「外在的徹底性」。到了文化大革命之中，「黨和群眾」這一絕對他者又被簡化為領袖。於是，自我又只能為領袖而存在而犧牲。於是，便出現「一切為了毛主席」的時代性口號，緊接着，又出現了體現這一口號的英雄人物典型，這就是雷鋒。雷鋒典型的意義在於完全抹掉自我價值和任何自由意志，把生命濃縮於讀領袖的書，聽領袖的話，做領袖的好戰士。這個典型標誌着自我的徹底消亡（為他者的絕對犧牲），用列維納斯的哲學語言表述，即標誌着自我對無限他者的絕對獻身與「不求回報」的責任。當時領袖這個他者正是絕對外在於千百萬個體自我的「表情顯露」，整整一個歷史時期，「自我」與「他者」是不對稱的，「他者」擁有無限主體性，「自我」卻喪失任何主體性，因此，「自我」與「他者」的關係不是主體間性（或稱主體際性）關係，而是「他者」對「自我」的絕對剝奪關係。

具有這段歷史經驗的中國思想者，用不着太多的思索，很容易把雷鋒視為列維納斯哲學的形象註腳，而把列維納斯的絕對他者理論，視為雷鋒實踐的形而上提升。筆者和列維納斯都講「人道主義」，但筆者認為，強調自我無條件地服從他者，不僅實現不了人道主義，反而造成他者的龐大偶像和他者對自我的的專制。筆者認為，人道主義如果不落實到對生命個體的尊重即對每個「小我」的尊重，這種人道主義只是一句空話。前蘇聯教育家蘇霍姆林斯基説過一句精彩的話，「愛全人類容易，愛一個人難」。中國文化大革命證明了這句話具有真理性。那個時代，是我們把解放他者——全人類叫成最響的口號，可是我們沒有人敢為那些蒙受冤屈的被稱為「黑幫」、「走資派」、「反動學術權威」的個體自我説一句公道話，歷史證明，如果生命個體不能自我確立，那麼在巨大的群體活動中，就沒有力量發出任何一點保護生命的人道主義聲音。列維納斯的理論盲點正是他沒有找到人道主義的落腳點和支撐點。忘記沒有自我確立，就不可能有人道主義的確立，沒有個體主體性的張揚，在交往行為中，就沒有力量扶助其他主體，由此建立起來的主體間性也必然缺少哈貝瑪斯的「效度要求」（哈氏的效度要求包括「真值要求」、「正當要求」、「真誠要求」）。列維納斯哲學，表面上看很動人，實際上則是以他者為幌子而讓生命個體如同愚民去犧牲、去獻身。

四

前文已提到，自我與他者的關係，隨着時代的變遷可以發生不同程度的傾斜。那麼，在多元社會的時代裏，這一關係應當如何找到平衡點呢？

維柯曾把歷史分為三個時代。第一個時代是神的時代即神靈主宰命運主宰一切的時代；第二個時代是英雄的時代，這是從氏族時代開始的崇奉戰爭、榮譽、軍威的時代；第三個時代是人的時代，即平民的以自由、平等、民主為主要精神的時代，也是一個以慾望控制人的時代。可以說，列維納斯的絕對他者與無限他者的論點乃是屬於第一時代，在人為神而存在的時代裏，沒有自我，只有擴大為無限的他者——神，這是自我喪失的時代。而尼采哲學則是英雄時代的哲學，他宣佈神的死亡，用擴大為無限的他者——超人，也就是英雄來取代上帝，這是自我膨脹的時代。而在第三時代即人的時代（多元時代）裏，列維納斯的哲學和尼采的哲學都不相宜。中國「五四」運動之後，已進入現代社會，但是，由於思想不夠成熟，在平民時代中，又再次被第一時代和第二時代的哲學所統治，時而經歷自我的喪失，時而經歷自我的膨脹，更確切地說，五四後的九十年中，中國社會總是在「自我喪失——他者神聖」和「自我膨脹——他者喪失」的循環中，思維方式並未進入第三時代，因此至今仍然缺少對列維納斯和薩特、尼采的批判能力。今天我作為一個中國思想者想做的不是設計第三時代自我與他者關係理念方案，而是提醒自己的國家應當進入第三時代即人的時代（多元時代）的思維，應當把第三時代中關於人的普世價值進入自己的思維，在思維中，重心不是放在「他者」，而應當放在「自我」，既確認自我——個體生命的價值與尊嚴，又確認自我——個體生命的有限性。有這兩個確認，才有資格說：我們已進入多元共生時代。

此外，我還想強調說，在第三時代即多元的時代裏，自我與他者的關係仍然不是固定的而是流動的，即兩者的關係仍然要隨着時空的變化而變化，需要「具體情況具體分析」。魯迅著名詩句（中國人個個都知道）說：「橫眉冷對千夫指，俯首甘為孺子牛」，兩句話都是自我和他者的關係，前者把他者當敵人，後者把他者（孩子）當上帝，都有道理。一個國家處於戰爭時期，整個族群面對兇惡的敵人，此時就不可強調個體自由和自我獨立。美國總統傑弗遜在他的二十一條語錄中說：「一旦被迫進入戰爭，那麼，我們就必須為了保衛國家而放下不同的意見。」這種要求是合理的。此時國家、族群這個他者確實比自我重要。而在和平的語境下，在國家公民處於正常的生活時間，國家則必須尊重每個生命個體（自我）的個性和不同選擇，也尊重他們「享受生活」的要求。而個體與個體之間的關係，也有一個具體時間具體場合的問題，群與己的權限規定也必須通過其具體性才能表現出合理性。例如在大學圖書館閱覽室裏和在公共游泳池裏，自我的自由權利就很不相同。這就是說我們今天討論的大題目最後有一個實踐問題，即有一個在複雜社會中主觀世界對客觀世界的把握問題。

二零一一年二月於美國 Boulder

我的文學觀

文學自性與生存本義

——答美國弗羅里達新人文大學助理教授朱愛君博士問

問：你去國十九年，最近回到北京，受到很多關注。但是，由於時空之隔，有些年輕學子對你在海外的生活與著述不夠了解，你能否簡單地自我描述一下？

答：很難自我描述。不過，可以說的是，和十九年前在國內一樣，還是兩種角色，一是思想者，二是文學作者。我的本色是文學批評、文學研究者，又是散文寫作者，這個「本」我始終不放，因此在海外仍然不斷閱讀古今中外文學作品。讀高行健小說戲劇作品，寫作《高行健論》（台北聯經），只是其中一項。近幾年返回古典，寫作「紅樓四書」（《紅樓夢悟》、《共悟紅樓》、《紅樓人三十種解讀》、《紅樓哲學筆記》），也是其中一項。我和林崗教授合著的《罪與文學》及我獨自完成的《放逐諸神》、《現代文學諸子論》等文學論文集，都是文學角色範圍。此外，因為在海外太孤獨，為了活下去（生命需求），我還不斷寫作散文，除了《人論二十五種》外，還出版了《漂流九卷》，包括《漂流手記》、《遠遊歲月》、《西尋故鄉》、《獨語天涯》、《漫步高原》、《共悟人間》（與劍梅合著的「父女兩地書」）、《閱讀美國》、《滄桑百感》、《面壁沉思錄》等。最近香港明報出版社和新加坡青年書局聘請二十名文學批評者選擇當代五十位華語作家，出其選本，我被選中的就是《漂流九卷》，林崗已編好了選本和寫好了導讀，並把選本命名為《漂泊傳》，年內即將出版。文學之外，我還喜歡「思想」，自稱「思想者」，最近出版了一本書叫做《思想者十八題》，有余英時先生所作的精彩的長達八千字的序文，還有和李澤厚先生合著的《告別革命》，以及我獨自完成的「告別語言暴力」等文章都屬於「思想者」角色的範圍。我追求的是學問、思想、文采三者的統一，即史、詩、識三者的統一，但常常力不從心。

問：海外的人文環境和生活方式有利於你的精神創造嗎？和國內相比，哪種環境更適合於你的思想與寫作？

答：顯然是國外的環境更相宜。我的工作最重要的條件是可以自由表述。如果要講價值觀，對我來說，思想自由便是最高的價值。而我的天地，就在自由思想、自由講述之中。在海外，我可以真正當個「檻外人」，真正站立於政治權力框架之外和社會壓力框架之外，可以不受現實利益和社會關係的影響而自由思索。不過，我們國內的人文熱情很高，知音和廣大讀者都在國內，所以我還會與國內保持心靈上的聯繫。

問：從學術的層面上說，你在近二十年中，思考探索的主題是甚麼？能否用比較概括的語言說明一下？

答：簡單地說，主題有兩個：一是人生本義；二是文學本義。我對《紅樓夢》的感悟和思考，就是對這兩義的把握。「浮生着甚苦奔忙？」這是《紅樓夢》對人生本義的叩問，也是我的人文叩問的主題。《紅樓夢》展示兩種人生狀態，第一種是平常棲居狀態，第二種是詩意棲居狀態。後者是對前者的「跳出」與超越。該如何對待第一狀態和如何實現超越而進入第二狀態？這是我叩問的主題。

問：你思考人生本義，是思考你本人在社會人生中的本義，還是開掘文學作品中的本義？

答：兩者都有，前者是生命，後者是學問，兩者可以打通連接起來思考。首先，我自己作為個體生命，要問，降生到地球，來到人間一回，到底要甚麼？這是《紅樓夢》的問題，也是每一個人必須面對的問題，當然更是一個學人需要明瞭的問題。是要當官嗎？是要功名嗎？是要發財嗎？當然不是。卡夫卡的父親要卡夫卡去當官發財，這是世俗社會提供的出路，但卡夫卡對於世俗社會展示的出路進行挑戰，這種挑戰便是作家的人生本義，也是文學本義。如果他屈服於世俗的壓力，就沒有今天的卡夫卡。二十世紀初期，一個歐洲的講德語的小職員創造了文學的奇蹟，這是為甚麼？這就是因為他知道自己要甚麼，要追求甚麼和放下甚麼。清高的學者大約會否定當官發財，但另一個問題可能就不敢否定了。即：要當「救世主」嗎？要當「大眾的代言人」嗎？我曾經想要，但後來明白了。一個思想者、寫作者最重要的是充份個人化的講述，他只發出個人的真實的聲音，不代表任何群體說話。一旦想當「大眾代言人」，反而會當上大眾的傀儡；一旦想當「救世主」，反而不知自救，難以「自知其無知」。而自知其無知，是蘇格拉底提出的人類哲學第一命題，是最重要的人生本義。因此，有人可以要「救世主」等角色，但我不能要。一旦要這些「光榮角色」，就失去個人面目，失去思想自由。我批評《水滸傳》的「造反有理」，其中批評的一點是以為造反「天經地義」，一造反就政治正確，就是替天行道。但在正確的大旗號、大概念（道德法庭）之下卻喪失了人性最基本的東西，也喪失個人的聲音。所謂「大義滅親」，所謂「無所畏懼」（失去任何敬畏和禮儀）都來自「造反有理」這個前提。

問：那麼，你所講的文學本義，是不是指你提出的「文學主體性」命題？

答：可以說，從「論文學主體性」開始，我就為文學回歸文學本義而努力。如果說，人生本義叩問的是「人到地球上來要甚麼」的問題，那麼，文學本義的問題則是「文學是甚麼？」的問題，也就是文學的「自性」是甚麼？自性這個概念原是禪宗慧能思想的核心，他講自性、自佛、自救，我即佛，佛就在自身清淨的本性之中。他以悟取代佛，以覺取代神，使佛教變成無神論，在哲學上很徹底。我到海外後用「自性」代替「主體性」，打破主客二分，融化在場與不在場，更徹底地把握文學的本義。認定文學就是心靈的事業，與功利無關，或者說，它只審視社會的功利活動，但本身不是功利活動。它的自性是它的心靈性，生命性，審美性。這一觀點，林崗和我在《罪與文學》中闡釋得很清楚。

問：「自性」與「主體性」有甚麼不同？

答：自性概念的內涵大於個性，也大於主體性，它包括作家個性、主體性，但又大於這兩者。主體性的對立項是客體性（對象性）；自性的對立項是他性。文學自性排除一切他性，包括黨派性、集團性、政治性、功利性、市場性，甚至也排除科學、歷史學、倫理學和意識形態等。

問：你肯定高行健，是不是覺得他正是抓住了文學的自性？

答：對，正是如此。他是文學自性意識最強或說是自性意識覺醒得最早的當代作家。他早就宣稱只對語言負責，只肯定文學中的審美判斷，不肯定政治判斷、道德判斷、意識形態判斷、市場價值判斷等等，完全從他性中抽離出來。我在《論高行健狀態》（明報出版社）中就說他自覺地站立於非主義、非集團、非市場、非功名、非功利等狀態中，即拒絕他性的狀態中。他甚至認為，作家不可能充當「社會良心」、「正義化身」，一旦充當這種角色，就會陷入他性中，其結果便是付出作家自性的代價。作家當然要有良心，但這是個人良心，是個人對社會責任的衷心體認，而以社會良心自居則會把自己的良心標準化、權威化。有些本來從事文學的人，自己的內心一片混沌，具有各種惡的可能，對政治學、經濟學、社會學、倫理學並沒有深入研究，卻充當社會批判家和道德裁判者，結果總是言不及義，不僅於社會無補，而且丟掉了文學本義。

問：但是，像魯迅這樣成功的作家，不是也有激烈的革命情懷與社會關懷嗎？

答：的確如此。有些作家熱烈關懷社會、擁抱社會，這當然很好。魯迅就是這樣的作家，我自己也永遠不會丟失社會關懷。但魯迅的關懷是充份個人化的關懷，他的天才是把自己的關懷與情懷都化作精彩的、成功的文學意象，尤其是前期的作品。他並不是以「正義化身」、「大眾代言人」等作為自己的角色，倘若如此，就沒有魯迅。後期他受國際左翼思潮的影響，文學角色有些淡化，未能產生《吶喊》、《徬徨》、《野草》這樣的作品，有些可惜。我的課堂講座有一講是「中國現代文學的兩大類型」，講的是魯迅與高行健，一個是戰士型，熱烈擁抱是非；一個是逸士型，抽離是非，只冷觀是非。以往我們只崇尚前者，不給後者以立足之地，完全排斥隱逸文學、山林文學。其實，如果沒有後者，就沒有陶淵明、曹雪芹。《紅樓夢》的成功，首先是立題、立旨的成功。曹雪芹肯定很了解宮廷鬥爭，很熟悉當時的政治狀況，但他沒有選擇把自己的小說寫成政治小說、譴責小說、社會批判小說，倘若如此，他就會降低到晚清《官場現形記》等小說的水平。他選擇的是個體生命、個體命運、生命尊嚴、詩意生活這些切入點，是真正屬於文學的詩意生命的輓歌，是對詩意棲居的嚮往（夢），從精神內涵到審美形式都「充份文學」。《紅樓夢》是文學自性、作家自性的偉大凱旋曲。

問：你在《紅樓夢悟》中說，心靈、想像力、審美形式是文學的三大基本要素，《紅樓夢》挑戰了三者的極限，把文學的自性發揮到極限。那麼，小說所具備的時代性是不是也是一種文學自性？

答：文學應當見證時代，見證歷史，但文學更應當超越時代，注重時間性，突破時間的邊界。《紅樓夢》的情感心靈內涵都超越了時代，它的「父與子」的衝突，不僅是兩代人的衝突，而且是重倫理、重秩序與重自由、重個性兩種人性永恆內容的衝突，林黛玉與薛寶釵的衝突也是兩種人性內容的衝突。

賈寶玉不是一個新興階級的代表，而是一種超越常人各種機能（如仇恨機能、嫉妒機能、貪婪機能、自私機能等）的獨一無二的人性意象。不能把《紅樓夢》視為時代的產物，更不能視為朝代的產物。雍正、乾隆時代是最黑暗的充滿文字獄的時代，對此，魯迅的《病後雜談》等多篇文章曾給予揭露，但恰恰在這個時代產生了中國最偉大的文學經典極品《紅樓夢》，因此，《紅樓夢》的成功完全是個「個案」，許多偉大作家作品的產生都是「個案」，陶淵明、李後主等都是個案，都是自性的勝利，不是時代的勝利。

問：今年五月間，你在香港中文大學的藝術節上談到文學自性，批評二十世紀的文學藝術被太多「他性」所左右、所擺佈。

答：對，我想從多個層面上跳出二十世紀的思維框架與大概念。二十世紀的人類有很大的問題，儘管「科技發展」與「結束殖民時代」這兩項有巨大成就，但缺少理性，發生了兩次世界戰爭。世紀的前期變成戰爭動物，中期變成意識形態動物（冷戰時期），後期變成經濟動物。整個世紀完全如天才小說家卡夫卡所預見。他的三部小說名字：《變形記》、《審判》、《城堡》，本是大寓言，不幸變成世紀性的大預言。二十世紀的人類變成甲蟲（先是生活在裝甲車裏的戰爭動物，後又是生活在各種機器包括汽車裏的經濟動物），摩天大樓、機場等變成使人類異化的迷宮，更可憐的是本來甚麼問題也沒有的正常人，卻到處被批判、被揭發、被追蹤。直到今天，卡夫卡的預言沒有過時，人類仍然處在被物化、被異化的狀態中。莊子所說的「心為物役」已發展到極為嚴重的程度。人為他物他者所役，包括被各種自己製造的大概念所役。「繼續革命」，「全面專政」，都是我們自己製造的概念牢房。在文學藝術領域，我們也製造了許多漂亮的概念，例如是「時代的鏡子」、「時代的鼓手」、「時代的風雨表」、「匕首」、

「投槍」、「炸彈」、「旗幟」、「非武裝的軍隊」、「新民、新社會、新國家的歷史槓桿」等等，每一種概念都使文學變成非文學。此外，許多作家以為可以充當「救世主」，可以當改造世界的靈魂工程師，結果擔負不該擔負的各種重擔，完全被他性所困，從而失去了心靈的自由。如果當年曹雪芹也想到要當救世主，要當時代的鼓手，就沒有《紅樓夢》了。

問：走出二十世紀，是不是包括走出西方興起的「後現代主義」思潮？

答：是的。「現代主義」和「後現代主義」思潮是對西方啟蒙時代以來的形而上體系的懷疑，也可以說是對西方理性體系的質疑。啟蒙家們講了一兩個世紀的理性，結果到了二十世紀發生了世界大戰，絕對瘋狂，絕對反理性，面對血腥的歷史事實，思想家們對原有的理性形上體系產生懷疑，這是可以理解的。但現代主義思潮與後現代主義思潮有很大的區別。現代主義有大建樹，有哲學、心理學、文學、藝術的經典文本，有弗洛伊德、喬伊斯、弗吉尼亞．沃爾芙、貝克特等對人的荒誕的發現與描述，其價值很高，這一點待以後有機會再細說。後現代主義實際上是思想文化藝術領域中的革命思潮、造反思潮，其根本弱點，是只有解構，沒有建構，只有破壞，沒有建設。它總是以理念代替審美，我很不喜歡，所以提出要「返回古典」，意思是說，現代主義不應走向後現代主義，而應「返回古典」，從一切古典創造物中吸收營養。這也是我出國後的一種變化。

問：二十年前，你和林崗合著的《傳統與中國人》，對「古典」、傳統的態度，基本點是批判的。現在提出「返回古典」，兩者是不是有衝突。

答：「古典」、「傳統」，是一個巨大系統，它本身有健康的意識積澱，也有不健康的意識積澱。有原型文化，也有偽型文化。我把《水滸傳》、《三國演義》界定為偽型文化。返回古典不是返回到它的基點上。二十年前，林崗和我合著的《傳統與中國人》確實批判性很強，批評的是我國傳統文化的負面部份，現實的針對性很強。二零零二年香港牛津大學出版社再版時我們做了一個序，對當時的批判態度與現在的「返回」態度作了說明。我們認為，人文學術特別是批評性的人文學術，從來就有兩方面的不同含義：一方面它是面對一個具有真實性的問題提出看法，另一方面是在某種社會情景之下與現實的對話。前者是人文批評具有客觀性的那一方面，後者則是人文批評具有主觀性的那一方面。人文批評既讓人看到對事實問題的見解，又讓人強烈地感受到理想的激情與對現實的關懷，比如，魯迅關於中國傳統「吃人」的論題，他在一生中多次發揮，見諸散論、小說和雜文，顯然不是一時的輕率議論，而是包含着自己對中國文化沉痛的思索與睿見。若是我們否認傳統「吃人」論題具有任何可以稱得上是真實的對傳統的見解，否認這一見解具有任何學術含義，認為它不過是一時的激憤之辭，那就無從解釋這一論題在二十世紀的中國思想史上何以扮演如此重要的角色。若是拒絕這一思想，我們也將失去在今天重新認識傳統的重要憑據之一。但是，假如認為傳統吃人的命題就是一個純粹真實的、對傳統的科學認識，那又是幼稚的，它不但是我們感情上不能接受，而且在理智上也有悖於人類學關於一定的文化創設和人類生活之間的關係的常識。我和林崗用一萬多字的篇幅說明這兩方面的區別與關係，也說明站在任何一極的極端立場來看待批評性的人文學術都是不對的。也就是說，當時我們的「批判」，是出現在特定歷史場景下的批判，這一批判有益於理解五四新思潮的文化基礎。而今天，我們的返回，則是回到文化原典所提供的客觀理念。而在事實上，每一種大文化都有正、負價值，都有其表層部份與深層部份。《紅樓夢》對儒的表層部份即它的典章制度、等級模式和僵化意識形態深惡痛絕，但對它的以情為根本、重親情、重人際溫馨的深層意識卻極為尊重。因此，可以說《紅樓夢》反對僵化的道統，卻不能說它整個地反對儒家文化和封建文化。《紅樓夢》對釋家、道家文化也是雙重態度，它拒絕表面的「道相」、「佛相」，把「女兒」二字置於元始天尊和釋迦牟尼之上，卻吸收其泯是非、齊物我和不二法門等深層哲學，尤其是佛家最深層的大慈悲精神。

問：你能否概述一下你的《紅樓夢》研究在原來紅學的基礎上有哪些新的拓展，或者說，有那些新的發現與新的方法、新的視角？

答：這個問題本應留待讀者去評說。我只能說我自覺想做的（也許以前的研究者尚未充份作或尚未充份發現的）幾點：（1）想用「悟證」的方法去區別前人的「考證」方法與「論證」方法。我不否認前人的方法與成就，只是自己不喜歡重複前人的方法，不喜歡走別人走過的路。禪宗與《紅樓夢》對我最大的啟迪，是要破一切「執」，放下一切舊套，包括方法論上的「執」與「套」。何況《紅樓夢》本身是一部悟書，連曹雪芹自己也說有些情思只能「心會」，不可「口傳」，只能「神通」，不可「語達」。這是第五回在解釋「意淫」時說的。除了意淫，《紅樓夢》中的許多深邃情思都難以實證、考證、論證。真理有實在性真理，也有啟迪性真理。各大宗教講的都是啟迪性真理，不可證明，也不可證偽，文學很接近宗教。許多大哲學家，也把世界的第一義視為不可知、不可證，如康德的「物自體」，黑格爾的「絕對精神」，老子的「道」，莊子的「無無」，朱熹的「太極」等，都只是形而上的假設，很難考證與實證。文學中的深層意識（潛意識）、心理活動、想像活動、夢幻印象、神秘體驗等也都難以實證。《紅樓夢》中這種描寫很多，通過悟證，往往可以抵達考證與論證無法抵達的深處。（2）揭示《紅樓夢》不僅是大悲劇，而且是一部大荒誕劇，它不僅呈現美的毀滅，而且呈現醜的荒誕。荒誕是與現實主義、浪漫主義等概念同一級的文學藝術大範疇，不是諷刺、幽默等一類的藝術手法。二十世紀的西方文學，其主流之一是荒誕小說與荒誕戲劇。荒誕作家有兩大類，一類是側重於現實的荒誕屬性（如卡繆、高行健、閻連科）；另一類是用理性對反理性現象的思辨（如貝克特）。荒誕對於曹雪芹，不是藝術理念，而是現實屬性。他天才地揭示了社會現實中那些不可理喻的價值顛倒、本末顛倒。（3）提示《紅樓夢》這部文學大書具有極豐富的哲學內涵，這不是哲學理念，而是浸透於文本中的哲學視角、哲學思索和美學觀，尤其是大觀哲學視角與通觀美學。（4）說明《紅樓夢》係中國文學第一正典（經典極品）和人類文學最高水準的坐標之一的理由，如永恆性、史詩性、宇宙性等理由，進一步確立《紅樓夢》在世界文學史上的崇高地位。

問：你剛才說真理有實在性真理與啟示性真理之分，對我很有啟發。那麼，是不是可以說，無須實證，恰恰是文學存在的理由，也就是文學的本義？

答：對。實在性真理和啟示性真理之分，也可以說是雅典與耶路撒冷之分，希臘理性文化與希伯萊神性感性文化之分。整個西方文化，都以這兩大思潮為基石。希臘理性派生出科學、哲學；耶路撒冷文化則產生宗教。文學如宗教，更注意感性生命。重感悟、重想像而揚棄實證，正是整個文學的基本前提。為甚麼人類掌握自然科學、人文科學之外還需要文學？就因為文學無須實證。如果文學也追求實證，那它能比得上科學嗎？文學恰恰因為能夠超越實證、超越有限時空，它才有存在的理由。文學可以反映現實，但不必受制於現實，也是這個理由。

問：紅學是顯學。研究、評論《紅樓夢》的人文那麼多，你卻能以「悟」代替「辯」與「論」，硬是走出另一條路徑，「柳暗花明又一村」，真不容易。我很想更多地了解「悟」的法門，你可以用學理性語言解釋「悟」字嗎？

答：我沒有翻過辭書，不知道他們如何解說。我自己把悟的方法幾乎等同於直覺的方法。這是一種沒有思辨過程與邏輯論證過程的、在瞬間中對真理的把握。禪宗講「不立文字」、「明心見性」，就是放下概念和論證直接把握對象，擊中要害，道破事物本質。「悟」法是反邏輯的方法。西方學者可能一輩子都弄不明白這是怎麼回事。慧能所以了不起，恰恰在於他創造了一種無須邏輯、無須分析而實現思想的可能。這種洞察生命、提高生命的智慧，不是量智，而是性智（熊十力先生使用的概念）。佛教是通往智慧的宗教，慧能把它簡化為「悟則佛，迷則眾」，就是說，一旦了悟，便是見性成佛。禪宗其實是無神論，以悟代替佛，以覺代替神，認為成佛不過是「一覺」而已。《紅樓夢》第一百二十回的結尾便是禪的結尾。在急流江津渡口，賈雨村睡着了，「迷」了，而賈寶玉則悟了，覺了。佛與眾就這樣分野了。台灣已故著名學者傅偉勳先生，對闡釋學作了創造性運用，他把闡釋（對原典的解說）分五個層面，即：（1）實謂層（原典實際上說了甚麼？）；（2）意謂層（原典想表達甚麼？）；（3）蘊謂層（原典可能蘊含甚麼？）；（4）當謂層（原典作者本來應當說甚麼？）；（5）必謂層（原典作者本來必須說甚麼？）。第一個層面、第二個層面是應當實證、論證的，而第三個層面，原點可能蘊含着甚麼，啟迪甚麼，則需要我們自己去感悟。心靈活動、想像（夢）活動、審美活動，都不是對「實謂」的求證，而是對「蘊謂」的悟證。儘管悟是瞬間對真理的把握，但到底是憑虛而悟，還是閱歷而悟呢？也就是說，完全沒有人生的閱歷，完全沒有修煉可以悟嗎？我想，應當肯定閱歷而悟，即使頓悟，也是因為有內心沉澱物的支持。在美國的落基山下，李澤厚先生和我一起談莊禪時，他多次用辛棄疾的詞來說明「悟」：「夢裏尋他千百度，驀然回首，那人卻在燈火闌珊處」，這就是說，徹悟固然發生在「驀然回首」的瞬間，但還是有一個「尋它千百度」的積累過程。

問：在「返回古典」的大思路下，你從「文學理論」思索和現代文學研究進入古典文學研究，最近我注意到你除了談《紅樓夢》之外，還常提到《山海經》、《道德經》、《六祖壇經》、《金剛經》等，而且還觸及「中國貴族文學」等課題，有許多觀念很新鮮，你可不可以介紹一下你在古典文化、古典文學中的一些思路？

答：從二零零零年開始我在香港城市大學中國文化中心斷斷續續擔任了近三年的客座教授，後來又到台灣東海大學擔任了半年的講座教授，一共講了二十個題目。課堂是個動力，促使我一講一講思考下來。「我的六經」、「中國的貴族文學」、「中國的放逐文學」、「中國的輓歌文學」以及「雙典批判」（水滸、三國批判）等都是在這種壓力下逼出來的。我現在正在整理「雙典批判」和其他講稿。對《水滸》、《三國》的批判，屬於價值觀批判，不是文學批評。這兩部作品對中國人心危害極大，是中國的地獄之門，過去雖然也有書籍與文章批評過，但力度與深度似乎不夠。如果從價值觀上肯定《水滸》，等於肯定「暴力造反」為最高的善，但在這種最高道德裁判下卻是「殺人有理」，喪失最基本的人性。《水滸》的理念已進入中國人的潛意識，至今還在塑造我們的民族性格，對它進行批判不是簡單的事。對《三國》的批判也不容易。那是一個智慧與權術都發展到極致的時代，是一個只有戴面具才能成功的時代。愈是會裝，成功率就愈高，所有的英雄都是戴面具的英雄。《三國》產生之後，中國的國民性進一步變質變態，智慧與義氣也都變質。台灣未曾經歷過文化大革命，對我國古代文化的研究沒有中斷過，大學校園裏古文化的底蘊相當高，而對《道德經》、《南華經》和《金剛經》等佛學經典更是熟悉，在那裏講「六經」，要小心，更需要有新意新話。這個問題說來話長，還是待我整理出來再說吧。

問：你雖然「返回古典」，但仍然寫了許多對於現代文學、當代文學的批評研究文章，如我最近讀到的「五四理念變動的重新評説」和前兩年讀到的「中國現代文學的奇蹟與悲劇」、「巴金的意義」等等。讓我印象特別深的是「中國現代文學的整體維度」、「中國現代文學中的政治式寫作」、「張愛玲的小説與夏志清的《中國現代小説史》、《金庸小説在中國現代文學史上的地位》」等幾篇。我覺得，你對現代文學的重新認識，也有一個「文學自性」立場和「文學本義」眼光。

答：不錯。我批評政治式的寫作，正是批評這種寫作陷入政治他性而離開文學自性。我批評五四理念中的「推到貴族文學」口號，也是批評陳獨秀的概念錯位——沒有分清貴族特權與貴族文學這兩個大概念。前者屬於政治範疇，後者屬於文學範疇。我批評張愛玲，稱她為「夭折的天才」，也是批評她在一九四九年之後（以《小艾》為時間點和符號），特別是寫作《秧歌》與《赤地之戀》時已用政治話語取代文學話語，離了文學的自性。丁玲從另一立場也發生同樣的問題，她的《太陽照在桑乾河上》，也是用政治話語取代文學話語。夏志清先生的《中國現代小説史》儘管很有貢獻（把被史書活埋的張愛玲、沈從文等開掘出來），但也存在着用政治批評話語取代文學批評話語的問題，對魯迅、張愛玲、趙樹理等作家的一些作品的批評，也離開了文學自性立場。從宏觀一些的自性視角把握，我發覺中國現代文學在精神內涵層面只有「國家、社會、歷史」這一政治性維度，缺乏叩問存在意義、叩問超驗世界、叩問自然等三個維度，從而使文學的想像力要素在現代文學中顯然異常薄弱。對於魯迅，我始終認為他是成就很高的現代作家，但他的後期強調文學的階級性並認定文學應成為無產階級政治鬥爭的一翼，也顯然離開了文學的自性立場。

問：對於中國的當代文學，你還關注嗎？

答：很慚愧。我已跟蹤不上我國當代文學的足跡了。只是挑選一些作家作品閱讀。劍梅跟着他的老師王德威拚命追蹤，但也未必能像王德威那樣把握大陸、台灣、香港、海外話語文學的脈搏，他太用功了。我近年很喜歡閻連科的作品，每部都讀，讀了《受活》之後還寫了「中國出了一部奇小說」，並向韓國推薦出版了他的《為人民服務》。我認為中國當代文學，從高行健、殘雪到閻連科，構成一個荒誕脈絡，這不是寫實，而是寫真，是用荒誕手法揭示現實生活中的一種精神真實，很有深度的真實。既有很強的現實批判力度，又有荒誕藝術價值，很有意思。

問：你原是以《性格組合論》和《論文學主體性》等文學理論而稱著的，我也是讀了你的理論書才認識你的。出國之後，你還從事文學理論研究嗎？

答：出國後不像在國內那樣，熱衷於構築自己的理論系統，但仍然作些理論思考與寫作。在海外課堂講「論」太辛苦，講「史」輕鬆一些。將近二十年，在海外只講了幾回理論課，如「文學史悖論」、「再論文學主體性」、「文學中的靈魂維度（懺悔意識）」等。林崗和我合著的《罪與文學》，史論結合，其中有不少論。在《紅樓夢悟》中，也融入我對文學的一些新認識。可惜至今《罪與文學》未能在國內出版，這本書我們兩人都下了功夫。林崗是未被充份發現的很有才能很有思想水平的學者，我們在書中對中國文學與西方文學作了一些宏觀比較。總的說來，我們認為中國文學較多「鄉村情懷」，追求的是和諧境界。而西方因具有基督教背景，文學中較多「曠野呼號」，追求的是靈魂的深度，即崇高境界。中國沒有彼岸世界、死後世界，認定只有此生此世，因此就在此生此世中自強不息，好好過日子，不像陀思妥耶夫斯基那樣衷心忍受苦難。擁抱苦難自然更崇高，但未必和諧。中、西方文學各有所長，但我們還是期待在無神論的條件下盡可能深化文學的靈魂。這也可算是大理論問題。還有，我在國內時針對以反映論為哲學基點的理論框架，提出「文學主體性」論題，可惜尚未進入「主體間性」就中斷寫作了。

出國後，我讀了哈本瑪斯等人的主體間性理論，發現他們都沒有進入文學，即沒有進入主體心靈內部。後來閱讀高行健的《靈山》，非常高興。他恰恰提供了一個「我」、「你」、「他」內部主體三坐標，整部小說展示的是內部主體之間複雜的語際關係，因此，我在講課中，多次說，我們中國的文學理論，可以獨自建構一個世上所沒有的「內部主體間性」的理論系統。這一想法，前三年我曾與摯友楊春時（廈門大學教授）講過，他近年來論述「主體間性」很有成就，我希望他關注我的新思路，能對內部主體間性作些探討。

問：你想回國去「傳播」一下你的思想和學術成果嗎？有沒有打算回國去駐紮下來？

答：沒有這個想法。我已說過多次，回國也只是過客，可偶爾作些講座，但不願意再進入課堂系列了。我要閒散一些，在海外多讀些書，多到世界各地走走。我特別想到南美、非洲走走。二十年我遊走了三十個國家，希望再遊覽三十個國家。遊覽中會產生許多「遊思」，其價值決不會在學術之下。

問：你除了讀書寫作，還關注中國和世界發生的大事嗎？

答：很不關心。我不上網，也不看報紙。原來訂了一份《今日美國》（*U. S. A. Today*），是為了學英文，後來因每天一大疊，太麻煩，現在也不看了。只是週末讀一下朋友贈給的《亞洲週刊》、《明報月刊》和美國的地方報。我也不再是「公共知識分子」了，而且懷疑這個所謂「知識分子」和階層存在不存在，是不是一種幻象。余英時先生後來不用「知識分子」這個概念而用「知識人」這個概念，挺有意思。我也只承認知識個體是真實的，而「知識分子階層」則太抽象，缺少個人面目，很難定義，我懷疑它的真實性。因此，也希望大家不要把我界定為「公共知識分子」。這樣，我就不必有一個「批判社會」和「拯救社會」的重擔。作為個體，我既有批判的自由，也有不批判的自由，不要以為不批判就是不敢批判，就沒有社會使命感與知識分子的風骨。我很不喜歡表態文化，無論從哪一方面來的表態壓力，我都不能接受。我只知道説該説的話，不説不情願説的話。説了就負責到底。

問：你以出國時為界，把自己的人生劃分為第一人生和第二人生，兩次人生的角色不同，今後還是第二人生的角色嗎？

答：我的第一人生的角色是中國學者，第二人生的角色是中國流亡者。我覺得現在應當結束這兩種角色，進入第三人生的第三種角色，這就是「中國血統的世界公民」的角色。中國是我血液深處的父母之邦，這種中國之子的情懷永遠都不會改變，但我又希望自己有一種超越中國的「世界公民」身份與眼光。這種角色比第二種角色更超越。「世界公民」的眼光，既是超越美國的眼光，也是超越中國的眼光。更具體地説，是既不以美國理念、西方理念為參照系來看中國，評價中國；也不以中國理念為參照系來看美國，評價美國。這種身份甚至也要與薩伊德的第三世界知識分子的眼光區分開來，他的立場是第三世界立場，不是全世界的立場，即不是愛因斯坦那種世界公民的立場和眼光。愛因斯坦「為人類服務」的態度，實際上是世界公民意識，有這種意識，便可用冷靜的、清明的眼睛看宇宙、看人類社會，也冷靜地、客觀地評價各種現象。愛因斯坦的成就雖不可企及，但愛因斯坦的立身態度，我們可以向他靠近。

選自《感悟中國，感悟我的人間》

文學對國家的放逐

本文係筆者提交給斯德哥爾摩大學東亞系召開的（羅多弼教授主持）《國家・社會・個人》學術討論會。本文提出的觀念如題目所示，用英文應表述為《Literature Exiling the State》。

一

一九九一年在夏威夷的《二十世紀中國歷史的反省》學術討論會上，李歐梵教授在闡釋哈維爾（Havel）等捷克知識分子的「內在放逐」（internal exile）概念時指出，流亡文學如果從「被國家放逐」（exiled by the state）的心態轉變為自願的自我放逐（Self-exile）的心態，它就可能獲得更多的自由空間。[1] 這幾年，我無論在創作上還是在研究上都遇到這個問題，因此進行了一些思索。思索的結果又把李歐梵的第二種心態推向第三種心態，即「放逐國家」（exiling the state）的心態。這種心態，乃是自覺

1 關於「內在放逐」的觀念，李歐梵作了這樣的解釋：「內心放逐是一種自願的個人行為，為了保持私人的精神空間，遠離國家權力的影響。但是，精神上的內心放逐，蘊含了一種比消極的私人的自由權力更為積極的精神氣質：這是個人為了抵制外界的壓力而特意創造的一個精神世界。在這種意義上，它變成了一種價值，就像自由。……內心放逐並不意味着實際上的在國家邊界上的放逐，而是轉向內心重建一個相對於無所不在的中心的、處於邊界位置的、靈魂的避難所。」參見李歐梵的《中國話語的邊緣》《*On the Margins of Chinese Discourse*》Daedalus (Spring 1991) :207-226。

地把自己放在精神邊緣的位置上以對抗全能的、無所不在的權力中心。它是個人為了贏得自由精神空間而創造的一種主觀心理狀態。獲得這種狀態的，不僅是流亡海外的作家，而且包括身處國家疆界之內的作家。只要把自己放在獨立的精神邊緣上，一切作家均有「放逐國家」的可能性。

中國的流亡文學，如果以屈原為開端並以他為第一個成功的代表，那麼，他的心態正是「被國家放逐」的心態。「自我放逐」則是擱置國家，開闢精神性的「自己的園地」（周作人），遊思於自己創造的心靈空間。但「自我放逐」只是迴避國家的否定性自由（negative freedom），而「放逐國家」則是主動地駕馭國家和超越具體的國家種族觀念的積極性自由（Positive freedom），在此自由狀態中，作家與國家發生主體移位：國家可以放逐作家，作家也可以「放逐國家」。作家不再把國家視為偶像，而是視為靜觀對象。（The writer no longer regards the State as an idol but as object for quiet contemplation）作家既不是被國家放逐的歷史受難者的角色，也不是躲進小樓的心靈避難者的角色，而是恢復作家本來應有的日神精神，自由地、冷靜地觀照一切，包括觀照國家。

二

「放逐國家」和「自我放逐」的相同點是主體皆「我」。而區別在於客體。前者（放逐國家）的客體是國家：一個政治權力中心，一個意識形態的產物，一個大集體的觀念，一個無時不在的壓抑、統治着其他話語的主導話語。後者（自我放逐）的客體是個體：一個具有自我意識的主體，一個蟄居於自己生命之中的生命。

「自我放逐」，作為一種精神放逐，淡化了國家社稷觀念，作家即使身處國界內，照樣可以自由想像。但在「自我放逐」的定義中，國家依然存在，因此，「我」只好逃離、迴避、遠遊。然而，無論是現實意義上還是精神意義上的逃離，國家的影子依然跟蹤着，我不想認同（identify）國家，國家卻常來認同我。

「放逐國家」，則是更自覺更主動地超越現實國家概念；它和作為中心權力的國家觀念拉開距離，但不迴避國家。它從主體出發，面對無限時空和有限家園，把國家作為一個客體重新定義，即把國家視為主觀——個人化處理的對象。在此定義中，作家可以自由駕馭國家，國家可在心中，也可在心外；可存在，也可不存在；可擁抱關懷，也可疏離調侃。但都不把國家作為第一選擇，而把實現個人的情感本體價值作為第一選擇。

作家對國家的重新定義，又隨着主體內涵的變動而變動。當作家確認自己為藝術主體或「神之子」時，它就完全超越世俗的各種故鄉故國範疇，認定故鄉不在此岸而在彼岸：當作家確認自己是「世界公民」身份的「人之子」時，他也超越國界，像遊牧民族一樣，走到哪裏，哪裏就是「家」，沒有「不在家」的感覺；當作家確認自己是「文化負載者」和人類精神價值創造者時，他則只認同作為文化生存形式的國家，不認同作為中心權力的國家，像德國的托瑪斯．曼（Thomas Mann）那樣，認定故國文化也在自己身上，即祖國不僅在國界線內。當作家確認自己是個體情感本位者，他則把國家從「至高無上」的位置上放逐出去，拒絕國家概念作為一種先驗認識主宰與整理個人的特殊體驗。這樣，「國家」在文學創作中就不是個體經驗和個體語言的主導話語，而是被作家以各種方式處理的客體。上述這些變動的意義，都包含着「放逐國家」的意義。

三

「被國家放逐」、「自我放逐」、「放逐國家」等三種文化心態都可以創造出成功的文學，只要有真性情和獨特的表述方式。「放逐國家」不把自己假定為「被國家放逐」的對立項，但要爭取從「被放逐」的習慣性心態中解脫出來。「被放逐」心態的文學歷史已有兩千年，「家國之恨、懷鄉之愁」已成為中國作家的解不開的「死結」、這就影響作家創作境界的超越與昇華。

從二十世紀中國新文學進程看，國家觀念乃是作家進入形而上自由境界的根本障礙。八十年代，大陸作家曾為創作自由進行了無數次呼籲和抗爭，這種呼籲和抗爭的實質乃是要求國家放棄文學國有化（這種國有化已深化到創作方式的國有化），放棄以政治權力之手掌握作家的創作。在這種抗爭中，作家站在文學立場上向國家請命，國家仍然是至高無上的偶像。因此，在進入寫作時，作家的人道立場仍然要服從國家立場；作家的個人情感本體，仍然要服從國家的道德本體；國家還是文學情感的最後實在。一個在現實層面上勇敢地向國家爭取個體自由權利的作家，在創作心理上卻無法對國家作個人化的處理，面對國家觀念無能為力。八十年代，大陸曾出現幾部反映中越戰爭題材的小說，當時幾位年青作家試圖超越國家立場而以文學——人道——個體情感立場去駕馭這種題材，結果，他們的作品立即被視為「異物」，而且，幾乎沒有一個著名的作家或批評家敢於理直氣壯地肯定他們的選擇和為他們辯護。即使欣賞和支持，也只能從純藝術的角度上解說，很難直面其高揚人性的文學立場。[1] 因為他們面對的不是當

1 例如以人性立場壓倒國家立場的態度抒寫中越戰爭題材的小說《一個女人和一個半男人的故事》（作者劉亞洲），發表後曾引起爭議，雖得到年青批評家吳亮、程德培的欣賞，收入他們作為評講人的《探索小說集》中，上海文藝出版社和上海三聯出版社。但是，他們的評述仍然沒有面對這部小說的人性態度和對國家觀念的疏離。

權者，而是無比神聖的國家偶像。這個偶像意味着至高無上的道義法庭，永遠無法超越的外在權威。因此，許多中國作家，不僅是表層上受到國家文化專制的壓迫，而且在深層文化心理上，又受到國家觀念的無所不在的窒息，從而成為內外受困的既聖潔又卑微的精神奴隸。

四

本世紀初，梁啟超就提出應當分清國家與朝廷、國家與天下、國家與國民（the state and the court, the state and the world, and the state and the people）的界限，批評中國國民所以愛國觀念薄弱乃是未能分清國家與朝廷，不知道「愛國」重要的是應當愛國民而不是愛朝廷。（《新史學》、《愛國論》、《新民說》、《中國積弱溯源論》等）這對中國人是一次重要的啟蒙。「五·四」新文化運動又一次理性地對待愛國主義，認為愛國既不是愛「國君」，也不是愛「國粹」。愛國者既不是國君之奴，也不是國粹之奴。可是，中國某些當代作家，卻常常執迷不悟，始終分不清國家與朝廷的界限，分不清國家意識形態與國家情懷的界限，分不清國君、國土、國民、國事、國家語言文化的界限，把國家機器的政權部份（state）混同於祖國（motherland），一直達不到上一世紀末與本世紀初的認識水平。而有些作家雖然能夠達到梁啟超而無法超越梁啟超，即敢於面對朝廷，但不敢面對國家，可以面對朝廷為民請命，而不敢面對國家爭取自身獨立的精神價值和個體精神創造的自由權利，不敢把個性立場、人道立場、文學立場放在國家立場之上。這是中國作家的致命弱點，在精神境界上無法上升的基本原因。

五

二十世紀的中國現代思想者與作家，在爭取個體精神獨立地位和文學自由權利時，曾經對國家觀念進行過挑戰。一九一八年陳獨秀在《偶像破壞論》中，提出應當破壞「國家」這一「偶像」，認為「國家偶像」乃是一種「有害的偶像」。（《新青年》，一九一八年）他主張國民文學、社會文學，但不主張國家文學。周作人則聲明，他們提倡的新文學「是人類的，也是個人的，卻不是種族的，國家的，鄉土及家族的」（《新文學的要求》，一九二零年）新文學應當以「人的圖騰」取代舊文學的「民族國家圖騰」。而創造社在一九二三年正在提倡世界主義，反對國家主義，因此，把國家視為文學之敵。郁達夫所作的《藝術與國家》[1]則認為「現代的國家與藝術勢不兩立」；因為國家只追求利益，對美完全麻木；文學藝術貴在真誠，而國家要達到它的目的，最忌的是說真話；文學的理想是和平，而國家的理想是野心；文學追求亙古不變的正義，而國家追求以一國為中心狹隘的正義。同年，郭沫若也著文討伐「國家」，認為「國家的歷史漸漸演進之後，國家竟成為人類的監獄，人類的觀念竟瘐死在這種制度之下」。（《國家與超國家的》一九二三年九月）一九三零年之後，在《論集》、《文集》內刪掉這篇文章，是因為他已從反國家的一極逐步走向絕對順從國家的一極。他在五四時期寫作的是《卓文君》這種反抗國家禮教、爭取個性自由的作品，到了六十年代，則是寫作《蔡文姬》、《武則天》這種歌頌帝王的作品

1 載《創造週刊》第六號，一九二三年六月十六日。

和其他純粹謳歌性的宮廷文學。

郭沫若是從五四的「個人至上」主義者到三十年代的「國防文學」擁護者到五十年代之後的國家絕對權威的順從者，經歷了很大的精神轉變，時而個人至上，時而國家至上，奇怪的是，這種突變對於他並不費力，沒有任何心理障礙。五四時期，儘管他和其他創造社成員極力張揚自我，但並沒有理性地把握個體獨立精神價值對於知識者的意義，而是把自我作為反抗「朝廷」、建立新的群體秩序的工具，因此，當新群體秩序的目標確立之後，他就背叛自己的口號，放棄個體的精神價值追求，把自我膨脹為群體乃至國家秩序的代言人，從鼓動「個體至上」的自我表現主義者變成鼓動「國家至上」的國防文學主張者，最後又變成謳歌「領袖至上」的喪失個體感覺和個體經驗語言的「新台閣體」文學代表者。

六

與緊跟時代政治潮流的郭沫若不同，中國現代作家的另一部份，儘管沒有放棄個性的要求，但是，國家始終在他們的作品中無處安放，國家情結始終糾纏着他們，甚至最後也使他們幾乎沒有存身之所。例如郁達夫，儘管他站在文學本體的立場上認識到國家與文學「勢不兩立」，但是在進入創作時仍然沒有足夠的主體力量丟開國家情結。他的《沉淪》，本來寫的是個體的人性掙扎，完全是一種個體情慾無法實現的痛苦，完全無須與國家情結聯繫起來。但是，他卻沒有力量「放逐國家」，反而生硬地給個人情慾帶上國家面具，把在日本妓院裏沒能得到殷勤接待的原因歸結為國家原因，從而在不適當時間與不適當的地點上發出「從此不愛女人而要把國家當情人」和為國爭氣的感慨，這樣，就使小說造成一種鄙俗與崇高生硬共存的矯情，這正是西方文學中所沒有的「中國式矯情」，但完全是違背正常審美心理的矯情。另一方面，這種個體情慾的國家導向又使小說缺乏心理深度和人性深度，剛剛展示的心理衝突，很快就被莫名其妙的愛國情結所吞沒。

對個人情感作國家化和意識形態化的處理，在個人情感領域中硬塞進外在的國家意識、黨派觀念和其他政治觀念，把生理和心理的性緊張和情感緊張擴展成社會秩序、國家秩序和社會正義問題，乃是創造社的一種突出的敘述弊病，因此，在出現《沉淪》這種「國家加戀愛」之後又出現「革命加戀愛」的敘述模式。這種硬把性愛的私人性格與革命、國家、社會的公共性格雜糅在一起的敘述方式，後來又影響整個社會主義現實主義文學，即廣義革命文學。在這種文學裏，性愛或成為暴力與被壓迫的象徵，或成為革命的根據，或成為階級鬥爭虛假複雜性的標籤，或成為獻身國家和獻身革命的手段，政治矯情均難以掩飾。創造社和整個革命文學的創作歷史說明：在應當放逐國家的時候卻人為地擁抱國家，就會造成文學最致命的矯揉造作。

七

中國部份現代作家為了自身的精神獨立和保持精神創造的自由，曾着意與國家拉開心理距離，開闢與國家無關的「自己的園地」，例如，周作人、林語堂、沈從文等。這是中國隱逸精神在現代的延續，也是堅持五四的文學的「超國家、超種族」的觀念。

隱逸觀念包含兩種意思：一是屬於「自我放逐」的觀念，即自我隱逸於「自己的園地」；二是屬於「放逐國家」的觀念，即自我對國家的一種處理方式：作家在寫作時迫使國家隱逸，讓國家這一主導話語隱逸於個人話語之外。但是，隱逸觀念在現代中國社會中和精神領域中，一直沒有存身之所，並成為批判和打擊的對象。三十年代，魯迅對朱光潛的批判，對林語堂的批判，都是對隱逸精神的討伐。魯迅所作的《隱士》、《病後雜談》等文章，更是對隱逸精神進行直接的嘲弄。不過，魯迅的批評是對否定性自由的排拒，並不是認同國家。他本身也在放逐國家，追求批判性的、積極性的自由，並一直以精神的邊緣化對抗全能的權力中心。但他對作為否定性自由形式的隱逸精神缺乏寬容，在實際又堵塞了作家的自由精神空間。

一九四二年特別是一九四九年文學國有化之後，要求文學直接服務政治，文學更沒有與現實鬥爭保持距離的權利，即隱逸的權利。失去這種權利，作家的心靈就失去超越的可能性，這樣，最豐富的精神空間就必須迎合最簡單的世俗生活，最自由的情感形式就變成最機械的被固定在國家機器上的齒輪，想像界的精神生產就完全被拉入現實界。作家連把自我放逐於自己心造的精神園地的權利（自我放逐）都沒有，更不必說「放逐國家」，這不僅造成中國當代作家的私人空間的全部喪失，而且造成中國新文學缺乏想像力的基本缺陷。

八

文學不是現實的反映形式，而是超越現實的自由情感的存在形式。如果對隱逸觀念不是採取專制的態度，而是採取寬容的態度，那麼，作家就能贏得隱逸國家的自由，對國家這一客體就能採取個人化的處理（自由選擇）。可使國家等同於「故鄉」（故土），然後放逐故鄉；也可以使國家等同於信仰與文化，如許多浪跡四方的以色列人；也可以有自己獨特的與世俗觀念完全不同的國家觀念與故鄉觀念，賦予故鄉故國以超具體時空的形式。老子認為「萬物生於有，有生於無」（《道德經》第四十章），承繼這一思想的莊子便把「無」——「無何有之鄉」（見《莊子雜篇．列御寇》）視為真正的故鄉；李白認定自己是「天上謫仙人」，現實生活只是一種流寓。《紅樓夢》嘲笑世俗世界中的名利之徒不知故鄉何處，「反認他鄉是故鄉」（《紅樓夢》第一回），把一時的寄寓之所誤認為是自己的終極故鄉和歸宿，不知道自己真正的故鄉是在現實的時間之外與空間之外；而卡繆則着意在荒誕的牆外尋找故鄉，在自然性的故鄉中去肯定生命的本然。這種種觀念，正是放逐現實故鄉、現實國家的觀念。對於這種放逐，可以用某種現實的價值尺度加以批判，但是，在文學領域上，則不僅無可非議，而且是文學獲得形而上品格所必須的。

中國現代文學只有現實的故鄉觀念、國家觀念，缺乏超越的故鄉觀念和國家觀念。像魯迅的《過客》那種把現實人生視為匆匆的過客人生的思索極少。某種剛剛萌動的超越現實的對於人生之迷的叩問，如許地山，立即遭到茅盾的批判。[1] 由於中國現代文學未能把國家故鄉放逐於現實的時間、空間之外進行思考，又造成現代文學缺乏豐富的形而上的精神層面。

一九九三年五月於斯德哥爾摩大學

1 茅盾：《落花生論》，發表在《文學》，三卷四期，一九三四年十月。

文學自性的毀滅與再生

文學的自性

對於中國現代文學（現代漢語寫作）的過去、現在及未來的整體把握，並不是一件容易的事。如果要做出總評價，更是一種「靈魂的冒險」（法朗士語）。許多大作家，並不是當代人就能看清楚，十八世紀的德國大詩人荷爾德林，二十世紀上半葉的葡萄牙大詩人畢索瓦，現在均被譽為歌德式的大作家，但生前極為寂寞。荷爾德林是在去世後一百多年才被哲學家海德格爾等重新發現。曹雪芹的名字則是二十世紀二十年代才被胡適所開掘，胡適之前，讀者並不知道《紅樓夢》作者的名字叫做曹雪芹。因此可以說，胡適是發現中國文學星空中第一巨星的天文學家，其功永不可沒。而《紅樓夢》的真價值則是他去世後二百年才真正被發現。人類天才人物的產生，與時代有關，但並非時代所決定。天才是個案，是特例，是異象。曹雪芹生活在文字獄最黑暗最猖獗的雍正乾隆時代，是「避席畏聞文字獄」（龔自珍語）的清代，但他卻創造出中國文學與人類文學的千古絕唱，成為人類精神水平與文學水平的一大坐標。而且是中國唯一可以和荷馬、但丁、莎士比亞、歌德、雨果、托爾斯泰、陀斯妥也夫斯基等成為「並列高峰」（雨果語）的偉大坐標。在我的青年時代，即就讀大學中文系時，並不知道張愛玲的名字，因為她被大陸的所有文學史書和文學辭典（這些史書和辭典全是政治註腳）所活埋，夏志清先生《中國現代小説史》的功勞是抹掉遮蔽真金子的塵土，重新發現張愛玲，讓她重見天光。比張愛玲幸運的是高行健，但如果不是瑞典學院獨具慧眼，他的《靈山》就不可能被人類社會的億萬隻眼睛所注目。《一個人的聖經》也可能被中國歷史所活埋。我説這些，是為了正視文學批評的局限和宏觀性文學把握的困難。也正是有這點自知之明，所以我在這篇文章中只能談論若干當代文學現象，不敢做整體性和本質性的判斷。

今天我用「文學自性」作為講述的主要概念。自性涵蓋主體性，又比主體性的內涵更為深廣。主體性是西方哲學的概念，它的對立項是客體性。因此，主體性必須在主客體對立的語境下才能顯示其真實的意義。而自性沒有主客之分。主體是人，客體是物，在文學寫作中，作為主體的作家與作為客體的作品，都體現文學的自性。文學的三大要素（心靈、想像力、審美形式），都是物我同一、主客同一的存在物。心靈既是主體世界的主宰，也是客體世界的主宰。想像力既覆蓋人的主觀宇宙，也覆蓋無限時空的客觀宇宙，審美形式更是既有主觀的審美意識又有客觀的審美符號。「文學自性」的對立項是文學之外的一切他性，包括政治性、新聞性、科學性、意識形態性、市場性、集團性等。「自性」一詞來自大乘佛教及其中國化了的禪宗。禪宗講的是自性本體論。它強調自性中的主體因緣而生，因緣隨時可變，自性也隨時可變，不像西方所講的主體性，物理不變，主體也不變。自性更強調主體的動態性，特別強調打破我執，而這種我執，是假我，不是真我。本文所講的文學自性的回歸與再生，從作家主體意義説，是真我的回歸，從客體作品説，是文學應當回歸文學的初衷，不為他性所掌握，這種回歸之路乃是文學的自救之路。文學要確認自身，首先應當確認自身的有限性，它只能為自身開闢道路，不可能為他者開闢道路，特別是不能為任何政治目標與社會目標開闢道路。

現代文學自性的覺醒與毀滅

中國新文學即現代漢語白話文學的起點是五四新文學運動。「五四」的精神特點，是強調個體、突出個體。辛亥之前的晚清，其思想重心，是「民族——國家意識」的覺醒，核心價值是國，是「群」，是民族。五四的核心價值則是個人，是「己」，是自我。這是一場思想的裂變。晚清文學中也有婦女解放、個人解放等思想的萌芽，但這只是量變與漸變，而五四則引入西方的根本價值觀，從而產生了思想的質變與飛躍。因此，五四新文化運動的突出內容便是文學自性的覺醒。周作人的宣言性文章《人的文學》就說文學並非國家的文學，而是個人的文學。郭沫若和創造社打出的旗幟也是文學自性的旗幟，其兩個基本口號，一是為自我而藝術，一是為藝術而藝術，都是典型的自性口號。郭沫若寫的《鳳凰涅槃》，也是宣言性的詩歌，宣佈的是假我的死亡，真我的誕生。五四時代是個性解放的時代，也是現代文學自性誕生的時代。

然而，幾年之後，郭沫若和創造社就宣佈自己的主張「太奢侈」，一九二五年十一月底，郭沫若說：「我的思想，我的生活，我的作風，在最近一兩年內可以說是完全變了。我從前是尊重個性、是信仰自由的人，但在最近一兩年之內與水平線下的悲慘社會略略有所接觸，覺得在大多數人完全不自主地失掉了自由，失掉了個性的時代，有少數的人要來主張個性、主張自由，總不免有幾分僭妄。」（參見《文藝論集》序）在極端的民族群體的生存困境面前，本來最具個性的作家詩人卻放棄原來的文學立場。從「為自我而藝術」一百八十度地轉變成「為革命而藝術」，宣佈了一次新的涅槃，即集體精神自殺。不像郭沫若那麼激烈的魯迅，被創造社宣告為「落伍」。因為魯迅在個人主義與人道主義兩極中徘徊徬徨。

結束徬徨後的魯迅接受了「階級論」，也反映了當時時代性的大思潮：用階級意識取代個人意識，用文學階級性取代文學自性。到了二十世紀下半葉，「自己」、「自性」、個人意識，全被放入歷史審判台，沒有合法的立足之所。一九五七年，著名詩人穆旦寫了一首題為《葬歌》的詩，這是一首具有巨大象徵性的詩，在這首詩裏，他把自己比作「凍僵的小資產階級」，他要告別這個「自己」：

你可是永別了，我的朋友？
我的陰影，我過去的自己？
天空這樣藍，日光這樣溫暖，
安息吧！讓我以歡樂為祭！

「哦，埋葬，埋葬，埋葬！」
「希望」在對我呼喊：
「你看過去只是骷髏，
還有甚麼值得留戀？
他的七竅流着毒血，
沾一沾，我就會癱瘓。」

他還真誠地宣告，要把《埋葬》化作生活的行為：

就這樣，像隻鳥飛出長長的陰暗通道，
我飛出會見陽光和你們，親愛的讀者；
這時代不知寫出了多少篇英雄史詩，
而我呢，這貧窮的心！只有自己的葬歌。
沒有太多值得歌唱的：這總歸不過是
一個舊的知識分子，他所經歷的曲折；
他的包袱很重，你們都已看到；他決心
和你們並肩前進，這兒表出他的歡樂。
就詩論詩，恐怕有人會嫌它不夠熱情：
對新事物嚮往不深，對舊的憎惡不多。
也就因此……我的葬歌只算唱了一半，
那後一半，同志們，請幫助我變為生活。

最先埋葬真我的是郭沫若，而穆旦也婉轉地寫出了一代詩人埋葬自己的悲歌。值得注意的是這個時期，還發生另一種集體自殺的現象。這是在上半葉已經獲得成就的作家詩人對自己的代表作進行媚俗媚上的改寫，迎合了時代潮流，如郭沫若改寫《女神》的《匪徒頌》，曹禺改寫《雷雨》，老舍改寫《駱駝祥子》等，把官方語言塞進自己的作品之中。[1] 到了一九六六年，郭沫若竟然公開地宣佈要燒毀自己

1 劉再復和林崗合著的《罪與文學》，第十二章：〈媚俗的改寫〉，第三九一—四一一頁。

的全部作品。在四月十四日召開的全國人大常委會第三十次會議上，他說：

> 石西民同志的報告對我來說，是有切身的感受。說得沉痛一點，是有切膚之痛。因為在一般朋友們、同志們看來，我是一個文化人，甚至於好些人都說我是一個作家，還是一個詩人，又是一個甚麼歷史學家。幾十年來，一直拿着筆桿子在寫東西，也翻譯了一些東西。按字數來講，恐怕有幾百萬字了。但是，拿今天的標準來講，我以前所寫的東西，嚴格地說，應該全部把它燒掉，沒有一點價值。主要原因是甚麼呢？就是沒有學好毛主席思想，沒有毛主席思想來武裝自己，所以階級觀點有的時候很模糊。[1]

郭沫若通過中央廣播電台向全國宣示，一個在五四時期寫過「鳳凰涅槃」的詩人在四十五年後宣佈否定之否定——把再生的鳳凰整整推向死亡的烈火。它說明，五四覺醒的文學自性已毀滅得「體無完膚」。郭沫若現象不是單一現象，而是集體現象。那個時代政治已經壟斷一切，國家的經濟國有化已進一步要求作家詩人的心靈國有化，文學已變成計劃中的政治註腳。倘若還要進行寫作，那也必須進行政治性的寫作。郭沫若字字徹底的自我否定只是表象。在表象的背後，是整個時代進入集體性的政治式寫作。政治式寫作，是羅蘭·巴特（Roland Barthes）提出來的概念。他在《寫作的零度》（*Writing Degree Zero*）一書中專門討論了「政治式寫作」。他在闡述政治式寫作時特別論證了兩種基本類型：一種是法

1 《郭沫若的最後二十九年》，第二零七頁。

國革命式寫作；一種是馬克思主義式寫作，即斯大林式寫作。前者的特點是語言運動與鮮血橫流的直接聯繫，以戲劇誇張的形式說明革命需要付出巨大的流血代價的道理，從而使寫作成為革命傳統的實體，使人們震懾並強制推行公民的「流血祭禮」。他說：「法國的革命式寫作永遠以流血的權利或一種道德辯護為基礎。」而馬克思主義式寫作，則不以修辭的誇張為特點，而是通過某種敍述來支撐既定的原則。為了達到這個目的，連寫作中的隱喻也嚴格編定，即每一個隱喻都暗示着一種歷史過程，一種價值判斷，一種不可變更的世界法則。羅蘭·巴特認為，馬克思主義式的寫作到了斯大林時期表現出更為徹底的特性，形成一種斯大林型的政治式寫作，他描述了這種寫作方式：

> 在斯大林世界中，區分善與惡的定義一直支配着一切語言，沒有任何字詞是不具有價值的，寫作最終具有着縮減某一過程的功能。在命令與判斷之間不再有任何延擱，於是語言的封閉性趨於極端，最終一種價值被表達出來以作為另一種價值的說明。……這是一種不折不扣的套套邏輯，是斯大林式寫作中常用的方法。實際上這種寫作不再着眼於提出一種馬克思主義的事實說明或一種革命的行為理由，而是以其被評判的形式來表達一種事實，這就是強加於讀者一種譴責性的直接讀解。[1]

中國式的政治式寫作，在開始階段，是一種純粹的馬克思主義的政治式寫作。這是許多左翼文學作

1 李幼蒸的中譯本《寫作的零度：結構主義文學理論文選》，第九一頁，台北：久大桂冠圖書公司，一九九一年版。

品的寫作方式。但是，發展到一九四二年之後，特別是抗日戰爭勝利之後，情況又有很大的變化。這個時期的政治式寫作，是斯大林式的寫作與法國革命式寫作的混合，或者說，根本無法劃清這兩種政治式寫作的界線。政治性寫作從二、三十年代就開始了，茅盾的《春蠶》和《子夜》就是典型的以「主義」為創作框架、以文學轉達意識形態的政治式寫作。到了一九四九年之後，這種政治式寫作走向極端，其極端性，一是在內涵上從轉達「主義」走向流血祭禮，二是在審美形式中出現兩大現象：

（1）全面以政治話語取代文學話語；

（2）全面以集體經驗語言取代個性經驗語言。

也就是說，文學自性從文學的基本點上即語言上喪失。作家詩人沒有自己的語言，主體只有「我們」，沒有我。這個「我們」，是階級，是集團。作家只是階級的代言人，集團的代言人。「吾喪我」，莊子的思想在這裏表現為另一個意思：文學喪失了全部自性。

自性的再生與新的困境

經歷了自性毀滅的時代之後，隨着文化大革命的結束，大陸的文學自性經歷了一個重新覺醒即回歸與再生的時代。

所謂回歸與再生便是恢復文學自性語言和恢復個性經驗語言，這是近三十年來大陸文學回歸文學自性所走的第一步。這一步使大陸文學重新贏得了尊嚴，也贏得了成就。使大陸的當代文學出現了一群富有靈魂活力的作家。其活力的主要表現是他們嘗試各種文體的寫作。如果說，五四是一場用白話文取代文言文的語言試驗。那麼，八十年代之後的作家，所進行的則是用多種文體取代單一寫作文體的試驗。整個文學發展的態勢很好，中國現代文學進入了五四之後的第二個輝煌期。可是，現在又面臨着新的困境。這就是面臨着新的覆蓋一切的市場的潮流，也可以說是鋪天蓋地的俗氣潮流。如果說，二十世紀文學遭遇到的是政治壟斷一切包括壟斷文學的異己（反自性），那麼，二十一世紀遭遇到的則是市場壟斷一切包括壟斷文學的力量。原先主宰作家的政治意識形態潮流尚未完全消失，現在又增加了一個新的主宰——商業潮流，因此，作家陷入「一僕二主」的境地。在這種歷史語境中，文學可能再次喪失自性的危險。

面對現實的困境，現在沒有任何現成的理念可以支持文學和幫助文學。這個時代沒有思想，西方左翼思想者走不出泛馬克思主義的老框架（以批判資本主義、社會進步、烏托邦等為核心觀念），右翼思想者提不出新鮮的思想。因此思想空前貧乏，人類只知石油短缺，不知思想已發生嚴重貧血症。思想家幫不了忙，上帝也幫不了忙。人類社會已從冷戰時代進入經濟戰時代，生存競爭進入空前激烈的新形態，用史學家黃仁宇先生的話說，這是從意識形態的時代進入數字管理的時代。現在世界已變成一部金錢開動的機器，人類的神經全被銀行上的數字所抓住。英國的俄裔思想家以賽亞·柏林曾引用另一位哲學家的話說：「上帝是藝術家，不是數學家。」在數學的時代裏，上帝沒有位置，連自身都難以保障，更無法顧及詩人。文學唯一的出路，便是自救，自己為自己開闢道路。

文學的自救

如何自救？這是作家詩人的真問題。在商業潮流下，文學只有兩種出路，一種是迎合潮流，把文學當作文化產品和文化消費品；另一種是抗拒潮流，堅守文學自己的獨立品格，保持對文學的忠誠信仰，創造文學的精品、誠品。真正的作家詩人只能選擇後者。而要選擇後者，就得從潮流中跳出來，也就是從市場的「局」中跳出來，當「局外人」。用《紅樓夢》的語言表述，就是當「檻外人」。在當下的歷史場合中，選擇「檻外人」、「局外人」的角色，拒絕充當「風氣中人」（錢鍾書語）與潮流中人，正是文學的自救之路。

要從潮流的局外跳出，必須建構一種潮流中的孤島，一種只屬於自己的精神園地，這就是「象牙之塔」。二十世紀中國文學界的一大現象是象牙之塔的毀滅，這也是文學自性毀滅的另一種表象。二十世紀二十年代，魯迅先生翻譯了日本的文學理論家廚川白村的兩部著作：《苦悶的象徵》與《走出象牙之塔》。魯迅先生的寫作年代正是革命文學與左翼文學勃興的年代，當時的中國苦難深重，民不聊生，有良心的作家紛紛走出象牙之塔去擁抱社會，這是值得讚頌的。但是這之後形成了一種偏執性理念，以為「象牙之塔」就是要不得的罪惡之所，從此作家也失去了在象牙之塔中進入深邃精神生活的自由。然而，近一個世紀的實踐證明，惟有在象牙之塔中，作家詩人才可能進入沉浸沉思狀態，才可能進入面壁潛心寫作狀態。今天，歷史語境已經改變，作家面臨的不是國家的危亡與相應的社會責任重擔，而是無所不在的商業市場潮流。在這種潮流面前，作家詩人面臨的危險是喪失自身，喪失真我，充當市場的人質。因此，我們應當及時地提出「重構象牙之塔」的理念。相應地，我們應當充份尊重作家隱逸的自由，逍遙的自由，即不參與社會的自由，不干預生活的自由。

在五四新文化運動之前，作家詩人生活在象牙之塔之中是極為正常的。閱讀《紅樓夢》，就知道賈府的詩人們共同構築了一個名為「大觀園」的象牙之塔，這個大觀園是曹雪芹的理想國，與大觀園外的世俗世界不同，可說是「一府二治」。在此理想國即象牙之塔中，有結社自由，有言論自由，詩人們彼此放下世俗的嫉妒、傲慢、偏見等各種負面生命機能，只沉浸於詩的境界中。這是站立於慾望世界彼岸的詩意共和國，也是曹雪芹的夢中之國。曹雪芹這一大夢啟迪我們：文學的初衷即文學的本源、本性乃是個人生命的需求，所謂詩可以觀，可以興，可以怨，都是個人需求，它的開始並非國家的事業，官方的事業。曹丕把文學當作「經國之大業」，梁啟超把新小說當作產生新國民、新國家、新社會的歷史槓桿，都誇張了文學的功能。嚴格地說都是一種妄念。我們應當丟掉這種妄念，回到文學只是淨化靈魂的本真角色，確認文學的力量是弱小的，有限的，它只是強大的現實濁流中的一塊淨土，詩人只是淨土中一些通過做夢而守持真我的一群生命存在。

大觀園詩國，作為一種象徵，它又暗示：詩不一定要干預政治，也不必干預社會，干預生活。大觀園的詩，只是見證歷史，見證人性，見證人類的心靈困境與生存困境。而這一點，卻觸動了一個根本觀念問題，也是堵塞文學回歸自身之路最大的理念障礙問題。近一百年來，文學必須干預生活，必須參與改造社會事業，幾乎成了公理。我們回歸文學的自性之路必須面對這一公理提出質疑。首先，必須承認，有些作家願意用文學去擁抱社會是非，干預社會生活，這是無可非議的，但是，這不能成為一種定律。二十世紀中國文學的基本教訓就從這裏發生。新文學作為啟蒙的事業，這是時代的逼迫，但後來變成一種普遍要求，結果導致文學負擔文學之外的各種社會重擔，卻與社會解放事業完全混同起來，結果發生一個「本質先於存在」的反存在主義的命題。也就是把文學的意義（社會責任）看作重於文學本身。即不是為文學而文學，而是為意義（功能、責任）而文學。我們的文學自救，恰恰需要「存在先於本質」這個命題，也就是首先應當為文學而文學，然後再考慮文學可能派生的意義，包括社會關懷。關懷作為意義的一種，它也不能因為關懷的神聖而置於文學本身之上。這就是說，作家詩人首先是考慮自己如何深化對世界與人性的認知和如何提高自己的審美能力、表現能力，然後再考慮作品可能派生出來的關懷功能。惟有確認這一點，文學才有自由。

文學的提升

提出「文學的自救」，雖然必要，但容易被誤認為消極命題。因此，我還想補充另一命題，即「文學的提升」，並想到，當代華文文學具有三種提升的可能。

第一是學養的提升。二十世紀下半葉，中國大陸的當代主流作家，具有豐富的生活經驗，尤其是在戰爭風雲中的直接體驗，但是，他們多半是戰地的記者和通訊員或戰爭年代的報刊編輯，學養不如「五四」時期的主流作家。五四創造主體，或留學歐美，或留學日本，加上家境的詩書淵源，總的來說，學養相對比較高。曹雪芹所以會寫出《紅樓夢》，除了他的藝術天才之外，也得益於他生活的貴族之家從小給予的學養。八十年代中國打開國門之後，新一代的作家非常勤奮，也努力吸收西方的各種新潮與寫作技巧，文化見識有所增進，但學養意識仍不夠強。如果把自己的寫作抱負加以提升，對自己提出更高的期待，仍然會感到學養不足。

第二是趣味的提升。五四新文學運動以白話文取代文言文，打破少數人對文學的壟斷，使多數底層的勞動者擁有享受文學的權利，這是五四的歷史功勳，但是，因為白話文與日常口語沒有太大區別（林琴南說白話文乃是引車賣漿者流語言也是實話），容易掌握，因此，文學的門坎也變低了，人人都可以踏進這一門坎，全民都可當詩人（如在一九五八年的民歌運動中八億人都成詩人）。換種形象的話語表述，文學本是稀有的熊貓，門坎低了之後，文學倒變成遍地皆是的螞蟻。這樣就使文學的趣味降低了。後來，在政治意識形態的控制之下，雅俗顛倒，惟有「下里巴人」方能生存，「陽春白雪」則無立錐之地，文學的趣味更是一落千丈。八十年代後文學趣味雖有所提高，但商業的俗氣潮流又在威脅高雅的趣味。在此歷史語境下，詩人作家強化自己的「趣味意識」，在象牙之塔中，既要耐得住清貧，又要耐得住寂寞，不迎合俗氣的潮流，仍往高級趣味上尋求，並不是一件容易的事。

第三是靈魂質量的提升：這裏所講的靈魂不是西方宗教語系中所講的靈魂，而是體現在作家詩人身心中的本真意識，即作家詩人的真我。在唯利是圖、金錢席捲一切的時代，作家往往會不自覺地追求某種世俗角色，因為世俗角色可以帶來世俗的利益，但世俗的利益一定會削弱作家詩人心靈的力度。文學本來就是心靈的事業而非功利的事業。它與功利有關，但只審視人類的種種功利活動，本身並不謀求功利。為了讓靈魂站立起來，作家有所為有所不為是必要的。筆者一直非常欽佩胡風指出中國作家的一個根本問題，就是靈魂中帶有「精神奴役的創傷」，這是擊中要害的二十世紀最精彩的文學論點。常常銘記這句話，我們的靈魂將會有所提升，在文學自救的路上，也將增添一點清醒的意識。

二零零一年三月十九日於香港城市大學中國文化中心

選自《明報月刊》二零一零年四月

文學研究思維空間的拓展

——近年來我國文學研究的若干發展動態

我的這篇文章，談的是近年來我國文學研究領域中新出現的一些比較重要的發展動態，主要是從方法論發展趨向的角度來談，也涉及到一些文學觀念的變遷。

由於黨的十一屆三中全會以來思想解放運動的推進和世界科學技術革命浪潮的衝擊，近年來我國的文學研究出現了許多新的氣象，尤其在方法論方面有了更顯著的進展。這種進展的事實，已逼使從事文學研究的人不能不正視，不能不了解。即使決心一輩子堅持社會歷史研究方法的人，也不能不注意一些新的觀念和方法，並對已有的觀念和方法作某種程度的反省和吸收新方法中一部份有益的東西。

新的方法論的介紹和運用，目的在於從更深的層次上理解文學自身各方面的本質特徵，更深刻地揭示文學歷史發展進程，以促進文學創作與文學研究的繁榮。方法論本身並不是目的，但是，新的方法論，新的審視方法可以幫助我們接近真理，改變某些不正確的文學觀念，踏進更多未知的領域。對方法論的興趣，是一種接近真理的熱情表現。只有對文學研究事業抱着真誠的熱忱，才有責任感去熟悉新的方法論，而不會滿足於已知的東西。愛因斯坦曾說：「只要存在着這些（理論）目標，科學方法就提供了實現這些目標的手段。可是它不能提供這些目標本身，科學方法本身不會引我們到那裏去的。要是沒有追求清晰理解的熱忱，甚至根本就不會產生科學方法。」[1]

近年來我國文學研究儘管還有不盡如人意的情況，但是，應當承認，這個領域現在比解放後任何時候都更富有生氣，而最明顯的特點是在研究工作中，積極性的思維方式已佔主導地位，並正在進一步地代替消極性思維。所謂積極性思維，包括三個含意：（1）文學研究的方式是建設性的，而不是破壞性的。（2）即使是帶批判性的文章，也注意正面的理論建樹。（3）文風上是科學的、積極的，出發點是為了繁榮社會主義文學創作和文學研究事業的。總之，不是「破」字當頭，而是「建設」當頭。

過去我國思想文化領域裏，有一種很不好的現象，就是積極性思維的命運極壞。凡是正面建樹的東西，幾乎都在不同的歷史時期裏遭到批判，被扣上各種帽子。而從事粗暴的，簡單化的，非科學的批判，卻被誤認為是馬克思主義。這樣，就逐漸形成一種新的極壞的文化性格，這種性格就是拒絕艱苦的精神勞動，蔑視積極性思維，而走一種破字當頭的捷徑，拿着幾個現成的公式和教條，去尋找積極性思維成果中的某些隙縫，然後給予整體性的爆破。這種「爆破手」，不是用腦子生活，而是用鼻子生活，即靠鼻子感知政治氣候而生活。這種極壞的文化性格是「左」傾文化政策的產物，它幾乎要造成我國文藝科學的崩潰。這種文化性格在我們這一代人中產生過深刻的影響，其某些惡性元素也或多或少地積澱在我們的思維結構之中，我們如果不注意排除，往往就會重新表現出這種性格的某些方面。蔑視積極性思維，這是我國當代社會生活中一種不幸的、病態的精神現象，很值得研究。但是，近年來卻出現一種非常好的情況，這就是大群的文學研究工作者正在改變這種文化性格，拋棄那種爆破式的所謂研究和評

1《關於理論物理學基礎的考查》，見《愛因斯坦文集》，第一卷，第三九四頁，商務印書館出版。

論，認真、踏實地進行積極性思維。他們已把研究的重心放在正面的建設上，或者寫文學史，或者研究文學史上的某個片段，某個作家，或構築一種理論系統，或運用一項新的方法去解釋複雜的文學現象，他們都立足於建設，即使在研究中對許多已有的觀念和方法提出質疑和挑戰，也表現出另一種積極的文化性格：（1）他們以積極的建設為目的，不是以爆破為目的；（2）他們對傳統觀念提出挑戰，但這是在尊重傳統的前提下進行的，他們對傳統的東西採取揚棄的態度，在傳統與革新之間保持一種必要的張力，而不是動不動就「徹底決裂」。近年來，一些中青年的理論工作者在探討新的方法論中就表現出這種性格。有的同志擔心，出現新的方法論，就會否認過去的文化成果，這是不必要的。

近年來文學研究方法表現出來的趨向，我覺得，除了從破到立這個總趨向之外，還有四個趨向是很引人注目的：

（一）由外到內，即由着重考察文學的外部規律向深入研究文學的內在規律轉移。我們過去的文學研究，主要側重於外部規律，即文學與經濟基礎以及上層建築中其他意識形態之間的關係，例如文學與政治的關係，文學與社會生活的關係，世界觀與創作方法的關係等，近年來研究的重心已轉移到內部規律，即研究文學本身的審美特點，文學內部各要素的相互聯繫，文學各種門類自身的結構方式和運動規律等等，總之，是回復到自身。

（二）由一到多，即由單一的、單純從哲學的認識論或政治的階級論角度來觀察文學現象轉變為從美學，心理學、倫理學，人類學、精神現象學等多種角度來觀察文學，把文學作品看作複雜的，豐富的人生整體展示，這樣，就用有機整體觀念代替了機械整體觀念，用多向的，多維聯繫的思維方法代替單向的，線性因果關係的思維方法。例如我們對文藝本質的看法，過去就單純地從認識論和政治的角度來看，把文學看成是社會生活的反映，這當然沒有錯，但是，過去僅僅允許用這個角度來規定文學的本質，這就不夠全面。事實上，對文學本質的規定，還可從其他角度，例如，從哲學角度來看，可以說，文學是克服異化，使人性暫時獲得復歸的一種手段；從價值學來看，可以說，文學是人的選擇和人格的詩化表現；從心理學來看，可以說，文學是苦悶和歡樂的象徵，是人的內心感情活動的昇華；從歷史學的角度來看，在特定時代環境中，也可以說，它是階級鬥爭的工具（這只是暫時的）；從審美的角度看，它是有缺陷的世界中的一種理想之光。

（三）由微觀分析到宏觀綜合，即由孤立地就一個作品，一個作家或一個命題進行思考、分析轉變為從聯繫的，整體的觀點進行系統的宏觀綜合，從而使文學研究在研究作家作品的堅實基礎上，又超越一般的作家作品論（見下文詳述）。

（四）由封閉體系到開放體系，所謂開放體系包括兩層意思，一是不斷吸收外來的文論的養料，尤其是當代西方文論的精華；二是不斷吸收文學之外的其他學科的養料，包括自然科學的思維成果，以豐富自己的內容和改造自己的形式。

這四種趨向表現出文藝研究工作者的思維空間在不斷拓展，並逐步形成四種更可貴的眼光，即更深邃的眼光，更辯證的眼光，更廣闊的眼光，更開放的眼光。

反映這四種趨向有很多具體表現，而較突出的有七個方面：

第一，文藝美學的發展使文藝研究從外部向內部掘進。這方面值得提出的有下列幾項：

首先，是關於藝術審美特徵的研究。要注意文學藝術自身的規律，就應該探討藝術的審美特徵。這個問題在開展「形象思維」的討論中獲得了深入，而最值得注意的、也引起了爭論的是李澤厚在《文學評論》上發表的《形象思維再續談》，在這篇論文中，李澤厚提出三個重要觀點：第一，藝術不只是認識，不只是反映。他認為，藝術包含有思維——理解的因素，但不能歸結為等同於思維。作為創作過程的形象思維，就是藝術想像，它是一個包含着想像、情感、理解、感知等多種心理因素、心理機能的有機綜合體。美學本身包括美的哲學、審美心理學、藝術社會學三個方面，美的哲學部份與認識論當然有關，例如美感認識問題等等，但整個美學卻不能僅僅用哲學認識來替代文藝心理學的研究。第二，藝術創造的基本特徵在於它的情感性，藝術創作的過程是遵循「情感邏輯」的發展過程（以情感為中介，本質化與個性化同時進行）。情感性重於形象性，情感是貫穿在創作過程中的一個潛伏而重要的中介環節。這個見解的提出，對於作家把握文學的本質，促進文藝創作開拓人的內心世界，具有很重要的意義。第三，創作中的非自覺性：藝術創作過程中充滿着種種靈感、直覺等非自覺性現象。但這些現象有一個基礎，是作家藝術家在日常生活中積累了大量的經驗，資料，有過許許多多感受和思維，其中包括了大量的日常邏輯思維甚至是理論研究，以它們（自覺性的意識和邏輯思維）為基礎，在藝術創作中才可能出現非自覺現象。李澤厚認為，這樣說可以有兩方面的意義。一是消極意義，即可以和現代資產階級各種直覺主義，反理性主義劃清界線；二是積極意義，肯定了「基礎」之後，形象思維自身的規律和相對的獨立性更明顯了。李澤厚提出非自覺性問題，並不是否認創作的目的和作家的社會責任感，只是正視文藝創作活動的一種非常重要的特性，正視這種特性，對於文藝創作擺脫概念化，對於作家在創作中進入自由狀態，都是極為重要的。以後，他又進一步提出，審美不是一個認識問題，也不僅是情感的表現，而是對人的心靈的塑造，對人的情感的塑造，也就是使人的生理性情感變成審美情感，即建立人的情感形式。他認為，對人的情感的塑造或陶冶，就是感情的人化，這是人化自然的另一方面。人化自然有兩方面，一方面是外在自然，即山河大地的「人化」，這是指人類通過勞動直接或間接改造自然的整個歷史成果，另一方面是內在自然的人化，這是指人本身的情感、需要、感知以至器官的人化，也就是人性的塑造。李澤厚這種觀念，使我們了解，文學欣賞活動不是被動的，不是消極地反映審美對象，而是包含着審美再創造和心靈的再創造，即情感形式的再創造。這對我們了解文學欣賞乃至文學批評的本質都是很有益的。

文藝美學的發展還有一個重要動向，是新的美學觀念的引進。近年來，結構主義美學，文藝符號學，審美價值學，接受美學等相繼傳入，確實開闊了文藝研究的視野。僅以接受美學來說，雖然介紹的文章不多，而且還沒有把接受美學的系統理論引入，但是張隆溪，張黎等的介紹文章[1]相當清楚地描繪了接受美學發展的主要輪廓和基本面貌。他們告訴我們，接受美學的理論基礎是新的闡釋學。新闡釋學的奠基者羅曼．英伽頓（波蘭哲學家）認為，文學作品的本文只能提供一個多層次的未定點，只有在讀者一面閱讀一面將它具體化時，作品意義才逐漸地表現出來。也就是説，讀者並不是被動地接受作品本文的信息，而是不斷地參與信息的產生過程。新闡釋學後來在德國發展成接受美學，其代表人物是沃爾夫崗．伊塞爾和漢斯．羅伯特。一九六七年漢斯．羅伯特發表了《文學史作為文學科學的挑戰》，接受美學便作為獨立的學派崛起。張黎的文章概括了接受美學的基本內容，這些內容包括：（1）文學作為一個過程，應包括兩個過程：從作者到作品的過程和從作品到讀者的過程，即作

1　張隆溪的《仁者見仁，智者見智》，見《讀書》一九八四年，第三期。張黎的《接受美學》，見《百科知識》一九八四年，第九期。

品的創作過程和作品的接受過程。這個完整的文學過程可稱之為「動力過程」。在這個過程中，作者賦予作品發揮某種功能的潛力，而讀者則實現這種功能。任何功能（教育，認識、美感）都不能由作品自身實現，而必須由讀者在接受過程中實現，實現這些功能的過程，就是作品獲得生命力的過程，是它最後完成的過程。（2）接受過程不是被動的反應環節，而是主動的、具有推動文學創作過程的功能。讀者不僅是實現作品功能潛力的主體，而且也是推動新的文學創作的動力。（3）文學閱讀活動（文學的接受活動），一方面受作品性質的制約，另一方面又受讀者的制約。讀者閱讀一部作品時，他是作品的駕馭者。閱讀的過程，是一個再創造的過程，但同時也是讀者變革自身的過程。因此，他實現作品的過程，也就是受作品潛在功能影響的過程。（4）接受形態包括個人接受和社會接受兩個大類，首先是社會接受，這裏指作品到讀者個人之前，已取得社會的某種佔有形式，即經過編輯、出版、書店這些中介進行篩選，宣傳，評價，然後才轉入個人接受。個人接受又有獨特的方式，它取決於接受者個人的心理，文化素養，閱歷等多種因素，作品在個人身上發生影響，而個人影響又會轉化為社會影響。

儘管我們還不能詳盡地了解接受美學的整個體系，但從這些主要觀念，我們就可以得到這樣一些啟發：（1）接受美學打開了文學過程和文學史研究新的一維空間，從而使研究的二維空間發展成三維空間，以往文學史研究的空間只有二維，即作家與作品，現在則多了一維，讀者。（2）接受美學使我們了解到藝術接受者也兼有藝術創造者的身份。以往我們雖然也注意到社會效果，注意作品在讀者中的影響，但是，沒有把讀者提高到參與文學再創造和自身再創造的地位。也就是說，讀者在接受過程中也有藝術發現，他們可能發現一些作家自身並未意識到的東西。每個讀者都有自己心目中的阿Q和哈姆雷特，他們所描述的阿Q與哈姆雷特的形象內涵可能是魯迅和莎士比亞未曾料到的。在這個意義上，讀者也是文學的動力，他們不僅被作品所創造，而且也是在創造作家和發展着作品。而對批評家來說，接受美學自然要對他們提出更高的要求，這就是不僅要求批評家具備描述和判斷的本領，而且必須具備發現和創造的本領。接受美學將使批評家意識到自己負有審美再創造和自身再創造的雙重使命，從而更自覺地進入參與藝術創造的更高境界。（3）接受美學將喚起作家的「深邃意識」，即逼使作家不能不考慮自己的作品不可過於膚淺顯露，而應當盡可能地留給藝術接受者補充、想像的餘地和審美再創造的廣闊思維空間，這樣，就提高了文學的素質。總之，可以預料，接受美學將會引起許多人的興趣和思考。近年來探討較多的文藝美學問題還有藝術形式美和藝術辯證法的問題。審美和形式感以及藝術的形式美的問題，是對文藝創造實踐具有影響的美學基本理論問題之一。這個問題的重新探討，說明我國文藝研究已不是那麼簡單化了，已不是宣佈一下「內容決定形式」就草草了事了。關於形式美的探討主要包括下列幾個方面；（1）形式美的本質；（2）形式美有沒有獨立的審美價值；（3）形式美作為一種抽象的美，它與具體物象的關係；（4）內形式（事物內在各要素的組織、結構方式）與外形式（事物內容及內形式的外部物化形態，如聲、色、形等）的關係；（5）形式美引起人們美感的內在機制（一般都從社會學和心理學的角度來加以解釋，用心理學角度解釋時不少同志都討論了格式塔派心理學家提出過的「同形論」原理，這個學派的創始人韋特墨指出，人們在看到不同的形狀或模式時，就會立即在知覺中產生一種結構，當這種知覺結構和客觀事物的一定形式，反覆作用於人的知覺，從而使人們在大腦中形成客體的物質結構形式與主體的知覺結構的鞏固聯繫，這就產生了獨立的形式感。人們正是通過形式感去掌握形式美）；（6）如何使純形式變成為有意味的形式，上述幾個方面，在王長俊的《試論形式美》[1]的論文中講得比較清楚。王長俊認為，研究形式美主要是探討使形式美的意味更加動人，即探討如何使形式發揮更大的牽引作用，組織作用、熏染作用。探討形式美較有份量的文章還有虞頻頻所作的《藝術形式美規律淺談》[2]、《論藝術形式美的價值》[3]和張本楠的《形式美和形式主義》[4]等。張本楠在自己的論文中歸納了人們所公認的一系列形式美的原理，即「有機統一」原理，複雜多樣原理，主題原理，主題變化後的交替、倒轉原理，平衡原理，演進原理，主次原理，節奏原理等。

關於形式美的探討，從歷史上應追溯到十九世紀初。當時的畫家羅傑·弗賴伊提出「表現的形式基礎」學說，認為藝術的創作和欣賞主要着眼於形式。他宣告，審美的情感乃是一種關於形式的情感。前人所遺留下來的藝術珍品，全是以形式結構為主的作品。克萊爾·貝爾的觀點與弗賴伊大同小異。他認為藝術的本質是一種「有意味的形式」，即以線條和色彩組合成的一種獨特的方式引起我們的美感。貝爾說，除此以外，其他要素，如寫實和敘事要素，均與繪畫無關。貝爾這種觀念引起人們對藝術形式美獨立價值的重視，但也往往導致形式主義。因此，如何看待「有意味的形式」，就成為美學上探討的一個重要課題，特別是我們這個時代，如何正確對待現代派的抽象藝術，就不能不涉及到形式美的觀念。一些現代派藝術，如畢加索的畫，看起來抽象，但它所包含的意義卻比一些寫實的具體形象更廣闊，更有力，它把具象再現變成抽象表現，表達的內容並不是弱化和簡單化，反而是強化和複雜化，這種現象

1 《南京師範大學學報》，一九八四年，第一期。
2 《復旦大學學報》，一九八二年，第二期。
3 同上，第五期。
4 《文藝研究》，一九八三年，第六期。

怎樣解釋呢？關於這個問題，李澤厚在《美的歷程》中和其他一些美學論文中，用他創造的「歷史積澱」說作了解釋。他認為，藝術由再現（模擬）到表現（抽象化），由寫實到符號化，正是一個由內容到形式的積澱過程，也正是美作為「有意味的形式」的原始形成過程。因此，那些似乎是純形式的幾何線條，實際是從寫實的形象演化而來的。其內容（意義）已積澱（溶化）在其中，於是，才不同於一般的形式，線條，而成為「有意味的形式」。也正由於對它的感受有特定的觀念，想像的積澱（溶化），才不同於一般的感情、感性、感受，而成為特定的「審美感情」。但是，隨着時代的遷移，歷史條件的變化，這種原來的「有意味的形式」就會因其重複和大量仿製而日益成為失去這種意味的形式，日益成為規範化了的一般形式美。原來頗有深刻含義的「有意味的形式」日益變成裝飾品，人們已經不管它有甚麼含義，甚麼「本質」內容，好像就是為了好看，為了裝飾。人們對它的感受已變成一般的形式感了。但是，當藝術變成一種純審美或純粹的形式美的時候，藝術本身就會走向衰亡。這時藝術就要擺脫這種狀況而要求注入新的、具體的，明確的內容，又走向再現或表現。因此，整個藝術史就形成這樣一種「二律背反」運動：一方面藝術引向純粹形式美，純粹審美，藝術日益等同於審美，而審美又日益變成裝飾。另一方面，藝術又突破純粹形式，否定純粹審美，反對裝飾，要求具有非審美的，社會的（宗教、倫理、政治等等）具體內容，這種矛盾運動有着各種複雜的呈現形態，從而出現形形色色的文藝作品、流派和思潮，此起彼伏，但比較起來，最偉大的藝術多半還是以內容取勝。形式美作為一般美學理論的探討正在推動各種文學藝術門類獨特形式的探討，例如戲劇形式，音樂形式，電影形式，詩歌形式等，可以肯定，形式美的探討還將進一步深入。

第二，文藝研究的心理學方法引起重視。

文藝心理學是用心理學的觀點、方法研究文藝創作和文藝欣賞的一種學科。它使心理學滲透到文藝創作和欣賞的研究中，並使這種研究不斷地向人的內心世界深入。

文藝心理學與文藝社會學的角度不同，文藝社會學是從外部研究文藝的創作和欣賞，它的主要角度是文藝與社會的關係。但文藝社會學也有它的局限，它往往不能探幽發微，揭示其文學的底蘊。至於庸俗社會學，那就是另一回事，它根本談不上研究。

用心理學觀點研究文藝，其重心是研究文藝創作和欣賞過程中的感情活動，心理活動的特點，規律、屬性。

我國文藝心理學的研究是比較薄弱的。解放前唯一的一本文藝心理學著作就是朱光潛先生的《文藝心理學》（另一本《悲劇心理學》是朱先生用英文寫作的，直到一九八三年才由張隆溪翻譯成中文，由人民文學出版社出版）。朱光潛先生的著作是我國文藝心理學的奠基石。它使我國一部份知識分子，特別是文藝界的知識分子，初步了解從心理學的角度研究文學藝術是一個廣闊的天地，這是一件應當紀念的學術貢獻。但是，今天看來，有一點可惋惜的，是朱光潛先生未能把自己的《文藝心理學》與他的另一本《變態心理學》聯繫在一起。他的這兩部寶貴的心理學專著好像井水不犯河水似的，自成一個世界，不相往來。這就是說，他還不能把變態心理學引入文藝心理學，進一步考察文學創作與文學欣賞中的一個根本問題——變態心理問題。因此，今天讀起來，總是渴望着去請教朱光潛先生，以傾聽他的見解。朱光潛先生在《變態心理學》的《自序》中說，「變態心理學科至今還沒有一部專書討論，這是一件很奇怪的事，因為就目前學術狀況看來，許多科學和技藝離開變態心理學都不免是一大缺陷。」我們同樣可以說，文藝心理學離開變態心理學也是一個缺陷。

解放後，我國的文學研究基本上完全排除文藝心理學的研究，近年才開始出現生機，但距朱先生的《文藝心理學》已近半個世紀（《文藝心理學》於一九三六年問世）。這個生機的標誌是我國一些重要刊物和出版社開始發表研究文藝心理學的論文和著作，如《讀書》、《中國社會科學》、《上海文學》、《文藝研究》、《文藝理論研究》等，還有以專著形式出現的研究成果，如呂俊華的《論阿Q精神勝利法的哲理內涵與心理內涵》，金開誠的《文藝心理學論稿》，魯樞元的關於心理學的系列論文。有些刊物和出版社還翻譯介紹了文藝心理學的一些文章和著作，較多的是弗洛伊德學派的文章，其他著作很少，我看到一本蘇聯瓦廖科夫所作《文藝創作心理學》，大約因為寫成較早，基本上還是文藝社會學，實際上是反映論，不是心理學，這本書把文學看成是一種認識，還沒有真正進入文藝心理學的境界。

金開誠的《文藝心理學論稿》是解放後第一部以專著形式出現的文藝心理學，在我國特殊的歷史條件下，能有文藝心理學專著出現，這本身就是一種開拓，一種進步。它使文藝心理學進一步受到社會（特別是青年）的注目。但是，這本書主要還是用普通心理學觀點研究文藝的，它強調文藝創作應當是「自覺表象運動」。所謂自覺的表象運動，就是理智所支配所控制的心理活動。由於過於強調自覺性，強調情感服從理智，因此，就忽略了情感性。另外，對於文藝心理學中較複雜的問題，例如潛意識的問題，還來不及更深入的研究，也使人感到不滿足。

解放後我們的一些文學批評文章過份強調「理」，貶低情，有的同志還認為應當「通情達理」，把理智看成文學的最高本體，這恐怕是值得商榷的。其實，文學主要在於情感性。而情感往往是心理變態，從某些意義上說，情感是變態心理的領域，感情到了最深摯的時候，就要發生變態，就要用幻想代替現實，醜八怪也變成了天使，「情人眼裏出西施」正是這個意思。人苦惱到極點，就會出現「對牛彈琴」，契訶夫的小說《苦惱》中講的就是因失去兒子而寂寞到極點的馬車夫對他的馬訴說苦惱的故事。這是心理變態，但在感情極其苦惱時，發生這種事正是常態。情感往往表現出一種超理智，一種「一廂情願」的極端，變態心理學的優越性在於正視這些特點，它強調理智要尊重感情，服從感情，認為情感本身就是有理可循的，它不需要外在強加的理。因此，文藝心理學研究的深入，不能不引進變態心理學。

值得我們高興的是，一些從事文藝心理學研究的學者，已經開始注意把變態心理學與文藝心理學結合起來，注意從變態心理的角度去解釋文學藝術現象。我在《讀書》雜誌上推薦呂俊華的《阿Q精神勝利法的哲學內涵和心理內涵》，就是覺得他難能可貴地超越了阿Q研究的社會學範疇，而把精神勝利作為一種心理現象，特別是作為一種變態的心理現象來研究。事實上，精神勝利本質上就是一種複雜情感活動，阿Q的精神勝利，所以不是一種觀念的圖解，而是一種個性，就因為它是一種複雜的情感活動。而《內涵》揭示的正是這種複雜感情活動的內涵。阿Q的自尊感，帶有很大的傷感性，它是對自卑心理的一種補償，而他的精神勝利法，又正是變態的反抗，一種憤怒情感變態的表現。呂俊華還發表過《魯迅論創作心理》、《〈傷逝〉別解》等文章，後者用距離說分析兩人情感的消長，說明距離與美感的關係，即有距離才有美感。這篇文章的角度也是很新穎的。

近年來引人注目的，還有魯樞元的一系列文藝心理學研究論文。他在《上海文學》等刊物上發表了一些認真的而且很有特色的文章。例如他發表的論述感情積累和情緒記憶兩篇文章，從大量的文藝現象中把文藝創作概括為感情積累的結晶，並且認為，憑藉身心感受和心靈體驗的情緒記憶是從事創作的重要動力，這是別開生面的文藝理論探討。魯樞元還開始從變態心理的角度解釋文學現象，例如他在《當代文學思潮》中發表的《略論藝術創造中的變形》，就涉及到一些變態心理現象。這篇論文把文藝創作分為感知階段，審美階段，表現階段三個相互聯繫的不同階段。變形則是貫穿於始終的。在感知階段中，作家雖然尚未正式進入藝術創造，但由於感覺器官的差異和局限，可能產生錯覺，由於以往經驗的滲透與干擾（錯覺）；由於遺忘的雕琢與剝蝕，客觀事物一旦進入人的心靈之中，就不可避免地發生「變形」。在審美階段中，移情，通感，想像，幻覺，是人們在審美過程中常見的心理活動形式，而這種活動方式又都是促成藝術變形的重要基因。想像，是在記憶的基礎上對原有表象的改造變更和重新組合，新的表象就是這個改組過程的結果，移情則是把審美主體的情志灌注到審美對象之中，使對象成為一個「人化」了的、情感化了的、審美化了的複合體。詩歌中常常出現的通感現象，則是一種在人們的經驗和習慣的基層上，借助聯想而產生的不同感官之間在心理上的相互溝通，實質上仍是一種幻覺和錯覺；在表現階段也有變形的問題，文藝家的創作意圖和這種意圖的客觀化（表現成作品）是有距離的。由客觀外界事物的自然形態到一個完整的藝術作品的誕生，是一個千變萬化的複雜過程。首先，外物經由人的感官作用於人的大腦，變成一種心理表象，然後滲進文藝家的心血，注入文藝家的情感，化為一種飽含着文藝家審美理想和審美情趣的意象，最後，文藝家憑藉物質材料和一定的表現手法，把它凝聚為可供他人直接觀照的、生動的、具體的藝術形象。這個複雜過程又充滿着變形。藝術的變形有的是作家正常的心理現象，有的是變態的心理反映。魯樞元的文章已認真地研究這些問題。

文藝心理學研究中還出現一些過去未曾涉及的領域，如張德林的《人物意識流動的深層次結構》[1]；成立的《藝術思維的三種結構類型》[2]；趙惠平的《文學作品真實感的心理探索》[3]；胡玉華的《影響文藝批評準確性的若干心理因素》[4]等等，都說明文藝心理學在整個文學研究中的地位在不斷提高。

第三，比較文學研究的蓬勃發展。

比較文學是現代各國文學研究中一個很有生氣的領域。我國一些老學者，如吳宓、錢鍾書、范存忠、陳受頤、朱光潛、朱自清、李廣田、李健吾、季羨林、梁宗岱、李賦寧等，都是我國比較文學研究的開拓者。但是，比較文學研究得到重視和蓬勃發展則是近年來的事。

自古以來，無論中外，用比較的方法研究文學的人早已有之，但它從一種一般性的方法昇華為文學研究領域中的新興學科，卻是在近代的歐洲，這自然是得益於資產階級文化比封建文化有更開放的眼光和視野。可以說，比較文學是伴隨着近代世界性文化的交流而產生的。儘管比較文學在自身的發展中有所謂法國的「影響研究」和美國的「平行研究」等派別之爭，而且至今在學科的範圍、宗旨和定義方面還莫衷一是，但從總的趨勢說，它的誕生和發展對開拓一個民族的文學視野，對促進各國文學的交流是有益的。

1《文藝理論研究》，一九八三年，第二期。
2《學術月刊》，一九八四年，第十期。
3《文藝理論研究》，一九八三年，第二期。
4《當代文藝思潮》，一九八四年，第二期。

我們在講到接受美學時曾說，它使文學過程從作家——作品這樣的二維，發展到作家——作品——讀者這樣的三維，從而擴大了文學研究的思維空間。而比較文學的價值，同樣可以說，它在另一方向上開創了從三維空間觀察文學現象、總結文學規律的新角度。我國古代對文學的考察角度，主要是源流關係的角度，所謂「文承秦漢」、「詩宗盛唐」的看法，就是這種角度的典型，這主要是一種線性思維的方式；近代歷史唯物主義誕生之後，人們開始覺察文學和社會生活的關係的重要。相對於縱的源流關係而言，這是從橫的方向來認識文學，這無疑是文學觀念上的一大進展，從此，文學的線性思維發展成二維的平面思維。而近代比較文學的興起則重在探討各國文學之間的相互關係，這就開拓了文學研究的第三維空間。把這三維統一起來，文學就是立體的了。這是說，文學不僅是歷史源流的發展，也不僅是當代社會生活的反映，同時，它又是同一時間或不同時間各國文學相互作用的產物。從這一角度視之，比較文學研究已經從一般的類比方法昇華為獨特的思維方式並形成了一門新的人文科學的學科。因此，對於比較文學的討論不應當局限於研究範圍方面，而應從思維結構的更高認識層次上來肯定它的科學價值。

近年來在我國興起的比較文學研究，就既有所謂的「影響研究」，也有「平行研究」，不是一個派別所能限制的。比較是為了鑒別，比較文學不只是要找「同中之異」或「異中之同」，而且還要把其他國家和民族的文學作為認識自身文學的一面鏡子，比較文學研究的目的是為了給一個國家和民族提供發展文學的橫向借鑒，而不是為比較而比較。關於比較方法和研究目的之間的關係，黑格爾早就指出過：「試問用甚麼辦法可以比就其與當代其他同類創作間的差別來認識該著作還更確切些呢？但是，如果這樣的行動不被視為僅僅是認識的開始，如果它被視為就是實際的認識，那它實際上就成了躲避事情自身的一種巧計，它外表上裝出一副認真致力於事情自身的樣子，而實際上卻完全不作這樣認真的努力。」[1]

實際上，我國現代早已有人進行不標名目而在實質上正是比較文學的研究，只是近幾年來這種研究更加日見豐碩罷了。在此基礎上，現在有人提出要建立比較文學的中國學派的動議。富有抱負的倡導者們知道，要實現這一目標，只斤斤於方法的篩選是難以奏效的，應該在努力繁榮比較文學研究的基礎上，從更高的認識層次上並用中國學者自己的眼光探討比較文學理論，用以指導具體的研究實踐，爭取研究實踐和理論探討的雙重豐收。

比較文學是一種開放型，交叉型的文學研究，它面對的是兩種以上的文學現象，但其立足點應站在一定的國度上，對我們來說，就是應通過和其他民族文學的對照比較，總結出對發展本國文學有益的經驗教訓。這種比較文學的目的，同那種大民族沙文主義的文學立場是不同的。

對於近年來我國的比較文學研究，我所以要用「蓬勃發展」這個詞來形容，是因為在老學者的倡導下，的確出現了許多熱烈的氣象，比如專門研究學會的成立，研究叢書的出版，大學中比較文學選修課程的開設，比較文學研究學術討論會的召開等等。但總的看來，月前比較文學研究的主要成果還是在老一輩學者手中創造的。其中最傑出的成果自然是錢鍾書先生的《管錐編》，這部巨著從文化人類學、單位觀念史學、語義學、普通系統學、心理學、風格學等多學科、多角度、多門類地進行比較，可謂博大精深，別樹一幟。我的老師鄭朝宗先生在廈門大學中文系培養了從事《管錐編》研究的研究生，進行了認真的探索。由鄭先生主編的《〈管錐編〉研究論文集》（福建人民出版社出版），收了鄭朝宗、何開四、

1 黑格爾：《〈精神現象學〉序言：論科學認識》，見《精神現象學》上卷，第二頁，商務印書館，一九七九年版。

陳子謙、陸文虎、井緒東所寫的非常扎實的論文。陸文虎的《論〈管錐編〉的比較藝術》認為，貫穿於《管錐編》全書的比較方法，其基本功用可分為三個方面：（1）識同，（2）辨異，（3）識同與辨異的辯證功用。而比較方法在此書中的運用有一個基本傾向，是始終把中國古代文化作為基本的比較體，引進外域的東西是為了更深刻地說明和認識我們自己的問題。

錢先生的比較研究，正是這樣多角度、多學科地進行的，因此，它超越了比較文學已有的一般深度和廣度。鄭先生認為，《管錐編》作為一種新的文藝批評，它的「最大特色是突破了各種學術界限，打通了全部文藝領域」，它不是表面性的「比較文學」。所以他說：「從方法論上看，《管錐編》似乎接近於目前國內流行的所謂『比較文學』。其實不然。借用錢先生在書中常說的一句話來評判，這是『貌同心異』，有些屬於『比較文學』範疇的談藝之作，只不過拿一些表面上類似即形似的東西牽強攀附，拉扯成篇，有的甚至擬於不倫，把不相干的東西硬湊在一塊。《管錐編》中無數用以作比的例證，卻是作者數十年探討力索藏之腹笥的珍寶，每逢讀書時發現一個值得注意的意境、手法或語言，作者便自然而然地舉出了中西文學中若干神似而非形似的實例加以補充說明，使讀者相信世界果有共同的詩心，文心。」[1] 鄭先生的用語固然尖刻些，但所鞭撻的現象畢竟是值得注意的，即比較文學不應當牽強比附，而應當從表象比較研究進入深層比較研究，不僅滿足於看到「形似」之處，還應當看到「神似」之處，從而對比較雙方的文心，詩心都洞若觀火，這確實是比較文學應當追求的境界。所以錢先生說，「必須要把作為一門人文學科的比較文學與主觀牽強比附區別開來。只抽取一些表面上有某些相似之處的中外

1 《文藝批評的一種方法》，見《〈管錐編〉研究論文集》，福建人民出版社。

文學作品加以比較，既無理論，又無結論，這樣的『比較文學』是沒有意義的。比較不僅僅在求其同，也在求其異。文學之間的比較應在更大的文化背景中進行。考慮到文學與歷史，哲學，心理學、語言學及其他各門學科的聯繫。」[1]

在近年來新的學術風氣下，有些老學者還把解放前所作的比較文學論文重新出版，我們今天讀起來，還感到十分精彩，例如朱光潛先生最近再版的《詩論》中（三聯書店出版）補入兩篇三十年代寫的文章，其中有一篇就叫做《中西詩在情趣上的比較》。梁宗岱先生在三十年前出版的《詩與真》及《詩與真二集》也再版了。梁先生的詩論文采斐然，學識兼有，有一種獨特的文體。

朱光潛先生《詩論》中的《中西詩在情趣上的比較》一文，給我們的比較文學提供了一個很好的範例。他把西方詩和中國詩的情趣放在中西文化，包括哲學，文學藝術、宗教、倫理等綜合性的廣闊文化背景上，不僅求其共同點、異點，而且精闢地分析了形成異點的原因。朱先生首先找到共同點，指出：「西方詩和中國詩的情趣都集中於幾種普泛的題材，其中最重要者有（1）人倫（2）自然（3）宗教和哲學幾種。」以人倫為例，西方關於人倫的詩大半以戀愛為中心。中國詩言愛情的雖然很多，但是沒有讓愛情把其他人倫抹煞，朋友的交情和君臣的恩誼與之佔同等位置。中國敍人倫的詩，通盤計算，關於朋友交誼的比關於男女戀愛的還要多。在西方詩人中，雖亦以交誼而著名，而他們集中放在友朋樂趣的詩極少。「戀愛詩在中國詩中不如在西方詩中重要，有幾層原因。第一，西方社會表面上雖以國家為基礎，骨子裏卻側重個人主義。愛情在個人生命中最關痛癢，所以盡量發展，以至掩蓋其他人與人的關

1 《讀書》，一九八三年，第十期。

係。說盡一個詩人的戀愛史往往就已說盡他的生命史，在近代尤其如此。中國社會表面上雖以家庭為基礎，骨子裏卻側重兼善主義。文人往往費大半生的光陰於仕宦羈旅，『老妻寄異縣』是常事。他們朝夕所接觸的不是婦女而是同僚與文字友。第二，西方受中世紀騎士風的影響，女子地位較高，教育也比較完善，在學問和情趣上往往可以與男子欣合，在中國得於友朋的樂趣，在西方往往可以得之於婦人女子。中國受儒家思想影響，女子的地位較低。夫婦恩愛常起於倫理觀念，在實際上志同道合的樂趣頗不易得。加以中國社會理想側重功名事業，『隨着四婆裙』在儒家看是一件恥事。第三，東西戀愛觀相差也甚遠。西方人重視戀愛，有『戀愛最上』的標語。中國人重視婚姻而輕視戀愛，……可以說，西方詩人要在戀愛中實現人生，中國詩人往往只求在戀愛中消遣人生。中國詩人腳踏實地，愛情只是愛情，西方詩人比較能高瞻遠矚，愛情之中都有幾分人生哲學和宗教情操。」朱先生還從自然、哲學與宗教方面加以比較。這種比較看似容易，實則艱辛，談的雖是詩的情趣，但由於朱先生對中西廣闊的文化背景瞭如指掌，有淵博的知識的支持，對哲學、倫理、宗教各個學科有廣泛了解的基礎，再加上有很強的分析力與觀察力，因此令人信服，處處給人以啟迪。

雖然比較文學研究要求研究者的各方面條件都較高，但是，現在已有一批中青年學者在老學者帶動下不畏艱辛而走入這一王國。據遠浩一同志統計，從一九七七年至一九八三年國內出版的一百零三種刊物中，就發表了二百八十三篇比較文學研究論文，可見這個領域的興旺情況。

第四，西方文學批評流派和批評方法的引進方興未艾。

近幾年來隨着思想的開放，國外文學批評理論和方法的引進逐漸增多。這種引進使我們自然地產生對比，從而擴大了我們的視野。橫向的對比，使我們初步摸清了文學批評流派的縱向發展軌跡，這有利於我們認識我國文學批評的理論水平和歷史地位。

世界各國的文學研究歷史既有自己的傳統，也有共同的規律。近幾十年來，由於科技、生產和文化的發展，西方文學較大地動搖了歷史傳統，出現了眾多文學流派迅速更替的新勢頭。在此基礎上，文學批評也繁榮起來，它不再只是對文學作品進行解釋和欣賞的附屬手段，而開始發展成一門獨立的學科，文學批評著作也成了一類新的文學形式。這樣，它對文學創作的影響也就愈來愈大。

不同批評流派的更迭是文學研究獨立發展的重要標誌。本世紀以來已出現很多批評模式。近年來我國一些翻譯工作者和研究工作者所介紹的某些批評模式，其實在世界歷史範圍內，有一些已不屬新的東西。但由於這些批評流派在我們批評家往昔的眼中，都只是反面教員，並未真正客觀地引述過，因此，近年來不管三七二十一地先拿來，這也是一種進步。現在不少出版物已陸續地做這種傳播工作，例如，張隆溪在《讀書》上連載的西方文論的述評，就是這種工作突出的例子，這些評述，很值得一讀。為了報道的方便，我以藍仁哲譯的《西方文藝批評的五種模式》（重慶出版社，一九八三年版）為基礎，來傳達這方面的信息。這本書是美國魏伯·司各特編著的。司各特博士在本世紀出現各種各樣的文藝批評模式中選擇了具有代表性和產生極大影響的五種，對其產生的背景、發展輪廓、特點與局限都作了介紹，而且還附有運用這些模式的三篇代表性論文。從司各特的書中，我們可看到本世紀五種主要文學批評流派的基本面貌。下邊我一面介紹，一面談談自己的印象。

（一）道德批評派。這一流派有悠久的歷史淵源，幾乎古代的所有民族都重視文學對人的道德的影響和塑造力量。到本世紀初，西方形成了主張以道德準則評價文學的「新人文主義」派。他們認為文學的責任就是批評人生，文學技巧只是表現道德觀點的手段，他們最注意的是文學在形成人的觀念和態度中的影響作用。道德批評不滿足於文學客觀地反映現實，認為其任務是勸誡人們依從靈魂的「內在準則」。這個流派把文學形式看作道德內容的表現手段的理論，有些像我國古代「文以載道」的觀點，說不上甚麼新創造，只是他們的道德規範是現代資產階級的性質。到三十年代，這個批評流派趨向衰落，但文學研究中的道德準則仍不同程度地影響着後來的新流派。今天，我們可把這派理論看作是對現實主義文學原則的一種調整。

（二）**心理批評派**。弗洛伊德精神分析學說的興起，吸引着人們從心理學的角度來研究和理解文學作品，由此在本世紀二十年代初出現了心理批評的文學研究流派。我國對於這個流派的介紹，很早就開始了。這個流派不同意把人看作環境和自然的奴隸，更側重於文學表現作者心理慾望的作用。如果把心理當做人在社會實踐中的精神反映，那麼，心理批評確能在一定程度上認識文學的價值，所以說，這個流派並非和現實主義與浪漫主義文學思潮完全矛盾。特別是由於文學是人類精神的產品，所以心理批評派所注重的文學研究的三種認識方式也值得我們注意。首先，它側重挖掘作者在作品中蘊含的美感經驗，並注意讀者閱讀文學作品後的情感反映；其次，這個流派重視作者生平和閱歷在作品中的印記，如果不把這一點引向神秘和索引的極端，對理解文學也是有一定意義的；最後，這樣的分析也可以有助於文學作品中虛構人物的分析，不失為揣摩作者塑造人物形象的意圖的一種途徑。關於這個流派，朱狄同志在《當代西方美學》中有一段評說是很好的：「弗洛伊德在對藝術做出解釋之時，他基本的立足點卻是從消極方面着眼的。他認為藝術不過是一種本能的衝動，從一種不敢加以承認的狀態轉換為一種社會性的、容易為人們所接受的、能使人產生出愉悅感的審美客體。在所謂『昇華』的概念中，他雖然告訴人們說在藝術的創造過程中，一種生物學意義上的本能衝動已開始偏離了原來的軌道，但對這一轉換過程本身以及在這種轉換過程中究竟發生了甚麼，他卻幾乎沒有說甚麼。」[1] 看到弗洛伊德藝術觀的長處，也較準確地看到他的局限，這正是我國美學界與文學研究界的走向成熟的表現。

（三）社會批評派。近代社會批評可以丹納為濫觴，到馬克思主義確立後，社會批評派有了更堅實的哲學基礎。文學藝術和社會價值的聯繫是不可否認的，對於現實主義文學原則來說，更是如此。到三十年代，隨着人們對資本主義社會危機的關注，社會批評的文學研究流派有了顯著的發展，其中主要表現在東西方的馬克思主義者方面。這種批評以是否真實地反映社會現實作為文學批評的標準。但是當時有些人把這種社會批評理解得過份狹窄，不承認文學和社會的關係是複雜的，他們往往注意了批評的深度，卻忽視了文學的廣泛意義，因此後來出現了簡單化的傾向。應該說，文學和社會是相互作用的，文學既是社會之果，也是社會之因，只承認前一個關係，是片面的認識。司各特客觀地指出：「只要文學保持着與社會的聯繫——永遠會如此——社會批評無論具有特定的理論與否，都將是文藝批評中的一支活躍的力量。」[2] 我想，這種說法是正確的。

（四）形式主義派。繼社會批評派之後影響較大的是形式主義的文學批評，這個流派在西方被稱為「新批評派」。它不把文學藝術作為社會生活和作者心理的被動反映，強調文學作品產生之後的獨立價值。所以形式主義宣稱藝術不是其他對象的附屬品，它就是它自身。他們把研究的着重點放在作品自身的美學結構（關係）上，特別注意文學語言在整個作品結構中的具體意義，而避開一切外在的個人或社

1 《當代西方美學》，第二八頁，人民出版社，一九八四年版。
2 藍仁哲譯：《西方文藝批評的五種模式》，第六六頁，重慶出版社，一九八三年版。

會的情況，道德的含義關係。這派人很注意作品的語言意義的闡述，面對語義的闡述又緊緊扣住作品的篇章結構。這樣，就形成了他們字斟句酌地仔細閱讀本文的特點，並且力求找出每個作者的構思規律和基本表達方式。這派過於偏重形式，顯得精細有餘而宏觀不足。而且由於強調文學語言在某一作品中的具體含義，後來導致了過份地主張作品闡述的不確定性。

（五）原型批評派。這個流派在近年來引起人們的較大注意，又叫圖騰或神話的批評，是心理學家榮格關於「民族心理積澱」理論在文學研究中的應用。榮格雖然同弗洛伊德一樣注意文學表現及慾望的作用，但他更強調文學是整個民族慾望和心理的表現，不認為作品是作者心理的有意表現，而認為是全民族心理傳統的不自覺流露。榮格用「集體無意識」這個新概念去解釋文學現象。他認為，真正的無意識的概念是史前的產物，它產生於人類沒有文字記載的情況下、沒有被寫下來的歷史之中，是一個與人類整個歷史同樣古老的概念。因此，在文學藝術作品中，創造性想像的源泉並不能在作家個人的無意識中發現，而只能在原始的無意識的神話中發現。他們所說的「原型」就是「集體無意識」原型，是指全民族的觀念和感情在長期歷史過程裏形成的一種類型或模式，這種類型的特徵被人們無意識地理解和傳遞着，不經過更高方位的考察是難以辨明的。「原型」正是藝術生命偉大的原動力。每個時代的每一部文學作品都是這種「原型」的具體反映。原型一旦在一些藝術作品中出現，我們的心靈就會得到一種奇妙的解脱。這種文學研究表現出較寬闊的視野和對民族精神的自覺分析，提醒文學批評家考察文學時注意它與原始神話相聯繫，更重視人性中的一切原始因素，但是，這種批評方法也往往顯得大而無當或過於牽強。

這幾種文學研究流派或模式，都有自己產生和發展的歷史條件和文化背景。它們都有觀察文學現象的獨特角度，因此都可闡發文學的一部份價值。籠統地否認任何一種模式，對它們採取虛無主義的態度是比較容易的，但這無益於我們自身文化事業的發展，當然，也不能把某一種流派的方法絕對化而偏執一端。正確的態度應該是吸收歷史上各種文學批評模式的有益方法，形成我們自己的更為有效的批評模式。就以原型批評模式來說，李澤厚同志就淘汰了這一學說的神秘性質，吸收其中的思想精華，建立自己的「歷史積澱」說，從而對原始藝術「有意味的形式」，對美的歷程都作了許多新穎的解釋。我想，我們同樣也可打破這一學說的「史前」界限，吸收它勇於「追溯」原型的思維方式，在考察當代文學現象時注意考察它們的基本母題，然後往上追溯，尋找這種基本母題在我國文學史上的演變，之後，又回復到當代文學現象自身，從而更深地看到這種現象的時代特點，它與已往同一母題的作品有何相同點、相異點等，這種追溯可能也會造成文學研究思維空間的擴大。例如，當代文學中出現了《愛，是不能忘記的》這一小說的基本母題，它反映我國當代社會生活中的一種心理現象，即愛而不得所愛，但又不能忘其所愛的悲哀。這種基本母題，在我國文學史上不斷以新的形式重複出現。我們如果由近而遠加以追溯，就會發現，在現代文學中，魯迅的《傷逝》表現的正是這種母題：涓生與子君相愛，但由於這種愛無所附麗和相愛者自身的性格缺陷，結果愛被瓦解，子君憂鬱而死。而涓生又不能忘記這種愛，於是，便形成《傷逝》中涓生痛苦的內心大獨白。又如巴金《家》中的梅，她愛覺新，但又不得所愛，儘管覺新已結婚了，但他們倆人仍然不能忘其所愛，於是也形成梅的悲劇。郁達夫的《沉淪》與《遲桂花》也是「愛而不得所愛」的苦悶與昇華。再往上追溯，《紅樓夢》中的賈寶玉與林黛玉，也是在封建專制下，不能得其所愛，但至死也不能忘其所愛，從而形成他們的令人傷心的死亡與出走。再往上追溯，我們還可以從陸游的《釵頭鳳》詞中聽到「錯錯錯」，「莫莫莫」的懺悔與悲嘆，這不正是陸游不能忘記他的所愛嗎？而《孔雀東南飛》，則是表現焦仲卿不能忘記劉蘭芝這位賢良前妻的悲劇。我們還可以一直追溯到《詩經》中的許多名篇，如《將仲子》中的那個寂寞的女子，因為「人之多言，亦可畏也」，不敢愛其所愛，從而發出「仲可懷也」而「豈敢愛之」的悲嘆，這也可以說就是我國古代的一種原始心理。而《晨風》中的「未見君子，憂心欽欽，如何如何？忘我實多」，則是孤獨的女人，怪她的心上人把她忘卻了。這也說明她自身不能忘其所愛。這種母題，也許還可從我國原始神話傳說中找到，但我沒有研究。僅就以上的文學現象，我們就會看到一種非常有趣的現象，這就是有些文學主題和文學形象，就像基因似地可以在自己的民族文學總母體中找到，這些基因不斷繁衍，並在繁衍的不同階段上帶上自己時代的烙印。如果我們能對原型批評法作些改造，那麼，我們當代的文學批評，不也可以增加一點色彩和深度嗎？

第五，運用系統方法研究文藝現象的嘗試嶄露頭角：

系統科學是本世紀四十年代崛起的一門新興的橫斷科學，它包括狹義系統科學、系統工程學和系統哲學。狹義系統科學就是把研究對象作為系統來考察的科學理論，所以叫系統理論。從橫向來看，系統理論主要包括普通系統論、信息論、控制論，通稱「三論」。普通系統論是適用於研究一切系統的科學理論，更接近於哲學，信息論和控制論則屬於技術基礎科學。從縱向來看，系統理論有一個漫長的歷史發展過程。系統觀念是植根於人類認識發展之中，系統理論創立之前，系統思想的萌芽早就存在了。樸素的系統思想是中國古代哲學的一個顯著特徵，宇宙萬物被當作一個統一整體來認識。所謂系統思想，貝塔朗菲認為就是把世界看作一個巨大組織的機體主義觀點，它完全區別於把世界看作是被自然界的盲目法則所統治的機械論觀點。錢學森同志認為：「物質世界普遍聯繫及其整體性思想，也就是系統思想。」系統思想包含着幾個主要觀念，即有機整體觀念，結構觀念，普遍聯繫觀念和動態的觀念，它們都是辯證法的具體化。

現代系統理論的創立則是從對生物學理論研究方法的爭論開始的。這種理論把研究對象作為一個系統，從整體出發，從整體與要素、要素與要素的相互聯繫、相互作用中綜合地把握對象，以達到最佳目標。從哲學方法論的角度看，系統理論是研究事物的整體性、事物整體與其組成部份之間的相互關係，事物整體與環境的聯繫、事物整體發展的規律、特點等的科學方法論。它的最基本的方法論原則就是有機整體性。因此，系統科學雖然是貫穿在自然科學和工程技術的橫向科學，但它所提供的方法論原則卻具有普遍的適應性，六、七十年代以來引起學術界的普遍重視。運用這種系統理論來處理複雜的客體，就形成一種新的科學方法，即系統方法，它是系統地研究和處理有關對象的整體聯繫的一般科學方法，實際上是一種辯證綜合的方法。按照系統方法去研究和認識事物，就要從事物的內部和外部的聯繫，從事物存在和發展的來龍去脈，從事物的全部真實關係的總和中來加以認識，它區別於傳統的、分析性的、機械論的、線性因果關係的方法，它所獲得的是關於事物存在和發展過程的全部總和的知識。這樣，人們對事物的把握無論在廣度上或深度上都起了很大變化。二、三十年來系統理論的思想原則和方法已逐步深入到自然科學和社會科學的各個領域，顯示出它的優越性。近年來，我國學術界在引進系統理論和方法上進展很快，社會科學的許多領域都在嘗試運用它來解決自己的新課題，這有點像列寧曾經說過的，是一種從自然科學奔向社會科學的潮流。

文藝研究和文藝批評作為一門科學，當然也可以引進系統理論和方法。具體說來，就是把批評對象

（例如一部作品、一個典型形象或一種文藝現象）作為一個系統（即一個有機的整體）來看待，考察它的各種構成因素的聯繫以及這些因素構成整體的結構和層次，由此判斷這一批評對象自身的規定性，即它固有的本質屬性。另一方面，考察這一批評對象的歷史發展或動態過程的具體機制，把握它在文藝欣賞和社會實踐中的所有功能和效果，並把這一批評對象放到社會的大系統中，考察它與社會人生的各種聯繫，多側面、多角度地認識批評對象的各種系統性質。總之，文藝批評的系統方法（或稱為系統論的批評方法）就是從批評對象所處的辯證關係中，從它的結構和功利入手，多層次地、綜合地評價一部作品、一個典型形象或一種文藝現象的本質和運動過程。運用這種批評方法可以對批評對象做出比較全面的、符合實際的評價，避免機械論的反美學傾向和各執一端的片面性。

把系統科學的思想原則和方法引進到文藝研究和文藝批評中來，這還是近年來才出現的現象。從目前發表的文章看來，這種引進還帶有嘗試的性質，但它們在文藝研究和文藝批評領域中已經展示出一種令人耳目一新的前景，因此引起許多人的興趣和關注。比如，有人把藝術形式作為一種開放系統，對藝術樣式的歷史演進做出了新的描述，有的把人類社會的藝術活動和鑒賞活動作為一個複雜系統來考察，給人以宏觀性的回答；有的從控制論的角度論證美和藝術的客觀性和功利性等問題，提供了美學和文藝學研究的新途徑；有的則用信息論的觀點研究文藝作品，促使人們對藝術傳達的具體過程進行比較深入細緻的思考；有的則從反饋角度分析當代小說，如《從反饋角度看陳奐生系列小說的創作》。這類文章在近年來的一些刊物中還可見到不少，其中以《讀書》，《當代文藝思潮》提倡最早最力。儘管它們之中質量參差不一，但都是有益的探索，都能在不同程度上顯示出系統科學方法論的生命力。特別值得提出的是廈門大學林興宅同志的探索，因為林興宅同志從一九八零年開始就注意學習系統科學方法論，近年來他在《魯迅研究》和《中國社會科學》上發表了《論阿Q性格系統》和《論文學藝術的魅力》兩篇論文，引起比較廣泛的注意和反響。他已經把幾年來嘗試運用系統科學方法論研究文藝問題的心得寫成專著，作為《走向未來叢書》的一種即將出版。看來林興宅是有意識地選擇人們討論較多的，難度較大的課題初試這種新方法論的「刀鋒」的。他的《論阿Q性格系統》一文把阿Q典型看成一個複雜的性格系統，對它的結構、功能及其複雜的社會聯繫進行辯證的綜合，在過去眾說紛紜的爭論基礎上提出新的見解，尤其是對阿Q典型的社會功利的多層次分析，比較好地回答了阿Q典型的超越時代限制的問題，這種分析是有啟發性的。我曾在《讀書》雜誌上評介過這篇論文。林興宅的另一篇論文《論文學藝術的魅力》則改變過去那種單純在作品上面尋找魅力的原因的做法，而把藝術魅力這一複雜的現象放到整個審美系統中來考察，打破了人們把藝術魅力看成文藝作品的客體屬性的觀念，而把藝術魅力界定為文藝欣賞中的美感效應，並揭示出它的內在結構，進而分析文藝作品誘發藝術魅力的基本因素及其複雜微妙的動態過程，在此基礎上建立了藝術魅力的結構模式、對應模式和個體發生模式。可以看出，作者是努力把藝術魅力現象的研究從經驗性的描述引向科學化的道路，這對研究的深入和理論的前進無疑是很有意義的。當然，這種探索只是一個開端，兩篇論文中的某些具體分析和結論還可以討論，但它們在方法論上的啟迪作用卻不可忽視。

理論的發展往往是從不完善開始的，方法的進步也要經歷從不成熟的嘗試到融會貫通地運用的過程。而完善的、成熟的東西實際上已經潛伏着危機，醞釀着內在變革的要求。一個有作為的學者和成熟的理論家總是不斷地尋求理論和方法的創新，總是滿腔熱情地支持一切符合時代要求的變革。同樣的，我們對目前正在興起的文藝研究中的系統方法的嘗試，也是持這樣的態度。

第六，文學研究與自然科學互相滲透的開始：

文學創作與自然科學的思維很不相同，但文學研究，作為人文科學的一個門類，卻可以吸收自然科學的思維成果。近代進化論引入我國後，產生巨大影響的倒不是在自然科學領域，而是在社會科學領域、文化思想領域，後又推動社會變革和文學觀念的變革，因此，有些重大的自然科學的思維成果，社會科學不能不注意，文學研究也是如此。例如，熵定律，有人認為這是與進化論並列的十九世紀後半期的兩個偉大發現之一。但是，它被我國學術界廣泛注意卻是近年來的事。熵定律也稱為熱力學第二定律，它與進化論所揭示的規律形成一種很有意思的對照。進化論指出，生物的進化總是朝着增加信息和秩序的方向，由簡單到複雜，由低級向高級不斷發展；而熵定律則指出，物質的演化總是朝着消滅信息、瓦解秩序的方向，逐漸由複雜到簡單，由高級到低級不斷退化的，退化的極限就是無序的平衡態，即熵最大狀態。高爾泰同志把這種定律引入美學研究，論證了多樣歸一的規律。就像近代的中國知識分子不能不了解進化論一樣，現代的中國知識分子，不管是在那一個領域，也不能不了解自然科學中的一些已被世界視為常識的，帶規律性的東西。

近年來滲入文學研究的自然科學思維成果有許多方面，我所見到的，就涉及到普通數學、模糊數學、生態學，量子力學、統計學等，例如《美學、文論與數學的關係》[1]，《生態學與文學藝術》[2]、《統

1《文藝理論研究》，一九八三年，第二期。
2《讀書》，一九八三年，第四期。

計學與文學風格的辨析》[1]等都屬這類文章。我在《名作欣賞》雜誌上讀過吳竹筠、夏中義同志所作的《測不準原理與現代派文學的欣賞》，就是這方面的一篇很有見地的文章。「測不準原理」是一九二七年由德國海森堡從量子力學的普遍定律中推導出來的。但是，以前人們沒有聯想到應當用這個原理來解釋文學現象。而吳竹筠、夏中義同志卻清楚告訴我們：量子力學的觀察對象是物質深層結構中的粒子運動，但粒子太小，肉眼無力把握，因此，需要借助媒介工具即高倍望遠鏡來觀察，但是，任何物理觀察都是主體通過媒介光子作用於客體。而光子本身也是粒子，也有自己極微的能量，這樣，借助光子來觀察實際上是對客體施加一份能量。假如該客體是個宏觀對象，光子的微弱作用就不會產生根本影響，但假如客體是個微觀現象，光子作用就會變得舉足輕重，以至在觀察過程中產生一種干擾作用。通過媒介光子來測定粒子的位置和速度就要碰到這個難點，因此，粒子運動的難以確定性在觀察過程中便轉化為使科學家難堪的不確定性即「測不準性」。而現代派文學形象與傳統的文學形象相比較有自己明顯的特點，傳統形象構成的三個特點是：人物造型材料的表層性，人物心理與行為之間的因果性與作家創作決定論，這便給讀者造成明晰的確定性效果。而現代派在表現人的時候，則從表層意識進入深層意識，因此，它帶有與傳統文學形象相反的特點，即人物造型的深層性，人物心理與行為之間的非純因果性和作家創作的非決定論。這三個特點就帶給讀者一種朦朧的難以確定性和飄忽性的效果，也就是測不準性。而量子力學在這測不準的情況下找到一條出路，這就是當他們在觀察飄忽不定的粒子運動過程中，由於覺悟到不可能把對象的實在運動從被干擾狀態中分離出來，便放棄對粒子進行牛頓式的決定論的因果性

1 《當代文藝思潮》，一九八三年，第四期。

描述，而代之以概率處理。這種出路也給我們一種啟示，即欣賞現代派作品時不要像傳統的「考據派」那樣去求其因果性的準確把握，而只求其在總體上對作品達到大致統一的情緒性的印象感受即可。我覺得，這種研究文章是帶有建設性的，它比那些輕率否定研究成果的、爆破性的文章不知要好多少倍。

近年來，還有一些同志注意到模糊數學（也稱 Fuzzy 數學）的觀念對於解釋複雜的文學現象有重要的意義。精確數學——隨機數學——模糊數學，這就是數學發展史的一般輪廓。從橫向看，精確的經典數學主要應用在自然科學領域，隨機數學已開始向社會科學滲透，而模糊數學則成為思維科學中的數學工具。這三大門類的排列組合，構成了科學數學化的雄偉圖景。模糊概念是一九六五年美國應用數學家查德首先提出的，它是相對於精確的科學概念的一種複雜的，不確定的概念。所謂模糊性就是事物現象不確定性在整體上的總和。它是多變量綜合的結果，不是單一變量的特徵，因此，它反映着事物的系統性，多因性和動態性。在實際生活中，特別是人的情感世界中，這種模糊現象是大量存在的，正視這種模糊現象、模糊界線，可以避免機械論和簡單化。因此，近年來陸續出現一些文章應用模糊性概念解釋文學語言，解釋藝術欣賞過程，解釋形象性格，解釋人的心理現象。我讀到的文章，除了魯樞元的之外，還有陳勝民的《模糊思維在藝術中的表現》[1]，張宏梁的《淺論模糊語言在文學創作中的運用》[2]等。我自己為了論證人物性格的二重組合如何實現的問題（即如何避免組合過程中的機械論）也應用了模糊數學的一些方法作為自己的工具，並在一九八四年第六期的《中國社會科學》上發表了《論人物性格的模糊性與明確性》。在這篇論文中，我對我國習以為常的「正面人物」，「反面人物」，「中間人物」

1 《百科知識》，一九八四年，第二期。
2 《學術月刊》，一九八四年，第二期。

的劃分提出懷疑。這種懷疑，蘇聯的愛倫堡早已提出過，一九五六年巴金也提出過，但是在理論上要給予說明，則需要借助於模糊數學和符號學的眼光。我在這篇論文中提出這樣的論點：性格的二重組合過程，不是善惡的線性排列過程和兩極內容的機械拼湊過程，而是各種性格元素通過中介圍繞性格基本特徵的模糊集合過程。這種模糊性，提供給讀者審美再創造的廣闊空間。所謂「正面人物」、「反面人物」、「中間人物」只是政治領域中的認識符號，它不應當簡單化地代替性格塑造的藝術符號。典型性格是包含着某種確定內涵的模糊集合體。正面人物不應當理解為正面性格元素的明確集合，反面人物也不應當理解為反面性格元素的明確集合，在藝術領域，正面人物與反面人物的界線往往是模糊的。看來，把模糊數學的一些觀念引入文學領域是很重要的，科學思維與藝術思維的基本區別從這個角度可以看得更清楚，文學形象無疑帶有很大的模糊性、朦朧性、多義性的特徵。

第七，側重於宏觀考察的綜合研究提上議事日程。

關於文學的宏觀研究，近年來陸續出現一些倡導性的文章，當代、現代、古代、文論各方面都有。例如吳亮的《研究當代文學的一種途徑》[1]，黃子平的《當代文學中的宏觀研究》[2]，朱文華的《中國當代文學發展趨勢和前景的預測》[3]，南帆的《我國古代文論的宏觀研究》[4]，《略論中國現代文學的

---

1 《上海文學》，一九八四年，第五期。
2 《文學評論》，一九八三年，第三期。
3 《當代文藝思潮》，一九八三年，第二期。
4 《上海文學》，一九八四年，第五期。

宏觀研究》[1]。

所謂宏觀研究，就是對我們通常所說的作家作品論的一種超越，或者說，是在作家作品論個體研究的基礎上進行的一種綜合性研究和整體性研究。這樣觀察文學的基本角度與過去常用的角度有了一個大的轉換，它不再是通過個體去認識整體，而是側重於從整體考察出發去認識個體，使個體在整體系統中顯現出更深刻的意義，並從中發現一些具體的文學規律。也就是說，考察一個作家作品，或一種文學現象，不再是進行孤立的，一般性的描述，而是站在當代新的理論思維的高度上，把文學個體看作是整個文學總體發展全部鎖鏈中的一環，並對這些環節進行理性的重新組合，以做出新的解釋，進而找到一些規律性的東西。例如雨果在他的《莎士比亞論》中實際上就超越了莎士比亞。雨果把莎士比亞作為一個審視對象，是把他放在文學總體現象中審視的。因此，雨果在這部論著中就總結出很多規律性的東西，例如一切天才都具有「雙重返光」，文學長河中可以有並列高峰，即一個藝術高峰出現之後，第二個出現的藝術高峰並不否定第一個高峰，從而並列而存。而科學卻不是這樣，科學上新的高峰出現後總要否定前一個高峰，一個科學家總是踏着另一個科學家肩上攀登，而詩人卻無須踏着另一個詩人肩上攀登。因此，文學藝術帶有永恆性。雨果論文學時，很善於從宏觀的角度加以審視，因此，他的評論就不是作品的註釋，而有評論的自身價值。

這種宏觀研究不是我們民族文化的特長，以我國古代文論而言，它們大都是屬於微觀性研究，大都帶有評點式的欣賞領悟或直感的特點，而不重視理論思辨，某些吉光片羽似的妙悟精言也許不失為鞭辟

1 《天津社會科學》，一九八二年，第六期。

入裏，但除了像劉勰的《文心雕龍》那樣的整體構思之外，一般文論都很零散，往往表現得藏頭露尾，理論線索不夠明晰。這些特點一旦和當代文學研究相聯繫或用以指導當代文學創作的時候，缺憾就更加明顯。正是出於目前文學研究強烈理論感的需要，近幾年來古代文學研究在過去的個別考證、解釋具體命題的基礎上，更注意於梳理類同命題之間的理論聯繫，研究某一文學觀念的演變蹤跡，表現出橫向比較和縱向探索相交織的宏觀氣勢。這個趨勢在研究力量比較雄厚的《紅樓夢》和《文心雕龍》研究領域中表現得很突出。前者已超越了前一時期「文革」極左思潮的局限，不再簡單、機械地把《紅樓夢》看成封建社會階級鬥爭的歷史反映，而側重探索其中的人物形象塑造方法在中國古代文學歷史中的地位和貢獻，這就把《紅樓夢》的社會價值和美學意義結合了起來。另外，最近展開的曹雪芹生平研究和《紅樓夢》研究之間的關係的論辯，在本質上也是文學研究中的「外圍資料」和「本體分析」如何協調的問題。如果沒有宏觀的統攝，微觀研究是會迷失方向的。關於《文心雕龍》的研究，王元化同志對劉勰文藝理論體系和結構的探索是該領域中的一個較大突進，表現出在更高理論制高點上的審視姿態，這將推動整個古代文論研究風氣的變化，把各個具體論斷和文學命題的分析互相溝通起來。人們企望着對中國古代文學理論網絡的描述能盡快清晰地呈現在讀者面前。

宏觀研究，在當代文學研究領域中呼聲顯得特別高。因為，評論家們已不滿當代文學研究疲於奔命地跟着當代作家跑的現象。即使是對最有成就的當代作家的研究，人們也不滿足那種個體主義的觀察方法和簡單的分解組合法。如果當代文學評論僅僅滿足於對一個作家一部作品的評論（這可以看作研究的起點），那就可能逐步喪失自身的獨立價值，說得嚴重一些，很可能，成為作家的附庸。為了獲得自身的研究價值，也為了在更高的層次上來認識當代文學現象，從宏觀角度考察當代文學就成為很緊迫的任務了。

儘管到目前為止，當代文學的宏觀研究還沒有顯著的成果，但近幾年來已有愈來愈多的人覺察出當代文學研究中運用整體觀念和綜合方法的迫切性。提出問題已經意味着開始解決問題，從這個角度說，對當代文學宏觀研究的呼籲就是彌足珍重的。特別是當代文學研究面對的是瞬息萬變、正在發展中的現象，這要求研究者有超越現階段的理論遠見，而很多人卻正缺乏這種素養，常常被一時的動向模糊了視線。現在人們開始重視當代文學中的宏觀研究，在某種意義上說是當代文學認識自身優劣並走上自覺之路的開端。從當代文學研究對當代文學創作的巨大影響來說，這種自覺比其他任何一個文學研究領域的轉變都顯得重要。

在當代文學研究中值得欣喜的宏觀趨勢方面，已經嘗試的有下面兩種方式，一是根據作家的系列作品，對小說人物進行總體掌握，例如對高曉聲的陳奐生的分析就是這樣。這種分析不同於對長篇小說中人物性格發展蹤跡的解剖，它着重理解各個相對獨立的作品的自身價值，從這一點說，它顯示出宏觀研究的優越：全局觀照有益於局部審視。當代文學的宏觀研究在人們注意較多的小說領域中的另一嘗試，是關於當代三十多年來小說發展線索的探索，有的同志（如黃子平）從「結構——功能」的角度來研究小說風格形式的變化，他的論文《論中國當代短篇小說的藝術發展》，就是這方面探討的成果。這篇論文不僅把當代小說作為一個發展的運動過程來考察，而且深入到更進一步的層次去理解、認識文學的多種效應。可見，宏觀研究並非僅僅是空間和時間尺度的擴大，尤其意味着對文學現象作整體，歷史和辯證的觀察。常有一些同志誤解，以為宏觀研究的開展就是對微觀研究的否定，其實不然，宏觀研究離不開微觀研究的基礎。一些提倡宏觀研究的中青年學者也很注意這個問題，他們在提倡宏觀研究時一些見解是很辯證的。如吳亮在提倡宏觀式的綜合研究時就說，綜合比較的宏觀性使我們不再滿足於把目光滯留在彼此隔絕的大堆零碎的文學現象裏。然而，綜合研究不是由宏觀的比較所能夠完全載負的。綜合研究不能僅僅熱衷於尋找單純的統一性，如果把最具有藝術魅力的差異，個性、獨創性和種種不可再造的複雜性統統蒸發完畢，那麼，這種分解必然會取消文學的全部本性。因此，當文學現象已為原有規律（即已揭示出來已被認識的）所不能容納時，現象對規律就構成了超越。但是，為注意並科學地繼續揭示尚未被認識到的文學規律，綜合研究還需要回到具體，回到個體，回到差異。因此，綜合研究不但是宏觀式的，而且是微觀式的。吳亮同志的這些見解，一定能解除一些同志的顧慮。

我的介紹只是一些動態性的讀書札記，不可能滿足專門家深度上的要求，我的目的是想以此而引起更多的朋友去關注這些領域，並期待各個領域中都有更多的專題性的深入研究成果出現，以進一步拓展我們的文學研究的思維空間。

一九八四年十二月

選自《文學的反思》

論八十年代文學批評的文體革命

「文體」定義和積極語言觀

八十年代，我國的文學批評與文學理論發生了一場文體革命。對於這場革命，有的朋友已充份意識到，有的則沒有充份意識到。不管人們意識到了沒有，它已經成為一種文化現象正在被社會所注目，所思考。

「文體」是一個大概念，而且主要是一個概括文學形式的大概念。以往講文體，一般都是指文學創作的文體。文體這一概念包括兩項最基本的構成因素：一是外形式，即語言體式；二是內形式，即內在結構和總體風格。但這種形式，不是純粹的形式，而是積澱着思想的「有意味的形式」。

我在這篇文章中界定文學批評和文學理論的「文體」概念時，文體一是指外在的表層的語言秩序；二是指這種語言秩序所負載，所蘊含的深層的思維格式，即思維方式、論述方式和批評風格等。因此，批評文體實際上是指批評語言體式，思維方式和批評風格融合而成的批評文本結構。對批評文體的把握，就是對文學批評本體的內在把握。

關於文體，別林斯基發表過一個意見，他說：「可以算作語言優點的，只有正確、簡練、流暢，這是縱然一個最庸碌的庸才，也可以從按部就班的艱苦錘煉中取得的。可是文體，——這是才能本身，思想本身。文體是思想的浮雕性、可感性；在文體裏表現着整個的人；文體和個性、性格一樣，永遠是獨創的。因此，任何偉大作家都有自己的文體；文體不能分上、中、下三等；世界有多少偉大的或至少才能卓著的作家，就有多少文體。」為了說明文體的重要，他還對語言與文體的界限作了區分：「語言和文體之間，就像庸庸碌碌的匠徒的正確而呆板的繪畫和天才畫家的靈活而獨創的風格之間一樣，是有着不可測量的距離的。」別林斯基把文體和語言加以區別，強調文體的內在意蘊，把文體視為比語言技巧更高一級的藝術範疇，這是正確的，特別是他不把文體視為純體裁和純粹外在性的文本結構，而是把「文本」與「人本」結合起來，把「文本結構」視為包含着「人本」內容的「有意味」的形式結構，在今天仍然值得借鑒。我對文體的概念界定，吸取別林斯基這一界定的優點，把文體視為包括着主體意味和主體風格的文學形式。因此，我所說的批評文本結構，包括着批評主體的個性、氣魄、視野和思維方式等內在結構因素，即把批評文體視為這些思想才能與語言形式的結合。但是，今天應當特別指出的是，別林斯基畢竟是十九世紀的批評家，他沒有可能看到二十世紀語言學的巨大發展。因此，他對語言的看法帶有一定的時代局限性。他在強調文體構成的「人本」因素時，僅把語言視為文體構成的微不足道的一小部份，忽略了語言的重大作用。而且，他還未能形成語言的系統觀念，因此，也不可能把語言作為一種符號表現系統來考察它的特殊地位和它對思維運動、文體構成的巨大作用。

語言不僅是思維的工具。當它不僅是作為言語存在，而且是作為符號表現系統存在的時候，它又制約着人們的思想，潛在地影響乃至操縱着人們對世界的把握。關於這一點，斯大林的語言觀念是片面的。斯大林沒有把語言視為意識形態，而且否認語言的「階級性」，這比激進而幼稚的語言教條主義者自然是高明得多，但是，他把語言僅僅視為一種思想交流的工具，只看到語言被動的、消極的一面，沒有看到語言對思想的積極能動作用。承認語言積極的一面，就不會忽視它在文體構成中的特殊作用，包括它對形成文章總體風格的重要作用。以往我國文學批評界由於斯大林消極語言觀的影響，對於語言常有片面的認識（未認識到它的潛在制約作用），因而實際上把語言置於很低的地位。近十年來，隨着整個文學回復到它的自身，作家和批評家開始面對文學的內部規律，開始注重對文學本體進行考察。這種時代性的思路大轉移，使語言符號和由這些符號組合成的語言體式對思維的能動作用和制約意義，重新被人們所重視、所認識。這是積極語言觀的發現。

我們的文學批評和文學理論，終於逐步意識到，語言作為符號表達體系（不是作為言語），它通過自己的詞彙、語法及其結構方式負載着人們所要把握的世界（包括作為把握對象的人自身的主體內部世界），但人們對語言符號體系的把握是有限的，而它所要把握的對象卻是無限的。這就產生了一種矛盾，即靠着人們已經掌握的符號體系，很難充份地把握對象世界。另一方面，思維就其可能性來說，是無限的；但人們業已掌握用來表述它的符號系統的容載量卻是有限的。因此，當對象世界急速變革、其蘊含的信息量激增、思維對對象的把握要求突進的時候，就會削弱思維的自由度，出現了兩種可能：一是遷就已有的符號系統，犧牲思維中的某些無法被容納的內容；二是改進和變革語言系統，擴大它的容載量，使它盡可能地多容納新的思維信息和減少它對思維的限制度，從而增加思維的自由度。無論哪種情況，均可看出語言對思維的潛在制約。

語言符號對於對象世界進行把握的局限性是很大的。事實上，對象內涵比對它進行描述的語言要豐富得多，「存在」本身比對它進行歸納和概括的概念範疇豐富得多。尤其是文學藝術作品，它作為一種特殊的精神「存在」，其中所蘊藏的各種內涵比給予這種「存在」的各種概念界定和範疇界定（包括風格、主題、意境等）更是不知要豐富多少倍。實際上，各種精心的界定，都很難反映文學藝術具體「存在」的全部意蘊。相反，概念和範疇對事物的界定常常會在表達事物某一部份本質時，遺漏了大部份本質內容。經過概念的過濾，反而縮小「存在」的內涵使「存在」變形和貶值。文藝現象學的批評，正是清醒地意識到範疇概念對於認識「存在」的局限，因此，他們在審美認知中，總是竭力把概念範疇放在一邊（即所謂「懸擱」），竭力去還原現象，竭力去恢復「存在」的豐富面目，以存在認知代替概念認知。我國的哲學家老子對此大約也有所感悟，所以他說：「常無欲，以觀其妙」。這正是「懸擱」概念以觀事物的豐富本相。概念，是「欲」的產物，概念在對事物進行歸類時，是按照歸類主體本身的實用原則進行的，它是人為的產物，是實用理性的產物，是自覺的世界。而「存在」則是自發的世界，是擺脫「欲」的本體世界，它蘊含着事物本來豐富複雜的全部屬性（不是概念所歸納的那點功利的褊狹的屬性）。因此，作為作家和批評家，只要他們具有認知事物全部屬性的追求，總是對已有的概念系統和範疇系統有所不滿，總是力求創造新的概念範疇去盡可能地容納「存在」的信息，盡可能地接近存在的本來面目和充份地描述現象的豐富性。這就是說，他們總是要不斷反抗原來的語言規範，反抗舊的符號系統的束縛和限制，不斷變革舊的符號系統而創造新的符號系統。而這，正是文體革命的內部動力。

舊的語言系統總是連結着舊的思維習慣和舊的價值尺度。一旦掌握了某個概念，往往伴隨着一種已有的價值判斷，這是一種由概念、範疇潛在操縱着的思維定勢，如果不加以道破，往往未能意識到。例如，在中國傳統文化的語言系統中，一旦掌握了「忠」、「孝」、「仁」、「義」等概念，馬上就會伴隨着一種肯定性的道德價值判斷。而這種判斷本身就對人格平等觀念產生一種自然排拒。在新的文化時代，即使思想中帶有許多變革的要求，如果思考時仍借用舊的語言符號系統，精神生活和思維活動仍然處於舊的語言符號系統中，那麼，實際上在很大程度上就會被這些語言符號所操縱。「忠」、「孝」、「仁」、「義」等概念範疇，決不僅僅是思想交流的工具，在某種程度上，它們又是思想的主宰。我國古代一些富有變革精神的知識分子，也曾經認真反省過我國的文化傳統，但是，正是因為他們的反省總是處於已有的語言符號系統的範圍內，因此，他們在不同的程度上又處於舊範疇、舊概念的掌握之中，在某種程度上接受舊範疇和舊概念的片面歸類和它們所包含的價值尺度以及許多殘酷的前提。因此，他們的反省就帶有很大的局限性。

中國當代文學批評界的文體革命之所以是不可避免的，首先就在於文學和它的接受者們生活在一個由歷史浩劫所造成的反常的語境中。「文化大革命」在中國的土地上設置了一個語言的大牢房，這個「天網恢恢」的語言牢房，習慣於給人貼上一個個概念的標籤。無數人都被貼上「反革命修正主義分子」、「叛徒」、「走資派」、「反動權威」、「保皇派」、「資產階級知識分子」、「黑線人物」、「黑幫分子」、「紅五類」、「黑九類」等標籤。於是，每個人都被某個概念所命名，所歸類，所界定。這樣，活生生的、豐富的人的存在，就被荒謬的、殘酷的概念所替代，就被凍結在一個死的片面的概念牢房中。這種牢房，是「四人幫」推行文化專制的精神工具，它給中國人民造成多大的精神重擔，真是難以估量。赫爾岑曾說：「世界上再沒有比用標籤、用道德分類、用行業上的主要特點對整個階層加以籠統的譴責更殘酷、更眼光狹窄的了，名稱是可怕的東西。」赫爾岑所譴責的這種殘酷可怕的現象，在我國的「文化大革命」中通過「戴帽子」、「貼標籤」、「上綱上線」和「定性」、「定案」而發展到登峰造極的地步。因此，中國文化界面臨着一個特別的問題，即人的解放和思想的解放，首先是必須「摘帽子」——必須從片面歸類的概念大牢房中解放出來的問題，即一個反對語言對人的歪曲的問題。從表面上看，這種「摘帽子」好像僅僅是出於現實生活的需求，而實際上，內在已深藏着通過語言變革摧毀精神牢籠的重大意義。這已包含着思維方式的變革和文體革命的萌芽。這正是八十年代文體革命的真正起點。

柏格森在《笑》中對概念的桎梏曾進行過精闢的分析，他指出：「事物都是按照我可能從中得到的好處分好類了。」這就是說：「我們看不見事物的本身，我們只是看一看貼在事物上面的標籤。」概念確實總是按照實用標準對事物進行歸類。在文學批評和文學理論中，也發生同樣的現象，活生生的藝術存在，被「封、資、修」、「名、洋、古」等概念所歸類，作品中本來應當是極其豐富的多種多樣的形象，被「正面人物」、「反面人物」、「中間人物」等幾個乾癟的概念所剪裁，所類化，文學批評原則又被「三突出」等幾個範疇所壟斷，總之，一切都經過概念的類化和簡單化。這些類化和簡單化已形成巨大的帷幕，它使人們無法進入文學藝術的真實世界。整個活生生的文學藝術存在，完全被幾個語言符號所變形，所歪曲，人們只能生活在一種被概念所過濾的、所歪曲的虛假世界中。中國文學批評已經走到令人厭惡的絕路上。因此，進行語言革命成了中國思想界和文學界絕路求生的重要的而且必不可少的第一步。這是中國當代文體革命非常特殊的、也是非常有趣的背景。

打破「代聖賢立言」的新變體

八十年代中國文學批評界所進行的文體革命包括兩項內容：一項是在很大的程度上改變了文學批評的語言符號系統，開闢了新的概念範疇體系；另一項是改變基本思維方式。這種思維方式包括思維結構、研究方法和批評的基本思路等。

八十年代之前有兩個方面把文學批評的思路拖入十分狹隘的道路。除了上述的那種文學批評語言的極端貧乏和「殘酷」之外，還有一個問題就是它的思維方式、批評方法的固定化。這種固定化文體，到了「文化大革命」期間，已發展為「大一統」的「大批判」文體。這種文體，不完全屬於文學批評，但當時的所謂文學批評卻都落入這種文體模式。

這種文體的思維格局——「啟承轉合」大體上是這樣的：「啟」——設置一個不容置疑的前提（不是事實的概括，而是妄想的產物）；「承」——進行無須實證的對於前提的演繹（前提錯了，即使推理合乎邏輯，其結論也是錯誤的）；「轉」——對於論敵或假想敵的不容爭辯的批判（通過壓服的辦法強制讀者接受前提）；「合」——得出獨斷主義的結論（前提的重複和落實）。重要的是這種文體在「啟」題上所設置的前提，大半是離實際很遠的妄想的產物，但它又總是被「最高指示」和經典字句包裹着，因此，它帶有不容置疑性。論者把前提當成絕對真理，而又把自身幻想為絕對真理的掌握者。製造這種文體的論者的真理觀是二元的真理觀，它確認真理是一個永恆固定點，而不是流動過程和實踐過程。如果承認真理是一個過程，就會承認真理的多元性和多層次性，就允許從不同角度對前提進行質疑。在文學批評中，這個不容置疑的前提，就是至高無上的絕對性的「政治第一」批評標準。「承」題則是從概念到概念的邏輯推演。這種推演過程並不是科學的論證過程，不是以大量的現象和事實對前提的證明，而是論證者不顧業已存在的大量的基本事實，一味作主觀主義的推理。「轉」題其實是非理性的大批判。這種批判不是以理服人的、進行具體分析的科學判斷，而是濫用經典的名義和濫用權力的力量壓服對方，強行地灌輸和推行現成的概念。這一批評環節的主題是論述屬於敵我矛盾性質還是人民內部矛盾性質（文學已被納入政治歸類，文學不再是文學），實際上就是通過恐嚇對方以強制對方接受前提，因此，它又帶有不容申辯性。這種論者，不相信知識就是力量，卻誤認為力量就是知識。「合」題則是對前提的呼應與印證，它可能是政治獨斷也可能是美學獨斷，而在多數情況下卻主要是政治獨斷或權力獨斷。總之，它可以輕而易舉地宣判某個作品死刑。這就是流行一時的批評文體的思維格式。

這種批評格式是怎樣形成的？本身就是一個歷史性課題，我在本文無法完全回答。但是，可以肯定，形成這種文體的多種原因中有一個原因是來自蘇聯《聯共（布）黨史簡明教程》的影響，特別是《聯共（布）黨史簡明教程》的第四章第二節《辯證唯物主義與歷史唯物主義》。這一節是由斯大林親自撰寫的，自五十年代初開始，作為最基本的政治課教材、基本理論讀物，在我國廣為傳播。它的文字中充塞了許多「由此可見」的論斷。而這種「由此可見」的推論，完全是從一個早已設置的、不容懷疑的前提出發的。整篇文章不過是演繹這一前提，推導這一前提，根本無須任何商討和實證。這就是理論上的獨斷論。因此，如果把《聯共（布）黨史簡明教程》這一節視為一種理論文體的話，那麼這種文體模式，可以稱為獨斷型文體。這種文體的優點是旗幟鮮明，用語確切而毫無妥協性質，充滿着斬釘截鐵的價值判斷。這是斯大林的創造，當然也不失為具有斯大林個性的文體。但是，這種文體一旦規範化並與教條主義相結合，便成為一種文化專制性質的理論格式。我國教條主義氾濫期間，這種文體模式幾乎成為普遍的文體模式。

除了上述這種思維格式之外，獨斷的文體還有一種與我國傳統八股文相承的「代聖賢立言」的基本思路，只是在新的人文條件下，這種思路有所變形。這種「代聖賢立言」的「代言體」，表現在文學批評與文學理論中，有兩個重要特點：

（1）在經典著作的片言隻語中發現「微書大義」。這就是把經典作家和某個領導人的片言隻語無限制地膨脹和隨意生發，把他們對於某部文學作品的體會絕對化（有時還斷章取義）之後，進而提升為對文學規律的普遍性規定，然後，又把它確定為整個文學批評的綱領。例如毛澤東對《水滸傳》的體會，本來只是他個人作為一名讀者對一部具體的文學作品的體會，但是，評論界對此無限制地誇張，以致把它描述成一種衡量古典文學作品的至高無上的價值尺度（這裏有「四人幫」的別有用心，不能由評論界負全部責任）。另外，毛澤東關於「三李」（李白、李賀、李商隱）的評價，關於民歌的看法，關於現實主義和浪漫主義「兩結合」的談話，都只是他個人的審美興趣和審美意向。這些興趣和意向說明毛澤東是一個具有詩人氣質的政治家。但是，文學評論界則一度把這種純屬個人愛好的美學意向變成古典詩詞評論的綱領，進而便出現「褒李抑杜」的詩評潮流。在這種潮流下，杜甫成了犧牲品。不管毛澤東的意見對不對（本來無須對此作價值判斷），文學批評界把他的個人審美興趣的表達，作為研究文學的指針，無疑是不合適的。其實，經典作家和領袖人物並非全知全能，不可能精通異常豐富複雜的全部精神領域。力圖在經典作家和政治領袖的片言隻語中發現微言大義和文學藝術的全部奧秘，顯然是一種幼稚病。這種病態思維，既貶低了自己，也損害了經典作家。

（2）**發展「代言體」的變體**。這與直接發揮微言大義的方式不同，它是通過「文藝為政治服務」等口號，更換了一種思路形式。當時的確有這麼一種文化氛圍和文化習慣（如何形成，待考），即每一個人寫文章似乎總是代表黨、階級、主義（對外則代表國家、民族），有意無意地以時代的代言人自居。因此，文章中很少用單數代稱（我），一般都是複數代稱（我們）。這樣，個人署名的文章也充滿了「我們認為」、「我們馬克思主義者認為」、「我們工人階級認為」，「我們貧下中農認為」等等，儼然以馬克思主義的代表和黨、國家、階級的代表發言。這種濫用革命的名義和其他各種神聖名義的文章，表面上好像是極其謙虛地抹掉自我（在「文化大革命」期間，文章中已沒有「我」字），實際上是一個用群體的外殼包裹着毫無個人責任感也毫無社會責任感的自我——既不對歷史和人民負責也不對自己負責。這種文章無個性且不説，他們實際上也沒有對時代、對階級、對人民的深邃思考，也沒有對國家、民族命運的真誠關懷。他們只有病態的心理迎合，而沒有健康的心靈思索（更説不上心靈創造）。這種自我的喪失，正是批評家的尊嚴和批評價值和意義的喪失，於是，批評家只能作為政治需求的號筒。此時，作為對象的文學已淪為非文學，而批評也淪為非批評。這種病態思維，實際上是古已有之的「代聖賢立言」的思路，只不過具備了現代形式。這種代言體，發展到「文化大革命」期間，更是走上了極端，文學批評變成了只有兩種合法的形式，一是直接代聖賢立言（甚至為假聖賢立言）；另一種形式，則為「高大完美」的英雄立言，這就是「三突出」原則的絕對要求。在這種畸形的思潮下，文學批評要求作家把英雄塑造為「神」，這樣，實際上就把文學變成當代造神運動的一個環節。

文學理論是人在自己的活動中創造的，它本是人的本質力量對象化的產物，然而，對象一旦成為對象，並成為一種文化規範，它就可能會反過來束縛人的自由，支配主體創造。我國當代的文學理論就經歷過這種慘重的悲劇。在「文化大革命」期間，「四人幫」把文化專制發展到驚人的深廣度，以姚文元、梁效、石一歌為代表的批評「文體」，已成為獨霸文壇的文體。此時，文學批評已墮落為文化專制的直接手段。從一種特殊的意義上説，「四人幫」的文化專制，也就是文體專制。這種文體模式和反科學、反民主的專制主義的結合，成為中國二十世紀中的一種異常嚴重的、災難性的文化現象。

針對「文化大革命」所造成的文學批評的變質和它業已形成的文體專制現象，中國的文學批評家和文學理論家們，終於借助改革開放提供的歷史契機，在八十年代進行了一場文體革命。回顧十年來走過的歷程，最值得中國文學的批評家們引為自豪的，恐怕是通過他們的努力，終於克服了十年前文學評論的嚴重異化，打破了語言的牢房和獨斷主義的文體模式，清算了這種文體的惡劣影響，為建設具有個性的新的理論文體和批評文體開拓了道路。

批評符號系統與哲學基點的變動

始於七十年代末，而在八十年代中期形成高潮的文學批評與文學理論的文體革命（也可以說是新時期文學批評與文學理論的發展道路），除經歷了上述那個與社會一起衝破語言牢房，摘掉「帽子」、「標籤」的起步點之外，還獨自經歷了三個階段：

第一階段是配合政治上的撥亂反正，重新審視舊文藝理論體系的有關命題，如「政治標準第一、藝術標準第二」的命題，「文藝從屬於政治」的命題等。在對這些理論命題的質疑與自省中，批評界對建國以來逐步發展起來的極左文藝思潮進行了初步的清理，基本上完成了所謂「正本清源」的工作，即在文藝理論中拋棄一些在特定政治環境中形成的文藝觀念和文藝政策，從而恢復了馬克思主義文藝觀的正統模式。

從文體變動的意義上說，這一階段已開始改變「代聖賢立言」的理論思路和批評思路。比較自覺地從事這種改變，並且影響比較大的是上海評論家們對「階級鬥爭工具論」的批評。一九七九年一月，上海《戲劇藝術》發表了《工具論還是反映論——關於文藝與政治的關係》，在肯定反映論的前提下，對「工具論」提出質疑。同年四月，《上海文學》發表了《為文藝正名——駁「文藝是『階級鬥爭的工具』說」》

的評論員文章，更鮮明地批評文藝從屬於政治的觀點。一九八零年初，鄧小平在《目前的形勢和任務》中正式提出：「不繼續提文藝從屬於政治這樣的口號」。鄧小平的這篇文章，使中國文學批評界更合法地改變「代聖賢立書」的思路，有益於我國當代文學批評觀念的根本性轉變。在這之前，儘管也批判「四人幫」，但是，批判的尺度仍然是「文藝從屬於政治」的思路，仍然是「代政治立書」的思路。批判的潛在前提還是「從屬論」。而對「從屬論」觀念的否定，則意味着承認文學藝術在社會主義條件下的獨立品格和自由品格，這自然是巨大的進步。

這種進步雖然不是文體革命本身，但是卻為文體的解放開拓了道路和創造了必要的政治前提和文化前提。所謂馬克思主義文學理論的正統模式，包括馬克思主義文學理論的文化精神。它的文化精神，首先是一種前瞻文化精神，即不是崇拜舊結論、演繹舊結論的精神，而是向前展望，創造新思想、新結論的精神。馬克思主義思想體系的創立，首先表現出對舊聖賢的舊結論的懷疑精神，它不僅不崇拜舊結論，而且創造出全新的結論，揭示出全新的真理。馬克思主義思想體系本身是對舊聖賢提出歷史性質疑的結果，是與古典哲學和古典政治經濟學的「聖賢」們的思路完全不同的科學豐碑。這一豐碑建立以後，本身又在不斷地發展變化中，它從來不認為自己已經窮盡真理，而是繼續開闢認識真理的道路。馬克思主義的創建和發展是根植在對人類歷史文化總體把握的基礎上，它以開放的心靈接受和溶解一切文化遺產，把一切古今聖賢的思想精華都加以辨析和借鑒，並面對現實，迎接新的時代挑戰，回答和解決新的歷史課題；在此基礎上識前賢所未識，言前賢所未言，從而創造出其他聖賢所沒有的、獨立的、充滿活力的思想體系。我國文學批評界對「工具論」、「從屬論」的批評和反撥，反映了中國文學批評家們對文學獨立品格的確認，反映了他們恢復馬克思主義正統文化精神的要求。

在這個階段上，文學批評界發生了「馬克思主義文學理論是否具有體系性」問題的討論。認為馬克思主義的文藝理論不具備體系性特點的文章，其論述的目標在於說明：馬克思主義的文學理論與馬克思主義哲學、政治經濟學、科學社會主義理論不同（這些部份均形成體系），它不帶理論體系的特點。因此，我國的文學理論建設如果僅僅停留在對馬克思主義文藝理論進行註釋，將比社會科學的其他學科顯得尤其貧乏。這就迫切地要求中國的文學理論家獨立地創造具有中國特色的文學理論系統。這種要求，實際上只是在原來的理論框架的範圍內的變革要求，它只是對從經典著作的片言隻語中發現「微言大義」的思路提出懷疑。這種懷疑反映了中國文學評論界對「代聖賢立言」的內在思路的不滿。人們已覺悟到，作為中國新一代文學理論工作者，不應當只充任經典著作的個別論斷的闡釋者，而應當成為在豐富的文學實踐中去尋找新結論的探索者，以推動馬克思主義文學理論在中國獲得確切意義上的發展。

但是，應當承認，在這個階段上，習慣性的文學批評的思維格式並沒有獲得根本改變，新的批評語言和批評文體並沒有產生。某種理論觀念的變革不能代替文體本身的變革，政治上的撥亂反正並不能自然地派生出新的範疇符號系統和概念符號系統，也不可能產生新的思維方式和評述方式，自然，也不可能產生新的批評文體和理論文體。然而，由於它畢竟為文學批評的發展打開了道路，於是，便導致八十年代中期的文學批評新方法的探討熱潮的興起。

第二個階段是引進西方文學批評思潮、語言和方法，以尋求文藝理論的新突破。這個階段醞釀在八十年代最初幾年，而以一九八五年掀起的「方法熱」達到高潮。在這種「他山之石，可以攻玉」的熱情中，中國文學評論界第一次形成了八面出擊、多元並立的局面，各種批評語言、批評模式、批評流派、批評方法都在批評實踐中找到自己的實驗場，並進行一次批評概念和理論概念的新舊大轉換，從而極大地拓展了文學批評和文學理論的思維空間。這股熱潮，受到了許多非議，承受了各種嘲諷和指責，但是，它卻波及整個文學批評界。儘管受到非議，但它終於實現了自己的使命，這就是它衝破了固定化的語言秩序和文體模式、衝破了幾十年一貫制的線式思維結構和獨斷論的思維格局，擺脫了非此即彼的二極邏輯判斷，為文學理論和批評展示了許多新的思路，從而開始形成新的文學批評和文學理論的符號系統和新的思維方式。

在這個階段上，我國文學批評表現出空前的思維熱情和革新熱情。在這股熱潮中，有兩種最基本的流向，即科學主義流向與人文主義流向。科學主義流向以系統論和系統方法為代表，人文主義流向則以文藝心理學、藝術符號學、接受美學為標誌，它們異軌同奔，共同構成對固有文學批評模式與理論模式的挑戰。

處於方法變革中的中國文學批評家們，開始時並沒有很自覺的文體意識和文體變革的意識，但都有衝破舊的思維模式的強烈要求。儘管它沒有文體革命的意識，但它卻是八十年代批評界文體革命的真正開始。「方法熱」在兩個方面作出了重要貢獻：一是大幅度地改變了傳統的基本理論思路和基本批評思路，特別是單向線性思維路線；二是大幅度地補充和更新文學批評的語言和文學理論的語言，使得整個文學評論的符號體系出現了新的風貌。以科學主義流向系統論的介入為例，我們就可以看到以上這兩種重大變動的一些信息。

系統科學方法論的產生有其特殊的自然科學發展的背景和更複雜的文化背景，但就它的基本特徵而言，可以認為它是唯物辯證法的當代形式。系統科學的基本觀念是與辯證法思想相通的。正因為這個原因，所以系統論的創始人才尊崇馬克思為系統論的鼻祖，認為馬克思的著作中蘊含着豐富的系統論思想，並且許多研究者常常把系統論追根溯源到古代哲學的樸素辯證法思想。但是，系統論與辯證法又不完全是一回事，它建立了與辯證法不同的認識模型，開闢了與辯證法不同的思路。辯證法的矛盾模型側重於指出問題的核心，強調在二極對立統一中認識事物的本質；而系統論的系統模型則強調事物諸因素的整合，強調元素之間的溝通協調及系統與環境之間的物質和信息的交換。辯證法和系統論可以互相補充。唯物辯證法如果能將系統論的一些概念以及某些系統規律經過哲學的提煉納入自身的理論體系中，便能得到一個新的發展。對於比較熟悉唯物辯證法的中國文學批評家，有了系統方法的新思路，就可能激活自己的理論思維，由習慣性思維轉化為創造性思維，從而為文體的變革提供思想活水。

文藝系統研究的興起以及由這種研究派生出來的系統美學和系統文藝學的出現，僅僅是系統科學方法論對文學積極影響的一種顯性結果，更為重要的是這種影響還表現為隱性結果，這就是系統科學的精神和智慧，以及洞察世界的系統方式對文藝研究的思維品格和批評文體內形式（內結構）的潛在影響。系統科學方法論最集中地體現了現代科學的非還原、非線性、非確定性的思想，體現了現代科學的構造性和綜合化的特點。這些新的科學思想和研究方式向文藝科學滲透轉移，改變了文學批評和文學理論王國的習慣性思路，從而提高文藝研究的思維素質和提供變革評論文論的內在條件。我國的文藝評論自從引進蘇聯模式以後，確有許多線性因果決定論，如生活決定藝術論，世界觀決定創作方法論，題材決定論，內容決定形式論等等。此外，我們的文藝評論和作品研究，基本上是採取知性方法，即將作品的要素分解，逐項分析，然後得出一個本質化的看法。文藝批評中政治標準與藝術標準分離的做法也暴露出文藝研究的機械論色彩。過去的文藝理論爭鳴也充份表現出各執一隅、非此即彼的弊端。這些傾向和弊端都是形成具有個性的批評文體的障礙。而系統科學方法論的有力衝擊，對於打破這種障礙顯然是很有益的。

與批評思路和理論思路發生變動的同時，批評符號體系也發生更新。系統科學的概念和範疇幾乎全部被搬入文學評論領域：系統、信息、控制、層次、整體，結構、母系統、子系統、系統質、載體、反饋等大量的自然科學、邊緣科學、系統科學的術語湧入文學評論領域，這簡直像一股新的語言巨流，凡傾瀉所至之處，均令人感到驚動和詫異。這些新術語的湧入，終於使文學批評和理論的概念範疇在很短的時間內迅速地激增，以至使人感到難以承受。於是，「看不懂」的責難開始沸揚起來。

第三階段是把理論觸角深入到文藝學的哲學基點的層次，開始注意文學批評的主體意識，並嘗試建構新的文藝理論框架和文藝新學科系統，相應的，批評文體意識和理論文體意識進一步覺醒。這個階段大約開始於一九八五年。

原來的文學批評和文學理論所立足的傳統哲學，以物質本體論和反映論為基本構架，從而忽視了存在的主體性。在這個哲學體系中，人被排除於世界本體之外，並以認識論（反映論）代替價值論，於是主體成為認識自然、社會的必然法則的工具，它不能參與對世界的創造，在這個哲學基礎上形成的文學理論也必然是非主體性的，它把文學簡單地歸結為對現實的反映。這樣，文學理論就不能不籠罩着許多庸俗社會學的投影，它離開了對豐富生動的主體精神世界的探索。

主體性哲學肯定了存在本體是人類的物質與精神的實踐活動，人類世界是主體創造和解釋的意義對象。主體性文學觀認為文學不是現實的複製，也不僅是反映，而是一種自由精神的存在方式。文學以自己獨特的方式解釋了世界，它揭示了人類世界的審美意義。這樣，主體性哲學和主體性文藝學就打破了傳統理論框架，為主體的根本解放和文體的變革打下了新的理論基礎。

傳統文學理論中某些令人感到單調的部份，是與其視野的褊狹、學科的單一化和擁有的符號概念的嚴重貧乏相關聯的。立足於主體性哲學基點的文學理論則要求以廣闊的視野、多學科的建設和符號概念的更新來構築新的文體，正是在這種學術要求之下，文藝新學科建設的工作開展起來了。這一建設力圖從多種角度、多種層次來把握文學活動，經過三、四年的努力，現在已形成了一個文藝新學科群。文藝心理學、系統美學、系統文藝學、藝術批評學、藝術價值學、主體論文藝學、文藝符號學，都在積極建設中，有的專著已經出版或即將出版。

隨着「文化熱」的興起，人們又注意到文學不僅是個體心理現象，又是社會群體文化現象，這樣就產生了藝術文化學和文學文化批評。一方面，文學受到文化傳統、文化模式的制約，從而形成自己的傳統模式；同時，藝術又不同於一般文化，它是超越現實文化的自由文化、審美文化；它不是人的規範和對立物，而是人的解放的現實。近年來大量的對文學作品的文化批評，使文學批評的視野大大拓寬了。文學批評的文化視角的開闢，使得我國的文學批評家和文學理論家進一步覺悟到，人的本質力量不僅表現在創造文化，而且表現在「反抗文化」。人們創造的文學批評格式和理論格式，一旦固定化和教條化，就會反過頭來禁錮自己的思維，撲滅自己的語言和個性，自然也就撲滅自己的文體。這種覺悟，使文體革命進一步提高了自覺性。

隨着文學理論的深入發展，語言符號系統的重要性又在新的認識層次上被人們所了解了。語言符號是文化的中介，是人與世界的橋樑，它不僅是思維的工具，而且是思維內容。近年來出現許多關於文學語言的論文和理論專著，說明了文學語言是自由的語言符號，它突破了現實語言的束縛，為主體自由提供了可能，並成為破譯存在意義的密碼。文學作為語言藝術就是對世界讀解的密碼。與藝術符號或文學語言相關，是藝術解釋學以及接受美學的興起，它們進一步肯定了文學活動是主體性解釋活動，主體不是被動地接受文本，而是能動地創造新的意義。總之，文藝新學科的建設，為文學批評和文學理論開闢了新的視野，提供了新的參照系統和審美角度，特別是提供了許多新的思維方式和評論方式，這就給批評文體和理論文體的內結構（內形式）帶來新的基石，同時，也大大地豐富了批評語言和理論語言，增加了文體外形式的深厚度、自由度。

這個時候，從整體意義上，我國八十年代的文體革命已走完了最初的一個里程，初步地完成了一種革命性的轉變，這就是從「代言體」向「自言體」的轉變，從「獨斷體」到「獨立體」的轉變。也就是說，「代聖賢立言」的獨斷主義的文體已經被「為自身立言」的、具有獨立個性的文體所代替。這種轉變意味着，曾在我國文學評論界佔主宰地位的獨斷主義的文體時代已經終結，而獨立多元的文體時代已經開始。這是我國現代文學批評文體的一次大解放，也是文學界深層意義上的一次思想大解放。

近現代文體革命與當代文體革命

八十年代文學批評的文體革命，一方面是「五四」文體革命的繼續，另一方面又區別於「五四」的文體革命。

「五四」的文體革命是一次確切意義上的文體革命。這場革命的最明顯的標誌是以白話語言符號系統取代了延續數千年的文言符號系統。以往我們對這場文體革命，因它是文學形式的變革而未能充份地估量它的意義。實際上，這種符號表現系統的根本改造和根本革命，恰恰觸及了文學最內在的部份，是文學本體意義上的革命，即真正的文學革命。僵死化的文學格式（包括文學創作的格式和文學批評的格式），作為一種文學形式規範，它凝結着我國傳統文化深層的許多價值觀念，積澱着我國傳統政治、倫理、美學的種種文化基因。一個充塞着「忠」、「孝」、「仁」、「義」等概念的語言系統，根本沒有新思潮立足的餘地。這套語言符號系統，束縛了我國作家的心靈自由和他們的個性創造力。不打破這套符號系統和它構築的形式規範，文學的解放和精神的解放是不可能的。這套語言符號系統及其所組成的文體模式，實際上是橫在中國文學前進道路上的屏障，不突破和超越這一屏障，思想觀念的變革就可能停留在魏源等近代思想家的水平上，而文學的發展更是寸步難行。總之，「五四」的文學革命者已意識到中國歷代作家自己創造的一套語言秩序和形式規範反過來成為自身發展的牢籠，他們不得不選擇它作為自己革命的第一個目標。他們比梁啟超、黃遵憲等近代的「新文體」家更深刻之處，就是更自覺地認識到這一點，即不首先進行一場帶有徹底性的文學形式的革命，就不可能有文學的解放和思想的解放。他們不相信舊瓶能夠裝新酒。因此，他們傾其全力去打破舊瓶，瓦解舊語言體系，顛覆傳統的文學格式，變革「從來如此」的文本結構。當時的文學革命者都充份地意識到這一點。劉半農說：「……非將古人作文之死格式推翻，新文學決不能脫離老文學之窠臼。」周作人也說：「舊的皮囊盛不下新的東西，新的思想必須用新的文體以傳達出來，因而便非用白話不可。」劉半農所說的「死格式」，周作人所說的「舊皮囊」，正是文學的形式規範和文本結構，正是文言文所構築的舊文體模式，而這正是思想的牢籠和文學的牢籠。

「五四」文化革命比起近代梁啟超與黃遵憲所倡導的「新文體」運動更富有徹底性，也正在於此。梁啟超曾概述他所從事的文體革命：「至是自解放，務為平易暢達，時雜以俚語、韻語及外國語法，縱筆所至，不自檢束，學者竟效之，號『新文體』，老輩則痛恨，詆為野狐。然其文條理明晰，筆鋒常帶感情，對於讀者，別有一種魔力。」但是，它為甚麼無法達到「五四」那種嚴格意義上的文體革命呢？這是因為他只着眼於文書的通俗化和輸入新術語以表達某些新思想，並沒有實現漢語表現體系的全局性轉變，並沒有觸動最堅固的文學本體結構。梁啟超自己所作的文章，雖也有新的句法辭章，但從總體上沒有擺脫文言的基本框架和基本秩序，還只是在傳統的符號系統總體結構中進行局部的改造。這種改造，並未進入文學內部的深層，並未打碎「從來如此」的文本結構，因此，自然也不可能像「五四」那樣創造出嚴格意義上的現代新文體。說這種「新文體」只是「放大了的小腳」，並不過份。

「五四」文體革命的對象是古傳統所形成的語言規範，是文言文所負載的結構體式，而八十年代的文體革命則是針對新傳統中的獨斷主義文體，包括哲學教條主義和美學教條主義影響下所形成的思維結構。與「五四」文體革命相比，八十年代的文體革命（在形式的範圍內）顯示出自己的時代性特點，這些特點主要的有以下兩個方面：

（一）「五四」文體革命在革命主體的意識層面上更突出文體外形式的革命，即符號表現系統的革命。它所要衝破的主要是數千年形成的詩歌、散文、小說等外形式規範，由於新的文化意識的巨大覺醒（「五四」的文化覺醒主要表現為人的覺醒和民族覺醒）導致他們無法用文言文表達那些深沉的、憂憤的、難以抑制的新感情與新思想，因此，他們首先必須從根本上改造符號表達體系，必須採取具有活力和自由度的白話文來負載他們豐富的思維成果。儘管他們也注意和介紹新的批評方法、研究方式（如胡適也講改良研究方法），但主要是着眼於語言形式的變革。而八十年代的文體革命，特別是文學批評界和文學理論界的文體革命，則主要着眼於文體的內形式的革命，即思維結構與思維方式的革命。它所要衝擊的主要是近幾十年來形成的內形式規範。被捲入這種文體變動的批評家們都清楚，構成文體深層的東西，是經過傳統文化長期積澱的積澱物。這種積澱物，有的凝固於語言系統的深層結構中，有的則形成民族集體無意識的思維習慣，即思維結構與思維方式，這是比文化意識、文化觀念處於更深層次的東西，是更具有惰性力的形成文學批評文本內結構的東西。因此，八十年代的批評家，傾其全力，自覺地舉起革新研究方法和批評方法的旗幟，熱情地改革主宰心靈、主宰文章的思維結構方式，從而使文體發生了內在的變化，並獲得深刻意義上的文體解放。

由於八十年代文體革命突出了思維結構和思維方式的變動，因此，這場變革的參與者，大量地接受西方最新的思維成果，包括解構主義、後現代主義、存在主義、語言學、闡釋學、現象學、符號學、接受美學等等。這些東方的思維接受者們都有獨立的心靈，他們並非對西方思想家們頂禮膜拜，而是借助於他們的思維成果，來開拓自己的思維空間，改變自己的思維結構和思維方式，進而造成文學批評文本結構的新格式，創造文學批評的新文體。

（二）儘管八十年代的文體革命，把自己的思索重心放在思維結構與思維方式上的內形式上，但是，他們並不是不注意外形式，他們把外形式視為文體的外結構，是文本結構中的一個和內結構緊密相關而且互為補充、互為運動的部份。因此，八十年代的文體革命，也在語言符號的更新上作了很大的努力，以至形成「術語爆炸」的現象。但是，這種外形式的變革與「五四」是有區別的。「五四」的文學外形式革命，主要是以本土的白話系統代替文言系統，是用「平民語言」代替「貴族語言」。為了豐富白話文系統，也引入許多外來語。但是，八十年代的文體外形式的革命，已沒有白話文和文書文轉換的歷史課題，因此，它的全部力量用於引入西方自然科學，社會科學、人文科學的術語，進行了一場實實在在的術語革命，實現了文學批評語言的一次更新。

這種術語革命，首先在廣度與量度上超過「五四」文學運動。五四新文學運動移用的新術語的背後主要是社會科學和文學（其他方面也有，但不多），而八十年代新術語的背後則是整個西方現代龐大的科學文化背景，是新的自然科學、社會科學、人文科學的各種體系。由於世界科學技術革命潮流的影響，由於社會文化的進步，我國當代的譯介機制比「五四」時期已強大得多，因此，「拿來」的氣魄也更大，大半都是體系性的移入，新術語也是體系性的大群移入。這種語言瀑布式的移入，常常使人眼花繚亂。但是，這次術語革命，關鍵還不在於移入，而在於進行了一次中國式的創造性同化。有人認為術語革命是照搬西方的名詞概念，其實不然。應當承認，在移入的初期，確實是留下許多搬用與湊合的痕跡。但是，超越這種幼稚階段之後，近年來，中國批評界已逐步自然地進行創造性的同化。這種同化有許多方法，有的是發散某一科學術語的多種意義；有的是發掘某一術語的象徵意義（在尊重其固定意義上的前提下）；有的則巧妙地把某一術語化入漢語的深層結構中；有的則不留痕跡地把新術語所體現的思維方式融入文章中。總之，這一術語爆炸現象與八十年代正處於信息革命、知識大爆炸的新時代有關。

「新術語」湧入後的非難與辯護

在這場文體革命中，無論是語言秩序的變動，還是思維結構思維方式的變動，都引起了激烈的爭論，至今，這場爭論仍在進行。在論爭中，被非議得最烈的是思維方式的變動，而被非議的最多的則是新批評術語的大量出現。但是，既然是文體的大變動，這種非議就是不可避免的，非議中有些屬於偏見，有些則是合理的。

但不管人們怎樣非議，怎樣困惑，文體的變動已勢在必行。僅以文體的語言部份來說，新批評術語的大量湧現已是無法避免、無法阻止的。這是時代使然。近代以來，我國一直處於政治、經濟、文化的大變動中，而最近十年，我國又處於深刻的改革進程中。在這種歷史轉型時期，社會結構、價值觀念、心理狀態都發生了很大的變化，無數新的現象必須重新解釋。這樣，原來的範疇概念體系就無法容納和解釋這些新的現象。此時，舊的語言系統就被脹裂，新的語言符號便一湧而進，於是，就不能不發生科學術語上的革命。對於科學術語的革命現象，往往會發生很激烈的不同認識的衝突。歷史性的誤解和歷史性的辯護總是同時發生，而且總是各自帶着自己的視角和感情而進行難分難解的爭執。

對於歷史轉型期出現的術語革命現象，馬克思主義的經典作家在他們的代表作中，早已表明了態度。恩格斯在《資本論》的英文版序言中就指出過：

> 有一個我們無法為讀者免除的困難是：一些名詞不僅要用在和日常生活上不同的意義上，而且要用在和普通政治經濟學上不同的意義上。這是不能避免的。一種科學每一次新的解釋的提出，都包含這門科學術語上的一次革命。

恩格斯顯然知道《資本論》中會使許多人「讀不懂」，知道這部巨著大量科學新術語的密集出現將會造成讀者閱讀的困難，但是他不得不聲明：這種困難是無法免除的，而科學術語上的革命也是不能避免的。馬克思主義經典作家對術語革命採取這種冷靜的、理性的態度，是很值得今天的一些對語言變革籠統地採取非難態度的人們參考的。

也是因為時代使然，我國近代已發生的程度不同的科學術語和文學術語的變革，也同樣都發生過歷史性的誤解和歷史性的辯護。辯護者將術語革命視為科學前進的要求和時代更新的派生物，看到它的不可逆性，對之採取寬容、理解和慎重選擇的態度；誤解者則將它視為「數典忘祖」的異端現象，將新術語的湧現視為「學風淪喪」和「文風墮落」，並因此而痛心疾首。因此，每一次的術語革命，其命運都差不多，大體上都經歷了三個步驟：一是更新；二是被非議；三是融化，即化入民族語言系統的深層結構之中。

我國近代第一次帶有某些術語革命性質的語言變動是從嚴復翻譯《天演論》等一系列西方學術著作開始的。以此為發端，西方的「進化」、「物競天擇」等新術語源源而入。但嚴復僅僅是從事某些術語的轉移工作，他本人則堅定地維護傳統的文本結構和文體規範，而且主張應堅持採用淵雅古奧的語言形式。當時梁啟超在《介紹新書原富》中批評他「文筆太務淵雅，刻意摹仿先秦文體」，但嚴復很不服氣，曾致答辯。儘管他不贊成文體的根本變革，但他在客觀上卻為文體革命提供了新的思想基石和新的範疇概念。

梁啟超提倡「新文體」的努力，可算是初步的文體革命。他為「五四」運動實現文言文系統向白話文系統的轉化做了準備。不幸的是，即使是這種表層性的語言轉移，也遭到保守家們的攻擊。但是，此次新術語的輸入，也得到時代性的辯護和支持。王國維這位大國學家，他對術語輸入採取寬容和理解的態度。他在《新學語之輸入》一文中，就嚴復以來的術語變革的現象進行理性的學術辯護。他認為新術語的輸入是「自然之勢」，是不能不發生的現象。他說：「……事物之無名者，實不便於吾人之思索，故我國學術而欲進步乎，則雖在閉關獨立之時代，猶不得不造新名，況西洋之學術駸駸而入中國，則言語之不足用，固自然之也。」又說：「這語者，思想之代表也。故新思想之輸入，即新言語輸入之意味也。十年以前，西洋學術之輸入，限於形而下學之方面。故雖有新字新語，於文學上尚未有顯著之影響也。數年以來，形上之學漸入於中國，而又有一日本焉，為之中間之驛騎。於是日本所造譯西語之漢文，以混混之勢，而侵入我國之文學界。好奇者濫用之，泥古者唾棄之，二者皆非也。夫普通之文字中，固無事於新奇之語也；至於講一學治一藝，則非增新語不可。」王國維作為一個國學大師，他也看到新術語的輸入之勢是不可逆的。因此他能夠採取開明的、寬容的態度。這說明他具有非同尋常的文化視野和容納新潮的博大情懷。這種文化心態顯然是比較健康與成熟的。

近現代真正的文體革命是在「五四」時期發生的。這是準確意義上的文體革命。這場革命之所以是確切意義的革命，就在於它是價值觀念體系與語言體系的根本變動。適應這一變動，當時國外的許多新的政治、文學術語大量地被「拿來」，東（日本）西（歐美）南（印度）北（蘇聯），許多時髦的概念範疇，紛紛破門而入。在語言革命中，原漢語系統發生了從文言文到白話文的歷史性轉變。在這種轉變中，新的白話文符號體系，吸收了舊漢語系統之外的兩個系統的語言：一是所謂「引車賣漿之徒」的通俗白話；二是從外國引入的新名詞術語。關於前者，當時與國粹派展開的一場有趣的爭論已經是眾所周知的了。關於後者，也極不容易，當時國粹派在反對「硬譯」和「音譯」的名義下，不斷地嘲諷拿來蘇聯和歐美的新範疇概念，十分固執地攻擊語言轉變。例如當時翻譯外國作家的名字採用音譯的辦法，本來是一件極正當、極平常的事，但卻被攻擊說：「做新文學家的秘訣，其一是用些『屠介納夫』『郭歌里』之類使人不懂的字樣。」讀不懂，成為反對語言變革最堂皇、最省力的理由。對此，魯迅曾寫了《不懂的音譯》一文加以駁斥，他說：「凡有舊來音譯的名目：如靴，獅子，葡萄，蘿蔔，佛，伊犁等……都毫不為奇的使用，而獨獨對於幾個新譯字來作怪；若是明知的，便可笑，倘不，更可憐。」魯迅的意思是很明白的，他認為語言的運用總有一個從陌生到熟悉，從不習慣到習慣的過程。例如獅子、葡萄、蘿蔔，在古代也是外來的音譯的語彙，但是一用久了，約定俗成，便化入漢語符號系統的深層結構中，使後人毫不為奇地使用；而對現在產生的一些新詞彙，卻大驚小怪，這是大可不必的。他還說：「自命為『國學家』的對於譯音也加以嘲笑，確可以算得一種古今的奇聞，但這不特顯示他的昏愚，實在也足以看出他的悲慘。」

「五四」運動以及其後一段時間裏，不僅有大量的日常意義上的新語彙出現，而且還有社會科學語彙不斷湧入，僅馬克思主義學說中的新名詞、新術語就令人應接不暇，於是，有一部份文人學士在心理上和感情上又承受不了。面對這種現象，當時的文化先驅者自然也是努力為術語革命辯護，以使新名詞術語所負載的新的思想取代已經陳腐的思想，以爭取中國人民精神上的更新和解放。正是這種深廣的、正義的目的，使得瞿秋白、魯迅不得不花費很多筆墨為術語革命作歷史性的申辯。在這場歷史性的申辯中，瞿秋白與魯迅在一九三一年的通訊中所表述的觀念是很深刻的。當時瞿秋白指出，在中國社會發生重大變動之時，在新的關係、新的現象大量出現的情況下，幾乎要迫使每一個中國人都充當造字的「倉頡」。他說：「一般的說起來，不但翻譯，就是自己的作品也是一樣，現在的文學家，哲學家，政論家，以及一切普通人，要想表現現在中國社會已經有的新的關係，新的現象，新的事物，新的觀念，就差不多人人都要做『倉頡』。這就是說，要天天創造新的字眼，新的句法。」他還說：「難道一九二五年初我們沒有在上海小沙渡替群眾造出『罷工』這一個字眼嗎？還有『游擊隊』，『游擊戰爭』，『右傾』，

『左傾』，『尾巴主義』，甚至於普通的『團結』，『堅決』，『動搖』等等，等等……這些說不盡的新的字眼，漸漸的容納到群眾的口頭上的言語裏去了，即使還沒有完全容納，那也已經有了可以容納的可能了。」在中國的二、三十年代這一社會激烈變動的歲月中，確實出現了大群的「新倉頡」，他們有意無意地都在創造新的語彙，便何況從事政治革命和思想文化革命的作家了。魯迅對於籠統地用「看不懂」的、似是而非的理由來否認語言變革是很不滿的。像「罷工」這個新術語，它概括一種新現象，這種概括也是不得已的。自然，開始出現時，也可能不甚了然，但一解釋，也「都懂得了」。當時有人非議魯迅的翻譯是「硬譯」的「天書」，也是用「看不懂」的理由，所以魯迅不能不帶着憤懣的心情說：「到這裏，又可以談到我的『硬譯』去了。推想起來，這是很應該跟着發生的問題：無產文學既然重在宣傳，宣傳必須多數能懂，那麼，你這些『硬譯』而難懂的理論『天書』，究竟為甚麼而譯的呢？不是等於不譯嗎？我的回答，是：為了我自己，和幾個以無產文學批評家自居的人，和一部份不圖『爽快』，不怕艱難，多少要明白一些這理論的讀者。」

僅從對「新術語」的態度，我們就可以知道，一切具有學術遠見，有博大科學情懷和健康思維的學者和作家，對歷史轉型時期中的語言變革與文體變革現象都是採取寬容、理解乃至支持的態度，甚至以自己的學識與心靈為這種變革作歷史性的辯護。這是因為他們能從術語革命的表面現象，理性地看到時代血液的更新，歷史脈搏的跳動，並感受到世界進步的信息。他們不可能對此採取簡單的態度，而只會採取鄭重的、科學的、熱情的態度，如果說，在本世紀的早期，王國維、魯迅就有這樣健康的成熟的心態，那麼，處於本世紀末的更廣泛、更深刻地感受到世界潮流的中國知識分子，就更應當具有這種心態，更應當看到，新術語的大量湧現，正是我們的祖國步入新時代的文化表現，正說明，我們祖國的改革開放事業，不僅在政治經濟層面上展開，而且也在文化的層面上展開，而不應當反而帶着一種封閉的病態思維去對待我們面前生氣勃勃的文化現象。

文體意識覺醒後的期待

經過數年的文體革命，今天的文學批評文體，從整體上已表現出一些新的共同性的時代特色。對這種特色作準確的理論把握並不容易，但與過去那種單一化的「代言體」相比，大約可感到的有：思路的主體方向；語言的豐富色彩；心態的明朗氣氛；風格的坦誠格調等等。

這就是說，批評主體已意識到批評既是對對象的評價，也是對自我作為人的尊嚴和價值的肯定。因此，批評主體應屬於自己，而不屬於他人，自然也不屬於「聖賢」。批評家應為自身立言，自己作為自己言論的主人，自己對自己的言論負責，他們有自己獨立的心靈和獨立的精神，有對文學的獨特的見解。為自身立言，並不是自我中心主義的反社會的病態人格，而是自身對祖國、對人類都有一種終極關懷的社會性健康人格，也就是對歷史負責和對祖國、人類負責的主體性人格。這與過去那種以時代的名義和毫不負責的非主體性批評品格完全不同。由於批評的主體性的覺醒，因此，批評者的心態是健康的，他們已告別過去的病態思維。這種病態思維表現為兩極的偏執：一極是在批評別人時咄咄逼人，以勢壓人，唯我獨尊；另一極則是在正面闡述自己的某個觀點時，處處設防，吞吞吐吐，不信任他人，也不信任自己。在文體變革中，這種病態心理已有很大的改變，批評家們大多數已打破心中的防禦體系和破壞體系，去掉卑怯心理與狂妄心理，因此，心態上顯得比較明朗。這種心態外化為批評文章的風格，便擯棄虛偽色彩，而顯現出坦誠的格調和境界。由於批評主體意識的覺醒，批評個性普遍得到強化，大部份批評家都在追求一種別人不可重複、難以代替的精神個性，與此相應，批評者棄絕了「文革語言」和「紅衛兵語言」，棄絕了污染文學批評的假話、空話、大話，而開始創造既有實際精神又有個性色彩的批評語言和理論語言，從而使評論語言呈現出多彩多姿的豐富色調。

新的批評文體不僅具有共同的時代性色彩，而且具有豐富的多重色彩。最近幾年，從北方到南方，出現了許多不同風貌的批評群體，他們都努力地表現出自己的文體特色。例如，堅持社會歷史批評方法的批評群體，他們的批評文章一方面仍然注意時代政治、經濟、文化背景對文學的影響，另一方面開始注意文學主體對歷史的選擇，思路上與十年前流行的社會學批評方法有很大的不同。他們吸取歷史的教訓，都在超越習慣性的文體模式。他們一般都比較寬容，既反對無根據的政治獨尊，又反對排拒他人的「美學獨斷」，既能容納十九世紀的藝術，也能容納二十世紀的藝術，這些批評家盡可能把歷史的尺度和美學的尺度結合起來，並已開始吸收新的思維成果和更新批評語言，他們的文章已表現出這類批評過去所沒有的初步的文體特點。有的群體則表現出印象主義批評的文體特點。這種文體早在三、四十年代李健吾等就曾嘗試過。李健吾受法朗士、王爾德的影響，在文學批評中更多地融入主體的體驗，以自身的靈魂去感悟作品的靈魂。因此，自己和別人都覺得這是一種靈魂的冒險。現在批評家運用這種方式大膽表述自己對作品的感受，在評論文章中總是讓一串串直覺型的、充滿生命氣息的經過主體體驗的句子，爭先恐後地向讀者湧來，使人們從中領會到一種躁動，一種活力，一種悟性，一種再創造。這種批評方法是一種自由地闡釋，它以批評家自身對文學的敏銳的感受力和人生經驗去闡釋，再加上新時期文學的作品較重視情緒的流動、感覺的獨特、語言的積極創新，更激起這些批評家作為同樣的現代人去擁有現代意識，去捕捉許許多多非理性的、原始的、奔湧的人生體驗。這種文體的主體性很強，常常憑着某種靈感和衝動寫出一些有感染力的、激盪人心的評論，但是，這類評論也往往產生理性分析不夠的弱點和實證不夠的弱點。他們常常不全面，捉住打動人們的一點就加以引申發揮，這種批評文體還在實驗中。上述這些批評群體，人文主義色彩較濃，而另一些批評群體，則表現出明顯的科學主義色彩。這一群體的優點是他們的批評帶有比較宏觀的文化視野，具有過去所沒有的開放度，更重視批評的深刻性和歷史感。與上述兩個才氣橫溢的批評群體區別更大的是文學新學科批評群體，這一群體提倡用新的科學方法進行文學批評，帶有更濃厚的學院色彩。他們致力於思維方式、思維觀念的變革，致力於正面的、系統的理論建設。另一方面，他們又運用自己所掌握的價值尺度觀照當代文學，對當代文學作了一些與自己的文學觀念相統一的價值評價。這一群體的文章較為扎實，但也常常發生堆砌新名詞的弱點。

作為文體的要求，從根本上說，還是個性色彩的要求。今天的批評家個性的追求已日趨自覺。因此，即使在文體上帶有群體性的共同傾向，他們各個個體之間的文體特點也正在逐步顯示出來。他們有的重視第一印象，從主體的最初感受進入批評；有的則重視作品文本，評論從文本的結構形式切入；有的則帶着一幅放大了的文化眼睛，以文化強光照射具體的作品：有的則捕捉現象，對現象進行冥想和思辨。雖然從總體上說，他們的批評具有某種共同的群體特色，然而，我們依然可以清晰地看到他們的個性色彩。

但是，應該承認，多數的批評家還處於嘗試的過程中，多數還是只有文體追求，但還未能形成自己的嚴格意義上的獨特文體。如前所說，文體作為一個大概念，它不僅是指語言形式，而且還包括內在視野、氣魄、個性、風格、思維方式等內在因素。有些評論文章儘管用了不少新術語，但還只能說是一種語言轉移。這種轉移還僅僅是一種技術操作，而不是心靈操作。一個真正的文體家，他必定把語言操作系統和心靈操作系統結合起來。最終用自己獨特的審美感覺去判斷，用自己獨特的心靈去感受，自然也用自己駕馭純熟的範疇概念系統去說話。而一般的語言轉移，無法進入心靈系統，因此，他們的文章儘管有不少新術語，但仍然無法使人感受到新的視野，新的個性和新的評述方式。語言轉移有深層轉移與表層轉移之分。表層轉移是某些概念和範疇的移用，這種對別人創造的語言的借用，自然是需要的、但是，真正的語言轉移，是深層的轉移，即把新術語化為自己的語言，化為自己的精神血肉，最後化為具有個性表現力的漢語符號系統的一部份，扎根於漢語的深層結構中。我國現代的文學家，如魯迅、胡適、聞一多、沈從文等，無一不是如此。他們的文體，在今天仍然是我們的楷模。他們是我國使用現代白話文進行文學創作和文學批評的第一代大師，在他們的文章中，大量地吸收了新術語，運用從國外拿來的許多新範疇概念，但是，他們的新術語都已化入漢語的深層結構中。因此，我們讀他們的著作文章，總覺得他們是用獨特的民族語言在與世界對話，感到在新術語之中包含着深刻的見識，寬廣的視野，民族的腔調，一切都顯得那麼自然，和諧，從容，沒有任何做作和賣弄，沒有任何湊合的痕跡，因此，他們的批評文章確實有自己的新的文體特點。

和第一代的現代文體家相比，八十年代新崛起的批評家還顯得不夠成熟。特別是前三、四年，批評和理論新潮剛剛興起時，確實出現過一些幼稚現象。近年來雖然有所克服，但生呑活剝、似是而非的文章有時還可以見到。有些批評工作者不了解真理是很樸素的，在使用新術語論證真理時也可以很清晰明白，不必故作深奧。故作深奧也是一種學術幼稚病。尤其令人擔憂的是，有些批評文章儘管在文學觀念中表現出一種不拘一格的聰穎，但讀起來總是令人難以接受，甚至覺得它與我們記憶中的某種文體相似。這是甚麼原因呢？我想，這是他們還沒有充份意識到文體最深層的部份是思維結構方式，是長期積澱下來的連自己也未必意識到的一種內在思維邏輯，而這對批評文體的影響卻是很大的。這些年青批評家在觀念異常新鮮甚至新奇的時候，思維方法則是陳舊的，例如，他們往往把自己認定的美學標準視為至高無上的唯一神聖的標準，試圖用這種標準去統一其他的價值標準，從而輕易地宣佈不符合自己的批評標準的文學是「非文學」。這種美學專斷儘管着意「標新立異」，但是在思維方式上卻與過去那種政治專斷有相似之處。因此，我們總要在這種新鮮的美學文章中聞到一種熟悉的「專制」的氣味。在八十年代的文體革命中，這種美學獨斷現象往往加深了歷史的誤解。

儘管文體變革出現了一些弱點和令人擔心的現象，但是，總的來說，文體革命帶給文壇以新的生命氣息，因此，今天重要的還是應當繼續探索和支持探索，勇於容納新潮，努力吸收人類一切新的思維成果，以新時代知識分子應有的胸襟和遠見，去支持新一代文學批評家的創造和建設。

綜上所述，我們可以看到，發生在八十年代的中國批評界的文體革命，決不是偶然的。它是時代所造成的。在文化大革命期間，中國的文學批評與中國的政治、經濟一樣，已走向絕路，已墮落為對中國人民實行心靈專政的工具。它如果不加以變革，就等於滅亡。正是在這個時候，它遇到一次絕路逢生的歷史契機，這就是中國人民作了一次歷史性的選擇，選擇了思想解放、改革開放的道路，選擇了拋棄「以階級鬥爭為綱」、把民族生活重心移向建設的道路。這是當代中國人民行進路上的一次史詩性的轉折。這一轉折，為中國當代文學重新獲得生命力創造了外在條件，為中國文學創作界和文學批評界的文體革命提供了歷史的契機。中國的文學批評家們，在祖國打開大門，吸收世界的新鮮空氣之後，也隨之打開自己封閉已久的心靈大門，廣泛地容納世界的文學新潮，積極地吸收二十世紀精神界的各種思維成果，拓展自己的思維空間。

當然，在歷史進步面前，我們的頭腦是清醒的。我們知道進步中難免有些糟粕和污穢，而且知道，業已進行的文體變革，主要還是衝破一種被時代所厭惡的舊文體，這是比較容易的，而要建設一種新的文體，則是非常困難的。它需要長期修養和鍛造的功夫。以過去的歷史經驗來說，「五四」文體革命取得那麼大的成功，但是，在衝破舊文言文體之後，在創造新的文體，特別是新的批評文體方面，卻艱辛得多。與文言文體系中那種精細的、成熟的文體相比，現代文體總的說來還顯得比較粗糙。而且，在新文體的建設過程中，還常受到外在因素的干擾，許多陳舊的思維方式和語言習慣還會常常以神聖的名義復活並污染現代文體的進步。三、四十年代出現的黨八股就是一例。更嚴重的是，經過激烈的反對之後又在六、七十年代變本加厲地氾濫。這段歷史，預示着中國文體變革的道路不會平坦，而文體建設的道路將十分漫長。今天，我們對此如果能有清醒的認識，我們的心態就會更加健康，我們的建設就會更加扎實，我們的探索，就會更有利於精神解放和個性創造力的解放。

一九八八年十一月中旬於北京勁松

選自《放逐諸神》

強化現代文學的學術個性

歷史闡釋的主體個性

我講這個題目總的意思就是要用「五四」的新文化精神、文化心態來研究「五四」所開創的我國現代文學，當然也包括五四新文學運動的準備階段，即十九世紀末和二十世紀初的文學。五四新文化運動本身就是個性解放運動，這裏所說的個性，包括文化個性、文學創作個性、文學研究個性等。五四新文學運動是從語言革命開始的，這場語言革命帶來了思想革命、文化革命，在語言符號系統更新的背後是整個價值觀念系統的變革。語言革命本身不僅是形式上的革命，它也是思想本身的革命。過去斯大林關於語言的見解帶有片面性，只看到語言是思想工具的消極的一面，沒有看到語言也操縱着人的思想觀念積極的一面。一個還生活在「道」、「氣」、「忠」、「孝」這樣一些範疇與概念系統中的人，不可能在思想觀念上真正更新。五四語言革命的一個結果，就是從總體上打破了我國數千年來的「代聖賢立言」的文體。五四運動的先驅者們，不再為聖人包括準聖人和假聖人立言，而為自己立言（為民族立言也是先從為自己立言出發），這是一個巨大的進步。因此，他們的文章，一個人一個樣，有自己獨特的語言，獨特的見解，獨特的個性，獨特的文體。讀一讀魯迅的《漢文學史綱要》、《中國小說史略》，還有胡適的《白話文學史》、《中國哲學史大綱》，不管對於其中的論點我們是否認同，但都應當承認他們各有自己的研究個性，有自己的學術語言和自己的文體。我們今天在研究他們所開創的這段文學史，也應當有這樣的文化精神和學術個性。

在魯迅、胡適之後，也就是在他們本身成為研究對象之後，現代文學研究的發端時期和以後一段歷史時期，是比較注意研究個性的。就以現代文學中研究得最充份的領域——魯迅研究來看，從二十年代開始，不同時期不同研究者就有各自不同的魯迅觀。他們對同一對象，看法很不相同，例如成仿吾和張定璜就完全不同，成仿吾欣賞的是帶有原始情感衝動的《不周山》，而張定璜則欣賞魯迅的「冷靜」。稍後的李長之，更有自己獨特的現象批判的視角。雖然魯迅不滿意他們的結論和他們的方法，但還是有可供參考之處。像瞿秋白、茅盾、周揚、馮雪峰、胡風等在主觀上都是要用馬克思主義的眼光來看魯迅，但所側重和突出的方面不同，結論也不一樣，有時在相互之間還產生明顯的分歧甚至尖銳的爭論，但他們都有各自的個性。那麼，我們今天又如何強化這種學術個性呢？我認為，今天現代文學研究的個性化，最重要的要打破統一的批評標準，充份地發揮研究者的學者個性和學者主體性。

文學的歷史，是整個歷史的一部份。對歷史的描述、展示和評價，僅僅是被動地記錄，還是包含着主體的參與呢？實際上，任何用語言符號系統重新展示的歷史，都已經不再是甚麼純粹客觀的歷史，而是主體參與了的歷史，即我參與的歷史，我接受的歷史，我闡釋的歷史；總之，是我心中的歷史，筆下的歷史。任何書面記載的歷史，都是主體選擇的特殊視角下的歷史，因此，不能不打下主體個性的烙印。現代闡釋學特別注意這一點，並不是沒有道理的。

當代青年批評家的主體性很強，為了強化批評個性，提出了「我的評論就是我」，這是個性的強烈表現。但是，這樣說並不完全準確。對於這個命題，是否可作如下的修正：不是我評價的就是我，而是我評價的是我的對象，是我的研究個性所擁抱的對象，是我的獨特眼光所透視的對象，是被我的心靈接受和被我的思想所闡釋的對象。簡言之，即對象是我的對象，對象是我評論的對象。這個對象，與過去的觀念的區別在於：（1）它是我的對象，不是他人的對象。他是我獨特視角下的對象，不是他人思想模式中和經典本本中的對象。研究個性喪失時，對象其實是他人的對象，是他人作了政治定論和美學定論的對象，這樣，在作評論時，實際上自身便生活在他人的思想模式之中，生活在他人的結論和鑒定之中，生活在他人的範疇與概念之中，也就是生活在他人的精神掌握之中。比如自五十年代中期以來，「打倒」這個作家，「批判」那個作品，一會兒認為是革命的，一會兒又斷定是「反革命」的，其中又有多少是我們自己獨立思考的結論呢？（2）它是我的意識所思考的對象，而不是獨立於我的意識之外的純粹對象。現象學、闡釋學都不承認純粹的存在，純粹的實體：對象一旦成為主體的對象，就不能不被主體所影響。

這裏涉及到哲學基點的問題。傳統哲學以物質本體論和反映論為基本構架，從而抹煞了存在的主體性。在這個哲學體系中，人被排除於世界的本體之外，並以認識論（反映論）代替價值論。於是，主體僅僅成為認識自然和所謂社會必然的工具，不能參與對世界的創造。在這個哲學基礎上形成的文學理論也是非主體性的，即把文學僅僅歸結為「現實的反映」。這樣，文學理論也就變成了一種庸俗社會學，完全離開了對豐富生動的主體精神世界的探索。主體性哲學則肯定存在本體是人類的物質和精神的實踐活動，人類世界是主體創造和解釋的意義對象。主體性文學理論認為文學不單純是現實的複製和反映，而是一種自由的存在方式，文學以自己獨特的方式解釋世界，同時揭示世界的審美意義。從主體性的哲學基點出發，可以了解，任何對象，都不是純粹的對象，而是主體創造和解釋的意義對象，現代文學史上的作家和他們的作品，都是文學史作者的意義對象。有了這種觀念，自然就會有各自的研究個性。

還需要特別説明的是，在可供主體闡釋的各種歷史對象中，文學和音樂等藝術門類的歷史或許是具有最大闡釋自由度的對象。文學對象和藝術對象可給研究主體提供最大的補充和再創造的廣闊空間。文藝學與歷史學不同，與研究發生於具體時間、具體空間的歷史事件不同。具體的歷史事件，闡釋的自由度較小，而對於文學藝術的風格、情感、情趣、個性等，研究者完全可以有自己獨特的體驗和獨特的感受，他人不可替代、不可重複的體驗與感受，這就為文學研究發揮學術個性提供了更大的可能性。

具有獨特的研究個性是不是不尊重歷史呢？不是的，這正是為了更尊重歷史，沒有個性與主體性的時候，就沒有足夠的主體力量去尊重歷史，去正視自己看到的歷史的真面目，去在準確的歷史評價中實現科學的良心。實事求是地直面真理和直面歷史事實，是需要主體的良知力量、人格力量和道義力量的。只要回想一下前面提到的過去那些批判運動的教訓，就不難理解這個道理。

最近有些朋友提出要重寫文學史，這也是實現學術個性的一種要求。我想，每一個人對歷史都有重寫權，事實上每一個人都在重新解釋歷史。就像文學理論家總是要重新界定文學的定義一樣。如果不是這樣，而是原封不動地重複和闡釋前人的結論，那就在實際上取消了、否定了繼續研究的必要了。但與其説「重寫」，不如説「改寫」更貼切。因為「改寫」包含着對已有的研究成果的尊重。已經問世的嚴肅的文學史書，都有作為一元存在的權利，我們新寫的文學史，不是無視原有的文學史書。過去寫的文學史書，一旦進入我們的視野，就成了我們思考、改寫、另寫的基礎，即使是完全推翻它，這「推翻」何嘗不是一種聯繫呢？我們不可能在文化空白中解釋歷史。應當承認過去所寫的歷史已在我們的頭腦中產生了文化積澱，已提供了我們進一步思考和探索的出發點。

在強化學術個性的問題上，需要克服過去的一種幼稚病，就是把自己的存在方式視為唯一合理的方式，把自己的價值尺度視為至高無上的尺度，企圖以自己的存在方式去統一全世界的存在方式，以自己的價值尺度去統一全世界的價值尺度。總想否定和自己的價值尺度不一樣的他者存在，正是產生極左思潮和獨斷主義的根源之一。我在《論丙崽》一文中提出，應當打破丙崽式的「非此即彼」的簡單粗鄙的二值判斷。反對那種要麼「爸爸爸」，要麼「X媽媽」的原始思維方式。我們的思想解放，當然可以批評和改革前人的思維模式，但關鍵是要立足於建設，而不是事事都要「取代」。不要總是講「一個吃掉一個」，講「你死我活」，而要講多元整合，多元共存，多元共生。通過打倒別人而取得成功的想法，是一種「蒼天已死，黃天當立」的農民起義者觀念。我想，我們還是要通過富有研究個性的學術建設來豐富和推進現代文學研究事業。

歷史寫作的「反時序」思考

這幾年，研究理論和研究歷史的學者常在議論當代性問題，這與前面所說的學術個性關係也很密切。首先，所謂當代性，強調的是這個時代與過去了的時代的差異，突出的正是當前這個時代的「個性」；其次，當代性又從歷史的、時代的角度，為強化學術個性的要求提供了客觀的依據。

我們所講的當代性，是相對歷史性而言的。因為現代文學從總體上說，它已成為歷史對象。我曾經在文學研究所的古代文學研究室發表過一個意見，說古代文學的研究對象是歷史，是歷史文化，但是，古代文學研究的性質屬於當代文化的範疇。因為它是當代人用當代的文化眼光去對歷史進行重新闡釋，它和古代學者對古代文學的研究性質不同。在我國，可以說，從王國維開始，古代文學研究就逐步進入現代文化的範疇。現代文學，今天已成為一種歷史文化，但是，當代人對它的研究，則屬於當代文化的範疇。因此，自然就要求具有當代性。

西方有位學者說過，無論是古代史還是現代史，其實都是當代史。即都是當代視野下的歷史，具有當代文化性質、當代文化品格的歷史。按照這種觀念，歷史寫作的思維方向就發生「反時序」流動（與通常所理解的時間流向相反的方向），這就是：不是從古代流動到現代然後又流動到當代，而是從當代流動到現代然後又流動到古代。我們研究歷史，評價歷史，不是從前天、昨天到今天，而是從今天到昨天到前天，是把當代的眼光和當代的文化精神往過去伸延，往現代文學乃至往古代文學伸延，思維的光波不斷地往後流去，並且在思維世界中不斷地出現今天視野中的過去。這種方向流動的意思是：歷史在被人們重新描述的過程中，總是被當代化，總是被當代文化所同化。今天展開的歷史，和《四書》、《五經》時代所展示的歷史，和司馬遷所展示的歷史，和梁啟超、章太炎所展示的歷史都不一樣了。正是把當代精神伸延到歷史中，我們才贏得了對歷史的新的發現，才賦予歷史以新的意義。這樣，傳統也就被當代化了，傳統也就不僅是過去的遺骸，而且是獲得了向未來延伸的新的精神生命。

我們所講的當代性，內涵是很豐富的，包括當代的時代精神和當代的科學、文化精神，也包括當代的歷史觀、文化觀、文學觀等。例如，我們這十年所講的當代科學性，理應包括開放時代的特點，說得較為具體些，就是更加尊重事實、尊重人、尊重各種不同歷史選擇和不同歷史學派的科學性。進入新時期以來，現代文學研究工作所以在觀念、方法、視野、價值尺度和具體結論等各個方面，都有這樣那樣的突破和創新，無不與這種當代性有關，也處處留下了它的印記。為了強化當代性，在研究現代文學時，就要求自覺地以當代人的歷史觀、文化觀去審視這段文學歷史。而這裏所說的歷史觀和文化觀，不限於具體問題上的具體結論，它還包括歷史觀、文化觀本身的含義和觀念，例如，有兩個歷史觀念就值得我們重新思考。

直線進化觀質疑

第一，歷史是否總是依據直線進化律前進？相應的，文學是否總是依據直線進化律在提高自己的水平？如果承認這一規律，就會遇到一系列問題，例如，是否「左翼」文學不論在整體上還是在哪一個方面都比「五四」初期的新文學水平高？工農兵文學是否同樣都比「左翼」文學高？一九四九年後的文學是否又比一九四九年前的文學水平高？在很長的一段時期裏，我們對上述問題的肯定性答案深信不疑，還作過種種論證，似乎現代文學一直順利地進行在筆直平坦的大道上。這些年來，一些朋友開始對此提出了疑問。這些疑問不是沒有理由的。這是因為，首先，這種直線進化論沒有看到我國現代文學歷史上一個又一個階段的遞進並不都是文學運動自身自然演進的事實。每一種事物，它的正常發展過程應當是一個自然演進的過程，即在前一階段發展到成熟之後自然地進入後一個階段。但是，我國的現代文學不全是這種自然演變。它不是在前一個階段的文學發展到成熟的程度之後才過渡到後一個階段，而往往是受到外在因素（主要是政治因素）的巨大衝擊後發生的跳躍和「突變」。這種情況勢必造成正在發展中和剛要進入成熟的文學需要重新尋找另一條陌生的道路。例如魯迅的小說從《吶喊》到《徬徨》，用他自己的話說，後者「技巧稍為圓熟，刻劃也稍加深切」，這是一個自然推進的成熟過程。但是，時代未能提供它繼續沿着同一方向正常推進，新的社會革命迫使他中斷這一過程。他不得不拿起投槍與匕首似的更加便於戰鬥的雜文武器，連後來所寫的取材於歷史的小說也帶有雜文的筆法和鋒芒。很難說這種變化是文學自身發展的邏輯結果。從二十年代初期的新文學到三十年代的左翼文學，再到四十年代的工農兵文學的飛躍，文學以外的因素的作用都是十分明顯也是十分重要的，這不能不造成文學自身在新的階段上由於準備不足而產生幼稚、粗糙甚至藝術水準下降的現象。

這種現象也許正是社會進步的一種難以完全避免的代價。文學進步與社會進步並不都成正比。政治、經濟的因素有時可以加速文學的發展，但並非總是如此，所以，馬克思主義才提出藝術生產和社會生產的不平衡規律。因為，社會進步和文學進步兩者的前提並不一致，要求和目的不一定一致，前行的步伐和結果也不一致。於是，出現差異乃至相反的情況也就不奇怪了。由於這些原因，文學的進步（甚至整個文化的進步）不僅不一定與社會進步成正比，有時社會進步的急切需求還往往需要文學以至整個文化付出巨大的代價，甚至不得不為社會的進步而犧牲自身的利益。社會進步的要求不一定符合文學自身發展的要求，許多現象許多行為，作為歷史的要求，作為社會進步的要求是合理的、必要的，但對於文學，卻不能不說是一種犧牲。例如革命戰爭，它在某些時候是符合歷史要求的，但往往會在某些程度上中斷文學的繁榮和提高的進程。經濟的進步要求也常常不能不讓文學付出代價。我們目前不也正遇到這樣的困惑嗎？從歷史上看也是這樣的，秦王朝為了統一的戰爭，固然是歷史前行的要求，但是文化上卻付出了代價，秦代的文化文學就不如「詩經」時代。蘇聯的十月革命就算歷史進步，但是，革命過程中蘇聯的文學藝術卻付出了相當大的代價。在十月革命前，俄國的現實主義文學獲得驚人的成就，而現代主義藝術也已有相當程度的發展（它是未來主義、結構主義藝術發端的國家之一）。但是，十月革命後，這兩方面的發展都暫時中斷。我國抗戰時期，對日本帝國主義展開艱苦卓絕的鬥爭，這自然是完全符合歷史的進步要求的，抗戰時期的文學藝術也都表現出充份的正義性和道義水平，但是，當時祖國正處於危險中，一切有良知的作家不能不把自己的文學納入為民族戰爭服務的軌道，因此，就不能不犧牲文學本身的一些利益，包括以降低藝術水平為代價。社會鬥爭、民族鬥爭的過份緊迫對於文學的發展可能產生負作用，其道理並不難理解，因為鬥爭的緊迫性使文學與社會沒有歷史距離，心理距離，作家藝術家難以從容地通過歷史事件去透視和思考人類的命運，同樣也難以使自己的作品充份藝術化。毛澤東在延安文藝座談會上的講話也明白這一點。他明白當時的文學不能不變成文化武裝，不能不先考慮普及。從他的詩歌創作看，他具有很高的文學修養，但從當時的政治需要出發，他又把「刀、口、牛、羊」和「雪中送炭」的普及性文學放在首位。他意識到，抗戰時期的文藝，延安的革命文藝，不可能是「陽春白雪」，不可能是藝術的高級形態，只能是是比較粗糙的、普及性的東西。因此，不能說這些「刀口牛羊」在各個方面都比「五四」文學、左翼文學具有更高的水平，都是「五四」文學的進化、提高和發展。反之，它在政治上進步了，但在藝術上卻有些退化了。這種退化，是社會進步的代價，是歷史進步的代價。

社會進步的尖銳需求，常常使文化、文學發生「偏至」現象（就是魯迅早就提到過的「文化偏至」現象）。這種「偏至」有時是巨大的偏至。例如，把文學作為完成政治任務的工具，作為另一種軍隊。這種「偏至」和傾斜，在某個特殊的歷史時期是可以理解的，但是如果把「偏至」普遍化，把不得不「偏至」的現象和方針作為永恆的準則，那就會造成文學的災難。按照列寧的觀點，思維實際上是一系列的圓圈，我們不能把圓圈的某一弧線硬拉成直線，進而把這一直線當成思維的永恆規律。一九四九年之後，社會正常發展了，我們本應給予文學藝術補償，應當更尊重它自身的規律，給它更多的時間和自由生長的條件，鼓勵它的藝術追求，減輕它的政治負擔和戰爭時期遺留下來的精神負載。但是，我們不僅沒有這樣做，反而把戰爭時期的「偏至」性的特殊政策和文學觀念全部延續下來，仍然要求文學從屬政治，仍然把文學作為階級鬥爭的工具，又使文學繼續作出犧牲。然而，到了這個時候，這種犧牲已不利於社會的進步，不利於新社會的建設、安寧，不利新社會精神生產的豐富、繁榮和人民心靈生活的幸福，因此也不再是文學必須付出的代價了。

即使拋開外在的因素，就文學本身的發展規律來說，文學的發展也不總是直線進化和直線上升的。歷史是一種程序，但文學的成果卻無法按照歷史的先後程序來確定它的高低。屬於歷史後期的文學高峰與屬於歷史前期的文學高峰，可以並列，卻難以比出高低。正因為正視文學發展的這種特殊現象，馬克思才認定古希臘的文學具有永久的魅力，認定它作為人類童年時代所創造的文學高峰是永遠不可企及的。這就是說，人類社會在不斷進步，將來還會發生更大的進步，但是文學不一定隨着社會的進步而產生比希臘文學更高水平的文學高峰。即使產生了新的和希臘文學可以並肩的高峰，例如莎士比亞、托爾斯泰這樣的高峰，也只是並列的高峰，而不能說前一高峰不如後一高峰。從高和低的判斷意義上說，文學精品本身帶有不可比性，後代的批評家不必作「褒此抑彼」的努力。這一觀念，雨果表達得非常精彩。他說：「在人世事物中，而且正是作為人世的事物，藝術屬於一種特殊的例外。……世界上一切事物之所以美，就在於能夠自臻完美；一切事物都具有這種特性：生長、繁殖、增強、獲取、進步、一天勝似一天；這同時既是事物的光榮，也是事物的生命。而藝術的美，卻在於它無從更臻完美。……一部傑作一經成立，便會永存不朽。第一位詩人成功了，也就是達到了成功的頂峰。你跟着他攀登而上，即使達到了同樣的高度，但決不會比他更高。哦，你的名字就叫但丁好了，但他的名字卻叫荷馬。」[1] 應當承

1　雨果：《論文學》，第一二九頁。

認我們過去在對現代文學的評價和研究中，往往缺乏足夠的科學力量正視馬克思、雨果早已指出過的現象和規律，幼稚地把對現代文學的評價和闡釋，作為政治宣傳的一環，用現實的政治功利尺度來評判現代文學史，過份地肯定政治對於現代文學發展的推動作用，以致認為現代文學與政治的關係愈來愈直接的現象是愈來愈好的現象。這種不注意文學內部規律的歷史描述，把文學的發展過程視為一個接一個的飛躍過程——不斷處於新起點、不斷從頭做起的過程。文學史家既然把這種過程視為完全合乎規律性的過程，就必然否定文學發展是需要依靠自身進行歷史積累的過程——不斷深化文學本身特殊使命、特殊性質的漫長而且艱巨的過程。例如，任何偉大的作家，都在他的一生中孜孜不倦地深化對於人類命運的思考，深化對於人類的終極關懷，都對整個人類擺脱生存困境和改善生存狀態盡可能地做出貢獻。這種帶有永恆性質的問題，需要連續性的思考，需要長期的積累和不斷深化（不管是本人的、階級的、民族的、世界的），它不宜老是被突發性的外部因素所打斷。在這個意義上，所謂作家的「思想進步」，不應該是局限於所謂政治立場上的進步，而應當是更內在的也是更重要的對人類命運的認識上的深化和對人類終極關懷深廣度的增加。像何其芳後期所苦惱的「思想進步、藝術退步」的現象，其「思想進步」的內涵需要重新界定，否則將永遠無法解開這個文學之謎。上述這種文學自身發展的特殊規律和特殊要求告訴我們，對於文學創作這種異常豐富、複雜的精神現象，確實不能簡單對待，包括對於作家中的「精神貴族」現象也是如此。可以說，沒有那個平靜安寧的莊園，就沒有托爾斯泰。一個偉大的作家，往往需要長期的、安靜地深化他對人類思考和對藝術的思考，我國現代文學史上的一些富有天才和社會責任感的作家，他們不自覺地充當了歷史的「人質」，隨着歷史的左右運動而長久地處於焦躁的浮沉之中，以致影響自己潛心地創造更加博大的作品，這是非常可惜的。魯迅在革命的漩渦中，有時還是想保持一點距離以展開對人類命運較深邃的思考，但是，他的這點很低的要求，也被處於熱情很高、處於亢奮狀態的論者諷刺為「有閒、有閒、有閒」，魯迅除了以《三閒集》的題名回敬之外，在當時並不能贏得社會普遍的真正理解。站在今天的歷史高度上重新審視這種遭遇，不能說魯迅是幸運的。

歷史運動與個人選擇的責任

第二，歷史是不是只按照客觀的必然律運行，其中有沒有作為歷史創造者的主體選擇的責任？以往我們的歷史觀，只承認歷史存在客觀發展的必然規律。從宏觀上看，確實有這樣的規律可尋，某些規律也確實發生過決定性的作用。但是，不能忘記，客觀規律是必須由人（主體）及其實踐去把握、去實現的，人這個創造主體的選擇，不可能不發揮一定的作用。以往我們對這一點總是不敢正視。對必然性的崇拜往往會導致歷史宿命論。事實上，時代總是給人提供多種可能性，多種選擇的可能性。特別在重大的轉折關頭和關鍵時刻，歷史的演進必定面臨一個以上的可能性。但是我們在評價現代作家的時候，卻總是把他們的每一次發展變化看作是社會環境和歷史運動所決定的，從而把他們的選擇說成是唯一的可能性和絕對的必然性，不敢對他們的選擇做出批評。例如，在現代文學史上許多作家走上革命的道路，在政治上他們的選擇是對的，這是歷史的要求，但是他們的政治選擇往往伴隨着另一種選擇，就是把藝術完全納入政治軌道，而且否定自己剛剛創造過的藝術。這是不是唯一可行、唯一正確的道路呢？可以做些分析。例如郭沫若在「五四」時期的詩歌獲得成功，乃是浪漫主義和表現主義的成功，《立在地球邊上放號》、《天狗》都是典型的表現主義作品。但是他倡導革命文學之後，作了另一種選擇，就是對表現主義全盤否定，他自己說花了很大的力量才克服了表現主義的影響，結果他逐步失去了五四時代那種詩情，寫了一些標語口號式的詩。到底是表現主義、浪漫主義使他成為詩人郭沫若，還是克服表現主義、浪漫主義使他成為詩人郭沫若呢？我們還應該進一步問：在這種歷史條件下，作家是不是也可以有另一種選擇的可能性，例如像布萊希特那樣的選擇呢？大家都知道，布萊希特對馬克思主義抱有信念，認為我們這個時代，沒有馬克思主義，就沒有希望。他直接投身無產階級革命運動，但他始終不喪失自己的藝術個性和一貫的藝術追求，他的藝術也一直屬於全人類，他今天仍被認為是二十世紀最偉大的作家之一。革命立場和革命運動並不改變他作為現代主義藝術大師的本色，他創造了陌生化的間離效果，使人們從世俗世界中跳出來，用另一種新鮮的眼光來看世界。他超越了當時一般作家的視野，以富有個性的創作豐富了人類的心靈，也豐富了馬克思主義文化體系。和盧卡契相比，他更了不起。盧卡契用十九世紀作家的眼光觀察和闡釋馬克思主義和二十世紀文學現象，出現了學院派式的偏差。布萊希特的選擇是否比郭沫若的選擇更合理呢？我想，這是不難回答的。很奇怪，像巴爾扎克、托爾斯泰、陀斯妥耶夫斯基、托馬斯．曼那樣的文學巨人總是愈老愈成熟，而有些中國現代作家反而愈老愈幼稚。即使像茅盾這樣的大家，在二、三十年代肩挑兩個世紀，同時進入兩個大的審美範疇，兩個大的審美世界，對兩個世紀的藝術都沒有偏見，而新中國成立後，卻回到十九世紀，對本世紀的藝術懷有種種偏見（他的《夜讀偶記》可以證明這一點），這是不是也與他的選擇不當有關呢？還有像魯迅，他在渡過「五四」的文化高潮之後，接受了馬克思主義文化思潮。在新舊之交，他同樣陷入選擇的痛苦。當時他面對新思潮滿腔熱情，但是他覺得自己是在「邯鄲學步」，對他原來的思路和寫法不滿足了，卻又對新的世界、新的題材、新的思路不熟悉。因此，他不得不基本上放棄小說創作，選擇了寫「感應的神經，攻守的手足」式的雜文，並以自己的天才把這種作為社會改革器具的文體發揮到極致。與此同時，他一度想寫取材紅軍戰鬥生活的小說（還請陳賡將軍介紹情況），這樣的選擇是否合適，就值得懷疑——我們很難相信魯迅能夠勝任這個任務，能夠寫出描寫紅軍的優秀作品。相比之下，如果他繼續寫他熟悉的農村，寫得更深廣，更宏大，把當年創作《阿Q正傳》的才能發揮到新的程度，可能是一種更好的即既革命又有高度藝術價值的選擇。

除了歷史觀之外，我還想談談文化觀。現代文學研究要表現出學術個性來，還有一個重要的方面是需要有自由深邃的文化觀。現在已經普遍開始注重用文化視角來觀照文學，包括觀照現代文學。這個很好的趨勢，將為今後的研究開拓新的領域。但是，對於掌握文化視角的主體現在有兩個問題：一是如何解決把文化分析與審美分析結合起來。對於文學作品的文化分析與對科學、歷史的文化分析不同，它必須回到文學本體中。文學也是一種文化，但它不是現實文化，不是政治倫理層次上的文化，而是超越的文化，用語言符號進行自由創造的審美文化。只有注意它的特點，分析才不會空泛。過去我們用政治分析代替審美分析，今天可不能用文化分析代替審美分析，不要簡單地貼文化標籤。不管是實證也好，思辨也好，文學研究最基本的前提，還是要讀作品，要從作品中、從作品群中去發現文化現象。文學一方面屬於文化，一方面又反抗文化。不要像過去搞一個階級一個典型那樣，現在又搞一個文化層一個模式。文學如果離開扎實的審美分析，如果離開對具體作品獨到的體驗和細緻的感受，就很容易落進單調呆板的模式。文學總是不斷地突破模式，文學研究也應當如此。例如，從文化現象來看，在現代文學中，有的作家就樂於和善於寫青年學生，學生敏感熱情，又容易接受新思潮，像郭沫若、郁達夫、巴金等都喜歡他們，以之為自己不少作品的主人。初期革命文學一度產生過「革命加戀愛」，這也是與作家的這種喜愛和選擇有關。而有些作家則樂於和善於寫公務員，社會下層的小人物。例如魯迅、葉聖陶、張天翼等。公務員與小人物是另一種文化心態，他們沒有學生的熱情，不容易接受新思潮，比較世故，保守，但很懂得「關係學」一類的東西。而不管是寫學生的作家群，還是寫公務員、小人物的作家群，群中的每個作家又不一樣，他們又有自己的創作個性和審美特點，他們決不是生活在共同的文化模式中。

另一個問題是研究主體必須具有獨特的深刻的文化觀。現代的新文學運動是與整個新文化運動同時發生的，因此，五四新文學運動的先鋒本身都又是批判傳統文化的先鋒。他們的文學作品都滲透了新的文化精神和蘊含着深厚的現代文化內涵。研究現代文學如果脱離現代文化觀念，如果脱離中西文化交匯和文化撞擊的總背景，就不可能充份地深刻地認識和剖析所研究的文學現象。過去我們在現代文學研究中往往強調左翼文學、工農兵文學在政治上的日益激進，而忽略了這些具有革命性質、政治傾向極強的文學，有的在文化思潮上卻包含了一些退化的跡象，即忽略了在革命往前推進的時候，文化心態上並沒有同時跟着前進的一面。例如，對於農民的文化思想，魯迅的認識是極其深刻的，他看到在自給自足的封閉社會中，在未莊文化的氛圍中，中國小生產者的落後、愚昧、麻木和不覺悟，他們的自發革命性，帶有非科學、非民主的傾向，甚至帶有很大的盲目性。他們的革命意識很大程度上只是「取代」意識，阿Q的皇帝夢裏不就包含着革命成功後新的剝奪與佔有嗎？但是，左翼文學與工農兵文學在謳歌農民的革命性時，往往誇大農民的革命本能和自發革命性，把它們理想化和現代化，以至於斷言阿Q的時代已經死了。當趙樹理在解放後清醒地發現並塑造了「吃不飽」、「小腿疼」、「鐵算盤」等農民形象時，不少人反而感到驚訝，感到趙樹理需要批判，而對於那些一味謳歌農民，對農民的「革命到頭」思想和感謝救世主、感謝清官的文化觀念不加批判的作品，反而作為社會主義文學接受下來。

在民主革命中，根據中國的具體國情，在政治上依靠農民，充份重視農民革命性和革命力量，這不等於在文化上必須確認農民的文化精神和文化心理也是最先進的、最標準的。魯迅如果這樣看，他就不會塑造出阿Q的形象和閏土、祥林嫂這樣的形象。應當看到，農民的文化思想系統中，並沒有現代意義上的民主要求和科學要求，他們倒是受到「家長制」的農業文明觀念影響很深，他們往往成為封建宗法思想的土壤，但是，我們的作家，常常沒有達到魯迅那樣的認識水平，在謳歌政治革命時卻把農民思想作為最革命的思想，在這點上，與魯迅相比，他們有熱情的一面，但也有膚淺的一面。我們在研究現代文學史的時候自然應當站在今天的文化層面上審視過去的經驗。

我們能看到文學的非直線上升，能看到主體在歷史面前並非毫無選擇的自由，看到「五四」文化精神在現代文學史上的某些退化，是今天這個時代賦予我們的新的眼光，也正是所謂當代性。如果沒有對極左思潮的批評，如果沒有幾經曲折和痛苦的歷史教訓，如果不是我們的國家打開大門讓我們與世界文學潮流作了粗略的比較，我們就很難有上述這類覺悟，也很難充份地意識到堅持學術尊嚴，發揮學術個性是個何等迫切的事。五四新文學運動已經接近七十週年了，在這個時候，我們如果能真正以「五四」的文化精神重新觀察一下「五四」時期開始發生的現代文學，審視其中的成功與曲折，那將會使我們明白許多道理。

此文根據一九八八年十月十七日在「現代文學研究創新座談會」上的發言整理，發表於《中國現代文學研究》叢刊一九八九年第二期。

選自《放逐諸神》

文學史悖論

一九八八年，我在已故的王瑤先生所主持的中國現代文學創新座談會上，對以往的中國現代文學史的編寫原則，進行商榷。我認為，前四十年大陸編寫的中國現代文學史，其文學史觀可稱為「直線進化論」。這種直線進化論的基本觀念是：一代有一代的文學，而後一代文學是前一代文學的進化，因此，它總是優勝於前一代文學。體現這種文學觀念主要不是先後的時序問題，而是連着先後時序的優劣價值判斷問題，描述方式與價值判斷完全合一。在這種文學史觀的支配下，從「五四」開始的中國現代文學便被展示為這樣一個直線進化過程：

二十年代：產生優於古代文學的現代啟蒙文學；

三十年代：（二十年代就開始發生）：產生優於啟蒙文學的革命文學和左翼文學；

四十年代：產生優於左翼文學的工農兵文學；

五十年代：產生優於工農兵文學的社會主義現實主義文學。

七十年代後，隨着政治的變動，重新編寫的中國現代文學史，把受政治影響而被開除出文學史的一些作家如艾青等重新請入史書，這無疑是一種進步。但是，新編的文學史並沒有擺脫「直線進化」的描述模式。正因為這樣，便有上海一批年青學人，呼籲「重寫文學史」，這種呼籲完全是一種學術要求。直到最近，才知道國內有人對此義憤填膺，認為這是「企圖打破社會主義文學史，樹立資產階級文學史」，這種胡亂「上綱」真使我大吃一驚，知道探討編寫文學史原則也是一件麻煩事。

我在一九八八年的座談會上，對「直線進化」觀念提出幾點質疑：一、直線進化論沒有看到我國現代文學史上一個又一個階段的遞進並不都是文學運動自身自然演進的事實。每一種事物，它的正常發展過程應當是一個自然的過程，即在前一階段發展到成熟之後才過渡到後一階段。但我國現代文學並不是這種自然演進，而是受到外在因素（主要是政治因素）的巨大衝擊後而發生的跳躍和「突變」。這種情況迫使許多作家放棄日趨成熟的寫法而尋找另一種陌生的道路，從而造成這些作家在新的道路上由於準備不足而產生的幼稚、粗糙和藝術水平的下降現象。二、文學的進步不可能與社會進步成正比。政治、經濟因素有時可以成為文學發展的現實動力，使文學與社會表現為發展的同步性，但社會也可能為了自身的進步而要求文學藝術為它付出代價，此時，文學藝術則表現為止步和非同步。現代文學就經常處於「付出代價」的境況之中。三、就文學本身的發展規律而言，文學的發展並不總是直線進化或直線上升的。文學的成果無法按照歷史的先後程序來確定它的高低優劣。屬於歷史後期的文學高峰與屬於歷史前期的文學高峰，可以並列，卻難以比出高低。正因為這種特殊現象，馬克思才認定古希臘的神話具有「永久的魅力」。我提出的這些理由，只是為了說明，不應當把非常複雜的文學現象簡單化。無論是史實問題還是史觀問題都不應當簡單化。關於史實問題，中國現代文學並非只有進化而沒有退化，並非只有發展而沒有停滯，並非只有成功而沒有失敗。中國現代文學史，至少是雙重走向的文學史，既有成功的現象，也有失敗的現象，甚至有嚴重的失敗現象（即文學的退化現象）。不正視研究失敗現象，把現代文學史寫成單一情節的革命文學的進行曲和頌歌，這於政治沒有意義，於文學更無意義。關於史論問題（即文學史觀），不僅在大陸，而且在全世界學術界都在討論，美國哈佛大學出版社就出版過《重寫美國文學史》的論文集。所謂「重寫」，首先是對文學觀的重新審定，而這又是一個學術性極強的問題。

筆者不贊同單一情節的文學史觀，並不是說，每一部文學史都應當涵蓋一切，而是說，無論編寫何種類型（包括文體史、斷代史、通史等）的文學史，對史的整個過程都應當看到它的悖論，看到它乃是一個多種走向、多種情節和多種意識系統和話語系統互相交匯的過程。注意文學史的悖論，有可能打開重寫文學史的思路。以下，我試列出若干組悖論的內涵。

第一組悖論：文學發展，文學無發展

確認文學是發展的，是確認文學具有時代性、歷時性，確認文學隨時代的變遷而變遷，一代有一代的文學。以往文學史家關於唐詩——宋詞——元曲——明清小說的發展輪廓，就是文學時代性輪廓。「五四」時期胡適強調的正是這一點。從文學無法脱離時代和不能脱離具體的歷史情境這一層面上說，這種描述是無可非議的，它成為二十世紀中國一代學人的文學史觀，是不奇怪的。

然而，文學又無所謂發展。這是因為文學藝術屬於超越性文化。它既有與現實生活的流遷發展相連結的一面，又有超越現實和超越時空的獨立自足的一面。一部具有藝術價值的作品產生之後或一種文學模式、文學傳統形成之後，它便成為一種獨立自足的存在，並不隨着時間的流動而失去審美價值，這就是文學的永久性。例如屈原、李白、杜甫、蘇軾的詩歌，歷經千年，今天仍然非常輝煌，這就是詩的超越、自足、永久等品格在起作用。從這一意義上說，文學無所謂發展，更無所謂從低級到高級進化。不能説李白、杜甫是屈原的進化，也不能說胡適、郭沫若是李白的進化。與此相通，荷馬史詩，莎士比亞戲劇、托爾斯泰和陀斯妥耶夫斯基的小說、海明威和福克納小說，形成文學高峰之後，便具有超時空的永久性魅力，成為獨立自足的符號系統，前高峰與後高峰只是並列關係，而不是發展關係。「五四」時期吳宓、梅光迪等強調的正是文學無所謂發展的一面。梅光迪說：「蓋文學體裁不同，而各有所長，不可更代混淆。而有獨立並存之價值，豈可盡棄他種體裁，而獨尊白話乎？文學進化至難言者，西方名家（如美國十九世紀散文及文學評論大家韓士立），多斥文學進化論為流俗之錯誤，而吾國人乃迷信之。且謂西洋近世文學，由古典派而變為浪漫派，由浪漫派而變為寫實派，今則由寫實派而變為印象、未來、新浪漫諸派，一若後派必優於前派，後派興而前派即絕跡者。然此稍讀西洋文學史，稍聞西洋諸論者，即不作此等妄言。」[1]

胡適與梅光迪的爭論，一個強調文學的時代性、歷時性；一個強調文學的超越性、自足性，兩極互不相容，而實際上兩種觀念都符合充份理由律，都道破文學史悖論中的一端。今天，我們不應當再把這兩種觀念的對立，視為「革命」與「反動」（或稱保守）的對立，而應視為各持文學史悖論的一端。這樣，對現代文學史的評述將更加合理。

第二組悖論：文學發展具共時性；文學發展具歷時性

共時性是指某種文學模式與文學形態對文學的分割和間斷；歷時性則是通過文學模式、文學形態的

1 梅光迪：《評提倡新文化者》，見《學衡》第一期。

轉換，實現文學的發展。因此，這一組悖論是指文學的空間系統對時間系統的切割形成共時性而自身又有歷時性的過程。文學的地理大勢（空間位置）所形成的文學特徵（不同的地方的文學特徵），總是常有共時性的特點，這種因空間位置而形成的文學模式繼承自身的原始文化符碼，形成一種穩定的藝術特徵系統。例如，中國的南方文學模式和北方文學模式，歐洲的古希臘文學模式和希伯萊文學模式，就形成相對穩定的特徵系統。在整個文學史向前流動的過程中，它仍然保持自己相對穩定的審美特點，自外於不斷流動的文學思潮，形成對文學史進行分割的特殊現象。以我國的南方文學模式與北方文學模式而言，儘管中國文學千姿萬態地往前流動，跨越過數千年的時間，但是兩種模式總是保留着相對應的不同風格，大約前者表現為柔，後者表現為剛。這一點，從古代文論到現代文論都有過論述，《隋書·文學·傳序》論南北朝文學區別時就說：「彼此好尚，互有異同。江左宮商發越，貴族清綺；河朔詞義貞剛，重乎氣質。氣質則理勝其詞，清綺則文過其意。理深者便於時用，文華者宜於詠歌。此其南北詞人得失之大較也。」梁啟超在《中國地理大勢論》中說：「燕趙多慷慨悲歌之士，吳楚多放誕纖麗之文，自古然矣。自唐以前，於詩於文於賦，皆南北各為家數。長城飲馬，河梁攜手，北人之氣概也；江南草長，洞庭始波，南人情懷也。散文之長江大河，一瀉千里者，北方為優；駢文之鏤雲刻月，善移我情者，南人為優。」王國維在《宋元戲曲考》中說：「元代南北二戲，佳處略同。惟北劇悲壯沉雄，南戲清柔曲折。」劉師培在《南北文學不同論》中也說：「大抵北方之地，土厚水深，民在其間，多尚實際。南方之地，水勢浩瀚，民在其際，多尚虛無。民崇實際，故所著之文，不外記事析理二端。民尚虛無，故所作之文，或為言志抒情之體。」儘管他們各自用自己的語言來描述，但認識卻大體相同，即北方文學較多陽剛氣質，其風格大體上是豪放悲壯，而南方文學較多陰柔氣質，其風格大體上是清麗婉約。一尚氣勢，一尚情懷。這種空間的差異在唐以前一直跨越着時代而保持着穩定性特點。這便是切割時間與超越時間的共時性，或者說，是共時的空間性。

文學模式對文學傳統的形成起着根本作用。由於文學模式和文學形態的穩定性，才形成某種文學傳統。這種文學傳統所具備的基本文化符碼（重要的是基本藝術方法和藝術語言）不容易打破，因此，它帶有超時空性質。但某一文學傳統中的各種文學模式和文學形態，在傳遞的過程中，又帶有可選擇性。隨着時間的推移，接受主體不斷發生轉移，文本的意義也不斷地被再創造。而文學模式和文學形態的轉換，又造成傳統的變遷，這就造成文學史的歷時性。例如，我國南北方文學模式又都有自己的歷時性情節，以詩歌而言，儘管南北詩的基本風格不同，但作為詩歌形態，它則經歷了一個從四言詩體、五言詩體、七言詩體到自由詩體的歷時性故事。

第三組悖論：文學的週期性，文學的非週期性

我國近代的史學觀發生革命（以進化論取代循環論）之後，循環論即被視為理論錯誤。但是，循環論作為對事物發展週期性的描述，卻在一定的範圍內說明了文學發展的某種特徵。文學作為生命現象和語言現象，它與社會（人）的審美心理需求，與作家詩人自身創造的個性需求緊密地聯繫在一起，因此，當某一走向的文學發展到極端之後，如果持續的時間太長，社會就會產生另一走向的文學的心理需求。有人把這種現象稱為文學的「鐘擺現象」。這種週期性循環現象，表現為各種不同形態，有時是「雅」與「俗」美學風格的循環，有時是文與質重心互移的循環，有時是「寫實」與「寫虛」互換的循環，有

時是言志與載道從邊緣到中心的易位循環。最近剛讀新出版的陳平原《二十世紀中國小說史》，他就打破直線進化論，注意到小說「由俗入雅與由雅向俗」的週期性現象，並作了具體的描述，他說：「把小說推到極雅以至脫離讀者大眾的地步，一轉過來，很可能是極俗。小說發展中的雅、俗的交替作用，就像鐘擺運動一樣，兩邊動作的幅度幾乎相等。」[1]

對於文學的週期性現象，容格（C. Jung）的原型批評特別重視，他認為原型就是不斷重複出現的意象。加拿大的著名文學理論家弗萊（Northrop Frye）發揮這種觀念，認為文學的發展乃是一個封閉的生態循環。他認為，從神的誕生、歷險、勝利、受難、死亡直到神的復活，這是一個完整的循環故事，象徵着晝夜更替和四季循環的自然節奏。對應於春天的是喜劇，喜劇講的是神的誕生和戀愛的故事，充滿了希望和歡樂，表現出蓬勃的青春戰勝衰朽的老年；對應夏天的是傳奇，傳奇講的是神的歷險與勝利，它富於夢幻般的神奇色彩；對應於秋天的是悲劇，這是神的受難和死亡的階段，表現出崇高和悲壯的精神；對應於冬天的是諷刺，這是表現神死而尚未再生的階段，諷刺愈強，這個世界就愈荒誕。但是，正如冬天過後是春天，當諷刺文學發展到極端，就有回到神話的趨勢。現代文學史的卡夫卡（F. Kafka）的《變形記》和喬伊斯（J. Joyce）的《尤里西斯》，就是諷刺的極端，它們卻又表現出古希臘神話的某種特徵。

但是，如果說，文學發展軌跡，並沒有週期性，也是完全對的。因為，上述弗萊諸家所描述的現象，都無法否定另外一個事實，即每一部文學作品都是一次性現象，任何真正優秀的文學藝術作品，都

1 陳平原：《二十世紀中國小說史》，第四章第三節，北京大學出版社，一九八九年版。

帶有不可重複、不可替代的個性。歷史上不可能出現確切意義上的週期性的文學循環現象。弗萊所描述的喜劇、傳奇、悲劇、諷刺的循環，只是作品中內蘊的某種文化精神和美學精神的週期性呈現，並不是精確意義上的文學重現。古代的喜劇、傳奇、悲劇、諷刺與現代的喜劇、傳奇、悲劇、諷刺畢竟存在着質的巨大差異。不同時間、空間層面上的諷刺，有時比同一層面上的悲劇與諷刺的區別還要大。因此，就審美形式的某一層次上說，弗萊是有道理的，但從審美形式的另一層次，弗萊的觀念又是難以成立的。

第四組悖論：文學時間不可逆，文學時間可逆

以直線進化論描述中國現代文學史的編撰主體，只有不可逆的時間觀。但這只是現實時間觀，而不是審美時間觀。文學藝術的時間，是情感化了的時間，它把時間的過去、現在、將來都融化於情感的瞬間之中。由於宇宙、社會、人生、文學藝術極其豐富複雜，時間並不同質。

在現實生活和物質生產的層面上，時間確實是不可逆的，「逝者如斯夫」，它像江河一樣往前流動，永遠無法倒流。現實生活推動着人的審美需求的發展，社會現實日新月異，文學藝術也總有新的內容和形式出現。文學史的編寫，注意時間的不可逆性，注意文學在新的時間點上的變化是合理的。

但是，文學作為超越現實的自由存在方式，它克服了自然時間和社會時間（現實時間）的限制，創造出自由時間——審美時間。在審美時間中，審美主體不是作為自然物，也不是作為現實的人，而是作為全面發展的個性及其對象而存在的。這種存在克服了自然時間和社會時間的外在性，成為自由精神本

身的形式，因此，它便不再以現實時間的過去、現在、將來這種不可逆的單向性展開，而是自由地馳騁於時間向度上，可以「觀古今於須臾，撫四海於一瞬」，即可順應現實時間而走，也可逆現實時間而行。可以倒流，可以把「古往今來」皆備於我的瞬間之中，即可讓過去、現在、未來通過主體的內在感覺機制互為流動和轉化。作家創作的自由之一，就是他可以隨時打破日常經驗，重新安排時空秩序而造成特殊的藝術效果。「意識流」文學的產生，就是它打破了現實的時空結構，並把這種時空結構主體化、內在化。沒有時間的可逆觀念就沒有意識流文學。文學創作可以處於特殊的自由時間形式中。縱觀文學史也可以發現一種逆時序的特殊現象，即某一時代的文學可以突破現實時間的障礙重新回到前代的審美精神形式中，例如宋人可以寫唐詩，現代人可以作魏晉文。錢鍾書先生在《談藝錄》中說：「非曰唐詩必出唐人，宋詩必出宋人也。故唐之少陵、昌黎、香山、東野，實唐人之開宋調者；宋之柯山、白石、九僧、四靈，則宋人之有唐音者。」所謂「宋人之有唐音」，就是時間由宋向唐而逆轉。

確認時間的可逆性，所作的文學史便帶有另一種特點，如錢基博先生的《現代中國文學史》就是一例。[1] 這部史書從體例上初看起來，我們會感到很奇怪。書中所描述的對象都是近代人與現代人，即民國時期的作家詩人。但是，它卻把全書分為兩篇：上編為「古文學」，下編為「新文學」。上編的文類的第一節標題是「魏晉文」，描述的卻是王闓運、廖平、吳虞、章太炎、蘇曼殊等人的作品；第二節「駢文」，描述的卻是劉師培等人的文章。而第二章詩類，第一節則稱為「中晚唐詩」，描述的是近代樊增祥諸人的詩；第二節「宋詩」，描述的則是陳三立、張之洞、陳衍、鄭孝胥等人的詩。該部文學史的特

1 錢基博：《現代中國文學史長編》，一九三二，一九三六年增訂，書名改為《現代中國文學史》。現據香港龍門書店一九六五年影印本（增訂本）。

點和價值，就是充份考慮到文學時間的可逆性。

第五組悖論：文學有規律，文學無規律

前人所概括的某些文學發展規律，如「在前者必居於盛，在後者必居於衰」的退化論，「一代有一代文學之所勝」的進化論，以及天人相通文如冬夏春秋之流轉的循環論，都只能反映某種文學史的軌跡，而不能構成全部文學史的發展規律。

這裏是從文學史講文學發展規律，不是談文學寫作的規律，但兩者都有一個悖論問題，而且這個問題一直困擾着文論家們。關於文學創作規律，即創作是否有「法」可尋的問題，我國古代文論家葉燮曾有過精彩的論述。他認為，要講詩法是非常困難的，如果硬是要講，只能從宏觀上說，詩文萬千形態，但都不出「理、事、情」三要素的組合[1]。但是，要從微觀上講詩文的規律，那就很難了，「然則詩文，豈有定法哉？」他舉了一個很生動的例子，說：「雲之態以萬計，無一同也。以至雲之色相，雲之性情，無一同也。雲或有時歸，或有時竟一去不歸；或有時全歸，或有時半歸，無一同也。……若以法繩天地之文，則泰山之將出雲也，必先聚雲族而謀之曰：吾將出雲而為天地之文矣。先之以某雲，繼之以某雲；以某雲為起，以某雲為伏；以某雲為照應……。」[2]他認為，詩文是具有高度獨創性的，就像雨態雲姿，瞬息萬變，不可能預先按照某種「法」而作。

1 葉燮：《原詩．內篇》。
2 同上。

文學發展的情況與這一道理也相通，它的發展從宏觀上說，帶有某種規律，從微觀上則沒有規律。還可以相對地說，古典時代有某種規律（規範性），現代發展則沒有規律。在古典時代，文學主體的個性較不發達，形式上規範性、理性較強，內容上較注意群體價值，關注集體生存，而現代文學（以現代主義為代表）則更關注個體價值，更趨向於非理性化、非規範化。文學發展的共同規律是從古典形態走向現代形態，這可以說是宏觀上的發展規律。但是，從微觀上看，文學無所謂必然，無所謂法則（特別是絕對意義的法則），無所謂發展規律（特別是絕對意義的發展規律）。說詩、小說逐步走向散文化，或說一切文學之進化都是「先真樸而後工巧」等等，似乎是一個規律，但也不盡然，如從漢賦到魏晉六朝的賦，就不是這種規律，而是相反。漢賦過於工巧而無真樸，六朝的賦則秀麗悠揚，反而有些直樸。另外，「一代文學有一代文學之所勝」的判斷（從焦循到王國維都持這種觀點），如果作為「必然」，也很難成立。例如，持這種觀點的人說，漢代以賦勝，其實漢代司馬遷等人的文比賦更有價值。把賦當作漢代文學的象徵，未必妥當。說宋以詞勝，但宋詩也有巨大的價值，如蘇軾、陸游的詩均以數千計，而詞則只有一卷。錢鍾書先生對「一代有一代文學之所勝」的觀念就不贊成，他說：「王靜安《宋元戲曲史》，序有『漢賦、唐詩、宋詞、元曲』之說。謂某體至某朝而始盛，可也；若用意等於理堂，謂某體限於某朝，作者之多，即證作品之佳，則又買菜求益之見矣。元詩固不如元曲，漢賦遂能勝漢文，相如高出子長耶。唐詩遂能勝唐文耶。宋詞遂能勝宋詩若文耶。」[1] 文學進入現代社會之後，由於個性的充份發展，便給作家與批評家都出了難題。對於作家來說，他們必須以更大的力量去衝破已有的規範，

1 錢鍾書：《談藝錄》，第三零、三一頁，中華書局。

力求作品的獨創；而對於批評家來說，要概括這種本身就是反規範、反法則、反法律的現象，要從無法則、無規律抽象出法則和規律就更難，大約正是因為這樣，才會出現如德里達（J. Derrida）那樣的文學見解。我覺得，德里達的見解中最緊要的是他的「補充」和「共生」原理。在他看來，文學世界無所謂規律，無所謂先後，無所謂主次，無所謂因果。那些從古到今排定主次的概念，諸如實質與表象、主體與客體、形式與意義、思維與語言、個人與社會、人工與自然、虛構與真實都失去了它的意義，剩下唯一可為的就是補充——補充空缺。而補充與補充對象，替代與替代對象又是共生的。這裏我們不是要討論對於這一原理是否應當認同，而是要說，這種原理的提出，反映了文學藝術走到個性充份發展的時代，也走到無規律可言的困境。

揭開文學史的悖論，可以使人們對文學史過程的認識，更加深刻，但不等於解決了文學史編寫的實際運作。文學史編寫的過程，是一個不斷思考、處理悖論的過程。此過程中有幾個關鍵點必須把握：

（一）必須區分文學發展的現實層次和審美層次，區分現實時間與審美時間。文學呈現為前一層次時可以作先後因果的比較，呈現為後一層次時，則無法比較，即無法作價值判斷（無法作與時序相應的優劣高低的比較）。在這點上，文學完全不同於生物的進化。我國古代批評家對文學發展的問題，早就有「世變論」與「體裁論」之別。這種區別就是把描述的重心放在現實層次上（展示文學隨世代而變的過程）還是放在審美層次上（展示文學類型的歷史過程）的區別。我國近四十年來所編寫的文學史可以說是絕對的世變論。這種對文學隨世而變的絕對強調，便是以現世的時間作為文學史的時間，以現世的意識形態作為文學評價的準尺。

（二）必須區分文學歷史過程的事實描述和描述過程中的價值判斷。文學歷史過程的先後、新舊、變遷，並不天然地與優劣、高低、好壞相聯繫。直線進化論的錯誤在於把文學類型完全等同於生物類型，以為後起的文學必優於過去的文學；新的藝術必優於舊的藝術。把隨着現實時間的推移而出現的文學內容與文學形式輕易地作「進步」的價值判斷。事實上，社會進步與藝術進步並不平衡。

（三）在進行價值判斷時，必須區分現實價值系統和審美價值系統，在審美價值系統中，又必須尊重不同藝術個性的特殊價值。不可用於外在於文學的價值標準來把握文學史，也不可用單一的獨斷性的審美價值標準來研究文學。任何歷史過程的展示都必定與某種價值觀念相連結，因此，如何處理不同價值層次和不同價值觀念的問題，在編寫文學史時是非常重要的。「五四」運動時，胡適、周作人等先驅者，也宣稱文言文學是「死文學」，只有白話文學才是「活文學」，這是忽略了文學史的悖論，以單一的審美價值標準作為參照系。「五四」之後，特別下半世紀，常常輕易地宣佈大量的文學為「死亡」的「封資修」文學，也是單一價值標準下的暴虐行為，這與文學史的實際相去萬里。而對於真正的文學死亡卻視而不見。

我國二十年代之後，大陸的文學史觀發生很大的變化而且編寫出不少文學史，但是，普遍地存在着兩個問題：一是沒有在文學史觀上或在編寫文學史的實際操作中，注意文學史的悖論；二是未能注意在處理悖論時區分文學的現實層面與審美層面，從而混同了現實時空與審美時空。具體地說，包括：

（1）「五四」新文學草創時期，胡適、陳獨秀、周作人等所倡導的文學革命，在現實層面上，它促使文學從少數人的獨享中解放出來，從而在社會更廣泛層面上滿足閱讀的需求，這是巨大的進步。而且，文學革命的意義不僅在於文學本身，而且超出文學之外，成為中國現代整個反封建的思想革命的一部份。當時站在文學革命對立面的林琴南、梅光迪等似乎是一些書呆子，他們的缺點是無視文學革命在現實層面上的意義，只顧維護「桐城」文言文的文學利益。由於他們以單一的審美眼光看待具有巨大現實意義的文學革命，因此導致他們籠統地否定這場革命。但是，如果把他們對於文學的具體觀念放在審美的層面上看，這些觀念則有許多是合理的。而胡適、陳獨秀、周作人的問題，則是沒有看到文學處於現實層面與處於審美層面的巨大區別，沒有注意到文學史悖論的另一面，這又導致他們否定了一些不該否定的作品，如把《聊齋志異》等指責為「非人的文學」。

（2）二十世紀下半葉大陸新編的文學史，以直線進化的模式去描述新文學的歷史過程，認為「五四」新文學、革命文學、左翼文學、延安工農兵文學、新中國社會主義現實主義文學，一代勝過一代，這又是沒有區別文學的現實層面和審美層面。在現實的功利層面上，就新文學對政治的參與和文學的政治效用而言，文學好像是進步了。但是在審美的層面上，卻發生了明顯的退化和鄙俗化現象。這種退化和鄙俗化包括古雅美學觀被視為一種有罪的美學觀，包括任何被界定為「貴族文學」的文學風格的消失，包括二十、三十年代的代表性作家、藝術家的退步，包括以現實語言系統代替藝術語言系統，包括漢語藝術魅力的弱化，包括審美時空觀念的被遺忘，包括在創作實踐中製作出大量只有工具意義而沒有欣賞意義的作品。我曾提出要注意研究「思想進步，藝術退步」的現象，就是要研究文學在思想層面上和藝術層面上的不平衡現象。

（3）由於忽視文學史的悖論，大陸新編的現代文學史還明顯地現出線性思維方式，這種思維方法過份強調文學的發展按照某種「必然」的模式行進，從而忽視文學發展中的「偶然」事件，忽視作家在文學發展中主體選擇的責任和天才作家（個體傑出才能）在文學發展中的特殊作用。

（4）由於無視文學史的悖論，也就不可能尊重文學和文學歷史的多樣性質和豐富性質，而總是以單一的價值標準構造文學史，這樣，就必定會形成嚴重的傾斜。胡適的《白話文學史》和解放後的《中國現代文學史》都是採用單一的情節和價值尺度，所以都過份地突出自己確定的「主流文學」和「中心文學」。其實，根據悖論的內涵，文學史的過程包含着許多文學現象，每一種文學現象都可以反映文學歷史過程一角。即處於所謂「邊緣」的文學，未必就比處於所謂「中心」的文學遜色。「中心」與「邊緣」往往只存在於「中心」與「邊緣」概念製造者的掌握之中。所謂「主流」與「非主流」也往往如此。文學解釋的壟斷，只能造成一種新的文化暴力。

我希望，以上對於文學史悖論的思考，有助於人們心平氣和地在學術的層面上探討「重寫文學史」的問題，有助於擺脱以政治判斷代替審美判斷的簡單化病態。文學史觀的問題是世界各地都在討論的學術性很強的問題，靠發老爺脾氣和發少爺脾氣是解決不了的。

一九九零年六月於芝加哥大學

選自《放逐諸神》

關於文學史悖論的補充對話

時間：一九九零年七月一日晚
地點：芝加哥 S. Maryland St. 五六三零號

劉再復：（以下簡稱劉）《二十一世紀》剛把《文學史悖論》發了出來，你看到了吧。

李歐梵：（以下簡稱李） 我看到了。這幾條悖論很有意思，你在下星期三要作系列講座，那麼，我們今天就以這幾條悖論為基礎，先討論一下。

劉：解決這些悖論的關鍵是分清二個不同的層面，即現實與審美的層面。從現實層面上說，革命文學與當時的革命運動同步，它跟着時代發展而不斷發展。革命不斷深入，工農大眾作為革命的主要力量愈來愈明顯，因此，革命文學也愈來愈大眾化，通俗化，從這一層面上看，左翼文學比「五四」文學進步，延安文學比左翼文學進步。但從審美的層面上看，則是另一回事。從文學價值來說，不能說《子夜》是《阿Q正傳》的進化，也不能說《李家莊的變遷》、《太陽照在桑乾河上》是《子夜》的進化。就一個時代的文學價值總量來說，從「五四」文學到延安文學，更多地倒是呈現出退化現象。儘管延安的農民文學也有成就，特別是趙樹理在吸收現實的活的農民語言方面較之「五四」時期的作家，有其優越之處。

李：寫作文學史，注意文學發展的悖論，注意處於不同層面的文學作品不同的價值呈現，是很重要的。在你提示的幾對悖論之外，我還想補充三條。

第一條，用福柯的話說，歷史具有延續性，歷史又是具有斷續性。歷史從這一點演變到另一點，這是讀史的人讀出來的，像考古學家一樣，從歷史廢墟中找到了碎片，然後把它貫串起來。文學史也可以說是一種碎片的貫串，一種解釋。在解釋過程中可以印證你講的悖論，一方面是發展的，另一方面是不發展的，二者之間有一種張力。觀覽歷史進程，我們可發現「斷裂」現象，即舊的已經死亡，而新的還沒有產生，「青黃不接」，這段時間是一種痛苦。有一種說法，認為整個「五四」時代是「斷裂」的時代。這樣的時代，往往是因為突然有一個或一群具有強大原創力的作家出現，他們把原來的成法顛覆掉，自己制定出一些新規則來。魯迅就是一個有原創力的作家，現代短篇小說經過他的創造，建立了新形式，舊形式的歷史就發生斷裂。新形式一旦建立，人們就紛紛模擬他，歷史又延襲下來。中國的歷史研究太注重延續性，不注重斷續性，文學史研究也是如此。要注意二者之間的區別，兩者的不平衡。

第二條，主潮與非主潮。構成歷史的不僅是主潮，還有非主潮，或者叫做非主流。非主潮就是邊緣。重新審視文學史時，要注意它的邊緣部份。往往是邊緣上的作家和作品起了切斷的作用，這是中國文學史家常常忽視的問題。比如新感覺派小說家施蟄存、穆時英、劉吶鷗等以及象徵主義詩人李金髮、戴望舒等，他們就切斷主流文學史好幾年，他們不屬於主流派，但他們切斷所謂主流小說史、主流詩歌史，如果沒有他們，就沒有後來的張愛玲。

劉：《九葉集》的詩人，也很值得探討。它屬於非主潮，但很有藝術價值，它切斷主流而獨立自足。

李：第三條，文學史不僅是意義的歷史，而且是形式的歷史，內容與形式之間總是有張力。而形式本身的演變就牽涉到文體的問題。中國古時候講主流是講漢賦、唐詩、宋詞，講的是那一個時代的形式史。到了現代的文學史家，卻看不到形式流動，只看到思想內容、意識形態。古時候把文體變動視為主流。這個傳統應重新帶進二十世紀中國文學史的寫作。某個時代文體形式的產生也是既有延續性，又有斷續性，如短篇小說的產生就有切斷作用，他切斷明清的長篇，魯迅從歐洲的文體中找出短篇小說形式，是具有革命作用的。

劉：你補充這三條很有意思。把這些悖論提示出來，思路就可拓展得更寬廣。在我提出的幾對悖論中，特別注意到時間。在文學創作中，時間是自由時間，這種時間帶有可逆性，現代人可作古代文體，汪曾祺、阿城可寫古代筆記體小說，當然，這是在新的時間維度上的筆記小說，而且這只是就形式而言。文學史寫作的時間觀念也很重要，以往大陸的現代文學史寫作，其時間都是政治時間，文學史的描述完全納入政治時間框架，文學發展階段以政治時間來劃分，於是，一九四九年就變成現代文學與當代文學區分的時間點。中國的現代政治確實對中國的現代文學影響極大，但文學的發展還是具有衝破政治時間而獨立自足發展的一面，這一面也許是「地下」的，也許是未被批評家充份發現的。我提示這一點，是希望文學史寫作，第一要先回到「文學」，第二再回到「史」上，而這一回歸，首先是要把握文學的特殊時間。

李：你提出這個問題很值得注意的。前幾年我支持北大幾位朋友提出的「二十世紀文學史」概念也是着意想打破政治時間框架。過去大陸的文學史作者的時間觀念確實是先驗的政治時間觀念，例如一說現代，就想到某次政治革命標誌着歷史進入現代，而沒有想到現代意識、現代性、現代主義等。現代性問題，在西方已成老調，它包括進步的歷史觀念，高度發展的工業商品和科學技術，嚴密的各種制度等。現代主義是對過度發展的城市工業文明的反抗，是對現代性的反抗，但在中國，還沒有提出這個問題，然而，在文學上也出現現代主義文學，如魯迅的《野草》，三十年代的新感覺派小說以及象徵主義詩歌，這些文學現象很難納入政治時間框架。

劉：這些現象與當時的反映政治進程的所謂主潮文學並不相通，與政治潮流極不合拍，其實，文學史的寫作，恰恰應當注意某一個歷史時期語言藝術形式和當時流行的社會現象、意識形態現象共通與不共通、持續與斷續的錯綜複雜關係，在複雜的關係中，有突然的切斷，有突發的篇章，有突起的異軍，種種偶然的、複雜的現象都不是必然律所能解釋的。

李：先預設一個革命歷史的模式，然後跟着這個模式走，實際上是在毛澤東規定的價值系統裏寫政治史的文學版本，完全政治意識形態化。其實，文學現象非常複雜，往往不是純粹的上意識，而是上意識和下意識的交叉。例如巴爾扎克寫新階級起來之時，一個女人愛上一個貴族，卻嫁給一個性無能的人；而包法利夫人住在鄉下，嫁給鄉下紳士，想的則是巴黎時裝等等，既有上意識也有下意識，這是新馬克思主義者的研究方法。我們可以把「階級」去掉，但「階層」可以說，如三、四十年代北京、上海的「作家群」、「讀者群」，他們確實有一個共同的意識形態，這種意識形態就是「歷史進步」，左聯就是一個意識形態階層。在「歷史進步」的觀念下，文學從城市走向鄉村，小說愈寫愈長，長篇小說就開始變成主流。到了抗戰時期，宣傳需要街頭劇，戲劇就興起來，這是形式、文體。劍橋的文學史就是這樣寫的。

劉：你現在研究新感覺派小說，研究現代主義詩歌，不理睬已有的歷史模式，像考古者找出一個歷史碎片，然後通過這一碎片，把那個時代的東西尋找出來和描述出來。但是，要找出歷史性之「片」也不是很容易的。

李：找這個「片」，就是找個描寫歷史的切入口。切入的角度很重要，我們要自己掌握切入的權力，不要沿襲「革命前輩」提供的那個現成的橫切面，當然我們是不會亂切的。

劉：掌握切入的權力要靠自己獨特的眼光，獨特的詩識與史識。以前我們也有「切法」，但太簡單，那是用進化論或階級論的切刀，新與舊兩塊切得太簡單，思想意義與藝術形式也切得太簡單。事實上，新與舊交叉、新與舊「並置」的複雜情況很多，新的東西背後總是拖着舊的影子。這一點，我們以前忽略了。

李：新與舊往往並置，這是值得注意的。《狂人日記》是第一篇現代白話文小說，但它前邊的序文是文言文，新舊文體並置，這種並置便形成一種張力。

劉：也可以說形成新與舊的共生結構。一個新的東西背後總是有舊的影子，「五四」時期的小說形式是全新的，但小說筆調又往往是中國古代散文式的，這也許是小說家尚未擺脫「詩文正宗」的舊影子。

李：茅盾的《子夜》，在上意識層面上是很革命的，思想意識全新，但下意識層面卻是頹廢的，它表現意識形態部份很乏味，但描寫性壓抑寫得很好，消化掉一部份意識形態，這也是一種並置，革命與頹廢的並置。不能簡單地用「進步」與「反動」這兩極概念來作價值判斷。

劉：你抓住現代文學史的「頹廢」現象，這也是一個很好的切入口，這個題目也可作大文章。

選自《放逐諸神》

論文學藝術中的天才現象

天才難以定義

甚麼是天才？儘管過去許多人講過。但實際上它畢竟是非常複雜的現象，很難準確地說清。今天我講這個題目，仍然是「靈魂的冒險」（法朗士話）。而且也只能給天才作些描述性定義，很難作本質性定義。要作本質性定義，也許需要一百年後腦科學進一步發展，才有可能。

在以往的天才定義中，大約有四種不同意見。第一種是強調天才是上帝派來的，自天而降的，即強調天才的先驗性、先天性與神秘性，也可以說是強調天才的神性與魔性及不可知性。所以他們乾脆稱天才為天縱之才，與人力無關。魯迅先生《摩羅詩力說》一文中，把天才詩人拜倫等稱為具有魔鬼般魅力的詩人，這些詩人具有魔鬼般的反抗性與破壞性，魯迅很欣賞，他覺得我國的大詩人屈原缺少這種叛逆精神，所以一直不滿意。魯迅這一觀點大約受到英國著名詩人彌爾頓的影響。彌爾頓在《失樂園》裏稱讚的正是摩羅詩人。一魔鬼性也是天性，也是天才的特徵。第二種意思，強調天才是父母給的，即強調天才的遺傳性、生理性。一些不信神的科學家、哲學家，他們認為天才是人而不是神，也不是魔，但是具有常人所沒有的特殊的遺傳基因，也就是說，他們雖是人，但擁有超人的基因或者說超人的秉賦。尼采把人分為末人——人——超人，意思是說，在人類進化的長鏈條中，天才屬於比人進化得更高級、更完備的超人，其腦袋、其神經、其基因均有別於常人。魯迅受尼采影響，寫出《狂人日記》與《阿Q正傳》這兩部代表作。前者的主人公狂人屬於超人，後者主人公阿Q屬於末人。末人是尚未完成進化的人。魯迅自己從未如此說過，但我們似乎可以這麼作這樣的解讀。第三種意見，是強調天才乃是自己爭來的即強調天才的自創性，也就是後天現象。持守這一意見的人，幾乎不承認天才的存在。例如魯迅就說過：「哪有甚麼天才，我是連別人喝咖啡的時間都在緊張工作。」他只承認後天的勤奮努力。錢鍾書先生也說過一句話：「大器從來晚成」，認定偉大人物都不是少年得志而是大器晚成，從來如此，這是規律。我在講述禪宗、講述《紅樓夢》時說慧能是天才，但我也強調天才的悟性不是憑空而悟，而是閱歷而悟，修煉而悟，慧能固然天生有超人的悟性，憑着聽了「應無所住而生其心」就捕捉禪學的要點，的確非同凡響，但他最後成為劃時代的佛門大師，乃是一生不斷磨練、不斷感悟的結果。中國最偉大的文學作品《紅樓夢》的誕生，既仰仗曹雪芹的天賦才能，又仰仗他不怕「十年辛酸淚」艱苦寫作的結果。其人格化身，小說主人公賈寶玉童年時就說了「男子泥作，女子水作」的天語，但最後的大徹大悟是經歷了情感折磨、皮肉痛楚、家道變故等刻骨銘心的經驗之後。《紅樓夢》哲學的深刻，不在於色空（這一點所有的宗教家都可看到），而在於曹雪芹讓自己的主人公像釋迦牟尼那樣經歷了榮華富貴，然後在色世界的頂峰上看穿色世界的空無：白茫茫一片真乾淨。這才是天才抵達的最高點與最深處。第四種意見是強調天才是老師給的即教育傳授的結果。魯迅在《天才與泥土》一文中講天才，強調的是泥土的作用。沒有生長的環境與條件，天才就只能凋謝和死亡。也就是說，天才要緊，培育天才的泥土更要緊。例如學校，如果出現有天份的學生，那麼，重要的是教師對這種學生的扶持、保護和培育了。所謂教育，就是泥土之功。學校就是培育天才的土地與搖籃。在上述的四種意見中，前兩種強調的是先天，後兩種強調的是後天。《紅樓夢》的主人公被曹雪芹命名為「神瑛侍者」，如果我們借用來描述天才和泥土，那麼，天才乃是神瑛，教師乃是侍者。侍者即服務員。偉大的老師與偉大的編輯，都是偉大的神瑛侍者。二十世紀的中國，蔡元培就是一個偉大的神瑛侍者，愛才如命的教育家。

在強調先天（天份）與強調後天（勤奮）的爭論中，我個人喜歡採取「中道」立場，覺得兩者都有道理。我最先接受的是發明家愛迪生的定義。他認為天才是百分之一的天份加上百分之九十九的勤奮。這位發明過電燈泡、發報機的大發明家給天才所作的這一經典性定義激勵我永遠處於不屈不撓的拼搏中，給了我巨大的力量。但是，我今天不是講述個人體驗而是在描述一種大精神現象，因此，我又覺得後來美國心理學家華生（Watson）對愛迪生公式的修正可能更接近天才的本質，或者說，更接近天才真理，也能更有說服力地描述「天才」這種生存現象。Watson 認為，天才確實是百分之一的天才與百分之九十九的勤奮，但不是愛迪生所說的加法，而是乘法。這就是說，兩者都極為重要，兩者都是天才的根本條件。如果沒有百分之一的生理性前提，也就是說天份是零，那麼，後天的九十九乘以零還是零；但如果具有「一」的前提而沒有後天的努力，「一」也沒有用。後天「九十九」（勤奮度）乘一得九十九，後天「六十六」乘一得六十六，後天「三十三」乘一得三十三，如果後天是懶洋洋的零狀態，那麼先天的「一」也必將歸於零結果。華生的說法最接近真理，他說明，天才需要具有先天的生理性的前提（「一」），又需要後天的文化性提升，而「提升」過程，捨「勤奮」別無他法。

康德關於天才的概說

儘管天才難以作本質性定義，大哲學家康德還是作了許多著名的界說。他揭示天才的幾個要點值得我們再思考。

第一，他認定天才產生於文學藝術領域，並不產生於科學領域。因為科學遵循理性、遵循邏輯、遵循規則規範，而天才則超邏輯，超規範，超法度。如果説他們也有法度，那也是無法之法，無邏輯的邏輯，即反常規法的特殊法，無形式邏輯的想像邏輯。那是生命深淵中的難以説明的邏輯。文學藝術之法，只能説是大自然賦予的法規，連詩人自己也不知道、也無法控制和説明的法則。

康德關於科學無天才、文學藝術才有天才的論點實際上是在説明天才的思維特點不同於科學的思維，即説明天才們不是依靠邏輯的、推理的力量去抵達目標，不是靠亞里士多德式的推論，也不是依靠培根式的歸納或笛卡爾式的演繹，而是靠直覺，靠文學藝術家去捕捉獨特的感受並走向概念、邏輯無法抵達的高處與深處。用中國哲學的語言表達，康德所揭示的天才思維實際上是莊子式的思維——直覺；不是惠施式的思維——邏輯。莊子的直覺思維，乃是沒有邏輯中介的跳躍性思維。禪宗的「明心見性」也是這種思維方式。這種方式不可教、不可學、不可論證，所以是天才的方式。

第二，他認為天才必須具有兩個基本特徵，一是它的原創性；二是它的典範性。

關於第一點，我們下邊再作闡釋。現在先説第二點（基本特徵），康德認為天才首先必須具有原創性，即必須識前人所未識，創前人所未創。《金剛經》所講的天眼，就是能識前人所未識的天才眼睛。有天眼，才有天識，天識便是天才的原創性、突破性的思想。凡文學大經典，一定具有包含着大哲學、大思想的天識。沒有超俗的哲學思想，就不是天才式的作品。荷馬史詩，希臘悲劇所以擁有永久性的魅力，便是每一部作品都具有震撼世界的大思想。例如荷馬史詩中《伊利亞特》，其主角阿格紐斯的母親對他説：你有兩條路，一條是安寧、舒適的榮華富貴之路，一條是通向死亡的征戰之路。但他不顧母親的預言與警告，選擇了出征之路。還有《俄底浦斯王》它所以震撼人心，是它揭示了一條哲學：唯黑暗才是實有，惟有滅掉肉眼之後才能看到世界的本質，世界的最後實在乃是一片漆黑。我在瑞典，由馬悅然教授陪同去觀賞木偶戲《俄底浦斯王》，激動得不能自己。原因是再次看到俄底浦斯王殺父娶母后，悔恨交加，憎恨自己竟然不認得自己的母親。他舉起短劍，毅然挖出自己的眼睛，那一剎那，他的眼睛放出一道黑光，也是在那一瞬間，他看清了世界一切真相，明瞭世界的本質乃是一個黑暗。這種思想力量，是概念與邏輯無法表達的，它是文學藝術的天才力量的天才方式。

天才必須識前人所未識，這不難理解。康德還強調，天才的原創性主要不在於發現，而在於發明。所謂發明，就是創造出新的形式。這可以理解為在文學藝術中，有特別新鮮的感受和特別獨特的發現還不夠，重要的是把這些發現與感受轉化為審美形式。天才實際上是把審美發現轉化為帶發明性質的審美形式的巨大才能。用我們中國常用的例證來解釋，那就是在康德看來，伯樂只有發現，還不能算天才。千里馬才算天才，因為千里馬本身才代表前所未有的原創存在。這個問題值得商討，因為伯樂的主要特徵雖是發現而不是發明，但他實際上也參與了審美再創造。例如俄國作家岡察洛夫就認為，文學批評家杜勃羅留波夫對《奧勃洛摩夫》的評論，幾乎創造了另一個奧勃洛摩夫，這部小說在杜氏評論之後變成作家與批評家兩者的共同創造。康德認為天才除了原創性之外，還必須具有典範性，也就是說創造物必須有意義，必須有可接受、可理解的普遍價值。猩猩也可以發出人所沒有的獨特的怪叫，也可以在畫布上打上從未見過的印記，但沒有典範性。王國維在《人間詞話》中談論天才，認為天才一是要有赤子之心，要有高境界；二是要有普遍性。他沒有使用「典範性」、「普遍性」這一概念，但實際上強調了這一點。他把李後主（李煜）視為天才，並不把宋徽宗視為天才。在他看來，這兩個帝王詩人最大的差別，是宋徽宗只有個人「身世之感」，無普遍性，而李後主則有「基督釋迦擔荷人間罪惡」的普世情懷。

天才的兩種基本類型

儘管對天才如何產生具有不同理解，但康德所說的天才必須具有原創性與典範性這兩個特徵卻無可辯駁。因此，人類歷史便有不同民族公認的天才。在這些天才中大體上可分為兩大類型，一類是更多地表現其「天縱性」即先天性的天才；一種則更多地表現為自創性即後天勤奮性的天才。而大天才、超天才則必須兩者全都擁有，即既有超人的天份，又有超人的勤奮。

第一類最典型的例子是莫扎特。莫扎特是天縱之才重於自創（後天）之才的範本。他八歲就寫了第一支交響樂，十歲就寫了第一部歌劇。十四至十六歲之間，他的三部歌劇就在歌劇發源地意大利米蘭上演，自己擔任樂隊指揮。十歲之前，他就在日耳曼十幾個小邦的首府和維也納、巴黎、倫敦等地巡迴演出，轟動歐洲，以至使有些聽眾誤以為他手上帶着魔戒，有魔術幫忙，想奪下他的戒指。他在短暫的三十五年生涯中，創作了二十二部歌劇，四十九支交響樂，二十九支鋼琴協奏曲，六十七支合唱曲、詠嘆調和獨唱歌曲，共完成了六百二十二件作品，連同未完成的遺作，共七百五十四件。這種現象是非常驚人的。解釋這種現象只能用「天才」二字。而且完全可以說，其天賦、天縱的因素重於後天因素，像莫扎特這類天才，其先天性、生理性的因素是第一位的，但他的父親從小給他嚴格訓練又是對他的文化提升，沒有後者，莫扎特的才華也可能消失在童年中。

二零零零年，我再次遊歷歐洲，在維也納拜謁莫扎特紀念碑；二零零五年我再次遊歷歐洲，目的是去意大利瞻仰藝術的珠穆朗瑪峰米開朗基羅，這是比莫扎特更高一級的天才絕頂。此次旅行，我感悟到：偉大的天才固然是天賦的，但其個人勤奮、刻苦太重要了。如果不是超人的勤奮與毅力，就不可能有米開朗基羅。他所作的西斯丁禮堂的天篷畫驚動全世界，這當然需要天賦才能，但更重要的是他實現天才、把天才對象化為這幅舉世無雙壁畫的內在力量。自一五零八年五月着手到一五一二年十月，在四年半的時間裏，他日夜不分地仰臥着面對天篷作畫，有時一畫幾個月不下來，畫筆與畫面的顏料墨汁滴在他的臉上，模糊他的眼睛，他照樣作畫。他顧不得吃飯，更顧不得換衣服、襪子，幾個月後襪子脫下來連皮也一起撕了下來。開始作畫時三十三歲，完成時三十七歲已經變為老態了。他曾寫了一首自嘲詩，說自己作此畫時，鬍鬚朝向天空，頭顱轉入肩膀，眼睛迷茫，只能摸索向前。胸部隆出一個頭顱，在臉上被畫筆滴下的彩汁繪成圖案，腰肢奇妙地縮向腹部，後身變短，前身拉長。臀部像顆秤星，維持着身體的平衡。唉，米開朗基羅呵，你怎麼變成一張敍利亞的彎弓。這位天才的身體變形了，但一副高達一百二十八呎，寬四十五呎的拱形天篷大畫完成了。這幅名為《創世紀》涵蓋九個大場面的大畫，共有三百四十三個人物，每個人物的神情、體態、動作、面目、服飾都不同，不僅顯示出活生生的肉體，而且在嬉笑怨怒中含蓄着靈魂。今天，到梵蒂岡巨畫之前的、來自世界四面八方的人群，固然有前來膜拜上帝的，但更多的人是來仰望天才。領略上帝的創造和領略畫家的創造混成一片，觀賞者既讚嘆神的神奇，也讚嘆人的神奇。我認為，米開朗基羅才是天才的最高範本，他包含着天才的全部密碼。而這一密碼的第一要義，便是天才既是天的結果，又是人的結果。它是兩者缺一不可的完善的結合。以此密碼關照天才，我們就能明白，我國第一文學天才曹雪芹為甚麼寫作《紅樓夢》時會付出十年辛酸淚，為甚麼生命全被吸乾之後才完成了八十回？

關於天才的類型，可以作多種劃分。但我覺得基本的劃分可分為兩大類：一類是天縱之才重於自創之才；二是天縱之才與自創之才並生並重。兩者都有天賦才能，前者更多地表現為神童般的天資；後者則是在天賦之才的前提下表現為超人般的勤奮與毅力，人類社會有史以來出現的大天才均屬後者。

去年我的朋友范曾寫了一篇文章《王國維和他的審美裁判》，說藝術史上有三種人物，第一類是「知其然而不知其所以然」；第二類是「不知其然而然」；第三類是「知其然，更知其所以然」。他認為第一類斷非天才，第二類才是天才，第三類更是超天才。第二類如莫扎特、梵高、瞎子阿炳等，他們全靠先天的秉賦，不知其然而然。而第三類如貝多芬、米開朗基羅等則不僅有天賦的才能而且知道惟有加上後天的刻苦才能壯大自己的天才，因此成了超天才。我贊成范曾兄的論點，只是想補充一句，世上雖有神童，但沒有純粹的天賜的天才，即使像莫扎特，也與他父親嚴格的家教和他個人的努力相關。而且莫扎特按照傅雷的說法，他是獨一無二的。

天才的悲劇與壯劇

不管是哪種天才類型，他們往往發生同樣的悲劇。其悲劇性，一是不為世人所知（認識）；二是不被世俗所容。像莫扎特這樣的天才兩次受僱於薩爾斯堡的兩個大主教，結果受了一頓辱罵，被人連推帶踢地逐出宮廷，從二十五到三十一歲，六年間沒有固定的收入。一九九九年，我和李澤厚先生到維也納莫扎特公園瞻仰莫扎特大理石塑像，才知道他三十五歲時在貧病交困中去世，然後在淒風冷雨中由幾個親友胡亂把他埋在維也納郊外的貧民墳叢中，至今還找不到他的屍骨。另一個音樂天才舒伯特，也是一生窮困潦倒，死時才三十一歲。死後歌滿全球，可是生前只舉辦過一次音樂會。與舒伯特的命運相似，在二十世紀創出最高畫價（一億美元）的梵高，在生前只賣過一幅畫。十年前，我在拙著《獨語天涯》中寫道：「人群不認識梵高，此時他的畫價創下世界紀錄，可是生前只賣出一幅畫：《紅色的葡萄園》。售出的場合是布魯塞爾的『二十人畫展』上。他創作了八百幅油畫和七百件素描，可是個人畫展是在他死後兩年才舉辦的。」

莫扎特、舒伯特、梵高只是不被認識，還是一些天才則為世所不容，被處死、被判刑或被流放。古希臘偉大的第一位大哲學家蘇格拉底被民眾法庭處死，便發出一個預告：天才與大眾是一定會發生衝突的。天才往往被時代所不容，也往往被大眾所不容。十九世紀最偉大的文學天才陀思妥耶夫斯基，被送上斷頭台，臨刑前一分鐘才改判為流放到西伯亞服苦役四年。「被放逐」是天才詩人、作家常有的命運，我國的偉大詩人屈原、蘇東坡等都遭到流放。即使不被帝王流放，也會被各種黑暗勢力排斥得沒有存身之所而流亡，這種事例很多。在西方，從荷馬、但丁到易卜生、喬伊斯、貝克特等都有同樣的遭遇。荷馬生前到處流浪，到處討乞，沒有存身之地，但死後有七個城市爭作他的故鄉。中世紀的偉大詩人但丁，他的《神曲》是文藝復興運動的偉大前奏曲，但他恰恰被佛羅倫薩所不容，兩次被放逐（判決書說他屬於「白黨」）。放逐後他在歐洲到處流浪，過着討乞的生活，彷彿從地面上消失，那時如果他真的消失了，也不會有人知道他死於何時何地（漂泊的路線是：維羅納、卡金蒂諾、盧尼吉亞那、馬爾比諾、波希尼亞、帕多瓦、最後是巴黎。）他自己如此描述漂泊的生活：

佛羅倫薩是羅馬最可愛和最美麗的女兒，我生在那裏，長在那裏，在那裏一直住到我的生命的中期，可是這裏的市民們卻隨意把我放逐了，從那以後……我全心全意地想要回到那裏去，以便為這顆疲憊的心找到一個寧靜的處所並且結束注定的生命期限，——我幾乎浪跡於整個意大利，無家可歸，像個乞丐，違背自己的意志，展示着自己的傷痕，人們卻往往指責這種傷痕纍纍的人。我的確是一條沒有舵和帆的船，在大海上漂流，被貧困的暴風雨給折磨得疲憊不堪，有時也被吹到某些碼頭。許多人也許根據謠傳認為我是另一種人，——不僅蔑視我本人，而且也蔑視我已經做成的和還能做的一切。[1]

有些天才作家不是被政府判決流放，但因為在故國受到種種攻擊而不得不自我放逐即逃亡。例如生於威尼斯的大戲劇家卡爾洛·哥爾多尼（一七零七——一七九三）。他一生創作了二百六十七部劇本（其中一百五十五部為喜劇）。五十五歲時他因為從事喜劇改革而受圍攻，憤而離開威尼斯而旅居巴黎，但在法國大革命前夕被取消了薪俸，直到去世之前一天，法國議會才決定歸還被剝奪的「工資」。另一位戲劇天才易卜生，也因為受到政客的攻擊而無法在祖國立足，到意大利和德國漂泊二十六年之久。晚年病重才返回奧斯陸，一九零六年逝世時，挪威為他舉行了國葬，可惜他已甚麼也不知道了。

天才因為其反常規的特點被世俗社會所不容從而產生悲劇，但在這種悲劇裏往往包含着一種壯劇，即天才首先不能接受社會的風氣與潮流，不能容忍世俗社會那些已發生和正在發生的「歷史」，因此他們要把「歷史」和「現狀」從自己的身上拋卻出去。要做到這一點，只有兩種方法，一是逃避現實社會，

1 但丁：《饗食篇》，第一篇，第三章。

充當社會的邊緣人與局外人，如同卡繆所寫的「局外人」（也譯作「異鄉人」）和曹雪芹筆下的「檻外人」（妙玉便是這種形象），許多類似陶淵明的隱士、逸士也是邊緣人形象。還有一條路則是自殺。王國維作為我國近代的先知型天才，他投昆明湖自殺，歷來都解釋為他屬於被歷史拋棄的悲劇，其實，這一行為語言，也包含着他把正在發生的歷史從自己身上拋卻出去的壯劇。他的遺囑有「義無再辱」四字，這意味着，他是主動地把讓他感到屈辱的時代潮流從自己的身心中推走。說他被時代所遺棄是對的，說他遺棄時代也是對的。當代作家薛憶溈有一精彩小說，名為《遺棄》，其主人公也包含着被社會遺棄與遺棄社會的雙重內涵。天才多數都有這種雙向特點。

這裏需要補充說明的是，儘管天才具有反慣性、反套式、反規範、反潮流的思維特點，但真正的天才並不是造反派，他們的思維並不是打倒、顛覆、推翻的破壞性思維。也就是說，天才的思維不是「後現代主義」式的思維。後現代主義的致命弱點是只知解構，不知建構，只有理念，沒有審美，即只有破壞性、顛覆性思維。他們在達·芬奇的蒙娜麗莎臉上加上鬍子，破壞這一經典形象，但這是造反，不是創造。天才不是造反派。天才是在前人已經抵達的制高點上再創造出新的高點。或者說，是在前人走到盡頭的地方，即走不下去的地方開創新的生長點。這種思維方式不是否定前人，而是把握前人的全部信息，尤其是巔峰信息，然後在巔峰處發現新的潛在的再創造的可能性。天才最感興趣的是尋找未知數，開闢新的可能。例如我國現代作家中的魯迅、張愛玲、高行健等都有這個特點。魯迅是在文言小說走到盡頭之後，「第一個吃螃蟹」，用白話文創造出新的小說形式。張愛玲則是在左翼革命的大題材走向高峰時她轉而開掘了個體生命人性的深淵。高行健的戲劇，又是在傳統戲劇形式發展到極致之後，發現可以把不可視的內心狀態化為可視的舞台形式的可能性，還發現了演員可以身兼角色、演員、觀眾的三重身份，把戲劇變成「戲弄人生」的一種特殊形式。在繪畫上，印象派在傳統寫實主義油畫走到極為完美的程度時，引入光線，從而走出梵高、莫奈、高更、賽尚等一群繪畫天才，而高行健也在自己的水墨畫中引入光線，但不是印象派那種外部的物理之光，而是人內心的心相之光，從而在二度空間中又獲得印象派所沒有的深度。

理解天才　保護天才

因為天才具有反常規超邏輯的特點，因此常常被認定是瘋子。天才與瘋子往往只有一線之隔。許多天才或天才的胚胎萌芽因為在言行中的怪異而被扼殺，這種現象相當普遍，對於這種現象，我們必須理性地加以區分。

有一類被認為瘋子的其實是天才。這是因為他們的思維太超前、太先鋒，常人跟不上而認為他們發瘋。魯迅所寫的《狂人日記》，其主人公狂人其實是個天才，但他被視為瘋子。中國現代文學（白話文文學）的第一個主角是天才也是瘋子。他第一個看到具有數千年歷史的中國文化的巨大黑洞和巨大牙齒，這是會吃人的牙齒，這是會蠶食孩子、吞食心靈、吞食中國活力的大黑洞。他有天眼，也有天識，但他被診斷為瘋子。他的思維特點，正是天才的思維特點，這就是懷疑，「從來如此便對嗎？」他對從來如此思維模式的懷疑，是對數千年一貫制的法則、法規的懷疑。他為世所不容，但他也把從來如此的世俗規範從自己身上抽出來，拋出去。從狂人身上，我們可以看到天才除了康德所概述的原創性與典範性特點之外，還可以看到導致原創性的另一個特點，這就是思維的跳躍性、帶瘋狂性的跳躍，沒有科學邏輯，但有潛藏於生命深處的超世俗、拋世俗、反潮流的創造邏輯，把覆蓋一切的黑洞推出身外的行為邏輯。文學藝術史上的天才梵高，他也被送入精神病院，但他也不是真狂人、真瘋子。

把天才誤以為瘋子，這是常人、凡人的問題。這是我們這些常人、凡人需要反省的。還有另一種情況是有些天才真的是瘋子真的神經質，或真的有許多人性弱點，對此，我們則必須採取寬容的態度與保護的態度。這一點正是我今天講述的要點與目的。幾乎所有的天才都有怪癖。換句話說，天才的第一表象是怪才，而且怪得讓人難以忍受。如果我們研究一百個天才，至少可以發現五十種怪異性格，即半數以上是古怪人。或熱中於玩女人（如莫泊桑）；或熱中於同性戀，如王爾德；或熱中於賭博，如陀思妥耶夫斯基；或熱中於講假話，如斯湯達；或熱中於寫情書，如巴爾扎克；或熱中於夜遊（如李白）等等，舉不勝舉。遠的不說，舉說我國近代的著名三條辮子，辛亥革命後人人都剪辮子他們偏偏留長辮子。這三人是沈曾植、王國維、辜鴻銘，他們都是怪才，但也都是某種程度上的天才。蔡元培的了不起，是他以博大的文化情懷，兼容並包這些辮子，既欣賞激進的革命旗手陳獨秀、魯迅等，也欣賞辜鴻銘，聘他為北京大學教授。他明白，如果一個大學，一見到怪才就打擊，就容不下，這種大學只能出庸才，不能出天才。因此，天才要成為可能，除了個人的條件之外，還需要環境條件，需要許多「神瑛侍者」的保護與培育，需要許多蔡元培式的偉大教育家。

選自《文學十八題》

「重寫文學史」的夢想與困局

——答《深圳商報》魏沛娜問

（1）魏沛娜：（以下簡稱魏）錢穆一九五五年在香港辦新亞書院時講授的《中國文學史》，六十年間從未以任何形式公開面世。最近，其八十七歲弟子葉龍將六十年前的筆記整理成書，獨家授權本報，以連載的形式首發。

這一消息經本報報道後，很快引起多方關注。除了對錢穆獨特的文學史觀、他對歷代人物及作品的點評感興趣以外，一個最有價值的反響是，引起了學界關於「重寫文學史」話題的再度討論。

錢穆在《中國文學史》開宗明義：「直至今日，我國還未有一冊理想的《中國文學史》出現，一切尚待吾人之尋求與創造。」這句話很快在新浪微博上引起爭論：有人說錢穆是史家，並非妙解辭章的高手；有人說錢穆六十年前提出的問題至今未解決，學界若足夠寬容，為何不作出有建設性的回應？繼而有人再提「重寫文學史」這一話題，認為不止《中國古代文學史》，《中國現代文學史》和《中國當代文學史》的問題更嚴重。

本報編輯部認為，品評孰高孰低不應成為爭論核心，有意義的或許是勾勒出一條二十世紀以來中國知識分子不斷「重寫文學史」的精神線索。從民國初年五四知識分子對中國古典文學史蓋棺定論式的重寫，到一九四九年國家意識形態下的又一次大規模重寫，再到一九八八年陳思和、王曉明、錢理群、陳平原、黃子平等學者提出「重寫文學史」口號。一代又一代知識分子，在「重寫文學史」的感召下走上學術道路，他們一生的學術研究都籠罩在如何顛覆一個舊的文學史、重建一套新的話語體系這一核心追求之下。

或許，我們要重新思考的是：一百多年來，中國知識界對文學史的不斷重寫，各自帶着甚麼樣的價值訴求？有沒有人，真正把文學還給文學本身？把文學還原到真實的歷史現場？最近三十年是文科研究的黃金時代，從一九八八年「重寫文學史」至今，有沒有寫出令人滿意的文學史？「重寫文學史」是幻滅了還是進步了？相比一百年前的五四遺產、六十年前的民國遺產、三十年前的新時期遺產，今天學界關於文學史的思考，能否提供出一些新的革命性的成果？

二十六年前「重寫文學史」的話題主力是中國現代文學和中國當代文學研究者，這一次，借錢穆先生《中國文學史》講稿的重新發掘，我們希望將「重寫文學史」的討論範圍延伸到中國古代文學史領域。

此系列報道以訪談的形式展開，計劃採訪一批文學史家、研究學者。

劉再復：（以下簡稱劉） 由葉龍先生整理成的錢穆先生的《中國文學史》即將問世，這真是福音。無論是為人還是治學，錢穆先生都是典範。錢穆先生的論著單行本大約有八十種左右。我僅讀了一半。他的史著中有許多篇幅談論文學藝術，其基本文學觀我早已熟悉，這回能讀他的更為系統的「中國文學史」，真是太讓人高興了。我也曾思想過「重寫文學史」的問題，所以願意接受你的採訪。那就你提問題，我作答。

（2）魏： 文學史編寫，不乏出現一些「個人文學史」，體現了作者個人較強的學識、立場和價值，比如即將面世的錢穆先生撰著的《中國文學史》，即是從史學視角切入，把文學的產生同歷史緊密結合起來，重在探討：文學在歷史發展過程中是如何產生出來的。這與目前學術界的流行說法：專家的學術專著應該是有個性和創新意識，而一般文學史教材則要求平穩，傳授一些基礎的知識，還是稍有不同，你怎麼看待這種個人化、個性化的文學史？

劉：「文學史」有許多種類型。從「史書文本」而言，大體上是兩種基本模式：一是文學通史，例如劉大杰先生的《中國文學發展史》（三卷本），就是從「殷商文學與神話故事」一直說到「清代戲劇」與「清代詞曲」，完整地貫通數千年。在此大通史下還有分題通史，包括中國詩歌通史、中國小說通史、中國戲曲通史等，如魯迅的《中國小說史略》，陸侃如的「中國詩歌史」，徐慕雲的《中國戲劇史》（台北世界書局）等。「通史」之外，文學史的另一種模式是專題研究史，例如王國維的《宋元戲曲史》等。

這是從「史書文本」而言。如果從史書「編寫主體」而言，文學史書則有欽定文學史、商定文學史、校定文學史和個體文學史等不同類型。「欽定文學史」乃是由國家政府指定的文學史教材；校定文學史則是不同學校自編的文學史教材，例如我在廈門大學中文系時，讀的外國文學史是由鄭朝宗老師編寫的《西洋文學史》，這不是全國性的統一教材，而是學校認可的僅在廈大範圍內使用的《文學史》。而真正具有學術價值的「文學史」，乃是你所說的「個人化、個性化的文學史」，錢穆先生的《中國文學史》，肯定是錢穆化的文學史，即體現錢穆先生獨立不移的文化理念與審美趣味的文學史。錢穆先生是天生的好教師，又是個性極強的學者。他是中華文化堅定的守望者尤其是儒家文化的堅定守望者。從這個意義上說，他又是一個保守型的民族文化主義者。正因為如此，所以他不僅完全不能接受五四文化革命，而且成為一個旗幟鮮明的「獨戰五四」的反潮流英雄。「五四」批孔，他則尊孔；五四抑儒，他則揚「儒」；五四譴責韓愈，他則竭力推崇韓愈；五四講中國新文化運動，他卻呼喚「來一個中國舊文化運動」。當然，他不是要我們一一模仿舊文學，而是要我們多讀舊文學。你可以不同意錢穆先生的理念，但你不能不承認，錢穆先生很有自己的精神立場，很有自己的文化信念，很有自己的觀審視角。國內以往數十年所出的文學史教科書，缺少的恰恰是個性，恰恰是個人視角、個人立場、個人審美判斷力的闕如。我很怕閱讀國內出版的文學史教科書，因為它太多雷同，太多重複，其複製性、抄襲性、意識形態性均極明顯。編寫沒有個性的所謂「平穩」的教科書，不屬「文學研究」，它沒有甚麼學術價值。但我們又不能不承認，作為教材，還需要顧全「常識價值」，不能一味追求高深的學術價值。像錢穆先生的「中國文學史」，是否適合作為普遍性教材，恐怕也未必。

（3）**魏**：如果您在大陸院校執教，會選用錢穆先生的中國文學觀作為課程立論的基礎嗎？

劉：頂多作為參考教材，但不會作為基本教材，更不會作為立論基礎。因為我是一個五四新文學運動的擁護者與追隨者。我認為「五四」很了不起，只是它沒有分清原典孔子與偽型孔子的界限。五四新文化先驅者們批判韓愈的「文以載道」也是對的。韓愈的「道」，並不是老子、莊子的「道」，而是皇統、儒統的「道」，即忠君的道統。唐代皇帝都可以接受外來的佛教文化，但韓愈堅決反對，其絕對保守的態度連皇帝都受不了，所以把他流放到廣東的潮州。他一旦丟了烏紗帽，就像丟了魂似的，在流放後所寫的古琴操，痛哭流涕。他居然用詩化的語言對皇帝説，兒子有錯懲罰一下就行了，哪能把兒子趕出家門（流放於外地）?!人格水平實在不高。五四文化改革先驅者們把他作為靶子，幫助作家從道統的束縛解放出來，很了不起。但是，錢穆先生不僅不認為這是功勞，而且從文學上拔高韓愈。他說：「回頭看韓愈，他自比孟子，倡言闢佛，也實在真夠得儒門一豪傑」[1]。他甚至認為，唐代的文章，只有韓愈的《送李愿歸盤谷序》值得一提，態度極為「獨斷」，他說：

1 《國史新論》，第八三頁，台北大中國印刷廠，一九六六年第三版。

韓愈有一篇送李願歸盤谷序，那是一歡送會，非歡迎會，許多人在長安街送李願歸盤谷，人各有詩，集合起來，由韓來加上一序。直到宋代蘇東坡説，魏晉南北朝只有一篇文章，就是陶淵明歸去來辭，唐朝只有一篇文章，就是韓愈送李願歸盤谷序。這文如何值得這般稱讚法？我曾反覆讀了那文，絕不止數百遍。李願其人，李願其事，其中情味，如在口頭，可惜説不出。今請諸位且亦試去一讀，不要先罵中國舊文學不人生。我懂得中國人的人生，便由中國的舊文學來。我可説中國人生是藝術的，亦可説是文學的。其實文學還不是藝術嗎？[1]

《送李願歸盤谷序》的確寫得很好。既有思想情感，又有文采。既是古文風格，又兼有駢體文之美。既絢麗，又古雅，實在漂亮。此文被收入《古文觀止》，我也早已喜愛，雖未能像錢先生那樣讀數百遍，但也讀過許多遍。然而，對於文中的「忠君」理念我總是有所拒絕。此文引李願語曰：「人之稱大丈夫者，我知之矣。利澤施於人，名聲昭於時；坐於廟朝，進退百官，而佐天子出令；其在外，則樹旗旄，羅弓矢，武夫前呵，從者塞途，供給之人，各執其物，夾道而疾馳。……大丈夫之遇知於天子，用力於當世者之所為也。」。這種「佐天子出令」並得到天子知遇之恩的「大丈夫」，乃「王者師」。這是李願和韓愈的人格理想，但很難成為五四後新一代、兩代、三代知識分子的人格理想，因此，我讀後當然不會感動，也當然不會與錢穆先生的「推崇備至」相通。我不知道錢先生會不會把對韓愈的評價寫入他的《中國文學史》。但從《深圳商報》的報道和初步評述看，他對於唐代儒、道、釋三大家文化的代表

1 《從中國歷史來看中國民族性及中國文化》，第一一七—一一八頁，香港中文大學出版社，一九七九年第一版。

性詩人杜甫、李白、王維，只推崇杜甫，也可知道錢先生的儒家情結是一以貫之的。錢先生是一個極有信念的人，即使面對五四大風車（大風潮），他也敢於獨戰獨行，很有風骨。像我這種五四理念的承繼者，雖難以認同他的理念，但也知道，多讀一點錢穆先生的書，就多一分清醒劑，既可避免激進，也可避免輕浮。我希望葉龍先生的整理稿能在大陸暢銷無阻，引發千百萬讀書人思索。

（4）**魏**：胡適寫於一九二二年的《五十年來中國之文學》，對當時和後來的文學史觀念的構設產生了很大影響。在此之前，中國有沒有屬於自己的傳統文學史編寫觀？

劉：我想先分清兩組概念：一是分清「文學史」與「文學史觀」；二是分清「現代意義的文學史觀」與「傳統意義的文學史觀」。你問胡適之前，中國有無自己的傳統文學史觀。我可回答「有」。但如果問，有無現代意義的文學史觀，我則要回答：胡適《五十年來中國之文學》發表之前，除了王國維的《宋元戲曲史》和《人間詞話》可以說擁有現代意義的文學史編寫觀之外，其他的，恐怕都不能說是「有」。王國維的《宋元戲曲史》，一開篇就說：「凡一代有一代之文學：楚之騷，漢之賦，六代之駢語，唐之詩，宋之詞，元之曲，皆所謂一代之文學，而後莫能繼焉者也。」這就是現代進化論的文學史觀。而《人間詞話》除了在理論上提出「境界」說作為衡量詩詞的第一準則之外，它在實際上又為詩詞史的編寫提供了一份提綱。這是以李煜為主角的詞史，但又涉及到陶淵明、柳永等重要詩人。王國維之前，中國的雜史、別史、地方誌裏常有「文苑傳」，記述文士的言行，但不能算是完整的「文學史」。其次，在歷代的詩話、詞話、筆記中，也有關於文學與文學史諸事的記錄，如張騭的《文士傳》，辛文房的《唐才子傳》，計有功的《唐詩紀事》，厲鶚的《宋詩紀事》，陸心源的《宋詩紀事補遺》，陳衍的《遼詩紀事》、《金詩紀事》、《元詩紀事》以及明代楊慎的《丹鉛總錄》、謝肇淛的《五雜俎》、王世貞的《藝苑卮言》、胡應麟的《少室山房筆叢》等，其中雖含有文學史的珍貴資料和文學研究的成果，但還不能算是「文學史」，也沒有現代意義的文學史觀。但是，沒有現代意義的文學史觀，不等於沒有傳統意義的文學史觀。到了清代，我國傳統的文學史觀，已被葉燮、紀昀、袁枚等表述得相當充份了。但他們都沒有寫出「文學史」。

胡適的《五十年來中國之文學》發表於一九二二年三月，而他的《白話文學史》則到一九二七年才問世。這之前的二十年裏，中國社會處在新舊交替的動盪中，也出現過幾部文學史專著。如林傳甲編寫的《中國文學史》（「京師大學堂講義」），這部書是我國第一部完整的《文學史》，儘管寫得匆促一些，但畢竟有首發之功，很不簡單。可惜他是摹仿日本笹川種郎的《支那文學史》而作，未能展示自己獨特的文學史觀。講述語言用的基本上還是文言文。

胡適的《五十年來中國之文學》之所以會產生廣泛影響，是此文亮出自己的文學史觀（包括文學進化觀與現代語言觀），我讀後覺得這是他在為自己的《白話文學史》掃清道路，即掃清「學衡派」諸子的文言障，其歷史針對性極強。文中引述胡先驌在《學衡》裏對他批評：「胡君以過去之文學為死文學，現在白話中所用之字為活文字……而以希臘拉丁文以比中國古文，以英德法文比中國白話……以不相類之事，相提並論，以圖眩世欺人而自圓其說，予誠無法以驚胡君之過矣。……希臘拉丁文之於英德法文，恰如漢文與日本文字關係。今日人提倡以日本文作文學，其誰能指其非？胡君可謂廢棄古文而用白話文，等於日人之廢棄漢文而用日本文乎？吾其不然也。」對此，胡適給予有力的答辯：

> 中國人用古文作文學，與四百年前歐洲人用拉丁文著書作文，與日本人做漢文，同是一樣的錯誤，同是活人用死文章作文學。至於外國文與非外國文之說，並不成問題。瑞士人、比

利時人、美國人，都可以說是用外國文字作本國文學；但他們用的是活文字，故與用拉丁文不同，與日本人用漢文也不同。

胡適與「學衡」諸子的論爭表面上是文言文與白話文之爭，實際上包含着文學觀念與文學史觀念的重大變遷。這之後胡適的《白話文學史》儘管沒有完成（只寫到唐代的元稹白居易），但已為白話文學在文學史上爭得主流位置。其意義非同小可。

（5）**魏**：在您看來，如何界定「文學史」的概念？又該如何定義「文學」？書信、回憶錄、演講等是否該囊括在內？是「大文學」史，還是「小文學」史？新世紀出現的網絡文學是否也要加入？

劉：如何定義「文學」？這不是簡單的事。從去年秋天開始，我在香港科技大學人文學部開始講述《文學常識》二十二講。第一課講述「開設文學課程的理由」之後，第二課便講述「甚麼是文學」，第三課則講「甚麼不是文學」，以後幾課又講述「文學的第一天性」、「文學的第二天性」及「文學的三大基本要素：心靈、想像力、審美形式」。講來講去，都是為了說明何為文學。《明報月刊》正在連載我的講稿（已刊登到第八講了），國內《東吳學術》也將從十月號開始連載。今天我不可能複述我的文學定義，但我可以在此簡單地說，文學乃是心靈的事業。心靈有「知」（思想）的一面，也有「情」（情感）的一面。因此，文學便有廣義與狹義之分。廣義的文學包括「知」，也包括「情」，你所講的書信、回憶錄、演講錄，均可囊括在廣義文學之內。狹義文學則是指詩、詞、賦、曲、散文、小說等純文學。魯迅所寫的「雜文」，屬於廣義文學。當下流行的「網絡文學」，也可以納入廣義文學之中。對於網絡文學，我閱讀得很少，所以很難作準確的評說。不過，我一直把它視為「大眾文學」的一種。大眾文學常借報刊傳媒為載體，現在借網絡為載體並不奇怪。我相信網絡文學系統中也有文野之分，高低之分。雖然俗者較多，但也可能有雅者隱藏其中，何況「大俗即雅」，所以對網絡文學還是要具體分析，不可作「本質化」獨斷。

至於如何定義「文學史」，我倒是想借方便之門，引用《中國純文學史綱》的著者劉經庵先生在「史綱」序言中的說法，我贊成他的界定。他說：

> 文學史既重說明文學的變遷，那麼只羅列經史子集不能算作文學史，只備載文學家的傳記不能算作文學史，只以愛情為去取而選錄文學作品，也不能算作文學史，任取歐西浪漫、古典、自然等新名詞以批評文學作品，尤不能用於編著中國文學史，惟有說明歷代文學的變遷，使人得到歷代文學變遷的清楚概念，方可值得稱為文學史。

既是「史」，總得講述其「變遷」，其「發展線索」，其「發展輪廓」。

（6）**魏**：若把範疇拉回到專門的文學史，比如小說史、詩歌史、戲劇史等，相比大塊頭文學史更顯內容詳實。不管是一流作家作品，或是二三流作家作品，甚至是不入流的作家作品，皆有所涉及介紹。近年來有些學者在反思，當我們談到文學史，似乎只有進入文學史圖譜的作家才能顯其價值地位，可另一方面，我們也在強調，作家作品是要經受時間的考驗，有些在當時沒有被濃墨重彩寫入「權威」文學史的作家並不影響其經典出色，比如夏志清先生在《中國現代小說史》對挖掘並論證張愛玲、錢鍾書、沈從文、張天翼等作家的文學史地位就發揮了至為重要深遠的影響，不知您又如何看待這個問題？

劉：如果把「文學」視為一種自然生命，那麼，文學史實際包含着兩種形態，一種是自然形態，即文學自身自創的歷史，這是文學的自然存在；另一種則是人對這種自然存在進行描述評述的歷史。前者是「史在」，即文學客觀存在；後者是「史書」，即文學的主觀選擇與判斷。我們今天所講的文學史，包括小說史、詩歌史、戲劇史都是指後者，即文學史編寫者對文學自然存在所作的把握與書寫。這種主觀把握因為浸透着史書主體的價值觀、審美觀和價值尺度，因此書寫起來，總是很難反映「史在」的全部真實。五、六、七十年代大陸所撰寫的「現代文學史」，以政治意識形態為尺度，把張愛玲、沈從文、錢鍾書等作家活埋了，歪曲了「史在」。夏志清先生《中國現代小說史》的功勞，就是讓張愛玲、沈從文等被歷史活埋的一流現代作家重見天光，還給他們以歷史公平。現在張愛玲、沈從文、錢鍾書等已重新進入現代文學史的重要位置。這也就說明，利用政治權勢人為地拔高作家或人為地貶低活埋作家終究無濟於事。傑出文學作品是永恆的，而評論話語霸權是短暫的，公道自在人心與時空中。當然，我也不贊成現在有些文學論者把張愛玲等過份地拔高，以至高過魯迅。其實，張愛玲到香港和美國後也背叛了自己原先的文學觀，也一度成了政治意識形態的號筒。後期的張愛玲並不精彩。

（7）魏：一九八八年王曉明、陳思和等學者提出「重寫文學史」，當時這個口號起到了很大的討論反響。迄今二十六年過去了，這個口號是否有了得到了有效的實際踐行？期間有沒有出現令人滿意的古代、近現代和當代的中國文學史著作？或還存在哪些問題和不足？

劉：二十六年前北方的陳平原、黃子平等，南方的王曉明、陳思和等，都是院校文學教師，他們對於文學史變成「政治史的翻版」均有直接的痛切之感。所以及時地提出改革的響亮口號，他們很有理想，但此理想，基本上只是夢想。儘管陳平原已寫出新的現代文學史（未完成），陳思和已寫出新的當代文學史，也寫得比以往的好，但也難以真正實現「重寫文學史」的夢想。先不說古代、近現代，就說「當代」。當代文學史從一九四九年開始至今六十五年。如果以七十年代末為分界點，又可分為前半期（前三十年）與後半期（後三十年），倘若真的敢於「重寫」，那麼，對於前半期就得敢於觸犯許多戒律。在我看來，前半部的中國當代文學史，基本上是失敗的文學史，而後半部則是成功的文學史，為甚麼一成一敗，要如實寫出來，這除了需要「識」之外，更需要「膽」，然而，即使編寫者有「膽」，出版者也未必有「膽」。去年我寫了一份講述當代文學史的提綱，準備在香港科技大學人文學部宣講，但後來又臨時改為《文學常識》，因為「事到臨頭」我又覺得涉及太多政治意識形態，讓人煩心。這不是怕挨整，而是怕白費口舌。我第一講概說中國當代文學史，斷定此段文學的基本點是失敗的，即基本上沒有甚麼文學價值可言。我所講述的重心不是描述成就，而是總結教訓。其基本教訓是政治對文學干預得太多太細，以致使文學成了政治的註腳和意識形態的形象轉達形式。這是「總綱」，總綱之下還有十幾章，其中包括「畸形謳歌文學現象」、「胡風詩歌王國的覆滅」、「毒草系列的藝術芬芳」、「現代作家媚俗的改寫與自我否定」、「所謂『黑八論』的產生與死亡」、「陳翔鶴小說傑作及其命運」、「郭小川的《望星空》及其命運」、「《青春之歌》的革命圖解及其政治說教」、《文革作家的死亡名單及其作品》等等。還有另外幾章，我一時說不出來了。但我要說，僅僅「總綱」，這本書就很難在大陸出版，我的「重寫」就缺少最廣大的平台，敢寫也無知音，只能自討無趣甚至自討咒罵，所以只好放棄。我在海外擁有表述自由，尚且難以把「重寫文學史」的夢想付諸現實，更何況陳平原、黃子平、陳思和、王曉明等教授才子們。不過，還是有一種可能，就是放手寫成之後就藏之名山，用李卓吾的《藏書》、《焚書》氣魄贏得自由。在此膽魄之下，正視已發生的重大失敗現象，立下該立之言，倒是希望。但上述諸子未必能抵達這種自由的天地境界。重寫當代文學史很難，重複現代文學史（五四—四九）就不難嗎？否。也很難。前些時，我寫了近兩萬字的悼念夏志清先生的長文，引述了夏志清尖銳批評曹禺與老舍的文字（批評尖銳但符合事實）。這兩位現代傑出作家，前期精彩，後期退步。不僅用階級理念胡改了自己的代表作，寫出的劇作，多半也不成功。可是，我的引述卻會給國內的編輯朋友造成困難。我有表述的自由，他們卻沒有那麼多提供表述自由的自由。巴老（巴金）提倡「說真話」，可是，對政府說真話不容易，對著名作家說真話也不容易。就巴老而言，我對他極為敬重，但書寫文學史時，我一方面要高度評價他的成就，另一方面則要說他熱情有餘而審美形式不足，這允許自由表述嗎？還有茅盾，他的《子夜》完全是政治意識形態的轉述，允許我充份說明嗎？這些都是困局。而困局還遠不止這些。

相對於現當代文學史，「重寫」古代文學史的自由度似乎大一些，反正面對的是「古人死人」，話好說一些。然而，我們也看不到「重寫」的突出成果。十三四年前，我在香港城市大學中國文化中心講座，就想給「古代文學史」作一番別開生面的講述。首先，我揚棄縱線描述，而作橫線講解，在一學期裏講了「中國的貴族文學」、「中國的謳歌文學」、「中國的輓歌文學」、「中國的放逐文學」等四章，而在講述四大小說經典時，以存在論講了《紅樓夢》，又對雙典（《水滸傳》、《三國演義》）進行了一番文化批判。晚年我最高興的是《雙典批判》竟然在北京三聯書店出版了。這也可見，重寫古代文學史風險較小，麻煩較少，重寫文學史的「白日夢」實現的可能性較大。

（8）魏：針對中國現代文學史，一九八八年您在王瑤先生所主持的中國現代文學創新座談會上，也指出我國二十年代之後，大陸的文學史觀發生很大的變化而且編寫出不少文學史，但普遍存在着兩個問題：一是沒有在文學史觀上或在編寫文學史的實際操作中，注意文學史的悖論；二是未能注意在處理悖論時區分文學的現實層面與審美層面，從而混同了現實時空與審美時空。現在文學史教材也非常多，那這兩個問題在文學史寫作上有沒有得到解決？

劉：一九八八年王瑤先生請我參加現代文學創新座談會，那時我因為有行政職務的負累，所以不能暢所欲言，只能用學術語言作些含蓄的表述。使用「文學史悖論」的意思是說，編寫現代文學史不要光講發展進步的一面，還要正視退步退化的一面。說現代文學不斷發展，對；說現代文學不斷退化，也對。兩個相反的命題都符合充份理由律，這就是悖論。以現代詩而言。胡適作《嘗試集》，第一個用白話文寫新詩，首創之功不可沒，但寫得很幼稚，之後郭沫若、聞一多、徐志摩，就愈寫愈好，新詩形式也日趨成熟，這是進步。但也要正視新詩的退化現象，以郭沫若為例，他的第一部詩集《女神》出版於一九二一年八月，寫得最好。之後（一九二三年）的《星空》就差一些；這之後於一九二五年出版的《瓶》，則更差；而一九二八年出版的《前茅》與《恢復》，簡直是空洞的喊叫。郭沫若的詩歌道路幾乎是個性不斷毀滅的道路。可是已出版的《現代文學史》卻對郭沫若一味讚美，把他的詩歌退化現象也說成「發展」與「進步」。我寄寓的文學研究所老所長老詩人何其芳曾感慨地叩問：「我們為甚麼思想進步而藝術卻退了步？」郭沫若思想不斷進步，可是藝術卻明顯退步。在現實層面上，他的革命性愈來愈強，可是這不等於在審美層面上也愈來愈強。一九八八年我用婉轉的語言呼籲：要正視文學史上的藝術退化現象。出國之後，我對「文學史悖論」又作了一些新的思索，記錄在《放逐諸神》（香港天地圖書有限公司）一書中，你如果有興趣可找來看看。

（9）**魏**：無論是現當代文學史，還是古代文學史，我們的高校至今都沒有辦法統一選擇哪本做教材。甚至可以說，當下我們仍然找不出一本權威性與共識性兼具的文學史教材。您認為高校在使用文學史教材上是否有必要進行統一呢？（若有必要，是否存在一個普遍可接受的標準？若沒有，原因何在？）

劉：我一直支持全國統一招生制度，全國統一考試制度。這一制度已在全國執行六十多年，一定要堅持住，但我並不支持全國統一教材制度，高校沒有必要選擇一本權威性與共識性兼濟的文學史教材。這種想法肯定是烏托邦，不可能實現。與「統一教材」的設想相反，我反而是主張高校的文學史教材應當多元化。即應當鼓勵各高校的文學教師負責任地各自表述。教育部與校長該關注的是教師的「態度」（講述的嚴肅性），而不是教師的「統一口徑」。

（10）**魏**：作為現代學科，文學史可謂是近代大學學院制度形成出來的，我注意到，也有人對文學史持否定態度。假設文學史真的不存在，那實際上對我們的文學研究有影響嗎？

劉：有人對「文學史」課程持否定態度，這不是毫無理由，我雖然至今還不是「文學史」的取消主義者，但對「文學史」寫作也常持懷疑態度。一九八四年，我剛接受「文學所所長」桂冠時，逐一拜訪了所裏的老專家，其中曾任副所長的文學理論家毛星先生（名聲雖不算大但很有思想）鄭重地對我說：「要辦好文學所，一定不要走編寫文學史的捷徑，把所裏的骨幹都投入文學史的編寫，就不可能深化文學研究。」他還告訴我：嚴格地說，編寫文學史不能算文學研究。按照毛星研究員的說法，暫停文學史編寫不僅不會影響文學研究，而且有益於文學研究的深化。當時文學所各研究室都在編寫文學史，特別是古代文學研究室，已連續編寫了很多年了，再「泡」下去，確實會把所裏的「精英」拖垮，全所的研究水平也難以提高。因此，我聽了毛星先生的話，立即取消文學史編寫中的「地主所有制」，即主編負責制（幾十個研究人員為主編打工），改為分卷主編負責制，刺激一下積極性，趕緊了結文學史工程。那時我也悟到，文學史編寫（包括小說史等分題編寫）確實已成了一種研究捷徑，誰都可以來個「英雄排座次」，拼湊成書。這種「不開風氣只為師」的老路非「止」不可。至於高校是否還要維持「文學史」課程，那應當給高校有選擇與試驗的自由。我個人喜歡「經典作品選讀課」，不喜歡「文學通史課」。一九八六年，所裏當代室的朋友説要編寫一部規模巨大（大約十卷本）的「當代文學史」，請我當主編，這真把我嚇壞了。這不僅會把我置於「地主」的不義之地，而且將會遺笑於天下。現在有個別外國人，也深知中國學術捷徑，也來充當「中國當代文學史」主編，真是可笑之極！

（11）魏：在您心目中，有沒有一套「理想的文學史」？您傾向怎樣的文學史編寫觀念和寫作方法？

劉：不是在我心目中，而是在我手中，在我眼前，就有一部「理想的文學史」，它讓我一讀再讀，受益無窮。這就是丹麥文學史家勃蘭兑斯（一八四二—一九二七）所著的《十九世紀文學主潮》。此書共六卷，一百五十四萬字，涉及歐洲幾個主要國家（如英、法、德）的文學發展狀況。第一卷題為《流亡文學》；第二卷為《德國的浪漫派》；第三卷為《法國的反動》；第四卷為《英國的自然主義》；第五卷為《法國的浪漫派》；第六卷為《青年德意志》。這是一部廣義文學史。勃蘭兑斯把文學史視為靈魂史與心理學史，視角很特別。我所以特別喜愛，是因為它把學問、思想、文采統一於書中。史料、史實、史識、史德、史趣、史筆，樣樣都屬一流。其學問，其思想，其作家形象，均讓我傾倒。而所謂文采，並非表層的浮華，而且表述得很豐富，很生動，很有魅力，讓人愛不釋手。這部巨著，是「詩史」，又是「史詩」。以此書作參考系，就會發現，我國的文學史寫作水平還差得很遠。

美國　科羅拉多
二零一四年八月九日

李澤厚美學概論

文學

自序：中國現代美學的第一小提琴手

二零零六年上半年，我接受台灣東海大學程海東校長和該校中文系主任王建生教授的邀請，到東海大學擔任講座教授。除了給中文系的研究生講授「我的六經」、「中國的貴族文學」、「中國的放逐文學」、「中國的輓歌文學」、「《紅樓夢》的哲學內涵」、「雙典批判」（對《水滸傳》與《三國演義》的文化批判）之外，還應美術系的邀請，給他們做了一次名為「李澤厚美學概論」的講座。這個題目是美術系的老師與同學出的，儘管我很樂於講述，但事前沒有準備，只好臨時抱佛腳，幸而得到系裏的柳毓新同學幫忙。他為我找來三民書局出版的《李澤厚論著集》中有關美學的幾本書，我便立即進入備課過程。靠着原來的底子（即對李澤厚的論著早已爛熟於心），加上課堂的逼迫，我乾脆寫出一篇論文似的講稿。此次講座，藝術系的師生和中文系的研究生全部參加，座無虛席，好些沒有座位的同學還站在教室的後面倚壁記錄。講完反響熱烈，好幾位老師同學告訴我，想不到李澤厚先生的美學學說如此新鮮、如此富有原創性與體系性。他們還説，除了明瞭李澤厚美學本身的豐富內涵之外，還有兩點讓他們留下特別深刻的印象：一是李澤厚既通西方哲學，又通中國哲學，因此，他的美學體系，真的是打通中西文化血脈，一切論述均是融會貫通後的表述。二是李澤厚先生的學術方法，不是尋找孤本秘籍的小證方法，而是點石成金的大證方法，即在基本事實中發現真理的方法。這一點對台灣學人特別有啟發。聽到老師同學們的反應，我很高興，大約受到他們的鼓舞，回到美國後我便整理成章。今年年初，我因剛完成了《紅樓四書》，便把這一講稿翻出來，進行一些補充與提升，並和就在身邊（我們兩家的居所只有三分鐘的距離）的李澤厚進行一些新的對話，再收入原來所寫的《李澤厚與中國現代美的歷程》，便構成此書。

寫好此書後，我請澤厚兄讀一遍我的《概論》。但他謝絕，説要等出版後再拜讀，出版前不讀。我很了解他，因此也沒有勉強。我知道他是當代中國的一個獨立不移的理性主義者，尊重他人對自己的評價，但不參與他人對自己的評價。我也深知，儘管李澤厚對我來説，亦友亦師，格外親近，但對他的評價，則是面對真理的講述，只能對歷史負責，對文化負責，重要的是學術的嚴肅性，該説的就説，既不必在乎他人的評説，也不必在乎論述對象的意見。我的《概論》他不讀，但對話不能不讀。他是一個極其認真的人，每篇對話都認真校閱。有的對話稿已經打印好了，他在打印稿上又改動了幾個字，雖是幾個字，意思卻大不相同。在閱讀他的修改稿過程中，我真的受益很深。中國與人類的龐大文化事業，就是這樣一個字一個字地寫作、改動而累積起來的。光會攻擊貶抑他人，不知建構，這不是文化。無論是東方還是西方，人性中都有一個弱點，就是「貴遠賤近」、「貴耳賤目」，總覺得遠在古代（時間之遠）和遠在天邊（空間之遠）才寶貴，而身邊與當下的人物卻不值得珍惜與敬重。劉勰對於「知音難求」的解釋就講了這一人性弱點（參見《文心雕龍．知音》）。黑格爾在《精神現象學》裏批評「僕役眼裏無英雄」，也是在説明「貴遠賤近」是人類普遍的弱點。我可以引為驕傲的是自己沒有染上這種病症。我明白「資源就在附近」（美國散文家梭羅之語），高山就在眼前。我身邊的好幾位摯友，都是當代中國與人類世界的天縱之才。李澤厚是其中的一個，無論他是在哲學所（文學所附近）還是在美國落基山下

（我家附近），我都深知他精神創造的價值，都在口裏叫他「澤厚兄」時心裏敬他為自己的老師，「兄長」與「師長」融合為一。一九九六年，我在《回望二十世紀中國》中如此稱呼他並鄭重評價他為「中國大陸人文科學領域中的第一小提琴手」，沒想到，我的評價和我的稱呼竟遭到許多攻擊，說我未免太貶低了自己。對此，我寫了《我的驕傲》一文，予以回答。其中一段如是說：

我把李澤厚當作「師長」，不是我的謙虛，而是我的驕傲，不是我的自我貶抑，而是我的自我肯定。不用說李澤厚這樣傑出的思想家，即使是一些普通的作家詩人，只要我能從他們的文字中得益，我也把他們視為老師。不恥相師，在少年時代我就懂得這一道理。我記得出生於智利的大詩人聶魯達說過一句話，他說：「我把所有的詩人都稱作我的老師，這不是我的謙虛，恰恰是我的驕傲，因為要不是我熟讀了在我們國土上以及在詩歌的所有領域寫下的這一切佳作，哪裏會有我今天的一切。」這是他就任智利大學哲學教育系學術委員時在演講中說的話，這句話在我心中共鳴了很久，而且使我知道他為甚麼會成為偉大的詩人。知道一個偉大的詩人在知識面前總有一種永恆的謙卑，並且把這種謙卑視為驕傲。[1]

十幾年前所作的「第一小提琴手」的評價，今天我仍然堅持。當年我從「學問」、「思想」、「文采」

1《西尋故鄉》，第二三九頁，香港天地圖書有限公司，一九九六年版。

三者統一的價值尺度上去衡量人文科學，覺得他是三者統一的範例。人文科學似乎無須文采，但是他的《美的歷程》、《華夏美學》的歷史論述，卻那麼富有詩意，客觀歷史與主觀感受乃至人生慨嘆那麼相融相契，這不能不說是一種人文異象。李澤厚美學的原創性，包括他的表述文體也是原創的，這也許正是《美的歷程》一版再版、經久不衰的原因。嚴復說，中國學人重博雅、誇多識，西方學人則重新知、重見解。的確如此，所以我也不用博雅多識作為價值尺規觀看人文科學。那麼，如果以思想見解為學衡標準，說李澤厚為中國美學的「第一小提琴手」，應當不足為怪了。一九八八年，法國國際哲學院的院士們若干年進行一次的無記名投票，選舉三位當代世界上最傑出的哲學家。這一年，李澤厚被選上了。我為此高興了好久，但沒有一家報刊作出報道。最後，我只好請求香港《文匯報》的記者劉銳紹先生幫忙，他才寫了一則通訊記載此事。二十世紀下半葉，被投票選上巴黎國際哲學院院士的只有李澤厚一人，我提及此事，並非「崇洋媚外」，而是想說明，我的評價尺度與遠方的匿名選舉者差不多。

我感到自己非常幸運，在出國後的二十年裏能不斷向澤厚兄學習和求教。歷史把我們拋到一起，拋到落基山下的一個叫作博爾德（Boulder）的小城裏，讓我們可以常常一起散步，一起沐浴高原的燦爛陽光，一起領略人間精彩的智慧。真理多麼美呵，智慧多麼美呵，我常獨自感嘆。如果不是漂流到海外，如果不是離李澤厚先生這麼近，我真不知道他除了具有天份之外，還如此「手不釋卷」，如此勤奮；也不知道他除了對哲學、思想史、美學、文學深有研究之外，還對古今中外的歷史學、倫理學、政治學、教育學具有如此深刻的見解。這才使我明白哲學家對世界、對人生見解的深度來自他們涉獵的廣度。李澤厚用百分之九十的時間閱讀，只用百分之十的時間寫作，這種比例啟發我更廣泛地閱讀，從而也使我更明白他的美學深淵具有怎樣的奧秘以及他的美學語言為甚麼是眼界狹窄的美學家所書寫不出來的。

二零零九年三月於美國科羅拉多大學圖書館閱覽室

李澤厚美學概論（二零零六——二零零九）

一、引論　真正的原創性美學

在講述李澤厚美學之前，我想對李澤厚在美國近二十年中的學術思考先作一點評介。

這些年，李澤厚進入他思考最成熟的時期，我有幸可以經常聽到他最新的思路。他雖然邁入晚年，但思想仍然極為活躍，最近他在香港出版的《馬克思主義在中國》，就對中國的未來走向提出一些很新穎又很負責任的看法。他認為中國應當走自己的路。其實，他個人的全部學術態度，用一句話概括，就是「走自己的路」。他的學術原創性就來自他這種不屈不撓地走自己的路的精神，「兩岸猿聲啼不住，輕舟已過萬重山」，不管耳邊有多少貶抑、攻擊、嘲弄，但他思想的船隻終於跨越千山萬水，走出可以引以為自豪的道路。

近二十年來，他的研究重心不是美學，而是中國文化學，是中西文化的比較。這是宏觀性、本源性的大文化比較。「五四」運動時期，為了學習西方，不少思想者都作了嘗試，但較多的是表象比較，比如說中國好靜、西方好動；中國「好吃」、西方「好性」等。李澤厚則直追文化源頭。二十世紀下半葉，文化比較研究比「五四」時期深化了，如牟宗三先生比較基督教的恐懼意識和中國的憂患意識，但論其根源，即論其為甚麼會有如此重大差別，則是李澤厚近年來「狠下功夫」之處。最近十年，他提出的「一個世界」（孔子所講的「塵世世界」）與兩個世界（西方多了一個「神世界」）、「巫史傳統」（理性化的巫傳統和巫傳統的理性化）、「情本體」、社會性倫理與宗教性倫理的分合、歷史主義與倫理主義二律背反等重要命題，都屬於大文化的比較。他對中國美學的闡述，也與他對中西文化大背景的認識有關，他的美學思想就完全是在上帝缺席條件下的表述，即相當徹底的歷史唯物論的表述。

而他的創造性，又恰恰不是照搬歷史唯物論，而是僅僅吸收歷史唯物論的合理基礎（即先有衣食住行而後有文化、意識等），然後突出發揮人類製造改善工具這一關鍵點，並借助康德的主體功能學說（同時又以「實踐」取代其先驗認識論），從而完成了具有雙重建構（工藝—社會本體和文化—心理本體）的「歷史本體論」的表述。我認為，這是讓馬克思與康德互補而重構的原創性哲學工程。下面我還要詳細講述。

在一系列原創性的文化命題中，最重要的是「巫史傳統」這一命題。「巫史傳統」是李澤厚在中國文化研究中的一個重大發現，又是他找到的中國「一個世界」文化包括中國美學的總源，等會兒我要講的「樂感文化」也正是從這裏派生出來的。李澤厚認為，中國文化是只有「一個世界」的文化，即只有塵世、現世的文化，沒有彼岸世界、神世界的文化，因此，中國沒有形成西方那種「天主」的概念，只有模糊的「恍兮惚兮」的「天道」概念，這也是從巫史傳統開始的。東西方都有「巫」，我們在莎士比亞的悲劇《麥克白》裏就見到「巫」的預言。但是，在西方的大文化系統中，「巫」的地位很低，與產生萬物萬有的「神」不能相提並論也沒有甚麼關係。但李澤厚發現「巫」在中國的地位很高，他雖不是神，卻是人與神的中介。甚至以巫代替神，以對巫君合一、天人合一的「宇宙——自然協同共在秩序」的敬畏取代對上帝的信仰與崇拜。因此，中國的情感本源與西方的情感本源也就很不相同。同樣講愛，西方確認的愛是：上帝要你愛你才愛，你聽從上帝的旨意才是愛，這是理性的對上帝神性的服從，是自上而下的由上帝灌注下來的大理性情感，並非自然情感。中國的情感本源則來自塵世，來自下方。愛父母、愛子女的情感，動物也有，但這只是自然情感，中國的儒家只是把這種自然情感加以提升，把它理性化。中國的理性（道），重在生存智慧；西方的理性（邏各斯），重在思辨藝術。古希臘就崇尚理性，亞里士多德就把人界定為政治理性動物，發展到黑格爾，便是「理性至上」，理性變成「絕對理念」。一切都是絕對理念所派生。「絕對理念」又成了第一主宰。在中國則不然，中國認定生命、生活才是根本，情感才是根本，理性只是工具，只是為生命、為生活服務的工具和手段。這些重大區別從何而來？李澤厚認為，關鍵是「巫」，是中國文化有一個巫的源頭、巫的傳統。在中國文化的發展歷史中，巫起了關鍵性的作用。由巫到禮的過程（即巫理性化、制度化的過程）是周孔時代最偉大的文化成果。魯迅說他進入不了陀思妥耶夫斯基的世界，因為在中國君臨的不是神，而是禮。魯迅說明了中西文化的根本差異，但沒有回答為甚麼？這個問題，由李澤厚作了回答。他直追歷史根源，抓住要害。他發現，中國不講存在，只講功能，只講過程，只講變易，也來源於這個要害。甚至美的起源，也可以從巫中得到說明。因為把握了中西大文化的本源性差異，所以他在接觸西方大哲學家康德、黑格爾、海德格爾時，也發現他們儘管沒有皈依上帝，骨子裏也不承認上帝存在，但其學說的大文化背景，卻都有神的影子，上帝的背景，兩個世界的背景。對中西大文化基本差異有了準確的把握，對「批判哲學」（指康德的三大批判）進行批判就有可能。同樣，在追索美的根源和美的本質時，說明美的發生乃是「自然向人生成」、「自然的人化」，也就有了一個揚棄先驗存在（上帝）的說明。康德講到源頭，歸結為一種「先驗」（超經驗）的東西，但是，先驗的東西怎麼來的？就說不清，就進入「神秘」，就見到上帝的影子。而李澤厚則抓住美的源頭是人類的歷史實踐（人類本體論），是人類總體的大行為過程，而這，恰恰有中國文化的巫史傳統作底子。巫不是專業性的巫術活動，而是廣義的人類的物質實踐中的祈求控制自然、調節天人關係的精神活動。

我講這些文化背景，既是引論，也是本論。了解大文化背景，才能了解李澤厚的美學，是上帝缺席條件下的中國現代美學，是無神論的美學，最後又是把審美視為高於宗教並替代宗教的美學。中國近代以來，中國學人王國維、蔡元培等倡導「美育代宗教」，但都是倡導而已，到了李澤厚，才有了一個體系性的說明。如果再往後推演，中國哲學按照馮友蘭先生的闡釋，最後的高於道德境界的「天地境界」也被李澤厚作了體系性的說明。他說明，這種中國文化所追求的至高境界，並不是神的秩序，而是人與宇宙自然和諧共在的審美秩序。

以上是從宏觀的層面上說。如果從微觀的層面上，我們要了解李澤厚具體的某一美學觀點甚至對某一美學範疇、某一美學概念的分析，也都與大文化背景有關，例如對「崇高」的分析，一旦離開大背景就抓不住要點。李澤厚在談論伯克、康德美學時，用不少篇幅論述「崇高」這一審美現象。

儘管崇高也是一種審美現象，但是美的欣賞與崇高的欣賞不同。對美的欣賞只須注意對象的形式就夠了。對崇高的欣賞，則要通過對象的「無形式」（即不符合形式美的形式）喚起理性理念，亦即主體精神世界的倫理力量。因此，崇高的本質在於人的精神，也就是內在「力量的崇高」，而不是外部「數量的崇高」。我個人在二十年前閱讀李澤厚對「崇高的分析」時，似懂非懂，二十年後了解了大文化背景，就明白「崇高」完全屬於西方的文化概念，與中國的「壯美」範疇全然不同，也與中國通常所講的「崇高」概念不同。西方的「崇高」範疇，其關鍵是具有對神的敬畏。崇高以及相關的悲劇觀念，均產生於古希臘。那時的人類感到無法主宰自己的命運，產生悲劇。與此同時，也產生對神的恐懼和崇高概念。中國沒有上帝、神的大背景，因此只能產生與崇高相近的「壯美」概念，所謂「高山仰止」，也只是「數量的巨大」，其中不包含恐懼感與敬畏感。李澤厚在《美的歷程》中就講壯美與崇高不同，而這種不同，又反映出中國美學與西方美學的區別。他說：

正因為重視的不是認識模擬，而是情感感受，於是，與中國哲學思想一致，中國美學的着眼點更多不是對象、實體，而是功能、關係、韻律。從「陰陽」（以及後代的有無、形神、虛實等）、「和同」到氣勢、韻味，中國古典美學的範疇、規律和原則大都是功能性的。它們作為矛盾結構，強調得更多的是對立面之間的滲透與協調，而不是對立面的排斥與衝突。作為反映，強調得更多的是內在生命意興的表達，而不在模擬的忠實、再現的可信。作為效果，強調得更多的是情理結合、情感中潛藏着智慧以得到現實人生的和諧和滿足，而不是非理性的迷狂或超世間的信念。作為形象，強調得更多的是情感性的優美（「陰柔」）和壯美（「陽剛」），而不是宿命的恐懼或悲劇性的崇高。所有這些中國古典美學的「中和」原則和藝術特徵，都無不可以追溯到先秦理性的精神。[1]

在這段話裏，李澤厚説明，中國美學強調的是情感性的優美和壯美，而不是宿命的恐懼或悲劇性的崇高。這一審美判斷的背後，是非常深邃的文化內容。八十年代時，李澤厚講的是中國文化追求的現實人生的和諧，而非超世間的信念。九十年代講「一個世界」而非「兩個世界」。他把中、西文化的根本差異想

1 《美的歷程》，第三節「先秦理性精神」，第六三—六四頁，中國社會科學出版社，一九八四年版。

通了，研究透了，對其美學範疇、美學觀念的內涵也真正把握住了。正是這樣，儘管西方哲學家從亞里士多德到康德等都講「崇高」，但李澤厚還是在中西比較的語境中講出了新意。更不用說本來就屬於中國的美學了。本就屬於中國的儒、道、屈（屈原）、禪，李澤厚的闡釋，處處都可以聽到發前人所未發之聲。歷來都講莊禪哲學相通，那麼莊與禪的區別何在？前人並沒有講清，而李澤厚道破了，講清了。莊子還有真人、至人等人格理想，禪則全然沒有，全都放下。莊禪都以直觀為法，但莊還存有思辨，禪則全然沒有，全都放下，包括文字也不立，只看重通過瞬間抵達永恆的神秘體驗。這些難點，一經點破，真讓我們豁然開朗。現在大家都知道李澤厚說儒時講「情本體」，有新的發現，其實他對莊禪也有許多原創性的開拓與發現。出國之後，我在香港城市大學的講座系列中，也講莊禪，在閱讀前人他人的有關論著中，沒有一個像李澤厚那樣講述莊子的深刻性在於發現歷史的悲劇性與人生的悲劇性，也沒有其他人像他那樣用「我即佛」、「佛即我」的穿透性語言來描述禪宗，並說明其以覺代神的無神論實質。用辛棄疾的「眾裏尋她千百度，驀然回首，那人卻在燈火闌珊處」的詩句來說明禪宗，既貼切又形象，這種哲學、美學語言在中國也是罕見的。想透了，想通了，融會貫通了，然後才用最簡明、最生動的語言表述出來，這本身就包含着原創性。這裏我還要特別指出，二十多年來，中國學界出現了海德格爾熱，緊接着又出現海德格爾與老子、莊子的比較熱，這其中，出現了一些好書好文章，但是，也有很大的誤區，這就是只注意相同、相似處，但李澤厚則指出兩者的巨大差別。他認為海德格爾的哲學乃是「士兵的哲學」，崇尚死亡、鼓動犧牲的哲學，在第二次世界大戰的戰場上，許多德國士兵身上都帶着海德格爾的《存在與時間》，而中國的老、莊、禪，則崇尚生命，主張以柔克剛，大思路全然不同。李澤厚對德國哲學中崇尚毀滅的大傾向（包括尼采、海德格爾等），一直心存警惕，並表明自己與之相反的哲學態度。他所認定的世界十大哲學家名單（康德、休謨、馬克思、柏拉圖、亞里士多德、黑格爾、笛卡爾、畢達哥拉斯、杜威、海德格爾）完全排除了尼采[1]。

出國後二十年來，我留心一下西方美學，更覺得李澤厚不簡單。他真的在上帝缺席的東方大語境中，創造了一套只屬於李澤厚名字的美學話語譜系。如果走出美學，着眼於大文化，他的獨特的話語譜系就更為豐富了。不必多費心思，我們便可得一個又一個經過論證與提煉的未見於前人筆下的範疇性話語：「實用理性」、「樂感文化」、「巫史傳統」、「儒道互補」、「儒法互用」、「一個世界文化」、「西體中用」、「歷史積澱」、「主體性實踐」、「情本體」、「新感性」、「自然的人化」、「人的自然化」、「工藝—社會本體」、「文化—心理本體」、「情感信仰」、「歷史本體論」、「人類學本體論美學」等等。「五四」新文化運動以來，還有誰創造了這樣的人文科學的話語譜系？而二十世紀西方哲學、美學、人文科學界又有誰的話語譜系如此獨特、如此豐富？出國之後，我一直主張「放下概念」，意思是說，我們必須從舊概念的包圍中走出來，放下本本主義而有所創造，而現在我卻把李澤厚創造的新概念一一列出，這是因為，這裏的每一概念都是原創性的命題，每一命題中都蘊含着獨到的原創性的闡釋。

從上邊這些評述中，我們就了解李澤厚的一些有獨特思路的原創性的文化、哲學命題。在這些基礎上，我想強調，李澤厚美學的原創性突出地表現在下列兩個方面：

（1）在美學理論上，無論是「循康德、馬克思前行」還是「循馬克思、康德前行」，他都在兩者之間，找到一個交會點，這就是「歷史」。從這一交會點，開掘下去，深化下去，他創造了「歷史本體論」，創造了主體實踐美學，創造了歷史積澱說。如果要問，李澤厚美學的總特點是甚麼？我們也許可以用一個通

1 《李澤厚近年答問錄》，第三頁，天津社會科學出版社，二零零六年版。

俗的、人所皆知的概念來表述，這就是「以人為本」，即以人為本體，為根本，為一切來源。康德創造了世界哲學的高峰，也創造了世界美學的制高點，能從康德那裏出發，而「前行」一步是很難的。前行就是創造。李澤厚的《批判哲學的批判》，其價值就在於前行了一步，這就是把康德的「認識如何可能」的基本問題轉變為「人類如何可能」的基本問題。康德很了不起，他在說明「人之所以成為人」（與動物相區別）時，強調和高揚了人的主體世界，強調和高揚了人的文化心理結構，強調和高揚了人的「判斷力」，從而有了劃時代的哲學完成。但是，人區別於動物的這些主體認識能力、主體心理結構是從哪裏來的？也就是「人類如何可能」的問題，他卻歸之於「先驗」。而李澤厚恰恰在這一關鍵點上注入「人類總體的歷史實踐」的說明。他說明：人是歷史的存在，人是歷史的結果。人通過主體實踐活動——歷史積澱活動創造了人自身，完成了自然的人化和人的自然化，換句話說，人通過主體實踐活動——歷史積澱創造了人的情本體、文化—心理本體。這一本體，不是先驗的存在，而是歷史的產物。歷史才是第一推動力，人類總體的創造歷史的實踐活動，尤其是創造工具（後來導致科學技術）的物質實踐活動，才是文化心理本體精緻化的第一動力。從表面上看，李澤厚的這些說明，是用馬克思歷史唯物論來取代康德的先驗論，其實不然。李澤厚確實從馬克思的唯物史觀中得到巨大啟發，明顯地吸收了人先有衣食住行的需求然後才有思想、文化等，但是李澤厚又從「經濟基礎決定上層建築」、「階級鬥爭是歷史發展的動力」等框架中走出來。也就是說，他索取了馬克思歷史唯物論那個「吃飯在先、思想在後」的基點（被嘲諷為「吃飯哲學」），強調的卻是以人為目的、以人為尺度、以人為根本的人類學本體論，也就是歷史本體論。人類之所以可能，人類的智慧本體（精緻的文化心理本體、情感本體）之所以可能，就因為人類有一個區別於動物（製造簡單工具）的不斷改善工具讓工具高級化的偉大實踐歷程。馬克思並沒有說明這一點。

馬克思也沒有像康德那樣高揚人的主體結構與主體能力，因此，李澤厚就在馬克思與康德的交會點上，吸取兩者之長，揚棄兩者之短，創造出自己的一套學說，只屬於李澤厚名字的原創性學說。

（2）如果有人對李澤厚的西方美學闡釋與創新還有懷疑的話，那麼，對李澤厚的中國美學的總結與重新建構，恐怕就不能不承認其原創性了。這種原創，不僅是指西方美學史所無，而且是指中國美學史所無。中國歷史上並沒有出現過「美學」一詞，也沒有美學史。以「五四」為界，往上溯只有詩話、詞話、小說評點等，「五四」之後出現的也只有文學史、藝術史、文學批評史等。二十世紀出現的著名的文學藝術論，如《人間詞話》（王國維）、《談藝錄》（錢鍾書）、《詩論》（朱光潛）等，只能稱之為現代詩話、現代詞話、現代藝術論。至於近三十年出現的諸多「中國美學史」，則往往文不對題，所謂美學史，又變成詩話史、詞話史、文學批評史，頂多再加上一些作家、畫家的藝術觀。而李澤厚的獨創性在於，他完全丟開時下的藝術史、藝術批評史、文學編年史、模式化美學史，而真正從審美視角把握中國的審美精神、審美趣味。他的兩部中國美學代表作《美的歷程》和《華夏美學》，就是對中國的審美趣味與審美精神的描述與闡釋。《美的歷程》在二十多年前剛出版時，遭受了一些批評，但是這些批評者本身有一個基本失誤，就是把《美的歷程》視為中國藝術史，然後按照藝術史的既定框框來品評。其實，《美的歷程》的新意和創造性，恰恰在於它超越了藝術史，恰恰在於它打通藝術史、文學史、宗教史、工藝史，把繪畫、書法、詩、賦、詞、小說、鐘鼎、陶瓷、陶俑、建築等等，全都列為描述對象，這是前所未有的大綜合審美判斷。有些批評者面對這種新的史論格局只顧搖頭，全然不知道《美的歷程》寫的是中國幾個大時代的審美趣味變遷史。關鍵是這部新穎的著作首次把「審美趣味」作為史的對象。李澤厚發現，中國的幾個大時代裏，審美趣味有很大的不同，而文學和藝術等諸種形式又都呈現出不同的審美趣味。例如漢代，流行的文學史書均強調「樂府」，對於漢賦則貶抑性地一筆帶過，而李澤厚卻發現漢代的審美趣味集中地由漢賦體現，而同時代的磚刻拓片、畫像拓片、浮雕拓片、墓室壁畫、屋檐瓦當以及出土俑塑等，都共同體現一種非柔和的古拙氣勢的美，這是由運動、力量、氣魄構成本質風格的美，是表現人對外部世界征服的美，是缺少細節修飾、沒有個性表達、沒有主觀抒情、沒有內心世界的美。這種一往無前、不可阻擋的氣勢、運動和力量所組合的審美風格，與六朝凝練的靜態姿勢和內在精神完全不同。從漢到六朝，審美趣味從外向內轉變。從表面上看，這個時期，充滿頹廢、悲觀、消極的感嘆，以往的文學史也僅僅說明這一點，但李澤厚則指出：「在表面看似乎是如此頹廢、悲觀、消極的感嘆中，深藏着的恰恰是它的反面，是對人生、生命、命運、生活的強烈的欲求和留戀。而它們正是在對原來佔據統治地位的奴隸制意識形態——從經術到宿命、從鬼神迷信到道德節操的懷疑和否定基礎上產生的。正是對外部權威的懷疑和否定，才是內在人格的覺醒和追求。」（參見《美的歷程．魏晉風度》）李澤厚說明，人的覺醒，生活的追戀，時間性的珍惜，這才是魏晉時代的主要審美心理。無論是詩的語言、文的語言、酒的語言、藥的語言、玄學的語言還是阮、嵇等人的行為語言，都體現了那個時代的審美趣味。前不同於楚漢，後不同於唐宋明清。抓住《美的歷程》這一核心對象（審美趣味），就可知道，這部美學史論每一章節、每一細部都有發前人所未發的新鮮見解。這裏不僅有改變藝術史框架的創造力度，而且有準確捕捉不同時代審美心理變化的創造密度。

另一部關於中國美學的著作《華夏美學》，其描述和闡釋的重心不是審美趣味，而是中國的美學精神，即由儒、道、屈、禪所呈現的最根本的美學精神。以往的西方學者誤認為中國的美學精神的主要載體是「道」，而李澤厚則把孔子視為中國首席哲學家，莊子為第二名哲學家。他在「儒道互補」的思路下特別說明了「儒」所派生的「情本體」美學、樂感美學，極大地拓展了中國美學精神的深廣度。關於這一點，我下邊還要細論。

二、李澤厚美學體系圖式

剛才講的第一部份，中心概念是原創性，即在上帝缺席條件下的美學原創性。現在講第二部份，中心概念是體系性。李澤厚是中國近現代史上唯一建立美學體系的哲學家。中國古代並沒有「美學」這一概念，更沒有美學這一學科。只有「美」這一概念，當然也有中國自己的審美系統。因此，可以說李澤厚是「美學」概念傳入中國、美學學科在中國確立之後第一個建構體系的人。王國維、蔡元培、魯迅都談美，也有自己的美學思想。我本人就寫過《魯迅美學思想論稿》，但是，他們都沒有建立美學體系。一九四九年後，大陸的美學研究興起，五十年代的一場美學論爭（李澤厚、朱光潛、蔡儀），變成全國性的幾乎是唯一的學術性論爭。但是，朱光潛先生雖然最早研究美學，著有《詩論》、《文藝心理學》等美學專著，還翻譯了黑格爾的《美學》，貢獻很大，但也沒有形成自己的體系。蔡儀更是只有美學觀念而缺少論說的豐富性。現當代中國學問最大的錢鍾書先生，他所著的《談藝錄》，雖涉及中國美學，但大體上屬於傳統詩話的文學批評，把它納入美學史，則太勉強，何況錢先生的學術特點恰恰是沒有體系框架。二十世紀下半葉，因為風氣使然，出現了一些西方和中國的美學史，這些教科書式的編年美學史著作，只有對前人的歸納，沒有自己獨創的範疇系統和美學中軸，更談不上體系。因此，說李澤厚是唯一有體系的美學家，絕非誇大。

在當今論述李澤厚美學的一些文章中，並未充份注意到李澤厚美學的體系特點。有的甚至有誤解。例如夏中義先生所寫的《新潮學案》一書，其中第三章題為「李澤厚：歷史積澱說的理學意蘊」，就把李澤厚比作丹納，他說：

李澤厚在一九八一年便推出這部力作，實屬不易。當時大陸學界剛從「文革」荒原中走出不久，便見《歷程》率先敲開中國藝術博物館的一個門洞，頓覺滿堂珍奇，滿目生輝，怦然心動。感謝《歷程》像絲線串珠，又像長虹貫空，以如此遼遠的跨度，把最珍貴、最具東方情調的藝術國寶，如數家珍，滔滔不絕地端給你，你驚嘆古國瑰寶的豐饒，豐饒得目不暇接，卻又分明感到《歷程》這一高密度的「美的巡禮」自有其系統，它既是華夏民族的詩史、建築史、繪畫史和書法史，也是龍的傳人的審美意識和價值文化的宏觀發展簡史。數千年的不同門類的傳統藝術的形態發育和發展，被首次接納到千秋傳承的民族審美—文化框架給以界說，這不能不說是《歷程》的一大特點。

《歷程》是中國的《藝術哲學》，李澤厚也就成了當代學界的丹納。李澤厚與丹納一樣，都不滿足於表層性藝術史述，而着意從史述中掘出一個深層次的，能呈示普遍必然的藝術史觀，這一哲思馥郁的藝術史觀在丹納那裏是實證主義的三要素（環境、種族、時代），在李澤厚那裏就是美學「積澱說」。

但「積澱說」的先天不足也給《歷程》帶來了缺憾。讀完《歷程》，你會覺得它不像落成的豐碑，而更像一塊塊已經上架亟待整合為碑體的浮雕。就局部看，每塊浮雕都挺凝重、厚實且不乏精緻；但塊與塊之間卻無細針密縫般的吻接或過渡。[1]

夏中義先生的《新潮學案》，寫得很認真、很有才氣，尤其是第一章（「劉再復：人文美學的主體焦慮」）寫得非常精彩，其中對我的批評，雖尖銳，但誠懇、中肯。可惜第二章對李澤厚的評論尤其是對美學部份的評論卻失之偏頗。首先是只講《美的歷程》，並未把握李澤厚的美學整體，只看到李近似丹納，未看到李超越丹納。具體地說，丹納美學（其代表作《藝術哲學》）屬於藝術社會學，而藝術社會學只是李澤厚美學構架中的一部份，甚至不是最重要的部份。我製作了兩張「李澤厚美學圖式」，可以看到藝術社會學在李氏美學建構中的位置。其次，夏中義在對《美的歷程》的評述中，雖看到「美的巡禮」自有其系統，卻又「覺得它不像落成的豐碑，而更像一塊塊已經上架亟待整合為碑體的浮雕」。這一判斷，大可商榷。《美的歷程》並非中國藝術編年史，因此也沒有編年史的時間性的邏輯整合，但它卻是中國數千年審美趣味與審美現象的變遷史。中國的審美趣味、審美心理隨着時代的變遷而轉移，這一歷史輪廓第一次被李澤厚所描述，因此可以把此書視為中國審美趣味史的開山之作。夏中義之前有些批評者就誤認為這是藝術史，從藝術形式角度進行苛求，這就錯了。《美的歷程》的特點是史論結合，有歷史，又有對歷史的宏觀感受。它的優點恰恰是看到中國審美現象的內在脈絡，並做出前人未曾做過的審美價值判斷。

現在我把兩張「李澤厚美學圖式」給大家看看。

1 《新潮學案》，第一二四頁，上海三聯書店，一九九六年版。

李澤厚美學圖式（一）：美學概論

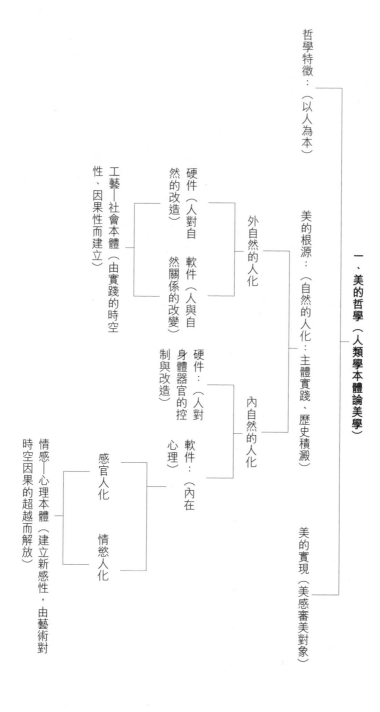

一、美的哲學（人類學本體論美學）

- 哲學特徵：（以人為本）
- 美的根源：（自然的人化：主體實踐、歷史積澱）
  - 外自然的人化
    - 硬件（人對自然的改造）
    - 軟件（人與自然關係的改變）
      - 工藝—社會本體（由實踐的時空性、因果性而建立）
  - 內自然的人化
    - 硬件：（人對身體器官的控制與改造）
    - 軟件：（內在心理）
      - 感官人化
      - 情慾人化
        - 情感—心理本體（建立新感性，由藝術對時空因果的超越而解放）
- 美的實現（美感審美對象）

二、審美心理學（美感發生學）

- 美感根源：內自然的人化
- 美感性質：美感二重性
  - 主觀直覺性（自由直觀）
  - 社會功利性（潛在邏輯）
- 美感呈現：由感知、理解、想像、情感四要素組合的美感心理數學方程式

三、藝術社會學（審美形態學）

- 感知形式層：原始積澱（悦目悦耳：感官的人化）
- 情慾形象層：藝術積澱（悦目悦意：情慾的人化）
- 人生意味層：生活積澱（悦神悦志：對感官與情慾的超越）

李澤厚美學圖式（二）：美學史論

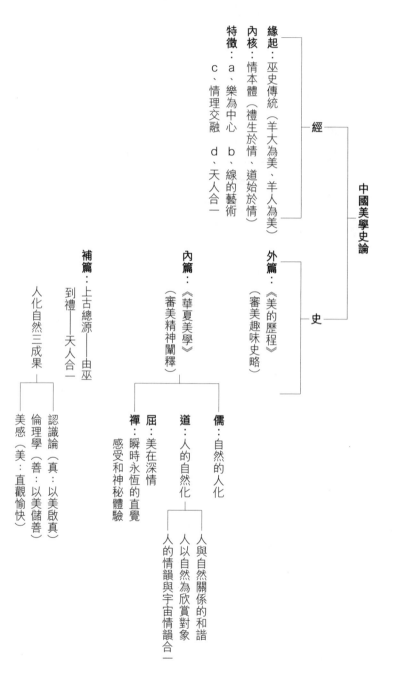

中國美學史論

- **經**
  - **緣起**：巫史傳統（羊大為美、羊人為美）
  - **內核**：情本體（禮生於情、道始於情）
  - **特徵**：a、樂為中心　b、線的藝術　c、情理交融　d、天人合一
- **史**
  - **外篇**：《美的歷程》（審美趣味史略）
  - **內篇**：《華夏美學》（審美精神闡釋）
    - **儒**：自然的人化
    - **道**：人的自然化
      - 人與自然關係的和諧
      - 人以自然為欣賞對象
      - 人的情韻與宇宙情韻合一
    - **屈**：美在深情
    - **禪**：瞬時永恒的直覺感受和神秘體驗
  - **補篇**：上古總源——由巫到禮——天人合一
    - 人化自然三成果
      - 認識論（真：以美啟真）
      - 倫理學（善：以美儲善）
      - 美感（美：直觀愉快）

這兩張圖式，是我勾勒的李澤厚美學體系的外觀骨架，無法展示其豐富的血肉。然而，僅從這一骨架中，我們也可以知道，丹納似的藝術社會學只是李澤厚美學三大板塊（美的哲學、審美心理學、藝術社會學）中的最後一個板塊。而《美的歷程》則是三大板塊之外另一系統（中國美學）的外篇。也就是說，李澤厚美學體系具有「理論」和「史論」兩大支柱。理論由三大板塊組成，史論由內外兩篇組成（內篇為《華夏美學》，外篇為《美的歷程》，下文再加詳述）。夏中義的評論尚未注意到李澤厚美學的體系性整體。老子說大制不割，夏中義在談論李澤厚的美學大制時，似乎有點「割」。

還有另一種「割」是只看「理論」，未看到「史論」，甚至只看到「理論」中的「主體性」表述，不及其餘。例如，丁耘的《啟蒙主體性與三十年思想史》一文，雖對李澤厚的貢獻作了很高的學理性評價（文章本身也寫得很好），但把李澤厚的思想卻只歸結於「主體性」：

> 如果反觀三十年思想史的真正起點——李澤厚的主體性學說，似乎也可以說，這三十年的觀念歷程，就是主體性自身的辯證法，只是這個主體性的辯證展開已經超越了啟蒙自身的內容。與時代精神的展開類似，李澤厚本人的思想，無非就是「主體性」概念的不斷充實與發揮。把這三十年的時代思想史與李澤厚個人的思想發展做一對照，會是一件很有興味的事情。
>
> 實際上，李澤厚真正的體系性貢獻，不是他著名的康德評述，而是以此為起點在「主體性哲學」上的不斷探索與建設。依據其「人類學本體論」（歷史本體論，主體性實踐哲學），李澤厚在對包括儒學在內的中國古典思想的闡釋上貢獻良多。與研究道路有些形似的牟宗三相比，李的特點在於更偏重心體而非性體，在於他對「主體性」複雜性的重視。早在一九八三年，

他就勾畫出「主體性」的「兩個雙重內容」：

第一個「雙重」是：它具有外在的即工藝—社會的結構面和內在的即文化—心理的結構面。第二個「雙重」是：它具有人類群體（又可區分為不同社會、時代、民族、階級、階層、集團等）的性質和個體身心的性質。這四者相互交錯滲透，不可分割，而且每一方又都是某種複雜的組合體。[1]

這就用主體性概念把這三十年思想史涉及的基本問題都囊括在哲學之內了。

丁耘這段論述，有兩個精彩處。一是點到李澤厚具有「體系性」貢獻；二是點到「李澤厚在對包括儒學在內的中國古典思想的闡釋上貢獻良多」。兩點都是真理。可惜他在指出體系性貢獻的時候，卻沒有完全把握體制性的全部內涵，過於本質化地認定「李澤厚本人的思想，無非就是『主體性』概念的不斷充實與發揮」。這未免失之偏頗，至少在美學領域裏完全無法說通。李澤厚的主體性概念來自康德，在《批判哲學的批判》中屬於主要概念之一，一九八一年他發表了《康德哲學與建立主體性論綱》，之後，又闡發主體實踐哲學，這的確是李澤厚學說中的一大要點。然而，「主體性」概念並非李澤厚的原創（「主體實踐」才是李澤厚對康德的補充），這是其一。第二，在「主體性」概念出現之前和出現的同時，李澤厚在美學上已經完成了屬於自己的命題創造和基本構架。他的「美感二重性」論點；「自然人化」論點；感知、理解、想像、情感四要素美感心理數學方程式，等等，都已發表並形成李澤厚美學

1 《實用理性與樂感文化》，第二一八頁，北京三聯書店，二零零五年版。

的基石。筆者本人在李澤厚主體性論綱的影響下寫作《論文學主體性》並引發全國性討論之前，我讀完李澤厚的全部已發的美學論著，就對李澤厚說，你的體系已經建立。這就是說，李澤厚後來引入康德的主體性概念，乃是豐富自身體系的需要，主體性的探索與建設，乃是原體系的延伸與發展。這不能倒過來說，李澤厚的美學思想是「主體性」概念的充實與發揮。還應當指出的一點是「主體性」概念僅僅在李澤厚「理論」脈絡中的「美的哲學」板塊中才是主要概念之一，在另外的兩個板塊（審美心理學、藝術社會學）中，則不是主要概念。至於在「史論」（中國美學）的脈絡中，主體概念則幾乎在表述的文本之外。

三、具有哲學、歷史縱深度的美學表述

如果確認李澤厚美學是一個體系，那麼，接下去的問題便是，這一體系的中軸是甚麼，換句話問：李澤厚美學的總特色是甚麼？

對此，我想回答說，李澤厚美學是哲學家的美學，儘管它也包含藝術家的美學，但總的特色是擁有哲學、歷史學縱深的美學。因此，他對美的定義，不是藝術學的定義，而是哲學的、歷史學的定義。

筆者是研究文學出身，對於意象性的概念特別敏感。為了對上述論點作出更有力的表述，我想借用尼采的男人美學與女人美學這一概念來論證。這裏要聲明的是，李澤厚很不喜歡尼采，也未必能贊成我的借用與表述。在《美學四講》「美感」第二節中（發表於一九八九年），李澤厚如此說：

> 尼采曾以為，如果從接受者即欣賞者的角度來研究藝術和美學，只是女人美學。尼采強調要從創造者的角度來研究美學，即從強力意志來研究藝術的創造。
>
> 本書不同意這一觀點。其實，為尼采所批判的康德美學，早就提過天才與趣味的區別。康德認為，創作需天才，否則將是平庸之作。但比較起來，趣味仍然更為重要。[1]

李澤厚在這裏提到尼采的「女人美學」概念。他不喜歡尼采，一是尼采張揚的是蔑視女人的大男子主義；二是美學應包括創造者與欣賞者兩種視角，天才創造與審美趣味缺一不可，不知審美趣味，哪來的天才創造？尼采顯然是偏激的。但是，如果我轉換一下概念的內容，以「男人美學」這一意象指涉具有哲學歷史學縱深的氣魄，而「女人美學」僅止於欣賞的話，那麼可以說，李澤厚的美學倒是真正的「男人美學」。換句話說，他對柏拉圖、康德、黑格爾式美學的把握，是從「建構情感本體」這一哲學歷史視角展開對美的界定，探討的重心是「美的本質」而不是「審美對象」，即探討的是美的哲學究竟，而不是表現、移情、距離、對稱、韻律等具體的審美性能。關於這一點，李澤厚在《美學四講》（一九八九）中也早已說得很清楚。他說：

> 從審美對象到美的本質，這裏有問題的不同層次，不能混為一談。其實，這個區別早在兩千多年前柏拉圖就已提出了。他說「美」不是漂亮的小姐，不是美的湯罐，也就是說美不是具體

1《實用理性與樂感文化》，第二八五—二八六頁，北京三聯書店，二零零五年版。

的審美對象和審美性質，而是美的理式，即「美本身」。黑格爾在《美學》中稱讚說：「柏拉圖是第一個對哲學研究提出更深刻的要求的人，他要求哲學對於現象（事物）應該認識的不是它們的特殊性，而是它們的普遍性」。懷特海說，一切哲學都只是柏拉圖哲學的註腳，都只是在不斷地回答柏拉圖提出的哲學問題。在一定意義上，也可以說，本書就是要用主體性實踐哲學（人類學本體論）來回答柏拉圖提出的美的哲學問題，研究美的普遍必然性的本質、根源所在。[1]

李澤厚和朱光潛先生的區別就在這裏。朱光潛比李澤厚年長三十二歲，是二十世紀中國美學的第一個最認真探索美的傑出學者。他也講創造與欣賞的關係，其最著名的論斷表現在下邊的兩段話上：

美不僅在物，亦不僅在心，它在心與物的關係上面……它是心借物的形相來表現情趣……創造是表現情趣於意象，可以說是情趣的意象化；欣賞是因意象而見情趣，可以說是意象的情趣化。美就是情趣意象化或意象情趣化時心中所覺得到的「恰好」的快感。

……創造之中都寓有欣賞，欣賞之中也都寓有創造。比如陶潛在寫「採菊東籬下，悠然見南山」那首詩時，先在環境中領略到一種特殊情趣……惟其覺得有趣，所以他借文字為符號把它留下印痕來，傳達給別人看。這首詩印在紙上時只是一些符號……我如果覺得它美，一定要認識這些符號，從符號中見出意向和情趣，換句話說，我要回到陶潛當初寫這首詩的地位，……

1 《實用理性與樂感文化》，第二五七—二五八頁，北京三聯書店，二零零五年版。

陶潛由情趣而意象、而符號；我由符號而意象，而情趣……[1]

從這一關鍵性的表述中，我們可看出兩點：其一，朱先生把美感的源泉界定為欣賞，欣賞產生情趣，把情趣加以呈現，賦予意象（意象化）便產生美。其二，把美界定為欣賞後的創造（意象）。因此美的本質就是兩者之互動（關係）中。這裏應當注意的是朱先生所講之「創造」內涵只是把情趣符號化、意象化的例子，文學藝術活動，是欣賞化為作品和作品形成之後又讓人欣賞的循環。如果說欣賞是美的發生，那麼，作品便是「美」的實現。這樣，美和美感便成了一體，似乎沒有分別。這種美學，在尼采眼裏，便是「女人美學」。而李澤厚則首先把美與美感兩大概念劃分得格外清楚。他批評西方美學家說：

許多西方美學家把美看作審美對象，而審美對象是審美態度（心理）加在物質對象上的結果，因此，美是美感所創造的，從而美感和美也就是一樣的東西。這樣解釋美的根源是不對的，但解釋美感現象卻有一定的道理，醜的東西因為有審美態度的中介，也可以成為審美對象。並且同一對象，因為審美心理的原因，對不同的人或同一個人有時感到美，有時不感到美。我不同意機械反映論，我重視審美活動中主觀意識的能動性。但這能動性卻又不是把審美對象與美的根源，把美與美感畫個等號就能解決的。相反，我始終認為，從美的本質、根源（哲學問題）到現象（包括許多心理學問題）不是那麼直接、簡單，相反，要特別注意在兩者過渡

1　朱光潛：《文藝心理學》第十章，開明書局，一九三六年版。

中的許多重要問題……柏拉圖曾希望找出一個美的共同理式，把這個理式灌注到那裏，那東西就是美的東西……如上所講，即應該把美從根本上是如何來的（美的本質、根源）與你為甚麼會對某一事物感到美，亦即某一事物為何會成為你（個體或某一具體社會、時代的群體）的審美對象（美學客體）相區別開。[1]

從這段自白可以了解，李澤厚美學的總體特點是在尋找美的共同理式，是沿着柏拉圖的哲學思路探索美的根本和美的普遍性。他三十年來在美學上苦思冥想的是「美從根本上如何來，如何可能」這個總題目。至於為甚麼對某一事物感到美的問題則是他的第二級問題。二十世紀五十年代，大陸的美學爭論，主要是李澤厚與朱光潛先生的爭論。在李澤厚看來，朱先生所講的審美對象與美感的關係以及文藝心理學，只是美的現象學和審美方法論，並非美的哲學，或者說並非美學本體論。而叩問美的本體，解開美的哲學之謎，求證柏拉圖提出但尚未完成的「美的共同理式」，才是李澤厚的美學雄心與美學抱負，他自己不說，其實氣魄很大。他近年來反覆把過去的美學論述加以深化與簡化，不斷地說明建立「新感性」，建構「情感本體」，確立審美數學方程式，這些實際上都是在闡釋他理解的「美的共同理式」。這樣，他就把美學的眼界、境界大大拓展，拓展到歷史深處。也就是不把美的本質、根源，局限在眼皮下的審美對象和審美經驗、審美態度，而是直追擺脫動物界（自然界）之後的人類的美感如何發生，如何可能。換句話說，關於人類美與美感發生問題的大哉問，才是李澤厚美學的根本。

1 《美學四講》（一九八九）第一節，本段引自《實用理性與樂感文化》，第二八一頁，北京三聯書店，二零零五年版。

為了說明李澤厚美學的重心，我們不妨再重溫一下他的美學定義。他說：

在美學範圍內，「美」這個詞也有好幾種或幾層涵義。第一層（種）涵義是審美對象，第二層（種）涵義是審美性質（素質），第三層涵義則是美的本質、美的根源。所以要注意「美」這個詞是在哪層（種）涵義上使用的。你所謂美到底是指對象的審美性質？還是指一個具體審美對象？還是指美的根源？從而，「美是甚麼」如果是問甚麼是美的事物、美的對象，那麼，這基本是審美對象的問題。如果是問哪些客觀性質、因素、條件構成對象、事物的美，這是審美性質問題。但如果要問這些審美性質是為何而來的，美從根源上如何產生的，亦即美從根本上是如何可能的，這就是人們所謂的「美的本質」問題了。

李澤厚在闡釋他的美的定義時，特地畫了一張小表：

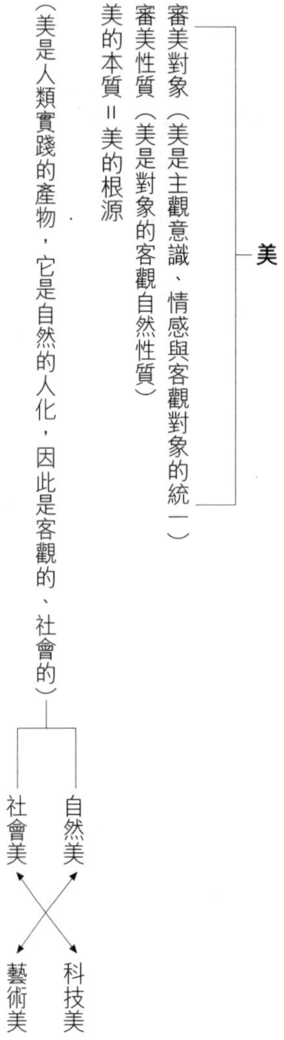

了解這些美的涵義之後，便可了解，李澤厚美學的重心不是在探尋審美對象、審美性質，而是在探尋美的本質，美的根源。因此，從這一意義上說，李澤厚的美學也可稱為審美發生學。由於美的本質（the essence of beauty）中本質一詞容易產生歧義和誤解，所以他後期談論美的本質時，多用美的根源。其邏輯是一旦找到美的總根，也就找到美的本質了。那麼，這美的總根是甚麼？美如何發生？美如何定義？這個總問題一直煎熬着他，也逼迫他作出回答。他的著名答案，就是「自然的人化」這一哲學歷史學命題。

關於這點，他一再說明，一九八九年他在《美學四講》第一講中又作如下表述：

> 那麼，美的根源究竟何在呢？
>
> 這根源（或來由）就是我所主張的「自然的人化」。
>
> 在我看來，自然的人化說是馬克思主義實踐哲學在美學上（也不只是在美學上）的一種具體的表達或落實。就是說，美的本質、根源來於實踐，因此才使得一些客觀事物的性能、形式具有審美性質，而最終成為審美對象。這就是主體論實踐哲學（人類學本體論）的美學觀。[1]

他又說道：

1 《實用理性與樂感文化》，第二五八頁，北京三聯書店，二零零五年版。

> 自然向人生成，是個深刻的哲學課題，這個問題又正是美學的本質所在。自然與人的對立統一的關係，歷史地積澱在審美心理現象中。它是人所以為人而不同於動物的具體感情成果，是自然的人化和人的對象化的集中表現。所以，從唯物主義實踐論觀點看來，溝通認識與倫理、自然和人、總體（社會）與個體，並不需要上帝，不需要目的論，只需要美學。真、善、美，美是前二者的統一，是前二者的交互作用的歷史成果。美不只是一個藝術欣賞或藝術創作的問題，而是「自然的人化」的這樣一個根本哲學——歷史學問題。美學不只是藝術原理或藝術心理學，道理也在這裏。[1]

李澤厚把美的本質、美的總根界定為「自然的人化」。這一界定，是美的發生學內涵，又是李澤厚美學的「哲學—歷史學」特徵。因此，把握住「自然的人化」，便可掌握住李澤厚美學的總鑰匙、總框架。關於「自然的人化」，李澤厚有時解說得極為簡單：「自然的人化有雙向進展，即工具—社會世界和心理—文化世界。簡稱之曰：客觀的工具本體和主觀心理本體。」也就是說自然的人化並存兩個方向：一是外自然的人化，造成工具—社會世界；一是內自然的人化，造成心理—文化世界。美的總根，便是外自然的人化，換句話說是人類通過製造和使用工具的勞動生產即改造世界的物質實踐活動創造了美。

在中國具體的美學探討（美學論爭）的語境下，李澤厚強調，他的論戰對手雖然也講實踐，也講「人的本質對象化」，甚至也講「自然人化」，但其內涵卻大有區別。他說，他的對手（包括朱先生）所講

1 《美學與目的論》，載《批判哲學的批判——康德評述》第四四四—四四五頁，台北三民書局，一九九六年版。

的實踐、人化，實際上是意象化、意識化活動，講的是藝術實踐、精神實踐。而他所講的實踐，則是物質生產的勞動實踐，是改造世界的歷史實踐。他在《美學四講》中批評朱先生：

> ……人的主觀意識、願望、想像、情感、意志（「本質力量」）對象化，來作為象徵、符號、藝術作品，亦即主（意識）客觀統一，就產生美。這當然不是我所能同意的。這並不是說人的主觀意志、情感、思想不重要，不起作用，而是說從哲學看，它們不能在美的最終根源這個層次上起作用，只能在美的現象層即構成審美對象上起作用。[1]

對美的終極根源的追索，使李澤厚在對美的哲學把握中，有了歷史的縱深度。他走出美與美感的日常經驗領域，不只是停留在日常的審美經驗中尋找美與美感的根源，而是把美的發生與人類的發生聯繫起來考察，把美的本質與人的本質聯繫起來思索。因此，他的美學便有一條可循的線索，即認定美不是美感所創造，而是人的歷史實踐所創造。換句話說，美不是美感的結果，而是歷史的結果——人在歷史實踐中「積澱」的結果，也就是自然人化的結果。外自然的人化產生工具—社會結構，產生科技人文；內自然的人化則產生文化—心理結構，產生人性，產生情感本體。李澤厚的「歷史本體論」就講這兩個本體，而最後的實在是情本體。他在《我的哲學提綱》中，把情感歸結為最後的實在，也就是把內自然的人化歸結為最後的實在。近年來，他強調建立「新感性」，側重講內自然的人化。其要義則在於探討

1 《實用理性與樂感文化》，第二六六頁，北京三聯書店，二零零五年版。

美感的根源。如他所說：

> 我所說的「新感性」就是指這種由人類自己歷史地建構起來的心理本體。它仍然是動物生理的感性，但已區別於動物心理，它是人類將自己的血肉自然即生理的感性存在加以「人化」的結果。這也就是我所謂的「內在的自然的人化」。……自然的人化包括兩個方面，一個方面是外在自然，即山河大地的「文化」，是指人類通過勞動直接或間接地改造自然的整個歷史成果，主要指自然與人在客觀關係上發生了的改變。另一方面是內在自然的人化，是指人本身的情感、需要、感知、願望以至器官的人化，使生理性的內在自然變成人。這也就是人性的塑造。……從美學講，前者（外在自然的人化）使客體世界成為美的現實。後者（內在自然的人化）使主體心理獲有審美情感。前者就是美的本質，後者就是美感的本質，它們都通過整個社會實踐歷史來達到。[1]

李澤厚講自然的人化包括兩個方面：美的根源與美感的根源，但重心之重是後者。因此，我們可以極端地說，李澤厚美學的精華部份是美感學，他企圖建構的柏拉圖「美的共同理式」，乃是美感共同理式，新感性共同理式。

從以上講述，可以知道李澤厚美學首先回答美從根本上如何成為可能，之後又回答美感從根本上如

1 《實用理性與樂感文化》，第二八七頁，北京三聯書店，二零零五年版。

何可能。然而兩者固然都是哲學，但是，前者偏重於歷史哲學，後者偏重於人性哲學，而後者與文學藝術關係更大。關於後者，李澤厚的總觀點可作如下概述：人性不是天生、天賜的，美感也不是天生、天賜的，美感來源於感官的人化與情慾的人化。所謂感官的人化，是指人的眼睛、耳朵、鼻子、嘴巴等五官的人化。動物的感官完全是功利性的，一切只是為了自己的生理性生存需要，而人的感官雖然是個體的，受生理慾望支配，但經過長期的「人化」，已逐漸失去狹窄的維持生理生存的功利性質，再也不僅僅是為了個體的生理性生存的器官，而是一種社會性的存在物，這就是所謂感性的社會性。李澤厚說，「美學要解決的恰恰是感性的社會性。」這句話，我們可以理解為美學以至美感要解決的正是把人的感官從生物性昇華為社會性，昇華為優秀人性，例如把與動物一樣可以聽聲音的耳朵昇華為音樂的耳朵；把與動物一樣可以看東西的眼睛昇華為審美的眼睛，也把與動物一樣的會吃東西的牙齒和舌頭，變成會感覺到香甜、感覺到美味從而也感覺到享受與快樂的社會性形態的牙齒與舌頭。這是內自然人化的第一項內涵。第二項則是情慾的人化。這是對人的動物性的生理情慾進行塑造或陶冶。人有七情六慾，這是人的自然性，性就是自然性。如果性僅僅是一種慾望要求，僅僅是一種為了生兒育女的功利慾求，那麼，這只是動物的本能。只有從自然本能中昇華，由情慾變成愛情，自然的關係變成人的關係，自然器官變成審美器官，這才進入人的真正的自由感受。這種內在自然的人化，正是美感的本質、美感的源泉。如果說，康德發現審美是超功利，貢獻了一個美乃超功利的經典定義，那麼，李澤厚則發現審美是一種超生物的需要與享受，貢獻了一個美的超自然本能的定義。我在思索李澤厚這一關於美感本質的思想時，老是想到《紅樓夢》，想到賈寶玉原先只是一塊石頭，他在通靈之後變成人而來到人間。但他開始時充滿自然性慾望，喜歡吃丫鬟臉上的胭脂，喜歡薛寶釵胸前豐滿的肉，但他在林黛玉的引導下，這種慾望不斷昇華為真正的愛情，而且情感愈來愈真愈深，最後深刻到不僅是一般的人，而且是充滿詩意充滿大慈悲精神的人。我把《紅樓夢》的內涵分為四個層次，即「慾」、「情」、「靈」、「空」。內在自然的人化，便是從慾昇華為情、昇華為靈的過程。至於「空」，則是從更高的形態上高度來觀照自身的慾、情、靈，是對自然人化過程的哲學反思。

四、馬克思與康德互補的歷史本體論

自然的人化，自然向人生成，這才是美的本質，美的根源。美不只是一個藝術欣賞或藝術創作的問題，而是一個根本哲學—歷史學問題，這一關鍵性思想在《批判哲學的批判》第十章中講得明明白白，這就是結論，這就是李澤厚的美的本質論。

然而，「自然向人生成」，把人視為整體自然的最終目的（其「人」指的是「文化—道德的人」），這是屬於康德的命題。緊跟着這一大命題而來的是更複雜、更深刻的問題，即自然如何向人生成，自然如何實現向人轉化，轉化的中介機制是甚麼？這是煎熬康德的問題，也是李澤厚超越康德、想作出與康德不同回答的問題。李澤厚講述康德的著作，書名叫做《批判哲學的批判》，康德的哲學是批判哲學，李澤厚的超越，就在於對批判哲學進行改造性創造。那麼，李澤厚使用的批判武器是甚麼？實現改造性創造的哲學是甚麼？讀了李澤厚的論著，就會發現，這武器乃是馬克思的歷史唯物論即實踐論。然而，如果再深一步地閱讀，更會發現，這武器乃是李澤厚獨家創造的歷史本體論。如筆者在「引論」中所言，歷史本體論並非照搬歷史唯物論，它完全揚棄「經濟基礎決定上層建築」那套既定框架以及生產關係、階級鬥爭這套概念，僅僅吸收歷史唯物論那一堅硬的前提與基礎，即人首先有物質需求（衣食住行），然後才有精神建構（文化、思想、意識等）。李澤厚從不侈談生產關係等，只注重生產工具的製造與變革的巨大歷史作用。人類正是通過改善工具的實踐活動，創造了外在的工藝—社會本體，又在此活動中，也創造了文化—心理本體尤其是情感本體。康德特別重視後者。李澤厚在「改造」康德之前，首先已「改造」了馬克思的歷史唯物論，即用康德的主體論補充了馬克思。接着，李澤厚便對康德進行「批判」即轉化性創造。整部《批判哲學的批判》就是這一批判工程。其批判的主題，如果必須用一句最簡明的哲學語言表達，那就是李澤厚把康德的「認識如何可能」的大問題變成「人類如何可能」的大問題，即把康德的認識論「改造」成「人類學歷史本體論」。

李澤厚的批判改造工程相當複雜，這裏包含着對康德美學體系的吸收和揚棄，包含着整個美學基石從先驗到實踐的轉化，還包含着對馬克思唯物史觀的取捨與變革。作為美學的學子、學人，筆者自知，無論是對康德、馬克思，還是對李澤厚，最要緊的是不要陷入概念的網絡中，而應當對其著作進行穿透性的閱讀，明瞭「自然向人生成，如何成為可能」這一核心問題。康德的回答是可以通過先驗的審美判斷力實現這種可能。所謂審美判斷力，乃是以自然形式的合目的性與人的主觀的審美愉快相聯繫構成的一種能力，也是由純粹美走向依存美、由客體走向主體、由自然界的必然走向文化道德的自由的精神活動。這就是「自然向人生成」的中介（橋樑）。李澤厚認為，康德的回答乃是「主觀唯心主義的解決」。他認為：「把審美當作主觀合目的性的形式。這樣不可能解決『自然向人生成』這個巨大課題。」（《批判哲學的批判》第十章「美學與目的論」）也就是說，受因果必然性支配的自然為甚麼能以主觀的合目的性向人生成，這才是屬於李澤厚的真問題。李澤厚在回答「自然向人生成」的「巨大課題」時，批判康德的目的論，批判其仰仗審美判斷力只是仰仗一種先驗的、神秘的心理能力，最終只能導向信仰主義、導向宗教與上帝、導向神秘的「靈知世界」，回到自然目的論。關於這點，李澤厚在《批判哲學的批判》第十章第七節「人是自然的『最後目的』」中作了非常精彩的批判。李澤厚說，當問一個事物為甚麼存在時就有目的論問題。但要從自然本身找到目的解釋又是不可能的。康德只好指望一種「超感性的理知存在者」，這種存在者具有一種非人所有的「理知直觀」，然而，這種超經驗的假設又是屬於所謂「本體」彼岸的東西，也就是說，自然存在及其有機規律是屬於不可知的超感性世界中的（在那裏，目的論和機械論便合而為一）。這樣，在康德那裏，世界的最後原因、整個自然的最後原因又是一位假定的「設計師」，也就是上帝。因此，目的論不只是一種探究自然的範導性原則，而且是指向某種所謂超感性的基體了。（《批判哲學的批判》第十章「美學與目的論」）這樣，康德在認識論的層面上實際上又請回了上帝，即從自然走向上帝，從機械論走向目的論。而在倫理學的層面上，則又從道德本體論走向道德神學論。李澤厚的改造工程就從這裏入手，他確認「人」為自然的最後目的。而人為了達到自然的自由與解放，即從必然王國走向自由王國，不是依靠「知性直觀」這種先驅的心理功能，而是靠人類總體的以改善工具為主要內容的物質性的社會實踐活動。人是一種歷史的存在，自然向人生成、自然的人化是歷史的結果，即人在改造自然界（外自然）和改造自身（內自然）的巨大歷史實踐活動中的結果。所謂歷史積澱，也就是人（主體）在歷史實踐活動中，讓理性內化為人的心理情感本體和外化為工具——社會本體，換句話說，即社會、歷史、理性積澱在個體、感性、直觀中，而所謂「知性直觀」，也是歷史的結果，實踐的結果，積澱的結果。這樣，自然向人生成就不必仰仗一位超感性的設計者，而是仰仗自身，即仰仗主體歷史性的實踐活動。這就把康德的哲學基點從空中移向地上，從先驗移向實踐，從判斷過程移向歷史過程，總之，是從認識論、目的論移向歷史本體論。

李澤厚這一批判「改造」工程，實際上是馬克思與康德的互補互動工程。二零零七年一月，《讀書》雜誌發表了他的《循康德、馬克思前行》的答問錄，直言不諱地說明自己乃是從康德和馬克思那裏出發。把康德的名字放在馬克思之前，只能暗示時間的先後和借助後者調整「修正」前者，不能說明自己從建構工藝—社會結構（物）到建構文化—心理結構（心）的大思路。所以，在發表答問之後，他又在二零零九年三月與筆者的對話中說：

> 我雖然也講藝術哲學、審美心理學，但重心的確是探討美感如何發生、美如何成為可能、甚麼是美的根源等問題。我將「循康德、馬克思前行」改為「循馬克思、康德前行」，就是說不是從康德走向馬克思，而是從馬克思走向康德，即從馬克思的工藝—社會結構走向康德的文化—心理結構。還是這條人類主體實踐的大思路。康德很了不起，說明上帝、宗教是情感，不是用理性可以證明存在，不是認識論可以解決的問題。是情感的需要才設定的。說康德是超越的（即先驗的）心理學，他實質上是提出了人之所以為人的文化心理結構問題即人性問題。這問題還需要仔細分疏研討。人性不是上帝賜予的，也不是先天生物本性，恰恰是通過歷史（就人類說）和教育（就個體說）所積澱形成自然的人化。所以我把人看成歷史的存在，不僅在外在方面，而且也在內在方面。我所謂「內在自然的人化」即此意也。這觀點是六十、七十年代開始形成的。

李澤厚這段自白極為重要。這説明李澤厚不是簡單地用馬克思「改造」康德，也不是用康德「改造」馬克思。而是按照自己的歷史本體論的思路，肯定康德提出的人之所以為人的文化心理結構問題的重大意義，但又回答康德不能回答即不可知的問題。

講到這裏，我們只講從康德到馬克思（或從馬克思到康德），沒有談及黑格爾。但黑格爾在支持李澤厚美學走向哲學—歷史的縱深思索中，也起了重大作用。研究李澤厚美學不可放下黑格爾。儘管他在強調感性、個體、直觀（「積澱」的落腳點）時，暫時放下黑格爾。關於這點，李澤厚作了説明。他説：

> 我認為從康德開始，經過席勒、費爾巴哈到馬克思，特點之一就是抓住了「感性」，這也就是為甚麼我要把黑格爾撇開的原因。今年國際上有個會議，議題之一就叫「要康德，還是要黑格爾？」我的回答：都要！……
>
> 我自己受黑格爾的影響就很深。黑格爾最偉大的地方，是宏偉的歷史感。我認為他的辯證法的靈魂就是偉大的歷史感，而偉大的歷史感也正是馬克思緊緊抓住的東西。這也是我們現在需要學習黑格爾的東西。但是黑格爾的理論中也有大量的詭辯論。他的《美學》這本著作中就有很多牽強附會的東西。由於他的詭辯論，無論甚麼問題，到他那裏都能講出道理來，當然裏面夾雜了很多主觀的東西。這方面我認為康德比較老實，不知道就是不知道。黑格爾的歷史感，對人類歷史發展的整體性的觀點，以及對必然性與理性的強調，無疑是很正確的。馬克思接受了這種觀點，這是永遠值得高度評價與研究的方面。因為他站在整個人類歷史的高度來認識與觀察一切問題，自然很深刻。但另一方面，感性的、偶然的、個性的東西黑格爾就注意不

夠，這些內容在黑格爾的歷史整體感中消失了。為甚麼存在主義崛起？就是對黑格爾的一種反抗。人都具有個體，並在有限的時間與空間中存在，這是一個真實的存在，人是感性物質的存在，而不能完全是理念的存在。[1]

在論述李澤厚的改造工程時，之所以要重提黑格爾，是因為十八年前筆者曾發表過《李澤厚與中國現代美的歷程》，說明李澤厚哲學與德國三個哲學家關係甚深，這就是黑格爾、康德、海德格爾，從影響角度說，李澤厚的哲學歷程是一個從黑格爾到康德到海德格爾的吸收、批判和再創造過程。

首先是黑格爾。李澤厚一再說，歷史具有兩個特徵，一是它的暫時性，這是指時代、事件、偶然等，一是它的積累性，這是指長期的歷史積澱。李澤厚美學具有那麼重的歷史感，那麼注意歷史在個體中的積澱，那麼注意人的個體存在的價值、意義、獨特性、豐富性，又那麼肯定普遍的心理形式來自人類歷史的總體等等，這些都得益於黑格爾。直到《批判哲學的批判》問世，他才告別黑格爾而進入康德。這部在「文化大革命」中偷偷寫成的書（用毛澤東著作作為掩蓋物），使李澤厚的美學進入更新更高的境界，關於這點，還是讓他夫子自道：

> 在我這個馬克思與康德的交會中，歷史成了中介。「人是甚麼」是康德提出的最後一問，康德晚年走向人類學，未及完成的「第四（歷史）批判」是康德哲學的終點，卻正是我的歷史

1 《美學論集》，第六七六頁，台北三民書局，一九九六年版。

本體論的主題。生活—歷史的暫時性和積累性是我關注的要點。[1]

又說：

我通過這本書表達了我的哲學。本來，在研究美學時，我對康德最感興趣。後來我由他的美學擴展到他的認識論、倫理學和歷史哲學。我將康德與馬克思連接了起來。我以「主體性實踐哲學」又稱「人類學本體論」（這個世紀初我簡稱之為「歷史本體論」，意義未變），反抗當時的正統意識形態。我以「人類如何可能」來回應康德的「認識如何可能」（先天綜合判斷如何可能），認為社會性的人類物質生產活動是人類認識活動的本質和基礎，認為認識論放入本體論（關於人的存在論）中才能有合理的解釋。我將皮亞傑兒童發展理論嫁接到人類學，認為以使用—製造工具的實踐為根本的社會活動與人們「先驗」的認識形式有重要關係，是這些普遍形式的「物質」基礎。我以人類的「客觀社會性」來解讀康德的「普遍必然性」，以為並沒有康德說的那種普遍必然的先驗理性，只有屬於人類的普遍心理形式即人性能力，它在物質實踐—生活基礎上產生，具有並非意識約定的「客觀社會性」。我把康德的先驗形式逐一解讀為經由人類生活實踐所歷史形成的文化心理結構，我稱之「積澱」。我提出「積澱」應從「人類（共同）的」、「文化（共同）的」和「個體的」三個層面進行剖析，認為認識是「理性的內化」，表現為百萬年積累形成似是先驗的感性時空直觀、知識性邏輯形式和因果觀念；倫理

1 引自《批判哲學的批判》，第九章「倫理學」。

是「理性的凝聚」，表現為理性對感性慾求的壓抑、控制和對感性行為的主宰、決定；審美則是「理性對感性的滲透融合」。「積澱」理論重視理性與感性、社會與自然、群體與個體、歷史與心理之間的緊張以及前者如何可能轉換成後者，最終落腳在個體的獨特性和創造性，以獲取人的自由；認識的自由直觀，倫理的自由意志，審美的自由享受等等。[1]

我還要特別提醒大家注意最後一段，即審美是理性對感性的滲透融合，而「積澱」又使這種融合成為可能，即在理性與感性、社會與自然、群體與個體、歷史與心理之間的緊張中使前者轉化為後者並最終落腳在個體的獨特性與創造性之中，對於美學來說，便是實現審美的自由享受。李澤厚在此書論美學的第十章就說明康德與黑格爾的區別也在於此。他說，處於盧梭與黑格爾的中間，康德整個哲學的真正核心、出發點和基礎是社會性的「人」。它既區別於盧梭、斯賓諾莎和法國唯物主義的「自然」，更區別於中世紀以來的「神」，同時也區別於以後黑格爾完全湮沒個體（人）的「絕對理念」。康德的「人」以社會性（儘管還是抽象的）作為「先驗」本質，但仍是感性的個體的自然存在。這就是說，康德的哲學（包括美學）的優點，在於它不是純感性（如盧梭），也不是純理性（如黑格爾），更不是純神性（如貝克萊），而是理性與感性、社會性與直覺性兼有，並且是社會性、理性落腳到感性的個體的自然存在。這裏應特別提醒的是李澤厚這部著作的名稱叫做《批判哲學的批判》，是對康德哲學的批判，不是註解康德或只是闡釋康德，批判中包含着對康德進行修正與再建構。批判的關鍵點是如何實現理性落腳

1 引自《批判哲學的批判》，第九章「倫理學（下）」。

到個體獨特性之中。康德僅把「判斷力」這種心理功能作為中介（作為從理性到感性的中介）是不可能實現的，只有通過主體性實踐才有可能。李澤厚把康德的先驗形式逐一解讀為經由人類生活實踐所形成的文化心理結構，並引入「積澱」中介。這就是說，靠心理功能不可能，只有靠歷史實踐的積澱才可能。要說唯物論，這才是真正的歷史唯物論，與馬克思的歷史唯物論並行不悖的唯物論。康德解決自然與社會、認識與倫理、感性與理性的對峙，統一它們的最後方法是要找出它們之間有一種過渡和實現這種過渡的橋樑。過程本身是一個歷史過程：由自然的人到道德的人。但它的具體中介或橋樑，在康德那裏，是人的一種特殊心理功能，即所謂「判斷力」；在李澤厚那裏，是人類的歷史實踐。

五、美感心理數學方程式的猜想

從哲學、歷史學的縱深度把握美的本質，這是李澤厚美學的基本框架與基本特徵。迄今為止，在中國美學界，還找不到第二個人。如上所述，這一框架是柏拉圖的美學大思路——尋找「美的共同理式」的大思路。但是李澤厚明白，光有美的共性追求，那就是解決美的基石、前提，這還不是審美，因此，在他探討美的本質、美的總根的同時，他的第二個關注點便是如何把這一前提基石貫徹到具體的審美現象、審美對象上。這個問題事實上是一個尋找由美的根源過渡到各種具體審美對象的中介問題、橋樑問題。對此，李澤厚說得很明白：

> 柏拉圖曾希望找出一個美的共同理式，把這個理式灌注到那裏，那東西就是美的東西。看

來，這樣一種美的共性追求是太簡單了，儘管萬事萬物的美確實有某種共同的根本或原始的基質即美的本質、根源，但這種美的哲學探討畢竟只具有基礎、前提和背景的意義。要把它貫徹到複雜眾多的具體的審美現象、審美對象上，得經歷一系列的中介環節。如上講所說，即應該把美從根本上是如何來的（美的本質、根源）與你為甚麼會對某一事物感到美，亦即某一事物為何會成為你（個體或某一具體社會、時代的群體）的審美對象（美學客體）相區別開，這裏是問題的不同層次。這正如用牛頓力學三定律解釋某一具體的物理現象，將愛因斯坦的 $E=mc^2$ 的著名公式用到原子彈的製造上，也必須經由一系列的中介環節一樣。由美的根源到各種具體的審美對象，即各種現實事物、自然風景、藝術作品作為審美對象的存在，確乎需經由審美態度即人們主觀的審美心理這個中介。[1]

前邊已經講過李氏美學體系的理論部份包括三個「板塊」，即美的哲學（人類學本體論美學）；審美心理學（美感發生學）；藝術社會學（審美形態學）。上邊我們講的是美的哲學和審美心理學的美感根源。現在我們把審美心理學中的美感呈現和藝術社會學繼續簡要地講解一下。

我認為，如果說，在「美的哲學」板塊中，李澤厚最大的貢獻是歷史地、唯物地、超越康德地說明了美的本質、美的根源的話，那麼，在審美心理學板塊中，他最大的貢獻則是創造了美感心理數學方程式。這一方程式是由感知、理解、想像、情感四要素變化組合的方程式。每個要素又可分解為許多子要

1《實用理性與樂感文化》，第二八一頁，北京三聯書店，二零零五年版。

素（李沒有直接使用「子要素」的概念）。康德在講述審美心理要素時，只講「理解」與「想像」，李澤厚則補充了感知與情感，而且把情感視為最根本的要素。關於四要素的組合，李澤厚解釋說：

> 美感從心理學看，至少就是感知、想像、情感、理解四種基本功能所組成的綜合統一，絕不只是其中的某一種因素，至於這幾種因素到底是怎麼結合起來的，各佔多少比重，它的排列組合有多少種，這些問題還很少人研究。比如感知裏面就還有感覺和知覺；想像裏面的種類也很多：類比聯想、接近聯想、相反聯想等等。而情感與慾望、要求、意向、願望等也有很多聯繫。每一種因素都有很多內容。我常說美學是一種年幼的學科，就是因為，美感心理的這種種規律都有待於今後深入的研究。我們只知道現象的多樣性、複雜性，但它到底包含甚麼，並不清楚。我想現在也研究不出來，恐怕要五十年或一百年以後。這是因為心理科學本身還不成熟，對情感，對高級的審美情感就更不清楚。[1]

李澤厚認為美學還是一種優雅的學科，因此四要素排列組合的審美心理數學方程式，既是對審美現象的說明，又是對未來的一種猜想。待人類社會的心理學科進一步發展，也許可以通過這一方程式顯示出人的審美心理內容。然而，這只是猜想而已。李澤厚本人對這一方程式十分重視，特製作一張圖表說明四要素在審美過程中的位置。圖表如下：

1 《美學論集》，第六八零頁，台北三民書局，一九九六年版。

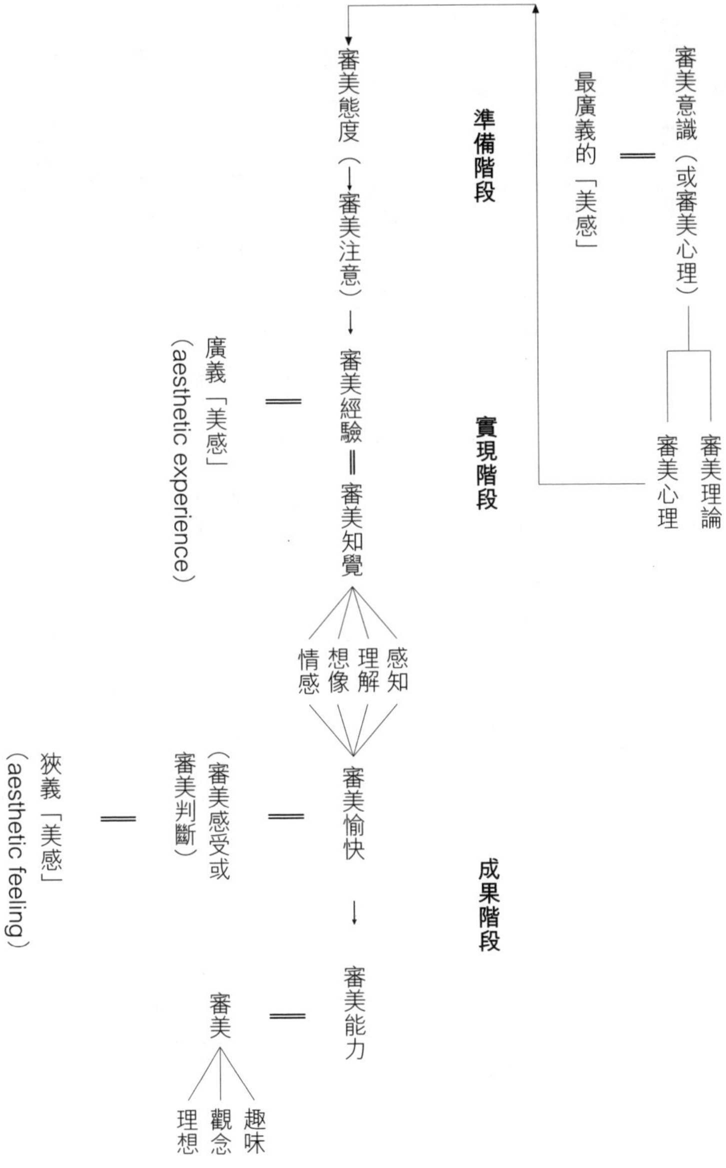

（引自《美學四講》，第七七頁，台北三民書局，一九九六年版。）

李澤厚近年甚至說，二十世紀關於DNA基因由雙螺旋組合而成的發現，其偉大性可與愛因斯坦的相對論媲美。兩個螺旋形因子可以組合排列成數十個不同的生命。而感知、理解、想像、情感四個要素就像這個雙螺旋基因一樣，可以進行無限量的排列組合，可以創造出無數千差萬別、千變萬化的藝術作品。李澤厚認為這個DNA的比喻，比許多論著都更能說明他的企圖與用心。他猜想有一天，人類的智慧會達到建立美感數學方程式，至少，他的四大要素組合設想能為未來審美心理學提供一個思路和視角。關於四要素排列組合如同雙螺旋的組合並且可能發展為未來審美心理學的方程式的猜想，我姑且稱它為李澤厚猜想。儘管是猜想，但我覺得在現實審美活動中，它確實把理性與感性、社會性與直覺性等多種因素貫徹到具體審美對象中。它告訴人們，藝術可以製造出無限量的樣式，藝術具有基因組合式的無窮可能性。

關於美感心理數學方程式的猜想，首次出現在一九八一年三月文物出版社出版的《美的歷程》中。他說：「人性不應是先驗主宰的神性，也不能是官能滿足的獸性，它是感性中有理性，個體中有社會，知覺情感中有想像和理解，也可以說，它是積澱了理性的感性，積澱了想像、理解的感情和知覺，也就是積澱了內容的形式，它在審美心理上是某種待發現的數學結構方程，它的對象化的成果是本書第一章講原始藝術時就提到的『有意味的形式』。」這之後，在一九八一年八月的一次演講中，李澤厚又作了更完整的表述。此一講稿最初收入《美學與藝術演講錄》一書中（上海人民出版社一九八三年版）。也就是說，到了二十世紀八十年代初，他開始從講「二」發展到講「四」，從講「美感二重性」到講「美感四要素」。

「美感的矛盾二重性」，是李澤厚進入美學領域提出的第一個命題。我一直把它視為李澤厚的美學奠基之作。這一命題是寫於一九五六年的《論美感、美和藝術》一文開篇時提出的。此文發表於《哲學研究》一九五六年第五期，原有副標題「兼論朱光潛的唯心主義美學思想」。那麼，甚麼是「美感二重性」呢？李澤厚解釋道：「美感的矛盾二重性，簡單說來，就是美感的個人心理的主觀直覺性質和社會生活的客觀功利性質，即主觀直覺性和客觀功利性。美感的這兩種特性是互相對立矛盾着的但它們又相互依存不可分割地形成為美感的統一體。前者是這個統一體的表現形式、外貌、現象，後者是這個統一體的存在實質、基礎、內容。」[1]

很明顯，「美感二重性」命題提出的語境是論爭語境，是論爭雙方均以馬克思主義思想為指導的語境，是強調普列漢諾夫「社會功利」性質的語境，是誰都害怕落入唯心主義泥坑並指責對方為唯心主義的語境。李澤厚在此語境中提出的美感二重性，受到蔡儀多次的批判。但在時間推移之後，我們會認定，其第一重即美感直覺性，無疑是真理。而第二重即社會功利性是否是真理，倒是可以爭論，至少必須說明是狹義的社會功利還是廣義的功利，是看得見的功利還是看不見的功利。筆者在拙著《魯迅美學思想論稿》中也曾把「社會功利」看作是美感的組成部份，並視為一種衡量文學的價值尺度。但是，後來便走出這一觀念。在與林崗合著的《罪與文學》中，我們共同確認，文學乃是一種心靈活動與審美活動，它只審視社會功利活動，本身不帶功利性質。完全認同康德的美即超功利的基本界定。李澤厚雖未曾否定美感的社會功利性質，但對於自己在青年時代提出的命題，他還是不斷進行調整與闡釋，其強調的重心也發生了位移。一九八一年他論述社會功利性時，便借助馬克思的《一八四四年經濟學——哲學

1 《論美感、美和藝術》一文，收入《美學論集》，此段引文見《美學論集》，第四頁，台北三民書局，一九九六年版。

手稿》的思想，分清感性的社會性與理性的社會性，強調超脫了動物性生存功利的感性社會性。把美感二重性解說為「一方面它是感性的、直觀的，而另一方面在感性中又包含了長期人化了的結果」[1]，強調社會、歷史、理性積澱於感性、個體、直觀中。但是，僅僅如此，美感的豐富性、複雜性還是不能得到充份表述，因此，他便從「二」進入「四」，開始建構以四要素為基石的審美心理數學方程式了。

當我第一次聽到、讀到李澤厚關於「理性積澱於感性」的表述時，想到了黑格爾「理念在感性中顯現」的命題。而讀到四要素中的「理解」和「情感」的關係又再次想到黑格爾。更有意思的是，我還發現朱光潛先生在論爭中批評李澤厚與黑格爾相差無幾。那麼，李澤厚是怎樣解釋自己與黑格爾的區別呢?帶着特別的關注，我終於發現李澤厚用「新感性」這一概念來對抗黑格爾的「舊感性」。

從黑格爾走向康德，才有新感性的建立。既然提出新感性，其命題的具體性和針對性便是舊感性。這個舊感性是哪位哲學家的名字所代表的呢？這就是黑格爾。朱光潛先生在與李澤厚的論爭中，曾批評李澤厚關於美的定義與黑格爾相差無幾，黑格爾認為美是「理念從感官所接觸的事物中照耀出來」，而李澤厚只是引入車爾尼雪夫斯基「美是生活」，認為「美是社會生活本質、規律和理想從感官所接觸的事物中照耀出來」。然而，通觀李澤厚的論述，卻可以發現他和黑格爾很不相同。黑格爾講的是「理念在感性的顯現」，而李澤厚講的則是「理性在感性中的融化」。正如他自己所說：「人不應只是理性主宰感性，也不只是感性情慾動物，而是理性如何滲入、溶解在感性和情慾之中，以實現個體存在的獨特性。」[2] 黑格爾的重心、出發點和落腳點都是理念，而李澤厚的重心和落腳點則是感性與個體。黑格

1 《美學論集》，第六七五頁，台北三民書局，一九九六年版。
2 《實用理性與樂感文化》，第三六一頁，北京三聯書店，二零零五年版。

爾的「顯現」最終還是看得見的理念，而李澤厚四要素中的「理解」卻完全看不見，它像鹽化入水中，完全化入情感與想像中。顯現理念，在文學中，便是主題先行的概念藝術；融化理念於意象和情感中，則是意在言外。見到一張好畫，讀了一篇精彩作品，拍手叫好，卻一時說不出它的主題思想，只感受到美，這就因為思想已化為作品的血肉，如只可知其味卻看不見已入化的水中之鹽，這便是「新感性」不是顯現理念的感性，而是把理念思想化作自身血液的感性。李澤厚在二十世紀七十年代末和八十年代初提出「藝術不只是認識」的重要觀念（「藝術不只是認識」係論文《形象思維再續談》第一節的題目，此文收入《美學論集》和《美學舊作集》），正是和黑格爾完全劃開界限的明證。因為文學藝術不是黑格爾所說的理性顯現於感性中，所以文學藝術才不是認識，才不是說教，才不是功利，才不是意識形態的形象轉達。凡是可以用概念講清說盡的文學作品都是失敗的文學作品，成功的、精彩的作品都是知其味，但又一下子說不清是甚麼味的作品，即其味無窮說不盡道不完的作品。文學不是不要思想，偉大作品都隱含着偉大的真理和思想，但這些思想全化入作品的情感和審美形式之中。文學既不是認識，不是道德，不是純理性；也不是本能，不是純感性。基於這一見解，針對黑格爾講文學是理性的感性顯現，李澤厚則講理性向感性滲透，如鹽滲透於水中，不是刻意追求意義，而是自然地流露意味。

在「美感二重性」之後，他所講的美感機制（從審美前提到審美對象的中介），更加強調情感和想像。這就是他提出的由感知、理解、想像、情感四要素排列組合的審美數學方程式，如DNA的不同組合，文學藝術也通過四者的無窮組合而呈現千姿百態。「感知」是審美的出發點，是多種心理功能協同運動的結果。「理解」是認識性因素，但文學之所以不是認識，是因為文學中的這一要素不同於科學、哲學、倫理學中的理解，它只是溶解於水中的鹽，有味無痕，性存體匿，屬於無痕跡的存在。「情感」

仍是由動物性慾望人化後的情感，它包括意識層的情感也包括潛意識的情感。情感役使想像，它是想像的動力、基礎和內容。「想像」要素，是審美的關鍵，它使「感知」超出自身，使「理解」不走向概念，使「情感」能構成另一個多樣化的幻想世界。換種說法，是能使常數（理解、情感等）化為變數，使現實化為夢。筆者在自己的文學理論中，把心靈、想像力、審美形式視為文學最根本的三大要素，所謂心靈，也就是情感與理解；所謂審美形式，也就是通過想像而創造的藝術形式。

六、近似曹雪芹的大觀美學與通觀美學

面對李澤厚的美學體系，我一直在尋找一個概念來概括這一美學存在的特色，也可以說是命名。近年來，我在潛心閱讀《紅樓夢》並寫作《紅樓哲學筆記》時，發現一個很有趣的現象，就是李澤厚的美學觀近似曹雪芹的美學觀，並都可以稱之為大觀美學或通觀美學。

與曹雪芹美學相比，李澤厚美學是完全不同的類型。曹雪芹美學是藝術家美學、意象性美學、直覺性美學；李澤厚美學是哲學家美學、範疇性美學、邏輯性美學。曹雪芹美學蘊含於《紅樓夢》作品文本中，由形象、意象作間接性表述；李澤厚美學則由美學主體作直接性表述。對曹雪芹美學，我所做的工作是發掘，對李澤厚美學，我所做的工作是闡釋。儘管類型不同，他們的美學觀卻相同，或者說，審美的大思路完全相通。我發現兩者有三個共同點：

第一，兩者的審美觀都大於藝術觀。即其審美觀不僅是藝術觀，而且是價值觀、人生觀、世界觀、宇宙觀。也就是兩者都是通觀美學。我從「大觀園」這一名稱抽象出曹雪芹的大觀哲學視角，也可以說

是大觀美學視角。這一視角浸透《紅樓夢》全書。有此視角，才能「以空見色」，看到色的虛幻，也既看到人間的悲劇，又看到人世的荒誕。我們說李澤厚美學具有哲學歷史縱深度，也就是具有大觀視角。李澤厚在自己的美學論著中，一再論證：美感大於藝術，美感早於藝術。原始人製造工具，產生美感，但工具不是藝術，它還有其他藝術之外的目的（宗教、巫術活動、物質生產等）。但藝術又把美感集中，通過線條、節奏等創造有意味的形式而成為藝術。一旦形成藝術又會反過來促進美感。《紅樓夢》通過林黛玉談詩（如與香菱說詩）、薛寶釵談畫、賈寶玉談輓歌、賈母談文學舊套等表明了曹雪芹自己的文學藝術觀，但《紅樓夢》的審美眼睛，不僅審視詩詞、戲曲，而且審視人，審視大自然，審視青春生命，審視宇宙秩序，上至三生石畔、警幻仙境，下達少女眼淚、元宵燈節，全是審美對象。李澤厚一直認為，如果把審美僅僅局限於藝術，那是美學的狹窄化。也正因為有此徹底性，所以他才把審美眼睛伸向人與人、人與自然、人與歷史、人與上帝、人與宇宙等多重關係中。我講大觀之後所以還講通觀，是因為大觀是指宇宙極境眼睛，即宏觀性眼睛，而通觀則包括宏觀與微觀，既大觀天地古今，又微觀人的內心世界、心理情感。這一點，對於《紅樓夢》是不言而喻，而對於李澤厚，則只要重讀一下他關於想像、情感等要素的分析也十分清楚。

第二，兩者都有一種取代宗教的對美的信仰。讀過《紅樓夢》的人，都知道曹雪芹通過他的人格化身賈寶玉展現他對美的崇拜與信仰，這就是女兒崇拜、青春崇拜、詩意生命崇拜。《紅樓夢》乃是一部少女青春生命毀滅的偉大輓歌。我借用康德的語言範式說明《紅樓夢》的主旨乃是「天上的星辰，地上的女兒」。在《紅樓夢》研究界曾有學人認為這是一部類宗教的大書（如陳蜕、周汝昌）。可是《紅樓夢》並非宗教書，因為它沒有上帝，沒有天主，沒有神。但它有信仰，有崇拜。這就是以女兒崇拜取代神靈崇拜。它在第二回，就通過寶玉之口說：「這女兒兩個字，極尊貴，極清淨的，比那阿彌陀佛、元始天尊的兩個寶號還尊榮無對呢！」這一石破天驚之語，乃是曹雪芹以女兒代佛道、以美代宗教的宣言。《紅樓夢》受禪影響極深，貫穿於全書的是「始於情、止於悟」的線索，是以悟代替佛、以覺代替神的禪宗世界觀，但在美學上則是以美的信仰代替神的信仰。因此可以說它是易信仰，但不能說它是滅信仰。關於這一點，我在拙著《紅樓四書》中已作了充份說明，此處不再贅述。

有趣的是，李澤厚正是一個無神論者，完全拒絕宗教，但他與曹雪芹一樣，相信有一個高於道德境界的審美境界，也有一個高於世俗人間秩序的宇宙秩序，這一秩序不是道德秩序，而是審美秩序。他稱之為「宇宙—自然物質性的協同共在」秩序。他認定，中國歷來所崇尚的「天地境界」（馮友蘭概念），就是這種「共在」的境界與秩序。李澤厚認為，康德很了不起地道破了宗教並非理性，也非實在，而是一種情感。而中國人正是用對天地的敬畏情感來代替對上帝的敬畏情感。關於這一點，他在《華夏美學》第六章（《走向近代》）第二節（《「以美育代宗教」：西方美學的傳入》）中說，這正是儒家哲學的思路，也正是王國維、蔡元培的思路。李澤厚說：

> 儒家哲學沒有建立超道德的宗教，它只有超道德的美學。它沒建立神的本體，只建立着人的（心理情感的）本性。它沒有去皈依於神的恩寵或拯救，而只有人的情感的悲愴、寬慰的陶冶塑造。如果說，王國維以悲觀主義提示了這問題，那麼可以說，蔡元培則是以積極方式提出了這問題：「以美育代宗教。」與王國維接受叔本華相似，蔡元培接受的是康德。與王國維立足於儒學傳統立場相似，蔡元培沒有像康德那樣去建立道德的神學，卻希望從宗教中抽取其情

感作用和情感因素，來作為藝術的本質，以替代宗教。儘管根本理論的出發點容或有異，一積極，一消極，一康德，一叔本華，但他們將西學結合華夏本土傳統之企圖和走向，又仍是非常近似的。以美育代宗教，以審美超道德，從而合天人為一體，超越有限的物慾、情思、希望、恐怖、人我、利害……以到達或融入真實的本體世界，推及社會而成「華胥之國」、理想之民，王、蔡二人是相似相通的。[1]

李澤厚把「自然—宇宙物質性共在」視為基礎、本源、重心。這是「有」，不是「無」，這是一個情感—信仰的「物自體」，是那作為總體存在的人和宇宙共在的本身。因為探討這一巨大對象和把握這一巨大對象——可以代替神的對象，美學才成為第一哲學——比政治哲學、道德哲學更為重要的哲學。

第三，使我覺得更有意思的是，無論是曹雪芹還是李澤厚都在探討「美從根本上如何來」、「如何可能」的大問題。只是用不同的語言回答罷了。李澤厚回答說，美是自然的人化。這一答案形成李澤厚美學的基礎，也是李澤厚對美的經典性定義，而曹雪芹雖然沒有使用這種邏輯性的概念進行定義，卻用一部偉大小說的框架尤其是用象徵美的主人公的發生來回答。主人公賈寶玉這一至真至善至美的生命，原來是一塊石頭，即原來是自然，他通靈之後化為人到人間，這就是人化。所謂《石頭記》，就是自然人化的傳記，自然人化的史記。李澤厚講自然人化包括外自然的人化和內自然的人化。賈寶玉由石頭變為人，是外自然的人化；而他到了人間之後又有一個從慾向情的提升（開始時喜吃丫鬟胭脂，羨慕寶釵

1 《李澤厚十年集》，第一卷，第四零四—四零六頁，安徽文藝出版社，一九九四年版。

胸部的豐滿等），這是內自然的人化。寶玉和黛玉都是曹雪芹美的理想，美的象徵，那麼，這種美根本上如何而來？曹雪芹也讓妙玉問寶玉：「你從何處來？」寶玉答不出，惜春替他解圍說，你不會回答「從來處來」嗎？這個來處，這個總源是甚麼？是上帝嗎？是神靈嗎？不是，是青埂峰，是石頭，是自然。另一主人公林黛玉原是三生石畔的絳珠草，也是自然。這草「久延歲月」，「既得天地精華，復得雨露滋養，遂得脱卻草胎木質，得換人形，僅修成個女體……」（《紅樓夢》第一回）這也是自然的人化。曹雪芹如果是個有神論者，他也許會把女媧改為真上帝，讓她造出中國的亞當（神瑛侍者）與夏娃（絳珠仙草），但是，他沒有這樣設計，也就是沒有作出美來自上帝來自神的回答，而是作出來自「自然」的回答，並要經過一個歷史過程（「久延歲月」）才能「向人生成」。我的這一閱讀心得，寫在《紅樓哲學筆記》中，今天用來印證一下李澤厚的大觀、通觀美學，應當不算唐突吧。

這裏需要說明的是，儘管李澤厚的美學是通觀美學，儘管他一再強調審美大於藝術，但這不意味着他不重視文學藝術。相反，在當代中國的美學研究者中，他是唯一具有文學藝術鑒賞力的。他的美學論著實現了學問、思想、文采三者的統一。其所以有文采，這除了語言表述的明麗之外，就是他廣泛地引入古今中外的文學例證，包括準確地運用中國的古典詩詞來說明自己的美學觀。能夠把美學的歷史、哲學的邏輯和自己獨到的審美感受熔為一爐，確實是很大的本領與才華。在中國，李澤厚美學不僅是美學界的第一小提琴手，而且在文學藝術界產生了廣泛的影響。在上世紀八十年代，他的三個美學思想給人留下極為難忘的印象，也影響了我的文學理論構築：其一，文學不只是認識。了解大陸的語境，就知道提出這一思想的不簡單。這是針對當時把文學當作現實生活的反映和意識形態的轉述而發的。其二，文學的主要特徵不是形象性，而是情感性。這是針對「美是典型形象」而發的。它說明中國文學正宗散文、詩歌（而非小說、戲劇）都沒有形象性，但有詩意情感，包括議論文所以會構成文學，也是議論的筆端帶有情感。其三，文學處於非權力領域即非權力之國，也可以說是無權力的王國，因此最自由。福柯的「話語權力」學說不能說明（涵蓋）文學。

此外，在李澤厚美學體系中，從藝術社會學談論文學藝術的篇章也非常新穎，比之國內的一些文學理論，其水平實在是高得太多。我在此也簡略介紹幾句。李澤厚把藝術社會學稱作審美形態學。這一「美學板塊」，與文學創作的關係格外緊密。他把作家的創作過程描述成一種自下而上的塔式行程，因為我格外感興趣，便把他的論述加以簡化，並製作了一張簡單的塔式圖加以顯示：

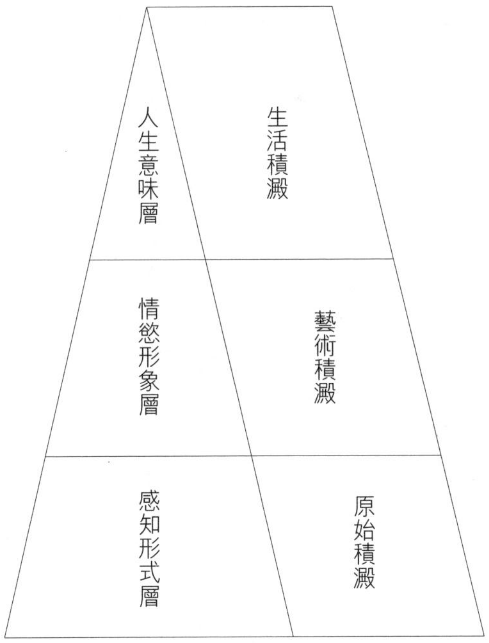

首先是感知形式層，這是語言可能傳達的感知意味；接着是情慾形象層，這是情慾滿足的想像擴張從而見證生命的意味；最後是人生意味層，這裏感知、情感、想像、理解的交融合一，也是文學藝術最後的真實。文學不在於事物的摹寫，而在於神意情意的傳達。意義訴諸認識，意味訴諸情感。文學藝術都是有形式的意味。李澤厚認為，所謂天才並非天資，而是把審美理想和深刻的審美內涵轉化為藝術形式的非凡才能，即通過感知形式和詩意情感表達偉大的永恆的意味。工具—社會本體由實踐的因果性、時空性（積澱）而建立顯現系列；心理—情感本體則由藝術對因果、時空的超越而使人得到自由與身心的解放。總之，是文學藝術把審美感加以集中化、精緻化、形式化的結果。所以我們可以給文學藝術作一定義：文學藝術是美感集中化、細緻化的存在形式。

七、中國古代美學的現代闡釋與「情感真理」的發現

十五年前，我所寫的《李澤厚與中國現代美的歷程》，是在芝加哥大學東南亞系的講演稿。十五年過去了，想說的新話很多。這十五年裏，我與李澤厚相處時間很長，我和他談得最多的是思想史，很少談論美學。李澤厚有一個特點，手不釋卷，沒有廢話，但你要提出問題他才會侃侃而談，特別是提出質疑，他更會認真地澄清和論證一番。對於美學，我喜歡和他討論中國美學，即儒與莊禪美學，比較有話說，至於美學理論，一點破就行了。我覺得和他談美學，有點像魏晉時那些名士的談玄，常常愈談愈玄，所以最好結合「史」來談比較好。如果把美學理論稱作「經」，把美學史當作「緯」。那麼，最好的辦法是經緯結合、史論結合。談經時有緯的支撐，才有歷史的縱深度。而談緯時有經的把握，才有哲

學的形而上品格。在北京時，我常到他的寓所。客廳裏掛着馮友蘭先生寫給他的一副對聯，左邊是「西學為體中學為用」，右邊是「剛日讀經柔日讀史」，這對聯的意思首先是讚賞李澤厚敢於開哲學風氣之先，以前都講「中體西用」，他卻講「西體中用」，以往把經放在剛日讀的首要地位，他卻倒轉過來，以史帶論。這一點章學誠是首創者，他說「六經皆史」，把經納入史中。李澤厚的學術性格隱含在這對聯中，即又經又史，經史結合，以史證經，以經馭史。並與前人的思路不同，總之是有原創性。

前邊我們已經講了「經」，現在可以來講講「史」，即李澤厚關於中國美學史的一些見解和貢獻。

李澤厚有兩部著名的中國美學史著作，一部是《美的歷程》，一部是《華夏美學》。對於《美的歷程》中所點破的中國審美趣味變遷史上「人的主題」的出現、「文的自覺」的確立以及各時代的主要美感現象，經過二十多年，幾乎變成常識。但當時第一個提出來的卻是原創。地球繞着太陽轉，現在是常識，當初第一個提出的哥白尼卻蒙受種種非議和打擊。我們可以把《美的歷程》稱作李澤厚中國美學史論「外篇」，而把《華夏美學》稱作美學史論「內篇」。外篇側重於描述審美的外部現象，主要是「形」的歷程，當然也含有「神」。內篇側重於描述中國美學的內在精神，是「神」的歷程，當然也涉及「形」。西方一些研究中國美學的學者，一談起中國美學，以為只有「道」，而李澤厚則不僅講「道」，更是大講儒。而且通過儒，發現「本體」（《華夏美學》尚未使用「情本體」概念），但不管是講儒、講道還是講禪，都是竭力在揭示中國美學的「神」，即華夏美學的基本精神。

李澤厚於一九九一年旅居美國後，在落基山下手不釋卷地閱讀思索，對中國古代文化史提出一系列的創造性見解，其中包括「巫史傳統」、「一個世界」、「情本體」、「實用理性」、「樂感文化」、「儒學四期」等，形成一個名副其實的論述體系。這諸多命題中最重要的是「巫史傳統」與「情本體」的發現。

但就我們今天所講的題目而言，其「樂感文化」則應先行講解。為了了解「樂感文化」和李澤厚的中國美學觀，我們還需了解一些他關於「巫史傳統」的思想。他說：

在長時期相當成熟的新石器農業文明基礎上，巫的儀式活動在中國被理性化，變成為一套神聖的禮儀體制，是根本原因。中國上古由巫到禮是根本關鍵，這是一個極為複雜也極為重要的久遠歷史過程。從上古「聖王」（堯舜）開始，到周公「制禮作樂」最後完成。孔子再將巫術禮儀的內在心理加以理性化，使之成為既有理智又與情感緊相聯繫的「仁」，作為人性根本。這樣，巫的內外方面都理性化了（巫未被理性化的部份則流為小傳統，成為道教主幹）。周公—孔子是中國思想史上的重大突破，他們奠定了中國哲學的基礎。它就是「實用理性」和「樂感文化」的來由。這也是為甚麼中國是宗教、政治、倫理三合一，倫理秩序和政治體制具有宗教神聖性的根本原因。但也由於巫傳統，巫通天（神）人，人的地位相對高，使中國文明對人的有限性、過失性缺少深刻認識，從文藝到哲學缺乏對極端畏懼、極端神聖和罪惡感的深度探索。中國文化出不了以無休止的靈魂拷問求精神純淨的陀思妥耶夫斯基。中國更滿足於肉體和心靈的愉悅、平靜、健康、和諧。但由於沒有對上帝的信仰，必須自求建立人生意義和生活價值，靠自力而不靠他力，那種「無」而必須「有」的艱難和悲苦，便不低於有上帝做依託的西方傳統。這正是「樂感文化」所要探求、闡釋的。[1]

1 《實用理性與樂感文化》，第三六五—三六六頁，北京三聯書店，二零零五年版。

這段對「巫史傳統」和「樂感文化」的概說非常重要。之所以重要，是它把中國文化與西方文化這兩種大文化的根本區別和區別的源頭道破了。中國是一個世界（人）的文化，西方是兩個世界（人與神）的文化，中國的文化是樂感文化，西方的文化是罪感文化，而產生這種差別的源頭是中國的「巫史傳統」即理性化的巫傳統（取代神）和巫傳統的理性化（變成禮）。闡釋「巫史傳統」的首篇論文發表在《波齋新説》之中。特別要注意的是，李澤厚所講的「樂感文化」，是周孔傳統，不是孔孟傳統。在此，李澤厚又一次「返回古典」，返回到我國的上古時代。這就和牟宗三先生的傳統文化論區別開來了。牟先生只講孔孟，只講道德形而上學，認為宇宙秩序即道德秩序。李澤厚則認為宇宙秩序乃審美秩序並高於道德秩序。這秩序感性而又神聖，正是人類情感、心靈的存身之所。李澤厚所以一再批評牟宗三，便是覺得牟先生的心性本體，歸根到底講的仍然是道德本體，換句話説，他仍然從屬於以權力控制為實質的「知識/權力」的道德體系。李先生以日常情感為根本，反對任何形式、任何包裝的道德本體説法，既反對大陸曾發生過的思想改造運動，也拒絕牟宗三先生的心性本體論，認定這兩者都致力於把人的內在心性納入某種道德結構之中，殊途同歸。

李澤厚把中國美學概括為四個特徵：

第一個特徵是以樂為中心。中國的審美來源於原始社會的巫術禮儀，最初「美」的表現形式是原始舞蹈。這不僅是一種娛樂，而且是當時的整個上層建築。它有許多作用，特別是起了團聚、維繫社會組織、訓練社會成員的作用（還有認識客觀對象等作用），所有這些都離不開歌舞，歌舞有一定節奏，一定聲音，後來運用樂器伴奏，這就逐漸發展為「音樂」的「樂」。所以這個「樂」不限於音樂的意思，還包含着原始社會整體性的活動內容。中國文化中所講的「樂」固然包含音樂，但大於音樂，是哲學——

歷史意義上「樂」，是整個上層建築的特徵，是對此在人生的積極肯定。「樂」不以另一超驗世界為依歸，而以追求現世幸福為目標為理想。儒家的禮樂是巫術活動的理性化、規範化。禮是指管理社會、維持社會秩序的規章制度，而樂則幫助人們在情感上和諧起來。我想對李澤厚補充說，罪感文化使人使文學深刻，樂感文化則使社會和諧。中國文化強調倫理主義、情感主義，西方文化強調歷史主義，形成二律背反。這種總體性的文化大差別，影響社會和心理的各個層面，甚至影響政治。西方的政治文化追求正義，中國的政治文化追求和諧，也源於此。中華民族是樂觀的民族，但又是善於憂患的民族。樂是通過憂而來的。由憂而思而學，才有智，有情，有安，也才有形上性的「至樂」。東方儒學是一種「德」，一種人生境界。其核心思想是：人生艱難，又不仰仗上帝，只好自強不息，依靠自身的力量去創造自己的生活。天行健，人也行健，這種依靠自身的肩膀、承認悲樂全在於我的本體精神，才是強顏歡笑和最為深刻的悲劇。這一點，是李澤厚研究中國美學史的重大成果，貫穿在他的美學史著作之中，為了準確，我們引述一下他自己的一段論述。

> 「樂感文化」並非盲目樂觀，其中包含有大的憂懼感受和憂患意識。如馬王堆帛書《五行篇》所云：「無中心之憂則無中心之智，無中心之智則無中心之悅，無中心之悅則不安，不安則不樂，不樂則不德。」「樂感文化」的「悅」、「樂」正是通由憂患、憂懼、憂慮而來。范仲淹說：「進亦憂，退亦憂。」由憂而思，而學，才有「智」，有「悅」，有「安」，也才有「樂」。「樂」在儒學是一種「德」：道德品質和人生境界。因為人生在世，無論就群體或個體說，都極不容易，「樂感文化」的要義正在於：人生艱難，又無外力（上帝）依靠（「子不

語怪力亂神」，「敬鬼神而遠之」等），只好依靠自身來樹立起積極精神、堅強意志、韌性力量來艱苦奮鬥，延續生存。「現代學人常批評中國傳統不及西方悲觀主義深刻，殊不知西方傳統有全知全能的上帝作背景，人雖渺小但有依靠；由或則無此背景和依靠，只好奮力向前，自我肯定，似乎極度誇張到人可以『參天地贊化育』，實則其一無依傍之悲苦艱辛，固大有過於有依靠者。中國思想應從此處着眼入手，才知樂感文化之強顏歡笑百倍悲情之深刻所在。」[1]

第一個特徵是基本特點，中心特徵。在這一基本特點之外，還有另外三個特點：

第二個特徵為線的藝術。這是「樂為中心」的伸延。音樂在時間中是流動的，表情的。線是對音樂的造型，它表現為一種可視的東西，在此意義上說，線就是音樂。宗白華說，音樂、舞蹈、書法是中國藝術的基本形式。西方自古以來悲劇發達，美也以再現為主。中國則講表情，講節奏，講韻律，講線條。康德美學講線條是真正的美，黑格爾美學則大量講色彩。馬克思也講色彩是最普及的美，李澤厚認為：「老實講，也是較為低級。」[2]

李澤厚講的第三個特徵是「情理交融」，即抽象與具象、表現與再現同體；想像的真實大於感覺的真實，神似大於形似。

第四個特徵是「天人合一」。在中國文化系統中，人的地位很高，但又不是人類中心論，很尊重自然，追求的是與自然和諧、與天地融合為一、與宇宙秩序協調共在的境界。

1《波齋新説》，第二一九—二二零頁，香港天地圖書有限公司，一九九九年版。
2《美學論集》，第七五八頁，台北三民書局，一九九六年版。

中國數千年的文化，數千年的文學藝術，李澤厚能作此概述，而且擊中要害，實在難得。尤其是第一個特徵（樂為中心），更是貫穿於他的美學系統中。關於「樂感文化」，我把他的大量論述概括為以下四個要點：其一，肯定此生此世的價值，肯定生的快樂。不是生而有罪（基督教），不是生而悲苦（佛），不是生而有錯（老子：「大患」），而是生而有趣。用李澤厚的話說，不以另一個超驗世界為指歸，他肯定人生為本體，以身心幸福地生活在這個世界為理想、為目的。「樂感文化」重視靈肉不分離，肯定人在這個世界的生存和生活。即使在黑暗和災難年代，也相信「否極泰來」，前途光明，這光明不在天國，而在這個現實世界中。其二，確認生命價值在於生命本身的奮鬥和進取，即在於用樂觀的態度去爭取未來，天行健，人亦行健，人生不是仰仗外力不是仰仗上帝的肩膀，而是君子自強不息。其三，確認生命最高的樂趣在於情感的快樂，而不是物慾的快樂也不是道德的快樂，換句話說，在中國禮樂系統中，處於最高地位的樂，其核心意思是同天地和諧的情感愉悦。「樂感文化」是「情本體」文化，不是「理本體」文化。其四，「樂」不是盲目樂觀，是正視憂患又超越憂患的快樂，進而又是感到與宇宙、自然和諧共生的至樂。憂患中有悲涼感，但少有絕望感。

講樂感文化，講以樂為中心，這還不是李澤厚的中國美學研究最後最重要的貢獻。我認為，他的最重要的貢獻是揭示了樂感文化的核心為「情本體」。李澤厚晚年在人文科學中，通過對中國文化、中國美學的研究，發現了兩大真理：一是「巫史傳統」，這是中國文化的本源真理；一是「情本體」，這是中國文化的情感真理。一生奉行理性主義的李澤厚最後喊出「情感萬歲」的口號，這是他發現情感真理後的「至樂」。第一個發現，使我們了解，中國文化為甚麼是「一個世界」的文化，為甚麼會成其沒有神、沒有上帝、沒有天主（只有天道）的文化，為甚麼會產生「天人合一」、「聖王結合」的文化。中國文化和西方文化為甚麼如此不同，為甚麼會產生如此巨大差別？根在哪裏？源在何處？多少學者論述中西文化差別，但是，誰道破了根本區別的根源就在「巫史傳統」？第二個發現，則是到底甚麼是中國文化之核？甚麼是中國文化之心？甚麼是中國哲學、中國美學、中國文化的根本、最後的實在？是倫理為最後實在嗎（「倫理本體」）？是心性為最後實在嗎（「心性本體」）？是「空無」為最後實在嗎？都不是。李澤厚認定，是情感，中國文化的最大特徵就是認定情感是根本，是最後的本源、最後的實在。這就是數千年中國文化所蘊含的根本性真理，李澤厚稱之為「普泛而偉大的情感真理」。而數千年的聖賢們一再表明的「為天地立心」，所要立的心，也就是一種「情感本體」。《我的哲學提綱》[1]於一九九一年春寫定，一九九四年春改畢。十年後，李澤厚又在北京三聯書店出版《實用理性與樂感文化》，首篇（全書主幹）分上、下兩篇，下篇的標題便是「關於情本體」。這就是說，「情本體」是他在海外的理論完成。十幾年來，李澤厚或通過專論，或通過散論，不斷闡釋「情本體」這一命題。所有的闡釋，都不是空論，而是全具有歷史的具體性和理論的針對性。因此，論證的重心便是下列要點：

是「情本體」，不是西方的「理本體」（此所以西方講合理，中國卻要講既合理又合情）。「情本體」的情，是人間情、人間愛，不是西方的上帝情與「聖愛」。

是「情本體」，不是宋儒以來所講的倫理本體（宋儒講「存天理、滅人欲」，扼殺「欲」也扼殺情）。

是「情本體」，是普通的、日常的人際情感本體；不是新儒家（牟宗三等）所言的超驗的心性本體。

在上面論證中，最為重要的是從哲學的根本上第一次說明宋明以來的儒學的誤點，道破了他們失敗

1 《我的哲學提綱》，第十節「哲學探尋錄」，第二二零頁，台灣三民書局，一九九六年版。

的原因就在於失去「情」的本源。正如他指出的：「我以為宋明理學對超驗或先驗的理性本體即所謂『天理』、『道心』雖然作了極力追求，但在根本上是失敗的。他們所極力追求的超驗、絕對、普遍必然的『理』、『心』、『性』，仍然離不開經驗的、相對的、具體的『情』『氣』『慾』。」[1] 李澤厚對牟宗三最不滿意的地方，也是他所講的心性本體，其所謂「性」，並不是情，還是宋明儒學那種滅人欲的道德本體。所講的禮義的根本，也不在於內心的人情，而是外在的天地神靈，即以所謂超驗的心性為最後實在，不以普普通通、百姓日用而不知的人際感情為最後實在。

在揭示情感真理的路途中，這十幾年來，使他最高興的事恐怕莫過於郭店楚墓竹簡的發掘了。一九九八年，他特別寫了《初讀郭店竹簡印象紀要》一文，記錄這些最古的經典版本所刻載下來的重大思想完全印證了「情本體」的情感真理。郭店楚墓竹簡分明刻寫着歷經千秋的文字：

道始於情[2]
禮生於情[3]

有情然後有道、有理、有禮，情是本根，李澤厚在竹簡發現之前就已揭示，這種有悖於傳統的真理，得到古文物的證實，怎能不興奮？所以他要坦率地說：

1 《實用理性與樂感文化》，第六三頁，北京三聯書店，二零零五年版。
2 《郭店楚墓竹簡》，第一三九頁，北京文物出版社，一九九八年版。
3 同上。

宋明理學更是逞思辨，輕感情，斥文藝，高談心性，忽略禮樂，頗有異於竹簡。……我曾以為，「孔子特別重視人性情感的培育……實際是以情作為人性和人生的基礎、實體和來源。……強調親子之情（孝）作為最後實在的倫常關係以建立人—仁的根本，並由親子、君臣、兄弟、夫婦、朋友五倫關係，輻射交織而組成和構建各種社會性感情作為『本體』所在，強調培植人性情感的教育，以之作為社會根本。」這也就是《孔子再評價》拙文中所說的孔子仁學的「心理原則」。對「心」、「性」、「情」的陶冶塑建以實現「內在自然的人化」，乃儒學孔門的核心主題。今日竹簡似可佐證此說。[1]

八、具有普世意義的中國現代話語譜系

從以上的概述中，我們可以看到李澤厚美學所具有的原創性、體系性、通觀性的特點，也可以看到他的美學雖然兼有哲學家美學與藝術家美學的兩重意蘊，但從根本上說，是屬於擁有哲學—歷史縱深度的哲學家美學。這種美學，在當代的以歷史唯物論為主流哲學的中國，不是異端，但在人類歷史的大範圍內，它卻又帶有巨大的異端性。因為它的哲學基本點，是徹底的無神論，是徹底的以人為本為出發點和歸宿點即以人為尺度、為最後目的的美學觀，又是以有生無、空而有、人造上帝的毫不含糊的唯人論，所以是名副其實的人類學歷史本體論。

1 《實用理性與樂感文化》，第二三八頁，北京三聯書店，二零零五年版。

建構體系性的美學，首先必須選擇體系的哲學基點。這是基礎，也是前提。這迴避不得也含糊不得。在選擇中，李澤厚揚棄唯物或唯心的簡單化表述，但是，卻不能不面對古今中外哲學的基本大思路，即世界的本源、人的本源、美的本源何在，到底是「有生無」，還是「無生有」？到底是「上帝造人」，還是「人造（塑造）上帝」？到底是肉體派生靈魂，還是靈魂派生肉體？李澤厚對此作出貫穿始終的回答：是「有」生「無」，不是「無」生「有」；不是上帝造人，而是人造上帝；不是靈魂生肉體，而是肉體生靈魂。沒有肉體，哪有歌哭悲笑？他在《美的歷程》中說了看似簡單卻表明其哲學徹底性的思想：人的渺小塑造出神的偉大。他認為，「無」是人想出來的，本來只是「有」。「無」產生於人對自己肉體消失的恐懼，從而推論出世界的無，一切的無。基於這一大理念，他認定中國儒學與基督教相比，具有更大的真理性。因此他說：「基督教是上帝創世，無中生有；中國儒學是大易本有，有先於無。人類學歷史本體論認為『有』（宇宙—自然協同共在）具有神聖性，因此不是『無』而是『有』—『無』—『空而有』才使心靈豐富人生豐富，才能在根本上構建起人的『詩意棲居』。」

其實，基督教哲學也是「有」的哲學，這不僅是確認上帝之有，而且確認上帝創造的世界、萬物、人均具有實在性（並非幻相）。但基督教的「有」，本源是上帝之有，即首先是有神，然後才有其他。而李澤厚所講的「有生無」，這個「有」是人，是自然，是歷史，是實體。正是這個哲學大基點，便使他的美學體系具有邏輯的統一性：美的發生，不是神的賜予，而是自然的人化；人的審美—心理本體不是先驗能力，而是主體實踐、歷史積澱的結果；康德說，宗教的本質是信仰與情感，不是理性。李澤厚認為康德這一見解很了不起。這就是說，無法通過理性、科學證明上帝的存在。但是，作為信仰，作為情感，你可以確認上帝存在。這種確認，只是情感的需要，追求人生意義的需要。正如「五四」時科學與玄學的論爭，科學講的是理性，玄學講的是超越理性的對人生意義的追求。前者可以實證，後者卻不可實證。有些教徒和宗教家通過一些人的神秘經驗企圖證明上帝的存在，李澤厚認為，這是虛妄的。他在《關於「美育代宗教」的雜談答問》中說，人類社會腦科學的發展，最終將會證明心腦是一元的，「任何心理都是腦的產物，包括種種宗教經驗。沒有脫離人腦的意識、心靈、靈魂、精神、鬼神以及上帝。」連上帝也是人腦的產物，李澤厚在理性的層面上把上帝的存在徹底否定了。但是，他又承認，宗教信仰難以用理性來論證，也無須理性思辨或論證，因為它只是情感問題，只是為了慰藉人的靈魂，只是為了幫助人們安身立命。如果確認宗教是康德所道破的這一本質（只是情感），那麼，中國的情感真理（「情本體」）也可以達到同樣的目的。中國文化追求天地境界，尋求天人合一，只有「天道」，沒有天主，但這一天道便是「宇宙、自然的協同共在」，這一審美秩序，同樣可以使人敬畏，同樣使人達到「悅神悅志」的目的，因此，它可以代替上帝。「美育代宗教」所以可以成立，也在於此。李澤厚在《實用理性與樂感文化》中強調：「宇宙本身就是上帝，就是那神聖性自身。它似乎端居在人間歲月和現實悲歡之上，卻又在其中，人是有限的，人有各種過失和罪惡，從而人在情感上總追求皈依或超脫。這一皈依、超脫就可以是那不可知的宇宙存在的物自體，這就是『天』，是『主』，是『神』。這個『神』既可以是存在性的對象，也可以是境界性的自由；既可以是宗教信仰，也可以是美學享（感）受，也可以是兩者的混雜或中和。」《歷史本體論》一書扉頁引用了愛因斯坦的話說：「人們總想以最適當的方式來畫出一幅簡化的和易領悟的世界圖像，於是他就試圖用他的這種世界體系來代替經驗的世界，並來征服它。這就是畫家、詩人、思辨哲學家和自然科學家所做的。他們都按自己的方式去做，個人都把世界體系及其構成作為他的感情生活的支點，以便由此找到他在個人經驗的狹小範圍裏所不能找到的寧靜和安定。」這段話的意思也是神即情感支點。康德相信這個「神」，愛因斯坦相信這個「神」，中國傳統也相信這個「神」，這個非宗教又準宗教性的審美主義的情感—信仰的「神」、「天道」或「天地」，也就是「天地境界」。

李澤厚回歸孔子，和把審美境界視為至高境界並不相悖。在他對中國十大哲學家（按順序為孔子、莊子、老子、孟子、荀子、韓非、王弼、慧能、朱熹、王陽明）的排行中，把孔子列為第一名哲學家，正是因為孔子是中國「有」的哲學和「情」的哲學的奠基人。孔子只承認「有」的世界，現世的世界，人的世界。孔子不講無，不講神。敬鬼神而遠之，「祭神如神在」，神只是人的形而上假設，因為活着的需要而設計的神秘性的存在。孔子儒家原典，其深層結構是「情本體」，這正是以情感信仰代替神靈信仰的哲學基礎。中國文化能以「一個世界」與西方文化「兩個世界」並立對峙的基礎是孔子，所以李澤厚把他列為中國首席哲學家。雖然確認「有生無」，把孔子的地位推向第一，李澤厚並沒有貶低莊子、老子和慧能，即沒有簡單地否定守持「無生有」（空無本體論）的哲學家。他把莊子、老子列為十哲的第二、第三名，把慧能列為第八名，而且提出「儒道互補」的著名命題。李澤厚在確認「有」為總源之後，又承認「有」需要「無」的洗禮與提升。在他看來，真正的哲學難題是看破了怎麼辦，把一切「有」都看破、看空了還得活，不能去自殺，那麼，該怎麼活？所以他很欣賞禪的三境：一為「山是山，水是水」；二為「山不是山，水不是水」；三為「山還是山，水還是水」。這就是「空而有」：這裏的「空」已不是「無」，是看空了一切、「萬相皆非相」之後的「有」，它並未否定感性，而是超越死亡的「生存」和無所執着的執着。看似平平淡淡，無適無從，甚至聲色犬馬，嬉戲逍遙，並不需要朝朝暮暮跪拜天主，也無須念念不忘耶穌上帝，更不必一定打出孔子牌號，卻可隨時挺身而出、堅忍頑強、不顧生死、樂於承擔。仍然在特定的「有」中去確認和實現生命的意義和人生的價值，去解決「值得活嗎」的人生苦惱和「何時忘卻營營」與「閒愁最苦」的嚴重矛盾（《歷史本體論》）。在李澤厚的闡釋下，中國的空無本體論並非只是消極的哲學，它同時會帶給人以力量。正如《紅樓夢》的哲學基點也是空無本體論，但讀了之後，卻讓人更熱愛青春生命、更熱愛生活，看破了功名利祿，活得更輕鬆但也更有力量。正因為如此，李澤厚不否定莊禪。他說明孔、莊排列為第一、第二的理由：

> 我在排列中國十哲中，把莊子名列第二。原因之一就在他有這種高度智慧和思辨能力。至今你也無法用理知推論來否定整個人生—宇宙不過是「蝶夢莊周」的一場空幻。佛家之所以能打動人心，也在於此。而「宇宙—自然物質性協同共在」之所以更具優勝性，如上所說，在於它以每個人都有的時空經驗為依託。這所謂經驗依託的緣由卻仍然是「人活着」這一歷史性的存在。「理性的神秘」以及它生發出深刻的敬畏以及神秘感情，可以使「人活着」更具意義和力量；即使你設想這經驗、這「活着」也不過是一場夢，是「空」或「無」，但你卻仍然把這個「空」「無」不斷地繼續下去。即使人生短促，生活艱辛，生存坎坷，生命不易，從而人生如幻，往事成煙，世局無常，命途難卜，不如意事常八九，但人卻仍然是在努力地活下來。佛教來中國，轉換性地創造出「日日是好日」、「擔水砍柴，莫非妙道」的禪宗。這即是「天地境界」：即使空無也樂生入世，何況有那個協同共在的天地，人生便並不空無而是充滿了歷史的豐富。「逝者如斯夫，不舍晝夜」（《論語》），「及時當勉勵，歲月不待人」（陶潛），不需要去追求另一個世界，這也是我把孔子排在十哲第一的原因。

李澤厚的理由，是「有」為總源、「有」為根本、「有」為歸宿的理由。肯定「無」，也是因為「有」的需要。這就是李澤厚的「有」→「無」→「空而有」的哲學路線。在此路線下，李澤厚把人的歷史實踐歸結為三大成果：認識論的成果，表現為真；倫理學的成果，表現為善；人類歷史實踐的成果，表現為美。如果說，西方影響世道人心的是宗教，那麼，在中國則是審美。「審美而不是宗教，成為中國哲學的最高目的」[1]。這是李澤厚研究中國哲學、中國文化的一個結論。而他的美學，也作了這樣的歸結，最高的善，最高的樂，不在宗教之中，而在審美之中。甚麼是最後的存在之家？甚麼是心理—情感的最後安頓處？他的回答是審美，是「活在對人生對歷史對自然宇宙人情感交合、溝通、融合之中……是泯滅了主客體之分的審美本體或天地境界」（一九九四年《哲學探尋錄》）。這才是安身立命之處。也就是說，最後的本體性家園，不是在孤獨荒野中呼喊超驗的上帝—耶穌，而是人在無所憑依的物質世界和人際關聯中艱難跋涉而創造出來的各種審美形式中，這樣審美就代替了宗教。近代王國維、蔡元培等所提出的「美育代宗教」命題，李澤厚給了最厚實的哲學基石。

李澤厚的美學探索最後歸結為「美育代宗教」，這也是一種預言：人類的未來，將會以美的信仰取代對神的信仰。在李澤厚的全部論證中，我們可以看到，在世界範圍內，在哲學社會科學的範圍內，很少人像李澤厚如此徹底地否定神與上帝的存在。從斯賓諾莎開始，三四百年來，人類社會中的一些大思想者在心裏都明白無法證實上帝的存在，包括康德，也明白上帝並不存在，但是，在西方的大文化背景下，他們不可能那麼直截了當、那麼徹底地表述，誰也沒有膽量說出「人造上帝」的大逆不道的異端之

1《談中國的智慧》，一九八五年三月，《新版中國古代思想史論》，第三三八頁。

聲。而一些表述得很徹底的思想家，例如伏爾泰與尼采，又徹底得讓情感信仰沒有存身之處。理性統治一切領域，超理性的人生意義追求徬徨無地，科學發展了，精神沉淪了，人類陷入空前的心靈困境，筆者本人就是陷入困境中的一個生命，總是在有與無、人與神、物與心的兩岸中徬徨與徘徊，同時面對《紅樓夢》的「空無本體論」和李澤厚的「歷史本體論」思考，認真地整理兩者的思想脈絡與美學路線，尋找它們的相同點與相異點，盡可能打通它們的血脈，盡可能在「情感真理」的層面上去領悟它們共同追求的人間大美和宇宙大美。

我所以要強調李澤厚「有生無」、「人塑造上帝」的哲學基點，是想說明，李澤厚的美學特徵乃是以人為本、以人為中心的美學。他以人為目的、以人為尺度、以人為本源，講的是人與人性的真理。沒有人，就無所謂美。而審美性則是人性高級的、精緻的表現。審美性不僅高於動物性，也高於道德性，甚至也高於神性，即比宗教更無偏見，更帶普遍性。這是李澤厚美學普世意義的基礎。以往講起美學，人們總是想到柏拉圖、亞里士多德、康德、黑格爾，不會想到東方，更不會想到中國。那麼，李澤厚經過半個世紀的努力，終於打通了中西美學的血脈，終於提供了一個中國學人對西方美學和中國美學的全新認識並形成自己的一套美學話語譜系，這套話語譜系不僅超宗教，而且也超國界、超政治，它帶有很大的普世意義。只可惜，要充份理解李澤厚的意義，還需要時間，可能要在五十年之後。我今天和老師同學們所作的講解，也只是一些初步的、膚淺的感受，距離李澤厚美學最深的層面可能還很遠。但我相信我的講述，沒有溢美。人類社會將會注意到，我評說的這個對象，不僅屬於中國，也屬於世界。

二零零六年寫於台灣東海大學校園

二零零九年三月定稿於美國科羅拉多

與李澤厚的美學對談錄（二零零八）

一、人是歷史的存在

劉再復：（以下簡稱劉）我把中國文化劃分為重倫理、重秩序、重教化和重自然、重自由、重個性這樣兩大不同的脈絡，前者以孔孟程朱為代表，後者以老莊和禪宗為代表，《紅樓夢》屬於後一脈。有人批評說，只講兩大脈，不講法家，是很大的疏漏，您以為是疏漏嗎？講兩脈能成立嗎？

李澤厚：（以下簡稱李）我講儒道互補，與你所講的兩大脈絡相通。後來我又講儒法互用，但這是在政治文化的範圍內講的。就中國文化的主脈而言，儒、道是主要的，你說的兩脈可以成立。法家文化雖然也是中國文化的重要內容，但後來被儒家所吸收，所以歷史上很難見到獨立的法家，例如被稱為法家的諸葛亮、王安石等，他們首先是儒家，然後也吸收法家文化。

劉：二零零六年我在台灣東海大學美術系講了一次「李澤厚美學概論」，很受歡迎。我講了一點，說西方學人以為中國美學只在「道」，不在「儒」，您卻從根本上揭示了儒家的哲學乃是「情本體」哲學。儒家不僅把人的地位提得很高，而且與自然和諧，賦予自然、天地一種情感，把情感宇宙化了。您開掘了「儒」的美學寶庫，以情為本的寶庫。

李：儒家的確把人的地位提得很高。在儒家學說裏，人無須在上帝面前跪下，但又不是人類中心論，恰恰是人與天地共處，與自然和諧。中國山水畫裏，有人在，但很小，比高山流水小得多，這說明不想統治大自然。但畫裏有人，有人才更有意味。我不用「意義」，而講「意味」，這個詞用於美學，更為準確。意義訴諸認識，意味則訴諸情感的品味。

劉：您把儒文化分為表層結構與深層結構，表層結構是它的政權體系、典章制度、意識形態、倫理綱常、生活秩序等，基本上是一種以情理為主幹的感性形態的價值結構或知識權力系統。深層結構則是生活態度、情感取向等，基本上是一種以情理為主幹的感性形態的個體心理結構。這一劃分對我理解《紅樓夢》很有啟發。《紅樓夢》質疑的是儒的表層結構，它作為異端之書，反對的是儒的政教體系和意識形態，尤其是八股化的意識形態。但又不能籠統地說《紅樓夢》整個是反叛儒家封建文化，因為連主人公賈寶玉也是個「孝子」，也重親情，其心理結構在很大程度上也被儒家文化所浸透。

李：《紅樓夢》中的情，除了戀情，還有親情、世情、人情，它所以經久不衰，就在於其蘊含的各種情感都很豐富，不是單一情感。這一點周汝昌講過，我比較贊同。

劉：您講儒家的深層結構，總結三個要點。第一是「一個世界」；第二是「實用理性」；第三是「樂感文化」。現在是不是要加上「情本體」這一根本點。第一點講中國文化與西方文化的區別，西方是兩個世界的文化，神世界與人世界，此岸世界與彼岸世界分離的文化。中國則只有一個人世界，此岸世界，中國人不仰仗上帝的肩膀，全靠人自強不息。以儒家為主脈的中國文化實際上把人的地位提得很高。實用理性則是講人的智慧，中國人的智慧是實用理性的智慧，是信「有」的智慧，即以「有」為本，不是以無為本。您闡釋儒家哲學時，說「有生無」，不是「無生有」，這與道家哲學和基督哲學全然不同。第三個要點就進入「情本體」了，樂感文化是不是也可以說就是肯定生命價值、生命樂趣的文化，與釋家所說的生命即苦海不同。樂感文化肯定生（生命本身）的快樂價值，也就是說，人生下來不是錯誤，值得生。又確認價值之源在於生命的進取，相信事在人為，對未來抱有樂觀態度，樂感文化的核心是確認生命最後的實在、最高的樂趣在於情感，而不是道德。是情本體，不是理本體、德本體，也不是心性本體。換句話說，最高的人生境界不是道德境界，而是人與宇宙自然秩序和諧共在的天地宇宙境界。您和牟宗三先生的不同之點就在於此。牟先生的最高境界是道德境界，他描述的天人合一的秩序是道德秩序，而您講的是宇宙審美秩序。

李： 樂感文化對未來抱有樂觀態度，但樂觀中也包含着悲劇意識。沒有上帝的拯救，沒有天父的肩膀，沒有成功的保證，但還要剛強地生存下去，孤獨地奮鬥下去，這不是具有更加深刻的悲劇性嗎？從漢儒到宋明理學，一直到牟宗三，都講性本體，講「性善情惡」。我的觀念與此相反，認為情為根本、根源，是道始於情，禮生於情。在郭店竹簡發現之前，我就提出「情本體」。竹簡關於「性」、「情」、「禮」細密周詳的記述，證明我的觀點沒有錯。我在一九九八年寫了《初讀郭店竹簡印象紀要》一文，你應當讀過了。

劉： 郭店楚墓竹簡的發現，對您特別有利。竹簡是考古家發現的，而竹簡的關鍵性內涵則被您發現，並成為「情本體」極為重要的佐證。竹簡上就刻着「道始於情」、「禮生於情」、「禮因人之情而為之」，這真是「鐵證如山」，宋儒講了一千多年的「倫理本體」、「心性本體」，這回被您「顛覆」了。但是，顛覆倫理本體好理解，顛覆心性本體則有些費解。因為竹簡上也刻着「情生於性」，也就是說，性是情的本源。您批評宋明理學逞思辨、輕感情，高談心性，忽略文藝，頗有異於竹簡，可是，應當怎麼理解竹簡顯示的「情生於性」的論斷呢？

李：這裏的關鍵是對「性」的界定。我把「性」解釋為自然生命。這樣，情就是性的直接現實性，是性的具體展示。對「性」的陶冶便都落腳到情上。但宋儒把「性」解釋為先驗道德理性。這種「性」反自然生命，與「欲」對立。所以才有「存天理、滅人欲」的命題。我對「欲」也不是簡單肯定，而是認為欲這種自然要求經過文化提升可以轉化為與本能不同的「情」，也就是「自然的人化」，形成人的心理情感本體。我理解的「情生於性」，是情從自然之欲產生但又高於欲，而宋儒所解說的，則是性有先驗的善惡。牟宗三所講的心性，也是先驗的道德理性。

劉：我在講禪宗的時候，講的是自性本體論，實際上是心性本體論。慧能所講的心，不是心臟，不是本能，而是包含着「六根根性」的本心，即統率一切的真心。這不是道德本體，也不是自然生命。所謂明心見性，所要見的性，實際上是「空」，是去掉後天的遮蔽層的「心」。去掉覆蓋物，才能呈現「空」，回到「本來無一物」的佛性本源。您的「情本體」命題，與慧能的心性本體論有哪些區別？

李：慧能追求的是空無一物的心靈的宗教境界，其中也包括某種神秘體驗。但禪宗特點又恰恰強調不能執着於空無，執着於追求空無仍是有。從而應該就在世俗生活中去尋得啟悟，可以「日日是好日」，「擔水砍柴莫非妙道」，回到日常生活和情感中而又超越它們。其實這正屬於我所講的情本體範疇。

劉：您的「情本體」命題既不同於宋儒以及新儒的道德心性本體，也與西方思想主流的「理本體」完全不同。您曾說，西方只講「合理」，中國則不僅講「合理」，而且還講「合情」。「大義滅親」，中國人很難做到，因為它合理但不合情。韋伯講責任倫理，不講意圖倫理，實際就是只講合理不講合情。中國講合理又合情有好處，人際因此更為密切也更多溫馨。但是，因為講合情，也往往喪失原則。中國的「走後門」、「拉關係」惡習那麼發達，恐怕與此有關。

李：有一定關係。中國重人情當然帶有許多弊病，如虛偽。但有利必有弊，總的說來，利大於弊。

劉：中國人的憂患意識，不是佛家所說的陷入苦海無邊而爭取解脫的意識，而是正視生存困境又在困境中努力進取、自強不息的意識。樂感文化實際上是困境中的一種積極精神，悲苦中的一種不屈不撓。關於憂患意識，您講的內涵與牟宗三、徐復觀先生也不同。

李：西方文化是一種罪感文化，認定生有原罪，人一出生就有罪。罪是祖先亞當犯下的，但它肯定上帝創造的世界具有實在性，人也有實在性。人的肉體既然有罪，就得承受折磨，靈魂才能得救。因此，苦難變成上天堂的階梯。受苦不是苦，而是甜，是快樂，這就派生出陀思妥耶夫斯基的「忍受」、「順從」去接受黑暗，認為這就是幸福快樂。儒家文化不承認肉身之罪，只確認肉身生存的艱難。而且沒有肉身，也就沒有喜怒哀樂，哪還有甚麼靈魂的快樂。因此，首先是肉身的生存、肉身的拯救，靠肉身去開闢生活，創造人生。中國傳統的憂患意識是沒有依靠（上帝）卻仍艱難前行的意識，這是很深刻的悲劇意識。中國人追求此生此世的現世快樂，如何生，如何生活得好，這個「好」當然包括精神方面，但是這個精神層面基本上（不是全部）是建立在肉體生存的基礎上，不強調離開肉體的精神歡欣、靈魂超越等等，這才是中國哲學的主題特色。

劉：我在東海大學講述您的美學時，重點不是講述您的中國美學史論，而是講述您的哲學美學。我把美學劃分為兩種，一種是哲學家美學，一種是藝術家美學。哲學家美學訴諸邏輯，訴諸思辨，追索美是甚麼即甚麼是美的本質，美的根源等普遍性問題，與藝術實踐沒有太大關係。而藝術家美學則訴諸直覺，訴諸感受，追求的是個別性問題，但與藝術實踐緊密相連。我講《紅樓夢》哲學，首先把曹雪芹哲學界定為藝術家哲學，他與莊子一樣，是訴諸直覺。但是，我又發現，您和曹雪芹有一個相通點，這就是審美觀並不僅是藝術觀，或者說，審美觀實際上是宇宙觀、世界觀、人生觀，曹雪芹用審美的大觀眼睛看世界看人生當然也看藝術，所以我把曹雪芹美學定義為通觀美學、大觀美學。您也是這樣。您一再說，審美早於藝術而且大於藝術，審美代宗教，並不是藝術代宗教，而是以對宇宙、自然和諧共在秩序（天地）的崇仰代替對意志神與人格神的情感崇仰，因此，我也可把您的美學界定為大觀美學或通觀美學。

李：我對《紅樓夢》毫無研究，不敢亂說。

劉：我把您的美學與朱光潛先生的美學作了比較，就發現您美的論述中有一種哲學歷史的縱深度。朱光潛先生只是在心與物、欣賞與創作的關係中解釋美與美感，缺少的正是這種縱深度，您對美感與藝術的關係的解說，從歷史說起。人類的成長是從製造工具開始的，原始人在製造工具中，產生了美感，但這並不是藝術。藝術是把美感集中化，是通過線條、節奏賦予美感以某種形式。藝術一旦形成，它又反過來促進美感，使美感更為精緻。人化的高級化過程，正是美感精緻的過程。美感不僅早於藝術，而且大於藝術。我又覺得您的美學具有三個論述基點，一是「自然人化」（包括人的自然化）；二是歷史積澱（以人的主體實踐活動為中介）；三是文化—心理結構。用尼采的獨斷性語言表述，您的美學是男人美學，不是女人美學。

李：我雖然也講藝術哲學、審美心理學，但重心的確是探討美感如何發生，美如何成為可能、甚麼是美的根源等問題。我將「循康德、馬克思前行」改為「循馬克思、康德前行」（見《批判哲學的批判》附錄標題），就是說，不是從康德走向馬克思，而是從馬克思走向康德，即從馬克思的工藝—社會結構走向康德的文化—心理結構。還是這條人類主體實踐的思路。康德很了不起，說明上帝、宗教是情感信仰，不是用理性可以證明的存在，不是認識論可以解決的問題。是情感的需要才設定的。我說康德是先驗心理學，他實質上是提出了人之所以為人的文化—心理結構問題即人性問題。這問題還需要仔細分疏研討。人性不是上帝賜予的，也不是先天生物本性，恰恰是通過歷史（就人類說）和教育（就個體說）所積澱形成自然的人化。所以我把人看成歷史的存在，不僅在外在方面，而且也在內在方面。我所謂「內在自然的文化」即此意也。這觀點是二十世紀六十、七十年代開始形成的。

劉：您倒是一個真正的歷史唯物論者，以「有」為基點，為本源，是因為「有」的需要，才假設出「無」。「無」乃是人（「有」）的形而上假設。總之，是有產生無，而不是無產生有。更具體地說，是因為人太弱小，力量不足，才假設出「上帝」、神等來安慰自己、支持自己。不是上帝造人，而是人造上帝。您的美學觀正是以這種大逆不道的哲學觀為基點。在中世紀，您一定要受到最嚴酷的審判。在今日中國甚至世界範圍，歷史唯物論表述得如此徹底，也極少見。難怪您要說「循馬克思前行」。

李：不錯。不是無生有，而是有生無。首先是「有」的存在，然後才想出無、上帝等等，而且把「無」神聖化、藝術化了。無極與太極，誰在先，誰在後？人們常說「無極而太極」，我則認為，太極是存在，因為太極在，才設想出無極並把它藝術化了。其實「太極」從出土帛書看，應是「大恆」。

劉：有人批評您說，您的美學觀太求邏輯的一慣性。後期與前期有差別，也悄悄去調節前期的偏差，例如您講美感二重性，前期就太強調社會功利性、理性，後期才強調直覺性、感性。對於主體性也是如此，前期多講人類主體性，後期才強調個體主體性。您覺得這種批評有道理嗎？

李：有道理也沒道理。有道理的是幾十年總有一些變遷，否則不就變成殭屍了嗎？沒道理的是基本觀點和思想一直沒變，所變遷的只是我講的同心圓的擴大加深。前兩年一篇批評我的文章便承認我「五十年而未曾有大變」。必須是有人類主體性才有個體主體性（如情本體），先有美的根源（或本質）才有審美對象。前者講清楚了才能展開後者，否則便犯理論錯誤。不先講社會性、理性，感性就會只是動物性。所以前期並無「偏差」，只是論述不夠。歷史和邏輯是一致的。一些批評者說我把「規範」（價值）和「發生」（歷史）混在一起，哲學變成了發生學了，其實這恰恰是歷史本體論的特色所在。規範、價值、意義都是通過歷史才建立起來，這恰恰是我的哲學的一個基本觀點。

二、「有人美學」與「無人美學」

劉：我在讀大學的時候，就聽到我的老師樊挺岳講解您的美學觀點，到了哲學社會科學部《新建設》編輯部，就開始讀您的文章。因為《新建設》特別重視美學，所以我在編輯部的椅子上一坐下來，立即就必須弄清兩場爭論的要點，一是正在進行的帶有批判性質的關於周谷城先生的「無差別境界」問題；二是一九六七年前您和朱光潛、蔡儀先生的美學論爭問題。我和編輯部裏的趙幻雲先生曾一起去訪問朱光潛先生，那時他正在翻譯黑格爾的《美學》，我非常敬重他，並覺得朱先生和您的美學都是「有人美學」，而蔡先生的美學是「無人美學」。蔡儀認為，沒有人，自然也是美的，這是客觀存在的自然美。他以為這才是徹底唯物主義。您卻認為，他的邏輯是沒有人，只要有上帝，自然仍然是美的，這正好符合上帝意志。朱先生也不同意蔡先生的看法，他認為自然美是因為自然與人接觸後，人的情感移入自然對象，與人的思想情感發生關係才是美。這也是有人哲學。而您講得最明確，提出了「自然的人化」、「自然向人生成」的命題。不錯，山水花鳥在原始社會與人類沒有關係，自然要麼與人無關，要麼成為危害，怎能成為美呢？沒有人類，所謂「善」，所謂「美」，有甚麼意義？四十多年前，我在哲學社會科學部的編輯部見到您，也第一次明白您的「有人美學」。後來我講有「主體性的文學」，其實早就種下了根。

李：你是一九六三年到學部的，當時我和葉秀山、汝信都給《新建設》投稿。我的確覺得蔡儀所講的「沒有人，自然也美」的觀點很奇怪。他也沒有弄清作為審美對象的自然美，與自然本身確有一種外部關係。後者具有審美素質，但是，為甚麼這些形式和素質會成為美並使人產生美感；這就要從人類活動這個根本上去說明了。離開人，離開人類活動，離開主體實踐活動，根本就無法說明美的發生、美的根源與本質。你說他是「無人美學」，也可以說，無人（離開人類活動）就沒有美學。

劉：在《新建設》工作幾個月，我就到山東勞動鍛鍊一年，之後，又到江西參加「四清」一年，返回北京後就投入「文化大革命」。沒想到，大革命一開始，就讀到《紅旗》雜誌一九六六年第五期鄭季翹點您的名的大文章：《文藝領域必須堅持馬克思主義的認識論——對形象思維論的批判》，此文認為，所謂形象思維論，是現代修正主義文藝思潮的一個認識論的基礎。您在一九五九年就在《文學評論》上發表過一篇談形象思維的文章，這回成了鄭季翹的主要批判對象，而且鄭是「中央文革」的成員之一。當時我到北京大學看大字報，您的名字都打叉了，覺得您此次一定會遭殃，沒想到最後還是躲過一劫。

李：鄭季翹「文革」前是吉林省委書記，「文革」初期是「中央文革」成員之一。「文革」中有張小報說毛澤東很欣賞鄭的文章。我當時確實有點緊張，怕被揪出來，但我在學部只是個小不點，學部的大人物太多。如果我在任何學校就難以倖免了。

劉：通過和朱、蔡的爭論，我第一次接近您；通過您和鄭季翹以及其他人關於形象思維的爭論，我第二次接近您。這種接近，自然是思想、學術、文學本體的接近。所以，當您在八十年代初發表了「文學不只是認識」的理念時，我特別高興，印象也特別深刻。這一觀念在文學界很有影響。在形象思維的論爭中，您一方面反駁了鄭的「否定」説（即否定有形象思維，否定藝術創作有其自身的重要規律，認為藝術創作也跟人的一般認識一樣，必須經過表象到概念，然後再回到表象，創作出作品），另一方面也拒絕了「平行」説（認為形象思維是與邏輯思維平行的、互不相干的思維）。但是，爭論的缺點是難以擺脱對手提出的範疇與概念，以此爭論而言，就難以擺脱「思維」二字，也就是難以擺脱認識論。而文學根本不是認識，也不是狹義性的通常所説的那種思維。拋棄了形象思維概念的含混性，您説明了形象思維主要指藝術想像。二十世紀下半葉，主宰文學界的就是個認識論，把《紅樓夢》也解釋為認識封建社會的教科書，您提問得好，「要認識封建社會，去看歷史書不更好嗎？」大約就在您發表「文學不只是認識」前後，我也正在走出「反映論」的哲學基點，逐步形成屬於自己的文學觀。後來，我一再表述，説文學的基本要素有三：一是心靈，二是想像力，三是審美形式。這三種要素裏，當然也蘊含着對宇宙、社會、人生的認識，但就其文學整體而言，它不是認識。

李：所以我一再提醒應當注意西方的分析哲學。英美分析哲學認為哲學的功能就是分析語言的概念、判斷、推理，弄清詞語的含義。尚未弄清，就爭得臉紅耳赤，等於白費口舌。「形象思維」這一概念得首先弄清楚，如果是指通常所説的那種狹義思維，那麼，「形象思維」就不是思維，也就是説，不是認識。許多年來你一再對我提起「文學不只是認識」這一理念。弄清這個問題，倒確實是當年中國文學理論上的一個關鍵所在。

劉：弄清概念，這在學術上的確是個首先要做的工作。出國後我走得更遠，主張「放下概念」。我的主張當然不是指涉科學研究。進入研究，沒有概念範疇怎麼行。我指的是審美活動、文學藝術活動。文學藝術活動重要的是審美直覺，是懸擱概念，直面審美對象，然後呈現獨特的、真實的感受。如果感受受到概念的阻撓和概念的過濾，就不會有獨到的藝術發現，也就不會有原創性。您在「美感二重性」中，首先強調的也是美感的直覺性。您的「文學不只是認識」為甚麼讓我震撼，就是我從中意識到，文學排除語隔概念障的可能產生了。用王國維在《人間詞話》裏所使用的語言說，是打破語隔、概念隔而直接擁抱審美對象的可能產生了。最近我重讀您的《美感二重性》，甚至想對您提出質疑，即美感除了具有直覺的性質之外，是否還有另一重社會功利性質。您曾解釋，美感二重性包括四個內涵。一個是直覺，相對於邏輯來說的；一個是功利，相對於非功利來說的。也就是說，假如是二重性的話，一方面是直覺與非功利性；另一方面則是邏輯和社會功利性。前兩者與後兩者密切聯繫在一起，社會功利常是邏輯的考慮；儘管這種邏輯有時是非常不自覺的，或習慣性的。[1] 我在寫作《魯迅美學思想論稿》的時候，完全認同您的這一見解，但是在二零零二年我和林崗合著的《罪與文學》中則表明另一種觀點，即文學乃是心靈活動和審美活動，它審視社會功利，但本身不帶社會功利性質。也就是說，文學是立於超越功利的審美境界上審視社會功利活動，也呈現社會功利活動，但創造主體、審美主體本身並無功利之思。

李：「美感二重性」早在一九五六年就提出了。後來我講美感四要素即情感、理解、想像、感知的相互作用，是對二重性的展開和補充。康德只講理解與想像，我則強調情感。這四要素中的每一要素又可產生無數不同形態。審美的複雜性就是這些要素的變動、排列、組合，形成綜合判斷。在四要素處在

1 《美學論集》，第六七四頁，台北三民書局，一九九六年版。

某種數學方程式裏，似乎看不到社會功利，其實包含着廣義的功利，例如喜歡一個美人，在「想像」要素中就包含着慾望，這種慾望就是「功利」。康德講「非目的的合目的性」，是指審美不是追求直接的具體的功利，但最後還是合大目的。以往文學藝術太急功近利而且是非常具體的功利、功用，因此現在一講社會功利就害怕，其實我説的「功利」一詞是廣義的，把無用之用也視為用（功利），那麼，審美還是包含有社會功利因素的。

劉：我第三次向您接近是一九八四年和一九八五年之間，偶然讀到您的《康德哲學與建立主體性論綱》。讀了之後，我立即想到，李澤厚的「有人美學」現在發展為有主體的美學，即主體實踐美學。所謂主體，就是人，就是人類。而所謂本體，乃是根本、本源，最後的實在。因此主體實踐美學也可稱為人類學本體論美學。總之，是哲學的重心發生位移了，主體才是重心，人和人類才是重心。高興之餘，我又想到，文學理論的哲學基點也應當移向人，應當用主體論取代反映論。哲學基點一變，整個理論框架就會變。因此我立即着筆寫作《論文學的主體性》，並引發了一場全國性的論爭。一九八五年前後我讀了您的哲學文章，覺得通過您，哲學發生了兩個變化，一是哲學基本問題變了，不再是物質和精神何者為第一性問題，而是人的命運（人怎樣活，為甚麼活等）為基本問題；二是哲學重心變了。我首先吸收這兩種哲學成果，進入主體性思考。至於是強調人類總體的主體性還是個體主體性反而少費心思。因為我是講文學主體性，自然是多講個體主體性和內在精神（心靈）主體性。您是對美的哲學把握，當然應當從人類主體實踐活動講起，而且這種活動也不能只有精神活動，更重要的還是人類的物質實踐活動。在八十年代您發表的許多文章，早已強調在人類主體實踐前提下的個體、感性、偶然。我講文學主體性無法多講大前提，只是具有歷史針對性地強調個體自由、生命目的（目的王國的成員）、獨立品格

（超黨派性）、審美個性等等。《論文學主體性》的好處是具有歷史針對性和歷史具體性，對原來的文學理論框架起了解構作用；缺點是改革心切，缺少嚴密的邏輯建構。無論如何。我們總算給人文學界注入一點活水，這是應當感謝您的啟迪的。

李：你講的是文學，當然應當多講個體、個性，即主體性的主觀方面，也就是我講的心理本體特別是包含其中的情感本體。我講的是哲學，還要講主體性的客觀方面，即工藝—社會結構的本體。文學是最豐富、最複雜的領域，它的情感性、心靈性特別強，你講文學主體性，強調內在精神也沒有錯。《康德哲學與建立主體性論綱》發表在一個小刊物上，名字我都忘了，我真沒有想到會引起許多反響，也沒想到你還讀到了，而且掀起一場波瀾，歷史充滿偶然。我講主體性，先講人類總體，然後再講個體、偶然等。我的主體性論述不同於薩特，他只講個體，也不同於黑格爾，他太重總體。康德很了不起，比黑格爾高明，在哲學上突出了歷史創造的主體性質。所以我概括自己的哲學公式是「康德馬克思」，而不是「黑格爾→馬克思」。

三、審美判斷與文學鑑賞

劉：二十多年前我們第一次在《人民日報》副刊上對話（《文學與藝術的情思》）時，就勸作家不要讀中國的文學理論，有人批評我們太霸道，其實我們講的是大實話，不忍心讓作家浪費時間，愈讀愈傻，腦子裏愈多語障。我說我自己從事文學理論乃是為了反理論。其實我也幾乎不讀中國的文學理論，只讀別林斯基和西方的哲學、美學以及作家的文學論。當代的西方馬克思主義，法蘭克福學派諸家的書，特別是本雅明與馬爾庫塞的論集，我讀了也有收穫，唯我國當代的美學論著和文學理論我讀得極少，認真讀過的只有錢鍾書先生的《談藝錄》和朱光潛先生的《詩論》、《文藝心理學》以及宗白華的《美學散步》和他的譯文集，這幾年只讀了殘雪談論卡夫卡的《靈魂的城堡》等書，真可憐。這原因是我國從事美學研究和文學理論工作的人，缺少別林斯基那樣的美學鑒賞能力。自己談一套，也談得頭頭是道，但無法面對活生生的文學作品與文學現象。他們的文學評論，其出發點不是藝術感覺，而是概念，乏味得很。我所以喜歡讀您的美學論說，就因為您對古今中外文學作品有鑒賞能力。二十七八年前，我還在寫作《魯迅美學思想論稿》時，就發現您對魯迅的論述比我們這些「魯迅研究工作者」有趣，講出幾個讓我難忘的看法：其一是說魯迅不僅提倡啟蒙，而且超越啟蒙；其二是說魯迅的《故事新編》以寫得最早的《鑄劍》最為精彩，其他諸篇太概念化；其三是說《吶喊》、《徬徨》中除了《狂人日記》、《阿Q正傳》等名篇之外，最了不起的作品是《孤獨者》，它有一種把思想化入情感然後呼號出來的震撼力量。您的審美判斷不是從概念出發，而是從藝術感覺出發。

李：你從事文學，也注意到我的美學論著中的文學論述。我當然高興，更是感謝。我倒是喜歡讀文學作品，也很佩服像別林斯基這樣年輕、這樣具有藝術鑒賞天才的批評家。如果沒有別林斯基的發現與鼓勵，也許陀思妥耶夫斯基就不會那麼快地站立起來。文學批評，不是簡單的一件事，它需要綜合性的鑒賞能力，綜合性的審美判斷。在現代文學中，我最崇尚魯迅，覺得他大大超過其他作家，包括超過張愛玲、沈從文等，當然也是郭沫若、茅盾、老舍、巴金等無法可比的。魯迅具有他人所沒有的巨大的思想深度，又用自己創造的獨特文體，把思想化作情感迸射出來，確實非同凡響。《孤獨者》主人公魏連殳那種夢醒之後無路可走的大苦悶化作深夜中悽慘的狼嗥，讓人聞之震撼不已。

劉：我多次聽到您批評郭沫若、老舍與巴金。說郭沫若的《女神》太空洞，不是魏連殳這種深沉的呼告；而老舍的作品，包括代表作《駱駝祥子》也是缺少深邃的思想情感力量，讓人讀後灰心喪氣，不知所措。而巴金雖有熱情，卻缺少魯迅小說那種原創的審美形式。

李：我確實這麼看。巴金有熱情，當時許多青年走向延安，走上反封建之路，並不是讀了《共產黨宣言》，而是讀了巴金的作品。但他的作品是熱情有餘，美感不足，可以說毫無藝術形式，缺乏審美意味。老舍多數作品流於油滑，也缺少思想情感力量與審美意味。

劉：說起意味，我就想起您對當代作家張潔的評論，二十多年前我偶爾讀到，恐怕很少人注意到。是在一次演講中說的，後來您收入《美學論集》中。您還記得嗎？就這一段：

> ……這正是美感二重性的特點。正因為有這種二重性，而不只是認識，才使你去琢磨，你才覺得有意思有味道。張潔有篇小小說——《拾麥穗》，我認為比《愛是不能忘記的》強多了，但沒人注意。它裏面講一個七八歲的醜陋的小女孩，我記不得是不是孤兒，沒人看護，有一個六七十歲的賣糖的老頭子常給這個女孩幾塊糖吃，人們就笑話：「你嫁給他吧，你嫁給他吧！」老頭子六七十歲，小姑娘七八歲，這完全是個玩笑。這個老頭每天來，後來就死了，小孩兒就站在那裏望着。……你說不出這是甚麼意思、甚麼道理，到底說明甚麼問題，但它傳達出一種淡淡的哀愁、孤獨、惆悵……的味道，很耐琢磨。這是藝術。藝術品就要有一種味道，使你感受到甚麼東西，感情受到感染，使人琢磨。因此所謂概念、認識是融化在中間，是說不出來的。

要不是您說了《拾麥穗》，我的確沒注意到。作家真的不要老是惦記着主題、「認識」。一些新鮮的感受，呈現、寫作下來就是了，一旦經過理念的過濾，新鮮感就沒有了，可能的意味也沒有了。

李：主題太明確，就沒有味了，不是藝術了。我說《野草》的主題就不明確，但有味。主題如果太明確了，還有甚麼味道？

劉：我在北京舊書店買到您最早出的一本小書，叫做《門外集》，其中有您對李煜的評論。也許您是受王國維的感染才寫的，也許是您的直接的審美感受。那時您是初出茅廬，剛剛大學畢業。我記得您當時就反對把「人民性」、「愛國性」等概念和主題強加給李後主，而強調李煜詞中的情感普遍性。

李：李煜抒發的是情感，而這種情感又帶有人性的普遍意味。如果他也想到「人民性」這類概念、主題，就沒有甚麼境界可言了。

劉：您的《美的歷程》剛出版的時候，我聽到一些自以為有學問的學人發出貶抑之聲，他們不知道這部著作最可寶貴的是有一雙大觀的懂得藝術的審美眼睛。中國數千年審美趣味的變遷，包括文學藝術審美重心的變遷，僅用十萬字的篇幅表述，這需要中醫點穴位的功夫。這種功夫是大知，不是小知，是大道，不是小道。王國維很有考證功夫，學問家佩服這一點，但他的《人間詞話》，句句說到要點上，穴位上，其大知、大道功夫更不容易。我熟讀《美的歷程》，無論是「史」的框架，還是「論」的穴位，都對我有很大啟發。以往談蘇東坡的書籍文章那麼多，但您的一段話對我啟發最大：

> 蘇軾一方面是忠君愛國，學優而仕、抱負滿懷、謹守儒家思想的人物，無論是他的上皇帝書、熙寧變法的溫和保守立場，以及其他許多言行，都充份表現出這一點。這上與杜、白、

韓，下與後代無數士大夫知識分子，均無不同，甚至有時還帶着似乎難以想像的正統迂腐氣（例如責備李白參加永王出兵事等等）。但要注意的是，蘇東坡留給後人的主要形象並不是這一面，而恰好是他的另一面。這後一面才是蘇之所以為蘇的關鍵所在。蘇一生並未退隱，也從未真正「歸田」，但他通過詩文所表達出來的那種人生空漠之感卻比前人任何口頭上或事實上的「退隱」、「歸田」、「遁世」要更深刻更沉重。因為，蘇軾詩文中所表達出來的這種「退隱」心緒，已不只是對政治的退避；而是一種對社會的退避；它不是對政治殺戮的恐懼哀傷，亦不是「一為黃雀哀，涕下誰能禁」（阮籍）、「榮華誠足貴，亦復可憐傷」（陶潛）那種具體的政治哀傷（儘管蘇也有這種哀傷），而是對整個人生世上的紛紛擾擾究竟有何目的和意義這個根本問題的懷疑、厭倦與企求解脱和捨棄。這當然比前者又要深刻一層了。

《美的歷程》中對中國的文學藝術作了一次充滿原創性的審美判斷。這些判斷裏，有獨到的思想，還有完全屬於您自己的審美語言。至今我還記得您在談論唐代詩歌時說，晚唐作品，其時代精神「不在馬上，而在閨房；不在世間，而在心境」。那時的審美趣味，已經走進與盛唐完全不同的細膩的官能感受與情感色彩的捕捉了。但《美的歷程》並非藝術史論，而是審美趣味變遷史。以審美趣味作為史的對象，把文學、藝術、陶瓷、服裝、體態全涵蓋進去，這是前人未曾做過的事。有些批評者以為這是藝術史就用藝術史的老框架來審視，結果是文不對題。我是一個很用功、很規矩的中文系學生，認真地讀各種版本的中國文學史教科書，包括我們文學所所編的教科書，但是除了得到一些「知識」之外，完全無助於我提高審美能力。讀了您的《美的歷程》，我更明白審美判斷是怎麼回事了。

李：《美的歷程》剛出版時，我也聽到一些批評。光是這寫法，就讓人看不慣。但沒想到，胡繩也很欣賞這本書，他也特別欣賞我對蘇東坡的論述。我感到可惜的是，幾十年中我始終未曾與錢鍾書先生謀過面，聽聽他的意見。他寫的《談藝錄》很細膩，與我很不相同。他曾給我寫過信，但我不善於交往，太孤僻，沒有去找他。我對他一直很敬佩。但後來人們把他、他的小說《圍城》和他那治學方法和治學成績捧到了九天之上，認為是後學楷模等等，我就頗不以為然了。

劉：您不論寫思想史還是美學史，都是史與論結合。過去的「中國思想史」，如侯外廬主編的思想史，書名沒有「論」字。您的三部思想史論，才把史論結合的方法凸顯出來。《美的歷程》、《華夏美學》也是史論結合。您的「史」，與以往的編年史又不同，是綱要史、穴位史；論也不同於邏輯，有您獨到的審美感受，史、詩、識三者融合為一，可讀性很強。

二零零九年於美國博爾德

附錄

李澤厚哲學體系的門外描述

——在江蘇常熟理工學院的演講

劉再復

我最近出了一本新書《李澤厚美學概論》。我在這本書的後記裏提出一種期待，希望從事哲學的年輕朋友，能夠寫出一本更大的書——《李澤厚哲學概論》，是整個哲學，不僅是美學。我希望有人會把李澤厚整個哲學體系描述出來，這是我的期待。我不講空話，今天先帶個頭，但我是搞文學的，是個哲學門外漢，只能「拋磚引玉」地對李澤厚的哲學體系做一個門外描述，粗淺的描述。因此今天講演的題目也可以叫作「李澤厚哲學體系的門外描述」。這個月的十二號是李澤厚先生的八十壽辰。人到了八十歲不容易，值得慶賀。他經常跟我說，他早就有一個死亡的假設，死亡是「未定的必然」。他早就在家中放個骷髏，直面死亡。香港牛津大學出版社林道群和北京三聯書店的李昕兩位朋友說李先生八十壽辰，我們應該紀念一下，開個會。兩邊都有企業家表示願意出錢開這個會，但有個條件，就是李先生必須出席。我打電話到美國。李先生得知後，表示兩點，第一是感謝；第二絕對不參與。他說如果你們要搞紀念，我就會像清華大學何兆武先生在「紀念」時把門鎖上，跑掉。但是香港最近要出版我的《李澤厚美學概論》（香港版），我在後記中寫道，這本書是為了紀念他的八十壽辰。李先生說，這種紀念我不拒絕。我和李先生亦師亦友，這是我人生的榮幸。那麼巧，那麼偶然，上帝把我與李澤厚一同拋在美國的落基山下，讓我們比鄰而居，共同構築了一座象牙之塔。我們可以經常在一起談學術，談思想，談人生。我可以常常向他請教。我們對談出了《告別革命》，之後又談出了另外一部《返回古典》。他比我大十一歲，該由我整理，可惜我一直沒時間整理出來。

李澤厚過去曾經說過，我也意識到，全世界人性都有種弱點：貴遠賤近，貴耳賤目，總覺得遠處的寶貴，聽到的寶貴，近處的不寶貴，眼見的不寶貴，但我克服了這種弱點。李澤厚就在我的身邊，我覺得高山就是在眼前。遠看是高山，近看也是高山。我很滿意自己戰勝了人性的弱點。劉勰的《文心雕龍》裏講「知音難求」，難就難在同代人相距太近。黑格爾在《精神現象學》中也講到「僕役眼裏無英雄」。拿破崙是個英雄，但是他的僕役、他的馬夫、他的衛士不會那麼敬重他，因為太近就會看到他的毛病。而我走出了世俗的眼界，充份敬重李先生的成就，而且是出自內心的、深度的敬重。

我在海外漂泊快二十一年了。漂流有好處，它使我在落基山下贏得一種沉浸狀態，面壁狀態，不管是讀書、審美，還是做學問都需要一個沉浸狀態，沉下去，才能深下去，只有在沉浸的狀態中，我們才能夠與偉大的靈魂相逢，才能與荷馬、與但丁、與莎士比亞對話。在沉浸狀態中，我簡化了社會關係，簡化到只剩下與幾位學校的老師、學生接觸，還有就是李澤厚，簡化到最少、最低的程度。我和李澤厚，經常下午四點去散步，一散步兩個小時，但是我要提問題，他才會講述。我不提問題，他會半小時都不說話。在講述中我唯一的態度是「傾聽」，聽完後就記住了。真誠的敬意能幫助記憶。《返回古典》這本書，我不需要談話錄音，就可以一篇篇整理出來。展開對話，是靈魂的共振。這對我來說，真是受益無窮。

十二年前，李澤厚先生在科羅拉多學院，離我住的地方有一個半小時的路程。二十世紀三十年代，也有兩位好作家在那裏，梁實秋和聞一多先生就在那裏深造。

李澤厚退休後就搬到了 Boulder，在我家附近。這麼一個機緣，是天緣與學緣，我就格外珍惜。在人生中，我一直感覺到在自己身邊的當代朋友，有幾位可看作是天才，他們對我都很好，其中三位不約而同地對我說：「人生得一知己，足矣！」像高行健得了諾貝爾文學獎之後就立即寫了個條幅對我說，人生得一知己，足矣！李澤厚在香港說，我沒有甚麼朋友，但有一個劉再復就夠了。我為此感到驕傲，並永遠敞開心靈，接受他們的智慧。

今天我講李澤厚的哲學體系，膽子很大，自知能力不足，但還是知其不可為而為之。我知道這個產生於中國文化土地上的哲學體系太重要了，它把中國文化的長處開掘到最高限度，抵達世界哲學的最高水平線。這不是我瞎講，在一九八八年，法國巴黎國際哲學院，這是大家公認的最高水準的哲學院，若干年做一次無記名投票，寫出三個自己認定的當今地球上最傑出的哲學家的名字，一九八八年的投票，投出了李澤厚。這是我國二十世紀下半葉唯一被投上的哲學家。我知道消息後，正逢老布什總統的訪華告別宴會邀請我參加。會上遇到香港記者劉鋭紹，我告訴他，這個事情很重要，應當報道。他回港後，在香港《文匯報》刊登了一篇一千多字的消息。最近美國諾頓出版社（相當權威的學術出版社），出了一部兩千多頁的大書《諾頓文學理論與批評選集》，選入了一百五十名人類有史以來最優秀的哲學家和文學藝術理論批評家的作品。這本書是世界最有原創性的哲學家和思想家的選本，從柏拉圖選到李澤厚。去年，北京三聯書店作為具有六十年文化積累的優秀學術出版社，經過反覆考慮和選擇，推出了第三部文集，第一部是陳寅恪先生，第二部是錢鍾書先生，第三部是李澤厚先生，一共十一卷。李先生這麼大年紀才出這部文集，已不再興奮。他在美國送我一部時說：「我只帶來了兩部，給你一部，我自己一部。」三聯的文集選擇也是一種標誌。總之對於李澤厚的具有高度原創性和體系性的成就，我們要面對。

我今天講演，只寫了提綱，並不刻意準備，更不想作大報告。只想把留在自己記憶中的最難忘的要點，把化入我血脈深處的李澤厚哲學「顆粒」先跟大家講，以後有時間再慢慢把它提升、嚴謹化。在西方，美學放在哲學系，不放在藝術系。美學是哲學的一部份，李澤厚稱美學為第一哲學，這部份我放在最後講述，因為寫過書了，我不想重複自己。我認為李澤厚的哲學體系由六個板塊組成。這六個板塊包括純粹哲學、歷史哲學、倫理哲學、文化哲學、政治哲學、美學哲學。我寫《李澤厚美學概論》，前面的五個「板塊」沒有闡釋，今天我想把這幾個「板塊」講一講。

那麼，先講他的純粹哲學。

純粹哲學是形而上的最玄妙、最高深的哲學。在拙著《李澤厚美學概論》中有一篇附錄是李先生的「自問自答錄」，非常精彩。裏面談到很多純粹哲學。我看了一遍又一遍。

在這一「板塊中」，他提出兩個過去哲學史上沒有提過的概念，一個叫「感性的神秘」，一個叫「理性的神秘」。他認為感性的神秘，平時可聽聞到的一些異象，像鬼神現象以及種種宗教經驗，將來的腦科學、生命科學一定能夠解釋，他不相信鬼神。而理性的神秘卻是純粹哲學的研究對象。宇宙是怎樣發生的？宇宙為甚麼如此存在？世界為甚麼如此存在？它的第一動力是甚麼？時間有沒有邊界？空間有沒有界限？「我」之外有沒有一個可稱為「物自體」的客觀總體世界？這類的神秘是理性的神秘，很難理解。愛因斯坦説過，這個世界可以去理解是最不可理解的事，意思是説，最大的神秘是世界竟然可以理解。李澤厚的純粹哲學面對的正是最難理解的大問題。他和錢鍾書先生都很有學問，但錢先生的學問特點在於廣博，而不在於思想。而李澤厚則很有思想，而且具有大問題意識。他把康德哲學體系中最重大的問題即「認識如何可能」的問題，轉變為「人類如何可能」。用李先生自己的話説：「我以『人類如何可能』來回應康德的『認識如何可能』（先天綜合判斷如何可能），認為社會性的物質生產活動是人類的本質和基礎，認為認識論放入本體論（關於人的存在論）中才能有合理的解釋。」

李澤厚哲學體系的軸心正是這個問題。康德哲學的基本問題包括：（1）「我能知道甚麼？」（認識論）（2）「我應該做甚麼？」（倫理學）（3）「我能希望甚麼？」（宗教學）（4）「人是甚麼？」（人類學）。最後這一問題變成李澤厚哲學的起點。他的人類學歷史本體論恰恰從「人是甚麼」開始進而提出「人活着」、「如何活」、「為甚麼活」等理性內化與理性凝聚的問題，把最具形而上特徵的「人是甚麼」的認識論問題轉變為「人類如何可能」的大哉問，這是李澤厚哲學體系中最純粹的哲學問題，也是最根本、最宏觀的哲學問題。「人類如何可能？」這個大問題由中國學者提出並不奇怪。因為這個問題在西方似乎已經解決了。西方文化（包括西方哲學）關於這個問題作了兩個基本回答。第一種回答是「上帝造人」即上帝使人類成為可能。第二種回答是「猴子變人」即生物進化使人類成為可能。而李澤厚則否定這兩種回答，他作出第三種回答：人類的「自我建造」使人類成為可能。李澤厚的哲學具有哲學的徹底性。他認定，不是上帝造人，而是人造上帝。因為人太弱小，才造出一個安慰自己的上帝。人屬於「有」，「神」（上帝）屬於「無」。是「有」生「無」，不是「無」生「有」。李澤厚既否定神造人，也否定自然造人。他認為，自然不可能自行演化為人，而是人通過自身（主體）的物質性歷史實踐實現從自然（動物）到人的轉變。也就是說，人類是通過「歷史積澱」、「主體社會實踐」、「自然的人化」、「人的自然化」等過程才使人成為人。李澤厚獨創的這些命題都是在說明人類通過歷史實踐而從生物（自然）變成人，概括地說，都是在回答「人類如何可能」的大理性問題。

李澤厚把自己的哲學回答歸結為歷史本體論和人類學歷史本體論。哲學上有兩個重要的概念，順便說一下，所謂本體就是根本、本原、最後的實在。主體則是指人和人類。所謂歷史本體論，乃是認定歷史為根本，通過人類的歷史實踐，自然變成人，自然人性化。李澤厚之道一以貫之的是「人」、是「歷史」，是「以人為本」。在一次聊天中，朋友何作如問李澤厚先生，您能定義一下「人」嗎？甚麼是人？李先生立即回答說，人是歷史的存在，人類是歷史的結果。他的這些純粹形而上的哲學非常徹底。西方哲學沒有達到這麼徹底的程度。這也得益於他吸收了馬克思主義經典的精華。所以，有人說，他是馬克思主義者，強調歷史的作用，黑格爾、馬克思都強調歷史的作用。但李先生對「歷史」的本質與功能卻有自己全新的具有原創性的論說，下邊我們就進入這個問題。

李澤厚創造的第二個哲學板塊，是歷史哲學。

他的歷史哲學，最著名的是他的歷史積澱說，他認為歷史有兩個特徵，一是它的暫時性，一是它的積累性。人類通過主體實踐不斷積澱，從而形成兩種歷史成果，一是外部的社會——工藝本體；二是內部的文化——心理本體。我今天要特別講一點，他還創造了一對非常重要的悖論，即歷史主義和倫理主義的二律背反。講矛盾，講悖論，講二律背反，實際是一個意思。講矛盾，較通俗；講悖論，稍有點學術；講二律背反就更學術了。我們過去講矛盾的時候，推出黑格爾，黑格爾說矛盾時時存在，處處存在。可是康德只講宇宙論的四對二律背反（正題：世界在時間上有開端，在空間上有限界；反題：世界並無開端，也無空間限界。就時、空言，它是無限的。正題：世界上的一切都是由單一的東西構成；反題：沒有單一的東西，一切都是複合的。正題：世界上有出於自由的原因；反題：沒有自由，一切都是依自然法則。正題：世界上有某種必然的存在體；反題：世界上沒有必然的東西，一切都是偶然的），而李澤厚呢，就講歷史主義和倫理主義這對二律背反。我們今天很多社會問題和歷史問題都可以從這裏得到解釋。這是李澤厚歷史哲學中最精彩的命題。他講這對悖論是說，歷史總是悲劇性前行，前行中總是要付出巨大代價。歷史主義講「發展」，倫理主義講「善」，兩者一定是矛盾的。但這兩個相反的命題都符合充份理由律。所謂悖論就是說，兩個相反的論題都符合充份理由律，二律背反也是這樣。你說「上帝是存在的」，符合充份理由律，你說「上帝是不存在的」，也符合充份理由律。說上帝不存在，對，因為無法用邏輯用理性證明它存在。說上帝存在，也對，因為如果把上帝看作心靈，看作情感，看作信仰，那它就存在。孔夫子不是也說「祭神如神在」嗎？歷史主義講發展，就肯定慾望（惡）的合理性。馬克思認為黑格爾比費爾巴哈深刻，因為黑格爾肯定「惡」是歷史的槓桿，「惡」是甚麼東西，就是人的慾望，這是歷史發展的一種動力。鄧小平的功勞是使中國變成了有動力的社會，所以中國現在發展得很快。打破「大鍋飯」，讓一部份人先富起來，這不符合倫理主義（平均主義才符合倫理主義），但符合歷史主義。鄧小平把歷史主義放在優先的地位這是對的，但他沒有完成另一使命，有動力的社會還必須是有序的社會，這一點他還沒有完成。歷史的發展一定要付出巨大的代價，這就是精神的代價、道德的代價、倫理的代價。不可能沒有代價，只能力求代價少一點，關鍵是如何掌握歷史主義與倫理主義發展過程中的「度」。甚麼時候把歷史主義放在優先，甚麼時候把倫理主義放在優先，這裏面有一個把握歷史的藝術。甚麼時候加強歷史主義的力度，甚麼時候加強倫理主義的力度，這要看你的歷史眼光和駕馭歷史的能力。

由此李澤厚的歷史本體論接着提出一個範疇，「度」的範疇，這是李澤厚歷史本體論中的一個重大範疇。黑格爾的哲學體系裏講「量」講「質」，大乘佛教講「有」講「無」，都是重大範疇。李澤厚歷史本體論提出另一重大範疇就是「度」。在歷史主義張揚、倫理主義付出代價以後，要強調社會公平，要掌握好這個度。我與李澤厚先生討論，我們到地球上走一回，是否可以討論一下世界上最偉大的幾個文化高峰是甚麼？愛因斯坦臨終前說，你們可以在我的墓碑上寫：愛因斯坦曾到過地球上一回。到地球上走一遭，如此而已。那我們到地球走一回，看看這個世界上最偉大的幾個文化高峰是哪幾個。我認為，一個是「西方哲學」；一個是佛教的「大乘智慧」；還有一個是我們中國的「先秦經典」。這三者有個共同點，它們最高的境界都是中道境界。大乘佛教的最高境界是中道。《紅樓夢》也是中道。賈雨村在開篇中講哲學，不重大仁、大惡，而重中性中道。西方哲學的悖論，其實也是中道。中國先秦經典講中和、中庸、陰陽互補也是中道。李澤厚講度，反對走極端。這個度，便是把握中道。這不是概念，而是實踐。它不是語言，而是人類生存的根本，歷史前進的根本。換句話說，歷史的根本不是語言，不是概念，而是主觀世界把握客觀世界的度。他的《歷史本體論》，充份闡釋了這個範疇。「度」在錢鍾書的《管錐編》中就是「幾」。「幾」就是臨界點，就是度。錢先生很有學問，一談到這個「幾」便舉出一百多個例子。可是把「幾」的深刻內涵、哲學內涵充份開掘出來，還是李澤厚。在「幾」與「度」中，兩位智者相逢了。有人寫文章批評我，說我是貶低了錢先生，抬高了李先生，其實我對兩位都深度尊重，只是說，這兩位學問家風格不同。李澤厚有大問題意識，他把這樣一個度的概念開掘發展成一個很大的哲學範疇，成為他哲學體系中一個重大命題。老是糾纏於誰高誰低，沒有甚麼意思。

有人說李澤厚守持馬克思主義的歷史唯物論，這種說法不完全對。我們只能說，李澤厚講的是人類學歷史本體論。他在香港出版了《馬克思主義在中國》。可惜這本書還不能在大陸出版。在書中，他提到，馬克思主義的歷史唯物論其基本理論是對的，這一基本理論就是恩格斯在馬克思墓前演說中提出來的，人首先要吃飯，要衣食住行，然後才產生意識形態，才有思想、文化，這是對的。後來香港一家報紙批評我們兩個，嘲笑李澤厚哲學是吃飯哲學。但李先生堅持說，人活着，這是絕對價值，「吃飯哲學」只是這一價值觀的通俗表述。另一方面，我們又認為馬克思的策略理論是有問題的，即把通向理想社會的策略界定為階級鬥爭、暴力革命。我們並不否定以往一些暴力革命的歷史合理性，但認為不應當把階級鬥爭和暴力革命看成是歷史的必由之路。李澤厚歷史本體論還揚棄了經濟基礎決定上層建築這套理念，強調人類歷史發展中改善工具的實踐活動才是最關鍵的歷史內容。

第三板塊——倫理哲學。

李澤厚曾經對我說，他認為他的倫理哲學比美學更重要，但是國內對他的倫理哲學幾乎毫無所知。李澤厚的倫理哲學綱舉目張，在當今世界範圍也屬首屈一指。李澤厚的倫理哲學首先分清倫理和道德這兩個基本範疇。他的倫理學重心不是研究外在的倫理分類、倫理制度、倫理規範等等（如基督教、佛教、伊斯蘭教等均有不同倫理規範），以往的倫理學正是着眼於這一方面。李先生的創造性研究在於，他把倫理學的重心放到探究個體內在道德性質的差異。於是，他首先分清社會性道德與宗教性道德。社會性道德是講日常社會生活的基本道德規範，這些基本規範由法律風習體現。宗教性道德則是更高的內心要求，它是社會性道德的導引，講的是良心、良知。這兩者的關係非常複雜。關於兩者的區別與關聯，李先生曾作這樣的概說：「『宗教性道德』和『社會性道德』之作為道德，其相同點是，兩者都是自己給行為立法，都是理性對自己的感性活動和感性存在的命令和規定，都表現為某種『良知良能』的心理主動形式：不容分說，不能逃避，或見義勇為，或見危授命。其區別在於，『宗教性道德』是自己選擇的終極關懷和安身立命，它是個體追求的最高價值，常與信仰相關聯，好像是執行『神』（其實是人類總體）的意志。『社會性道德』則是某一時代社會中群體（民族、國家、集團、黨派）的客觀要求，而為個體所必須履行的責任、義務，常與法律、風習相關聯。前者似絕對，卻未必每一個人都能履行，它有關個人修養水平。後者似相對，卻要求該群體的每個成員堅決履行，而無關個體狀況。對個體可以有『宗教性道德』的期待，卻不可強求；對個體必須有『社會性道德』的規約，而不能例外。一個最高綱領，一個最低要求；借用康德認識論的術語，一個是範導原理（regulative principle），一個是構造原理（constitutive principle）。」宗教性道德是一種倫理絕對主義，也可以說，是人一出生就應當擔負的絕對道德「義務」。李先生說，你出生在一個沒法選擇的「人類總體」的歷史長河中，是這個「人類總體」所遺留下來的文明、文化將你撫育成人，從而你就欠債，就得隨時準備獻身於它，包括犧牲自己，這就是沒有甚麼道理可說，只有絕對服從，堅決執行，這就是宗教性倫理，也即所謂「良知」、「靈明」和「絕對道德律令」。但是，歷史行程總是具體的，所謂「人類總體」又離不開一時一地即特定時代、社會的人群集體，因此「絕對律令」的具體內容又常常來自於具體時代、社會、民族、集體、階級等背景、環境，從而便與特定群體的經驗、利益幸福相互關聯而帶有極大的相對性。由此也產生相對的倫理法規和道德原則，這些法規與原則由法律、規約、習慣、風俗等形式表現出來，並常常由外在強制化為內在要求。

關於道德，李先生提出三個重要概念：人性能力、人性情感、人性理念。三個概念非常清楚。李先生有一個中國和世界十大哲學家排名榜。中國的第一哲學家是孔子，第二是莊子。世界最偉大的十個哲學家排名（不是按時間，而是按創造的水平），康德排第一，休謨第二，第三柏拉圖，第四亞里士多德，第五馬克思。我起初很奇怪，為甚麼把休謨看得如此重要。李先生說，休謨在人性情感方面闡釋得最好、最精彩。人性能力的哲學表述，就是康德完成的。在康德看來，人之所以為人，最重要的是人性能力。人性能力即人的先驗判斷力。李澤厚補充說，先驗判斷力論點可能走向上帝。但人性能力，康德講得最好。人的基本能力是能聽從內心的絕對道德律令，即內心的絕對命令。這種絕對律令產生了道德的絕對性。一個人掉到水裏，不管他是甚麼人，不管他有無價值，我們首先想到的是救他。這點與孟子是相通的，即所謂四善端：惻隱之心、辭讓之心、是非之心、羞惡之心。康德認為人性能力體現為一種絕對律令。哪怕是愛因斯坦，見到一個普通人掉到水裏也想馬上去救。這裏不涉及人性情感，也就是說，我不愛他，我也要救他，這是道德的絕對性。道德的絕對性不容商量，人之所以為人，必須要有這個能力，越過道德底線就不行。我們不能說周作人穿上日本軍裝，投降日本，認為他這種行為是對的，不可以。把道德的絕對性變成相對性，是不對的。相對性道德論說，一個人掉進水裏，首先考慮他是甚麼階級，是「紅五類」，還是「黑五類」，這種相對化就錯了。道德律令是絕對的。道德的崩潰正是從各種詭辯開始的。康德所講的人性能力，是區別於動物的最重要的人的特徵。西方邏輯文化至今已發展到了極致，邏輯發展到極致就產生電腦，此時人聽從電腦的命令，機器的命令，但是最終的還是要聽內心的絕對命令。

再講一下人性情感。休謨生在康德之前。他強調人類愛。他認為理性是人類情感的奴隸。這種人性情感論似乎與中國文化相通。李先生說，西方文化講合理，中國文化除了合理，還講合情。還有一個就是人性理念。如果具有人性情感和人性能力，而不具備正確的人性理念，這也是不行的，人性理念一旦失誤就會產生災難。如恐怖分子，他們很勇敢，不怕死，認為自己在救苦救難，可是，他們的理念錯了。濫殺無辜，人性理念錯了，所以我們在有了人性能力、人性情感以後，還要有一個正確的人性理念。這就是李澤厚先生的道德結構。

第四個講政治哲學。

李澤厚的政治哲學是很精彩的。李先生對政治非常關注，很有見解，並且形成了他的一套政治哲學。社會上有些誤解，以為我很關心政治，其實我不看報，也不上網，這主要是受歌德的影響。他說我為甚麼每天要花一個小時去關心世界大事？還要再用另一個小時去操心世界大事？而李先生關心政治，很有政治見解，可惜他的政治哲學論述還不能出版。

他的政治哲學首先區分了中西文化不同的政治理想。西方文化的政治理想是追求正義，中國文化的政治理想是追求和諧。所謂和諧，就是剛剛所講的既講合理又講合情。這種和諧可能會犧牲一些原則，比如我們要搞好團結，就必須「和稀泥」。中國人為甚麼很崇拜關羽？我們家鄉就尊關帝為佛。關羽在華容道放過了曹操，這是不合法的，違反了軍令狀，另外也不合理，因為曹操是大哥劉備的強大敵人；但是他合情，因為曹操過去對他太好了，他必須講情義，這一點使中國人特別喜歡他，覺得這個人特別值得崇拜。這也是說，在中國人的潛意識裏（深層的文化心理）講「情」，講合情。而西方講正義的時候不講情。韋伯的思想體系只講責任倫理，不講兄弟倫理、意圖倫理。責任倫理只講效果，不講動機。在李澤厚看來，人類社會的未來將會更傾向於講和諧。在《告別革命》一書中，我們講的正是和諧哲學。這本書的題目，本來是《回顧二十世紀中國》，後來定為《告別革命》。書名太刺激了。其實我們非常理性，非常學術，三聯出版社的老社長范用曾經寫信對我說，再復兄，我讀了《告別革命》才發現許多人只讀了書皮，沒有看裏面的內容。看了內容就會覺得沒甚麼可怕的，因為我們講的哲學核心是和諧。我們並不否定以往暴力革命的歷史合理性，只是認為，暴力革命未必是唯一的聖物。

世界上有三種哲學在較量。一種是「鬥爭哲學」，一種是「和諧哲學」，一種是「死亡哲學」。鬥爭哲學講的是「你死我活」，和諧哲學講的是「你活我也活」，死亡哲學講的是「你死我也死」。最後這種哲學導致同歸於盡，「與汝皆亡」，導致濫殺無辜，我們堅決拒絕。我有位很有才華的作家朋友，寫了一篇文章，說沒有甚麼恐怖主義，只有弱者個人對強者和強者集團的反抗。他舉的例子是荊軻，說荊軻不是英雄嗎？我不贊同這種說法，因為荊軻沒有濫殺無辜。現在的死亡哲學是濫殺無辜，破壞整個日常的生活秩序，所以我們要拒絕死亡哲學。鬥爭哲學是我青年時代所接受的基本哲學。「文化大革命」將鬥爭哲學推向最高峰，整天你死我活，這好嗎？不好！所以，我們選擇了和諧哲學，你活我也活，這才是正常的哲學。

其實，我們講的正是和諧哲學。現在，歷史的平台變了。冷戰時代轉變為經濟競爭時代。用歷史學家黃仁宇先生的話說，是從意識形態管理的時代轉到數字管理的時代。時代轉變了，歷史平台變了，過去的平台是戰場，今天是談判桌，是飯桌。過去說革命不是請客吃飯，不是繪畫繡花，這話很對。可是今天時代不同了，請客吃飯就很好，繪畫繡花很好，溫良恭儉讓很好。和諧哲學是妥協，是調和，是平等對話。桌子是圓桌，是平等對話的桌子。我們認為，人類社會的階級矛盾與階級鬥爭是永遠存在的，過去講經濟平等，其實經濟上的平等是永遠的烏托邦，不可能實現。我們講的平等只能是人格的平等、心靈的平等。「五四」運動後，我們接受西方文化有偏差，接受的是法國盧梭的平等文化，而不是英國洛克的自由文化與共和文化。太強調經濟上的平等，必然會導致革命和種種烏托邦幻想。對過去接受西方文化的偏頗進行反省是必要的。

在書中，我們還批評了後現代主義，指出它最根本的弱點是只有解構，沒有建構，也就是說，只有破壞性的思維，沒有建設性的思維。我到西方後，看到這種思潮影響非常大。可是後現代主義，只有理念，沒有審美，只有顛覆，沒有創造實績。像《蒙娜麗莎》這麼美的一幅畫，後現代主義者給她加上鬍子，這哪裏是創造？這是造反。可是造反不等於創造。真正的創造是在已有的藝術高峰上尋找新的再創造的潛在可能性，而不是在原有創造中進行一種顛覆。李澤厚先生在他的論著中一再批評後現代主義，旗幟鮮明地反對這種時髦的「文化相對主義」（李澤厚批評用語），指出它在理念上把「文化相對性」加以絕對化和在方法上籠統否定「二分法」的錯誤。在論述過程中，他指出，語言可以遊戲，但「人活着」（需要吃飯）是絕對的，不能抹煞人類的一切基本價值，不能沒有價值判斷。

在書中，我們對中國近代史提供了一種新的認識。近代史不僅僅是革命的歷史，還是建構現代文明的歷史，有些近代史書抹掉建構現代文明的重大線索。我們還提出評價歷史人物的新尺度，認為評價近代歷史人物要超越黨派，要看他對中華民族進步以及對人類的進步事業，做了哪些實事、好事。只要他做了實事、好事，不管他是宮廷中人還是宮廷外人，不管他是共產黨人還是國民黨人，我們都要肯定他的功績。總而言之，我們認為階級調和比階級鬥爭好，「改良」的方式比「革命」的方式好。

第五，文化哲學。

李澤厚的文化哲學特別豐富。他在文化哲學中創造了許多獨特的命題，這些命題都是以往中國文化研究史上未曾提出過的。他的文化哲學如果作為專題講座可以更細緻地講。現在我只能用很短的時間來講幾個要點。

李澤厚很重要的功勞是從哲學上說清了中國文化與西方文化最根本的區別。這一區別，用李澤厚的語言來表述是，中國文化是「一個世界」的文化，西方文化是「兩個世界」的文化。中國文化只有人的世界，只有現世世界，西方文化則有此岸世界和彼岸世界。換句話說，中國文化是沒有神世界的文化，沒有彼岸世界的文化。西方文化則是人的世界和神的世界並存的文化。這是非常大的差別。中國文化中只認此生此世。西方則認定人可以接近神，但不可能成為神。上帝就是上帝，人就是人。是上帝創世，是無生有；中國儒學則認定大易本有，有生無，李澤厚人類學歷史本體論認為「有」（宇宙—自然協同存在）具有神聖性，因而不是「無」而是「有」—「無」—空，而有，才使心靈豐富，人生豐富，才能在根本上構建起人的「詩意棲居」。中西文化的差別就從這裏開始發生。講愛、講情感，中國人講的是親情之愛，先愛我們的父母、我們的兄弟、我們的朋友，由近及遠；西方講情感則是從遠到近，從上到下，上帝是愛的總源。愛是聖愛，是上帝給的愛，很不相同。中國人認定只有此生此世，就要過好此生此世。我在香港城市大學講中國的輓歌文學，開始解釋不清楚，後來我讀到李澤厚先生的文化哲學，便講清楚了。為甚麼中國輓歌文學這麼發達，為甚麼？因為我們認定只有一個世界，因為認識到不可能有天堂，所以對親者的死亡感到很悲傷，中國的輓歌文學非常發達，從向秀到韓愈都寫得很好。後來我把明清的墓誌銘拿來翻翻，發現也寫得非常好，那些都是輓歌。有一次李澤厚從北京給我帶了一套線裝本的《紅樓夢》，送我的時候他說，金粉送美人，寶劍贈壯士。他說，因為中國人認定只有一個世界，所以要在這個世界裏好好過日子，尋找此生此世的快樂，連讀書時也要快樂、輕便一些，因此就發明線裝書，美國人就沒有我們這麼聰明，書印得很大，很重。《紅樓夢》印成線裝書，拿起來很輕鬆。我在後花園裏，坐在搖椅上，拿着線裝本的《紅樓夢》讀，這有多美。這是文化派生出的景象。

李澤厚晚年提出的最重要也最有原創意義的是「巫史傳統」大命題。以往的中國文化學者如錢穆也講到中國只有現世世界的文化，沒有上帝這種有意志的神。但是，沒有一個學者說明，「人」的地位在中國文化中何以如此之高，也沒有學者說明，中國「一個世界」的文化和西方「兩個世界」的重大文化區別是怎麼形成的。這一點，到了李澤厚才完成了哲學的說明。他指出，「巫」的特徵是動態、激情、人本和人神不分的「一個世界」。相比較來說，宗教則屬於更為靜態、理性、主客分明、神人分離的「兩個世界」。與巫術不同，宗教中的崇拜對象（神）多在主體之外、之上，從而宗教中的「神人合一」的神秘感覺多在某種沉思的徹悟、瞬間的天啟等人的靜觀狀態中。西方由「巫」脫魅而走向科學（認知，由巫術中的技藝發展出來）與宗教（情感，由巫術中的情感轉化而來）的分途。中國則由「巫」而「史」，而直接過渡到「禮」（人文）「仁」（人性）的理性化塑建。[1]

李澤厚通過「巫史傳統」的表述，解說了中國文化如何實現「究天人之際，通古今之變」。他發現，東方和西方在完成了「自然人化」之後，即從動物變成人後發展的路向不同。西方走向宗教，東方（中國）則走向「巫君合一」、「政教合一」的理性體制建構。更具體地說是，西方創造了主宰一切的上帝，並把人自身的源頭歸結為上帝，而東方（中國）則創造了一個非神（上帝）非人的「巫」。由「巫」作為中介而溝通人與天，並形成後代的宗教、政治、倫理三者合一的權力結構和「天人合一」、「與神同一」的人生境界。李澤厚認為，抓住「巫史傳統」，便可抓住中國思想大傳統的根本特色，也即掌握了打開中國思想文化的總鑰匙。提出「巫史傳統」命題，是李澤厚對中國文化的重大貢獻。

李澤厚的文化哲學非常豐富，除了「一個世界」「巫史傳統」之外，他還提出「實用理性」「樂感文化」等重要命題。這些命題既是對中國文化總特點的描述，又是文化哲學。例如他論述「樂感文化」，就概括了以儒為主幹的樂感文化三個帶有哲學性的要點，即：（1）肯定此生此世的價值，肯定生的快

1 李澤厚：《論巫史傳統》，見《波齋新說》，香港天地圖書有限公司，一九九九年版。

樂。不是生而有罪（基督教），不是生而悲苦（佛教），不是生而大錯（大患），而是生而有趣。（2）確認生命價值在於生命本身的奮鬥與進取，即在於用樂觀的態度去爭取未來，天行健，君子自強不息。（3）確認生命最高的樂趣在於情感的快樂，而不是物質的快樂，情才是根本。「情本體」是樂感文化的核心。樂感文化以身心和宇宙自然的和諧共在為依歸（西方的罪感文化以上帝為依歸），因此中國文化把人與整個自然的合一視為最大快樂和人生極致。這一極致屬於審美性而非宗教性。中國把審美放到高於宗教的位置上，原因也在於此。與此相應，「情本體」不是西方的「理本體」，不是基督教的「聖愛」，也不是宋儒以來改進的倫理本體，最後，也不是新儒家牟宗三先生說的超驗的心性本體。「情本體」是指普通的、日常的人間情感本體，這種情感是人生的根本，是人生最後的實在。中華民族文化之所以不會滅亡，就在於它合情，既合理又合情。情本體的論述具有歷史針對性，它首先是針對西方。整個西方是講理本體，理才是根本。中國是講情本體，情才是根本，通情達理。中國人把人的情感放在最重要的位置。李澤厚哲學做了總結，認為人生最後的實在、最後的根本是情感。權力、財富、功名都不是最後的實在，情感才是最後的實在。

第六，美學哲學。

美學哲學是拙著《李澤厚美學概論》的主題。二零零六年我到台灣東海大學擔任講座教授時美術系要我講李澤厚美學，我就被逼出來了。很多朋友知道我勤勞，不知道我有懶惰的一面，如果今天不逼我，我也不會講哲學體系。

我把李澤厚稱為中國現代美學的第一小提琴手，他的美學研究在現代美學史上獲得了最高的成就。「以美育代宗教」，王國維和蔡元培早已提出，但說明審美高於宗教的理由和說明如何以審美代宗教，則是李澤厚獨特的學術完成。李澤厚與愛因斯坦相通。他指出中國文化歷來不相信有一個發號施令的神，但以「天地」代替「神」。這個「神」（天地）就是審美秩序，即天地人協同共在的和諧秩序。這一秩序是自然存在與人存在的依據和歸宿。李澤厚美學有幾個很重要的特點，第一個特點，我用意象性語言把他概括一下，這個意象，就是男人美學。李澤厚在自己的哲學書裏，本來是不贊同這一概念的。尼采講過一句話，說美學有兩種，一種是男人美學，一種是女人美學。如果只懂得審美，只懂得漂亮的姑娘啊、漂亮的罈罈罐罐啊，這種只懂得審美的美學是女人美學。相反，如果從哲學上探索美的本質、美的來源、美的根本、美的發生等美的哲學，那便是男人美學。李澤厚美學屬於男人美學。李澤厚美學有一種哲學和歷史的縱深度。他和朱光潛先生的美學最基本的區別就在這裏。朱光潛先生講的基本上是審美心理，審美接受，他不是把自己的美學研究重心放在考問、追問美是怎麼發生的，美的根源是甚麼，美的本質是甚麼。李澤厚的美學研究之路正好是柏拉圖的路子，黑格爾對柏拉圖評價很高，他認為只有像柏拉圖這樣注意美的普遍性才是深刻的，柏拉圖是怎麼談美學的呢？他從哲學的高度談美學。甚麼是美？他回答很奇怪的，他說，美就是美本身。也就是說，美是美的「共同理式」，即美的普遍性。也就是人類共同嚮往、眷戀、仰慕的那種東西，比如，星辰、月亮、太陽，全人類都在嚮往，那就是美。李澤厚就在叩問這些問題，叩問人類嚮往的共同理式是甚麼。所以他提出「自然的人化」和「人的自然化」等重大美學命題。這是李澤厚美學的一個重要特點。

其次是通觀美學，也是大觀美學。這一點和曹雪芹很像。我在研究《紅樓夢》時發現曹雪芹的哲學有大視角。哲學和思想最大的區別是哲學要有視角，思想不一定要有視角，視角不同，看世界、看人生就不同。大家都講大觀園，但沒有人從「大觀園」裏抽出一個「大觀視角」。曹雪芹就有一個「大觀視角」，大觀的眼睛，也就是通觀的視角、通觀的眼睛。從很高的層次看人生，才看出那些功名、權力、財富都是過眼煙雲，才有《好了歌》。愛因斯坦也有大觀的視角，他用宇宙的極境眼睛看世界，所以他說，地球只是一粒塵埃。後來我發現《金剛經》中談到五種眼睛：天眼、佛眼、法眼、慧眼和肉眼。作家詩人不能光用肉眼看人性和人的生存環境，而要用天眼、佛眼、慧眼來觀察。我更高興的是，讀《莊子》的時候發現，他也講五種眼睛：道眼、功眼、差眼、物眼、俗眼。《逍遙遊》便是用道眼看世界、看萬物。李澤厚把美學歸為哲學系統中的一部份，他也有一個大觀的視角。他的美學觀不是藝術觀，他說如果把他的美學觀僅僅看作是藝術觀，那就把他貶低了。審美大於藝術，這是他的美學基本觀念。他的美學觀超越了藝術觀，其外延和內涵都比藝術觀深廣得多。

我認為李澤厚在我們當代是個天才。這個天才不是我第一個講的，芝加哥大學鄒讜教授講過，鄒讜教授去世時，芝加哥大學降半旗，我在芝加哥大學的時候，有四十八個人得諾貝爾獎，現在更多，但是很多人去世都沒有降半旗。鄒讜的政治學研究成就很高，做得非常好。他就稱李澤厚先生為「早熟的天才」。那麼李澤厚先生是一個甚麼樣的天才？康德界定天才必須有兩個特徵，一是原創性，二是典範性。康德認為天才不僅要有所發現，而且還要有所發明，所謂發明就是創造新的藝術形式。八十年代有人嘲笑說，《美的歷程》算甚麼，既不是文學史又不是藝術史。有一位研究歷史的朋友對我說，李澤厚這本書一鍋煮。我說，它的好處就是一鍋煮。它裏面包含了各種各樣的審美對象，不僅文學、藝術，還有人體、服飾、墓碑、陶器、雕刻，各種東西，全部成為他的審美趣味變遷史的對象。中國不同時代的審美趣味如何變遷？變遷體現在文學，體現在藝術，體現在陶瓷，體現在雕刻，體現在服裝，體現在人體各個方面。比如漢代的審美趣味，那個時代就崇尚古樸，崇尚外部力的美，不是內心的細緻的那種美。這種美主要體現在漢賦，不是體現在樂府。以往的文學史都抬高樂府，貶低漢賦，可是，恰恰是漢賦充份體現了漢代的審美趣味。魏晉、初唐、中唐、晚唐又是另外一種趣味。這就形成獨特的一個歷史。這是李澤厚先生原創出來的。時間證明《美的歷程》非常好。李澤厚先生看到我的這些論述說：你第一個把它點破了，《美的歷程》就是中國審美趣味變遷史。

本來，如果有時間，還得講李澤厚對西方美學的貢獻。現在只能講中國美學兩部著作——《美的歷程》和《華夏美學》。《美的歷程》是中國美學研究著作的外篇，講審美趣味。而《華夏美學》是中國美學研究的內篇，講美學精神，即儒、道、屈、禪的基本美學精神，講得非常精彩。我們過去常說莊禪，那麼，莊子和禪宗到底有甚麼區別？中國禪與日本禪又有甚麼區別？李澤厚講得非常清楚，莊子有思辨、有人格理想，到了禪宗就完全沒有了，只有瞬間直覺和即刻的神秘體驗。他說莊子與禪宗的差異是，第一，莊子的破對待、齊死生等等，主要仍是相對主義的理性論證和思辨探討。禪則完全強調通過直觀領悟。禪竭力避開任何抽象性的論證，更不談抽象的本體、道體，它只講眼前的生活、境遇、風景、花、鳥、山、雲……這是一種非分析又非綜合、非片斷又非系統的飛躍性的直覺靈感。第二，莊子所樹立誇揚的某種理想人格是能做「逍遙遊」的「聖人」、「真人」、「神人」，禪所強調的卻是某種具有神秘經驗性質的心靈體驗。莊子和魏晉玄學在實質上仍非常執着於生死。禪則以滲透生死關自許，對生死無所住心。所以前者（莊）重生，也不認為世界為虛幻，只認為不要為種種有限的具體現實事物所束縛，必須超越它們，因此要求把個體提到宇宙並生的人格高度。它在審美表現上，經常以氣勢勝，以拙大勝。後者（禪）視世界、物我均虛幻，包括整個宇宙以及這種「真人」、「至人」等理想人格也如同「乾屎橛」一樣，毫無價值，真實的存在只在於心靈的覺感中。它不重生亦不輕生，世界的任何事物對它既有意義也無意義，過而不留，都可以無所謂。所以根本不必要去強求甚麼超越，因為所謂超越本身也是荒謬的、無意義的。從而，它追求的便不是甚麼理想人格，而只是某種徹悟心境，某種人生境界、心靈境界。莊子那裏雖也已有了這種「無所謂」的人生態度，但禪由於有前述的瞬刻永恆感作為「悟解」的基礎，便使這種人生態度、心靈境界，這種與宇宙合一的精神體驗比莊子更深刻也更突出。在審美表現上，禪以韻味勝、精巧勝。莊禪的相通處是主要，這表現了中國思想在吸取了外來許多東西之後，不但沒有失去而且進一步豐富發展了自己原有的特色。在這意義上，禪宗與儒家精神也大有關係。並且，隨着歷史推移，禪最終又回到和消失融解在儒道之中，禪的產生和歸宿都依據於儒、道。這大概也就是中國禪與日本禪（由中國傳去卻突出地發展了，不再回歸到儒、道）不同之處吧！李澤厚對華夏美學最重要的貢獻在於對儒家美學精神的發掘。過去西方研究中國美學時只講道家美學，但李澤厚充份發現了儒家美學，而且是儒家美學中「情本體」這一最重要的精神之核。所以他把孔子尊為中國的首席哲學家，李澤厚還創造了一系列屬於自己的命題，比如「美感二重性」、「樂感美學」、「審美心理數學方程式」。此方程式講四個要素，感知、想像、情感、理解。這些都是過去沒有講過的。這是對未來美學的一種猜想。他猜想說，這四個要素的無窮組合，才形成了文學、藝術的多彩世界。總之，李澤厚的哲學世界極為豐富，我只能涉及它的一角。

劉再復簡介

一九四一年農曆九月初七生於福建省南安縣劉林鄉。一九六三年畢業於廈門大學中文系，被分配到中國科學院《新建設》編輯部。一九七八年轉入中國文學研究所，先後擔任該所的助理研究員、研究員、所長。一九八九年移居美國，先後在美國芝加哥大學、科羅拉多大學，瑞典斯德哥爾摩大學，加拿大卑詩大學，香港城市大學、科技大學，台灣中央大學、東海大學等高等院校裏擔任客座教授、訪問學者和講座教授。現任香港科技大學人文學部客座教授。著作甚豐，已出版的中文論著和散文集有《讀滄海》、《性格組合論》等六十多部，一百三十多種（包括不同版本）。中文譯為英文出版的有《雙典批判》、《紅樓夢悟》。韓文出版的有《師友紀事》、《人性諸相》、《告別革命》、《傳統與中國人》、《面壁沉思錄》、《雙典批判》等七種。還有許多文章被譯為日、法、德、瑞典、意大利等國文字。由於劉再復的廣泛影響，冰心稱讚他是「我們八閩的一個才子」；錢鍾書稱讚他的文章「有目共賞」；金庸則宣稱與劉「志同道合」。

「劉再復文集」

① 《性格組合論》 劉再復
② 《罪與文學》 劉再復、林崗
③ 《文學四十講》 劉再復
④ 《文學主體論》 劉再復
⑤ 《告別革命》 李澤厚、劉再復
⑥ 《傳統與中國人》 劉再復、林崗
⑦ 《教育論語》 劉再復
⑧ 《思想者十八題》 劉再復
⑨ 《人論二十五種》 劉再復、林崗
⑩ 《紅樓夢悟》 劉再復、劉劍梅

www.cosmosbooks.com.hk

書　　名　文學主體論（「劉再復文集」④）
作　　者　劉再復
責任編輯　陳幹持
封面題字　屠新時
美術編輯　郭志民
出　　版　天地圖書有限公司
香港黃竹坑道46號
新興工業大廈11樓（總寫字樓）
電話：2528 3671　傳真：2865 2609
香港灣仔莊士敦道30號地庫（門市部）
電話：2865 0708　傳真：2861 1541
印　　刷　亨泰印刷有限公司
柴灣利眾街德景工業大廈10字樓
電話：2896 3687　傳真：2558 1902
發　　行　香港聯合書刊物流有限公司
香港新界荃灣德士古道220-248號荃灣工業中心16樓
電話：2150 2100　傳真：2407 3062
出版日期　2021年3月／初版

ISBN：978-988-8549-19-1